夏目漱石の文学的現場

意識と思考の焦点

藤澤るり

青簡舎

夏目漱石の文学的現場　目次

序章　「琴のそら音」と『夢十夜』「第八夜」をめぐって

――『三四郎』の方法の生成

1．本論の始点

この章においては、まず、本論の始点について言及する。本論は『三四郎』に対する考察から出発して『彼岸過迄』『行人』を論じる第一部と、同じく『三四郎』から出発して、『心』『道草』『明暗』を論じる第二部によって構成されている。なぜこのような構成となったか。本論は漱石が『三四郎』で行った試みが、その後の漱石の小説に様々な形で応用されたという意味で、漱石の小説の方向性を決めたと考えるからである。簡単に言えば、『三四郎』によって、漱石は自分の小説のいくつかの技法の基礎を作った。それらは、その後の小説において、様々に形を変え、時には一見それとは分からないくらいに変形されて応用され、また新しいものを付加することが十分に可能だった。くわしくは第一部第一章で論じるが、それなら、そもそもその『三四郎』の方法は、それまでの漱石の小説を書く作業の中でどのように生成されたものなのだろうか。『三四郎』以前の漱石の作品群の中で、どの作品が『三四郎』の方法と通底する要素を持っているのだろうか。この序章において考察しようとするのは、そう考えられる二作品である。そしてそれが本論の始点である。

『漾虚集』における「琴のそら音」、『夢十夜』における「第八夜」、『彼岸過迄』における「風呂の後」「停留所」「報告」——これらは漱石の小説群にあって独特と言ってもよい位置を占めている。「琴のそら音」は『漾虚集』の他の短編群に対して、「第八夜」は『夢十夜』の他の九夜の夢に対して、一言で言うなら異質である。また、『彼岸過迄』の前半部を形成する「風呂の後」「停留所」「報告」は、一見その内容に対して過剰な長さを持っていると考えられる。本論はこれらの現象に注目するところから出発する。

『漾虚集』中、「余」を語り手とする小説は四作品ある。「倫敦塔」「カーライル博物館」「琴のそら音」「趣味の遺伝」である。漱石は『文学論』（明治三十九年）において「意識の焦点」という概念を用いて文学を論じた。漱石は『文学論』冒頭（第一篇　第一章）で、「凡そ文学的内容の形式は（F＋f）なることを要す。Fは焦点的印象又は観念を意味し、fはこれに附着する情緒を意味す」として、「焦点的印象又は観念」「焦点的意識」を「F」としたが、この「F」の概念をかなり幅広く規定している。「意識の時々刻々」、すなわち短いスパンの時間にとどまらず、「個人的一世の一時期におけるF」、すなわち長いスパンの時間における「F」もあり得るとして、人の一生の各時期について、「例へば幼き頃のFは玩具人形等、少年には格闘、冒険、進んで青年に至れば恋愛、……」と例を挙げている。「F」は短い時間、長い時間、そしてその中間の様々な長さの時間の中に求めることが可能な概念である。これを先の四作品に適用すれば、「倫敦塔」においては塔が、「カーライル博物館」においてはカーライルその人が、「趣味の遺伝」においては浩さんの墓で出会った女が、それぞれの小説の時間内における「余」の意識の焦点「F」を形成していると考えられる。しかし、後述するように、「琴のそら音」において「余」の意識の焦点を形成しているものは何か、と問いを立てた時、先の三作品のように明解な形でそれを指摘することは難しい。また、この小説だけが他の三作品に対して、異質の終わり方を与えられている。

一方、『夢十夜』においては、それぞれの夢を要約してみると、そこには明らかに物語性を備えた〈筋〉がある。それぞれの夢における主人公（第一夜から第七夜までは「自分」、第九夜は「母」、第十夜は「庄太郎」とする）は、何事かが起因となって行動を起こし、その結果を迎える、そういう意味での物語性であり、〈筋〉である。〈百年後に会いに来るという死んだ女を待つと百合の花が現れる〉（第一夜）〈悟って自分を侮辱した和尚を殺そうとする〉（第二夜）〈謎の子供によって自分は人殺しであったと気付かされる〉（第三夜）〈謎の爺さんが川から上がってくるのを待つが、爺さんは上がってこなかった〉（第四夜）〈死刑の前に女に会おうとするが、女は深い淵に落ちてしまう〉（第五夜）〈運慶のまねをして彫刻を彫ろうとするが出来ない〉（第六夜）〈西へ行く船から飛び降りるが後悔する〉（第七夜）〈母は夫の帰りを待ってお百度を踏むが夫は殺されていた〉（第九夜）〈庄太郎は女に付いていき、豚の鼻面を七日六晩たたいて瀕死の状態に陥る〉（第十夜）――各夢は、例えば以上のように要約できる。しかし、第八夜だけは違う。「自分」が〈床屋に入って鏡の中に様々な現象を見て、最後に金魚売りを見る〉話だと要約することも可能だが、他の九夜に比べてそこに先のような意味での物語性が希薄なのは明らかである。また、第六夜を除いて、第一夜〜第五夜、第七夜、第九夜、第十夜は、そこに何らかの形で〈死〉またはそれをイメージさせる要素が登場するが、第八夜にはそれは全く無い。その第六夜にしても、ずっと昔に死んだ運慶が現れていると考えれば、そこに〈死〉の要素があると言えないこともない。

『漾虚集』にしろ、『夢十夜』にしろ、短編連作の中の一短編だけが、他に比べて異質であるというこれらの現象は何を意味しているのだろうか。

また、『彼岸過迄』において、「風呂の後」「停留所」「報告」は全体の半分以上を占める分量を持っている。『漱石全集』（岩波書店、一九九四年）では、一七七ページであり、これは「須永の話」の一〇三ページより遙かに多く、「須永の話」に「雨の降る日」「松本の話」を加えて一六四ページになる後半部よりも多い分量を持っている。この分量は何のために必要だったのだろうか。『彼岸過迄』の中心を「須永の話」とするなら、そこに至るまでのあまりに長い迂路と言えるし、そう考えなくても、この三つの短編がなぜこれだけの長さを必要としたのかは説明しにくい。また、それだけの分量を持つ三つの短編に敬太郎という主人公が設定されている理由も同じく説明しにくい。そして、その敬太郎は、それまでの漱石の小説の主人公達、『虞美人草』の甲野、『それから』の代助、『門』の宗助と比較すると、ある程度異色の主人公である。しかし、『三四郎』の主人公三四郎と比較すると、何らかの類縁性があるとも言える。それなら、その三四郎とは何者なのか。

これらの現象はこれまでも個別には論じられてきた。しかし、これらの現象を何かが原因で起こった一続きの現象と括ってみた時、そこから何が立ち現れるだろうか。本論は、これらの現象を考察することから出発して、漱石の小説を究明しようとするものである。なぜなら、論理的に説明しにくいこれらの現象は、漱石がそれぞれの時点において、小説の方法を模索し、獲得した痕跡だと考えるからである。「琴のそら音」と『夢十夜』「第八夜」でそれぞれ試みられた方法は『三四郎』において主人公の上にみごとに応用され、成功を収めた。本論はそのことがそこから先の漱石の小説の方向性を決定したと考える。『三四郎』における成果を踏まえて、『それから』『門』が書かれ、その発展形として『彼岸過迄』『行人』が書かれた。ただし、その時それまでの小説の方法を転換させるために、漱石は『彼岸過迄』前半部――「風呂の後」「停留所」「報告」を、小説的必然を超える量で書いた。一方で、『三四郎』の方法に必要不可欠であった重要要素を全く違う形で展開したことが、『心』の構想の重要な一部となり、その『心』の成果によって『道草』『明暗』最後半部の基調低音が形成された。本論はこれらの点を各作品を検討することによって証明したい。

最初に述べたように、本論は二部構成をとっている。第一部では、まず『三四郎』を以上のような問題意識を持って検討し、『それから』『門』を経て『彼岸過迄』『行人』でどのような問題が小説化されたのかを考察する。第二部では、『三四郎』の重要な要素と『心』の「両親と私」を関係付けて論じ、その後、『心』の「先生と私」「先生と遺書」を、そこで新たに提出された問題点を検討することによって論じる。そして、最後に『道草』『明暗』へと至る。従って本論は、『三四郎』論の読後、そのまま第一部を通読しても、また、すぐに第二部に移って読むことも可能である、そういう構成を持つものである。

この序章ではまず、『漾虚集』の「琴のそら音」、『夢十夜』の「第八夜」を考察するが、考察の範囲は、後に『三四郎』の方法として採用されることになる方法が顕著である部分を中心とする。また、『彼岸過迄』前半部（「風呂の後」「停留所」「報告」）については、第一部第三章の2で、漱石がそこで何を試みているのか、論じることになるだろう。

2.「琴のそら音」論——意識の焦点の生成と「狸」

2—1　意識の焦点の生成

「琴のそら音」は、主人公「余」が友人津田君のひと言がきっかけで、婚約者露子の身が心配になり、不安の一夜を過ごすが、それは杞憂に過ぎなかったという内容である。小説中盤、「余」は「学校に居た時分は試験とベースボールで死ぬと云ふ事を考へる暇がなかつた」と過去の自分を回想する。先の『文学論』におけるFについての説明、「例へば幼き頃のFは玩具人形等、少年には格闘、冒険、進んで青年に至れば恋愛、……」を適用すれば、「余」の学生時代の意識の焦点は「試験とベースボール」であったと言える。これは、明解な意識の焦点である。ところが、もはや学生ではなくなった現在の「余」の状態は、「卒業してからはペンとインキと夫《それ》から月給の足らないのと婆さんの苦情で矢張り死ぬと云ふ事を考へる暇がなかつた」であり、ここには明解な意識の焦点がない。これは、現在の「余」が就職し、婚約はしたものの、まだ「奥様の入らつしやらない御家」で婚約者の家から差し向けられた「婆さん」と同居しているという中途半端な状態にあるためである。いずれ「余」の意識の焦点は、学生時代の「試験とベースボール」のように、例えば〈仕事と露子〉に移行するはずであるが、その変更はまだなされていない。「琴のそら音」はこのような状況にいる「余」に、半ば強引に一晩〈露子の安否〉を意識の焦点にさせ、彼の意識の焦点の変更の端緒とさせる小説であると考えられる。

　漱石は『文学論』第五編第二章「意識推移の法則」において、「吾人がFを焦点に意識する時、之に応ずる脳の状態はCに在りと仮定し得べし。而してFのF′に推移するとき、Cも亦之に応じてC′に推移するは疑ふべからず」と述べている。そして、意識の推移が起こるためには、「何等の刺激（内、外）」「S」が必要であり、「幾多のS」の「競争」に勝った「有力なるS」によってそれがなされるとしている。この構造、すなわち刺激とそれに応じた脳の状態があってこそ、意識の焦点が成立するという構造は、そっくりそのまま「琴のそら音」に適用できる。なぜなら、「琴のそら音」において「余」が陥った状態はまさに、有力な〈刺激S〉がもたらされ、それによって「余」の〈脳の状態C〉が影響を受け、学生時代の「F」が、就職して結婚する「余」にふさわしい「F′に推移する」端緒が開かれる、という構造を持っていると考えられるからである。

「余」は露子の「インフルエンザ」に対して「大丈夫に極ってるさ」と安心していたが、インフルエンザで死亡し、夫の手鏡に亡霊となって現れた女の話を津田君から聞いて「何となく物騒な気合」を感じ始める。そして津田君の下宿からの帰途、その「物騒な気合」を増幅するような出来事の連続に見舞われる。まず、暗闇の中で死んだ乳飲み子の棺を担ぐ男たちの「昨日生れて今日死ぬ奴もあるし」「寿命だよ、全く寿命だから仕方がない」という会話によって、「昨日生れて今日死ぬ者さへあるなら、昨日病気に罹つて今日死ぬ者は固よりあるべき筈である」「死ぬと云ふ事が是程人の心を動かすとは今迄つい気が付かなんだ」と、それまでの人生で「考へる暇」のなかった「死ぬといふ事」について考える。その時、「余」がまず想起するのは、「人間は死ぬ者だとは如何に呑気な余でも承知して居つたに相違ないが実際余も死ぬものだと感じたのは今夜が生れて以来始めてゞある」（傍点漱石）とあるように、自分にとっての死である。漱石が殊更「余」に傍点を施したのはこのことを強調するためであると言える。すなわち、これまで死の現実感を持ったことのなかった「余」が〈露子の安否〉を本当に気にかけるためには、一度自分自身の死についての現実感を持つ必要があったのである。次に、暗闇の中に「赤い火」を見て「此火を見た時、余はつと露子の事を思ひ出した」と、ここで「余」の死の現実感は露子の死の現実感へと移行し、「提灯の火に相違ない」と考えられるその火が「不意と消えて」しまった時、「……火の消えた瞬間が露子の死を未練もなく拈出した」とまで感じるようになる。最後に、「又赤い火に出喰はし」、それを持った巡査が「……其赤い火を焼く迄に余の額に押し当て、『悪るいから御気を付けなさい』と言い棄て、」去るが、この巡査の「悪るいから御気を付けなさい」という言葉と、露子がインフルエンザである事を聞いた津田君の「よく注意し給へ」と言った言葉が「余」の中で重なり、「余」はいよいよ露子のことが心配になる。

以上が「琴のそら音」において「余」に与えられた「有力なる」刺激「S」である。津田君、乳飲み子の棺、赤い火、巡査がそれぞれの細分化された時間において「有力なるS」となり、露子の病気を「大丈夫に極つてるさ」と捉えていた「余」、すなわち彼女の病気が意識の焦点にも上っていなかった「余」に〈露子の安否〉を意識の焦点とさせる。

ここで試みられているのは、先に挙げた「倫敦塔」「カーライル博物館」とは明らかに違う方法である。「倫敦塔」の「余」の意識は最初から塔に向けられているし、それは「カーライル博物館」の場合も同様である。しかし、「琴のそら音」の「余」の意識は、それが意識の焦点となるほどには露子の病気に向けられてはおらず、小説の進行していく過程が「余」の意識を〈露子の安否〉に向けさせる。つまり、最初から主人公が意識を向ける対象が明確であり、従って意識の焦点が明確である「倫敦塔」「カーライル博物館」を書いた後で漱石が試みたのは、意識を向ける対象が定まっていない主人公に刺激を与え、彼の意識をある対象に向けさせ、それを意識の焦点にさせるという小説を書くことであったのである。『文学論』の「意識推移の法則」においては、漱石は「F」の推移を主に論じたが、「琴のそら音」で彼が試みたのは、「推移の法則」を応用して焦点になる可能性のある意識を、意識の焦点にまですることであったと考えられる。そういう意味で、「琴のそら音」は「倫敦塔」「カーライル博物館」の裏返しで

あると言えるだろう。(1)

以上、考察してきたように、「琴のそら音」においては、就職し、結婚するという人生の節目に直面している主人公「余」が、それにふさわしい意識の焦点を持つための端緒となる意識の焦点の生成が描かれたが、「琴のそら音」でもう一つ重要なのは、小説の最後で、漱石がその「余」の一夜の意識の焦点に対して念入りに相対化を行っていることである。

〈露子の安否〉が意識の焦点となった「余」は、帰宅して「迷信婆々」である「婆さん」との会話によって不安を更に増幅させる。「婆さん」をおびえさせていた犬の遠吠えが近所を徘徊していた泥棒のせいであることが分かるが、それでも「余」の不安は消えず、結局「まんじりともせず」一夜を過ごした「余」が、翌早朝、露子の家を訪れてみると、露子が「とつくに癒りました」という状態にあったことで、「余」の一夜の心配が杞憂に過ぎなかったことが明らかになって小説は終わる。つまり、〈露子の安否〉を意識の焦点にした「余」の一晩の経験は、それが全く見当外れであったことによってまず相対化される。「なぜあんな事を苦にしたらう、自分ながら愚の至りだと悟つて見ると、何だか馬鹿々々しい」と「余」は思わざるを得ない。次に露子の家からの帰りに立ち寄った床屋で知った、狸が人を化かす事を説明した「有耶無耶道人著」「浮世心理講義録」なる書物によって、「余」は「して見ると昨夜は全く狸に致された訳かな」と気付き、自分自身に「一人で愛想をつかし乍ら床屋を出る」ことになる。この二回に渡る「余」の一夜の経験の相対化は、なぜ必要だったのだろうか。

「倫敦塔」の場合は、「余」の「倫敦塔」体験は、「余」が不思議だと思った事象を説明する下宿の主人によってある程度相対化されるが、最終的に「夫からは人と倫敦塔の話しをしない事に極めた。又再び見物に行かない事に極めた」と、「倫敦塔」を意識の焦点とした時間は「余」の中で守られる。「カーライル博物館」の最後も、「一時間の後倫敦の塵と煤と車馬の音とテームス河とはカーライルの家を別世界の如く遠き方へと隔てた」と、カーライルの家を「別世界」とすることによって、「余」のカーライルを意識の焦点とした時間は、「余」だけの時間として保存される。また、「趣味の遺伝」の最後も、「余は此両人（浩さんの母と墓の女・筆者注）の睦まじき様を目撃する度に、将軍を見た時よりも、軍曹を見た時よりも、清き涼しき涙を流す。博士は何も知らぬらしい」と、「余」が浩さんの墓で出会った女を意識の焦点として作り出した状態（浩さんの母と墓の女との交流）は保持され、それが破綻することは描かれない。また、「博士は何も知らぬらしい」と記されることによって、「此両人」がなぜ「睦まじき様」であるかの理由を知る者は「余」だけであることが保証されている。それなのに、「琴のそら音」だけが、「余」が〈露子の安否〉を意識の焦点にした時間が、ご丁寧にも二段階にわたって相対化されている。しかも、「余」の一夜の経験は、「倫敦塔」「カーライル博物館」「趣味の遺伝」の場合と違って、「津田君に逢つた時、当夜の景況を残りなく話したら」（傍点筆者、以下同様）と「余」によって津田君に語られ、彼の著書「幽霊論の七二頁」に「K君の例」として掲載されるという形で、匿名ではあるが公にすらされる。他の三作品のように、ある意識の焦点を持ったことによってもたらされた事態が主人公一人のためだけに守られることはない。

「倫敦塔」「カーライル博物館」と「琴のそら音」との違いは何だろうか。「倫敦塔」の場合は、留学している「余」の異国での「倫敦塔」体験が記された。おそらく、「倫敦塔」の「余」が、「倫敦塔」を訪問した時間とその直後に限って塔を意識の焦点としても、それは異国での彼の日常生活にも、帰国後の日常生活にも、大きな影響は及ぼさないだろう。「カーライル博物館」の場合も同様である。それに対して「琴のそら音」の場合は、舞台は日本であり、事件全体も日常生活の枠組みの中で起こっている。そして、「倫敦塔」の「余」が塔を意識の焦点としたことと、「琴のそら音」の「余」が、〈露子の安否〉を意識の焦点とすることとは、大きく違う。なぜなら、露子は彼の妻になる女性であり、彼女に関わる事柄を意識の焦点とすることは、その後の彼女と共にするであろう日常生活に大きく関わってくるからである。『漾虚集』の中で、このような形で、主人公の日常生活、それも近未来に家庭を作るであろう主人公の日常生活を扱っているのは、「琴のそら音」だけである。「倫敦塔」「カーライル博物館」の「余」は、異国に留学している存在として、家庭を基盤とする日常生活とは無縁に描かれているし、「趣味の遺伝」の「余」は、学者としての日常生活はあるらしいが、それは小説にほとんど描かれないし、結婚はしていないだろう。「琴のそら音」のみが、主人公「余」の、結婚を前提とした日常生活から小説が始まり、展開する。

「余」の一晩の経験が相対化されなくてはならない理由はそこにある。そもそも、もし「余」が意識の焦点とした〈露子の安否〉が杞憂に過ぎなくなかったら、すなわち、露子が重病であったり、死んだりしたら、彼女との日常生活は不可能になる。従って、「余」には一晩〈露子の安否〉を意識の焦点とさせても、露子は無事でなくてはならない。次に、「余」が〈露子の安否〉を意識の焦点としたのは、あくまで津田君を始めとする外部の刺激によるものであり、当の露子に向き合った結果ではない。結婚してその人間と日常生活を共にすることが想定されている相手を、そのようなやり方で意識の焦点にすることは正しくない。だからこそ、「余」の一晩の経験は相対化されなくてはならなかったのである。しかし、露子に関わることを意識の焦点としたという事実は残る。「余」は、この一晩の経験以後、今までとは多少違う意識を露子に向けるであろうし、「気のせいか其後露子は以前よりも一層余を愛する様な素振に見えた」とあるように、それは相手にも影響を与えた。こうして、露子はこれからの「余」の人生の中で何らかの形で「余」の意識の焦点となっていくだろう。

日常生活、それも結婚を間近に控えた人間の日常生活の中での意識の焦点の形成。「琴のそら音」はそれを描いた。

おそらく漱石は直感的に、その問題が、他の三作品とはまったく異質のテーマを内包していることを勘付いていた。結婚するということは、家庭を作ると言うことであり、家庭は社会の中の一単位となる。「倫敦塔」「カーライル博物館」のように、主人公「余」は異国に一人でいるわけではない。だから、「余」の一晩の経験は、「余」一人だけの経験として守られることはなく、露子にも「婆さん」にも津田君にも共有されなくてはならないし、津田君の書物の中に布置されることによって社会化さえもされる。先に問題として挙げた、「琴のそら音」末尾の部分において「余」の一晩の経験が念入りに相対化される理由はそのためである。しかし、一点だけ、疑問が残る。なぜ、その相対化の一環として、「狸」が登場しなくてはならなかったのだろうか。露子が翌朝全く治っていた、「余」の経験は津田君の書物の中の「K君の例」となった、だけでも当初の目的のためには十分だったはずである。しかし、漱石は「狸」を登場させた。

2—2 「狸」が開く領域

「余」は露子の家からの帰途、床屋に入る。そこでは、床屋の職人と客が幽霊を話題にしており、幽霊は「自分の心に恐いと思ふから」恐いのであり、それはみんな「神経」のせいに過ぎないという会話がなされている。つまり、ここでも、「余」の一夜の経験の軽い相対化がなされている訳であるが、より重要なのは、ここで「松さん」から紹介される「浮世心理講義録有耶無耶道人著」である。この書物の語り手「狸」は、「狸が人を婆化すと云ひやすけれど、何で狸が婆化しやせう。ありやみんな催眠術でげす……」として、その例として次のような例を紹介する。

　拙が一返古榎になつた事がありやす。所へ源兵衛村の作蔵と云ふ若い衆が首を縊りに来やした……

「狸」は作蔵が首を縊る瞬間に古榎木に化けた腕を「ぐにやりと卸ろして」作蔵の首吊り自殺を失敗させる。そして、それについて「狸」は次の様に解説する。

　俗人は拙が作蔵を婆化した様に云ふ奴でげすが、そりやちと御無理でげせう。作蔵君は婆化され様、婆化され様として源兵衛村をのそ〳〵して居るのでげす。その婆化され様と云ふ作蔵君の御注文に応じて拙が一寸婆化して上げた迄の事でげす。

　作蔵は「首を縊りに」来て、「狸」が化けた「古榎」に「古褌」を懸けて「肥桶を台にしてぶらりと下がる」という行為を確かに行った。ということは、自殺しようとしていたことになり、彼の行動は明らかにその意図を示している。ところが「狸」によれば、「作蔵君は婆化され様、婆化され様として源兵衛村をのそ〳〵して居」たのだという。自殺しようという行動をしている人間が一方で「婆化され様」としているという、この作蔵の分裂した意識内容はどうなっていたのだろうか。「首を縊りに」来たのだから、当然作蔵は、彼が自覚している意識の領域においては、自分はこれから自殺しようと思い詰めていた。しかし、「狸」の言うことが正しいとすれば、作蔵は一方、自覚し切れていない意識の領域、『文学論』の言葉を借りれば、「識域以下の意識」（第三編「文学的内容の特質」）においては「婆化され様、婆化され様」としているという状態にあったということになる。この両者を矛盾しないように言語化すれば、〈自分は首を吊ろうとしているが、誰かが自分をだまして首を吊らないようにくれないか〉となる。つまり、作蔵は首を吊るという行為をしようとしていながら、実は死にたくないという思いから発する違和感をその行為に感じていて、それが「婆化され様、婆化され様」という「識域以下の意識」の状態を生んだと考えられる。語り手が「狸」という人を食った設定で示され、「源さん」「松さん」といった床屋の職人や客たちの会話の中で語られ、という具合に巧みに読者の目をそらすように仕掛けられているが、ここで漱石は、人の行為と意識現象のかなり複雑な在り方を提示していることになる。

この「狸」の挿話は、表面的には、「まんじりとも」しなかった一夜が露子の無事によって全くの空振りであったことを知った「余」が、「して見ると昨夜は全く狸に致された訳かな」と否応なく気付かされるためにここに布置されていると言えるが、その役割はそれだけではない。この挿話は「余」がなぜ「まんじりとも」しない一夜を過ごす羽目になったかを説明しているからである。1で考察したように、「余」が一晩、〈露子の安否〉を意識の焦点とできたのは、「婆さん」の迷信を予備段階として、津田君の「よく注意し給へ」の一言と彼が語ったインフルエンザで死んだ女のエピソードに始まる一連の連鎖によって、〈露子の安否〉を意識の焦点にするように小説の叙述によって仕組まれたからであった。しかし、「余」が識域においても「識域以下の意識」においても露子の病気を全く心配していなかったら、このような操作がなされても、〈露子の安否〉は「余」の意識の焦点とはならなかっただろう。「余」は、作蔵と同じく、露子の病気を「大丈夫に極つてる」と言い、本人もそう信じて行動していながら、「識域以下の意識」には心配があったからこそ、【「婆さん」→津田君→死んだ乳飲み子→赤い火→巡査の一言】という連鎖が、「刺激S」となって「余」の意識に大きく作用して〈露子の安否〉を「余」の意識の焦点としたのである。「狸」が語る「首を縊りに」来ていながら、「婆化され様、婆化され様」としていたという作蔵の意識の構造は、「余」の露子の病気に対する意識の構造を説明し、「余」が〈露子の安否〉を意識の焦点にすることになった理由を解き明かしている。

つまり、「余」に「琴のそら音」で起きたような現象が起こるためには、「余」の「識域以下の意識」の領域の在り方こそが問題だったのであり、「琴のそら音」はその領域を意識した小説であることが、この「狸」の挿話で明らかになる。この小説のタイトルが「琴のそら音」であるのも、そのことを指し示している。「そら音」とは、本来そこにない、聞こえないはずの音であり、従って自覚的な意識によってでは聞くことのできない音のことである。「そら音」を聞くことができるのは、「識域以下の意識」の作用によってである。だとすれば、「琴のそら音」を聞くのは、作蔵の「婆化され様、婆化され様」とする意識の領域においてである。そして、主人公「余」は、一晩、まさにその領域でのドラマを生きた。だから、この短編には「琴のそら音」というタイトルが与えられ、それはこの小説が脳のどの領域の小説化であるかを明らかにしているのである。

以上、考察してきたように、「琴のそら音」の「狸」の挿話は、「余」の一夜の経験を相対化するとともに、「琴のそら音」の根源的な構造を明らかにする、非常に重要な意味を持っている。しかし、そのために登場させられたのは、人間ではなく「狸」である。もちろん、「浮世心理講義録」は「狸」という設定で人間が述べている書物であるが、なぜここで人間ではなく「狸」と言う設定でそれが語られる必要があったのだろうか。「倫敦塔」の場合は、「宿の主人」というまぎれもない人間によって、「余」が倫敦塔に見た不思議な現象の種明かしがされる。「琴のそら音」の場合も、終わりにもう一度、人間である津田君が登場して、自分は意図的に暗示を与え、それによって「余」は一夜の不思議な経験をしたのだ、と明かす展開もあり得たはずである[2]。しかし、漱石はその展開を採用せず、人間ではない「狸」を面白おかしく登場させた。

「琴のそら音」が「倫敦塔」「カーライル博物館」「趣味の遺伝」と違うのは、意識の焦点をいわば人為的に主人公に与えている点である。漱石は、意識を向ける対象が定まっていない主人公に刺激を与え、彼の意識をある対象に向けさせ、それを意識の焦点にさせるという小説を書くことを「琴のそら音」で試みた。そして、その試みは矛盾した意識を抱え込んでいる主人公を設定することによって可能だった。すなわち、〈自殺する行動をしていながら、「識閾以下の意識」では化かされようと願っている〉作蔵のように、〈婚約者の病気を大丈夫に決まっていると思いながら「識閾以下の意識」では心配している〉という意識内容を持つ主人公が必要であった。露子の無事を確認して、前夜の心配を「愚の至り」「馬鹿々々しい」と思った後、「狸」が「婆化す」話を聞いて、「昨夜は全く狸に致された訳だと「余」は納得する。「余」が〈露子の安否〉を意識の焦点として過ごした一夜には、「狸に致された」としか表現できない、人間の知性の領域では処理できないものがあったからこそ、「狸」が招来されたのではないだろうか。そして、それは滑稽さに包まれて本質を隠蔽されている必要があった。

『吾輩は猫である』を除けば、漱石の小説に人間以外の生物で、しかも言葉を駆使する存在が登場するのは、この「琴のそら音」の「狸」だけである。そして漱石は、それ以後の小説では二度と「狸」に当たる存在は登場させなかった。すなわち、「琴のそら音」での試みを「狸」を招来する形では再び試みなかった。それなら、もし、「琴のそら音」を漱石のそれ以後の小説に倣って「狸」の登場をなくして書いたらどうなるだろうか。「狸」を登場させないということは、「余」の抱え込んだ意識の矛盾を無視して小説を書くということである。そのためには、「識閾以下の意識」を極力記さずに「余」の行動を記述しなくてはならない。そうすると、「余」はどのような主人公となるだろうか。露子の病気は「大丈夫に極ってるさ」と言っていながら、津田君との会話によって急に度外れた心配を始め、出会うあらゆるものにその心配を増幅させる意味を勝手に感じたあげく眠れなくなり、翌朝滑稽な振る舞いをしてまで彼女の安否を確かめに行く――そういう主人公が生成される。この主人公は読者に、自分勝手に空回りしている滑稽な主人公として受容されるだろう。

このことを裏返せば、こういうことになる。もし、ある主人公をある属性であるかのように小説内に存在させたかったら——自覚的な意識の領域での行動と心理だけを記述して、その主人公の「識域以下の意識」の領域を殆ど読者に示さないこと、示すとしても、読者に分かりにくい形で示すこと、それが有効な方法である。「琴のそら音」における発見を発展させれば、そういう小説の方法に行き当たる。第一部第一章でくわしく考察するが、漱石が『三四郎』で採用することになるのは、まさにこの方法である。

3.『夢十夜』「第八夜」論——「鏡に映る影」と「金魚売り」

3—1 「鏡に映る影」と「鏡」の関係

『夢十夜』が書かれたのは、前節で考察した「琴のそら音」(明治三十八年五月)から約三年後である。漱石は、明治四十一年七月一日付の高浜虚子宛書簡で、「小生夢十夜と題して夢をいくつもかいて見様と存候。第一夜は今日大阪へ送り候。短かきものに候。御覧被下度候」と書いている。『漾虚集』は漱石が明治三十八年一月から翌三十九年一月までに発表した小説を「過去一年間の短篇を蒐めて」(『漾虚集』自序)刊行したものであったが、書簡に明らかなように、『夢十夜』は最初から「短きもの」の連作を意図して書かれたものである。1で指摘したように、第八夜が他の九夜の夢に対して異色であるとすれば、それは最初から意図されたものだったと言えるだろう。

まず、前節に続いて、各夜の夢における「意識の焦点」を考察する。『夢十夜』の第一、三、四、六、七夜は、最初に語り手「自分」にとっての意識の焦点が示され、そこから各夢が始動する。すなわち、第一夜は〈死んでいく女〉、第三夜は〈盲目の小僧〉、第四夜は〈謎の爺さん〉、第六夜は〈仁王を彫る運慶〉、第七夜は〈西へ向かう船〉である。各夜はそこから物語が始動する。一方、第二夜、第五夜はこのように明確な対象としての意識の焦点は指摘できないが、第二夜は「和尚」への憎悪とともに〈悟ること〉に「自分」の意識が集中していく夢であり、第五夜は死ぬ運命に陥った「自分」が〈女を待つこと〉に意識を集中する。第五夜の「自分」の意識の集中は、そこに居ないはずの女の行動を幻視するほどに高まる。いずれにせよ、第七夜まではどの夜も、意識がある対象に向けられ、それを意識の焦点とするか、ある行為に向けられ、それに集中するかである。

しかし、第八夜以降は、事情が異なる。まず、第八夜においては、後述するように、「自分」の意識の焦点はめまぐるしく移り変わり、第七夜までのようにそこから物語が始動する特定の焦点は存在しない。そして、その第八夜を経過すると、激しい変化が起こる。第九、十夜の「自分」は語られる話の遠景に退き、それまでの夢を見る主体から、他人の物語の記述者の位置へと後退してしまうのである。そこで「自分」が語る人物の物語における意識の焦点は、第九夜の「若い母」にとっては〈夫の帰りを待つこと〉であり、第十夜の庄太郎にとっては、最初が〈女〉、次に〈豚〉であると、一応指摘する事はできる。しかし、この二つの夜におけるそれぞれの「自分」にとっての意識の焦点を定めることは不可能である。なぜなら、そこで語られる他人の物語が自らの意識の焦点となり得るほどには、「自分」は、他人の物語と緊密な関係を与えられていないからである。第九夜は、夫の帰りを待つ「若い母」とその子供の物語であるが、「自分」は、この「若い母」の話を「夢の中で母から聞いた」という形で最終行に登場するだけであり、しかも、その「母」と「若い母」が同一人物であるか、「子供」と「自分」が同一人物であるか否かは明らかにされていない。また、庄太郎が女に攫われ、「豚の鼻頭を七日六晩」叩き続けて瀕死の状態に陥る第十夜においても、「自分」は、書き出しと最後で庄太郎についての情報を健さんから聞く存在としてのみ登場する。つまり、第八夜を経過すると、第九夜、第十夜の「自分」は、第一夜から第七夜までの「自分」と違って、小説内における意識の焦点、あるいは意識の集中する先を剥奪される。それを象徴するかのように、第九、十夜で、「自分」の語が見られるのは、第十夜の「健さんは、庄太郎の話を此所迄して、だから余り女を見るのは善くないよと云つた。自分も尤もだと思つた」の一カ所だけである。それも「自分は」というその文を統べる主語とはならず、他人に追随する形の「自分も」としてである。すなわち、この時、「自分」は夢を語る主体としての属性をほぼ剥ぎ取られている。

以上のように、第八夜を結節点として、第九夜、第十夜では、夢の記述方法そのものが変質してしまっている。もし、その変質が、第八夜が書かれたことによるものだとしたら、第八夜の何がその変質をもたらしたことになるのだろうか。第八夜を経過すると、「夢十夜」は、「自分」という一人称による語りという小説の方法そのものが揺らぎを見せ始めるのである。そして、そのように考えれば、船に乗っていた「自分」が「とう〱死ぬ事に決心」して、海の中へ飛び込むが、海に落ちきるところまでは描かれない第七夜は、第九夜以降の「自分」の小説世界からの後退を予言しているかのようである。第八夜では、第九夜以降、「自分」を小説世界から後退させるための何かが行われたと推測される。

第八夜は「床屋の敷居を跨いだら」と始まり、「自分」はまず床屋に入る。「真中に立つて見廻すと、四角な部屋である。窓が二方に開いて、残る二方に鏡が懸つてゐる。鏡の数を勘定したら六つあつた」とあり、「自分」はその六つの鏡のうち一つの前に腰を下ろし、「鏡に映る影を一つ残らず見る積りで目を睁」っている。第八夜においてはこの「鏡に映る影」がまず三通り記され、次にやや変則的なそれが三通り示され、その都度、それが「自分」にとっての意識の焦点を形成する。最初に述べたように、この夜だけが、一つの夢に一つの焦点という構成を採用していない。『文学論』の言い方に従えば、細分化された時間における意識の焦点、「一刻の意識に於けるF」が扱われていると考えられる。引用するに際して、便宜上（1）〜（6）の通し番号を付ける。まず最初の三通りである。

（1）庄太郎が女を連れて通る。庄太郎は何時の間にかパナマの帽子を買て被つてゐる。女も何時の間に拵へたものやら。一寸解らない。双方共得意の様であつた。よく女の顔を見やうと思ふうちに通り過ぎて仕舞つた。

（2）豆腐屋が喇叭を吹いて通つた。喇叭を口へ宛がつてゐるんで、頬ぺたが蜂に螫された様に膨れてゐた。膨れたまんまで通り越したものだから、気掛りで堪らない。生涯蜂に螫《さ》されてゐる様に思ふ。
(3) 芸者が出た。まだ御化装《おつくり》をしてゐない。島田の根が緩んで、何だか頭に締りがない。顔も寝ぼけてゐる。色沢が気の毒な程悪い。それで御辞儀をして、どうも何とかですと云つたが、相手はどうしても鏡の中に出て来ない。

まず(1)で登場する庄太郎は、第六夜の運慶とならんで、名前を持った登場人物である。[3] しかも、運慶が読者がかなり高い割合で知っているであろう名前であるのと違って、この庄太郎はここでいきなり登場し、しかも第十夜の主人公であり、二つの夜に跨がって登場する。ここで庄太郎は、「女を連れて」いて「パナマの帽子」をかぶり、「得意の様」であると「自分」の目には映る。彼は、「鏡に映る影」として欠けている部分のない存在として記述される。しかし、彼の連れている「女」の顔は「自分」の位置からはよく見えない。「よく女の顔を見やうと思ふうちに通り過ぎて仕舞つた」と記述され、「鏡に映る影」の第一番目は、過不足なく見える存在と見えない存在との双方が示される。これは鏡に映る人物を見る通常の場合の見え方とそれに対する見る者の感想であると言える。しかし、次の(2)(3)は異なる。

(2)における「自分」の感想は奇妙である。「喇叭」を吹いて通る豆腐屋がその格好のままで鏡から消える。その時、「自分」は、「膨れたまんまで通り越したものだから、気掛りで堪らない。生涯蜂に螫されてゐる様に思ふ」と述べる。しかし、豆腐屋は鏡に映る以外の場においては当然普通の「頬ぺた」に戻っているであろうから、「生涯蜂に螫されてゐる」はずはないし、「気掛りで堪らない」と感じる必要もないはずである。「自分」の奇妙な感想が正当であるためには、豆腐屋は、鏡に映る前と後の状態を喪失して、「鏡に映る影」としてだけ存在していなくてはならない。そうすれば、彼は「生涯蜂に螫されてゐる」状態の「頬ぺた」のままでいることになる。つまり、「鏡」の外にいる現実の実体を捨象して、「鏡に映る影」だけの存在形態になってしまえば、彼は「生涯蜂に螫されてゐる」存在となれる。そういう存在の形態は、どういう構造の中で可能だろうか。

もし、この「豆腐屋」が小説の登場人物であり、ちょうど「蜂に螫されてゐる」ように、ある状態の存在としてのみ小説に書かれていたら、彼は読者にとって、その状態でのみ存在する。(4) つまり、「豆腐屋」が小説の登場人物であれば、小説に書かれた以外の他の状態が想定されないという意味において、「生涯」ある状態を生きる事になる。「頬ぺた」を膨らませて、「生涯蜂に螫されてゐる様」な存在であり続ける。

このことを漱石の『夢十夜』以前の小説を例にして示せば、例えば、「二百十日」の登場人物圭さんは豆腐屋の息子であるが、「華族や金持ち」が「滅茶苦茶」にした社会で苦しむ「金も力もない、平民に幾分でも安慰を与へる」ために、「僕と一所にやれ」（以上五）と友人碌さんに言う。小説はそこで終わるため、読者が「二百十日」を読む度に、圭さんは、社会のために何かをやろうとしている存在として、〈生涯〉小説の中に存在する。また、「趣味の遺伝」において、語り手「余」が浩さんの墓で見かけた女（小野田博士の妹）は、小説の最後で浩さんの母と「丸でお嫁さんの様」な関係になる。しかし、若い女性である以上、彼女はいずれどこか他の家の「お嫁さん」になるだろう。小説は死んだ浩さんの母と彼女が〈姑と嫁〉のような関係でいることを書き、最後の一行に「博士は何も知らぬらしい」とその関係を壊す要因を排除して終わる。すなわち、「趣味の遺伝」においては、彼女は〈生涯〉浩さんの母の「丸でお嫁さん」のような存在のままである。

このように見た場合、（2）の「豆腐屋」に対して「生涯蜂に螫されてゐる様に思ふ」という捉え方をするということは、「鏡」に「映る影」を小説の登場人物として捉えているということである。（2）において記述されているのは、「鏡」に「映る影」を借りた、小説の登場人物の小説における存在形態の本質である。ということは、「鏡」の前に坐った「自分」は、「鏡に映る影」という対象を（１）の庄太郎の場合は通常の人間のように受容したが、次の（2）の豆腐屋からは、小説の登場人物の属性をそこに見て小説的存在として受容しているということになる。

（2）で「豆腐屋」を小説の登場人物として捉えた「自分」が次に鏡の中に発見するのは「芸者」である。しかし、実際に「自分」が見ているのは、「まだ御化装をしてゐない。島田の根が緩んで、何だか頭に締りがない。顔も寝ぼけてゐる。色沢が気の毒な程悪い」という女である。引用（3）において、「自分」がこの女を「芸者」であるとする根拠は何も示されていないが、「自分」はその女が「芸者」であることをなぜか知っている。だからまず、「芸者が出た」と記す。そうすると、このように「芸者」らしさの全ての属性を剥ぎ取られた状態の、ただ顔色が悪い化粧っ気のない女であっても、それは仕事前の姿であり、彼女が何時間か後には「御化装」をして、「島田」に結ってあでやかな姿となることが想像される。小説という構造の中では、最初に「芸者」とひと言書くだけで彼女は「芸者」となる。そして、そう書いてしまえば、その後に続く部分は、「芸者」のこととして読まれる。

「吾輩は猫である」（『吾輩は猫である』書き出し）と記されれば、猫が語ることなどあり得ない、という現実的脈絡を無視して、「猫」を〈語る猫〉と認定して、小説が開始される。「親譲りの無鉄砲で小供の時から損ばかりして居る」（『坊っちゃん』書き出し）と記されれば、「親譲り」の根拠が示されなくても、主人公は本人にはどうともし難い理由によって「無鉄砲」であると了解される。「芸者が出た」というやや奇妙な書き出しで始まる引用（3）は、「芸者」という言葉が小説構造の中で〈出て〉しまいさえすれば、それが「芸者」的属性を全て剥ぎ取られていても、「芸者」である、という、小説の不思議な構造を示している。そして、先走って言えば、第一部第一章で考察する『三四郎』においても、漱石はこの（3）の方法を十二分に駆使した。三四郎が「田舎者」であると記されれば、そこに一つの属性とイメージが付与される。それを漱石がいかに利用したかはそこでくわしく検討するが、「芸者」と記して「芸者」のすべての属性を剥ぎ取られた女を書いたこの第八夜において、漱石はすでに『三四郎』の主人公を書く方法を獲得しかけていた、と言えるのではないだろうか。

3―2 「鏡に映る影」と『草枕』『虞美人草』

3で考察したように、「第八夜」の（2）（3）で、「自分」は「鏡に映る影」という対象を小説における登場人物の存在形態として受け取り、また小説的方法を用いてそれを描写した。このことから、この「第八夜」における「自分」は、床屋の「鏡に映る影」を現実（「第八夜」における小説内現実）に対して、小説構造の中の存在として受容する存在であると考えられる。本論はこの見解の元に、以下の論を進める。

さて、3で検討した（1）〜（3）の「鏡に映る影」の三通りの見え方が示された後、「白い男」が登場する。「自分」は、この「白い着物を着た大きな男」に「どうだらう物になるだらうか」と尋ねる。それに対して、「白い男は、何も云はずに、手に持つた琥珀色の櫛で軽く自分の頭を叩」き、ここは頭を整えるところだという無言のメッセージを発する。「自分」はさらに、「さあ、頭もだが、どうだらう、物になるだらうか」と重ねて尋ね、床屋が扱う「頭」ではなく、もっと別の何かが「物になる」かどうかを尋ねていることを主張し、また、二度、問いを繰り返すことによって、この問いは、自分にとって切実な問いであることを示す。すると、「白い男」は、「旦那は表の金魚売りを御覧なすつたか」と一言言う。もし、これが「自分」の「物になるだらうか」という問いに対する正当な答えであると仮定したら、この問答は何を尋ねて何を答えられたことになるのだろうか。

この問いは次項で検討するが、ここではこの問いを念頭に置きながら後半の三通りの「鏡に映る影」を検討する。

後半は、「白い男」、すなわち床屋が「自分」の髪を切り始める。それによって「鋏の鳴るたんびに黒い毛が飛んで来るので、恐ろしくなつて、やがて目を閉ぢた」とり、「自分」は肝心の「鏡」を見る目をいったん閉じざるを得なくなる。

（4）すると突然大きな声で危険《あぶねえ》と云つたものがある。はつと目を開けると、白い男の袖の下に自転車の輪が見えた。人力の梶棒が見えた。と思ふと、白い男が両手で自分の頭を抑へてうんと横へ向けた。自転車と人力車は丸で見えなくなつた。鋏の音がちやき〳〵する。

（5）やがて、白い男は自分の横へ廻つて、耳の所を刈り始めた。毛が前の方へ飛ばなくなつたから、安心して目を開けた。粟餅や、餅やあ、餅や、と云ふ声がすぐ、そこでする。小さい杵をわざと臼へ中《あ》てゝ、拍子を取つて餅を搗《つ》いてゐる。粟餅屋は子供の時に見たばかりだから、一寸様子が見たい。けれども、粟餅屋は決して鏡の中に出て来ない。ただ餅を搗く音丈する。

（6）自分はあるたけの視力で鏡の角を覗き込む様にして見た。すると帳場格子のうちに、いつの間にか一人の女が坐つてゐる。色の浅黒い眉毛《まみへ》の濃い大柄な女で、髪を銀杏返しに結つて、黒繻子の半襟の掛つた素袷《すあはせ》で、立膝の儘、札の勘定をしてゐる。（中略）
自分は茫然として此の女の顔と十円札を見詰めて居た。すると、耳の元で白い男が大きな声で「洗ひませう」と云つた。丁度うまい折だから、椅子から立上がるや否や、帳場格子の方を振返つて見た。けれども格子の中には女も札も何にも見えなかつた。

床屋の行動によっていったん目を閉じていた「自分」は、「危険《あぶねえ》」という「大きな声」によってそれまで閉じていた目を開き、自転車と人力車の一部を見て、人力車と自転車が衝突しそうになったと推測はするが、「白い男」に頭を横へ向けられたため、「危険《あぶねえ》」の実質を満たす出来事を見ることができない。結果として、聴覚を刺激した「危険《あぶねえ》」という言葉だけが、視覚ではその実質を満たす出来事を完全に見ることができない状態で提出される。

この（4）を（2）と（3）に倣って、小説構造に置き換えてみるとどうなるだろうか。（4）では「危険《あぶねえ》」という概念が先行して、その概念を満たす実質を「自分」はごくわずかな部分しか見ることができなかった。すなわち、ある概念が小説に提出されているが、その実質を満たすものがわずかしか小説化されていない、そういう小説が想定される。漱石は、『草枕』と『虞美人草』において、〈危ない〉という語を独特の用い方で使用した。『草枕』においては、「かうやつて、煦々《くく》たる春日に脊中をあぶつて、椽側に花の影と共に寐ころんで居るのが、天下の至楽である。考へれば外道に墜ちる。動くと危ない」（四）と書いた。また、『虞美人草』においては、甲野は藤尾に向かっては「お前の様に楽《たのしみ》の多いものは危ないよ」（十二）と言い、糸子には「藤尾の様な女は今の世に有過ぎて困るんですよ。気を付けないと危ない」（十三）と言う。「危ない」という言葉は、このように意味ありげに使われるが、何がどうなるから危ないのか、という危なさの実質は具体的には示されていない。

『草枕』では「動くと危ない」とあり、「動く」とは、「現実世界に在つて、余とあの女との間に纏綿《てんめん》した一種の関係が成り立つたとするならば」（十二）と想定されるような関係を余が那美さんと結ぶことか、と読者に想像させるが、それがどのように「危ない」のかは、具体的には示されていない。『虞美人草』においても、「浅墓《あさはか》な跳ね返りもの」（十七）と甲野に評される藤尾が、最後に「我の女は虚栄の毒を仰いで斃《たお》れた」（十九）という結果を迎えたことは記されるが、藤尾が「楽《たのしみ》」を追求したことがどれほどどのように「危ない」のかについての十分な説明は語られていない。

もちろん、『草枕』も『虞美人草』も、その豊富な叙述によって、『草枕』の「余」や、『虞美人草』の甲野が彼らなりの深い思考によって、何を〈危ない〉としているかが読者に想像できるようには書かれている。しかし、同じ『草枕』の十三において、「汽車」と近代文明の関係を述べて、「汽車」が「猛烈に、見界《みさかひ》なく、凡ての人を貨物同様に心得て走る様を見る度に、客車のうちに閉じ籠められたる個人と、個人の個性に寸毫の注意をだに払はざる此鉄車とを比較して、――あぶない、あぶない。気を付けなければあぶないと思ふ」と、主人公「余」が何を思考対象として「あぶない」としているかが明確な部分に比べれば、そこに具体性は乏しい。

次の（5）では、「粟餅や、餅やあ、餅や」という声によって、「自分」は「粟餅屋」の存在を知り、幼児の記憶を呼び覚まされて「一寸様子が見たい」と「粟餅屋」を見たいと思うが、「粟餅屋は決して鏡の中に出て来ない」。すなわち、この（5）に至って、「鏡に映る影を一つ残らず見る積り」でいた「自分」は、「決して鏡の中に出て来ない」、声だけ聞こえているという存在に出会ってしまう。〈見たい〉という欲求が募った「自分」は「あるたけの視力で鏡の角を覗き込む様にして見た」と、無理にでも「鏡」の中を覗き込もうとする。するとそこに一人の「女」が映る。しかし、「白い男」が洗髪に入る機会を捕まえて振り返ってみると、この「女」は「鏡」の外には存在していなかった。すなわち、（5）で声だけは聞こえるが「鏡に映る影」が消滅した状態が記述されると、（6）に至って遂に、「鏡に映る影」だけは明瞭に見えて、それなのに〈鏡の外〉にはいない存在、言い換えれば第八夜の小説内現実に存在しない対象を「鏡の中」だけに見るという経験に辿り着く。この（5）（6）は何を物語っているのだろうか。

（5）は声によって対象の情報が得られ、何者かほぼ分かっていても存在そのものは見えない存在を示している。小説構造に置き換えれば、例えば『草枕』二で「余」が茶店の婆さんから「志保田の嬢様」の情報を聴くが、その段階ではまだ彼女には出会っていない、という状態である。そう（5）を捉えると、（6）の「女」の描写には、「草枕」の那美さんの描写と共通する言葉が使われていることに気付かされる。「余」と那美さんの初対面の場面では、「頭は銀杏返しに結つてゐる。白い襟がたぼの下から見える。帯の黒繻子は片側丈だらう」（三）と記されている。もちろん、（6）で記される女は、那美さんではない。しかし、「銀杏返し」「襟」「黒繻子」という要素が共通するし、特に「銀杏返し」は「……向ふ二階の欄干に銀杏返しが頬杖を突いて、開化した楊柳観音の様に下を見詰めて居た」（四）と那美さん本人を表徴するものとして扱われている。そして、（6）の女は「鏡の中」にだけ存在して、〈鏡の外〉の第八夜の小説内現実には存在していない、そういう存在だった。言い換えれば、小説的存在ではあっても、現実感に乏しい登場人物であると言える。それが『草枕』の那美さんを想起させる言葉の群れで記述されているということは、そこに『草枕』の那美さんの書き方に対する何らかの反省意識を見ることも可能なのではないだろうか。

『夢十夜』の「第八夜」では、（1）の庄太郎から出発して、「鏡」とそこに「映る影」を利用して（2）（3）で小説的存在とそれを描写する小説的方法の在り方が示された。そして「白い男」登場以後の（4）（5）（6）では、〈見えない〉〈見られない〉ことが強調され、『草枕』『虞美人草』を想起させる要素が採用されていた。このように考えると、「第八夜」後半の（4）（5）（6）には、漱石のこれまでの小説、特に『草枕』と『虞美人草』の方法に対する漱石の意識が反映されていると考えられる。そこで〈見えない〉〈見られない〉ことが強調されるということは、小説内現実において小説的存在や概念を問題のある状態で書き、結果として〈見えない〉状態で提出してしまったことに対する反省意識が見られるとも考えられる。

3―3　「金魚売り」が示す答え――「庄太郎」の発見

4の冒頭で指摘しておいた「自分」と「白い男」との問答に戻る。「どうだらう物になるだらうか」「さあ、頭もだが、どうだらう、物になるだらうか」に対して、「旦那は表の金魚売りを御覧なすつたか」と答えるあの問答である。「第八夜」の「鏡に映る影」、特に（2）〜（6）はそれらを小説構造に置き換えることが可能だった。その中で提出されるこの問答は何なのだろうか。

ここで、（5）の「粟餅屋」に着目する。ここで登場するのは、なぜ「粟餅屋」なのだろうか。他の選択肢もあったはずだが、ここでは「粟餅屋」が選ばれた。そして、この語は漱石が明治四十年四月に行った講演、「文芸の哲学的基礎」の中で、重要な比喩として使われている。漱石は「文芸の哲学的基礎」を意識のあり方を定位することから始めた。すなわち、「世界」は「我と物との相待《そうたい》の関係で成立して居る」というが、それは「甚だ怪しい」、ただ明らかなのは意識現象があることであり、その「意識の連続して行くものに便宜上私と云ふ名を与へたのであります」と「我」（私）を捉える。そして、「意識の連続」を認めると「如何なる内容の意識を如何なる順序に連続させるか」が問題になり、ここから時間と空間が生ずるとした後で、次のように述べる。

既に空間が出来、時間が出来れば意識を割いて我と物との二つにする事は容易であります。容易な所の騒ぎぢやない。実は我と物を区別して之を手際よく安置する為に空間と時間の御堂を建立したも同然である。御堂が出来るや否や待ち構へて居た吾々は意識を攫《つか》んでは抛《な》げ、攫んでは抛げ、恰も粟餅屋が餅をちぎつて黄ナ粉の中へ放り込む様な勢で抛つけます。この黄ナ粉が時間だと、過去の餅、現在の餅、未来の餅になります。此黄ナ粉が空間だと、遠い餅、近い餅、こゝの餅、あすこの餅になります。今でも私の前にあなた方が百五十人許りならんで居られる。是は失礼ながら私が便宜の為、そこへ抛げ出したのであります。

もちろん、ここでの「粟餅屋」「餅」は『夢十夜』「第八夜」引用（5）の「粟餅屋」とは直接関係はない。しかし、「文芸の哲学的基礎」において、「我」という存在を定位し、「意識の連続」こそが「我」であるとすることから文学を論じた漱石は、そこから時間と空間を備えた「我」が存在する世界を定位する時に、他の何でもない、この「粟餅屋」の比喩を用いた。だとすれば、「粟餅屋」という語とその概念は漱石にとって、文学、特に小説を論じることと深く関わった語であったということになる。そして、「第八夜」はこれまでの考察に明らかなように、「鏡に映る影」が漱石のそれまでの小説構造に置き換えられることが可能なように書かれていた。その中で、この（5）で特に「粟餅屋」が選ばれたことを考えると、ここで小説に関する何ごとかが問われていると考えられるのではないだろうか。

それなら、『夢十夜』を書いた時点における漱石は、小説をどのように書こうとしていたのだろうか。『夢十夜』の『東京朝日新聞』における連載が終了したのは明治四十一年八月五日であるが、その直後の八月十九日、漱石は東京・大阪の両朝日新聞に次作『三四郎』の予告を発表した。

田舎の高等学校を卒業して東京の大学に這入つた三四郎が新しい空気に触れる、さうして同輩だの先輩だの若い女だのに接触して色々に動いて来る、手間は此空気のうちに是等の人間を放す丈である、あとは人間が勝手に泳いで、自ら波瀾が出来るだらうと思ふ、さうかうしてゐるうちに読者も作者も此空気にかぶれて是等の人間を知る様になる事と信ずる、もしかぶれ甲斐のしない空気で、知り栄のしない人間であつたら御互に不運と諦めるより仕方がない、たゞ尋常である、摩訶不思議は書けない。

漱石は『三四郎』を、小説にある「空気」を作り、そこに登場人物達を「放す丈」という方法で書こうとしていた。しかも、その小説世界は「尋常」であり、「摩訶不思議」は書けない、書かないという。この言明と「第八夜」を照合してみる。(1)〜(6)の中で「摩訶不思議」の度合いが最も強いのは(6)である。だとすれば、この「第八夜」における(6)の「帳場格子」の中の女は、今度の小説にはこういう登場人物は書かない、という一つの宣言とも考えられる。読者がこの女から『草枕』の那美さんをイメージすることはそれほど不自然ではないだろう。つまり、『夢十夜』の後で書こうとしている『三四郎』には、『草枕』の那美さんのような存在、ある小説構造の中では登場人物たり得るかもしれないが、〈鏡の外〉の小説世界には存在しない、現実感に乏しい存在は登場させないということなのではないだろうか。先に(4)〜(6)には『草枕』『虞美人草』の方法に対する反省意識の反映を見ることができると指摘したが、それはこの『三四郎』の予告とも符合する。つまり、この時、漱石はこれまでの小説の方法を解体して、新しい方法で小説を書こうとしていたと考えられる。

そう考えれば、「自分」の「物になるだらうか」という問いは、これまでの小説の方法を解体して新たに小説を書いた時にそれが〈物になる〉、すなわち新しい方法の小説として自立し得るか、という問いであったと言える。それなら、それに対する、「白い男」の「旦那は表の金魚売りを御覧なすつたか」という答は何を答えていることになるのだろうか。(1)〜(6)の「鏡に映る影」を見尽くして、床屋を出た自分は、「白い男」に言われた「金魚売」を発見する。

代を払つて表へ出ると、門口の左側に、小判なりの桶が五つ許《ばか》り並べてあつて、其の中に赤い金魚や、斑入の金魚や、痩せた金魚や、肥つた金魚が沢山入れてあつた。さうして金魚売が其の後にゐた。金魚売は自分の前に並べた金魚を見詰めた儘、頬杖を突いて、じつとして居る。騒がしい往来の活動には殆ど心を留めてゐない。自分はしばらく立つて、此の金魚売を眺めて居た。けれども自分が眺めてゐる間、金魚売はちつとも動かなかつた。

「金魚売り」は「桶」の中の、すなわち水面の中の金魚を「じつと」「見詰め」ている。この時、「金魚売」にとっての意識の焦点は、「自分の前に並べた」「金魚」である。「金魚」は当然「金魚売」にとっては商売の道具であり、それを意識の焦点としていることは「金魚売」にふさわしい。「摩訶不思議」ではなく、「たゞ尋常」な小説を書こうとするのなら、この「金魚売り」のように、自分にとって意識の焦点とすることに全く無理がない対象を焦点化して小説を書けばよい。部分的にしか「鏡」に映らない存在でもなく、もちろん「鏡」の中だけにしか存在しない存在でもない存在を、である。しかも、「金魚売」は「自分」のように「鏡」を見ていない。彼が見ているのは、「桶」の水面である。「鏡」がこれまでの漱石の小説構造を表徴しているのなら、「映る影」が中途半端にしか映らないその「鏡」を脱して、「金魚売」のように、「桶」の水面とその中の存在を意識の焦点として小説を書くことが必要なのではないだろうか。「鏡に映る影」ではなく、「桶」の水面の中に居る金魚に当たる存在を見れば、それは「鏡に映る影」のように欠けたりすることなく過不足なく見える。「鏡」から「桶」の中の水面へ。これまでの小説構造から新しい小説構造へ。ここで「金魚売り」が無言の裡にその姿全体で示しているのはそういうことであり、それが「自分」の「物になるだらうか」という問いに対する「白い男」の答なのではないだろうか。(5)

「摩訶不思議」は脱して、「たゞ尋常」であろうとする小説を書くこと。それなら、今度は（1）～（5）の中で、一番「たゞ尋常」であって「摩訶不思議」ではない存在は誰だろうか。それは（1）の庄太郎である。彼だけが「鏡に映る影」と「鏡」の外での小説内現実との間の落差が最も少ない存在であり、そういう意味で「尋常」であり、逆に言えば、「鏡」的小説構造の中にこれまでの考察で試みたような何らかの置き換えをすることが不可能な存在であった。この庄太郎を、この「第八夜」における「鏡に映る影」としての見え方のままで、「鏡」ではなく、「桶」の水面の中に見える主人公とする小説を書いた場合、すなわち（2）〜（6）までの小説構造ではない、全く違った小説構造の中で彼を主人公にする小説を書いた場合、それは「たゞ尋常」な小説となる可能性がある。その時、庄太郎に当たる存在は、「金魚売り」にとっての「金魚」に当たる存在になる。

「第七夜」で漱石は語り手「自分」に「死ぬ事に決心」させ、船から海の中へ飛び込ませるが、この「自分」の死は描かれない。「第七夜」は「自分」が「無限の後悔と恐怖を抱いて黒い波の方へ静かに落ちて行つた」という文で終わっている。すなわち、「第七夜」の「自分」は生と死の中間に宙吊りにされたままで夢が終わる。そして、「第八夜」の「自分」は、漱石のこれまでの小説構造であるかのような「鏡」の中に、彼のこれまでの小説を書く営為を象徴するような六通りの「鏡に映る影」を見る存在だった。そして、この「第八夜」の「自分」が、「金魚」をじっと見詰める「金魚売り」を見た後から、まさにそこから、『夢十夜』から「自分」が後退する。「第八夜」をこれまでのように考察した場合、それはまるで、それまでの小説を書く方法をいったん捨て、従って語り手「自分」もこれまでの小説構造から後退するかのようだ。そして、先述したように、「第九夜」では最後の一行にしか登場しないし、問題の庄太郎を主人公とする「第十夜」では、最初と最後にしか登場せず、しかも「健さん」から庄太郎の話を聞かされるだけの存在となった。

漱石が『夢十夜』の「第七夜」の最後以降、試みたことは、「短きもの」の連作の中でそれぞれに「自分」という語り手を設定しながら、ある時点からその語り手を後退させ、最後には他の人間を主人公とした物語りを聞かされる、そういう存在にまでしてしまう、そういう試みだった。それは言い換えれば、これまでの小説の方法をいったん放棄して、新しい小説を書く試み、「摩訶不思議」ではない、「たゞ尋常」である小説を書く試みの準備だった。もちろん夢を描く、という設定の『夢十夜』であるから、「第十夜」における庄太郎の物語は「摩訶不思議」である。しかし、その「第十夜」で語り手である「自分」は、語り手としての存在条件を極度に制限された語り手であった。そういう語り手を設定して、三人称で、庄太郎に当たる、「豆腐屋」でも「芸者」でも「帳場格子」の中の「女」でもない主人公を小説化すること。漱石はそれを『三四郎』で試みる。それはどのような仕掛けを持つ小説になるだろうか。

注

（1）「倫敦塔」「カーライル博物館」「琴のそら音」を経て書かれた「余」を語り手とする『漾虚集』の最後の作品「趣味の遺伝」においては、主人公「余」の意識の焦点は、戦争→新橋駅で見た将軍→友人浩さんと「推移」し、最終的に〈浩さんの墓で出会った女〉が彼の意識の焦点となる。「趣味の遺伝」において試みられているのは、「倫敦塔」「カーライル博物館」の「余」のように、意識を何らかの対象に向けようとしている主人公が、意識の焦点の「推移」を経てある焦点に辿り着き、それを意識の焦点として小説内で行動を起こしていく、という小説を書くことである。

（2）津田君が「余」に暗示を与え、それは「狸」によって語られる催眠術に該当するから、「狸」は津田君であるとする論もある（谷口基「『琴のそら音』論—その構造に潜むもの—」（『日本文学』42－12号　一九九三年一二月）、崔明淑「『琴のそら音』論—二段構成による二つの『心理劇』」（『大学院研究年報』第26号　中央大学　一九九六年二月））。しかし、本論は津田君は「刺激S」のうちの一つであると考え、「狸」に別の解釈を与えたい。

（3）「第十夜」には「健さん」と呼ばれる男も登場する。しかし、彼は庄太郎の話を「自分」に伝える存在に過ぎない。「第十夜」は「町内一の好男子」とされる庄太郎の物語であり、「町内」、すなわち小社会での噂話として庄太郎の物語は絡め取られる。従って、それを「自分」に伝える「町内」の存在は名前を持っていなくてはならない。庄太郎が名前を持って「第八夜」に登場することに比べれば、「健さん」という名前の持つ重要度は低いと考えられる。

（4）漱石は『夢十夜』執筆の約半年前の明治四十一年二月に行った講演、「創作家の態度」において、小説は、「……こゝに風邪を引いた人があるとすると、其人の生涯を通じて、風邪を引いた部分丈を抽き抜いて書くのですから、分り易く明瞭になる代りには甚だ単調にして有名なる風邪引き男が創造されて仕舞ひます」（傍点筆者）と述べている。そして、「本来」なら「病気の時と、丈夫な時と、病気でも丈夫でもない時と三通りかいて、始めて其人の健康の全局面が、あらはれる」が、それでは小説が「散漫」で「要領を得ない」印象を与えてしまうと述べる。ちょうど「鏡」に映った「豆腐屋」が「生涯蜂に螫されてゐる」ように、「風邪を引いた人」が小説の登場人物であれば、「其人の生涯を通じて、風邪を引いた部分丈を抽き抜いて」書かれているのだという捉え方を漱石はしていた。

（5）本論と論点は異なるが、清水孝純は、『漱石「夢十夜」探索—闇に浮かぶ道標』（翰林書房　二〇一五年）において、「『動かない金魚売り』とは受け身の世界観照に生きて、創造性を失った芸術家の隠喩に他ならない。『夢十夜』はひそかに芸術論も内包している」と指摘し、その芸術論は「第十夜の芸術論へとつながり完成してゆくことになる」と述べている。

第一部　『三四郎』から『彼岸過迄』『行人』へ

第一章　『三四郎』論 ——主人公に施す技法

1.「単純」化された主人公

明治四十二年六月、朝日新聞に『それから』の連載を開始するに当たって、夏目漱石は予告文で次のように述べた。

色々な意味に於てそれからである。「三四郎」には大学生の事を描《かい》たが、此小説にはそれから先の事を書いたからそれからである。「三四郎」の主人公はあの通り単純であるが、此主人公はそれから後の男であるから此点に於ても、それからである。

（傍点漱石、傍線筆者）

『三四郎』の主人公について、漱石は彼を「単純」だと断定し、「あの通り」と、読者もその断定を共有していると考えていた。漱石は『それから』連載開始時においても、『三四郎』において主人公を「単純」な男として描くことに成功したと確信している。確かに、三四郎は「単純」で初心であり、恋については不器用で鈍い主人公として捉えられてきた。しかし、小説において、その主人公が「単純」だという印象が与えられることと、その属性が「単純」であることとは当然異なる。三四郎がもし「単純」な主人公であるのなら、どのように「単純」であり、かつどのようにして「単純」にされた主人公なのだろうか。また、なぜ、『三四郎』において、主人公は「単純」な男でなくてはならなかったのだろうか。本論は『三四郎』において、主人公を「単純」に見せるために施された仕掛けについて分析し、なぜその仕掛けが必要であったのか、また、三四郎のような「単純」な主人公が後の漱石の作品においてどのような展開を見せたかを究明しようとするものである。

1―1　対象を受容する意識の「単純」化

『三四郎』の二で、大学に野々宮を訪ねた後、三四郎は池のほとりで美禰子に出会う。この場面で漱石は主人公三四郎を「単純」化する方法の基本形を作ることに成功した。すなわち、まず対象を受容する時の意識を「単純」化して読者に示し、次にそれを基盤に起こした行動を「単純」化して記述した。その方法を細かく分析する。

（引用A）

不図眼を上げると、左手の岡の上に女が二人立つてゐる。（中略）女の一人はまぼしいと見えて、団扇を額の所に翳してゐる。顔はよく分らない。けれども、着物の色、帯の色は鮮かに分つた。白い足袋の色も眼についた。鼻緒の色はとにかく草履を穿いてゐる事も分つた。もう一人は真白である。是は団扇も何も持つて居ない。只額に少し皺を寄せて、対岸《むかふぎし》から生ひ被さりさうに、高く池の面に枝を伸した古木の奥を眺めてゐた。団扇を持つた女は少し前へ出る。白い方は一歩土堤《どて》の縁から退がつてゐる。三四郎が見ると、二人の姿が筋違《すぢかひ》に見える。

此時三四郎の受けた感じは只奇麗な色彩だと云ふ事であつた。けれども田舎者だから、此色彩がどういふ風に奇麗なのだか、口にも云へず、筆にも書けない。たゞ白い方が看護婦だと思つた許りである。

三四郎は又見惚《と》れてゐた。

（傍線、傍点筆者、以下同様）

「着物の色、帯の色は鮮かに分つた」と書かれながら、「此時三四郎の受けた感じは只奇麗な色彩だと云ふ事であった」と結ばれる。これはどういうことなのだろうか。普通は、「着物の色、帯の色は鮮かに分つた」と書いてあったら、続いてそれが何色であるかが書かれるはずである。この場面であれば、例えば

〈三四郎は彼女の着物の色、帯の色は鮮やかに分かった。着物は○○色、帯は××色である。もう一人は真っ白である。白と並んだ彼女の衣服を、三四郎は綺麗な色彩だと思った。〉

と書かれてもよかったはずである。もし、こう書かれていたら、三四郎は「色」に注目して女性を見る男として読者に提示されたはずである。『三四郎』の約一年前に書かれた『虞美人草』では、「色」という語には、単に対象の色の名称以上の象徴的な意味が与えられていた。女主人公藤尾は「紫の女」（二）と、特定の色のイメージを付与されていた。また、彼女の恋の相手である小野については、「甲野さんの日記の一節に云ふ。／『色を見るものは形を見ず、形を見るものは質を見ず』／小野さんは色を見て世を暮らす男である」「小野さんは色相世界に住する男である」（四）と書かれている。ここでは「色」は、可視化できるレベルにおける現実世界の華やかさを象徴し、「小野さん」はその華やかさを「紫の女」藤尾との恋に求める登場人物だった。

しかし、『三四郎』では漱石は三四郎に別の属性を与えた。すなわち、確かに「色」に注目し、その名称も意識していながら、それを重要視せず、対象である女性の全体を「只奇麗な色彩」という「感じ」として捉えるという属性である。言い換えれば、見る対象である女性から意識が受容したものを、「感じ」以上に具体的な言語化はしない、従ってそれが「色」として捉えられ、恋にまで達するかは保留されているという属性である。そういう主人公を設定すれば、当然新しい書き方が要請される。

漱石は、そのことを次の文でさり気なく、しかし決定的に宣言した。三四郎は「田舎者だから、此の色彩がどういふ風に奇麗なのだか、口にも云へず、筆にも書けない」と記すのである。しかし、三四郎は偶然出会った女性（美禰子）に一人で見とれているだけなのであるから、この「奇麗な色彩」について、〈口で言う〉話し言葉のレベルにおいても、〈筆で書く〉書き言葉のレベルにおいても言語化する必要はなかったはずである。だとすれば、この部分は三四郎のために必要だったのではない。書き手である漱石が、この場面での三四郎の意識を〈口に出しても言わせず、筆でも書かない〉ことを宣言するために、必要だったのではないだろうか。例えば『虞美人草』で行った次のような書き方はこの小説では行わないと宣言するために必要だったのではないだろうか。

金は色の純にして濃きものである。富貴を愛するものは必ず此色を好む。栄誉を冀ふものは必ず此色を撰む。盛名を致すものは必ず此色を飾る。磁石の鉄を吸ふ如く、此色は凡ての黒き頭を吸ふ。此色の前に平身せざるものは、弾力なき護謨《ごむ》である。一個の人として世間に通用せぬ。小野さんはい丶色だと思つた。（二）

金時計を座布団の下に発見した小野さんの「い丶色だ」という感想について、「どういふ風に」「い丶色」と感じたのかが、「金は……」以下で説明される。つまり、〈筆で書かれて〉いる。しかし、漱石は（引用A）で、「口にも云へず、筆にも書けない」と、三四郎が「どういふ風に」「奇麗」だと感じたのかは一切書かない、『虞美人草』の書き方は行わないと宣言した。そしてその時、三四郎が「田舎者」であることを理由にした。

こうして、三四郎は「色」の名称は分かっていても、単純に「綺麗な色彩」という「感じ」だけを持ち、もっと多くのものを受容していたはずの意識が、言葉を与えられて何らかの心を形成する記述を一切されない主人公となる。その結果読者には、この主人公は「田舎者」で「単純」であるという印象が与えられるのである。

1―2　行動を起こす意識の「単純」化

（引用A）の後に、美禰子が看護婦に椎の木の名前を問う場面が続くが、この場面の持つ意味については、第一部第二章で、なぜ三四郎が美禰子の印象に残ったかの理由について、美禰子の側から論究する。この節ではその後の場面を問題にする。美禰子は花を落として去っていく。この美禰子の行為は、美禰子から三四郎への働きかけの最初のものである。従って、それに対して、三四郎がどういう対応をするかは、その後の彼らの関わりの質をある程度決定する。書き手である漱石はそのことを強く意識していたはずであるし、この場面を当然意図的に書いただろう。

（引用B）

（1）　二人の女は三四郎の前を通り過ぎる。若い方が今迄嗅いで居た白い花を三四郎の前へ落して行つた。三四郎は二人の後姿を凝と見詰めて居た。看護婦は先へ行く。若い方が後から行く。華やかな色の中に、白い薄《すゝき》を染め抜いた帯が見える。頭にも真白な薔薇を一つ挿してゐる。其薔薇が椎の木陰の下の、黒い髪の中で際立つて光つてゐた。

（2）三四郎は茫然《ぼんやり》してゐた。やがて、小さな声で「矛盾だ」と云つた。大学の空気とあの女が矛盾なのだか、あの色彩とあの眼付が矛盾なのだか、あの女を見て、汽車の女を思ひ出したのが矛盾なのだか、それとも未来に対する自分の方針が二途《ふたみち》に矛盾してゐるのか、又は非常に嬉しいものに対して恐を抱く所が矛盾してゐるのか、——この田舎出の青年には、凡て解らなかつた。たゞ何だか矛盾であつた。

（3）三四郎は女の落して行つた白い花を拾つた。さうして嗅いで見た。けれども別段の香《にほひ》もなかつた。三四郎は此花を池の中へ投げ込んだ。花は浮いてゐる。すると突然向ふで自分の名を呼んだものがある。

（ここまで二の四、次行から二の五。筆者注）

三四郎は花から眼を放した。見ると野々宮君が石橋の向ふに長く立つてゐる。

（1）（2）（3）は一続きの部分である。注目して「見惚れてゐた」女性が自分の前に花を落としていったら、どう行動するか。選択肢としては、1．拾って持って帰る、2．拾ってから捨てる、3．拾わず放っておく、の三通りが考えられる。三四郎は美禰子が落としていった花を拾うが、すぐさまそれを池の中に投げ込んだのであるから、2の行動を選択したことになる。しかし、この部分からは、それが三四郎が選択した行為であるというニュアンスは感じられない。なぜだろうか。

（3）では三四郎が花を池に捨てた直後に野々宮から呼びかけられるように仕組まれ、しかも新聞連載の日付を跨ぐように書かれたことによって、三四郎が花を池に投げ込んだ理由が明らかにされていないことがそう不自然でなくなっている。しかし、（引用A）の三四郎の美禰子への注目の強さ、その後ずっと「又見惚れてゐた」「矢っ張り見てゐた」（二）と彼が美禰子に意識を向け続けていたことを考えれば、これはかなり奇妙な行為である。もし、三四郎が花を拾って持って帰る1の行動を取っていれば、その方が違和感は少なかっただろう。美禰子に注目を向け続けていたのであれば、その彼女が落としていった花を記念にしばらくとっておこうとするのは、捨ててしまうより自然だからである。しかし、三四郎は、2の行動を選択して、花を無造作に「池の中へ投げ込」む。だとすれば、三四郎がその行動の選択に至った意識が書かれるのが普通だろう。例えば、

〈三四郎は嗅いでみたが、別段の香りもなかった。香りもしない花なら、いくらあの女性が捨てていった花でも持っていても仕方がないと思って、池の中へ投げ込んだ。〉

とか、

〈持っていて今度彼女に会えたらそれを見せようと思ったが、馬鹿馬鹿しいからやめにして捨てることにした。〉

或いは、

〈女性には惹かれたが、汽車の女を思わせる目付きをしている以上恐ろしい、こんな花は捨ててしまおうと思った。〉

といった具合にである。つまり、いずれの場合も、ここで三四郎の意識が書かれていれば、三四郎がその意識に基づいて主体的に花を捨てるという行動を選択したことが明白になる。しかし、漱石は三四郎の意識の動きを一切書かずに、ただ花を捨てさせた。つまり、美禰子の働きかけに対して三四郎の意識がどう動き、この選択に至ったかを一切明かさず、彼の行動だけを記した。その奇異さを払拭するために書かれたのが、（2）である。

（引用B）において、もし（2）が書かれず、（1）のすぐ後に（3）が書かれていたなら、ここで漱石が行った書き方は読者の眼にもっと奇異に写っただろう。しかし、（2）が巧妙に書かれたおかげで、読者はそういう印象を持たず、三四郎が美禰子が落とした花を池に捨てた行動に、三四郎の意志や選択を見ようとしない。（2）で漱石は、美禰子を見送った後、「茫然」としていた三四郎に「矛盾だ」とつぶやかせる。そして、この状況で考えられる「矛盾」の例を多く挙げてみせる。それによって、この主人公はこの程度のことも考えられないのだという印象が確実に与えられる。しかも、（引用A）で「田舎者だから」「只奇麗な色彩」という「感じ」しか持てなかったと書いたのと同様に、またしても「田舎出」であることを理由に、この青年は「たゞ何だか矛盾」としか感じられないのだと書く。そしてその後で、彼の意識の動きを一切記さずに三四郎が花を捨てる行為を記すのである。こうして「田舎出」で「単純」な三四郎は、「何だか矛盾」と感じるのと同じように、〈何だか分からなくて〉花を捨てたのだという印象が読者に与えられる。

　美禰子をただ見ているだけの（引用A）と違って、（引用B）では、（3）で明らかに美禰子の行動に呼応した行動を三四郎にさせていながら、その行動を起こす根源の意識は書かずに、（2）で三四郎の別の「単純」さを記すことによって、それは主体的な行動ではなく、殆ど反射的な「単純」な意識の反映でしかないという印象を読者に与えようとする。（1）→（3）と書いたら、三四郎の意識とそれに基づく意志決定を書かないわけにはいかない彼の行動を、（1）→（2）→（3）と、「田舎者」であるが故に意識を言語化できない三四郎を描く（2）を挟み込み、それによって、彼の主体性を奪う。ここで採用されたのは、そういう「単純」化の手法である。この手法によって、本来やや複雑な意識とともに書き込まれるべき三四郎の行動が、無自覚で単純な意識のもとで行われたかのような印象が読者に与えられる。

それによって何が隠蔽されたのだろうか。美禰子が落としていった花を池に投げ込むということは、彼女からの働きかけを受け付けなかったということに他ならない。しかし、（2）が書かれたことによって、三四郎の行動は主体的な拒否のニュアンスを奪われ、三四郎の拒否は隠蔽される。三四郎は、この花の場面以後も、美禰子からの働きかけを受け入れず、拒否する行動を何回かとることになるが、それらが三四郎の意識を反映した主体的な行動ではなく、〈何だか分からなくて〉行われたことだという印象を読者に与えるために、漱石は既にこの段階で、用意周到に、美禰子の働きかけに対応する三四郎の意識を「単純」化してみせる。

漱石は、（引用A）（引用B）の三四郎と美禰子の最初の出会いの記述によって、主人公を「単純」化する二つの技法を、さり気なく、しかし非常に効果的に、読者に気付かれることなく、確立していたのである。こうして、読者は最初から、美禰子に対応するときの三四郎は「単純」であると思い込まされる。

（引用B）の方法がその後小説でどのような展開を見たかについては後述するが、（引用A）の方法がその後どう展開されたかを見ておこう。三四郎が病院で二回目に美禰子に会った時、「着物の色は何と云ふ名か分からない。大学の池の水へ、曇つた常磐木の影が映る時の様である。（中略）帯の感じには暖昧《あたゝかみ》がある。黄を含んでゐるためだらう」（三）と書かれ、広田先生の新宅で会った三回目には、「女の着物は例によつて、分らない。ただ何時もの様に光らない丈が眼についた」（四）と書かれる。（引用A）で、着物の色も明確に分かっている三四郎について「綺麗な色彩だと云ふ」「感じ」しか分かっていないと書いた漱石は、二回目の出会いでは、美禰子の着物の色がどんな感じの色かは分かっても、色の名称は分からない三四郎を描き、三回目では遂に「女の着物は例によつて、分らない」と、美禰子の着物についてはいつも三四郎が分からなかったかのような記述を行う。こうして、段階的に三四郎は〈女性（美禰子）の着物とその色はいつも分からない〉主人公に仕立てられ[1]、（引用A）で三四郎が美禰子の着物と帯の色を最初は「鮮かに分つ」ていたことは、完全に読者に忘却される。

1―3　三四郎の「単純」化の原点――拒む三四郎、忘れる三四郎

1―3―1　拒む三四郎

1―1、2で分析したように、漱石は『三四郎』の二で、主人公三四郎の、対象を受容する意識と行動を起こす意識を「単純」化する手法を確立した。その仕掛けが効果的であったのは、一において、汽車で乗り合わせた女と名古屋で同宿する羽目になるエピソードが書かれていたからである。自分が汽車の中で女に投げ掛けていた視線が女の積極的行動を誘ったことにも気付かず、狼狽するばかりで終始受け身であり、最後の女の「あなたは余つ程度胸のない方ですね」という言葉でとどめを刺される三四郎は、初心で「単純」そのものであるかのように見える。しかし、このエピソードを検討してみると、ことはそれほど単純ではない(2)。

三四郎はこの女に対して、肌の色が「九州色」であることから「異性の味方」と、仲間意識を感じている。このことは、名古屋で宿屋を探すときに、「三四郎にも女にも相応な汚い看板」の宿を選ぶ、すなわち自分と女を対等に感じていることでも明かである。しかし、女が平気な顔で同宿し、最後の「あなたは余つ程度胸のない方ですね」というとどめの一言を残して去った後、三四郎の意識は微妙に変化する。「どうもあゝ狼狽しちや駄目だ。学問も大学生もあつたものぢやない」「相手がいつでもあゝ出るとすると、教育を受けた自分には、あれより外に受け様がないとも思はれる」。ここで意識されてくるのは、「教育を受けた」「大学生」という自分の身分であり、彼はそれによって女を差異化することによって自分を守ろうとする。三四郎は最終的に、「是から東京に行く。大学に這入る。有名な学者に接触する。趣味品性の具《そなは》つた学生と交際する。……」という未来図を考えて「大いに元気を回復」するのであ

る。

一見、三四郎は女と同宿している間はひたすら「狼狽」させられ、女と別れた後、彼本来の身分を思い出し、女から与えられた衝撃から回復する、そういう男として記述されているように見える。しかし、三四郎は女と過ごした時間の間中、本当に自分の身分を忘却していたのだろうか。次々と三四郎にとって意外な行動をする女への対応で表の意識は大わらわであったとしても、彼はどこかで「大学生」という自分の身分を意識していたのではないだろうか。なぜなら、本当に身分を忘却していたのなら、「教育を受けた自分には、あれより他に受け様がない」という感想は生まれようがないからである。そう考えると、この女との一件は、三四郎が最初からこの相手との身分的差異を意識して、自分よりは明らかに下の階層に属する女と性的関わりを持つ気にはなれない、あるいはそれは危険過ぎると判断して何もしなかった、という書き方で述べることも可能だったと言えるだろう。いや、むしろ、そう書かれるべきであったのではないか。女の誘惑に乗ることを微塵も考えなかった三四郎の行動は、そう記された方が辻褄が合うし、納得できる。

ところが、漱石はその書き方を採用しなかった。そして、微妙に曖昧な書き方を採用した。例えば、女の「あなたは余つ程度胸のない方ですね」という言葉に打ちのめされた直後の三四郎については、「何所の馬の骨だか分らないものに、頭の上がらない位打《どや》された様な気がした」と記される。「打《どや》された気がした」ではなく、「打《どや》された様な気がした」と記されることによって、三四郎が女を「何所の馬の骨だか分らないもの」と明確に認識できていたかどうかが曖昧にされる。しかし、当時のエリートである「大学生」になろうとしている三四郎にとって、汽車で同乗しただけという関係性の女は、そもそもの最初から「何所の馬の骨だか分らないもの」であり、三四郎は、「狼狽」こそしていたが、そのことを本能的に感じとっていて、女に対して何もしなかったのではないだろうか。そう考えればこの

部分は、

〈どこの馬の骨だか分からないような女だったから、三四郎は何もする気になれなかった。そうしたら、その女から頭の上がらないくらいどやされるようなことを言われた。〉

と書かれるべきだったはずである。そう書かれれば、三四郎の行動は、「単純」で初心な行動ではなく、自分の大学生になるという身分を弁え、自覚したものであったことになるだろう。しかし、この三四郎が意識のどこかに持っていたはずの女との身分差意識は女と別れるまで書かれない。こうして、三四郎は女に翻弄される「単純」で初心で間抜けな男として、小説の最初から読者に記憶されるのである。

この一連の女との一件の書き方は、1―2の（引用B）と同じく、三四郎が女の誘いに乗らなかった、つまり女を拒んだことを隠蔽している。現行の書き方で述べられた結果、三四郎は女の誘いに乗れなかった、あるいは結果的に乗らなかったという印象が与えられ、1―2の（引用B）の花の場合と同じく、主体的な拒否のニュアンスは注意深く取り除かれている。小説が始動する一でこの強烈なエピソードが書かれ、その後で、1―1、2で指摘した「単純」化が行われれば、その効果は当然増幅される。漱石はこの相乗効果を積極的に利用した。

漱石は一で三四郎に「元来あの女は何だろう。あんな女が世の中に居るものだらうか」と思わせる。もちろん、「何だか矛盾」の場合と同じく、「あんな女」の「あんな」の内容は一切言語化されない。つまり、三四郎に明らかに女の誘いを拒む行動を取らせながら、この汽車の女を三四郎の意識がどう受容し、それが彼の行動にどう影響したのかは一切記されない。そしてそのことは二の美禰子との出会いの場面に有効に利用される。（引用A）と（引用B）

の間の部分で、美禰子が三四郎に視線を投げ掛けた瞬間の描写である。

　三四郎は慥かに女の黒眼の動く刹那を意識した。其時色彩の感じは悉く消えて、何とも云へぬ或物に出逢つた。其或物は汽車の女に「あなたは余つ程度胸のない方ですね」と云はれた時の感じと何所か似通つてゐる。三四郎は恐ろしくなつた。

ここで「汽車の女」が想起されるのは、一の三四郎の「単純」な、いや作者によって「単純」化された行動を読者にもう一度想起させ、この部分に続く（引用B）で行う「単純」化をより効果的にさせるためだと考えられる。美禰子の「黒眼の動く刹那を意識した」三四郎の意識は、先の（引用A）（引用B）の「感じ」「何だか矛盾」と同じく、「何とも云へぬ或物に出逢つた」「感じに何所か似通つてゐる」と記され、「或物」「感じ」の内容はここでも言語化されない。この直後の（引用B）で三四郎が花を捨てる理由が書かれなくても、読者に違和感がそれほどないのは、既にこの操作がなされていたことも大きな要因だろう。

　ここで二つのことが実現される。すなわち、三四郎が「単純」な主人公であるという印象が読者にとって決定的なものとされ、次に「汽車の女」に対して彼がとったような受け身の姿勢を、彼はここで出会った女美禰子に対しても取るであろうと読者に予想させることである。

　三四郎はこうして、自分が性的関係を持つ気になれない女とは持たない、受け取る気になれない花は捨てる、という主体性を備えた主人公であることを奪われる。そう解釈されるべき行動をとっているにも関わらず、主体性は与えられない。言い換えれば、漱石は、汽車の女に対しても、美禰子に対しても、明らかに三四郎に彼女たちからの働きかけを拒む行動をとらせ、かつ、その行動をとるために必要な三四郎の意識を意図的に書かずに彼を「単純」化し、三四郎の主体的に拒否する姿勢を隠蔽する。そして三四郎を、女性の恐ろしさを「あんな女」「何とも云へぬ或物」というレベルにまでしか言語化できず、印象に残る女性と出会い、彼女から働きかけられても、「何だか矛盾」としか感じず、彼女の働きかけも何だか分からないままに受け付けられない、そういう主人公として読者に印象づけたのである。

1―3―2 〈忘れる〉三四郎

1―1、2、1―3―1で、『三四郎』において、主人公三四郎が最初の一、二でいかに巧妙に「単純」化されているか、その手法を検討してきた。漱石は、三四郎にある程度複雑な意識の結果である行動をとらせ、かつその意識を言語化することを極力避け、三四郎の行動は、単純で曖昧な意識の結果であるかのように読者に印象付けてきた。しかし、この手法だけで、三四郎が一編の小説の主人公であることを保てるだろうか。ここでは、漱石がとった第二の方法について検討する。

一、二を経過した三で描かれる、野々宮の家で留守番中に轢死する女に対して、三四郎はこれまでと全く別の反応を与えられている。

其時遠い所で誰か、

「あゝあゝ、もう少しの間だ」

と云ふ声がした。方角は家の裏手の様にも思へるが、遠いので確《しつ》かりとは分からなかつた。また方角を聞き分ける暇もないうちに済んで仕舞つた。けれども三四郎の耳には明らかに、此一句が、凡てに捨てられた人の、凡てから返事を予期しない、真実の独白と聞えた。

三四郎はここでは、傍線部に明らかなように、自殺しようとする女の最後の一言の本質を見事に正確に聞き取れている。すなわち、彼の意識が受容したものについて、明確に言語化できている。1―1、2、1―3―1で分析した方法をもし漱石が用いていれば、この場面は、一の汽車の女、二の美禰子との出会いの場面における叙述方法のように、例えば

〈「あゝあゝ、もう少しの間だ」という声がした。三四郎には何だか普通と違う調子の声のように聞こえた。でも、どう違うのかは分からなかった。〉

と書かれてもよかったはずである。しかし、そう書かれず、「凡てに捨てられた人の、凡てから返事を予期しない、真実の独白」と見事に女の声の本質を三四郎が言語化したことを漱石は記すが、その代わりにここでは、これまでとは別の「単純」化が試みられる。

三四郎は轢死した女の死体を見たショックで怪しい夢まで見る一晩を過ごしたにも関わらず、翌朝、野々宮から妹の話しを聞くと、彼の関心は即座に妹の方に移り、「自分が野々宮君であつたならば、この妹の為に勉強の妨害をされるのを却つて嬉しく思ふだらう。位に感じたが、其時は轢死のことを忘れてゐた」と、せっかく見事に言語化した意識そのものを「忘れて」しまう、いや忘れさせられてしまうのである。つまり、ここで用いられている「単純」化

の手法は、いったん三四郎の意識を正確に言語化しておいて、短時間のうちにそれを忘れさせ、他のものに三四郎の関心を向けさせてしまうという手法である。

同じ手法は、例えば三の「三四郎は漠然と、未来が遠くから眼前に押し寄せる様な鈍い圧迫を感じたが、それはすぐ忘れて仕舞つた」という部分や、九で火事を見て「其時三四郎の頭には運命があり〳〵と赤く映つた。三四郎は又暖かい蒲団のなかに潜り込んだ。さうして、赤い運命のなかで狂ひ回る多くの人の身の上を忘れた」いう部分でも用いられている。三四郎の意識は、確かに「未来が眼前から押し寄せる様な鈍い圧迫」や火事の赤い炎の中で翻弄される人の「運命」を意識しているのだが、それはすぐ忘れさせられてしまう。ことの本質を捉え、言語化した三四郎の意識は、それをすぐ忘れさせられることによって、三四郎からも読者からも忘却される。特に読者は、忘れる前に、三四郎がことの本質を捉えた意識を言語化できていたことさえ忘却させられる。

付け加えれば、三四郎はけして記憶力が悪い青年としては描かれていない。例えば、五で美禰子と菊人形の会場を抜け出す場面で、小川のほとりに出た時、「三四郎は東京へ来てから何遍此小川の向側を歩いて、何遍此方側を歩いたか善く覚えてゐる」と記されている。三四郎について「忘れてゐた」「忘れて仕舞つた」と書かれるのは、限られた場合だけである。

1―4　「田舎者」という概念への操作

1―1、2で考察したように、『三四郎』において三四郎の「単純」化がなされる時、いつも「田舎者」という言葉が使われていた。なぜこの言葉が選ばれたのだろうか。九州から東京という都会にやってきた三四郎は、地方出身という意味で確かに「田舎者」であり、彼の行動を彼の意識を記さずに書く時に都合がいいから、と単純に言うことも出来る。しかし、単に「田舎者」だからというだけで、これまで考察してきたような「単純」化が行えるだろうか。漱石は、『三四郎』の二以降、「田舎者」という言葉を独特の使い方をするために、既に一で、この言葉に独自の操作を行っていた。

明治四十一年八月十九日の朝日新聞に掲載された『三四郎』の予告は、「田舎の高等学校を卒業して東京の大学に這入つた三四郎が新しい空気に触れる……」と、まさに「田舎」という言葉から始まっていた。「田舎」から「東京」へ、或は「東京の大学」へ、という当時の多くの青年達がとらざるを得なかった行動パターンをなぞるようなこの予告は、それだけで読者を惹き付けただろう。東京から田舎へ、という逆パターンで人気を博した『坊っちゃん』のちょうど裏返しである。また、この予告で既に主人公は「田舎」出身、つまり「田舎者」であるという刷り込みを読者に対して行っていたとも言える。その『三四郎』の書き出しには、『三四郎』全体の中では例外的な「田舎者」という語の使用が見られる。

　うと〳〵して眼が覚めると女は何時の間にか、隣りの爺さんと話を始めてゐる。此爺さんは慥かに前の前の駅から乗つた田舎者である。発車間際に頓狂な声を出して、駆け込んで来て、いきなり肌を抜いだと思つたら脊中に御灸の痕が一杯あつたので、三四郎の記憶に残つてゐる。

小説『三四郎』は、その後さんざん「田舎者」と言われることになる三四郎、その彼の目にも「田舎者」と映る「爺さん」の描写で実は始まっている。つまり、三四郎が「田舎者」なのではなく、他者を「田舎者」と見る三四郎の視線から物語は始まるのである。この時、三四郎は当然自分はこの「爺さん」ほどには「田舎者」ではないという意識を持っていただろう。この三四郎の意識が変わるのは、「汽車の女」と一夜を過ごし、女から「あなたは余つ程度胸のない方ですね」というひと言を投げ掛けられてから後である。汽車で広田先生と同席した三四郎は、西洋人の夫婦をちょっと見ただけで「すぐに生欠伸」をして平常に戻る広田と、「一生懸命に見惚れてゐた」自分を比べて、「三四郎は自分が如何にも田舎ものらしいのに気が着いて、早速首を引き込めて、着坐した」と、自分の「田舎者」性を自覚する。つまり、「汽車の女」体験と広田先生の言動が三四郎の意識とそこから生じる自己認定を百八十度変えるように、小説は仕組まれていたわけである。これ以後、三四郎が他者を「田舎者」と捉えることは二度となく、彼自身が自分を「田舎者」と自覚するように小説は進行する。

一に続く二の一で、「東京で驚ろいた」三四郎について、「要するに普通の田舎者が始めて都の真中に立つて驚ろくと同じ程度に、又同じ性質に於て大いに驚ろいて仕舞つた」という、微妙な描写がなされる。「普通の田舎者」が「驚ろく」のと「同じ程度に」「同じ性質に於て」「驚ろいて仕舞つた」ということは、必ずしも「驚ろいて仕舞つた」主体が「普通の田舎者」であることを意味しない。しかし、「普通の田舎者」と同じ「程度」「性質」において驚いたのであるから、「普通の田舎者」とさして変わりはないではないか、という解釈も可能である。つまり、漱石はここで、幅のある解釈をさせるような文を記すことによって、冒頭で「爺さん」を「田舎者」と決めつけた三四郎は、実は「爺さん」とそう遠くない「田舎者」と言える存在なのではないか、という印象を巧妙に読者に与えるのである。そして、早くも二の四では、1―1の（引用A）で示したように、「田舎者だから、此色彩がどういふ風に奇麗なのだか、口にも云へず、筆にも書けない」と、三四郎を「田舎者」とし、それを利用した三四郎の「単純」化が始まる。その過程における「田舎者」という語の使用とその役割については、1―1、2で詳しく分析した通りである。

もし、漱石が三四郎を本当に「田舎者」で「単純」な主人公だと設定していたのなら、小説をわざわざ他人を「田舎者」と意識する主人公の描写から始める必要はない。最初に対象（「爺さん」）を「田舎者」と意識し、その後でその意識そのものを変更させられる、そういう主人公が小説『三四郎』には必要だったのである。なぜなら、この操作によってこの小説における「田舎者」という語は独特の相対性を帯びることになったからである。「田舎者」という言葉は、それに堪える言葉だったと言える。例えば、「熊本の高等学校」（二）の卒業生、「東京帝国大学々生」（十二）という言葉ではそこに「田舎者」ほどの相対性を付与することは不可能である。しかし、「田舎者」という語は、他者を「田舎者」と見ていた人間が自分を「田舎もの」と自覚して自己認定を変更することが可能な言葉である。そのことを漱石は『三四郎』の冒頭で利用した。そしてそれによって、三四郎を「単純」化する場面で「田舎者」という語を使うことによって、三四郎を「田舎者」で「単純」であると読者に印象付けながら、かつそれと同時に三四郎にそれを裏切る行動を取らせるという綱渡りを可能にしたのである。それがどういう成果を挙げたかは、ここまで考察してきた通りである。その成果を力に、漱石は三以降、三四郎と他者、特に美禰子との会話を展開する。すなわち、三四郎と他の人間との対応の中で、彼を「単純」化する試みに着手する。

1―5　対応の「単純」化――返事をしない三四郎、返事が出来ない三四郎

1―5―1　返事をしない三四郎――広田先生、与次郎への対応

『三四郎』において、三四郎が対話の相手に返事をしないで黙り込む場面がしばしば描かれる。そしてそれによってこの主人公に、「単純」であり、初心であることに加えて、交際下手であるというイメージが付与される。しかし、その場面の描かれ方は、相手が男性の場合と女性の場合とで大きく異なる。ある意味それは当然とも言えるが、注目すべきなのは、三四郎が〈相手に返事をしない〉行動を取る時、男性が相手の時の彼の意識の働かせ方と、女性が相

手の時のそれが、同じ人物と思えないほどに落差があることである。男性の場合は、主体的に〈返事をしないことを選ぶ三四郎〉として、女性の場合は、〈返事が出来ない三四郎〉として描かれることになる。言い換えれば、女性が相手の時は、これまで述べてきたような「単純」化がなされているということである。特に美禰子が相手である場合は、これまでよりも複雑な「単純」化が行われている。

まず、相手が男性の場合であるが、一で汽車の中で広田先生と出会った三四郎は、日本は「亡びるね」と言う広田に対して、次のように対応する。

……ことによると自分の年齢《とし》の若いのに乗じて、他《ひと》を愚弄するのではなからうかとも考へた。男は例の如くにやく〳〵笑つてゐる。其癖言葉つきはどこ迄も落付いてゐる。どうも見当が付かないから、相手になるのを已めて黙つて仕舞つた。

この時の三四郎は、相手が自分を「愚弄」しているかどうか判断できないと相手になるのを止める、すなわち返事をしないという行動を主体的に選んでいる。そして、自分が初対面の男にどういう理由から返事をしないかについても十分に自覚的である。

次に、三で、新学期が始まって講義を聴いても「物足りない」三四郎は、与次郎によってあちこち引っ張り回されるが、与次郎に三回「どうだ」と問われて、「……三四郎は物足りたとは答へなかつた。然し、満更物足りない心持もしなかつた」と、与次郎の問いに安直には答えない。そして最後に、「高等学校の前で分れる時、三四郎は／『有難う、大いに物足りた』と礼を述べた」と記される。つまり、三四郎は与次郎の問いかけに対して、「物足りた」と本当に実感するまでは、自らの意志で返事を保留している。

また、六で、学生の集会に与次郎と行く場面で、「君、かう云ふ空を見て何んな感じを起す」という与次郎の問いに対して、三四郎は「与次郎に似合はぬ事を云つた。無限とか永久とかいふ持ち合せの答へはいくらでもあるが、そんな事を云ふと与次郎に笑はれると思つて、三四郎は黙つてゐた」と反応する。ここでも、どういう返事をすれば与次郎に笑われるかを予測して、笑われるより返事をしないことを選び取る三四郎が描かれる。すなわち、相手が男性である場合には、三四郎は返事をするかしないかを、会話の状況によって意識的に、そして的確に判断し、返事をすることがふさわしくないと判断すれば、自分の意志で主体的に返事をしないことを選んでいる、そういう存在として描かれている。

ところが、相手が女性であると事情は一気に異なる。三四郎は、相手が男性である時とは違って、〈女性には返事が出来ない三四郎〉として描かれる。三四郎を男性に対しては主体的に〈返事をしない三四郎〉として描きながら、一方で女性に対しては〈返事が出来ない三四郎〉にするために、漱石は小説の最初から（一、二）周到な下準備を行っていた。まず、1―3―1で指摘したように、一で「汽車の女」との一連の出来事を仕掛け、彼女に最後に「あなたは余つ程度胸のない方ですね」と言わせた。これは、三四郎ならずとも、どんな男性でも、この状況ではまず〈返事が出来ない〉言葉である。三四郎も当然返事が出来ない。「汽車の女」との出来事の強烈さも手伝って、小説の最初から読者に〈返事が出来ない三四郎〉がここで強く印象付けられる。そして、「汽車の女」のこの言葉を、二の美禰子との出会いの時に三四郎に想起させ、「三四郎は恐ろしくなつた」という反応を述べることによって、美禰子に対しても三四郎はまともに返事が出来ないのではないか、というイメージを読者に刷り込ませる。基盤になる「汽車の女」の言葉がそもそも返答不可能な言葉であったにも関わらず、〈女性には返事が出来ない三四郎〉という印象がこうして強調される。男性に対する場合に見られたような、三四郎の状況に応じた意識的な判断は、もちろん描かれない。

そして、最後の仕上げとして、1—3—2で指摘したように、〈轢死の女〉の「凡てに捨てられた人の、凡てから返事を予期しない、真実の独白」である「あゝあ、あゝ、もう少しの間だ」という言葉を三四郎の耳に響かせる。世界のあらゆる返事を拒んで自ら死んで行く、この〈轢死の女〉は、三四郎の女性に対する返事の仕方とは直接関係がない存在なのだが、この場面の強烈さは、彼が女性に返事が出来ないというイメージを脇から増幅させる。

こうして、「汽車の女」と〈轢死の女〉の返答不可能な両極端の言葉に三四郎を曝し、さらに、美禰子との出会いの場面で「汽車の女」の言葉を繰り返させることによって、漱石は、三四郎が東京で女性との会話を始める前に、周到に〈女性には返事を出来ない三四郎〉のイメージを作り上げ、然る後、いよいよ三四郎と女性との会話を描き始めるのである。

1—5—2　返事が出来ない三四郎——よし子との最初の会話

三四郎が東京で最初に会話をする女性はよし子である。

（引用C）

二人が話しをしてゐる間、よし子は黙つてゐた。二人の話が切れた時、突然、

「昨夜の轢死を御覧になつて」と聞いた。見ると部屋の隅に新聞がある。三四郎が、

「えゝ」と云ふ。

「怖かつたでせう」と云ひながら、少し首を横に曲げて、三四郎を見た。兄に似て頸の長い女である。三四郎は怖いとも怖くないとも答へずに、女の頸の曲り具合を眺めてゐた。半分は質問があまり単純なので、答へに窮したのである。半分は答へるのを忘れたのである。女は気が付いたと見えて、すぐ頸を真直にした。さうして蒼白い頬の奥を少し紅くした。三四郎はもう帰るべき時間だと考へた。　（三）

「汽車の女」から美禰子を経て〈轢死の女〉へ至る一連の〈単純〉化によって〈返事が出来ない三四郎〉に馴染んだ読者は、「答へに窮した」三四郎にもはや違和感を持たないだろう。しかし、もし、対男性の時のように自覚的に〈返事をしない三四郎〉としてこの場面を描けば、よし子に「怖かつたでせう」と言われた三四郎について、

〈三四郎は怖いとも怖くないとも答えなかった。昨晩経験したことはそんな言葉では表現できないと思って黙っていた。〉

と書くこともできたはずである。しかし、ここでは黙り込んでよし子を見詰めて彼女を赤面させる三四郎が描かれる。しかも、（引用C）の直前、よし子の病室に入る三四郎について、「田舎者だから敲《のつく》するなぞと云ふ気の利いた事はやらない」と書かれ、三四郎の「単純」化がなされるときのサインと言える「田舎者」という言い方もされている。[3] また、波線部の「半分は答へるのを忘れたのである」に明らかなように、4で指摘した、〈忘れさせることによる三四郎の「単純」化〉も行われている。つまり、漱石は小説の冒頭から仕掛けていた、女性に対しては〈返事が出来ない三四郎〉いうイメージを、これまで用いてきた「単純」化の手法を総動員して、ここでまた増殖させる。

ただし、引用Cの最初の出会いの時には、よし子に対して〈返事が出来ない三四郎〉を漱石は読者に印象付けるが、よし子の場合は、（引用C）以後の会話においては、三四郎が〈返事が出来ない三四郎〉として描かれることは殆どない。彼等の会話はむしろ円滑である。では、なぜ漱石は最初に限って、よし子に対する三四郎を〈返事が出来ない三四郎〉として描き、これまでの技法を駆使して読者にそれを印象付ける必要があったのだろうか。もちろん、初対面故のぎこちなさという理由を挙げることもできるが、それよりも、三四郎がよし子の次に美禰子と会話をする前に、読者に〈返事が出来ない三四郎〉を印象付けておく、という理由が大きいと考えられる。もちろん、三四郎は美禰子に対して、けしていつも〈返事が出来ない三四郎〉として対応しているわけではない。しかしながら、三四郎が美禰子に対しては、基本的に〈返事が出来ない三四郎〉であるかのような印象を読者に与え、それによって、三四郎が美禰子のどういう質の言葉に対して〈返事が出来ない三四郎〉であったのかを漱石は隠蔽する。もっと言えば、それによって三四郎が美禰子のどういう動きを実は拒んでいたかを読者に隠蔽する。

1―5―3　返事が出来ない三四郎――美禰子との会話

この1―5―3では、三四郎と美禰子の会話を各場面ごとに分析する。各カギ括弧の上の記号は（美）が美禰子、（三）が三四郎である。ここでの引用では、地の文は省いて記す。

◎よし子が入院している病院の廊下での場面（三）

（美）「一寸伺ひますが……」

（三）「はあ」

（美）「十五号室はどの辺になりませう」
（三）「野々宮さんの室ですか」
（美）「はあ」
（三）「野々宮さんの部屋はね、其角を曲つて突き当つて、又左へ曲がつて、二番目の右側です」
（美）「其の角を……」
（三）「え、、つい其先の角です」
（美）「どうも難有う」

◎広田先生の引っ越しの場面（四）
（美）「失礼で御座いますが……」「広田さんの御移転《こし》になるのは、此方で御座いませうか」
（三）「はあ、此所です」
（美）「まだ御移りにならないんで御座いますか」
（三）「まだ来ません。もう来るでせう」
（美）「あなたは……」
（三）「掃除に頼まれて来たのです」

引用に明らかなように、ここまでの会話は、美禰子が疑問形で質問し、三四郎が答える形式を取っている。一般的に言っても、疑問形で問いかけられれば、返事はしやすい。漱石は、三四郎と美禰子の会話をまず、三四郎が答えやすい形式で始動させる。しかも、初めて会話する関係にふさわしく、〈ですます体〉の会話であるから、答えも一通りに決まりやすく、従って返事も容易である。この文体の会話が変質するきっかけは、次の会話からである。広田先生の引っ越しの場面（四）の続きである。

（三）「あなたには御目に掛りましたな」
（美）「はあ。いつか病院で……」
（三）「まだある」
（美）「それから池の端で……」
（四）

三四郎と美禰子は、それまでの二人の出会いを互いに記憶していることを確認し合う。このことが、美禰子の方にある変化を与える。以後の引用は地の文と共に記す。

（三）「何か先生に御用なんですか」
三四郎は突然かう聞いた。高い桜の枯枝を余念なく眺めて居た女は、急に三四郎の方を振り向いた。あら喫驚《びっくり》した、苛いわ、といふ顔付であつた。然し答えは尋常である。

（美）「私も御手伝に頼まれました」

三四郎は此時始めて気が付いて見ると、女の腰を掛けてゐる椽に砂が一杯たまつてゐる。
（三）「砂で大変だ。着物が汚れます」

（美）「えゝ」と左右を眺めた限《ぎり》である。腰を上げない。しばらく椽を見廻はした眼を、三四郎に移すや否や、

（美）「掃除はもうなすつたんですか」と聞いた。笑つてゐる。三四郎は其笑の中に馴れ易いあるものを認めた。

（三）「まだ遣らんです」

（美）「御手伝をして、一所に始めませうか」　　（四）

三四郎がそれまでの二回の出会いを覚えていたことを確認した美禰子は、彼にこれまでより一段階進んだ親しさを示そうとする。三四郎はそのことに素早く気付く。「私もお手伝に頼まれました」という表の美禰子の答えが「尋常」であろうと、「あら喫驚した、苛いわ」という言葉遣いを許すような「馴れ易いあるもの」が彼女の内部に発動したことを、彼は明確に意識している。そして美禰子は次に、その親しさを言葉遣いにも反映させる。先の引用の次に二人が交わす会話である。

（美）「あつて……」と一口云つた丈である。

三四郎は箒を肩へ担いで、馬尻《ばけつ》を右の手にぶら下げて、（三）「えゝ、ありました」と当り前のことを答へた。

箒やハタキを買ってこようという三四郎に対して、隣の家から借りてくればいいという、兄と二人だけの家を取り仕切ってきた主婦的な知恵を発揮した美禰子が、借りに行った三四郎に、ここで初めて「あつて……」という親しさを示す疑問形を用いる(4)。それまでの二人の会話の調子を継続するなら、美禰子は〈ですます体〉で「ありましたか」と尋ねるはずである。それを、「あつて……」と女学生言葉で問いかける美禰子の言葉遣いは、「あら喫驚した、苛い

わ」という言葉遣いの延長上にある。「馴れ易いあるもの」を含んだ「笑」を三四郎に向けた意識から発している言葉遣い、とも言える。明らかに彼女は三四郎にそれまでの言葉遣いから一段階進んだ親しさを示そうとしている。だから、彼女は「ありましたか」ではなく、「あつて……」という言葉遣いを用いた。

しかし、漱石は、三四郎に「えゝ、ありました」と答えさせる。この三四郎の答え方は、「ありましたか」に対する答え方であって、「あつて……」に対する答え方ではない。「ありましたか」「えゝ、ありました」。この問いかけは答えやすいし、答えもほぼ一通りに決まる。しかし、「あつて……」に対しては、答えは必ずしも一通りには決まらない。「あつて……」はそういう問いかけであり、だからこそ、一段階進んだ親しさを相手に仕掛ける問いなのである。なぜなら、相手がどういう質の親しさで言葉を返してくるかによって、その相手とどういう親しさを構築できるかを予測し、そして構築することが可能な問いかけ方だからである。答えが、「あった」「うん、あった」なのか、「あったよ」なのか、或いは「ありましたよ」なのかによって、次に発する言葉が違ってくる。漱石は美禰子にそういう質の問いかけをさせた。しかし、それでいて漱石は三四郎に、美禰子が仕掛けてきた親しさに対応するどんな答え方も与えず、「えゝ、ありました」と、「あつて……」ではなく、「ありましたか」に対する答え方をさせる。しかも、引用に明らかなように、美禰子の意識に起こった変化の方は、三四郎にしっかり気付かせておきながら、である。

これが、漱石が三四郎を美禰子に対して〈返事が出来ない三四郎〉として印象付けるために用いた仕掛けである。すなわち、病院での出会いから、引っ越しの場面の初期までは、答え方が一通りに決まりやすい〈ですます体〉を基本とする会話をさせ、そこでは、三四郎に美禰子にまともに返事をさせる。すなわち、〈返事をする三四郎〉として彼を描く。しかし、「あら喫驚した、苛いわ」という言葉を向けるような意識、「馴れ易いあるもの」が込められた意識を反映した「あつて……」という問いかけ方を美禰子にさせ、三四郎にそれに応じた反応を与えない。そして一方で、美禰子に起こった変化は三四郎に十分意識させる。

この場面以後、広田の越す家に上がって掃除を始めたりする中で、美禰子は三四郎に〈～って〉という語尾の問いかけを発するが、三四郎はその親しさを受け止めて返そうとはしていない。雨戸が「まだ開からなくつて」という問いかけに対しては、「三四郎はだまつて美禰子の方へ近寄つた」という反応だけして返事はしないし、窓から空を見る場面では、「あなたは雪でも構わなくつて」という問いかけに対しては、「構わない」という意味合いの返事を避けて、「あなたは高い所を見るのが好の様ですな」というずらした返答をしている。協力して掃除を始めた彼らについて、「どうかこうか掃除が一通り済んだ時は二人共大分親しくなつた」と書かれるが、掃除という行動のレベルにおいては「親しく」なっていても、言葉のレベルでは彼らは「親しく」なれてはいない。そして、読者には、〈ですます体〉の会話で三四郎がいくら〈返事をする三四郎〉であっても、〈～って〉形の問いかけに対して、それに見合った親しさを込めた〈返事ができない三四郎〉の方が印象に残る。なぜなら、豊富な返事のヴァリエーションを想定できる問いかけの方が、一通りの返事しか想定できない会話より読者の想像力をかき立て、印象に残りやすいからである。

〈引用C〉では、よし子も三四郎に「昨夜の轢死を御覧になつて」と、〈～って〉形の問いかけを発していた。しかし、『三四郎』で、よし子が三四郎に向かって〈～って〉形の問いかけを発するのは、実はこの場面一カ所だけである。この場面が先にも指摘したように、美禰子との会話を控えた段階で、三四郎を〈返事が出来ない三四郎〉として読者に印象付ける目的を持った場面であるのなら、これは当然意識的に設定された例外だと考えていいだろう。その理由は、美禰子が三四郎に「迷へる子《ストレイ、シープ》」という言葉を教える場面の分析を中心に、次の2―1で考察する。

さて、漱石はこの場面以後何回か、この〈〜って〉形の問いかけを美禰子から三四郎に向けて発動させ、それに対して三四郎の返事を滞らせ、そういう場面を重ねることによって美禰子に対して〈返事が出来ない三四郎〉を描出する。ここまで検討してきたような、漱石の周到な準備によって、読者はその場面の三四郎を〈返事が出来ない三四郎〉として受容するが、本当にそうなのだろうか。〈〜って〉という美禰子の問いかけに答えない三四郎は、〈返事が出来ない三四郎〉なのだろうか、〈返事をしない三四郎〉なのか、どちらなのだろうか。もっと進んで言えば、それに対して返事をしないということは、どういうことなのだろうか。


「面白いな。里見さん、どうです、一つオルノーコでも書いちやあ」と与次郎は又美禰子の方へ向つた。

「書いても可《よ》ござんすけれども、私にはそんな実見譚がないんですもの」

「黒ん坊の主人公が必要なら、その小川君でも可いぢやありませんか。九州の男で色が黒いから」

「口の悪い」と美禰子は三四郎を弁護する様に言つたが、すぐあとから三四郎の方を向いて、

「書いても可くつて」と聞いた。其眼を見た時に、三四郎は今朝籃を提げて、折戸からあらはれた瞬間の女を思ひ出した。自から酔つたここちである。けれども酔つて竦んだ心地である。どうぞ願ひます杯とは無論云ひ得なかつた。

（四）

美禰子は「あつて……」と同じ親しげな〈〜って〉形を使って、三四郎に「書いても可くつて」と問いかける。しかしこの場合は、箒やハタキが「あつて……」と尋ねる場合とは違う。三四郎を主人公にした小説を書いてもいいかと彼女は尋ねている。病室の場所や引っ越しの状況を尋ねる問いとはもちろん異質だし、箒やハタキがあったかとい

う問いとも当然次元が異なる。小説を書くために三四郎という存在全体を丸ごと対象化していいかと彼女は尋ねているのである。しかも、「書いても可くつて」という親しげな問いかけを、漱石は美禰子に使わせる。三四郎がそれまでの美禰子の問いにしていたような質の返事を出来ないことは当然である。ここで漱石はこれまでの引用例と同じように、三四郎に対して「単純」化を行う。まず、与次郎に「九州の男」と言わせて、三四郎の〈田舎者〉性を強調させ、その後三四郎が、「どうぞ願ひます杯とは無論云ひ得なかつた」と、〈返事が出来ない三四郎〉として記されるので、〈田舎者〉だから三四郎は女性には返事が出来ないのだと読者は納得するという仕掛けである。付け加えれば、三四郎が想定する「どうぞ願ひます」も〈ですます体〉の方の会話の答え方である。しかし、この部分も、

〈自ずから酔った心地である。この眼を持つ女に対して、軽薄に「どうぞ願います」などと言っては軽蔑されると思って三四郎は返事をしなかった。それに、この女と「書いても可くつて」「ええ、どうぞ」というような調子の会話はとても出来ないとも思った。〉

と、主体的に〈返事をしない三四郎〉として書くこともできたはずである。しかし、そうは書かれない。こうして、三四郎が実は美禰子の〈～って〉形の、親しさを込めた問いかけに対してだけ、〈返事が出来ない三四郎〉として描かれていることに読者は気付かない。漱石がここまで、「汽車の女」、〈轢死の女〉、よし子を使って巧妙に下準備をしたために、美禰子に対してだけ、三四郎がある場合に限って〈返事が出来ない三四郎〉として意図的に描かれていることが、読者からみごとに隠蔽される。

2.「単純」化の目的

2—1 「迷へる子《ストレイ、シープ》」をめぐって――返事が出来ない三四郎

1で検討してきたように、『三四郎』において漱石は、主人公三四郎に対して様々な「単純」化を行った。特に、〈返事をする〉という局面での三四郎の対応は、まず、相手が男性である時と女性である時とによって、巧妙に書き分けられ、次に、女性に対しては〈返事が出来ない三四郎〉であることを読者に印象付ける仕掛けがなされ、最終的に、美禰子に対して三四郎がどういう場合に〈返事が出来ない三四郎〉であるかが読者の眼から隠蔽された。これらの周到な準備をすべて生かして書かれるのが、次の場面である。

（引用D）

（1）「迷子」

女は三四郎を見た儘で此一言を繰返した。三四郎は答へなかつた。

「迷子の英訳を知つて入らしつて」

三四郎は知るとも、知らぬとも云ひ得ぬ程に、此問を予期してゐなかつた。

「教へて上げませうか」

「え丶」

「迷へる子《ストレイ、シープ》――解つて？」

（ここまで五の九、（2）から五の十…筆者注）

（2）三四郎は斯う云ふ場合になると挨拶に困る男である。咄嗟の機が過ぎて、頭が冷かに働き出した時、過去を顧みて、あゝ云へば好かつた、斯うすれば好かつたと後悔する。と云つて、此後悔を予期して、無理に応急の返事を、左も自然らしく得意に吐き散らす程に軽薄ではなかつた。だから只黙つてゐる。さうして黙つてゐる事が如何にも半間であると自覚してゐる。

（3）迷へる子《ストレイ、シープ》といふ言葉は解つた様でもある。又解らない様でもある。解る解らないは此言葉の意味よりも、寧ろ此言葉を使つた女の意味である。三四郎はいたづらに女の顔を眺めて黙つてゐた。　（五）

まず、（引用D）の（1）の会話【「教へて上げませうか」／「えゝ」／「迷へる子《ストレイ、シープ》――解つて？」】は、構造的によし子との病院の場面の（引用C）の会話【「昨夜の轢死を御覧になつて」／「えゝ」／「怖かつたでせう」】をなぞっている。すなわち、【答えやすい問いかけ→返事→答えにくい問いかけ→三四郎の返事保留】というパターンになっているし、（3）の波線部で三四郎が返事をしないまま、相手の女性をじっとみつめるのも同じである。つまり、（引用C）の構造をなぞることによって、読者にその部分を想起させ、〈返事が出来ない三四郎〉をまず印象づける。だからこそ、（引用C）の場面に限って、よし子は例外的に、三四郎に対して、〈〜って〉形の問いかけをするように設定されていた。

またこの部分は、1―2で分析し、論じた、美禰子が落としていった花を三四郎が池に捨てる場面の（引用B）と同じく、（1）→（2）→（3）という構造を持っている。つまり、美禰子の突然の「迷子」という言葉、「迷子の英訳」を知っているかという問いかけ、そして「迷へる子《ストレイ、シープ》――解つて？」に答えない三四郎を描く（1）に続いてすぐ、（3）が書かれていれば、三四郎が主体的に返事をしないという対応を選んだ、という印象が与えられる。しかも（3）では三四郎の関心は「此言葉の意味よりも、寧ろこの言葉を使った女の意味」にあると、彼がどういう意識の動きによって返事が出来ないかの理由まで書き込まれている。だから、この場面は次のように書くことも出来たはずである。

〈三四郎はこれは無理に応急の返事をすべき問いかけではないと思った。それに、単にこの言葉の意味より、この言葉を使った女の意識の意味を知りたい。しかし、今はどう返事をしていいか解らない。だから黙っていた。〉

しかし、（引用B）の場合と同じく、（2）が書かれる。しかも、初出の朝日新聞連載の場合は（1）と（2）の間で日付も跨いでいる。（2）で、「三四郎は斯う云ふ場合になると挨拶に困る男である」と書かれ、それによって、三四郎が女の意外な言葉には、いつも「挨拶に困る男」であり、「軽薄」ではないが「半間」であるという印象が与えられ、それによって、三四郎が主体的に返事をしなかったのではなく、返事が出来なかったのだという印象がもたらされる。しかし、ここまでの部分で、「三四郎は斯う云ふ場合になると挨拶に困る男である」と一般化できる程に、「斯う云ふ場合」に三四郎が「挨拶に困る男」であった状況は示されてはいない。ここで突然、三四郎は「斯う云ふ場合」に「挨拶」ができず、困ってしまう男だと示される。つまり、（2）は、これまで再三指摘してきた三四郎の「単純」化のために書かれ、その結果、（3）で主体的に〈返事をしない三四郎〉が明らかに描かれ、その理由となる彼の意識の動きまで示されているにもかかわらず、それが〈返事が出来ない三四郎〉として受け取られるための仕掛けとなった。漱石は、今までの「単純」化の手法とその成果を用いてこの場面を書いたわけである。

1―5―3で論じたように、漱石は四の広田先生の引っ越しの場面で、美禰子に〈〜って〉形の問いかけをさせ、それに対してすべて返事が出来ない三四郎を提出した後、五の（引用D）の場面を書いた。「迷子の英訳を知つて入らしつて」「迷へる子《ストレイ、シープ》——解つて?」は、すべて〈〜って〉形の問いかけである。そして、引用部でも、〈ですます体〉の問いかけである「教へて上げませうか」には、三四郎はちゃんと「えゝ」と答えている。だとすれば、この場面の会話が、次のように〈ですます体〉でなされていたら、どうだったのだろうか。


〈「迷子の英訳を知っていらっしゃいますか」

「いいえ、（知りません）」

「教えて上げましょうか」

「ええ、（教えてください）」

「迷へる子《ストレイ、シープ》——解りますか?」

「ええ、解ります」〉

もし、美禰子がすべての問いをこのように〈ですます体〉で発語していたら、三四郎は答えられたのではないだろうか。ここまで、三四郎は美禰子の〈ですます体〉の問いかけにはすべて、同じ〈ですます体〉で答えられているからである。〈ですます体〉の会話と、〈〜って〉形の問いかけから始まる会話の違いは何だろうか。前章でも論じたように、〈ですます体〉の問いかけに対しては、答えはほぼ一通りに決まる。従って、この書き換えのような会話がもしなされていたら、「迷子の英訳」は「迷へる子《ストレイ、シープ》」である、そういう知識を美禰子は三四郎に与え、三四郎はそれを理解した、つまり「此言葉の意味」、いわば辞書的な意味を理解したということになる。美禰子が〈ですます体〉を用いなかったということは、彼女は「此言葉の意味」が分かったという答えを三四郎から欲していなかったということである。では、彼女の欲していた答えはどういう答えだろうか。

〈〜って〉形の問いかけでは、答え方は一通りに定まらない。答え方に相手と共にどんな親しさを構築したいかが込められる。「迷へる子《ストレイ、シープ》——解つて?」（これが問いかけであることを強調するために、漱石はここで疑問符を施している）という問いかけに対しては二方向の答え方が想定できる。一つは、「解つて?」に反応する答え方である。単純に「うん」、或いは「（うん）、解った」「（うん）、解るよ」と、〈解った〉ことをある程度の親しさを込めて伝える答えである。ここで美禰子は、自身を「迷へる子《ストレイ、シープ》」であると感じていることを背景に三四郎に「解つて?」と問いかけている。だから、この「迷へる子《ストレイ、シープ》——解つて?」という問いかけに、「解った」「解るよ」と答えたとしたら、それは、「迷子の英訳」が「迷へる子《ストレイ、シープ》」であることが分かり、同時にその言葉に美禰子が込めた意味についてもある程度理解したと答えていることになる。〈ですます体〉で答えた場合は、いわば辞書的な意味を理解したと相手に伝えているわけだが、この場合は、相手の意識の領域にまで踏み込んでそれに同期する形で「解った」と伝えていると言えるだろう。

もう一つの答え方は、「迷へる子《ストレイ、シープ》」の方に反応する答え方である。相手の問いかけをそっくり繰り返して、「迷へる子《ストレイ、シープ》、迷へる子《ストレイ、シープ》」と相手が自分に教えようとしている言葉を繰り返す。或は、「そうか、迷へる子《ストレイ、シープ》（って言うのか）」と答える。こう答えたとしたら、相手がこの言葉に込めた意識をそっくりそのまま受け取ってみようとしている、そういう姿勢を示したことになるだろう。だから、その時の「迷へる子《ストレイ、シープ》」という発語は、〈あなたがこの言葉に込めた意識を私は私なりに受け取りたい〉という意識のメッセージも相手に送っていることになると言える。

恐らく、美禰子はその対応を、すなわち「迷へる子《ストレイ、シープ》」を「迷へる子《ストレイ、シープ》」と繰り返す、そういう答え方を望んでいたのではないだろうか。なぜなら、次の引用のように、彼女は（引用D）の後に二回「迷へる子《ストレイ、シープ》」と繰り返すが、二回ともその後に「解つて?」に当たる如何なる動詞も付けようとしていないからである。

「少し寒むくなつた様ですから、兎に角立ちませう。冷えると毒だ。然し気分はもう悉皆《すつかり》直りましたか」
「え、、悉皆直りました」と明かに答へたが、俄かに立ち上がつた。立ち上がる時小さな声で、独り言の様に、
「迷へる子《ストレイ、シープ》」と長く引つ張つて云つた。三四郎は無論答へなかつた。（中略）
「迷へる子《ストレイ、シープ》」と美禰子が口の内で云つた。三四郎は其呼吸《いき》を感ずる事が出来た。

美禰子は二度、三四郎がその言葉を繰り返すのを誘うかのように、「迷へる子《ストレイ、シープ》」とだけ繰り返す。しかし、この美禰子の二度の誘いかけに三四郎は応じない。

この三回の「迷へる子《ストレイ、シープ》」で漱石は次のような操作を行なった。一回目の「迷へる子《ストレイ、シープ》」で、返事をしない三四郎を「平間」であると読者に印象づけた漱石は、二回目の「迷へる子《ストレイ、シープ》」では、「三四郎は無論答へなかつた」と、三四郎が美禰子の言葉に答えないのを当然のこととして書き、三回目の「迷へる子《ストレイ、シープ》」に対しては、もう答えることなど思いつきもしないで「其呼吸」だけを感じている三四郎を描く。この三段階を踏んで三四郎を〈肝心な時に美禰子に答えられない三四郎〉にしてしまう手法は、1―2の末尾で指摘した、美禰子の着物の色について、「着物の色、帯の色は鮮かに分つた」→「着物の色は何と云ふ名か分からない」→「女の着物は例によつて、分らない」と三段階で、三四郎を〈女性（美禰子）の着物の色はいつも分からない〉主人公にしてしまう手法と同じである。こうして、漱石は、三四郎が美禰子との最初の出会いの時、彼女が落としていった花を池に投げ込んでしまったのと同じように、ここでも彼女からの働きかけを返事をしないことによって拒んだ、その拒否のニュアンスを、これまで確立してきた仕掛け

をほとんどすべて使用して、隠蔽した。そして、三四郎が美禰子の「迷へる子《ストレイ、シープ》——解つて?」に対して、〈返事が出来ない三四郎〉であることを周到に準備して読者に提出することに成功した。

2—2　美禰子の絵葉書——返事を書かない三四郎

美禰子は三四郎と対話する場面でしばしば英語を使った表現を用いる。広田先生の引っ越しの場面で、空の雲について、「駝鳥の襟巻《ボーア》に似てゐるでせう」（四）と言ったのを皮切りに、画集の絵を見て、「『人魚《マーメイド》』／『人魚《マーメイド》』／頭を擦り付けた二人は同じ事をさ、やいだ」（同）場面、そして、（引用D）直前の、空が「大理石《マーブル》の様に見えます」「大理石《マーブル》の様に見えるでせう」（五）と三四郎に言う場面、そして「迷へる子《ストレイ、シープ》——解つて?」と、美禰子は三四郎に英語を含んだ言葉を四回投げかける。英語という突出した表現を提出して、それに対する三四郎の反応を試すかのようである。三四郎は、それに対して、「駝鳥の襟巻《ボーア》」、「大理石《マーブル》」の場合のように、〈ですます体〉で投げかけられた場合は、「駝鳥の襟巻《ボーア》」は知らないことを伝えたり、「え、、大理石《マーブル》の様に見えます」と返事をしたりできる。或いは、「人魚《マーメイド》」の場合のように、二人で同じ対象を見ている場合なら、反応できていた。しかし、「迷へる子《ストレイ、シープ》——解つて?」には反応できなかった。「迷へる子《ストレイ、シープ》——解つて?」が、それまでの「駝鳥の襟巻《ボーア》に似てゐるでせう」「大理石《マーブル》の様に見えるでせう」と異質なのは、雲や空の様態を描写したこれらに対して、「迷へる子《ストレイ、シープ》」は名詞であり、美禰子の現在の存在性そのものを表象する言葉であった点である。また、前二者が〈ですます体〉で語られたのに対して、この「迷へる子《ストレイ、シープ》」だけが〈〜つて〉形で三四郎に投げかけられた。

三四郎はこの美禰子の投げかけに対して、返事をしなかった。返事を得られなかった美禰子は次の行動を起こす。それが次章六で美禰子から三四郎に与えられる絵葉書である。おそらく美禰子は、彼女の「迷へる子《ストレイ、シープ》」に対して言葉の領域で何の反応もしなかった三四郎から、ぜひとも反応を引き出したかった。言葉の領域で駄目なら、絵の領域ではどうかという試みである。そこには、二人が人魚の絵を見て、「『人魚《マーメイド》』／『人魚《マーメイド》』頭を擦り付けた二人は同じ事をさゝやいだ」時の記憶が影響を与えているだろう。また、（引用D）の場面では概念として提示した「迷へる子《ストレイ、シープ》」を、絵という形で可視化して示し、それに対して三四郎がどういう反応を示すか、試したとも考えられる。

> 下宿へ帰つて、湯に入つて、好い心持になつて上がつて見ると、机の上に絵端書がある。小川を描いて、草をもぢや〳〵生やして、其縁に羊を二匹寐かして、其向ふ側に大きな男が洋杖《ステツキ》を持つて立つてゐる所を写したものである。男の顔が甚だ獰猛に出来てゐる。全く西洋の絵にある悪魔《デギル》を模したもので、念の為め、傍にちやんとデギルと仮名が振つてある。表は三四郎の宛名の下に、迷へる子と小さく書いた許である。三四郎は迷へる子の何者かをすぐ悟つた。のみならず、端書の裏に、迷へる子を二匹描いて、其一匹を暗に自分に見立てゝ呉れたのを甚だ嬉しく思つた。迷へる子のなかには、美禰子のみではない、自分ももとより這入つてゐたのである。それが美禰子の思はくであつたと見える。美禰子の使つたstray sheepの意味が是で漸く判然した。
>
> 与次郎に約束した「偉大なる暗闇」を読まうと思ふが、一寸読む気にならない。しきりに絵端書を眺めて考へた。イソツプにもない様な滑稽趣味がある。無邪気にも見える。洒落でもある。さうして凡ての下に、三四郎の心を動かすあるものがある。（六）

三四郎は二匹の羊の絵を見て、「迷へる子のなかには、美禰子のみではない、自分ももとより這入つてゐたのである」と、美禰子が「迷へる子《ストレイ、シープ》」の共有を求めているらしいことを察する。彼は彼なりに、ここでは「美禰子の使つた

stray sheep の意味」を理解している。ところが、この美禰子の「絵端書」に対して、三四郎は遂に返事を書かない。というより、漱石は三四郎に返事を書かせない。すなわち、三四郎に美禰子が「迷へる子《ストレイ、シープ》」と発語した現場で返事をさせないだけではなく、絵というかたちで交流を求めてきた彼女に対しても、同じく返事を書かせない。そして、その〈返事を書かない三四郎〉を読者に納得させるために、例の「単純」化の手法を展開する。先の引用の少し後の部分である。

（引用E）

（1）しばらくしてから、三四郎は漸く「偉大なる暗闇」を読みだした。（中略）論文は現今の文学者の攻撃に始まつて、広田先生の讃辞に終つてゐる。ことに大学文科の西洋人を手痛く罵倒してゐる。早く適当の日本人を招聘して、大学相当の講義を開かなくつては、学問の最高府たる大学も昔の寺子屋同然の有様になつて、錬瓦石のミイラと撰ぶ所がない様になる。尤も人がなければ仕方がないが、こゝに広田先生がある。（中略）……教授を担任すべき人物である。――煎じ詰めると是丈であるが、其是丈が、非常に尤もらしい口吻と、燦爛たる警句によつて前後二十七頁に延長してゐる。（中略）

（2）能く考へて見ると、与次郎の論文には活気がある。（中略）けれども全く味がない。根拠地のない戦争の様なものである。のみならず悪く解釈すると、政略的の意味もあるかもしれない書方である。田舎者の三四郎にはてつきり其所と気取る事は出来なかつたが、たゞ読んだあとで、自分の心を探つて見て何所かに不満足がある様に覚えた。

（3）また美禰子の絵端書を取つて、二匹の羊と例の悪魔を眺め出した。すると、此方のほうは万事が快感である。此快感につれて前の不満足は益著しくなつた。それで論文のことはそれぎり考へなくなつた。美禰子に返事を遣らうと思ふ。不幸にして絵がかけない。文章にしやうと思ふ。文章なら此絵端書に匹敵する文句でなくつては不可ない。それは容易に思ひ付けない。愚図々々してゐるうちに四時過になつた。　（六）

三四郎が返事を書かない事を記すのは（3）だが、そこに至るまで、今回は与次郎の論文を利用して、三四郎の「単純」化が行われる。傍線部にみられるように、（1）における三四郎の、与次郎の論文の読後感と論旨の読み取りは正確であり、「煎じ詰めると是丈」であるものが、誇大な表現によって「二十七頁」にまで水増しされ、引き延ばされていることを三四郎は見抜いている。（2）の前半でも、「活気がある」が「全く味がない」と容赦がない。つまり、彼は与次郎の論文の本質をよく掴めている。にもかかわらず、（2）の後半では、またもや「田舎者」であることを理由に、三四郎は、与次郎の論文に「政略的の意味」があることには気付いているが、「てつきり其所」とその正確な部分を指摘できないで、「読んだあと」「何所かに不満足」を感じているだけであると書かれる。この書き方は、1の（引用A）の「奇麗な色彩」という「感じ」、（引用B）の「何だか矛盾」の場合と同じ手法によるものであることは、言うまでもないだろう。しかし、（1）の三四郎の読み取り方自体が、与次郎の論文の「政略的な意味」をよく伝えているし、それが「非常に尤もらしい口吻と、燦爛たる警句」によって水増しされている文章である以上、「政略的」な部分を「てつきり其所」と部分的に指摘することなど、不可能である。また、指摘できないというのは読解能力の問題であって、「田舎者」であるか否かの問題では全くないはずである。ここでの「田舎者」という語の使用は、三四郎を「単純」化する他のどの場面にも増して意図的である、つまり、この部分には三四郎を殊更「単純」化して隠蔽したい何事かが存在する。

この与次郎の論文を利用した三四郎の「単純」化が、そのまま三四郎の美禰子への対応に利用される。（2）から（3）への移行である。与次郎の論文に「何所か不満足」な感じを抱いた三四郎は、「万事が快感」と感じる美禰子の絵葉書の方に関心を移す。返事を書こうと思うが、絵が描けないし、文章で書こうとしても、「此絵葉書に匹敵する文句」も思いつけなくて「愚図々々」していたと書かれる。つまり、（引用E）の（3）は、（2）を経過しているために、「田舎者」三四郎が気の利いた文章が書けなくて、しかも与次郎の論文に「何所か不満足」であるのと同様に、美禰子の絵葉書にも〈何か〉「快感」だけ感じて「愚図々々」していて返事を出せなかったと読める。三四郎は、翌日の運動会で美禰子から「あなたは未だ此間の絵端書の返事を下さらないのね」（六）と催促されるが、この（引用E）があるために、彼が「愚図々々」していて、結局返事を出しそびれたかのような印象が読者に与えられる。もし、この部分が次のように書かれていたら、印象は全く異なるだろう。

〈美禰子に返事を遣ろうと思う。不幸にして絵がかけない。文章にしようと思う。文章なら此絵端書に匹敵する文句でなくっては不可ない、それは容易に思い付けない。返事は当面書かないことにした。〉

（3）の「愚図々々」以下を「返事は当面書かないことにした」に書き改めただけであるが、「絵がかけない」し、文章は「容易に思ひ付けない」のであれば、当面返事を出さない、という結論が順当である。しかし、それでは三四郎が主体的に〈返事を書かない〉ことを選び取ったことになってしまう。それを避けるために、（1）（2）（3）で周到に準備した上で、三四郎が何となく「愚図々々」して返事を出さない結果になった、という印象を読者に与えたのである。注意すべきなのは、それを記述する文章が、これまで見てきたような三四郎の「単純」化を殊更行う文脈の中に置かれていることである。ということは、三四郎は単純に「愚図々々」していたのではない。そこに、返事を出すことをためらわせるような何らかの理由があって、彼は返事を書かなかった、そう考えられる。

2―3　〈返事が出来ない三四郎〉から〈返事が出来る三四郎〉へ

三四郎はなぜ美禰子の絵葉書に返事を書かなかったのだろうか。いや、なぜ、漱石は返事を書かせず、しかもそのことを、三四郎を「単純」化して示すことによって隠蔽しようとしたのだろうか。この問いについては次の2―4で検討するが、ここでは、五で三四郎が「迷へる子《ストレイ、シープ》――解つて？」に返事をせず、六で美禰子からの絵葉書に返事を書かなかった、その後の時点からこの小説で密かに行われたある転換について検討する。

六の後半は、大学の運動会の場面だが、この場面以降、これまでと違って、美禰子の〈〜って〉形の問いかけに対して、三四郎はすべて返事をしている。言い換えれば、「迷へる子《ストレイ、シープ》」に対して、言葉の領域でも、絵の領域でも返事をしなかった三四郎を、〈返事が出来ない三四郎〉として書き終えた、まさにその時点で、〈〜って〉形に対する返事を漱石が解禁にしたとも言える。以下にすべての例を挙げる。1―5―3と同じく(三)は三四郎、(美)は美禰子である。

◎運動会の場面（六）

①(美)「此上には何か面白いものが有つて?」

此上には石があつて、崖がある許りである。面白いものがあり様筈がない。

(三)「何もないです」

（美）「さう」と疑を残した様に云つた。

②（美）「あの木を知つて入らしつて」といふ。
（三）「あれは椎」
女は笑ひ出した。
（美）「能く覚えて入らつしやる事」

◎展覧会を見に行く場面（八）
③すぐ受取つたものを渡さうとして、隠袋《ぽつけつと》へ手を入れると、美禰子が、
（美）「丹青会の展覧会を御覧になつて」と聞いた。
（三）「まだ覧《み》ません」

④女が「小川さん」と云ふ。男は八の字を寄せて、空を見てゐた顔を女の方へ向けた。
（美）「悪くつて？　先刻のこと」
（三）「可いです」
（美）「だつて」と云ひながら、寄つて来た。

◎原口の画室を出た後の場面（十）

⑤今度は女から話し掛けた。
（美）「原口さんの画を御覧になつて、どう御思ひなすつて」
答へ方が色々あるので、三四郎は返事をせずに少しの間歩いた。
（美）「余り出来方が早いので御驚きなさりやしなくつて」
（三）「えゝ」と云つたが、実は始めて気が付いた。（中略）
（三）「何時から取掛つたんです」

◎美禰子と教会の前で話す場面（十二）
⑥言葉が少しの間切れた。やがて、美禰子が、云つた。
（美）「あなた、御不自由ぢや無くつて」
（三）「いゝえ、此間から其積で国から取り寄せて置いたのだから、何うか取つて下さい」
（美）「さう。ぢや頂いて置きませう」
女は紙包を懐へ入れた。

引用に明らかなように、三四郎は、四と五では返事が出来なかった美禰子の〈〜って〉形の問いかけに対して、六後半以降すべて返事が出来ている。そして、四の美禰子の最初の問いかけである「あつて……」に対する返事が〈ですます体〉の「えゝ、ありました」であったのを踏襲して、引用に明らかなように基本的に〈ですます体〉で答えている。①③④⑥はすべて〈ですます体〉ある。②の「あの木を知つて入らしつて」には「あれは椎」と答えているが、これは、二の三四郎が美禰子を初めて見た場面を踏まえて、その時看護婦が美禰子に与えた返事、「是は椎」を変化させたものである。また、⑤では、「え、」と答えているが、そのすぐ後で、「何時から取掛つたんです」と、やはり〈ですます体〉である。

また、⑤の「原口さんの画を御覧になつて、どう御思ひなすつて」に対しては、「答へ方が色々あるので、三四郎は返事をせずに少しの間歩いた」と、1—5—1で指摘したように、男性に対する場合にのみ示されていた、主体的に返事を保留する三四郎が、女性である美禰子に対して初めて提出される。

つまりこういうことである。「迷へる子《ストレイ、シープ》」をめぐる記述が終わった段階で、漱石は三四郎に美禰子の〈〜って〉形の問いかけに対して返事をさせ、美禰子に対して〈返事が出来る三四郎〉にした。そして、それまでは対男性にだけ見られていた主体的な返事保留も解禁にした。もちろん、美禰子と会う回数を重ねて親しくなったのだからそれが自然だ、という指摘もできるだろうが、むしろ、「迷へる子《ストレイ、シープ》」をめぐる記述が終わった時点で、もはや三四郎を「単純」化する必要がなくなったから、というのが最も有力な理由ではないだろうか。「単純」化する必要がなければ、それ以上三四郎を〈返事が出来ない三四郎〉や〈返事を書けない三四郎〉にしておく必要はない。逆に言えば、「迷へる子《ストレイ、シープ》」をめぐる記述のために、これまで指摘してきた様々な「単純」化が仕掛けられた、そして、その場面さえ書かれてしまえば、その後それまでのように注意深く「単純」化を行わなくても、三四郎は「単純」な男として読者の印象に残るだろう、という訳である。

ただし、三四郎の〈返事〉は基本的に〈ですます体〉の返事に限定される。〈〜って〉形の問いかけに対する〈ですます体〉の返事。1—5—3で指摘したように、四の美禰子の「あつて……」は、彼女の内面の「あら喫驚した、苛いいわ」という言葉遣いが示すような「馴れ易いあるもの」の反映であり、それに三四郎は対応できないで「え、ありました」と答えたわけであるが、六後半以降でも彼の答え方は、この時と変わらなかった。もちろん、〈ですます体〉によっても、ある程度の親しさを構築することは可能であるし、〈ですます体〉のもとでなら、彼らはある程度親しくなれてはいる。しかし、相手である美禰子が〈〜って〉形によって親しさを仕掛けていて、それに〈ですます体〉でしか答えられないということは、彼女とそれ以上の親しさを構築できないということに他ならない。そして、それは、美禰子との会話のほとんど最初から実は変わっていなかったことを意味している。言語の領域で、美禰子と三四郎は最初から最後まで親しくなれなかった。だから、彼らの関係はそれ以上の親しさには到達しない。

以上のように考察してくれば、次の引用に示す、結婚することになる男と、美禰子が十で交わす会話が独特のものであることが分かる。引用は地の文を省いた。（男）は美禰子が結婚することになる男、（美）は美禰子である。

（男）「今迄待つてゐたけれども、余《あん》り《ま》遅いから迎に来た」
（美）「さう、難有う」
（男）「何誰《どなた》」
（美）「大学の小川さん」
（男）「早く行かう。兄さんも待つてゐる」

この会話は、〈ですます体〉でもないし、〈〜つて〉形を用いる会話でもない。それでいて、そこに親しさがある。そして、三四郎との会話と違って、男性の側から美禰子に働きかける会話である。美禰子はこの質の会話を交わすことの出来る男と結婚した。三四郎に〈〜つて〉という文型による会話を誘いかけたが、彼は基本的に〈ですます体〉でしか返事が出来ず、そこに〈～って〉形の会話から生まれる親しさは生じなかった。そして、美禰子はその親しさとは違う親しさを構築できる、そういう会話が可能な男と結婚することを選んだ。

2―4　「迷へる子《ストレイ、シープ》」と「三拾円」の違い――返事を書く三四郎

三四郎は美禰子の「迷へる子《ストレイ、シープ》」に対して、発語された現場でも返事をせず、それに基づいて書かれた「絵端書」にも返事を書かなかった。つまり、この段階では、三四郎は美禰子からの「迷へる子《ストレイ、シープ》」にまつわる働きかけをすべて受け入れなかったということになる。そして、漱石は2―1、2―2で見たような、かなり複雑な操作を行ってまで、それを読者から隠蔽しようとした。いや、もっと言えば、2―3で分析したように、「迷へる子《ストレイ、シープ》」以後、三四郎の「単純」化が大幅に緩和されていることを考えれば、本論文で分析してきた、『三四郎』の最初から仕掛けられた様々な三四郎の「単純」化は、「迷へる子《ストレイ、シープ》」にまつわる場面を書くためにこそ仕掛けられてきたといっても過言ではない。なぜだろうか。

漱石は、「迷へる子《ストレイ、シープ》」の次に、三四郎が今度は美禰子からの働きかけを受け入れる場面を描く。八における美禰子からの「弐拾円」（実質的には美禰子が三十円を引き出したため、三十円）の貸与である。三四郎は「迷へる子《ストレイ、シープ》」は受け入れなかったが、「三拾円」は受け入れた。これは何を物語っているのだろうか。「迷へる子《ストレイ、シープ》」と「三拾円」は何が違うのか、また、「迷へる子《ストレイ、シープ》」は受け入れず、「三拾円」は受け入れるとは、どういうことなのだろうか。

与次郎の奔走によって美禰子に金を借りに行く事になる前の晩の三四郎について、次のように記される。

（引用F）

（1）　三四郎は其晩与次郎の性格を考へた。永く東京に居るとあんなになるものかと思つた。それから里見へ金を借りに行く事を考へた。美禰子の所へ行く用事が出来たのは嬉しい様な気がする。然し頭を下げて金を借りるのは有難くない。三四郎は生れてから今日に至る迄、人に金を借りた経験のない男である。其上貸すと云ふ当人が娘である。独立した人間ではない。たとひ金が自由になるとしても、兄の許諾を得ない内証の金を借りたとなると、借りる自分は兎に角、あとで、貸した人の迷惑になるかも知れない。或はあの女の事だから、迷惑にならない様に始から出来てゐるかとも思へる。何しろ逢つて見やう。逢つた上で、借りるのが面白くない様子だつたら、断わつて、少時《しばらく》下宿の払を延ばして置いて、国から取り寄せれば事は済む。――当用は此所迄考へて句切りを付けた。

（2）　あとは散漫に美禰子の事が頭に浮んで来る。美禰子の顔や手、襟や、帯や、着物やらを、想像に任せて、乗《か》けたり除《わ》つたりしてゐた。ことに明日逢ふ時に、どんな態度で、どんな事を云ふだらうと其光景が十通りにも廿通りにもなつて色々に出て来る。三四郎は本来から斯んな男である。用談があつて人と会見の約束などをする時には、先方が何う出るだらうといふ事許り想像する。自分が、こんな顔をして、こんな事を、こんな声で云つて遣らう杯とは決して考へない。しかも会見が済むと後から屹度其方を考へる。さうして後悔する。（八）

（1）と（2）は、段落の切れ目なしの一続きの部分だが、対比させたいために、（1）（2）として示した。なぜなら、（1）と（2）は内容的に矛盾を含んでいるからである。（1）では、三四郎は、美禰子から金を借りていいものか迷い、会って相手の様子を見て、借りるのがまずそうだったら「断つて」しまおうと、ちゃんと「用談」の「会見」の場で自分が相手にどう対応するかを想像できている。また、断った場合には、下宿の払いを延ばして国から取り寄せようという、その場合の事後処理も「想像」できている。それなのに（2）では、三四郎は人と「会見」する時に相手の出方ばかり想像して、自分が相手に何をどういう態度で言おうか考えず、後で「後悔」する、そういう「男」であると記される。

しかし、（1）から（2）へと続けて読んだ場合、この矛盾には気付きにくい。なぜだろうか。（1）と（2）をつなぐのは、ダッシュ以下の「当用は此所迄考へて句切りを付けた」である。ここまでは「当用」、ここから先は違うとまず区別がなされる。三四郎は彼が「当用」と自覚している領域については、美禰子に対峙する時の方針も事後処理も明確な意志を持って「想像」できているし、最後に、彼の想像に明確に「句切り」も付けられている。だからその領域では、彼をどんな男かと述べる時も、事実に基づいて「人に金を借りた経験のない男」と、明確に定位される。しかし、次の（2）の「当用」を超えた領域では、三四郎は美禰子に対して（1）のようなすっきりとした「想像」ができない。「当用」を超えた領域とは、「顔や手」をはじめとするある見かけを持った女性が「どんな態度で、どんな事を云ふ」かという領域、つまり美禰子の三四郎に向ける意識がどう示されるかという領域である。それは明らかに「迷へる子《ストレイ、シープ》」までの領域（六の四までと考える）と一致する。そしてその領域では、三四郎は美禰子がどういう対応をするかを「十通り」「廿通り」とあれこれ想像するばかりで、それに対する自分の対応を想像することが出来ない。だから、三四郎は「本来から斯んな男」と、彼は「単純」化して示される。そしてこれまで、美禰子の意識に対する三四郎の対応に慣らされてきた読者には、こちらの方が印象に残り、従って（1）と（2）の矛盾にも気付きにくい。

これも、ここまで指摘してきた「単純」化の一環であることは言うまでもないが、三四郎の「田舎者」性を強調する中間部を設けず、矛盾する（1）と（2）をそのまま並列して示しているところがこれまでと異なる。つまり、美禰子に対する対応において、三四郎が明確に対処できる領域とできない領域が、矛盾をそのままに（1）と（2）として書き分けられている。ここまで三四郎が美禰子に対応できず、彼女を受け入れなかった領域を、三四郎を「単純」化しつつ書き続けてきた漱石は、ここで初めて三四郎が美禰子に彼なりに明確に対応できる領域を示した。それは「三拾円」という金銭の領域だった。引用（1）（2）に明らかなように、金銭とは、金銭そのものに対応する「当用」の側面と、それをやり取りする相手（この場合は美禰子）の意識に対応する側面とを併せ持つ、そういう領域である。だから、この領域での美禰子からの働きかけを、「迷《ストレイ》へる子《・シープ》」までの領域における働きかけの場合と違って、三四郎は受け入れる。しかも、自分の方からお礼の手紙までも書いている。読者は、九で美禰子が「先達は難有う」と三四郎にお礼を言った事でそれを知ることになる。つまり、この局面での三四郎は、「迷《ストレイ》へる子《・シープ》」の時とは違って、〈返事が出来ない三四郎〉ではない。また、「迷《ストレイ》へる子《・シープ》」の絵葉書の場合の様に、〈返事を書かない三四郎〉でもない。返礼としての〈返事を書く三四郎〉である。

もちろん、「三拾円」を貸すことが、美禰子にとってどういう意味を持っていたかを三四郎は理解していないだろう。この美禰子の意識については、次節で詳しく検討するが、重要なのは、三四郎が美禰子の意識を理解できなくても、彼女の意識は三十枚の紙幣という、目に見える形で三四郎の目の前に提出されたことである。彼はそれを受け取り、二十円で下宿代を払い、残りの金でシャツを買ったりすることになる。すなわち、美禰子からの働きかけが金銭という分かりやすく目に見える形で示されると、三四郎はそれをめぐって美禰子と言葉も交わせるし、主体的にお礼の手紙も書くことも出来る。そしてそれを使うことも出来る。

この「三拾円」の金銭は、与次郎が広田先生が野々宮に返すはずの「弐拾円」を馬券を買ってなくしたことが原因となって、彼の奔走によって美禰子が三四郎に手渡すことになった金銭である。「迷《ストレイ》へる子《・シープ》」のように、与次郎も広田先生も関与せず、美禰子から一方的に投げかけられた、つまり彼女の意識のみが反映したものではない。三四郎はこの三十枚の紙幣を彼がなぜ美禰子から受け取ることになったのかをよく分かっている。

一方、「迷へる子《ストレイ、シープ》」の場合は、それを投げかける美禰子の意識は、金銭のように目に見える何ものかの形はとらない。そうすると三四郎は返事をしない。美禰子は絵葉書という形で、それを可視化しようと試みる。三四郎は、彼なりに美禰子がこの言葉に深い意味を込めていたこと、そしてそれは自分と共有する部分を含んでいたことに気付いた。それなのに、三四郎は美禰子に返事を書かなかった。なぜなら、絵という形でそれが示されたとしても、その絵は羊の絵に過ぎず、美禰子が三四郎に投げかけた「迷へる子《ストレイ、シープ》」そのものの可視化ではなく、従ってその絵を描かせた意識は見えないからである。だから三四郎は絵葉書への返事を書かない。これが1―2で考察した（引用B）の花を池に投げ込む行為と同質であることは見やすい。花は目に見えても、花を捨てる意識は目に見えない。すなわち、花の場合も、「迷へる子《ストレイ、シープ》」の場合も、三四郎の前に花を捨てた、或いは「迷へる子《ストレイ、シープ》」と発語し、絵葉書を送った美禰子の意識は、それが三四郎に向けた何らかの働きかけであることを示しているだけで、けして可視化できない。そして、三四郎はそういう意識に対しては、花を池に投げ捨てたり、返事をしない、返事を書かないという対応をする。すなわち、美禰子からの働きかけを拒む。

そう見てくれば、「迷へる子《ストレイ、シープ》」と同じように英語を含む美禰子からの言葉でも、三四郎が返事をした、「駝鳥の襟巻《ボーア》に似てゐるでせう」も「大理石《マーブル》の様に見えます」も、目に見える、即ち可視化できる雲や空の様態を述べる言い方であり、三四郎が返事が出来る領域にあった。

目に見える、可視化できる対象を示されると、返事をし、目に見えない対象、すなわち目に見えない意識が反映した対象を示されると、返事が出来ないとはどういうことだろうか。三四郎は、最初の花と、それから「迷へる子《ストレイ、シープ》」とそれと関連する絵葉書という、美禰子からの目に見えない意識が反映した働きかけを三度拒んだことになる。そして、この三四郎の三度の拒否は、これまで分析してきたように、それが彼の拒否と分からないように、巧みに隠蔽されていた。

三四郎は確かにに美禰子に惹き付けられている。与次郎の言い方を借りれば、「愛してゐる」（九）。しかし、それでいて、三四郎は美禰子からの働きかけに三度まで応じない。せっかく目の前に落とされた花を池に投げ込み、彼女が自分の存在性を託した言葉に何の返事もしようとしないし、絵葉書にも返事を書かない。そして、漱石は、その三四郎の拒否を巧妙な記述によって、拒否と気取られず、「田舎者」である故の「単純」さからのふるまいと読者に受け取られるように書いた。だから、美禰子を「愛してゐ」ながらそれをうまく表現できない、そういう男性であるという第一印象が与えられた。

三四郎が美禰子の働きかけに応じたのは、金銭の貸与のみである。つまり、金銭（三十円）という目に見え、計測可能な形での働きかけは受け入れるが、花や絵葉書のように、モノとして可視化できても、それに込められた意図が読み切れないもの、「迷へる子《ストレイ、シープ》——解つて？」のように、通常の発語以上の圧力をかけて投げかけられた言葉を彼は拒む。もし、恋が可視化され、計測可能な要素だけでなりたっているのなら、「金」という形をとった美禰子からの好意を受け入れた三四郎は美禰子を「愛してゐる」と言えるだろう。しかし、恋の本質がむしろ、目にも見えず、言葉でも語れない領域にあり、相手を「愛してゐる」とは、当の相手の目に見えない意識の領域の反映を極力理解しようとし、受け入れようとすることであるのだとすれば、それを拒んだ三四郎は美禰子に対して、深いところで、彼女との恋を拒んでいたと言えるのではないだろうか。他人には美禰子を「愛してゐる」ように見えても、以上のように考えれば、三四郎は美禰子を「愛して」いない。だからこそ、三四郎は美禰子の〈〜って〉形の問いかけに反応できず、〈ですます体〉でしか答えられなかった。なぜなら、美禰子の〈～って〉形の問いかけこそ、彼女の親しさを示す意識の領域の反映、つまり三四郎が美禰子から受け入れようとしない領域からの問いかけだったからである。だから、彼は答えるにしても、限られた親しさしか示さない〈ですます体〉でしか返事をしようとしなかった。

おそらく、三四郎を「あの通り単純な男」と語る漱石が三四郎に託して描きたかったのはこのことである。恋をしている、相手に惹き付けられていると、本人も思い、周囲にもそう了解されていながら、相手との関係を恋と呼び得るものにする最も重要な点を拒んでしまう、結果的に相手との恋を実は拒んでいる青年。こういう青年の意識を、彼を「単純」化することによって、「単純」な青年の恋として書こうとする試み——漱石が『三四郎』で試みたのは、それである。主人公は「田舎者」で「単純」だという印象を読者に与えつつ、彼が本能的に自分が受け入れられないもの、受け入れたくないものは拒んでいる、そういう〈複雑〉な意識を書いていこうとする試みである。

『三四郎』の次に書かれた『それから』において、漱石はこの三四郎の裏返しになる恋をする主人公、代助を描いた。すなわち、可視化できる領域では、親友が同じ相手を愛しているなら自分の恋をあきらめてもいい、あきらめられると判断して行動するが、可視化できない意識の領域に恋は深く食い込んでいて、相手が結婚してしまえば、自分の生きることそのものが変質してしまった、そういう主人公である。可視化できない意識の領域で三四郎のように相手を拒んでなど、もちろんいなかったが、その領域の自分に自覚的ではなかった、そういう主人公である。

注

（1）本論と観点は異なるが、飯田祐子は「女の顔と美禰子の服—美禰子は〈新しい女〉か—」（『漱石研究』第2号　翰林書房、一九九四年五月）において、美禰子の服装に対する漱石の操作を指摘し、それを美禰子を〈謎〉化する一環としている。

（2）千種・キムラ―スティーブンは、「『三四郎』論の前提」（『国文学解釈と鑑賞』一九八四年八月号）において、この事件には三四郎の方の意図もあったと分析している。

（3）石原千秋は「鏡の中の『三四郎』」（『東横国文学』第19号　一九八六年三月）において、本論が指摘している「田舎者」という語が使われている文も含めて十三例を、読者に「こう読んでほしいという方向付け（コード化）している」文として挙げている。

（4）美禰子の両親が死んだ時期は明記されていないが、かなり以前のことだと推測される。従って、美禰子は早くから母の居ない世帯の主婦的役割を果たしていたと考えられる。この場面ではそういう彼女の主婦的側面が発揮されていると言える。この引っ越しの場面の最後で、「美禰子は急に思ひ出した様に『さうさう』と云ひながら、庭先に脱いであつた下駄を穿いて、野々宮の後を追掛た。表で何か話してゐる」とあるが、その直前に野々宮が一戸建ての家に住むのをやめる決意を語ったことから、家財道具を里見家で預かってもいいと告げに行ったのではないかと想像される。「箒やハタキ」に対する美禰子の主婦的才覚を考えると、野々宮が下宿に戻る決意を語った時に、美禰子が一戸建てのために揃えた家財道具に思いを致すのはさほど不自然ではないと思うからである。三四郎は六で、気軽に下宿生活に戻った野々宮について、「第一鍋、釜、手桶抔といふ世帯道具の始末はどう付けたらう」と考えるが、恐らく野々宮の「世帯道具」は里見家の物置か納戸にあるのではないだろうか。

第二章　もう一つの『三四郎』論 ――「是は椎」から始まるもの―

第一章では、『三四郎』で漱石が試みた方法を様々な角度から考察した。それは『三四郎』の主人公三四郎を中心とした考察だった。この第二章では、『三四郎』を三四郎ではなく、美禰子を中心に据えて考察した場合、どういうテーマが立ち現れて来るかを考察する。それによって、同じ小説が考察の視点を変えることによって違う見え方をすることを確かめ、また同時に、第一章で考察した『三四郎』の方法は、このような考察を可能にするものであったことも確認する。美禰子を中心に据えて考察するということは、当然三四郎は〈美禰子から見た三四郎〉になる。美禰子によって対象化された三四郎は、第一章で考察した三四郎とどこが同じでどこが違うのだろうか。

1．ことばを教える／教わる関係

1―1　言葉を教わる現場

『三四郎』において、里見美禰子が恋愛感情を向けていたのは野々宮であるという捉え方(1)は、美禰子が三四郎に恋愛感情を向けていたという、かつての捉え方(2)より小説内の幾つかの事柄を合理的に説明する。野々宮を美禰子の恋の相手と認めた場合、それなら三四郎は美禰子にとって何の相手なのだろうか。この章は「是は椎」（二）に始まって

「迷羊《ストレイシープ》」（十三）に終わる二人の関わりを、この疑問から出発して究明しようとするものである。

『三四郎』における美禰子と三四郎の関わりは次の場面から始まる。

不図眼を上げると、左手の岡の上に女が二人立つてゐる。（中略）三四郎は又見惚れてゐた。すると白い方が動き出した。用事のある様な動き方ではなかつた。自分の足が何時の間にか動いたといふ風であつた。見ると団扇を持つた女も何時の間にか又動いてゐる。（中略）

団扇はもう翳して居ない。左りの手に白い小さな花を持つて、それを嗅ぎながら来る。嗅ぎながら、鼻の下に宛てがつた花を見ながら、歩くので、眼は伏せてゐる。それで三四郎から一間許《ばかり》の所へ来てひよいと留つた。

「是は何でせう」と云つて、仰向いた。頭の上には大きな椎の木が、日の目の洩らない程厚い葉を茂らして、丸い形に、水際迄張り出してゐた。

「是は椎」と看護婦が云つた。丸で子供に物を教へる様であつた。

「さう。実は生《な》つてゐないの」と云ひながら、仰向いた顔を元へ戻す、其拍子に三四郎を一目見た。三四郎は慥かに女の黒眼の動く刹那を意識した。

（二、傍点筆者、以下同様）

この場面で美禰子は何を三四郎に見られたのだろうか。彼女は年上の女性から、「子供に物を教へる様」に、すなわち美禰子の側から言えば〈子どもが物を教わる様に〉、ある木が「椎」という名前を持つことを教わり、実がなっていないかを尋ねていた。二度目に三四郎に会った時の美禰子については、「夏のさかりに椎の実が生《な》つてゐるかと人に聞きさうには思はれなかつた。」（三）と記される。だとすればこの時の美禰子は、平常の彼女とは異なる、やや特殊な状態にあったと考えられる。なぜこの時、彼女は〈夏のさかりに椎の実が生っているかを聞く〉という、彼女の年齢にしては子どもっぽい言動をしたのだろうか。彼女はその日、病院に入院していた「自分の親戚」（六）を見舞った。親戚であるとすれば、彼女はそこで子ども時代から親戚内で通用している呼び方で呼ばれただろう。彼女が子どもの気分になる下地はあった。一方そこでは当然、その時決定されつつあった美禰子の兄の結婚、二十歳を二、三年は過ぎている美禰子自身の結婚が話題にされただろう。居心地の悪くなった彼女は、「熱い日」（六）だったことも手伝って「堪《こら》へ切れないで」（同）病院を抜け出した。そして結婚適齢期を過ぎかけている自分の年齢に抗うかのように、木の名前や実がなっているかを尋ねるという、子供っぽい言動をしたのである。

ところがそれを見ていた青年がいた。この時美禰子はこの青年を何者と判断するのが順当だろうか。場所は東京帝国大学の構内、彼は二十代前半に見える（徽章の痕の付いた高等学校の制帽をかぶっていたかもしれない）。この青年が帝大の新入生である可能性は限りなく高い。帝大の新入生……彼女の二人の兄も、かつて帝大の新入生であった。なぜ彼女は兄たちのように、帝大の新入生になれないのだろうか。当然彼女が女だからである。男でさえあったなら、(3)彼女はこの青年と同じように帝大の新入生になっていたはずである。「同年位《おないどし》」（十二）のこの青年を見て、彼女は一瞬男として成人した自分を見たような不思議な気分になったかもしれない。特にその日、彼女は女であるが故に、次兄の結婚に合わせて自分も結婚しなければならないと強く感じさせられていただろうから。(4)木の名前を子どものように教わっているところを見られた、男になった自分と一瞬思える青年。彼女は、それが何事かに思えて自分が持っていた白い花を青年の足元に落とした。

その青年に二度と会うことがなければ、事はそこで終わっただろう。だが、彼女は再びこの青年と会うことになる。場所は同じ帝国大学構内の病院である。青年は「新らしい四角な帽子」(三)、帝大の制帽をかぶっていた。美禰子は彼がかつての兄たちと同じ、帝大の新入生であることを確認した。しかも彼は彼女が行こうとしている病室が、「野々宮さんの部屋」(同)だと知っている。つまり、彼は彼女の交友圏に重なる交友圏を生きる場としているらしい。美禰子はどこかでいずれ彼と再会すると当然予想しただろう。

広田の新宅で三回目に三四郎に出会った時の美禰子は、東京帝国大学構内における第一、第二の出会いを「能く覚えて」(四)いた。普通は二回だけの出会いで、初めて会った見知らぬ男をそれほど明確に記憶してはいないだろう。美禰子が「能く覚えて」いたのは、三四郎が特殊な状況の自分を見ていた男であり、同時に自分が男であったらなっている境遇の男だったからではないだろうか。

美禰子には二人の兄がいた。「広田先生の御友達」(五)で「大変仲善《なかよし》」(同)であった長兄に対して、次兄は「里見恭助と来たら、丸で片無しだからね。どう云ふものか知らん。妹はあんなに器用だのに」(七)と言われる〈不器用〉な兄である。両親にも、広田の親友になり得るような人格であった長兄にも死なれ、〈不器用〉な次兄と取り残された彼女は、その不足を埋めるかのように、広田、原口、野々宮といった兄の友人たちと交流を持ってきた。彼らはそれぞれ、文学、美術、科学の分野に傑出した能力があり、〈不器用〉な兄恭助に対して「器用」な妹である美禰子の、兄に対する不満を補ってくれる存在であった。しかし、結婚が現実的な日程に上りだした時、彼らとの交流から得たものだけで、美禰子は結婚に踏み切る事ができるだろうか。

女であり、妹であるが故に結婚を強いられそうになっている時、言葉を教わる現場で、男になった自分とも思える青年と出会ったという出来事は、彼女にとってどんな意味を持つのだろうか。この青年との関わりによって、女であること、妹であることから何らかの形で自由になることは可能だろうか。

1―2　言葉を教える現場

「椎」の後、美禰子と三四郎が言葉をめぐって交流を持つのは、広田の引っ越しの際である。


「何を見てゐるんです」

「中《あ》てゝ御覧なさい」

「鶏ですか」

「いゝえ」

「あの大きな木ですか」

「いゝえ」

「ぢや何を見てゐるんです。僕には分らない」

「私先刻《さつき》からあの白い雲を見て居りますの」（中略）

美禰子は其塊を指さして云つた。

「駝鳥の襟巻《ボーア》に似てゐるでせう」

三四郎はボーアと云ふ言葉を知らなかつた。それで知らないと云つた。美禰子は又、

「まあ」と云つたが、すぐ丁寧にボーアを説明してくれた。其時三四郎は、

「うん、あれなら知つとる」と云つた。　（四）

美禰子は三四郎が既に知っていた或る物（「あれ」）が、「駝鳥の襟巻《ボーア》」という名称を持っていることを「丁寧に」

「説明」して教える。つまり言葉を教える。これは2に引用した、彼女が「椎」を教わっていた場面の逆である。対象物（木）とその名称が一致した知り方では「椎」を知らなかった美禰子は、「椎」という対象物の名称を年上の看護婦に教わった。ここでは「駝鳥の襟巻《ボーア》」という対象物を「あれなら知つとる」という知り方でしか知らない三四郎に、今度は美禰子がその名称を教える。つまり美禰子は、かつて自分が言葉を教わるところを見ていた青年に、逆に言葉を教えた、それは何が出来たことになるのだろうか。

　通常言葉を教えるという行為は、年長者が年少者に対して行う。末っ子であるために、常にきょうだいの中の最年少者であった美禰子は、この時明らかに三四郎の年長者の位置に、きょうだい関係でいえば姉の位置にいる。つまり彼女はこの言葉を教える行為を行っている間だけ、一瞬、本来の妹性を捨象して、臨時の姉性を発揮できているのである。しかもその相手は、彼女が子どものように言葉を教わっていた現場に立ち会っていた人間、つまりきょうだいの中の最年少者として子ども時代を生きてきた彼女の残滓を目撃した人間である。その人間に姉性を発揮できたということは、妹性から姉性への逆転をより劇的なものにするだろう。

　言葉を教える行為によって、例えば年齢差によって生じる上下関係を臨時に逆転させることができる、そういう意味でその関係性から自由になれる。その感触を美禰子は「駝鳥の襟巻《ボーア》」を教えることによって手に入れたのではないだろうか。言葉を教えることによって、年上、対等（同い年）、年下といった関係性の間を自由に行き来できること。これまで二十何年か、美禰子は兄たちや広田、原口、野々宮といった男性に、年下の存在としてしか関わってこなかった。時折「姉さんじみた事をする」（八）相手としては与次郎がいたが、それすら「年の行かない癖に」（同）という目でしか見られない。自分と「同年位《おないどし》」、男であったら自分がなっているかもしれない帝大生、そして自分が言葉を教わっているところを見た人間、という三つの条件を満たす三四郎に出会って初めて、美禰子はその感触を知ったのである。

「一寸御覧なさい」と美禰子が小さな声で云ふ。三四郎は及び腰になつて、画帖の上へ顔を出した。美禰子の髪《あたま》で香水の匂がする。

画はマーメイドの図である。裸体の女の腰から下が魚になつて、魚の胴が、ぐるりと腰を廻つて、向ふ側に尾だけ出てゐる。女は長い髪を櫛で梳きながら、梳き余つたのを手に受けながら、此方を向いてゐる。背景は広い海である。

「人魚《マーメイド》」

「人魚《マーメイド》」

頭を擦り付けた二人は同じ事をさゝやいだ。

（四）

絵を見て二人が同時に絵に描かれた対象の名称を発語するという状況は、通常はよく子どもの間で起こる。もし彼らが本当の子どもで、見ていたのが人魚ではなく、幼児用の絵本の動物だとしたら、例えば「キリン」「キリン」といった具合に、二人はやはり「同じ事を」同時に発語するだろう。そういう意味で「同じ事をさゝやいだ」、その瞬間だけ一時的に年齢が捨象される。

その対象として選ばれた語は人魚である。なぜ人魚なのだろうか。人魚とは、上半身は「女」の形をしていながら下半身は「魚」である。つまり完全に人間の女ではない存在、半分だけ性別を持ち、半分は性別を封じ込められた存在である。構造的に子ども時代にスライドできる場面。そこで発語される対象は人魚。その時何が実現されているのだろうか。

「三四郎」では野々宮よし子について、「何しろ小供だから」（四）「小供の様なよし子」（五）といった具合に、しばしばその子ども性が強調される。三四郎が彼女を「小供の様」だと感じる時は、よし子は三四郎に「異性に近づいて得られる感じ」（五）を与えない。つまり女を感じさせない。すなわち、子ども性の中に上手に逃げ込めば、人は一瞬自分の性別を相手に意識させずに済む。

このことをこの場面に応用すれば、二人で「人魚《マーメイド》」「人魚《マーメイド》」と「同じ事をさゝや」き合うという行為は、それが基本的に子ども同士にふさわしい行為であることによって、年齢とともに、二人の間の性別意識も変化させることになる。「一寸御覧なさい」と三四郎を誘った美禰子は、「駝鳥の襟巻《ボーア》」の時と同じく、もし三四郎が「人魚《マーメイド》」という言葉を知らなければそれを教えただろう。しかし、今回は三四郎も「人魚《マーメイド》」を既に知っていた。二人は同時に「同じ事を」発語した。発語し合う直前に「美禰子の髪《あたま》」の「香水の匂」を感じ、その彼女の「頭」に自分の「頭」を「擦り付けた」、そこまでは、三四郎は美禰子の女としての魅力を彼なりに十分に感じていただろう。しかし、「人魚《マーメイド》」とささやき合う瞬間にだけ、それが一瞬飛んでしまう。つまり性別を強く意識することと性別を捨象すること、相反するこの二つが、上半身だけ性別を持った人魚のように共存する。性別を十分に意識させる魅力的な相手であればあるほど、一瞬の性別の捨象の印象は強烈である。そしてそれは彼らを次の段階に導く。

「空の色が濁りました」と美禰子が云つた。（中略）
三四郎が何か答へやうとする前に、女は又言つた。
「重い事。大理石《マーブル》の様に見えます」

美禰子は二重瞼を細くして高いところを眺めてゐた。それから、その細くなつた儘の眼を静かに三四郎の方に向けた。さうして、

「大理石《マーブル》の様に見えるでせう」と聞いた。三四郎は、

「え丶、大理石《マーブル》の様に見えます」と答へるより外はなかつた。女はそれで黙つた。

（五）

なぜだろうか。

「女はそれで黙つた」とある以上、美禰子の言葉をそっくりそのまま繰り返した三四郎の返事は、美禰子を満足させたと考えられる。濁った空が「大理石《マーブル》の様に見える」という空についての述べ方を、美禰子は「大理石《マーブル》の様に見えます」「大理石《マーブル》の様に見えるでせう」と畳みかけ、半ば強制的に三四郎に繰り返させることによって教えようとした。

幼児に言葉を教えようとする時、大人はしばしば、教えた言葉を幼児がそっくりそのまま繰り返すという形の返事を要求し、それによって幼児がその言葉を覚えたことを確認しようとする。美禰子がここで三四郎に要求しているのはまさしくそれである。言葉を教わる幼児のように、自分の言葉をそっくりそのまま繰り返すという返事、〈繰り返しの返事〉。それをさせることは、究極の言葉を教える行為だ。先の「駝鳥の襟巻《ボーア》」の場合も、もし三四郎が「ボーアと云ふ言葉」を知っていれば、「駝鳥の襟巻《ボーア》に似てゐるでせう」と言った彼女は、「大理石《マーブル》」の場合と同じように、三四郎に〈え丶、駝鳥の襟巻《ボーア》に似てゐます〉という、〈繰り返しの返事〉を求めたに違いない。彼女はこの〈繰り返しの返事〉を、「大理石《マーブル》」のフレーズにいたって初めて、三四郎から受け取ることに成功した。

美禰子の行った言葉を教える行為は、それが究極の行為であるという点で、すなわち通常人間がその幼時に経験する、言葉を教える／教わるという行為の原点にまで遡る深さに達するという点で、広田、野々宮、与次郎といった

人々が三四郎に対して行う同種の行為とは本質的に次元を異にする。教える方は教わる方に〈繰り返しの返事〉を誘導するように言葉を教え、教わる方は、当のその現場で、初めて発音するその言葉を、相手の発音通りにそっくりそのまま繰り返す〈繰り返しの返事〉を行うことによって言葉を教わるという深さ、である。美禰子が言葉を教える行為によって、女と妹という、彼女本来の属性を一瞬捨象するためには、そこまでの深さが必要だったのである。

三四郎は美禰子について、彼女は「長い言葉を使つた事がない。大抵の応対は一句か二句で済ましてゐる。しかも甚だ単簡なものに過ぎない」（十）と感じ、しかもそれは彼の「耳には、一種の深い響きを与へ」、「他の人からは、聞き得る事の出来ない色が出る」（同）と感じている。これは特に三四郎に対して、美禰子が彼の〈繰り返しの返事〉を誘う様な言葉遣いをしようとしていたから、三四郎にはそう感じられるのではないだろうか。なぜなら五での野々宮との会話、六での野々宮評などは、けしてそのような「単簡な」「一句か二句」で語られてはいなかったからである。

1―3 〈乞食、迷子、羊〉の共通点

先に述べたように、「人魚《マーメイド》」の場面で美禰子と三四郎は、年齢と性別が捨象される一瞬を経験した。「大理石《マーブル》」の場面では、美禰子は三四郎から、言葉を教える行為の原点である〈繰り返しの返事〉を引き出した。この二つを合体させたらどうなるだろうか。

（1）「迷子」

女は三四郎を見た儘で此一言を繰返した。三四郎は答へなかつた。

「迷子の英訳を知つて入らしつて」

三四郎は知るとも、知らぬとも云ひ得ぬ程に、此問を予期してゐなかつた。

「教へてあげませうか」

「えゝ」

「迷へる子《ストレイ、シープ》――解つて？」

三四郎は斯う云ふ場合になると挨拶に困る男である。（中略）三四郎はいたづらに女の顔を眺めて黙つてゐた。

すると女は急に真面目になつた。

「私そんなに生意気に見えますか」


「挨拶に困」って「黙ってゐた」三四郎はこの時何と答えれば良かったのだろうか。明らかに美禰子は「大理石《マーブル》」の時と同じく、三四郎の〈繰り返しの返事〉を誘っている。だから、三四郎はただ「迷へる子《ストレイ、シープ》」と繰り返せば良かったに違いない。しかし、彼は〈繰り返しの返事〉をしようとしない。美禰子は再び試みる。

（2）

「少し寒むくなつた様ですから、兎に角立ちませう。冷えると毒だ。然し気分はもう悉皆直りましたか」

「えゝ、悉皆直りました」と明かに答へたが、俄かに立ち上がつた。立ち上がる時、小さな声で、独り言の様に、

「迷へる子《ストレイ、シープ》」と長く引っ張って云つた。三四郎は無論答へなかつた。

（3）

三四郎は手を引込めた。すると美禰子は石の上にある右の足に、身体の重みを託して、左の足でひらりと此方側へ渡つた。あまりに下駄を汚すまいと念を入れ過ぎた為め、力が余つて、腰が浮いた。のめりさうに胸が前へ出る。その勢で美禰子の両手が三四郎の両腕の上へ落ちた。

「迷へる子《ストレイ、シープ》」と美禰子が口の内で云つた。三四郎はその呼吸《いき》を感ずる事が出来た。

（以上五）

美禰子はなぜ「迷へる子《ストレイ、シープ》」にこだわるのだろうか。彼女は三四郎が〈繰り返しの返事〉をしないと、（1）では「私そんなに生意気に見えますか」と謙虚に尋ねるし、（2）では逆に彼女の方が「悉皆直りました」と三四郎に〈繰り返しの返事〉を行い、三四郎の「迷へる子《ストレイ、シープ》」への〈繰り返しの返事〉を誘おうとさえしている。「人魚《マーメイド》」から「迷へる子《ストレイ、シープ》」へ。美禰子の言葉はどこへ向かっているのだろうか。三四郎が美禰子に〈繰り返しの返事〉をした「大理石《マーブル》の様に見えるでせう」から、彼らの会話が「迷へる子《ストレイ、シープ》」に至るまでの間に語られたのは、「乞食」と「迷子」についてであり、美禰子はそこから「迷へる子《ストレイ、シープ》」を導き出した。

「乞食」と「迷子」。そして「迷へる子《ストレイ、シープ》」。美禰子は「御貰をしない乞食」「大きな迷子」（以上五）といった具合に、次々に自分をこれらの言葉で捉えてみせた。彼女は自分をどのような存在として捉えたことになるのだろうか。「迷子」は子どもである。子どもとは、人が子どもについて語る時には性別を明らかにせずに語り始め、必要が生じた時に男の子どもか女の子どもかを明確にするという、捉え方、語り方をされる存在である。つまり、人が子どもを最初に対象化する時には性別はいったん度外視される。この見方で見た場合、「乞食」も「迷子」も（そして〈羊〉も）、子どもと同じようにまず「乞食」「迷子」として捉えられ、その後で必要ならその性別を明らかにするという、捉え方、語り方をされる。「乞食」は五ではまず「大観音の前に乞食が居る」と提示され、次に「あゝいふ男に逢つたら」とその「乞食」が「男」であることが明らかにされるし、「迷子」も「しばらくすると一人の迷子に出逢つた。七つ許りの女の子である」と、まず「迷子」として述べられた後に、「女」の「迷子」であることが示される。「迷へる子《ストレイ・シープ》」も同様である。つまり美禰子は、「人魚《マーメイド》」「大理石《マーブル》」の過程を経た後で、自分の現在の状況を、対象化する際に性別を明らかにする必要のない存在である乞食、迷子として捉え、そこから導き出された「迷へる子《ストレイ・シープ》」を三四郎に教えようとしたわけである。

もし、三四郎が「迷へる子《ストレイ・シープ》」を「迷へる子《ストレイ・シープ》」と繰り返す、〈繰り返しの返事〉をしていたら、その時何が実現されたのだろうか。「迷へる子《ストレイ・シープ》」「迷へる子《ストレイ・シープ》」と言い合ったとしたら、その瞬間彼らは相手にとってどんな存在になったのだろうか。美禰子は「里見の御嬢さん」（四）でも「あの女」（六）でもなく、里見美禰子という女の名前を持つ存在でさえなく、三四郎も「九州の男」（四）でもなく、帝大生（＝男）でもなく、小川三四郎でさえない存在、つまり「迷へる子《ストレイ・シープ》」であること。言葉を教える／教わるという関係を結ぶことによって、年齢による上下の関係性、性別を、一瞬、一気に捨象すること。実現されるのはそれだ。なぜそれが美禰子に必要だったのか。彼女はこの時点で、女であり、妹であるが故に結婚を強制される状況にいるからである。もはや子どもではない現在の美禰子は、性別を判断されることからしか他者との交流が始まらない。そこから一瞬自由になってみる……。

しかし、そういう事態は起こらなかった。「迷へる子《ストレイ・シープ》」に対する〈繰り返しの返事〉を、三回誘いかけても三四郎はどうしてもしない。それならと、絵葉書によって、「迷へる子《ストレイ・シープ》」を視覚化して示してみても、彼は返信をよこすという〈返事〉すらしてこない。「迷へる子のなかには、美禰子のみではない、自分ももとより這入つてゐたのである」

と気付くだけだし、「あなたは未《ま》だ此間の絵端書の返事を下さらないのね」と催促してみても、「上げます」（以上六）と口先でしか言わない。

なぜ三四郎は美禰子に応じられなかったのだろうか。彼女は「迷子の英訳」として「迷へる子《ストレイ、シープ》」を三四郎に提示した。空と雲について述べる、英語を含んだセンテンスならともかく、存在の形態に深く関わる言葉に対して〈繰り返しの返事〉を行うためには、〈繰り返しの返事〉を行う側も、自分は今「迷子」の状態にあると深く感じていなければ無理だ。広田たちと菊人形を見に行く五の時点で、多少の「不安の念」はあるにしても、「自分の今の生活が、熊本当時のそれよりも、ずつと意味の深いものになりつゝあると感じ」ている三四郎には、この時自らが「迷子」だという自覚は殆どない。彼がその自覚にたどり着くのは、ずっと後のことである。

1―4　三四郎の側の準備――「汽車の女」と〈轢死した女〉の役割

さて、以上述べてきたことが起きるためには、三四郎の側にはどのような準備が必要だっただろうか。美禰子が言葉を教える行為の究極にまで辿り着くためには、三四郎が彼女の言葉に「大理石《マーブル》」の場合のように〈繰り返しの返事〉をしてくれることが絶対に必要であった。しかし、通常二十三歳の青年は、三四郎のように素直に言葉を教わったり、まして〈繰り返しの返事〉をしたりはしないだろう。なぜ三四郎はまるで子どものように言葉を教わり、美禰子の言葉に〈繰り返しの返事〉までするることが出来たのだろうか。

美禰子との出会いを挟んで、三四郎は二度、特殊な女性の一言を聞く経験を与えられている。「汽車の女」（二）と〈轢死した女〉の一言がそれである。「汽車の女」の一言→美禰子との最初の出会い（その十日〜二週間後）、〈轢死した女〉の一言→美禰子との二度目の出会い（その翌日）という順番に事は起こっていた。これは何を意味しているのだろうか。

二人の女の一言はどう特殊なのか。〈轢死した女〉の、死を前にした「あゝあゝ、もう少しの間だ」（二）という一言を、三四郎は「凡てに捨てられた人の、凡てから返事を予期しない、真実の独白」（同）と聞いた。死を前にしたこの女の一言は、自分の言葉の届く先となる人間、彼女の言葉に返事をする人間を誰一人想定していない、究極の「独白」である。そのことが、偶然その一言を聞き、彼女の死を知った三四郎を、日常的な安心感から「人生と云ふ丈夫さうな命の根が、知らぬ間に、ゆるんで、何時でも暗闇へ浮き出して行きさう」（二）な不安の中に一瞬突き落とす。つまり、どの一言も必ずその一言に対する応答（返事）を暗に想定している、日常的な交流の世界を一瞬崩壊させる。

一方、「汽車の女」の「あなたは余つ程度胸のない方ですね」（一）であるが、この一言で彼女は相手を「頭の上がらない位打《どや》された様な気」（一）にさせることを目論んでいる。つまり、この時三四郎からの返事は全く想定されていない。その点では〈轢死した女〉の一言と共通するが、〈轢死した女〉のようにもはや何者も想定せず、「凡てから返事を予期しない」のではなく、眼の前の特定の相手を強く意識しつつ、それでいてその相手からのすべての「返事」を封殺する、そういう一言である。この一言を投げつけられた三四郎は、「二十三年の弱点が一度に露見した様な心持」（同）になる。つまり女性に対する応答の不備が、自分の「人格」（同）全体の不備を自覚させる。ここから立ち直るためにはどうしたらいいだろうか。

> 三四郎は慥かに女の黒眼の動く刹那を意識した。其時色彩の感じは悉く消えて、何とも云へぬ或物に出逢つた。其或物は汽車の女に「あなたは度胸のない方ですね」と云はれた時の感じと何所か似通つてゐる。三四郎は恐ろ

　しくなつた。（中略）
　三四郎は茫然《ぼんやり》してゐた。やがて、小さな声で「矛盾だ」と云つた。（二）

彼は、美禰子の「黒眼の動」きに「何とも云へぬ或物」を感じ、「汽車の女」を連想するが、一方で「矛盾だ」とつぶやく。「汽車の女」が想起させるものは、何よりも性であった。一方、2で指摘したとおり、三四郎は美禰子が子どものように言葉を教わっているところを目撃した。性と、子どものように言葉を教わること、この二つが一人の人間の中に共存していることは、確かに「矛盾」と言っていいだろう。しかし、三四郎が「汽車の女」と美禰子に感じた「恐ろし」さが、女性の振りまく性的な雰囲気に対するものであったとすれば、その「恐ろし」さは、三四郎が美禰子に見たもう一つの要素、言葉を教わる動きによって相殺されるかもしれない。

　子どものように言葉を教わる行為を三四郎に見せた美禰子が、三四郎に言葉を教えようとした時、三四郎は素直に言葉を教わり、彼の口からは自然に、日常的な会話の中では滅多になされない独特の「返事」、〈繰り返しの返事〉が発せられた。〈轢死した女〉と「汽車の女」は、「返事」の領域で、一方は完璧にそれを「予期」しないことによって、他方は完璧にそれを封殺することによって、三四郎を根本から揺さぶった。彼女たちがそれぞれ、通常の日常会話の領域では人が滅多に聞くことのできない一言を、三四郎の耳に響かせていたために、三四郎は美禰子に対して、同じく通常の日常会話の領域から微妙に外れた独特の返事、〈繰り返しの返事〉をすることができたのではないだろうか。

2．ことばを教える／教わる関係の終結

2―1　絵の構図の決定

「迷へる子《ストレイ、シープ》」に対する〈繰り返しの返事〉を三四郎から得られなかった美禰子は、それ以後言葉を教える行為を行わない。それは三四郎には「三四郎にとつて自分は興味のないものと諦めた様」（五）に見えたり、「其（美禰子の、筆者注）眼は此時に限つて何物をも訴へてゐな」（六）いように見えたりする。代わりに彼女は二つの行動を起こすことになる。

（4）

女は丘の上から其暗い木陰を指した。

「あの木を知つて入らしつて」といふ。

「あれは椎」

女は笑ひ出した。

「能く覚えて入らつしやる事」

「あの時の看護婦ですか。あなたが今訪ねやうと云つたのは」

「えゝ」

「よし子さんの看護婦とは違ふんですか」

「違ひます。是は椎——といつた看護婦です」

今度は三四郎が笑ひ出した。

「彼所《あすこ》ですね。あなたがあの看護婦と一所に団扇を持つて立つてゐたのは」（中略）

「熱い日でしたね。病院があんまり暑いものだから、とうとう堪へ切れないで出て来たの。——あなたは又何であんな所に踞《しや》がんで入らしつたの」

「熱いからです。あの日は始めて野々宮さんに逢つて、それから、彼所へ来てぼんやりして居たのです。何だか心細くなつて。」（六）

時制を考えれば三四郎は〈熱かつたからです〉と言うべきだろう。しかし、彼は美禰子の「熱い日」に誘われる様に「熱いからです」と言い、それによって二人は出会った日が「熱い」という感覚と記憶を、共有する。言葉を教える／教わるという関係を結んでしまったためだろうか、この「熱い」「熱い」の繰り返しは、〈ですます体〉の会話のもとでではあるが、二人の間に独特の親密さを生じさせる。そして、美禰子が「椎」という名前を教わった木を反対側の丘の上から見下ろしながら、彼女がそこで「椎」という木の名前を、子供のように教わっていた事が再確認される。それは何のために必要だったのだろうか。


「何時から取掛つたんです」

「本当に取り掛つたのは、つい此間ですけれども、其前から少し宛描いて頂だいてゐたんです」

「其前つて、何時頃からですか」

「あの服装《なり》で分るでせう」

三四郎は突然として、始めて池の周囲《まはり》で美禰子に逢つた暑い昔を思ひ出した。

「そら、あなた、椎の木の下に跼がんでゐらしつたぢやありませんか」

「あなたは団扇を翳して、高い所に立てゐた」

「あの画の通りでせう」

「えゝ。あの通りです」
（十）

厳密に言えば、この時三四郎の返事が正確な〈繰り返しの返事〉であるためには「画の」が抜けているが、それを許容すれば、ここでも二人の出会いの場面が原口の「画の」「通り」であるという認識が、ある程度親密に共有されている。

美禰子が「団扇を翳して、木立を後に、明るい方を向いてゐる所」（七）、という、原口が描く絵の構図が最終的に決定されたのは、（4）の対話がなされた後ではないだろうか。美禰子が「木立」や「明るい方を向いてゐる」という条件なしに、ただ「団扇を翳してゐる所は、どうでせう」（七）とだけ提案したのは、ずっと以前と考えられるが。おそらく自分が言葉を教わっているところを見られた「熱い日」からそう遠くない時点で、美禰子は原口から絵を描きたいという申し込みを受け、その時彼女に強い印象を残していた情景から「団扇」のポーズだけを提案し、「少し宛描いて頂いてゐた」のではないだろうか。[5] その後彼女は、言葉を深く教える行為を行ったことによって一番年下の妹であること、女であることから自由になる感触をある程度手に入れた。そして（4）で、彼女が言葉を教わっていた情景を、三四郎が二人の関係の始点として「能く覚えて」いることを確認した後で、美禰子は「団扇を翳し」ている姿が、「木立」と「明るい方」に挟まれた位置に嵌め込まれるという、最終的な図柄を原口に提案したのではないだろうか。三四郎に言葉を深く教えることによって、妹であること、女であることから自由になった日々の記念として。

2―2　金銭の貸与――現実への回帰

「迷へる子《ストレイ、シープ》」後、運命の偶然は、美禰子に三四郎に金銭を貸与する機会を与えた。これは言葉を教える行為とは別のフィールドでの妹性の捨象に他ならない。なぜ金銭の貸与が妹性の捨象になるのか。美禰子は幼児時代の初期には死んだ父の金で生き、父の死後は家督を受け継いだ長兄の金で、長兄の死後は次兄の金で生きてきた。従って彼女は生涯の大半を兄から与えられた金で生きてきたことになる。兄から与えられた金で生きてきた妹が、一度、かつての兄たちと同じ身分の男性の生活を、自分が与える金で支えることによって、妹という彼女本来の属性から一瞬自由になる、というわけである。

しかしこの金銭の貸与は、言葉を教える行為に比べてより現実的な行為に他ならない。この行為に手を染めてしまったら、当事者は嫌でも現実と向き合わなければならないだろう。どういう現実にか。言葉を教える行為によって、仮に妹と女を捨象できたとしても、それはあくまでも仮のものでしかないという現実に、そして、美禰子は〈不器用な〉兄の妹を生きるしかないという現実に、である。ここまで彼女が三四郎に対して振る舞ったこと、言葉を教える行為によって妹であること、女であることが捨象される感触を知る行為は、見方を変えれば、非常に無理のある綱渡りに他ならない。広田は美禰子について「あの女は心《しん》が乱暴だ。尤も乱暴と云つても、普通の乱暴とは意味が違ふが」（六）と語るが、この「乱暴」な美禰子の行為が終結するとすれば、ある程度彼女の行為がその成果を見た後で、それは彼女の現実を一瞬捨象する、仮のものでしかないと彼女が気付く、その時だろう。

「三拾円」の金銭の貸与が行われた日、美禰子は三四郎を展覧会に誘う。絵を評することを「初手から諦めた」三四郎は、ともに批評することを誘う美禰子の話しかけに「丸で張合がない」応答しか出来ず、美禰子は三四郎が「愛嬌がある」のか「悪《にく》らしい」のか判断できなくなる。つまり、絵の批評という行為を共有しようとしたことをきっかけに、美禰子には、言葉を教える仮の相手としてではなく、現実の三四郎が見え始めたのである。次に兄と妹の絵を見たことによって、ことは決定的になる。最初から兄と妹を区別して、「兄《あに》さんの方が余程旨い」(6)と兄を優位に置いて見ていた美禰子に対して、三四郎は「一人と思つて」見ている。彼が間違えた原因は、絵の作者が「双方共同じ姓」だったためであり、三四郎は人間を〈姓〉でのみ捉えて、兄と妹という形の個別を捉え損なったことになる。他の個別ならともかく、兄と妹の個別を捉え損なったことは、妹美禰子にとっては決定的だろう。直後に「三四郎の横顔を熟視」(以上八)した美禰子はこの時、仮の夢から覚めかけていたのではないだろうか。

この直後彼女が、野々宮への挑発としても、三四郎への好意の発露としても中途半端な混乱した行動を示すのは、目覚めの混乱というべきだろうか。彼女は三四郎に「さつきの御金を御遣ひなさい」「みんな、御遣ひなさい」(八)と言うが、彼女が三四郎を仮の言葉を教える対象として、彼と結んできた関係は、そこで終わる。金銭の貸与はその際どい結節点だった。実行しなくてはならない、然し実行した途端に覚めなくてはならない際どさ。

ここから美禰子は現実的な結婚相手の選択に入る。彼女の選択の過程は小説には書かれないが、兄の友人と結婚するのであるから、三四郎と言葉を教える／教わる関係を結び、言葉を深く教えたことによる充実をある程度生きた後で、彼女は本来の自分の位置、妹に戻り、妹として生きることを選んだと言えるだろう。里見恭助の妹としてこの男と結婚することによって、美禰子は金銭的に潤沢な生活と、兄やこの男の背後に広がる社会の中での、自分の位置を手に入れることになるだろう。

このように見てくれれば、それまでのいきさつがどうであろうと、現実的な結婚相手選択の過程で、野々宮がその対象から落ちることは容易に想像される。美禰子の結婚することになった男とは違って薄給である彼は、彼女に結婚前と同レベルの生活を保障できる人間ではないという点で、現実的な選択の過程で対象外になる可能性が高いし、彼によし子という妹が存在してしまうことは、結婚が現実的になった時には、美禰子にとってはマイナスに働くだろう。妹を持たない兄の友人という存在が、本論で述べた過程を経て妹に戻った美禰子には最も相応しい結婚相手ではないかと考えられるが、美禰子の結婚相手の男に妹がいないという確証はない。しかし彼を選んだのだから、少なくとも家庭内では、妻としての美禰子が、彼の年下の女性に対する感情を独占できる相手なのではないだろうか。なぜなら、彼は、よし子の縁談の相手でもあった、つまり〈東京帝国大学の友人の妹〉であることを結婚相手選択の基準とした男であり、その意味で妻にある程度の妹性を求めている男であるからである。

2—3　最後の返事

結婚前に最後に三四郎に会った時に美禰子は「われは我が愆《とが》を知る。我が罪は常に我が前にあり」（十二）と呟く。美禰子の「愆《とが》」とは何か。両親に早く死なれ、信頼していた長兄にも死なれ、〈不器用〉な兄と取り残された妹である彼女は、結婚を強制された時、三四郎を結果的に利用した。恋の対象にもせず、ましてや結婚の対象にもせず、しかも言葉を教える／教わるという、ある意味では最も深い関わりを、性を異にする相手と結んでしまうこと。通常の意味での恋で関わらずに、しかも恋で関わった時よりも遥かに深く、相手の脳髄を刺激してしまうこと。その関係性を生きて、美禰子は結婚に踏み切った。しかしその結果として、彼女は自分に「囚れた」（七）一人の男を作ってしまった。その男は「愆《とが》」として「我が前に」、彼女の前にいる。彼女の罪を具現して。

その三四郎の脳髄に「迷へる子《ストレイ、シープ》」が「迷羊《ストレイシープ》」として響き出すのは、高熱を出し、美禰子の結婚を知った後である。美禰子に囚われていた三四郎は美禰子の結婚によって、彼女に囚われた時間の中を生きることはもはや出来なくなってしまった。行き場を失った自分の心を感じて初めて、彼は自分が「迷へる」存在となったことを自覚したのではないだろうか。

こうして三四郎は美禰子の絵の前に立つ。


与次郎丈が三四郎の傍へ来た。

「どうだ森の女は」

「森の女と云ふ題が悪い」

「ぢや、何とすれば好いんだ」

三四郎は何とも答へなかつた。たゞ口の内で迷羊《ストレイシープ》、迷羊《ストレイシープ》と繰り返した。
（十三）

「森の女と云ふ題」はなぜ悪いのか。当然「森の女」であるからだ。あの時、三四郎の見た「団扇を翳し」ていた美禰子は、子どもの様に木の名前を教わっていた。「迷へる子《ストレイ、シープ》」を教えてくれた時、美禰子は女というより、性別を越えた「迷へる子《ストレイ、シープ》」だった。「森」にも「池」（三）にも属さず、女でも男でもない、もちろん妹でもない、ただ「迷へる」存在。絵に描かれているのはそういう存在だ。そして三四郎はその美禰子に、あの時返すべきだった〈返事〉を、「迷へる子《ストレイ、シープ》」に対するあまりに遅い〈繰り返しの返事〉をする。「迷羊《ストレイシープ》、迷羊《ストレイシープ》」。これは「ぢや、何とすれば好いんだ」という与次郎の問いへの答えではない。自分が美禰子に「迷へる子《ストレイ、シープ》」という言葉を深く教わったと、もはやそこにいない当の相手に知らせる、あまりにも遅い「繰返し」の〈返事〉だったのである。

注

（1）酒井英行「広田先生の夢―『三四郎』から『それから』へ―」（『文芸と批評』第4巻第10号　一九七八年七月　後『漱石その陰翳』（有精堂　一九九〇年）所収）、千種キムラ・スティーブン「『三四郎』試論（続）―迷羊について―」（『解釈と鑑賞』一九八三年五月　後『『三四郎』の世界（漱石を読む）』（翰林書房　一九九五年）所収）等が代表的な論である。石原千秋にも『漱石の記号学』（講談社選書メチエ　一九九九年）、『漱石と三人の読者』（講談社現代新書　二〇〇四年）等に指摘がある。

（2）三好行雄「迷羊の群れ―『三四郎』（夏目漱石）」（『解釈と鑑賞』一九六六年一、二、三月号に「三四郎（夏目漱石―現代文学鑑賞）」（一）～（三）として発表　後『作品論の試み』（至文堂　一九六七年）所収）、越智治雄「『三四郎』の青春」（『共立女子短期大学紀要』第九巻　一九六五年一二月　後『漱石試論』（角川書店　一九七一年）所収）等がある。

（3）「韮露行」のエレーンは「女ならずば（＝男だったら、筆者注）われも行かん」と思い、『草枕』の那美さんは「わたしが軍人（＝男、同）になれりやとうになつてゐます。今頃は死んでゐます。」と言う。〈自分が男であったら……〉という発想を、漱石の女主人公たちは時に行うことがある。

（4）この点については、小森陽一に「解説―光のゆくえ」（『三四郎』集英社文庫　一九九一年　解説）、「漱石の女たち―妹たちの系譜―」（『文学』一九九一年二月）等において優れた考察がある。

（5）筆者の知人の画家によれば、人物画の場合、背景を明確に決定しない状態で、中心の人物から書き始めることはそう珍しいことではないそうである。

（6）この「兄妹」は吉田博・ふじをであると推測されているが、二〇〇三年九～一〇月に府中市美術館で開かれた「もう一つの明治美術　明治美術会から太平洋画会へ」の出品作を見る限り、確かに兄博の方が「旨い」と言えるかもしれないが、「余程旨い」かどうか。「余程」には「兄さん」を遥かに優れた存在としたい美禰子の願望が反映しているとも考えられる。

第三章　『彼岸過迄』と『行人』──対象化される個人

1.『三四郎』から『彼岸過迄』へ

1─1　『三四郎』の方法

第一部第一章1、2で考察したように、『三四郎』においては、主人公三四郎を読者に「単純」化して示す記述方法が採用されていた。三四郎がある程度複雑な意識のもとに行った行動を、彼が何も考えず何となく取った行動のように読者に印象付ける記述方法である。そしてそのために、三四郎が地方出身であることが巧妙に利用され、彼の「田舎者」性を強調する部分を行動描写に挟み込むことによって、三四郎がいくつかの可能性の中から選び取った行動を、何も考えずに「単純」に行った行動であると読者が受け取るような記述がなされた。

次に美禰子との会話の場面においては、美禰子が「迷へる子《ストレイ、シープ》」という語を用いて三四郎に働きかける部分まで（三～五）は、三四郎が彼女に返事をする場合としない場合とが明確に書き分けられていた。具体的には、三四郎に美禰子の〈ですます体〉の話しかけには返事をさせ、彼女がもう一段進んだ親しさを示す話しかけ（それは多くの場合〈～って〉形の問いかけという形をとる）をした場合には返事をさせないという操作が行われた。しかも、三四郎が主体的に返事をしないことを選んでいたという印象を極力消し、三四郎が「田舎者」であるから返事ができないという印象を与えるように記述された。その操作によって、美禰子の深い意識の反映である「迷へる子《ストレイ、シープ》」という語を用いた誘いかけに三四郎が対応しようとしなかったことが、彼が選択した対応ではなく、「単純」な彼が不器用にしか対応できなかった結果であるという印象が与えられた。

「迷へる子《ストレイ、シープ》」に対する三四郎の対応を記述し終わると、漱石は美禰子との会話におけるこの操作を停止し、次に美禰子が三四郎に金を貸そうとする状況を構築した。美禰子の「迷へる子《ストレイ、シープ》」に対しては返事をせず、彼女の働きかけを受け入れなかった三四郎は、この美禰子からの金銭の貸与の働きかけの方は受け入れた。この対照は次のことを明らかにする。すなわち、三四郎は金銭のような言語化可能、数値化可能な美禰子からの働きかけは受け入れるが、「迷へる子《ストレイ、シープ》」のような彼女の言語化不可能な深い意識からの働きかけは受け入れないということを、である。言い方を変えれば、〈ですます体〉の美禰子の話しかけには円満に返事ができるし、〈ですます体〉の会話の範囲内での親しさもそこに生まれるが、それを超えた親しさを示す、彼女の深い意識からの話しかけには返事をしないことを明らかにした、とも言える。もし、恋とは、言語化不可能な深い意識の発動と当事者相互のそれによる往復によって成立するものである、と定義すれば、三四郎は美禰子からの恋の領域に属する働きかけは受け入れなかったということになる。すなわち、三四郎は確かに美禰子に惹き付けられてはいるが、それでいて彼女の言語化可能領域より深い意識からの、すなわち言語化不可能領域からの働きかけはすべて拒んでいた、ということになる。従って、相手の言語化不可能領域の深い意識を受け入れ合うのが愛することであるとするなら、三四郎は美禰子を愛していなかったということになる。そして、漱石が殊更三四郎を「単純」化して記述したのは、このことを隠蔽するためであった。そしてその隠蔽は、恋をめぐる個人の複雑な意識を、あからさまにそうと指し示さず書くためになされた。

以上、第一部第一章1、2で考察したことを総括して示したが、『三四郎』において初めて漱石は、記述方法によって主人公を読者に対して意図的にある属性で見せることに成功した。すなわち、小説内現実の中で三四郎が本当はどういう意識の動きのもとにどういう行動を行ったかを隠蔽し、彼を自分の意図通りに「単純」な存在であると印象付ける記述方法を採用した。それによって、彼が恋と自覚しているものが本当はどういう本質のものであったかを見えにくくした。恋を自覚していながら、意識の最も深い部分で相手を拒んでいる、そういう三四郎の「単純」ではなく〈複雑〉な恋の本質を見えにくくした。

この操作をなぜ漱石は『三四郎』において採用したのだろうか。そして、それはその後どう展開していくのだろうか。本論は、朝日新聞入社第一作である『虞美人草』執筆の後、漱石の執筆方法に起こった変化が『三四郎』のこの方法を生成し、その方法で『三四郎』を書いたことによって、それ以後の漱石の小説の方向性が生み出されたと考える。この第三章では、まず、漱石がまさにこの時期に行った二つの講演、「文芸の哲学的基礎」と「創作家の態度」を検討し、『三四郎』の方法はどのような発見によって生成されたのかを考察する。次に、『三四郎』で採用された方法が、『それから』『門』を経て『彼岸過迄』『行人』でどのように展開されたかを考察する。

一方、第二章で考察したように、『三四郎』という小説を、三四郎ではなく美禰子の側から論じると、そこではまた別のテーマが追求されていた。美禰子にとって三四郎はどういう存在だったのか、なぜ美禰子は三四郎に注目したのかを考えると、そこには言葉を教え、教えられるという不思議な関係性が構築されていた。それは、美禰子がどういう質と内容の時間を生きて結婚にまで至ったかを説明するものでもあった。同じ小説が、考察の視点を兼ねることによって、全く違う立ち現れ方をする、すなわち、対象化のされ方によって対象は違う相貌を帯びる。このことを個人の次元で追求したのが『彼岸過迄』と『行人』である。

本論では、『彼岸過迄』『行人』において、個人はどのように対象化されるか、あるいは個人は他者をどのように対象化するのかという問題が追及されたと考える。個人の対象化の問題が顕在化するのはどのような場においてだろうか。個人は社会においても様々な対象化を受けるが、それ以前の段階として、それが最も本質的な立ち現れ方をするのは家庭という場においてである。或は、他者による個人の対象化の根源である場として、家庭が注目されるとも考えられる。『彼岸過迄』においては、敬太郎を主人公とする前半部ではまず、社会に出ようとする個人にとって必要な他者の対象化が問題にされ、次に須永を中心とする後半部では、変則的な家庭における個人の他者の対象化の仕方、他者による個人の対象化のされ方が問題になる。そして、『行人』においては、変則的ではない、当時のごく普通の家族間でのこの問題が究極まで追求され、対象化困難な家族に向き合うことが、個人を「死ぬか、気が違ふか、夫《それ》でなければ宗教に入るか。僕の前途には此三つのものしかない」（「塵労」三十九）という地点まで追い詰めた姿が記述され、ついには他者を対象化することそのものを無化する思考にまで達する主人公が描かれる。

『行人』において、個人による他者の対象化困難がもたらす究極の次元が書かれた後で、そのテーマは、『心』から『道草』『明暗』へと至る作品において、理解不能、不可解な他者と個人はどのように関わることができるか、という問題へと発展する。この時、理解不能、不可解な他者との関わりによってどのような出来事が生じるかが、小説の内容として記述されるが、その出来事による個人と他者の関わりの質は、個人が理解不能、不可解な他者に投げ掛ける問いに象徴的に現れる。個人が理解不能、不可解な他者にどのような問いを投げ掛け、それは小説をどのように推進させるかは、第二部において考察する。

いずれにせよ、『三四郎』を第一章で考察した方法を用いて書いたことによって、その後の漱石の小説は生成されたと言えると筆者は考える。以下の節でその具体的な考察を行うが、この節では、まず『三四郎』から『それから』『門』への流れを概観し、次に『彼岸過迄』『行人』において個人による他者の対象化がどのように展開されたかを考察する。そのために、この1ではまず、朝日新聞入社の年である明治四十年、翌年の四十一年に行われた漱石の二つの講演、「文芸の哲学的基礎」「創作家の態度」を検討して、この時期の彼が小説の方法をどう捉えていたのかを検討し、その後『三四郎』で確立された方法が『それから』『門』においてどう展開されたかを俯瞰する。

1—2　「文芸の哲学的基礎」から「創作家の態度」へ

漱石は明治四十年四月に「文芸の哲学的基礎」と題した講演を行い、翌四十一年二月には「創作家の態度」と題した講演を行った。小説との関連で言えば、「文芸の哲学的基礎」の講演の約二ヶ月後の明治四十年六月から、同年十月まで『虞美人草』が連載された。また、「創作家の態度」の講演は、明治四十一年一月から四月までの『坑夫』連載中に行われ、講演の後、同年七月末から連載された『夢十夜』（「第八夜」について「序章」で考察）を経て、同年九月から十二月まで『三四郎』が連載された（掲載紙はすべて『東京朝日新聞』と『大阪朝日新聞』）。第一章でくわしく考察し、本章の1に概説した『三四郎』の記述方法は、「創作家の態度」の内容とどのように関わるのだろうか。

序章3—3でも述べたように、漱石は「文芸の哲学的基礎」を意識のあり方を定位することから始めた。すなわち、「世界」は「我と物との相待《そうたい》の関係で成立して居る」というが、それは「通俗」に考えた場合であって、常識を離れて「不通俗」に考えてみるとそれは「甚だ怪しい」、ただ意識現象があることは確かであり、その「意識の連続して行くものに便宜上私と云ふ名を与へたのであります」「だから只明かに存在して居るのは意識であります。さうして此意識の連続を称して俗に命と云ふのであります」と「我」（私）を捉える。そして、その「意識」の内容としてまず時間空間が成立し、そこから起こる「意識」の「分化作用」によって「如何なる意識の連続を以て自己の生命を構成し様かと云ふ選択の区域」が選ばれるが、漱石はそれを「知」「情」「意」に分けた後、「文芸家の理想」が

「美的理想」「真に対する理想」「愛に対する理想及び道義に対する理想」「荘厳に対する理想」の「四種」に分けられることを述べる。そして、それぞれを実作を取り上げつつ説明していくが、最後に「還元的感化」について説明する。漱石によれば、「……我々の意識の連続が、文芸家の意識の連続とある度迄一致しなければ、享楽と云ふ事は行はれる筈がありません」ということになるが、「還元的感化」とは、「此一致の極度に於て始めて起る現象」であるとしている。すなわち、「文芸家の意識の連続」が最もよく「理想」を表現した時に、読者の意識にその「理想」に「随伴」するような「意識の連続」が起こり得る場合がある、と漱石は考えていた事になる。

以上、ごく大雑把に「文芸の哲学的基礎」の内容を概括したが、ここで考察されているのは、「文芸」がある意識のもとで書かれるとある「理想」を実現し、それが最も成功した場合には読者に「還元的感化」を引き起こすということである。ここで問題にされているのは「文芸」の「理想」、すなわちテーマである。漱石は「文芸」のテーマがどう成立し得るかを、個人の意識現象を基盤として解明しようとしていた。講演の内容は紛れもなく漱石個人の思惟の結果であると考えられるが、その後で書かれた『虞美人草』にそれがどういう影響を与えているかは、慎重に考察する必要がある。ただ、結論として確実に言えるのは、少なくとも『虞美人草』の連載を開始する二ヶ月前、漱石は書き手の意識がどういうテーマを小説に与えるかについて思考を巡らしていた、ということであり、本論の考察もそこまでにとどめたい。

次の講演、「創作家の態度」においては、この「文芸の哲学的基礎」の考え方、意識現象から「理想」が生まれ、それが読者の「還元的感化」を引き起こすという「文芸」の捉え方は述べられない。漱石はまず、「創作家の態度」の冒頭で次のように述べる。

演題は「創作家の態度」と云ふのであります。態度と云ふのは心の持ち方、物の観方位に解釈して置いて下されば宜しい。此、心の持ち方、物の観方で十人、十色様々の世界が出来又様々の世界観が成り立つのは申す迄もない。（中略）
して見ると世界は観様で色々に見られる。極端に云へば人々個々別〻の世界を持つてゐると云つても差支ない。

漱石は「創作家」の「態度」を「心の持ち方、物の観方」として、そこから「十人、十色」の「様々の世界観」が立ち上がるとする。従って、「世界は観様で色々に見られる」ことになり、創作家の「世界観」が問題にされる。異なる「世界観」を「創作家」が持っている、「此人々の立場を研究して見たらば、多少の御参考になりはすまいかと思つて此演題を掲げた訳であります」と、漱石は講演の意図を述べる。それなら、それぞれ異なる「世界観」「人々の立場」は何の差異として「研究」することが可能だろうか。

漱石はまず、「歴史的の研究」の問題点を挙げた後、創作家が「如何なる立場から、どんな風に世の中を見るか」を検証するには「二つのもの丶存在を仮定」しなければならないと述べる。それは創作家自身（「我」）と、創作家の見る世界であり、ここで漱石は創作家の見る世界を「非我」と名付ける。次に漱石は「我が非我に対する態度を検査して懸ります」と前置きして、「意識の焦点」に言及し、此意識の焦点を形成する「注意の向き案排もしくは向け具合が即ち態度であると申しても差支えなからうと思ひます」（傍点漱石）と述べて、ロンドンで共に散歩した時、街の色にだけ注目していた浅井忠の例を出して、「意識の焦点」が個人によって異なることを述べる。

以上の準備段階を経て、漱石はそこで客観的態度と主観的態度を、酒屋の番頭を例に出して説明する。すなわち、酒屋の番頭が店先で利き酒をする場合と、自宅で晩酌をする場合との、番頭にとっての酒の在り方の比較である。利き酒は「酒の味を外へ抛《な》げ出す態度」、すなわち客観的態度、晩酌は「非我のうちに酒と云ふものがあつて、其酒が、ある因縁で外から飛び込んで来て、我を冒した、もしくは我が冒された」状態、すなわち主観的態度であると説明する。そして、客観的態度（主知主義）を「我から非我へ移る態度」「非我が主、我が賓」とし、主観的態度（主感主義）を「非我から我へ移る態度」「我が主、非我が賓」として規定する。次に「此両面が漸々右と左へ分れて発展する結果遂には大変違つたものに為り得ると云ふ事を説明したいと思ひます」として、次のように述べる。

　説明はなるべく単簡な方が宜ろしいから、茲に一つの物でも、人でもあるとする。此物か人は与へられたものとします。すると、以上の両態度（主観的態度と客観的態度、筆者注）で之に対すると、之を叙述する方法が双方共にどう発展するかと云ふ問題であります。（中略）

　そこでAを与へられたものと見て、之を叙述する様子が段々に分れて遠ざかる所丈《ところだけ》を御話しをしたい。A其物は何だか分からないのですが、之を叙述する方法は主知（客観）の態度に三つ、主感（主観）の態度に三つ、さうして両方を一つゞつ結び付けて対にする事が出来るかと思ひます。（傍点筆者、以下同様）

引用に明らかなように、漱石は「客観的態度」と「主観的態度」の創作における「発展」を、「叙述する方法」の問題として捉えている。すなわち、「文芸の哲学的基礎」では文学のテーマが問題にされたが、「創作家の態度」で問題にされているのは、「世界観」「意識の焦点」の差異の立ち表れとしての「叙述」である。そして漱石はそれを、「客観的態度」と「主観的態度」を「結び付けて対にする事」によって語ろうとする。

　この部分の後、漱石は三つの叙述方法を比喩と結び付けた形で述べる。すなわち、「客観的叙述」がperceptual、それに対する「主観的方面の叙述」が直喩（simile）の場合、次に「客観態度の方」が conceptual、「主観態度の方」が metaphor である場合、そして最後に「双方（主観的態度、客観的態度の双方、筆者注）共に象徴に帰して仕舞ふ」場合である。「世界観」「意識の焦点」の差異の文学における立ち表れ方としての三つの叙述方法を述べた後で、漱石は次のように述べる。

是で主観客観の三対併せて、六通りの叙述の説明を済ましました。そこで是丈説明すればあらゆる文学書中に出て来る凡てのものを説明し尽したとは決して申す積ではありません。然しながら是丈説明すれば、吾人の経験の取扱ひ方の一般は分るだらうと思ひます。客観主観の両態度の意味と、其態度によつて、叙述の様子が段々に左右へ離れて行く模様が分るだらうと思ひます。

一連の引用に明らかなように、「創作家の態度」において漱石は一貫して「叙述」の問題を論じている。「客観的態度」と「主観的態度」の差異とバランスがどのような叙述を生成し得るかということを「六通り」に分けて述べている。漱石はそれらのまとめとして、「私は客観主観両方面の文学の目的とする所を一言述べました。こゝに目的と云ふのは叙述家自らが、叙述以前にかゝる目的を有して居らなければならんと云ふ意味ではありません」と述べているが、この部分にも明らかなように、彼は「創作家の態度」を「叙述家」の態度として述べている。

「創作家の態度」で漱石が取り上げる例が小説であり、本論では漱石の小説を考察対象としているので、これ以後、「創作家の態度」について、小説の場合として論じることにする。さて、小説を書く作家の「態度」、すなわち作家がその小説を書く「世界観」と「意識の焦点」は、叙述の中にこそ立ち表れる、そういう意味で「創作家」は「叙述家」であると漱石は述べた。「文芸の哲学的基礎」では小説のテーマが問題にされていた。「創作家の態度」を講演した時点での漱石は、小説の「叙述」にここまで注目して思考を巡らせていた。テーマから叙述へ、ということは何を意味しているのだろうか。

この講演の冒頭で漱石は「世界は観様で色々に見られる」と述べているが、それが叙述の問題として立ち表れるなら、〈小説は書きよう（叙述）でいろいろに書ける〉ということになる。もちろん、それは当然のことだとも言えるが、問題は、それをどこまでの深度で発見するかということである。「創作家の態度」における深度で叙述を対象化したということは、これまでより、より深い深度で〈創作家の世界観の差異は叙述の方法の差異として立ち表れる〉ことを発見したいうことを示しているのではないだろうか。「創作家の態度」で漱石が叙述方法を「客観的態度」「主観的態度」を規定することから出発して、これだけ精密に「研究」していることはその証拠と言えるだろう。これだけの深度で叙述を対象化すれば、逆にこれを裏返せば、〈叙述の操作によって小説の世界観も操作できる〉という発見も伴うのではないだろうか。

「創作家の態度」の後半部分で、漱石は性格の描写について、「描写が客観的であればある程、纏まりがつかぬ性格が出来安いでせう」と述べた後で、性格描写について次のように述べる。

> 例へばAなる性格の第一行為をA^{1}とすると、A^{1}からして類推の出来る$A^{2}A^{3}A^{4}$を順次に描出して行けば、全局面は無論出て来ない。大抵は一特質の重複に近くなります。もし$A^{1}A^{2}A^{3}A^{4}$が因果の法則で連結されて居つて、此諸行為の内容に密接な類似を示すときは、重複が変じて発展となります。発展ではあるがA^{1}が基点であつて、其A^{1}は全性格の一特性であるからして、A^{1}の発展も亦全性格の発展と見傚す訳には参りません。

漱石はある一つの性格（「A」）がもたらす行為を描き、そこから類推出来る行為を「順次に描出」すなわち叙述していけば、その登場人物の性格の「全局面」はもちろん書けない、「一特質の重複」を書くことになるが、因果律に支配されていれば、重複ではなく発展となる場合もある、しかしそれはある性格の発展であって、「全性格の発展」ではないと述べる。この「A」に、例えば『三四郎』における「田舎者」という「特質」を代入してみたらどうだろうか。〈三四郎は「田舎者」である〉という「A」に対して、それに発する行為「A^1」を書き、「$A^2A^3A^4$」を「順次に描出」していけば、〈三四郎は田舎者である、だから着物の色が分からない、「矛盾」の意味が分からない、気の利いた返事が出来ない〉、そういう「発展」を構築することはできる。ただし、「田舎者」は三四郎の「全性格の一特性」に過ぎないから、それは「全性格の発展」ではない。

これを引っ繰り返せば、こういうことになる。「田舎者」なら「田舎者」というある性格に注目してそこから「類推の出来る」行為を記述して行けば、「全性格」を書かなくても十分にその人物の「叙述」になり得る。すなわち、「全性格」の中に含まれている別の側面は叙述しなくても、その人物は小説の登場人物たり得るから、別の側面を隠蔽することも可能である。漱石は「創作家の態度」の講演を行った時、このことを発見しかけていたのではないだろうか。引用部のすぐ後の部分で、漱石は「吾々の世界は既に冒頭に於て述べた通りの選択の世界であります」「性格の全部と云つた所で、全部が悉く観察され得るとは申しません。無論比較的と云ふ文字を挿入して御考を願ふより外に致し方がありません」と述べている。すなわち、「全性格」を描くことは不可能であるが、「創作家」が「選択」した性格を「比較的」「全性格」であるかのように書くことは可能である。その時、「創作家」に「選択」されなかった、あるいは意図的に「選択」されなかった「性格」に読者は気付きにくい。

このように考察してくると、「創作家の態度」の講演の時点で執筆中であった『坑夫』の次の部分も、「創作家の態度」のこれまで分析してきた主張とほぼ同様であることが分かる。

近頃はてんで性格なんてものはないものだと考へて居る。よく小説家がこんな性格を書くの、あんな性格をこしらへるのと云つて得意がつてゐる。読者もあの性格がかうだの、あゝだのと分つた様な事を云つてるが、ありや、みんな嘘をかいて楽しんだり、嘘を読んで嬉しがつてるんだらう。本当のことを云ふと性格なんて纏つたものはありやしない。本当の事が小説家抔にかけるものぢやなし、書いたつて、小説になる気づかひはあるまい。本当の人間は妙に纏めにくいものだ。（三）

一読すると性格と性格描写を否定しているように読めるが、ここまで考察してきた「創作家の態度」の主張を加味して考えれば、「本当の人間」を書くこと、「創作家の態度」の言い方に従えば「全性格」を書くことはそもそも不可能であり、それを書こうとすると「小説になる」ことができなくなる、「小説」が「小説」であるためには、「性格」を、たとえそれが「全性格」でなくてその「一特性」であっても、「纏つたもの」として書くことがむしろ必要とされている、そう読むことができる。「創作家の態度」で、「描写が客観的であればある程、纏まりがつかぬ性格が出来安いでせう」と漱石は言い、また「……矛盾のある方が自然の性格で、ない方が小説の性格と迄云はれはしますまいか」とも述べている。つまり、小説における性格描写、「小説の性格」は「自然の性格」とは別物であり、そこに「創作家」の「世界観」「意識の焦点」を反映させた「選択」があり、それを基盤にして「叙述方法」がある、ということになる。

第一章で『三四郎』において漱石が主人公三四郎を「単純」化して示す記述方法をどのように展開したかをくわしく考察した。以上のような「創作家の態度」における叙述、及び性格描写についての思惟と分析は、十分にこの『三四郎』の記述方法の基盤たり得ると考えられる。まず、小説の「叙述方法」は「創作家」の「世界観」「意識の焦点」から生成されるという認識があり、次にそれは客観的態度と主観的態度双方の組み合わせとして分類されるという分析がある。すなわち、作家の「世界観」と「意識の焦点」をそれにふさわしい客観的態度、主観的態度で書けば、そこにその小説の叙述方法が生まれる。そしてもし、作家がある登場人物をある属性で読者に印象付けたければ、それは「叙述方法」によって実現される。漱石が『三四郎』で主人公三四郎について試みたことはまさにこれである。

それなら、その時、読者はどのように想定されているのだろうか。漱石は、「創作家の態度」を、意識を向ける対象を「外へ抛げ出す態度」「我から非我へ移る態度」である客観的態度と、「ある因縁で外から飛び込んで来て、我を冒した、もしくは我が冒された」「非我から我へ移る態度」である主観的態度の双方向から考察したが、その考察はそのまま読者が小説を読む態度にシフトすることができる。すなわち、読者にとって小説は「非我」であるが、それを「我から非我へ移る」客観的態度で読むか、「非我から我へ移る」主観的態度で読むかまでは、「創作家」はコントロールできないかもしれない。しかし、もし読者が「非我から我へ移る」主観的態度で小説を読んだ場合には、小説は読者にとって、「ある因縁で外から飛び込んで来て、我を冒した、もしくは我が冒された」、そういう存在となる。そうなった場合には、「創作家」がある叙述方法をとれば、小説を読者に読んで欲しい読み方で受容させることも可能である。本来それほど「単純」ではない主人公を殊更読者に向けて「単純」化して示すという『三四郎』の方法は、以上のような思考から生成されたのではないだろうか。

1―3　『三四郎』から『それから』『門』へ、『彼岸過迄』へ

『三四郎』において、東京へ出て来た三四郎を漱石は、大学の同級生与次郎、先輩野々宮、広田先生、そして美禰子、よし子たちとの交流の中に置いて記述した。すなわち、三四郎という個人は、帝大を中心とする横の広がりの中で個人として描出されていた。家族的縦系列に属する故郷の母は、手紙という形でしか彼との交流を行わないように設定されているので、三四郎は家族という関係性からほぼ切り離された一個人として、横の広がりの中での人間関係の中に身を置く小説の主人公であったということになる。この彼の主人公としての属性と呼応して、広田先生と美禰子には両親が居ず、野々宮兄妹の母も、小説の一場面にだけしか登場しなかった。また、与次郎については両親の存在は不明である。そして、三四郎はもちろん、広田、野々宮兄妹、美禰子すべての父親は登場していない。つまり、三四郎を始めとする、小説『三四郎』の登場人物たちは、家族的縦系列の両親、特に父親を欠いた存在として小説に登場し、その条件の下でそれぞれ個人として小説の中で振る舞い、関係性を生きる、そういう登場人物たちであった。家族としては、野々宮にはよし子という妹が居て、美禰子には小説には噂話の形でしか登場しない兄が居るが、両親をほぼ欠いた状態でのきょうだい関係として描出されている。従って、三四郎の登場人物たちは、野々宮とよし子の僅かな会話を除けば、家族との家族的会話を行わなかった。

この条件の下でこそ、第一章で分析した『三四郎』の記述方法、すなわち、主人公の行動が起因する意識を隠し、意識のある一部だけを強調し、それによって主人公の主体性を見えにくくし、恋の本質的なあり方を読者に隠蔽する、そういう記述方法は可能だった。なぜなら、もし、三四郎が家族との関係性の中でも記述される主人公であったら、家族との交流を記述することによって、彼の意識が、漱石が読者に「単純」化して示したような「単純」さの中にないことが顕在化してしまう可能性があったからである。故郷の母との手紙の遣り取りだけであれば、それはさほ

ど顕在化しないで済む(1)。『三四郎』ではそれは一応の成功を収めた。

漱石は『三四郎』の次の作品『それから』の予告で、「色々な意味に於てそれからである。『三四郎』には大学生の事を描たが、此小説にはそれから先の事を書いたからそれからである。『三四郎』の主人公はあの通り単純であるが、此主人公はそれから後の男であるから此点に於ても、それからである」（傍点漱石、傍線筆者）と述べている。漱石は『それから』という小説は、「単純」化された三四郎の「それから後の男」を主人公として、小説『三四郎』の内容の「それから先の事」を書こうとしていると述べている訳である。『三四郎』において漱石は、三四郎を「単純」化して記述し、彼の美禰子への恋の本質を巧妙に隠蔽した。「それから後の男」である主人公を「単純」化せずに彼の意識を記述し、主人公の恋に関わる不可思議な意識を隠蔽せず、「それから先の事」として主人公の恋を描く小説を書こうとするなら、主人公を巡る条件はどのように変更されなければならないだろうか。主人公は個人としてどのような関係性の中で捉えられなければならないだろうか。

漱石が『それから』の主人公代助に与えた、三四郎の「それから後の男」としての要素は二つある。一つは過去、一つは家族である。まず、過去についてであるが、二十三歳の三四郎にももちろん過去はあった訳だが、その過去は、東京に出た三四郎に直接的に影響する過去ではなかった。むしろ、東京へ出て来た三四郎は、熊本での過去の時間を切り離して、東京での新しい時間を生きているように設定されていたと言える。しかし、代助の場合は、平岡と三千代をめぐる過去と、それに由来する意識の流れこそが、小説内現在の代助のあり方と、彼がこの小説ですることになる恋に大きな影響を持っている。そして、『三四郎』においては、主人公三四郎からも他の登場人物からも程よく取り除かれていた家族が、『それから』においては、主人公の存在に重要な影響を及ぼす要因となる。

漱石は『それから』の主人公代助に父と兄夫婦（とその子ども）という家族を設定した。すなわち、『三四郎』の場合と違って主人公を家族的関係性の中に置いた。代助は、空間的には独立して家族と離れた家で生活しているが、金銭的には父と兄からの仕送りで生活している男として設定されている。従って、『それから』では『三四郎』の場合と違って、彼と父、兄、嫂との交流が多く記述される。三四郎は家族との関係性を離れた状況で成立する横の関係性の中の個人として捉えられていたが、代助は三四郎とは違ってまず家族との関係性の中で個人として捉えられた主人公である。

通常、個人は誕生からある程度成人するまで家族とともに生活し、個人の意識の基盤もその現場で形成される。すなわち、個人が家族との関係性の中で捉えられるということは、個人の意識を形成している根源と常に向かい合わせられているということである。もちろん、成長するに従って家族以外の場に出て、家族以外の人間とも交流する。『三四郎』のように、そちらの交流だけに焦点を当てて個人を描出することもできるだろう。そして、それは三四郎の意識を「単純」化して読者に示すには、非常に好都合だった。しかし、個人をその意識の深所から捉えて記述しようとする時、個人を個人として成立させている要素から家族を省くことは難しい。漱石が『それから』で行ったことはまさにそれである。

『それから』において試みられているのは、一定の年齢に達し、ある程度高度な意識を備えた人間を、家族的関係性と友人的関係性の中で捉え、その意識の流れを描出するという、『三四郎』とは全く違った試みである。しかし、家族的関係性の中で捉えられた個人を描くという試みに限って言えば、『それから』ではそれが十分に果たされたとは言えない。『それから』は主人公代助と三千代との関係とそれに向ける代助の意識の方が小説の重要な内容となり、代助が家族からの関係を断絶されるところで小説は終わった。すなわち、友人的関係性から派生した恋が、家族的関係性から代助を切り離したところで小説は終わった訳であり、家族的関係性と個人という問題はいったん棚上げされたと考えられる。

そして、『それから』の次の小説『門』では、主人公は、家族になろうとしてなりきれない家族的関係の中で個人として捉えられている。夫婦としては円満な関係性の中にいても、子どもの欠落が彼らを家族らしくしない。もちろん、夫婦二人の家族であっても、個人を家族的関係性の中で捉えることは可能である。しかし、『門』の場合、三回子どもを失った経験が、主人公宗助に妻と二人だけの生活には、根源的な不足があるという感触を与えている。坂井の家との対比がその事を如実に物語る。従って、『門』は家族から放逐された個人が、家族を半分しか作れないという状況の中で生きる、そういう物語となっている。すなわち、『門』においては、家族的関係の中で個人が捉えられることの真の意味は発見されていない。

『門』が書き終えられた後、漱石自身の病気による臨死体験の後で、約一年半後に執筆されるのが、次節2で考察する『彼岸過迄』である。明治四十五年一月一日に、東京、大阪の両朝日新聞に発表された「彼岸過迄に就て」において漱石は、「かねてから自分は個々の短編を重ねた末に、其の個々の短編が相合《あひがつ》して一長篇を構成するやうに仕組んだら、新聞小説として存外面白く読まれはしないだらうかといふ意見を持《ぢ》してゐた」と書き、「もし自分の手際が許すならば此の『彼岸過迄』をかねての思はく通りに作り上げたいと考へてゐる」と述べた。そして、その言葉通り、『彼岸過迄』には、「風呂の後」「停留所」「報告」「雨の降る日」「須永の話」「松本の話」の「短篇」が書かれた。また、この「個々の短編」の主人公として、漱石は二人の主人公（本論では、敬太郎を前半の、須永を後半の主人公と考える）を用意した。「個々の短編」と二人の主人公。このことは何を意味しているのだろうか。

次節2でくわしく論じるが、本論では敬太郎と須永という二人の主人公は、他者の対象化というテーマに対して、敬太郎は他者の対象化の仕方に問題があり、須永は対象化のされ方に問題がある、そういう主人公として設定されたと考える。そして、漱石がこの小説を「個々の短編が相合して一長篇を構成するやうに仕組」もうと考えたのは、このある意味対になっている二人の主人公をめぐる物語を読者に受け入れやすいようにするための仕掛けだったのではないかと推測される。これも次節で詳述するが、特に、敬太郎が他者の対象化の仕方を変更するためには、多くの過程を必要とした。その過程を読者に飽きさせないようにするためにも、長篇の形式を取らずに短編とした方が、読まれやすいと考えたのではないだろうか。次節でこれらの点に就いて論じる前段階として、ここでは、二人の主人公に漱石がどういう条件を与えたかを、『三四郎』『それから』『門』と比較して押さえておく。

「風呂の後」「停留所」「報告」の主人公敬太郎は、家族との関係性の構造に注目すれば、三四郎の属性を多く備えた主人公である。敬太郎は故郷に母が居るが、彼は故郷から東京に出て、三四郎のように家族と切り離された横の関係性の中で生きている。一方、「須永の話」の語り手であり、「松本の話」の中心人物となる須永は、三四郎の「それから後の男」である代助の属性を備えた主人公である。須永は、横の関係性としては一応敬太郎がいるが、家族と親族の関係性の中で生きている主人公である。すなわち構造的には家族的関係性と友人的関係性の中で個人として捉えられている点において、代助と共通する。ただし、『それから』の場合との違いは、『彼岸過迄』においては、その家族と親族が須永にとっては血のつながった家族でも親族でもないことである。

敬太郎が三四郎の属性を多く備えた主人公であるということは、『三四郎』における三四郎の「単純」化のように、漱石が何らかの操作を加えやすい主人公であることを意味するが、『彼岸過迄』の場合は、『三四郎』のような複雑な操作は行われない。なぜなら、『彼岸過迄』の敬太郎は、三四郎にとっての美禰子のような存在を与えられていない主人公だからである。その代わりに、漱石は敬太郎を「遺伝的に平凡を忌む浪漫趣味《ロマンチック》の青年」(「風呂の後」四)として設定した。『彼岸過迄』の前半部、「風呂の後」「停留所」「報告」で展開されるのは、「浪漫趣味」を抱え込み、そのままでは社会化が困難だった主人公が、いかにして「浪漫趣味」をある程度保ったまま、「世の中への出口」(「風呂の後」四)を発見できたかという物語りである。

また、敬太郎の「浪漫趣味」は「風呂の後」「停留所」「報告」における彼の行動の原動力であり、それが「須永の話」「松本の話」をそれぞれの話者から引き出す動因であると一応設定されてはいる。しかし、前半においては敬太郎の「浪漫趣味」は、彼を小説内である地点まで到達させる原動力たり得ているが、後半においてはそれはかなり形骸化して、敬太郎は小説の後景に退き、須永が前景化していると言える。

一方、須永の方は、職業を持たない彼の生活が、社会的収入ではなく家族的収入によって支えられている点では代助と共通するが、代助と違って、毎月実家へ金を貰いに行く訳ではなく、死んだ父の残した遺産の運用で生活している。代助は家族から迫られた政略結婚より三千代を選んだために家族から放逐されたが、須永の場合は、ことはより複雑である。須永が母から期待されている千代子との結婚は、突然持ち込まれた代助の縁談とは違って、千代子の出生時からの須永の母の願望であり、小説内現在において須永の千代子に向ける意識は、恋はおろか、どんな概念でも括ることのできないほど複雑になっている。もちろん、須永が千代子に向ける意識の中に恋の要素が全くないとは言えないかもしれない。しかし、次節2で考察するように、それは三四郎が美禰子に向けた意識とも、代助が三千代に向けた意識とも、宗助がかつて御米に向けた意識とも全く異なる意識である。

『彼岸過迄』では、この敬太郎と須永という二人の主人公によって、それぞれ他者の対象化の仕方、他者からの対象化のされ方の問題が追及された。次の『行人』においては、その問題が家族、家庭という場においてどのような事態を生じさせ、それは個人をどういう状況に追い込んで行くかが追求される。それらの成果を踏まえて、『心』では、小説の表で展開される物語りとともに、個人が他者にどういう問いを向けていくか、それは他者との関係性の中でどのような展開を見るかが小説の裏の推進力となった。そしてそれは、『道草』『明暗』にまで続く小説の基盤を形成する。『心』以降の作品については、第二部で論じていくが、本論では特に『心』を中心に論じる。なぜなら、『三四郎』から『それから』『門』を経て『彼岸過迄』に達した動きは、『行人』を間に挟んで、『心』において新たな展開を行い、それが『道草』『明暗』を招来したと考えられるからである。

注

（1）『三四郎』の三で、三四郎は故郷の母への手紙に、「今年の米は今に価《ね》が出るから、売らずに置く方が得だらう」と書く。ここで三四郎は、米をめぐる経済情勢を把握した上で母に的確な指示を出している。ここには二の冒頭で示されたような、「東京で驚ろい」て、「不愉快」で「不安」となって自信を失っている三四郎の状態は殆ど反映されていない。父のいない家庭で若い家長となって母に指示を出している三四郎が、一瞬垣間見られる。もし、田舎の母との家庭における三四郎を描こうとすれば、三四郎のこのような側面が多く描かれることになり、それは三四郎を「単純」化して示そうという企図を阻害しただろう。

2.『彼岸過迄』論——対象化する領域、された領域

はじめに

明治四十三年三月同文館発行の雑誌『婦女界』創刊号に、陸軍大将兼学習院長乃木希典の「玉井山で不思議の怪美人に襲われた実験」と題する談話筆記が掲載されている(1)。内容は、乃木が十五、六歳の頃、父の使いで萩の城下に向かう途中、深夜玉井山を通過した時に、山中で不思議な女性に出会った体験を語ったものである。

> やがて、七合目位に登つた時は、草木も眠る丑の刻（中略）……怪しや、一人の婦人が目の前に現れました。素より暗闇のことですから、明瞭《はっきり》とは見えませぬが、蛇の目傘を半開きにして、上半身を匿し、下にはありありと見ゆる二つの白足袋、私もこれにはギョッとして、暫らく立ち止まりました。
> 蛇の目傘に白足袋の怪しき女、これは必然狐狸などの仕業に相違なし、よしよし俺が引捉へて正體を現はしてやると、身構へましたが、……
> （傍点筆者、以下同様）

通常の常識では捉え難い不気味な存在に、「狐狸などの仕業」という枠組みを与え、それによって不安を軽減する。日本人はしばしば狐や狸を利用してその操作を行ってきた。柳田国男は「おとら狐の話」の冒頭で、「千年余の間同じ国で、また千万余の人が同じ時代に、狐は悪いもの、怖ろしいものと信じている」ことは「決して笑ってしまう問題でないと、自分は思う」と述べている(2)。

明治四十五年に書かれた夏目漱石の『彼岸過迄』の「風呂の後」で、田川敬太郎が同じ下宿の森本から聞いた次の話も、同時代の読者の何分の一かには、「狐狸などの仕業」の一環と受け止められたかもしれない。

> 彼（森本、筆者注）が耶馬溪を通つた序に、羅漢寺へ上つて、日暮に一本道を急いで、杉並木の間を下りて来ると、突然一人の女と擦れ違つた。其女は臙脂《べに》を塗つて、白粉をつけて、婚礼に行く時の髪を結つて、裾模様の振袖に厚い帯を締めて草履穿の儘たつた一人すた〳〵羅漢寺の方へ上つて行つた。　（三）

敬太郎自身もこの話を「妖怪談に近い妙なもの」と類分けしているが、女の髪型が「婚礼に行くときの髪」すなわち島田髷であるということに注目した時、このエピソードは単なる「妖怪談」「狐狸などの仕業」の域を超える。『彼岸過迄』の後半部では、島田は須永の従妹千代子が結って須永に見せに来たことから彼らが言い争うことになる髪型であり、また、須永の実の母御弓が結っていた髪型でもあるからである[3]。

同じ髪型が、小説内の状況によって全く異なる位相で立ち現れる。同様の関係は、「風呂の後」の森本の子供の死と「雨の降る日」の宵子の死（並びに「須永の話」の須永の妹妙の死）との間にも見られるし、森本が戸隠山で遭遇した「盲者」と「雨の降る日」で骨上げの場に登場する「盲者」との間にもある。敬太郎が憧れる児玉音松の蛸狩りと「須永の話」後半で行われる蛸狩り、「風呂の後」二の森本の入浴の仕方と「雨の降る日」で宵子が入れられる「辛子湯」（ともに本来の意味での入浴ではない）までも視野に入れれば、「風呂の後」には、小説の後半で全く違う位相で立ち現れることになる事柄が、まるで索引のように散りばめられていると言える[4]。『彼岸過迄』の最初はなぜこのような形態をとる必要があったのだろうか。

「風呂の後」二において、森本は風呂屋で出会った敬太郎に語る。

「今朝の景色は寐坊の貴方に見せたい様だつた。何しろ日がかん〳〵当つてる癖に靄が一杯なんでせう。電車を此方から透かして見ると、乗客が丸で障子に映る影画の様に、はつきり一人〳〵見分けられるんです。それでゐて御天道様が向ふ側にあるんだから其一人々々が何れも是もみんな灰色の化物に見えるんで、頗る奇観でしたよ」

ちょうど〈女〉が特異な状況で現れれば「狐狸」と捉えられるように、〈電車の乗客〉という明解な対象が、「灰色の化物」に見えるという現象。『彼岸過迄』の最初でこの現象について語られているのは象徴的ではないだろうか。なぜなら、同じように〈女の髪型〉も〈子どもの死〉も〈盲目の人間〉も、「風呂の後」と「雨の降る日」以降では全く違った状況の下で立ち現れ、全く違った対象化を行うことを読み手に強いるからである。このような差異が仕掛けられた『彼岸過迄』とは、いったいどういう小説なのだろうか。『彼岸過迄』は前半が敬太郎中心、後半が須永中心の小説なのだから当然であるとも言えるが、問題はなぜその差異が小説内に存在し、いったい何を顕在化しているのかということである。そしてそれは、そもそもなぜ『彼岸過迄』に田川敬太郎と須永市蔵の二人が登場する必要があったのかという問いとも通底する。本節はこれらの問いから出発して『彼岸過迄』を解き明かそうという試みである。

2―1　対象化の仕方の困難――敬太郎と森本

「風呂の後」において、敬太郎が同じ下宿の森本に関心を向ける動機は次のように説明されている。

其上敬太郎は遺伝的に平凡を忌む浪漫趣味《ロマンチック》の青年であつた。かつて東京の朝日新聞に児玉音松とかいふ人の冒険談が連載されたとき、彼は丸で丁年未満の中学生のやうな熱心を以て毎日それを迎へ読んでゐた。其中でも音松君が洞穴の中から躍り出す大蛸と戦つた記事を大変面白がつて、同じ科の学生に、…（中略）…と大いに乗気で話した事がある。すると其友達が調戯《からかひ》半分に、君の様な剽軽ものは到底文官試験などを受けて地道に世の中を渡つて行く気になれまい、卒業したら、一層の事思ひ切つて南洋へでも出掛けて、好な蛸狩でもしたら何うだと云つたので、夫以来「田川の蛸狩り」といふ言葉が友達間に大分流行り出した。（四）

帝国大学法科大学の学生でありながら、「丁年未満の中学生」の心を未だに残し、その心で惹き付けられた冒険談について無防備に「同じ科の学生」に語り、その結果「調戯」の対象になってしまうということは、敬太郎が自分の現在の身分を社会的にうまく捉えられていないということをまず物語っている。次に「浪漫趣味」と記されるが、その「浪漫」の内容は、「南洋の蛸狩り」「新嘉坡の護謨林栽培」（同四）、そして「スチーヴンソンの『新亜刺比亜物語』」に触発されて、通常の男女の中に「尋常以上に奇なあるもの」（以上同五）を見たいという衝動、といった具合で、まさしく、「丁年未満の中学生」の方向性の定まらない好奇心そのままである。しかし、敬太郎はもはや中学生ではない。

「風呂の後」でこの〈中学生的好奇心〉を森本に対して働かせた彼は、下宿の主人から、下宿代を踏み倒して失踪した森本の片棒を担いだのではないかという疑いを掛けられることになる。恐らく敬太郎をからかった「同じ科の学生」だったら、このような羽目に陥る可能性を孕んだ森本との交際は、法科大学学生にふさわしくないとして本能的に避けるか、差し障りのない範囲内にとどめただろう。それは自分の身分と相手の身分を、社会的に正しく測定できているということである。しかし、敬太郎は違った。敬太郎は新橋停車場勤務という森本の現在についてそれ以上詳しく知ろうとせず、「一切がX」として情報収集を放置したまま、「過去の彼」にだけ興味を向け、「森本の過去には一種ロマンスの臭が、彗星の尻尾の様にぼうつと掩被《おつかぶ》さつて怪しい光を放つてゐる」（以上同三）存在として彼を捉えようとしていた。つまり、〈女〉とか〈電車の乗客〉のような明確な対象化を可能にするような意識を彼に向けず、森本をことさら「狐狸」や「灰色の化け物」のような存在として対象化し、それによって自分の中の〈中学生的好奇心〉を満たそうとしたのである。[5] そして下宿の主人からいったん疑われると、今度は「森本のやうな浮浪の徒」（同十二）「後ろ暗い奇人」（「停留所」五）「漂浪者」（同六）と正反対の評価を与えるのだが、これはそれまでの裏返しに過ぎない。彼が行うべきなのは、「世の中への出口」（「風呂の後」四）を求めている法科大学卒業生にふさわしい意識を森本に向け、彼を正しく対象化することである。

　夏目漱石は『彼岸過迄』の三年前（明治四十二年）に書かれた『満韓ところ〴〵』において旧友との再会を語っている。十代後半にともに学び、暮らした中村是公、橋本左五郎、佐藤友熊たちである。「みんな揃ひも揃つた馬鹿の腕白で、勉強を軽蔑するのが自己の天職であるかの如くに心得てゐた」彼等は、現在はそれぞれ満鉄総裁、東北大学教授、旅順警視総長である。漱石は学生時代の思い出を語りつつ、「是公、是公」と呼んでいた中村是公を、彼が満鉄総裁である満州においては「総裁」と呼ばなくてはならなかった経過を物語る。つまりこの時漱石は、「折角の友達を、他人扱ひにして」という思いを持ちながら彼の「是公」へ向ける意識を変更し、単なる〈是公〉から〈「総裁」である「是公」〉へと、旧友の対象化を修正した。相手に向ける意識を社会を考慮した意識に変更し、対象化を修正するという点においては、敬太郎が森本に対して行わなければならないことは、この漱石が行ったことと構造的に同質である。敬太郎が、森本を社会に出る帝国大学卒業生にふさわしく対象化するまでの過程、それが「停留所」と「報告」である。

敬太郎は「風呂の後」十二で、失踪した森本からステッキを譲られる。

> 夫から上り口の土間の傘入に、僕の洋杖《ステツキ》が差さつてゐる筈です。あれも価格《ねだん》から云へば決して高く踏めるものではありませんが、僕の愛用したものだから、紀念のため是非貴方に進上したいと思います。（中略）取つて御使ひなさい。

他人から何かを譲られた場合、譲る人物との関係が自分にとって明解でさえあれば、譲られた〈もの〉を使うか使わないかの決定にそう困難は伴わないはずである。敬太郎が彼の身分にふさわしい意識を森本に向け、自分との関係を正しく測定できていれば、彼は〈もの〉としての「洋杖《ステツキ》」への好悪だけでことを決することもできたはずだった。しかし敬太郎は「洋杖《ステツキ》」を使うことも無視することも出来ず、その中途半端さによって「此変な洋杖《ステツキ》におのづと祟られたと云ふ風になつて仕舞つた」（「停留所」六）という状態に陥る。敬太郎がこの状態から脱出するためには、森本の手紙にあるようにこの「洋杖《ステツキ》」を〈取って使う〉、つまり「洋杖《ステツキ》」を何らかの方法で明確に対象化し、しっかりと掴み取って使わなくてはならない。しかし、敬太郎は「森本と云へば洋杖《ステツキ》、洋杖《ステツキ》と云へば森本」（同二十三）が連想されるという状態、すなわち森本と「洋杖《ステツキ》」とを切り離せない状態に陥っていた。このままでは「洋杖《ステツキ》」を〈もの〉として〈取って使う〉ことは不可能である。

「停留所」前半は敬太郎の友人須永の紹介に始まり、敬太郎が須永の叔父田口に就職の世話を依頼することが主な内容であるが、それと同時進行する形で六から二十四、特に十五から二十四（『漱石全集』（岩波書店　一九九四年）で二八ページ）には、敬太郎がこの森本の「洋杖《ステツキ》」を〈取って使う〉までの、殆ど涙ぐましいとも言える経過が長々と語られる。田口との交渉の不調が敬太郎に占いを頼ることを思いつかせ、その占いの婆さんの言葉と田口から与えられた指示が結びついた時、敬太郎は「洋杖《ステツキ》」を〈取って使う〉ことができた、というのが一連の経過だが、それがこれだけの長さを必要とした。また、占いに頼る必然性を示すために敬太郎の父、祖母のエピソードが述べられ、占い者の場所探しには祖父の記憶が想起され、そして占い者の言葉によって敬太郎が「洋杖《ステツキ》」を使う時には母の教えが語られ、といった具合に敬太郎の血族も総動員される。この大仕掛けな一連の経過によって敬太郎はやっとのことで「洋杖《ステツキ》」と森本を切り離し、〈もの〉としての「洋杖《ステツキ》」そのものを掴み取ることに成功した。

　占いの婆さんは敬太郎に「貴方は自分の様な又他人の様な、長い様な又短かい様な、出る様な又這入る様なものを持つて居らつしゃるから、今度事件が起つたら、第一にそれを忘れないやうになさい」（同十九）と指示する。敬太郎は、田口からある男の行動を見張って知らせろという依頼が来た時、この言葉を想起し、しばらく考えてそれが森本の「洋杖《ステツキ》」を指し示していると気付く。その瞬間、「突然電流に感じた人の様にあつと云つた」（同二二）という表現で語られるまさにその瞬間、敬太郎の中で転換が起こる。「洋杖《ステツキ》」について彼に指示を与える主体が、森本から婆さんへと切り替わり、同時にそれによって「洋杖《ステツキ》」と森本が切り離され、「洋杖《ステツキ》」に向ける意識が変更される。「……彼はあ、是だと叫んで、乱れ逃げる黒い影の内から、其洋杖《ステツキ》丈をうんと捕まへたのである」（同二十三）。敬太郎は「森本と云へば洋杖《ステツキ》、洋杖《ステツキ》と云へば森本」という、譲る主体と譲られる〈もの〉とを必要以上に結びつけてしまった混乱――「乱れ逃げる黒い影」から「其洋杖《ステツキ》丈を」掴み取る。「うんと捕まへた」という表現は、この時敬太郎に起こった動きの瞬間的な強さを物語る。

「ああ是だと叫んで」「うんと捕まへた」という強度で語られる敬太郎が「洋杖《ステツキ》」を掴む瞬間は、人間が初めて〈もの〉を対象化し、それによってその〈もの〉に対する主体を確立していく根源的な動きを反復しているかのようである。占いの婆さんの「自分の様な又他人の様な、長い様な又短かい様な、出る様な又這入る様な」という言葉は、最初に対象の所有の形態を示し、次に形容詞（長い、短い）と動詞（出る、入る）で特徴を述べるという構成であるが、これは幼児が最初に〈もの〉（例えば最初に出会うおもちゃ）に意識を向け、対象化する動きそのものではないだろうか。これは確かに自分のものという所有の認識、覚えたばかりの形容詞や動詞を使って描写し、それを傍らの人（例えば親）と共有し、それを使って誰かと遊ぶ、この一連の経過によってその〈もの〉は幼児にとって確実に〈そこに在る〉ものになっていく。敬太郎は既に二十六、七才ではあるが、先に〈中学生的好奇心〉と呼んだ、彼の年齢にしては幼児的な心を未だに持ち続けていたために、その〈中学生的好奇心〉の発動によってもたらされた〈もの〉――「洋杖《ステツキ》」を、あたかも幼児のように〈取って使う〉ことのできるレベルに対象化しなければならなかった。(6)

彼の次の課題は、もちろんこのことを力に森本を正しく対象化することである。

2―2　困難の克服――敬太郎と田口、松本

「停留所」二十一で田口は敬太郎に次のような指示を与える。

与へられた彼（敬太郎）の用事は待ち設けた空想よりも猶浪漫的《ロマンチツク》であつたからである。（中略）今日四時と五時の間に、三田方面から電車に乗つて、小川町の停留所で下りる四十恰好の男がある。（中略）……彼が電車を降り

てから二時間以内の行動を探偵して報知しろといふ丈であつた。

田口の指示は、まず「浪漫的《ロマンチツク》」であることにより、敬太郎の〈中学生的好奇心〉を満たすが、より重要なのは、それが「探偵して報知しろ」という指示であったことである。敬太郎はかつて須永に、自分は「警視庁の探偵」のようなことをしてみたい、しかし人を陥れる様なことはやりたくない、「自分はたゞ人間の研究者否人間の異常なる機関《からくり》が暗い闇夜に運転する有様を、驚嘆の念を以て眺めてゐたい」（以上二）と語っていた。このように、彼の「浪漫趣味」の満たし方のイメージは、ただ漠然と「眺めてゐたい」段階で止まっていて、〈眺めた〉その先の明確な帰結を思い描けていなかった。しかし敬太郎は、田口の「報知しろ」という指示によって、指定された人間を〈眺めた〉その後に、就職を依頼している人間に報告できるように対象化するという帰結を与えられる。

敬太郎は田口から指示された男性（松本）に出会うが、彼を「眺めて」みた結果「此人は探偵して然るべき何物をも彼の人相の上に有つてゐなかつた」（「停留所」三十二）という印象を持つ。すなわち敬太郎は松本を〈探偵する必要のない人間〉、「浪漫趣味」の視線で捉える必要のない人間と判断できたのである。(7) 彼は、自分の〈中学生的好奇心〉を満たす人間と満たさない人間を識別することができた。この時、松本より先に停留所に現れていた女（千代子）の存在が結果的に敬太郎を助けた。彼は千代子に対してはまさしく〈中学生的好奇心〉を働かせ、中学生が若い女に向けるような無遠慮な視線を、彼の実年齢の常識知識とともに向けた。この混乱した視線のために、実際は自分より遥かに若い彼女に「大人びた落付」を感じたり、逆に「先刻より大変若く」（以上同二十九）見えたりして、おおよその年齢すら推定することが出来なかった。しかし、こうして〈中学生的好奇心〉を千代子に向けて消費し尽くしてしまったおかげで、彼は松本には「探偵して報知」するための意識だけを向けることが出来た。敬太郎はこの成果をふまえて田口に次のように言う。

「要領を得ない結果許で私も甚だ御気の毒に思つてゐるんですが、貴方の御聞きになる様な立ち入つた事が、あれ丈の時間で、私の様な迂闊なものに見極められる訳はないと思ひます。」（「報告」六）

ここで敬太郎は「探偵」という行為、それを行う自分について明確に相手に語ることができている。更に「直に会つて聞きたい事丈遠慮なく聞いた方が」いいのではと言う敬太郎に対して、田口は「貴方に夫丈の事が解つてゐましたか。感心だ」と評価してくれた上で松本との面会を提案し、それによって敬太郎は田口のいたずらを知るのだが、そこで敬太郎は田口に対して次のような感想を持つ。

田口の性格に対する松本の斯ういふ批評を黙つて聞いてゐた敬太郎は、自分の馬鹿な振舞を顧みる後悔よりも、自分を馬鹿にした責任者を怨むよりも、寧ろ悪戯をした田口を頼もしいと思ふ心が、わが胸の裏で一番勝を制したのを自覚した。（同十三）

「停留所」の十三で須永の母は田口を「剽軽者」として、田口の行った「飄気《ひようげ》た真似」の例を語る。一方で田口は社会的に「相当な位地の人」（「停留所」三）である。田口の行う手の込んだ悪戯は彼の社会的地位に対しては子どもっぽいが、彼の信用は損なわない。田口は、社会的地位を保ちつつ子どもっぽい悪戯心を残し、両方をバランスよく保って生きている。〈中学生的好奇心〉を抱えている敬太郎が、自分を社会に位置付けつつ、時にその心を発露させようとするのなら、一つの手本を示している存在と言える。
　こうして敬太郎は、田口によって「浪漫趣味」の枠組みを持った行動を経験し、報告の義務によって「浪漫趣味」の範囲と限界を知った。また、松本の説明から、自身の資質を活かした社会での存在の仕方の可能性も感じ取ることができた。松本の家を辞する時、松本は敬太郎の「洋杖《ステツキ》」に目をとめる。「妙な洋杖《ステツキ》を持つてますね」「買つたんですか」。敬太郎は答える。「いえ素人が刻《ほ》つたのを貰つたんです」（以上「報告」十四）。この時、随分長い過程を経た後で、敬太郎は森本を見事に正しく対象化した。森本という男は「洋杖《ステツキ》」作りに関しては素人であるが、彼が彫った「洋杖《ステツキ》」を貰えば使う気がする相手、しかし、同じ科の友人の叔父の前ではそれ以上一切説明する必要のない人間だ、と。

2―3　「雨の降る日」の意味

　ここまで、敬太郎の「浪漫趣味」の根源である彼の〈中学生的好奇心〉がもたらした事態について論じてきた。この〈中学生的好奇心〉と呼んだ心、すなわち実年齢より子どもっぽい衝動を人間に引き起こす心の根源はどこにあるのだろうか。子どもっぽい心の根源は当然子ども時代にあるはずである。「雨の降る日」ではその子ども時代に死ぬ一人の幼児が語られる。

　宵子の頭は御供《おそなへ》の様に平らに丸く開いてゐた。彼女は短い手をやつと其御供の片隅へ乗せて、リボンの端を抑えながら、母のゐる所迄よた〳〵歩いて来て、イボン〳〵と云つた。（中略）彼女は其所で自分の尻を出来る丈高く上げて、御供の様な頭を敷居から二三寸の所迄下げて、又イボン〳〵と云つた。書見を一寸已めた松本が、あ、好い頭だね、誰に結つて貰つたのと聞くと、宵子は頸を下げた儘、ちい〳〵と答へた。ちい〳〵と云ふのは、舌の廻らない彼女の千代子を呼ぶ常の符徴であつた。　（二）

まだ言葉をしゃべり出して間もない宵子は、〈リボンを見て〉〈千代子さんに結って貰ったの〉と言うことが出来ない。しかし、「イボン〳〵」「ちい〳〵」で彼女の心は相手に十分に伝達される。ここに示されているのは人間が他者と交流する始原であり、人はここから大人の交流へと進化していく。大学生でありながら〈中学生的好奇心〉を保ち、その心が引きつけられた南洋の蛸狩りについて無邪気にしゃべり出したくなった時の敬太郎は、この交流の始原への郷愁を頭のどこかに残していたのではないだろうか。

『彼岸過迄』の転換点である「雨の降る日」で語られる幼児の死は、そういう心、そしてその心で展開する物語の終焉を意味し、ここから先には前半とは全く別の問題が立ち現れる、そう告げているかのようである。それに呼応するかのように、ここでは究極の対象化困難な存在の姿が読者に示される。

三番目には散髪に角帯を締めた男とも女とも片の付かない盲者が、紫の袴を穿いた女の子に手を引かれて遣つて来た。さうして未だ時間はあるだらうねと念を押して、袂から出した巻烟草を吸ひ始めた。　（七）

人間を対象化しようとするとき、性別は恐らく一番最初に注目する要素である。それが分からない。しかも「盲者」であることによって、相手にはこちらが見えないから、相手からの対象化のされ方を測ることも出来ない。二重の意味で対象化困難な存在。須永は、ここでこの「盲者」を見ることに耐えられないかのように席を外す。須永をめぐる物語に、敬太郎とは全く違った困難な対象化の問題があることが予告されているかのようである。

2―4　対象化のされ方の困難――須永と千代子

『彼岸過迄』前半は、敬太郎という〈中学生的好奇心〉を未だ捨てきれない大学卒業生が、それを修正して社会へ出て行く物語だったが、後半は敬太郎の友人須永が中心となる。敬太郎と須永は全く異なるタイプの人間であるかのように描かれているが、彼等に共通性はないのだろうか。

> 彼（敬太郎、筆者注）は今日迄何一つ自分の力で、先へ突き抜けたといふ自覚を有つてゐなかつた。（中略）生れてから只《たつ》た一つ行ける所迄行つたのは、大学を卒業した位なものである。それすら精を出さずにとぐろ許巻きたがつてゐるのを、向で引き摺り出して呉れたのだから……（以下略）（「停留所」十四）

> 市蔵といふ男は世の中と接触する度に、内へとぐろを捲き込む性質《たち》である。（中略）この不幸を転じて幸とするには、内へ内へと向く彼の命の方向を逆にして、外へとぐろを捲き出させる外に仕方がない。（「松本の話」一）

敬太郎と須永の性向を述べるのに同じ「とぐろ」という言葉が使われているが、この語は二人の差異と共通性を同時に示す[8]。敬太郎の場合は彼の学習態度について、須永については彼の思考形態についての言及であるという点では、彼らの差異を明確にするが、敬太郎の場合は「向で引き摺り出して呉れた」、須永の場合は「外へとぐろを巻き出させるより外に仕方がない」とされている部分に注目すれば、彼らは両方とも、〈とぐろを巻く〉自らの閉塞状態を自力で解決する力を持たず、外からの働きかけが必要である、この点において共通しているとも考えられる。

敬太郎の場合は、これまで検討してきたように森本、田口のおかげで対象化の仕方を社会に出る人間にふさわしく修正することができた。しかも「洋杖」を「うんと捕まえた」瞬間から、彼は「自分の力で、先へ突き抜け」る感触も手にしている。この過程において反対の側面、つまり対象化のされ方についての問題は一切浮上してこなかった。ところが「市蔵の太陽は彼の生れた日から既に曇つてゐた」（「松本の話」五）、父と小間使いの間に生まれ、父の妻に育てられた子であった須永の場合は、問題は根本的に違う。彼は宵子よりもっと幼児であった時代から、表向きは須永夫妻の子供として扱われながら、「小間使いの腹から生れた」（同）子として、家族親族から言語化されない独特の意識を向けられてきた。敬太郎と違って、須永は社会に出る以前の段階、家族親族からの対象化のされ方がすでに狂っている。彼にその問題が顕在化したのは次のような事態からである。

子どもの時分に妙ちやんといふ妹と毎日遊んだ事を覚えてゐる。其妹は大きな模様のある被布を平生《ふだん》着て、人形の様に髪を切り下げてゐた。さうして僕の事を常に市蔵ちやん〳〵と云つて、兄さんとは決して呼ばなかつた。（「須永の話」四）

「兄さん」として彼を呼ぶべき妹から、「市蔵ちゃん」と呼ばれた記憶。しかも、親族が彼を呼ぶ呼称にならって〈市ちゃん〉でもない。この時から幼い須永は、家族から正しく対象化されていない存在としての自分を、幼いなりに意識するようになったのではないだろうか。父が死ぬ時の「市蔵、おれが死ぬと御母さんの厄介にならなくつちやならないぞ」、母の「御父さんが御亡くなりになつても、御母さんが今迄通り可愛がつて上《あげ》るから安心なさいよ」（以上同三）という言葉は、それを決定的にする。

父の死後、須永はそれまで「観察に価しない程僕に親しかつた」（同四）母を観察するようになる。「僕は母と自分と何処が何う違つて、何処が何う似てゐるかの詳しい研究を人知れず重ねたのである」（同十九）、つまり須永は母にこれまでと異なる意識を向けて対象化しようとしたわけだが、そこには大きな困難があった。なぜなら彼にとって母の正しい対象化は、母をまず〈継母〉と認めることが始まりだからである。しかし、須永も母もそれを恐れている。松本によれば「夫だのに姉は非常に恐れてゐた。市蔵も非常に恐れてゐた」（「松本の話」五）という状態である。須永と母は、「恐れる男」（「須永の話」十二）〈恐れる女〉として、互いに正しい対象化を回避し続けて、「本当の母子よりも遙かに仲の好い継母と継子」（「松本の話」五）を生きてきたのである。このように、家族の段階ですでに対象化について深い困難を抱えている須永にとって、〈とぐろを巻く〉自身の閉塞状態を解決するのが、敬太郎の場合より遥かに困難であることは言うまでもない。

「須永の話」十二で須永は自分は「恐れる男」であり、千代子は「恐れない女」であると敬太郎に語る。須永の恐れの根源が家族から正しく対象化されていないことにあることは明らかであるが、その須永から見た時に千代子は「恐れない女」に見える。千代子は何を恐れないと須永には感じられるのだろうか。

「雨の降る日」では、宵子に対する千代子の過剰な可愛がり方が示される。自分が結ってやった髪を両親に見せるように命令し、宵子が彼女を「ちい〳〵」と呼べば、「嬉しさうに大きな声で笑つた」（二）という反応を見せる。食事を与える時には「色色な芸」（三）や食べ方を強制し、宵子に何度も「斯う？斯う？」（同）と聞き直させて面白がる。この千代子の姿勢が求めているものは何だろうか。

「須永の話」九、十で須永は、千代子についてのいい思い出としてのエピソードを語るが、問題はむしろそこに潜んでいる。千代子は訪れた須永に、十二、三才の時に須永に「無理矢理に描かせた」（九）椿、東菊、ダリヤなどの花の画を見せる。須永は過去の自分の綿密さに驚くが、千代子はこれらの画を「妾御嫁に行く時も持つてく積よ」（十）と、それらの画が自分にとって大切であることを須永に告げる。須永は「須永の話」二十九で、その時の彼に「憐れ深く」見えた小間使いの作について、「人柄を画に喩へて」「一筆がきの朝貌の様な気がした」と述べている。「須永の話」において、〈花の画〉が女性を象徴するものとして扱われているのだとすれば、須永に花の画を描かせた千代子の振る舞いには、その画の描き方によって須永が自分にどのような意識を向けているのか知りたいという欲求が、少女の無邪気さの裡に潜んでいたのではないだろうか。そして、少女の彼女は、須永の描き方の綿密さと出来上がった画に、須永にとっての自分の姿を直感的に感じ取って満足した。ちょうど宵子の「ちい〳〵」という声に、彼女にとっての自分の姿を感じ取っていたように。

「須永の話」十で、もはや少女でなくなり、縁談にも晒されていた千代子は、一つの仕掛けを試みる。風邪を口実に電話の応対の代理を須永にさせる。(9) 相手の言葉は自分だけが聞き、自分の言葉を、発する理由を知らせず須永にそっくりそのまま繰り返させる。そして、須永の繰り返し方によって、その時須永がどんな風に彼女を感じ取っているか知ろうとする。彼女はぎりぎりの所まで須永を引っ張り、手早く電話を切る。「さうして大きな声を揚げて笑ひ出した……」。彼女は宵子が「ちい〳〵」と彼女を呼んだ時も大きな声で笑っている。彼女の些か大げさな笑い、それは相手が自分にどのような意識を向けて対象化しているかを、彼女なりに感じ取れた時の満足の印に違いない。

しかし千代子自身は満足しても、性急に又過剰に相手からの対象化を感じ取ろうとする彼女のやり方は、相手に与える圧迫を考慮していない。しかも彼女が望むのは、〈幼児の声〉〈画〉〈相手に繰り返させた言葉〉である。明解に言語化された対象化、例えば「報告」五で田口が敬太郎に「然し貴方は正直だ。其所が貴方の美点だらう」「まあ買へば其所を買ふんですね」と、自分が敬太郎をどう判断したかを明確に示した場合とは明らかに異なる。千代子はなぜ明解に言語化されない対象化を強く求めるのだろうか。

千代子は、生まれる前から伯母である須永の母によって「市蔵の嫁」（「須永の話」五）に望まれ、両親もそれを承諾した娘である。出生の秘密を持つ須永とは違って、田口夫妻の愛情を十分に受けて育てられたであろうが、同時に特殊な事情のある〈甥〉の嫁になるかもしれない娘として、両親がその可能性を肯定していた間は、独特の意識を向けられて育ったはずである。また、須永が「殆ど同じ家に生長したと違はない」（同六）と回想するくらい、須永の母から「未来に対する準備」（同）として意図的に須永に近づけられ、特別に可愛いがられてきた。当然、通常の姪に対する以上の過剰な意識を向けられてきたことだろう。しかもそれらの意識は言語化されない。須永は生まれた時から、言語化されない意識が込められた視線を受け続けてきたが、千代子もまた同じ質の視線を家族親族から受け続けてきた娘なのである。

この点において須永と千代子の家族親族からの対象化のされ方は同質であるとも言えるが、田口夫妻の実の子どもであった千代子は、須永に向けられたような暗い意識の視線は受けてこなかった。そこでは愛情に満ちた、しかし過剰な意識だけが向けられていて、暗さも不安もない。千代子はそれが他者からのごく普通の対象化だと思い込んで成長した。だから彼女が他者からの対象化を求めたくなった時、本能的に、先に述べたような様々なタイプの、明確に言語化されない対象化を強く、過剰に欲しがる。また、その裏返しとして、他者に向かう時、先の宵子や須永に対する時のように独特で過剰な意識の向け方をする。叔父である松本はそれを「少し猛烈過ぎる」と評するが、須永はその観察に不満を表明している。彼によれば、千代子がそう見えるのは、「余り女らしい優しい感情に前後を忘れて自分を投げ掛けるから」であり、そういう彼女を自分は「天下の前にたゞ一人立つて、彼女はあらゆる女のうちで尤も女らしい女だと弁護したい位に思つてゐる」（以上同十一）とも語る。須永が彼女の他者への姿勢を松本より理解できるのは、自分とある程度共通する彼女の「感情」の根源の質を誰よりも直感できるからではないだろうか。

しかし、だからこそ須永は千代子が恐ろしい。対象化されることそのものに恐怖を持つ須永には、同質の根源を持ちながらその恐怖を一切持たず、そこから発する欲求を積極的に満たそうとする千代子の恐れのなさが、痛切に感じられる。また、結婚してそういう彼女に意識を集中して向けられた時の状態も容易に想像できる。それでいて彼女から離れられない。なぜなら、実の父母を既に失っている須永にとって、自分と同じ質の根源を持つ千代子は、親族の中で唯一人、家族に匹敵する近さを持っている存在だからである。

須永は千代子について様々に敬太郎に語る。彼は「僕程彼女を知り抜いてゐるものはない」（同六）と言うが、それはどのような知り方なのだろうか。千代子は彼にとって「殆ど同じ家に生長したと違はない親しみのある少女」（同）であり、この世でただ一人〈家族的近さ〉を感じる存在でもある。そういう存在についてどのように語ることが可能だろうか。

須永は「極めて純粋の女」（同七）「単純な彼女」（同八）と彼女を描写してみせる。だが、前章で述べたような彼女のふるまいは「純粋」で「単純」とだけ言い切れるものではないだろう。しかしながら、須永は「須永の話」の前半を総括する十二においても「単純な彼女」「純粋な彼女」と繰り返し、千代子を殊更に「純粋」で「単純」であると捉えたがる。しかも千代子を語るその言論は時に奇妙なねじれを見せる。「極めて純粋の女」は次のようなコンテクストで語られる。

……もし僕の母に差し向ひで、しんみり話し込まれでもしたら、え、さういふ訳なら御嫁に来て上ませうと其場ですぐ承知しないとも限るまいと思つて、私かに掛念を抱いた位である。彼女はさう云ふ時に、平気で自分の利害や親の意志を犠牲に供し得る極めて純粋の女だと僕は常から信じてゐた。
（同七）

「自分の利害や親の意志」とあるが、「須永の話」において千代子が自分の結婚に利害を感じていると語られている箇所はどこにもない。千代子の結婚に関して利害を感じているのは、「まだ何処かに慾があるのか」（「松本の話」七）千代子の結婚相手を決めようとしない、親である田口の方である。従って傍点部は〈自分の意志や親の利害〉と語るべきだろう。須永はそれをねじれた形で表現する。結婚に関して母の希望、つまり「親の意志」が大きく影響し、それに苦しめられているのは、須永の方ではないだろうか。もし平気でそれを「犠牲」にすることができたら、と彼は願ったこともあるかもしれない。つまり、千代子について語ろうとしていながら、須永はそこに無自覚に自分の重要な問題を刷り込ませている。そしてそういう語り方をする時、彼は千代子が「極めて純粋の女」であることを殊更強調する。「単純な彼女」も同様である。

……田口と僕の家が昔に比べると比較的疎くなつた今日でも、千代子丈は叔母さん叔母さんと云つて、生の親にでも逢ひに来る様な朗らかな顔をして、しげ〳〵出入りをして居た。単純な彼女は、自分の身を的に時々起る縁談をさへ、隠す所なく母に打ち明けた。
（「須永の話」八）

須永は千代子の「生《うみ》の親」が自分の母でないことはよく知っているはずだ。それなのに、千代子が親しげに〈伯母〉

である自分の母に会いに来る様子の描写に、「生の親にでも逢ひに来る様な」という表現を使う。「生の親」が問題であり、生きていれば「朗らかな顔」をして会いに行きたいのは、他ならぬ須永本人の方であるはずである。ここでも須永は、まるで対象化の根源に共通しているものがあれば、主体の一部までも共通しているかのように、自分と千代子を強く接続させて語り出す。そしてこの時も千代子は「単純な彼女」と捉えられている。

　つまり千代子は須永にとって、自分の問題を刷り込ませながら当の本人について語ることの出来るという特別な存在であり、それは前章で述べたように千代子が彼に〈家族的近さ〉を感じさせる唯一の存在だからである。その時須永は彼女を殊更〈純粋〉で〈単純〉な女性として捉える。〈純粋〉で〈単純〉であれば、彼女の心は白紙に近いと錯覚することができて、それを自分の問題で染めることができる。そして須永はそのことに気付いていない。須永と千代子について、「所が不幸にも二人は或る意味で密接に引き付けられてゐる。しかも其引き付けられ方が又傍《はた》のものに何うする権威もない宿命の力で支配されてゐるんだから恐ろしい」（「松本の話」一）と語る松本は、直感的にこの構造を感じ取っていたのではないだろうか。

　以上検討してきた須永と千代子の関係に他人、しかも親族以外の人間が侵入してきたらどうなるだろうか。「須永の話」後半では、まさにその事態が語られる。須永は鎌倉で出会った高木が、須永にとって「親しみの深い血属ばかり」（「須永の話」十六）がいる中で、千代子を彼と同じように「千代ちゃん」（同）と親族内での呼称で呼び、彼よりも親族的な態度で千代子たちに対することに「名状し難い不快」（同十七）を感じる。彼はそれは自身の「嫉妒心」（同）であると語るが、「もし此話を聞くものが、嫉妬だといふなら、僕は少しも異存がない。今の料簡で考へて見ても、何うも外の名は付け悪いやうである」（同三十）と、その認定に完全に納得してはいない。[10] この独特の〈嫉妬〉、つまりは高木の出現による混乱に苦しんだ彼は、「鎌倉へ行く迄千代子を天下の女性のうちで、最も純粋な一人と信じてゐた僕は、鎌倉で暮した僅か二日の間に、始めて彼女の技巧《アート》を疑ひ出したのである」（同三十一）と、初めて彼女の純粋さを疑い始める。須永にとって、千代子が時に自分の問題を刷り込ませて語れる存在であるためには、彼女は〈純粋〉でなければならなかった。しかし、高木の闖入によって一時的にその構造は崩壊した。そして須永は、自分の〈嫉妬〉への千代子の深い関与を述べる。

僕から云はせると、既に鎌倉を去つた後猶高木に対しての嫉妬心が斯う燃えるなら、それは僕の性情に欠陥があつたばかりでなく、千代子自身に重い責任があつたのである。相手が千代子だから、僕の弱点が是程に濃く胸を染めたのだと僕は明言して憚らない。では千代子の何の部分が僕の人格を堕落させるのだらうか。夫は到底も分らない。或は彼女の親切ぢやないかとも考へてゐる。（同三十）

なぜ千代子には自分の「嫉妬心」に「重い責任」があり、「相手が千代子だから」「僕の弱点」が噴出するのか、なぜその原因は「彼女の親切」かもしれないのか。この判断の根拠を須永は何も示していないが、この言論はこれまで論じてきた須永と千代子の関係を反映させて、次のように言い換えた方が理解しやすいのではないだろうか。――千代子は自分と彼女との関係に他の男を侵入させた、自分は世間で「嫉妬心」と呼ぶ感情に似た感情を味わい、深く混乱している、なぜなら千代子は自分にとってこの世でたった一人〈家族的近さ〉を感じさせる存在であり、彼女は「親切」にもこれまで無意識にそれを許してくれていたからである、だから彼女は自分のこの感情に対して責任がある、いや、あると感じて欲しい。もっと言えば、その自分と彼女との関係に他の男を侵入させて、自分の特権性を奪わないで欲しい。

「須永の話」はこの後、高木をめぐる須永と千代子の言い争いを語って不意に終わる。須永が出生の秘密を知らされる「松本の話」がそれに続くが、本論後半で論じてきた、対象化のされ方が狂っていたことによって引き起こされる人間の現象の追究は、ここまでで終わる。というより、ここで新たに明確化されてきた問題の追究は、『彼岸過迄』の枠組みの中ではこれ以上不可能だと作家が気付いた、と言う方が正確だろう。

『彼岸過迄』においては、前半の対象化の仕方が狂っていた人間（敬太郎）の物語は、その修正の完成までが十分に書かれた。まず、ある人間との関係性の中でしか対象化出来なかった〈もの〉を、その人間と切り離して〈もの〉そのものとして対象化し、それを力に今度は当のその人間を自分の社会的地位にふさわしく対象化する。この一連の経過を漱石は、小説的要請を超える分量を使って、段階を踏んで念入りに記述した。その作業は、次の対象化のされ方が狂っている人間の物語を書くための前段階として、どうしても必要だった。なぜなら、対象化の仕方が問題である人間より、され方が問題である人間の方が、そこで使う意識の量は多く、従って小説の叙述も複雑化するので、それを書くためにも、準備段階として対象化の仕方の方を念入りに書き込んでおく必要があったからである。対象化の仕方が問題の場合は、自分の意識の変更、或は更新で問題を突破できるかも知れないが、され方が問題の場合は、当然自分に対してそういう対象化をする他者が問題になり、その他者に向ける意識と自身に向ける意識を使う、その様態を記述しなくてはならないからである。

しかし、そうして書かれた対象化のされ方が狂っている人間（須永）の物語は新たな問題を切り開き、結果的に『彼岸過迄』は中途半端な形で終わらざるを得なかった。漱石が新たな形で、生涯の最初から対象化のされ方が狂っている人間の姿をより深く厳しく、〈家族的近さ〉を持つ存在など与えずに、しかも〈家族〉という枠組みの中で小説化するのは、『道草』まで待たなくてはならない。

注

（1）乃木の談話は写真二枚とともに二ページと四分の一（約一、二〇〇字）にわたって掲載されている。

（2）「おとら狐の話」（柳田国男・早川孝太郎『おとら狐の話』（『玄文社炉辺叢書2』 一九四五年）の柳田執筆分の冒頭。引用は『柳田国男全集6』（筑摩書房 一九八九年）によった。

（3）この部分と後の部分との関連に注目した論に、平岡敏夫「『彼岸過迄』論—青年と運命—」（『文学』一九七一年一二月 『漱石序説』（塙書房 一九七六年）所収）、内田道雄「『彼岸過迄』再考」（『古典と現代』一九八七年九月）、須田喜代次「『彼岸過迄』論—聴き手としての敬太郎—」（『言語と文芸』一九九二年四月）がある。また、森本の語る挿話のうちこれだけが、『漱石全集』（岩波書店 一九九四年）の「注解」（中島国彦）でも、挿話の素材を紹介した青柳達雄「漱石『彼岸過迄』を読む—構造と素材と名前の迷宮—」（『言語と文芸』一九九五年九月）でも、素材を特定されていない。

（4）盲目の人間が二度登場することから漱石における盲者の問題の重要性を指摘したものに、大岡昇平「『彼岸過迄』をめぐって」（『展望』一九七四年八月 後『小説家夏目漱石』筑摩書房 一九八八年所収）、前半と後半の「蛸狩り」を関連づける論に坂口曜子「《雛》の運命—『彼岸過迄』論」（『魔術としての文学—夏目漱石論—』沖積舎 一九八七年）がある。

（5）敬太郎が森本を部分的にしか捉えようとしていないことについては、石原千秋「語ることの物語—夏目漱石『彼岸過迄』論」（『国文学解釈と鑑賞』一九九一年四月 後『反転する漱石』青土社 一九九七年所収）など、多くの指摘がある。

（6）小川町停留所で敬太郎が二カ所ある停留所のどちらで待てばいいか迷った時、この「洋杖《ステツキ》」が敬太郎にとって「指標《フィンガーポスト》」として機能したのは、彼がこのような強さで「洋杖《ステツキ》」を自分の〈もの〉とできていたからである。
また、本論と観点は異なるが、工藤京子「変容する聴き手—『彼岸過迄』の敬太郎—」（『日本近代文学』一九九二年五月）に、この敬太郎が「洋杖《ステツキ》」を手にする場面が彼の「最初の主体的に選択した行為」だという指摘がある。

（7）敬太郎はここでは松本を対象化できているが、次の「報告」ではどう対象化していいか分からなくなる。敬太郎が再び松本を正しく対象化し直すのは「松本の話」を聞き終えた後だと考えられるが、十分に描かれていないため、本論では論じない。

（8）小田島本有「『彼岸過迄』ノート―田川敬太郎と須永市蔵―」（『日本近代文学会北海道支部会報』一九九九年四月）に、二人に「とぐろ」の語が使われていることの指摘がある。

（9）この電話の場面の重要性を論じたものに、宮内淳子「『彼岸過迄』―空白を抱く迷路について」（『漱石研究』翰林書房一九九八年一〇月）、十川信介「『彼岸過迄』の通話」（『文学』二〇〇三年一一月）がある。

（10）硲香文「夏目漱石『彼岸過迄』論―基底としての〈破約〉―」（奈良女子大学大学院『人間文化研究科年報』一九九三年三月）に、須永の嫉妬が一般の嫉妬と異なることについての分析がある。

3.「行人」論――言葉の変容

3―1　長野二郎の記述

長野二郎――「行人」の記述者はこう呼ばれるのだが、この呼称は自づから彼の二つの属性を示している。すなわち長野二郎は長野家なる家の一員であり、かつ何者かを兄に持つ存在であるということをである。このようなことを何故殊更に言い立てるかと言えば、「行人」で長野二郎が生きてしまうことになる劇とは、彼がこの二つの属性から、どんな風にはじき出されて行くかの劇に他ならないからである。それを明らめる手がかりとして与えられているものは長野二郎の記述、すなわち「行人」の言葉、それだけである。

二郎の記述が開始されるのは、彼が「母から依託された用向」（「友達」一）と、「自分の便宜になる丈の、いはゞ私の都合」（同）とを二つながらに抱え持って、梅田駅に降り立った時点からである。母からの「依託」とは、言い換えれば二郎に対する長野家の要請である。すなわち「早く」「片付たい」（同十一）長野家の「厄介もの」（同七）お貞さんの縁談に関わる「実際的の用件」（同一）であるのだが、それは「先方があまり乗気になつて何だか剣呑だから、彼地《あつち》へ行つたら能く様子を見て来てお呉れ」（同七）という非公式な「依託」である。だから二郎は彼なりのやり方で「能く様子を見」さえすれば良い。実際二郎は佐野と会見したところで「唯世間並の人」（同十）という印象しか持ち得ないし、会見の結果を報告しようとしたところで「佐野さんはあの写真によく似てゐる」（同）といった無内容な手紙しか書き得ない。しかもそのような手紙でさえ、「是さへ出して仕舞へば、宅の方は極る」（同）という具合に長野家の決定の為には充分なのである。すなわちこの件に関して、二郎は長野家にとって充分に有能な被依託者であったのだ。たとえ当人にはそれが「おつ猪口ちよい」（同）と自覚されていようとも。

もっともこの二郎の自覚は彼を「多少」「恥入」（同）らせるだけであって、長野家の被依託者という属性に拮抗する、二郎の〈私〉の部分たり得る持続性を持つものではけっしてない。彼は事の本質を素通りにしたままでいる。ちょうど二郎が、岡田が「果して母の何に当るか」（同一）について全く無知でいながら、「唯疎い親類とばかり覚えてゐた」（同）といった具合に、長野家の一員としての対応の仕方だけは確実に身に付けていたように。

「友達」においてその二郎の〈私〉の部分を一応満たしているのは、彼が「私の都合」と呼ぶ三沢との関係である。と言うより「帰ってから」二十九において二郎が長野家の家族的空間を離れるまで、この三沢との関係以外の「私の都合」は殆んど記述されていない。だから二郎という存在にとってはそれだけ、長野家の一員という属性は重い。だがともかくも「私の都合」と言うからには、そこに長野家から解放された、記述者としての二郎独自の視線が在るだろうか。否、ここでも二郎は全体を、事の本質を捉えることが出来ない。彼の視線は頼りなげなままなのだ。

滋養浣腸さへ思はしく行かなかつたといふ報告が、自分等二人の耳に届いた時ですら、三沢の眼には美しく着飾つた芸者の姿より外に映るものはなかつた。（中略）さうして実際は双方死ぬとは（「あの女」が、筆者注）思はなかつたのである。（同二十四）

この記述は額面通りに受け取れるだろうか。この時点ではともかく、後に明らかにされるように、「あの女」の顔は常に三沢には「娘さん」の顔を思い出させる筈なのだ。だから三沢は「あの女」の芸者姿に、「娘さん」の「黒い大きな眸」（同三十三）を重ねていなかった訳が無い。そしてその「娘さん」が「死んだ。病院へ入つて」（同）という結末を迎えたからには、所も同じ病院で、三沢が「あの女」が「死ぬとは思」っていなかったとは到底考えられないのである。先の引用部の直後の部分で三沢が今にも死にそうな患者の退院に際して、「帰り着く迄持てば好いがな」（同）とつぶやくのも、彼が「娘さん」の入院と死んでの退院を見知っており、かつ「あの女」に明確に死の匂いを嗅ぎ取っていたからではないだろうか。

つまる所二郎の記述は、彼自身についてはともかく、三沢という人間の思いについて記していることにはなっていない。彼は、「友達」（同二）である三沢を、友達としても、記述対象としても十分に対象化できてはいない。だからいかに一見それらしい記述を行なっていようとも、二郎の記述に事態の総体を見ようとするのは不可能であり、ある時は危険ですらあるのだ。例えば二郎は、三沢が彼をしばしば「ヴルガーだと云ふ眼付」（同三十二）で見たことを記す。だがこの記述の前後を仔細に読めば、それは二郎と三沢との間に特有の状況下にあっての、現れとしての二郎に対する三沢の「眼付」なのであって、二郎の本質が「ヴルガー」だということをけして示してはいない。にもかかわらず、二郎の本質が「ヴルガー」なのではないかという印象をもたらす記述を、二郎は行なってしまう。それはひとえに二郎の言葉の使い方の不用意さのせいである。と言うより、二郎はそういった記述の仕方が危険だという視線を、未だ持ち得ていない記述者なのではないか。彼はその身に良くなじんだ言葉しか知っていないのではないか。例えば佐野と岡田夫婦との「仲の好さゝうな様子」（同十）を記す言葉なら、二郎は使いこなすことが出来るだろう。だが二郎の未だ知らない言葉、そのもたらす世界に出会わされた時、彼はどう対処するのだろう。しかも彼は『行人』の記述者である。

3―2　長野家と二郎

長野家――二郎が「私の都合」としての部分より遙かに多くの部分を、そこに委ねて生存している家、とはどんな家族的空間だろうか。それは一言で言うならば、「始終傍にゐると、変るんだか変らないんだか分り」（「兄」一）ようのない関係を、その家族構成員たちが結び合っている場である。すなわち個人がどのような「私の都合」に見舞われてどのような変容を遂げていようと、家族であるという理由のもとに「始終傍にゐ」なければならない結果として、「変るんだか変らないんだか」に頓着したり、その内容を明確にしたりすることの不可能な関係が支配している場である。だからそこで家族構成員としての個人に要求されるものは、まず何よりも家族的空間の劇を円滑に、その家族の生存と発展の為の方向へと運ばせる手際なのである。

> 自分が東京を立つ前に、母の持つてゐた、或場末の地面が、新たに電車の布設される通り路に当るとかで其前側が幾坪か買ひ上げられると聞いたとき、自分は母に「ぢや其金で此夏みんなを連て旅行なさい」と勧めて、「また二郎さんの御株が始まつた」と笑はれた事がある。（「兄」一）

> けれども自分は話しの面倒になるのを恐れたから、素知らぬ顔をしてわざと緩々《ゆる〳〵》歩いた。さうして成るべく呑ん気さうに見せる積で母を笑はせるやうな剽軽な事ばかり饒舌つた。母は何時もの通り「二郎、御前見たいに暮して行けたら、世間に苦はあるまいね」と云つたりした。（同十三）

「話しの面倒」になどなるのを防ぐ為に、個人の実体はともかくも、「成るべく呑ん気さうに見せる積」でとにかくしやべること。そうすれば「二郎さんの御株」「二郎、御前見たいに暮して行けたら、世間に苦はあるまいね」といった評価が「何時もの通り」に確実になされて、それが家族的空間に飛び交う言葉たちの中に、はっきりした座標を持つに至るのだ。そのような質の言葉とそれらによって構成される関係こそが〈長野家〉にはふさわしい。だからその地平からはみ出したりそれを超えた言葉たち、事の本質を明確にすることへと向けられた言葉たちは〈長野家〉にあっては生き得ない。[1]

〈長野家〉が要求する限定範囲内での、けしてそこから逸脱しない家族的対象化を各構成員がし合うこと、それが〈長野家〉存続のために要求されているのである。だから、この空間にあっては、「人間全体の不安を、自分一人に集めて、そのまた不安を、一刻一分の短時間に煮詰めた恐しさを経験してゐる」(「塵労」三十二)と当人には自覚されていることが、「また一郎の病気が始まつたよ」(「兄」七)「又例のが始まつた」(同十)「変人なんだから」(「塵労」十二)といった言葉たちによってしか語られない。しかもこの家族的共有言語による「私語《さゝや》」(「兄」七)きは、家族以外の「他人の前へ出ると、また全く人間が変つた様に、大抵な事があつても滅多に紳士の態度を崩さない、円満な好侶伴」(同六)である一郎についてなされるものであるからには、家族内の人間だけがなし得る対象化であり、従って世間との葛藤の前に晒されてその当否を問われたりなどは、決してしない性格のものなのである。たとえそれが時に残酷であっても。

事の本質に目を向け、全てを明確にしようとする言葉を発することはタブーであり、悪でもあるこの空間にふさわしいのは、例えば二郎とお重のような関係だ。すなわち「喧嘩をするたびに向ふが泣いて呉れないと手応がな」く「物足ら」(「帰ってから」八)ない感覚故に、泣いているお重を前に「平気で莨を吹か」(同)すことの出来る関係。また相手が「夫が何よりも厭」(同九)であることなど無視して、二郎と「嫂とを結び付けて当て擦るといふ悪い意地」(同)を平気で示し得る関係。家族的慣習にのっとった形で、それが本来どのようなことであるかについてなど考えてもみずに、喧嘩し又仲直りするという日常を繰り返す関係。第一その喧嘩すら、少し穏やかな程度のものであれば、「母は又始まつた（喧嘩が、筆者注）といふ笑の裡に自分を見た。」（「塵労」二十六）といった具合に、家族的会話を活気づけるものと見る視線のうちに、搦め取られてさえしまうのだ。

従って家族的空間のもとで家族的共有言語で話し、「母の云付」という形での〈家〉の要請を家族的慣習の範囲を逸脱せずに果たしてさえいれば、〈家〉に拮抗するだけの〈私〉を持とうなどとさえしなければ、人は事の本質と向き合うことを無期延期することが出来る。実際〈長野家〉の家族構成員としてならば、当然のことであるが、二郎は一郎よりも遥かに優秀な対応ぶりを示すことが出来ている。

自分は兄よりも遙かに父の気に入るやうな賛辞を呈して引き退つた。さうして父の聞えない所で、「何うもあんな朝貌を賞めなけりやならないなんて、実際恐れ入るね。親父の酔興にも困つちまふ」など、悪口を云つた。（「帰つてから」四）

一郎が二郎のこの対応をたとえどう評そうと、長野家における事柄を円滑にする為には、二郎の対応の方が望ましいことは言うまでもない。そしてそれこそが、一郎という「気六づかしや」（「兄」九）を抱えているという特殊事情を持つ〈長野家〉が、二郎に何よりも要請することなのだ。何しろ二郎は「平生食卓を賑やかにする義務を有つてゐると迄、皆なから思はれてゐた」（「帰つてから」二十三）、という家族的対象化を受けている存在なのだから。一郎と他の家族構成員達との融和をはかること、そしてそれと関連して、「あれだから本当に困る」（「兄」十三）という他の家族構成員達の視線に晒されている一郎と直との関係を、両方の側にとってカタストロフに至らぬような状態に保っておくこと、この二点が当面二郎の急務なのである。

しかしながら、と言うよりはそれ故に二郎はこの義務を遂行する際に、一郎への直接的気遣いより先に、他の家族構成員の満足を優先しなければならない。例えばそれは母を「満足な体」（同五）に保つことに、容易にすり替えられてしまうのだ。「長い間吾子の我（一郎の我、筆者注）を助け育てるやうにした結果として、今では何事によらず其我の前に跪坐《ひざまづ》く運命を甘んじなければならない位地」（同六）にある「憐れな母」（同五）は、一郎を「心《しん》から愛し」（同七）つつも「何処かに遠慮がある」（同）対応をしなければならない。その反対に二郎は母から「子供同様の待遇を」「受け」（同）、「兄以上に可愛がられ」、「兄に内所」（同）の優遇を受けることになる。二郎は一応、一郎がこのような事態を「頗る気に入ら」（同）ず、それは一郎の「気六づかし」（同）さよりも、「大小となく影で狐鼠々々何か遣られるのを忌む正義の念」（同）に発していることを知ってはいるのだが、〈長野家〉にあっての「用件」の数々は「表向兄の承諾を求めると、到底《とても》行はれにくい」（同）のだ。だから〈長野家〉が円満に存続する為には、二郎は「名状しがたい不愉快に襲はれ」（同）ても、「機会《をり》を見ては母の懐に一人抱かれやうと」（同）する存在にならざるを得ない。逆に言えば、この空間にあって一郎の「正義の念」は居場所を持てないし、誰からも正しい対応を与えられることがない。

そこに「他家《よそ》から嫁に来た女」（「帰ってから」九）である嫂直が加われば、事は必然的に変質する。彼女は長野家の他の家族構成員達が日常無意識に使用している言葉と、それによって構築される世界に対する、芳江を除けば、最も新たなる参加者だからである。もちろん先の場合と同様に、二郎の行動が母への気遣いを目指す場合もある。例えば「兄」十四において、彼は母と「際限もなく」「嫂を陰で評」する破目に陥った際、多少の偶然が手伝ったにせよ、防波堤の上に馳け上って「濡鼠」のような姿になって「母に叱られ」ることによって、結果的にその母の直への陰口も、その原因となった「無言の儘離れて歩いてゐ」(「兄」十三)た一郎と直の散歩をも中止させ、その場を救うのである。

しかしながら一郎に対する場合と異なって、二郎の行動が、一応は〈長野家〉の要請に応える範囲においてであるが、直接的に直への気遣いを示すことになる事態も多い。「兄」九において岡田が酒を飲んでいつ迄も帰らなかった際、直が「団扇を顔へ当て欠《あくび》を隠した」のをきっかけに、まるでそれが合図ででもあったかのように、二郎は岡田を外へ連れ出す。このシチュエーションにおいては、直のみが血縁関係の無い存在であり、従って彼女の動作がこの場の雰囲気を測定する最も正確な指標として働くのであって、〈長野家〉の人間関係にだけは敏感な二郎がそれを見逃すわけはない。ただそれが一郎と母の目にどう映ったかは別問題なのである。

二郎はしばしば直に一郎の動静を問いかけ、かつそれによって彼女にも心遣いを示そうとする。「兄」六で直に「姉さん何うです近頃は。兄さんの機嫌は好い方なんですか悪い方なんですか」と聞いて、直から「淋しい」「片靨」を見せられているし、「帰つてから」四でも「自分は時々嫂に向つて、『兄さんは勉強ですか』と聞いた。嫂は『えゝ大方来学年の講義でも作つてるんでせう』と答へた」と記述する。このような二郎の言動は、例えば「友達」において三沢が入院している病院に着くやいなや、「便所に行くとき三沢に知れないやうに」(十三)彼の病状を看護婦や医局員に尋ねたりすることにも窺われる、日常生活に対する二郎の敏捷さの現れと言える。ただ二郎に欠けているのは、それが〈長野家〉の他の家族構成員の目にどう映っているかに対する目くばりである。だからその無自覚さのままに、二郎は「帰つてから」の二十五において、「嫂とも自分は近頃滅多に口を聞かなかつた。近頃といふよりも寧ろ大阪から帰つて後といふ方が適当かも知れない」と、先の四の記述と矛盾する記述を平気で行なえるのである。言い換えれば、二郎にとって先のような対話は意識して「嫂と」「口を聞」くことのうちに入ってはいないのだ。

一郎がこの関係を「お直は御前に惚れてるんぢやないか」（「兄」十八）という言葉で言表した時、それが二郎にとっていくら「突然」（同）なものであろうと、彼以外の〈長野家〉の家族構成員達にとってもそれは「突然」だったのだろうか。


　自分は湯に入りながら、嫂が今日に限つてなんで又丸髷なんて仰山な頭に結ふのだらうと思つた。大きな声を出して、「姉さん、姉さん」と湯壺の中から呼んで見た。「なによ」といふ返事が廊下の出口で聞こえた。

「御苦労さま、此暑いのに」と自分が云つた。

「何故」

「何故つて、兄さんの御好みなんですか、其でこ〳〵頭は」

「知らないわ」（同八）

直がたまたま結った髪形について、「でこ〳〵頭」などとからかう形で率直な注目を示すのは、長野家においては二郎以外に恐らくあるまい。そして一方、この二郎のいささか無神経な「大声」の呼びかけ――それは当然上の階に居る母や一郎に聞こえるだろう――に対する、直の「なによ」という応答も二郎以外の長野家の家族構成員に対して用いられることはけつしてないであろう。

「姉さん」「なによ」と呼び合うことの出来る関係。だがそれ丈では〈一方が他方に惚れている〉関係とはなり得ない。まず捉えて置かなくてはならないのは、直と二郎は長野家の家族的空間にあって、一方は「あれだから本当に困る」（同十三）という視線で眺められるような間柄を夫との間に持つ嫂であり、一方はそれに対して多少なりとも気遣いを示している義弟であるという条件のもとに、このような言葉とその言葉のもたらす雰囲気を共有して対話できる関係にあるということである。もちろんこのような状況下にある嫂と義弟がすべて、このような質の言葉を交わせるとは限らない。そこに〈惚れている〉などという言葉よりも、例えば〈相性の良さ〉という言葉の方がふさわしいような間柄があって初めて、このような言葉は可能なのだ。〈相性の良さ〉を言い換えれば、言葉とそれを発する意識のレベルの共通性（もちろん部分的な）、とも言えるだろう。だから「無口」（同四）である筈の直は、一郎が居ない時に、二郎の前ではしゃいだりもするのである。

嫂は頻に遠眼鏡はないか〳〵と騒いだ。
「姉さん、芝の愛宕様ぢやありませんよ」と自分は云つて遣つた。
「だつて遠眼鏡位あつたつて好いぢやありませんか」と嫂はまだ不足を並べてゐた。
（同二十三）

二郎の記述から窺い得る限りでも、この応対の仕方が一郎と直との間では起こり得ないのは明らかだろう。がまた一方でそれは二郎にとっても、「姉さん」という呼びかけのもとに初めて可能な応対なのだ。二郎は直について、「此方の手加減で随分愛嬌を搾り出す事の出来る女」（同十四）と記述するが、そう対象化出来ているからには、二郎は直から「愛嬌を搾り出す事の出来」た経験を持っているに違いない。だがそれは〈惚れている〉という言葉に簡単に置き換えられるような経験ではなく、これまで引用した部分と質を同じくする経験なのである。少くとも二郎の側の自覚においては。

二郎は何回か直の「片靨」に言及する。だがそれもシチュエーションによって「淋しい片靨」（同六）にとどまっている時もあれば、「驕慢の発現」（同四十二）として機能しもする。二郎と直との関係も、この「片豔」に象徴されるように当事者の意図にかかわりなく、見る着たちの視線の在り方によって様々な見え方を示すのではないだろうか。そしてこのメカニズムに二郎が無自覚なままでいられるのは、言うまでもなく彼が〈長野家〉の家族的空間と言語の世界で生き、その要請する役割のみを果たして、〈長野家〉に拮抗するだけの〈私〉を持たない存在だからである。「行人」で二郎が生きるのは、まさしく彼のその存在性の喪失のドラマなのであり、そのドラマにおいて触発者の役割を果たすのが一郎と直であった。一郎と直はそれぞれの仕方で二郎を触発し、〈長野家〉の言葉から彼を解放して、その圏外へと彼を連れ出すからである。

3―3　和歌山行きと二郎

和歌山行きに際して二郎が一郎から受けた依頼は、「御前と直が二人で和歌山へ行つて一晩泊つて」（「兄」二十四）くることであったが、二郎はそれを最終的に「姉さんにとくと腹の中を聞いて見る」（同二十五）こととして引き受ける。この二郎の置き換えが、「兄」十四における「其内機会《をり》があつたら、姉さんにまた能く腹の中を僕から聞いて見ませう」という母への約束と、彼自身のその上で「此方から其知識をもつて、積極的に兄に向はう」（同十八）という意志の延長上にあることは明らかであって、従って和歌山へ行く二郎とは、一郎の被依託者としてより、より多くの部分を母及び〈長野家〉の被依託者として満たされた存在なのである。しかも「友達」の場合と違って、それと均衡をとるべき「私の都合」を二郎は一切恵まれていない。そして二郎が和歌山で急襲を蒙ることになるのはまさにこの点である。

その和歌山行きについて何が問題にされなければならないだろうか。ここで何か明確にされたものがあっただろうか。なるほど直は二郎に自分は「魂の抜殻」（同三十一）であり、「死ぬ事丈は何うしたつて心の中で忘れた日はありやしな」（同三十八）かったと告げた。だがこれらの直の言葉は、具体的事実を語られることによって明確な相貌を帯びたりなどはしなかった。一方聞かされた二郎の方も、「無気味」さ「狎れ易」（同）さを換起されつつも、これらの「感じ」（同）をどのような地平へと収斂させるべきであるか解りようもなかった。それでいて確かに何かが起こり何かが変わったのだ。そしてこの変化の触発者は直であり、被触発者は二郎であった。だがそれは明確な形など少しもとらない変化である。だから直と二郎との間に演じられたのは、事柄のドラマではなかったのだ。そこに在ったのは、ただ何かを語った言葉たち――それ丈なのだ。和歌山で演じられたのはまさにこのドラマ、言葉とそれを発する意識のドラマに他ならない。すなわち〈長野家〉の圏内に生きてきた二郎の意識と言葉とが、初めてその圏外の言葉、つまり〈長野家〉の圏内ではない他者の意識と言葉に出会い、それによって解体へと進行する腐蝕に見舞われるのである。もちろんこのようなドラマは派手な身振りで演じられたりなどしない。殆んど顧りみられないような、何気ない言葉の累積の果てに、事態はもはや取り返しようもない形をとってしまっているのだ。

　もちろん二郎は自分がどんなドラマの渦中に在り、何に直面させられているかについての明確な自覚など持ち得ない。二郎が漠然と感じるのは「恐ろしさの前触」「何処かに潜伏してゐるやうに思はれる不安の徴候」（同三十七）であって、この感覚を換起ずるのは「外面を狂ひ廻る暴風雨」（同）である。すなわち舞台装置として在る暴風雨は、起こっている事態に対する自覚を持ちようのない二郎に、例えば「此自分を、粉微塵に破壊する予告」（同）といった形で、事態の本質への感触を、暴風雨それ自体に対する感覚として触知させるのである。当然のことながらこのような操作が可能なのは、二郎の直面しつつある事態が、彼の全存在を揺るがす暴風雨であるからに他ならない。

　さて、二郎は「平生こそ嫂の性質を幾分かしつかり手に握つてゐる積」（同三十九）でいた。すなわち、〈長野家〉

の構成員である嫂を、家族的対象化の範囲内で、ある程度対象化できている「積」でいた。これまでの彼の記述の随所に窺われるこの自信は、和歌山での時間の経過と共に見事に崩壊する。

嫂は何処から何う押しても押し様のない女であつた。此方が積極的に進むと丸で暖簾の様に抵抗《たわい》がなかつた。仕方なしに此方が引き込むと、突然変な所へ強い力を見せた。其力の中には到底も寄り付けさうにない恐ろしいものもあつた。又は是なら相手に出来るから進まうかと思つて、まだ進みかねてゐる中に、弗と消えて仕舞ふのもあつた。（同三十八）

茫漠としたままの、イメージを一定に保ち得ない存在についての描写。だが二郎がこのような質の記述を行なうのは、これが初めてではない。

三沢は変な男であつた。此方が大事がつて遣る間は、向ふで何時でも跳ね返すし、此方が退かうとすると、急に又他の袂を捕まへて放さないし、と云つた風に気分の出入が著るしく眼に立つた。彼と自分との交際は従来何時でも斯ういふ消長を繰返しつゝ、今日に至つたのである。（「友達」二十七）

二郎が〈長野家〉の軛を免れて向かい得る殆んど唯一の存在が三沢であることは、先に述べた。すなわち〈長野家〉に密に属し、その家族的共有言語の世界に生きている限り、二郎は家族構成員たちそれぞれの「性質を幾分かしつかり手に握つてゐる積」で彼らの間を飛び交い、或時は潤滑油の役割を果たしたりすることが可能であった。ところがその〈長野家〉という枠組み、いわば保護膜が除去された時、二郎は彼が「積極的に進」んだり「引き込」んだり、或は「大事がつて遣」ったり「退かうと」したりする度に、変幻自在に姿を換える他者をそこに見出さなければならなかった。和歌山行きとは、二郎を、三沢などといった元よりの他人ではない、長野家の家族構成員でありこれからもあり続ける者と、〈長野家〉という規範の無い状態で直かに向き合わせる、そういう状況のことなのだ。

この異常な状況、一郎の言うように一見「不名誉でも何でもない」(「兄」二十五)ように見えて、その実恐ろしい、〈長野家〉で培われてきた二郎の言葉がその全てを問われる状況。だがその二郎の言葉は直の言葉の前に、成す術もなく無力である。「何んな言語でも」(同三十二)、すなわち二郎が〈長野家〉で使ってきたどんな言語でも、「兄の為に使はうとすれば使はれ」(同)そうでいて使えない。なぜならこの状況下では当然、二郎は〈長野家〉という保護膜なしに、一個の個人として直と相対することを要求されるのだが、〈長野家〉抜きで存続するに足る〈私〉を二郎は殆んど身に付けていなかったからだ。だから二郎は彼に手慣れた言葉の使い方、すなわち家族の一員である「兄の為に計」(同)ろうとする言葉の使い方を行なおうとするのだが、彼はその言葉がこの状況下にあっては、「兄の為でなくつて却つて自分の為に使ふのと同じ結果」(同)を呼び寄せる言葉に変容してしまうことを知らされる。つまり今まで二郎が半ば無自覚に使っていた言葉が、〈長野家〉を離れた途端に急に違った意味を帯び出すのだ。二郎はそれを「自分は決して斯んな役割を引き受けべき人格ではなかった」(同)と、自身の「人格」のせいにするのだが、そういう言い方で言うのなら、二郎は「斯んな役割」を果たす程に充分には、一郎の依頼を裏切らない範囲で直とその〈私〉の部分において関る程には、〈私〉を持っていない存在であったと言うべきだ。だから二郎は腐蝕されかかった自らの言葉を抱えてうろたえ、直に見当外れな応対をくり返す他はない。

しかしながら一方で、以上のような事態が二郎に起こってしまった最大の原因は直に在る。すなわち直がこの状況下であっても、〈長野家〉の範囲を逸脱せず、家族の地平に居続けることに協力的であれば、事態は何とか防げたかもしれない。だが直はそれをしなかった。和歌山で「寡言」（同三十八）である筈の直はかえって饒舌である。すなわち彼女は〈長野家〉の、ではない自分の言葉で語っているのであって、二郎はこの彼女の言葉の変容に着いて行きようもない。その二郎を直は「大抵の男は意気地なしね、いざとなると」（同三十七）となじるのだが、この二郎への非難は〈長野家〉を離れた地平で己れを語って見せた直に、二郎が〈長野家〉の圏内にとどまってしか対応しなかったことに対するものである。そしてもし、性的なものを含めて男女の関係などを想像しようとするならば、それがこの根本的な飛翔を行ない得るか否かの果てにあることは明らかだろう。だからこそ一郎は二郎に「直の節操を」「試」（同二十四）す為には、二郎と直が「二人で和歌山へ行つて一晩泊つて呉れ」（同）さえすればそれで充分だと言ったのではなかったか。

　二郎は和歌山で〈長野家〉の圏内から、〈長野家〉の家族構成員としての意識と言葉の範囲から出ることが出来なかった。一方直はそこから出てみせた。そして、二郎の言葉は腐蝕を受けた。その結果、「嫂の性質を幾分かしつかり手に握つてゐる積」（同三十九）でいた二郎は、「凡てが解らなくなつた」と記す。そして、「凡ての女は、男から観察しやうとすると、みんな正体の知れない嫂の如きものに帰着するのではあるまいか」（同）と男にとっての女の問題に一般化しようとしたり、また、「又其正体の知れない所が即ち他の婦人に見出しがたい嫂丈の特色であるやうにも考へて見た」（同）と、直だけの特質であるかのようにも考える。すなわち、〈長野家〉の一員としての直に対してある程度安定した家族内対象化を行っていた二郎の、その直に対する対象化が大きく揺らぎ始めたのである。「嫂の正体は全く解らない」（同）と二郎は感じざるを得ない。この時、一郎とは違う構造と次元においてであるが、二郎にとっても直は対象化困難な存在になった。

一郎にとっては、直は恒常的に対象化困難な存在である。「おれが霊も魂も所謂スピリットも攫まない女と結婚してゐる」（同二十）と一郎は言う。言い換えれば、一郎にとって他者を対象化するとは、その対象の「霊」「魂」「スピリット」を「攫」むこと以外の何ものでもない。その対象のすべての言動の根源となる「霊」「魂」「スピリット」である。従って、3―2で指摘したような〈長野家〉における家族的対象化を全く超えた次元で彼は直を対象化しようとしていることになる。しかし、直は和歌山で二郎に自分は「ことに近頃は魂の抜殻」（同三十一）で「腑抜け」（同）だと語った。つまり一郎の「攫」もうとしている「霊」「魂」「スピリット」はもはや自分には無いと彼女は言う。直はそれ以上何ら具体的説明を加えなかったが、恐らくは何らかの絶望が彼女に自己の一部を投げ出させ（なぜなら全体を投げ出すことなど不可能だから）、彼女は「魂の抜殻」となり、〈長野家〉において「死ぬ事丈は何うしたつて心の中で忘れた日はありやしない」（同三十八）日々を生きているというのである。しかも夫である一郎については、「何の不足を誰にも云つた事はない」（同三十一）ままに。直は後に、その絶望の中に「凝としてゐる丈です。立枯になる迄凝としてゐるより外に仕方がない」（「塵労」四）という決意を生きることになるのだが、今述べた直の絶望と生の形態を生き、死に恵まれ得たのが、三沢が二郎に語った「娘さん」の例である。もちろん両者の状況は異なるのだが、「娘さん」も「一口も夫に対して自分の苦みを言はずに我慢してゐた」（「友達」三十三）生を生きた果てに、「精神に異状を呈してゐた」（同三十二）という形で自己を投げ出して、「魂の抜殻」となった。直と違って彼女は死に至るまで、この生の在り方に対する自覚を持ちようのない存在だった。

しかしながら一郎だけは、直の「霊」「魂」「スピリット」を攫まなければ承知しなかった一郎だけは、「娘さん」の言動を容赦しない。すなわち一郎には彼女の言動は、「三沢に気があつた」（「兄」十二）結果だ――精神に異状を呈しつつも彼女は自らの自己を語っていた――「としか」「何うしても」「思はれ」（同）ないのである。しかも、一郎はそれを「実際問題」（同十一）と言う。そして、自分のこの「解釈が正確」（同十二）かどうかを彼は求めて止まない。つまり、ある対象の言動がどういう「霊」「魂」「スピリット」に由来して行われているのか、が一郎にとって何より優先する問題であり、それが彼にとっての「実際問題」なのである。もちろん現実的な地平では、三沢の接吻が行なわれ得る状況がいつ有り得たかを問題にする二郎の方が、遥かに実際的である。しかし一郎の「実際問題」は、例えば「地理上の知識」（同三）という形の具象の世界には全く無い。「娘さん」でも直でも、或は二郎でも、他者の言動を引き起こす根源、それが一郎の何よりの関心の対象であり、そして「実際問題」なのである。その一郎は、二郎によってどのように記述されているだろうか。

3―4　長野一郎と二郎

自分は兄の気質が女に似て陰晴常なき天候の如く変るのを能く承知してゐた。……（中略）……自分は彼を尊敬しつゝも、何処か馬鹿にし易い所のある男の様に考へない訳に行かなかつた。（「兄」十九、傍点筆者、以下同様）

この一郎についての記述の傍点部が、3―3の三沢についての引用における「気分の出入」、また直についての引用における「積極的に進むと丸で暖簾の様に抵抗がな」く、「引き込むと、突然変な所へ強い力を見せた」りすることと同質の事柄を指しているのは明らかであろう。しかし両者の場合と決定的に違うのは、それが「能く承知してゐた」と結ばれ、しかも「何処か馬鹿にし易い所のある男」といった、〈長野家〉の構成員としての二郎の日常的評価まで付け加えられている点である。すなわち〈長野家〉という保護膜が除去された状況で変幻自在な他者として存在した三沢や直の場合と違って、一郎とは〈長野家〉の裡に在り、その家族的空間も言語も一応は共有しつつ、かつ日常的に他の家族構成員の誰もが属していない場所に身を置いてしまっている存在だということである。

　この矛盾した存在形態をその身に引き受けている一郎の在り様は、結果的に他の家族構成員達には〈隔たり〉の感覚として触知されることになる。それは空間的には一郎が「黙つて独り」「退くのが常」（「帰つてから」三）である書斎に表象されるし、言語の地平では先にも挙げたように、「一郎の病気」（「兄」七）「大兄さんも随分変人ね」（「帰つてから」三十七）「機嫌買」（「塵労」十二）といった、ある意味では残酷な〈長野家〉語によって語られる。また一方で二郎とお重がそれぞれ、「母に狎れ抜いた自分」（同七）「お重は（中略）母よりは寧ろ父に愛されてゐた」（「帰つてから」十）といった形で、家族の中に特に帰属すべき者を持っているのに対して、一郎は誰からも特に「愛されてゐた」り、誰にも「狎れ抜いた」りはしていないし、また出来ようも無い。一郎は自分が「家庭にあつても一様に孤独であるといふ痛ましい自白」（「塵労」三十七）をHさんにすることになるのだが、それは以上のような一郎の存在の仕方が彼に、「御父さんも御母さんも偽《いつはり》の器」（同）であるという視線を与えているせいであった。この「偽《いつはり》」という言葉は、「塵労」三十七においてHさんが、「兄さんはたゞ自分の周囲が偽《いつはり》で成立してゐると云ひます。しかも其偽を私の眼の前で組み立て、見せやうとはしません」と記していることからも、具体的な事柄に対して投げ掛けられた言葉ではなく、「御父さん」「御母さん」の存在の仕方そのものに向けられていると考えられる。すなわち、無自覚に〈長野家〉の家族構成員として存在し、家を存続させ続けていること、「始終傍にゐると、変るんだか変らないんだか分」（「兄」二）りようの無い関係の中で、「一郎の病気」（同七）「二郎さんの御株」（同）といった言葉を、その本質に関り無く自らの裡に取り込んで相手に家族的対象化を行ってしまうこと、そのことこそが一郎にとって「偽《いつはり》」なのだ。

　それならなぜ、「……貴方に関しては、二郎といふ名前さへ口にされませんでした。それからお重さんとかいふ妹さんの事に就ても何にも云はれませんでした。」（「塵労」三十七）という形で、二郎とお重がこの非難を免れ得ているのだろうか。答は簡単である。彼らは未だ結婚しておらず、従って、いくら〈長野家〉の家族構成員であってもそれは〈子〉としてなのであって、〈家〉なるものを造ることには手を染めていない存在だからだ。「何んな人の所へ行かうと、嫁に行けば、女は夫のために邪《よこしま》になるのだ。」（同五十一）という関係を何者とも結んでいない存在だからこそ、彼らについての判断は保留されたのである。「行人」において夥しい数の〈結婚〉及びその可能性が提出されているのはまさしくその為ではないだろうか。もちろんその中には岡田とお兼、佐野とお貞の場合のように〈長野家〉の言葉の地平で恙無く実施され、持続し、新しい〈家〉を作って行くであろう〈結婚〉もある。だがそれがいったん彼らの言葉を拒む地平からの冷たい手に触れられてしまったら――父の語る盲の女の挿話がそれだ。彼女も彼女なりの明確な言葉の世界の生を生きつつも、「無邪気」（「帰ってから」十四）に「結婚の約束をしながら一週間経つか経たないのに、それを取り消す気」（同十八）になった男の存在が、その感触を「二十何年も」「胸の中に畳込」（同十九）ませるのである。すなわち、その男の行動をもたらした、彼の「霊」「魂」「スピリット」が掴めないことが彼女を長年悩ませてきた。そして一郎だけが父の言葉、すなわち〈長野家〉の言葉によって、「二十何年も解らずに煩悶してゐた事を、たゞ一口に胡魔化」（同二十一）されてしまった残酷さを、事態の意味を知っていたのだ。

その一郎が何故、直と二郎の関係を気に掛けたのだろうか。二郎の記述は、彼の言葉の可動範囲で明確になるものしか明確にせず、従ってその言葉にとつて不明確なものは、不明確さの最も初歩的な形態の儘に放置されている記述であった。だが、「お直は御前に惚れてるんぢやないか」（「兄」十八）という一郎の言葉を、「突然」（同）な思いもかけない言葉として記す彼の記述の中に、それを「突然」なものとは思わせない事柄が幾つか散見する。記述者二郎は無自覚であるが、それは、一郎への対応における直と二郎の類似という現象である。例えば「兄」十三において二郎は、「彼是一間の距離」をおいて散歩する一郎と直を記述する。ところが同じ「兄」の十七で一郎と権現社頭へ向かう際、二郎は一郎の後ろを「黙つて歩」き、「おい来ないか」という一郎の呼びかけをも「何と評されても構はない気で」殆んど無視する。そして帰りには一郎はもはや呼びかけはせずに、「口数を慎んで、さつさと歩」（同二十二）き、二郎はその一郎の「歩き方を後から見て」（同）、一郎から「五六間後れた事を此場合何よりも有難く感じ」（同）てしまう。だからこの時の一郎と二郎を傍から見れば、先の一郎と直と全く同じ形態を示していることは勿論である。

二郎は「兄」の三において、「事件の断面を驚く許り鮮かに覚えてゐる代りに、場所の名や年月を全く忘れて仕舞ふ」のが「兄の特色」であると述べた。これは一郎の話に対する、直の「一体それは大阪の何処なの」という質問に対して附けられたコメントである。二郎はそれを一郎と直が、「よく喰ひ違」うことの例として記述するのだが、「喰ひ違」っているのは一郎と直だけだろうか。二郎だって同じ時に、「口では大阪を知ってる様な事を云」う一郎に対して、「能く聞いて見る」ことを行ない、その結果一郎の知っているのは、「……名前許で地理上の知識になると、丸で夢のやうに散漫極まるものであつた」（以上「兄」三）という事実を引き出しているのだ。つまりこの時二郎は、明らかに直と同種類の質問を一郎にしたのである。しかも先の直の問い掛けのすぐ前に。

或は「高尚になり、かつ迂濶になり過ぎた」（「帰つてから」二十一）一郎に対する、この両者の卑下と優越の質の類似。直は彼女と一郎の関係が、「好くない一方に進んで行く丈である」（「塵労」四）ことの原因を、「何うせ妾が斯んな馬鹿に生れたんだから仕方がない」と二郎に説明する。二郎もまた一郎に、「僕なんぞは馬鹿だから仕方がないが、兄さんは何でも能く考へる性質だから……」（「兄」二十一）と言う。自らを〈馬鹿だから仕方がない〉という人間達のその〈馬鹿〉さ加減が逆に、思惟せんとする人間を「何うしても馬鹿にさせて呉れないんだ」（同二十）という形で苦しめる。二郎は直に苦しめられていると語る一郎しか記述していないが、二郎の〈馬鹿〉な対応にだって、特に〈和歌山〉以後一郎が苦しめられていなかっただろうか。また一方、二郎は「一種の旋風が起」こりそうな「針鼠の様に尖つ」た一郎を、「十分か十五分話してゐるうちに」「丸め込ん」で一郎を「隠かに」した、直の「霊妙な手腕」に「敬服」する。そしてだからこそ直は、一郎に対して「始終あゝ高を括つてゐられるのだ」（以上「帰つてから」二）とも考える。だが二郎だって、「……宅のものが気兼をして、云はゞ敬して遠ざけてゐるやうな兄の書斎の扉《ドア》」を叩き、他人に「寒い気」を起こさせるくらいに「一心に何か考へてゐるらし」い一郎を、「十分位」話し込んで「丸で別人のやうに快活」にすることが出来たのだ。そして二郎は「苦い兄の心機を斯う一転させる自分の手際」（以上同二十）に充分に誇りを持っていたし、第一、二郎の意識はともかく、二郎が一郎に対して結果的に「高を括つて」いた対応がまるで無かっただろうか。

　自分に対する直と二郎の対応が類似していることを一郎が気付いていなかったとは思えない。彼が直と二郎の関係に注目せざるを得なくなったのは、まさにこのことが原因だったのではないかとも考えられる。一郎はそれを「お直は御前に惚れてるんぢやないか」という言葉で二郎に告げた。二郎は彼特有の無自覚さの儘に「姉さん」「なによ」と呼び合える間柄として記述した。だが偏見を排除した地平からこの関係の総体を明確に言語化しようとする時、そこにどんな言葉が可能だろう。記述者としての二郎が先のような事柄を列挙しつつも、根本的には「お直は御前に惚れてるんぢやないか」という言葉を「突然」なものとして聞く位置からの記述を持続できたのは、逆にそれが一つの定まった明確なイメージを結ぶ言葉に置き換えることが不可能な関係だったからではないか。

　そしてその困難な試みに賭けているのは一郎だ。権現社頭で「お直は御前に惚れてるんぢやないか」という言葉を発した時から、二郎が「……兄が、斯んな態度を自分に示したのは此時が始めてゞあつた」（「兄」二十一）と記していることからも明らかなように、一郎は二郎に対して、それまで彼が何とか使っていた〈長野家〉の言葉を捨て、〈長野家〉と隔絶した地平からの言葉を話している。もちろん二郎は一郎の言葉の変容に着いて行くことは出来ない。

彼は、「兄は腹の中で、自分と嫂の間に肉体上の関係を認めたと信じて」（同二十五）そう発言したのではないか、すなわち一郎の不可解な言葉の群れの裏に、実は自分にも了解可能な意味が附与されているのだと解釈することで、その不気味な不明確さを解消しようとしたり、或は一郎の依頼を「倫理上の大問題」「残酷」「探偵」（同）といった具合に、自分の知っている言葉の意味の世界内に置こうとしたりするのであるが、それが一郎の本来の意図と食い違っているのは明らかである。しかも一郎はそのような二郎に、二郎と直の関係に関して「もつと奥の奥の底にある」二郎の「感じ」を「聞かして呉れ」（同十八）と、つまりは二郎が〈長野家〉の言葉ではなく、彼の言葉で、それを語ってみようと試みることを迫るし、和歌山に関しての二郎の報告を求めて止まない。だが二郎のような在り様の自己には、それは二つながら不可能だ。だから〈和歌山〉をめぐる一郎の問いは．最初から宙に浮く。3―2で考察したように、その一郎への二郎の報告も不可能だ。

　突然自分は宿へ帰つてから嫂について兄に報告をする義務がまだ残つてゐる事に気が付いた。自分は何と報告して好いか能く解らなかつた。云ふべき言葉は沢山あつたけれども、夫を一々兄の前に並べるのは到底自分の勇気では出来なかつた。（同三十九）

「云ふべき言葉」はどんな風に「沢山あつた」というのだろう。それは直の和歌山での言葉を繰り返すことだろうか。だが、直の言葉が報告するに足る意味を持つのは、それによって二郎の〈長野家〉の家族的言語が腐蝕を受ける、という緊迫した状況があってのことであった。そうでない限り、直の言葉は結ぶべき焦点を持たない。だから直の言葉だけを報告の為の「云ふべき言葉」と決めてしまったら、その報告は意味を結べない。「よし並べたつて最後の一句は正体が知れないといふ簡単な事実に帰する丈」（同）になってしまうのである。報告者二郎の言葉そのものが浸されてしまったこと——報告すべき事柄はこれなのだ。だが腐蝕された言葉を抱え込んで立ち竦んでいるものが、自ら陥った事態への自覚も無く、ただその感触だけを触知している者が、それを、本来の言葉にすることの困難なそれを、どうやって言葉で報告することが出来るだろう。

しかし、一郎は報告を望んでいる。(2)「帰つてから」までの二郎が記述する一郎の気に掛けて止まない事柄は、二郎と直の関係も、この〈和歌山〉も、ことごとく言葉によって展開される論理の世界に収め、その座標を決定することが困難な領域のものである。すなわち二郎の記述する一郎とは、次のような存在である——言語化不可能なものを突きつけられ、かつそれを言葉とその論理によって領略しようと試みている存在。逆に言えば二郎とは、言語化不可能なものを無事に抱え込んでいた、その存在性を、言葉によって徹底的に犯されるドラマを生きる存在なのだ。

和歌の浦からの帰りの車中で二郎は、直についての気分、「……愉快であつた。同時に不愉快であつた」という、つまりは言語化し難い気分を、「柔かい青大将に身体を絡まれるやうな心持」と表現した。同時に二郎は、一郎の「精神」をもこの「青大将が筋違に頭から足の先迄巻き詰めてゐる如く感じ」る。「柔かい」「ぐにや〳〵した」掴み所の無い青大将。一郎がその「熱度の変ずる度に、それから其絡みつく強さの変ずる度に、変」（以上「帰つてから」二）わらなくてはならない、「青大将」とは、この言語化不可能で不明確な底知れぬ何物かのことではないか。言葉の表面の意味を超えて、当事者たちの「霊」「魂」「スピリット」が何らかの形で反映して起こっているであろう、不可思議な事態の感触。そしてその「青大将」は、一郎にとっては、直と彼女をめぐっての人間関係という形をとる。二郎の記述する一郎は、この「青大将」に悩まされ続ける存在に終始する。先の父と母を「偽《いつはり》の器」と一郎が言ったというHさんの記述において、「細君は殊にさう見えるらしい」（「塵労」三十七）と、直に対しては父と母に比べて曖昧な言い方がなされているのも、一郎が彼女について、父と母ほどには、明確にその「偽《いつはり》」の在り方を掴めていないからではないだろうか。

二郎は〈和歌山〉に関して一郎に報告が出来なかった。それは二郎をどこへ連れて行くだろうか。理由はどうであれ、嫂と義弟が一夜を共に過ごしたということは、周囲の視線を変質させる。例えば和歌山から帰った直後に、二郎は早くも彼と直とを「そつと」「観察してゐた」（「兄」四十二）母の視線の前に「立竦」む。そして「帰つてから」十で二郎の「顔をしけじけと見た」母の真意、家を出るという二郎に、「二郎たとひ、お前が家を出たつてね……」（同二十四）と言い差したまま「支えて仕舞つた」母の言葉の先に在った筈のもの――二郎にとってあんなに明確だった母の言葉すら変質してしまうのだ。母ばかりではない、お重の執拗なあてこすり、三沢の「君がお直さん杯の傍に長く喰付いてゐるから悪いんだ」（同二十三）という意外な言葉。だがその三沢も、「早く帰つて来て頂戴ね」（「友達」三十二）と「娘さん」に言われた日々を過ごしたという、ただそれだけの事の為に、「娘さんを不幸にした原因」（「帰つてから」三十一）は彼にあるという誤解を突きつけられているのだ。ただそれだけの事。言葉で語られれば何事でもなかった事態の意味が、言葉の世界を素通りして、違う次元の世界にその事態の意味を置き換えてしまう。しかも日常的慣習の世界のただ中で。そして二郎も三沢も予想もしなかった復讐を受けるのである。だが結婚によってそこから脱却した三沢に比べて、二郎にとって事は深刻だ[3]。なぜならそれは二郎を文字通り、〈長野家〉の外へはじき出すからだ。〈長野家〉の家族構成員として何よりも在り、それによって自己の大部分を満たして来た二郎が、〈長野家〉を離れてしまったら、そこにどんな自己が可能だろう。「塵労」の陰鬱な調子の中、二郎が何もかも喪失して行くことが記される。不意に訪れた直にかつてのような対応も出来ず、記述者として彼女の言葉すら言葉通りに記すことが出来ない。そして見合をしても「あの女の方から惚れ込んで呉れたなら」（二十三）としか思えない、「ぢゝむさ」

（二十二）い存在。もはや「快活な男として通用しない」（六）、「一面に変色して何処迄行つても灰の様に光沢を失つ」（二）た時間を生きる存在。その時間を新たに満たすべき〈私〉を二郎が持つに至るかは保留されたままだが、Hさんの「重い封書」を「机の前に縛《く》り付けられた人形の様な姿勢で」「読み始めた」（二十八）時、彼の喪失のドラマは全て終結するのである。

3—4　Hさんと一郎

一郎にとってHさんとの旅とは何なのだろう。なるほど二郎が「父や母と相談の揚句」（「塵労」十二）に実現に至らしめた旅なのだから、一見一郎の意志とは無関係のようだ。だが直は言う。「兄さんは妾に愛想を尽かしてゐるのよ」「だから妾の事なんか何うでも構はないのよ。だから旅に出掛けたのよ」（同二十五）。二郎の記述する一郎は常に、直をめぐる事柄について悩み続ける一郎に終始した。だが一郎がHさんの旅の誘いを「断然断つて仕舞つた」（同十六）春から、旅行を承知した夏までの時間——この間に一郎はそれに「愛想を尽かし」「何うでも構はない」地平に身を置いた存在となったのではないだろうか。もちろん、Hさんとの旅行中、一郎は直について言及する。しかし、それは後述するように、二郎が記述した一郎の直についての言及、悩みから変質している。だとすればHさんとの旅で問われるものは何だろう。「僕はもう大抵なものを失つてゐる。纔に自己の所有として残つてゐる此肉体さへ、（此手や足さへ、）遠慮なく僕を裏切る位だから」（同三十九）と一郎が自ら言うのなら、「失つてゐ」ないもの、切り捨てていないものは何だろう。それはそう語る言葉、その言葉を発する意識なのではないだろうか。すなわち、一郎の「霊」「魂」「スピリット」とその反映である。そこで一郎は、「友達」「兄」「帰つてから」「塵労」二十七までに記されていた〈長野家〉の言葉ではない言葉で、Hさんに自己の内的世界を語る。その時、何が問われるだろうか。

Hさんがいみじくも言うように、「要するに君は痩せて丈が長く生れた男で、僕は肥えてずんぐり育つた人間なんだ。僕の真似をして肥らうと思ふなら、君は君の脊丈《せい》を縮めるより外に途はないんだらう」（同四十五）。だから一郎が一郎の言葉で彼の内的世界について語ろうとする時、それに対するHさんの対応、すなわちHさんの言葉に答えようとしたら、一郎は結局彼の「脊丈を縮める」ことになる。実際最初の滞在地沼津で一郎が不安について語る時、彼はこの誤りを犯す。一郎が言う「自分のしてゐる事」が「目的《エンド》にならない許りでなく、方便《ミインズ》にもならない」（同三十二）という事態、「たゞ不安」で「何処迄行っても止まれ」ず「其極端を想像すると恐ろしい」（同）という不安の在り方は、〈長野家〉にあって居場所が無かった彼の自己が、その自己の中にも落ち着くべき場所を持たないという訴えに他ならない。それに対して一郎の「為に好い慰籍を見出」（同三十二）そうとする方向よりなされるHさんの対応は、一郎の「不安」を「人間全体の不安」に置き換えた、当人も言うように「頗る不快に生温るい」（同）ものでしかない。奇妙なのはそれを「鋭い」「軽侮の一瞥」（同）で葬り去った筈の一郎が、次にそのHさんの置き換えに結局は添う形で言葉を発してしまっていることである。

「人間の不安は科学の発展から来る。進んで止まる事を知らない科学は、かつて我々に止まる事を許して呉れた事がない。（中略）何処迄伴れて行かれるか分らない。実に恐ろしい」（同）

ここで何故人間の営みの一形態に過ぎぬ「科学」が突然に持ち出されなければならないのだろう。これではまるで、「科学」が「止まる事を許して呉れ」さえすれば、「人間の不安」など存在しないかのようだ。そもそも一郎の「不安」とは、「人間全体の不安」などという「生温るい」代物ではなく、人間の中の最も自覚的な自己に特有な不安なのであって、「科学の発展」のどの段階の時代であろうと、時代を超えて在る「不安」以外の何物でもない。それなら一郎はなぜ誤ったのか。それは一郎がHさんの言葉に答えようと、自らの「不安」を語る宙に漂っていた言葉を、Hさんの言葉に見合った領域へと駆り集め、変形させてしまったからだ。そして「それは不可ない」と言うHさんに、「不可ない位は自分にも好く解つてゐる」（同）と答えた時、一郎はこのことを「好く解つ」たのではないだろうか。

だから沼津以後、一郎はこの言葉の使い方を二度と行なわない。彼は自らの発する言葉を宙に漂わせたままに放って置く。例えば次の滞在地修善寺では、一郎は「足の下に見える森だの谷だのを指して、『あれ等も悉く僕の所有だ』」（同三十六）と言い放ったまま、Hさんの問いには「淋しい笑」（同）で答えるだけである。本質的に自分自身だけに向かって自らの内的世界を語る言葉――そしてそのような質の言葉によって一郎は彼の「絶対」（同四十四）について語る。

兄さんの絶対といふのは、哲学者の頭から割り出された空しい紙の上の数字ではなかつたのです。自分で其境地に入つて親しく経験する事の出来る判切《はつきり》した心理的のものだつたのです。

兄さんは純粋に心の落ち付きを得た人は、求めないでも自然に此境地に入れるべきだと云ひます。一度此境界に入れば、天地も万有も、凡ての対象といふものが悉くなつて、唯自分丈が存在するのだと云ひます。さうして其時の自分は有とも無いとも片の付かないものだと云ひます。（中略）即ち絶対だと云ひます。さうして其絶対を経験してゐる人が、俄然として半鐘の音を聞くとすると、其半鐘の音は即ち自分だといふのです。言葉を換へて同じ意味を表はすと、絶対即相対になるのだといふのです。従つて自分以外に物を置き他《ひと》を作つて、苦しむ必要がなくなるし、又苦しめられる懸念も起らないのだと云ふのです。

（同四十四）

「神は自己だ」「僕は絶対だ」（同）と言った一郎が、その「絶対」を説明する時、注目されるのは、「凡ての対象といふものが悉くなくな」る状態、「自分以外」の「物」と「他《ひと》」を「作つて、苦しむ」、或は「苦しめられる」ことがない状態を想定することである。なぜ一郎は「対象」、すなわち自分以外の「物」や人（「他《ひと》」）が無い状態を想定したいのだろうか。

　これまで考察してきたように、〈長野家〉とは、その家族構成員たちが、対象の本質に正しく向き合うことなく、〈長野家〉の円満な存続にのみ有効な家族的対象化を、それが当の対象を傷つけようとも、相互に行い合う、そういう空間だった。一郎ももちろん、その対象化に曝されてきたし、彼自身も妻である直をどう対象化していいか分からず、苦しんできた。だからこそ一郎は、「凡ての対象といふものが悉くなくな」る状態を、自己を救い得る状態として想定したのではないだろうか。対象化されること、対象化することの苦しみ、特に〈長野家〉において対象化されること、することの苦しみが一郎をそこまで追い込んだと言ってもよい。

　このことを、これまでの本論の論考に関連させて考えれば、本論では、『彼岸過迄』を対象化の仕方とされ方に問題のある二人の主人公の物語りと位置づけて考察した。『彼岸過迄』の次に書かれた『行人』では、〈長野家〉という家族の家族的対象化とそれがもたらす事態が深く追求された。そして、その『行人』の最後の部分で、「凡ての対象といふものが悉くなくな」る状態を想定したい、そういう主人公が書かれた。「対象といふもの」が全て消失してしまえば、対象化の問題も当然ありえない。すなわち、ここに至って、それまで追求されてきた対象化の問題を無化する思考が提出されたのである。だとすれば、『彼岸過迄』以来追求されてきた対象化の主題が、ここで一旦否定され、その先の主題へと進化するために、対象化の問題が起こり得ない状態が想定されたと考えらる。それなら、その先の主題とは何だろうか。それが第二部で考察することになる、ある存在が他の存在へ向ける問いの問題と、そこからどういう関係性が生じるかの問題であり、また、特にその問いと対象化の問題を改めて家庭という場で問い直したのが第二部第三章で論じる『道草』である。

さて、一郎の「絶対」の問題に戻るが、一郎は「絶対」についてHさんに説明したが、それはあくまで言葉による説明に過ぎなかった。だから、一郎の「絶対」についての説明は、Hさんによって「……と云ひます」「……と云ふのです」という間接話法によって語られる。そして、「絶対」について説明し終えた一郎が「殆ど歯を喰ひしばる勢で」「根本義は死んでも生きても同じ事にならなければ、何うしても安心は得られない。すべからく現代を超越すべしといつた才人は兎に角、僕は是非共生死を超越しなければ駄目だと思ふ」と「言明」（以上同四十四）したことは直接話法で記される。一郎が自分が説明した「絶対」にどう対応するかという領域における一郎の発言は直接話法で記述されるのである。すなわち、言葉による「絶対」の説明より、その「絶対」に対する対応についての「言明」の方が一郎の「霊」「魂」「スピリット」が反映されていると考えられるから、Hさんは一郎の言葉をそのまま記す。そして、一郎もその事に気付いている。だから、一郎はHさんに「君、僕を単に口舌の人と軽蔑して呉れるな」「……僕は如何にも軽薄な御喋舌《おしやべり》に違ない」（同四十五）と言わなくてはならない。一郎は「僕は明かに絶対の境地を認めてゐる。然し僕の世界観が明かになればなる程、絶対は僕と離れて仕舞ふ」（同四十五）と言って、「ぽろ〳〵涙を出し」（同）ながら、Hさんに頭を下げるが、これらの言葉と振る舞いは、先の「不安」の場合と違って、Hさんに対応し、彼の理解を得ようとするものではない。一郎がこのように言わなくてはならないのは、「藻搔いてゐる」（同）だけで自分からは「離れて仕舞」っている「絶対」について、不毛に言葉を費やしてしまったからなのである。

かくの如く言葉が不毛しかもたらさない時、それなら言葉の営みの対極に何を求めたら良いだろうか。Ｈさんの手紙の中にその二様の在り方が示される。

　水の音だか、空の音だか、何とも蚊とも喩へられない響の中を、地面から跳ね上る護譲球のやうな勢ひで、ぽん〳〵飛ぶのです。さうして血管の破裂する程大きな声を出して、たゞわあつと叫びます。……中略……しかも其原始的な叫びは、口を出るや否や、すぐ風に攫つて行かれます。それを又雨が追ひ懸けて砕き尽します。兄さんは暫くして沈黙に帰りました。　（同四十三）

言葉とそれを発させる理性を全て拒んだ「原始的な叫び」。しかもその叫びは徒らに宙に漂うことなく、「すぐ風に攫」われ、雨に「砕き盡」される。この「叫び」は、一郎がこれまで行なって来た全ての言葉の営みの対極に在る。和歌山でかつて一度吹き荒れた暴風雨の中、二郎の言葉は腐蝕を受けた。箱根で暴風雨に立ち向かった一郎の言葉は、腐蝕など受けるほどに柔らかい言葉ではない。それは無限に近い反省、無限に近い自覚をもって、自己についてしか語らない言葉である。だから何物も一郎の言葉を犯しようがない。一郎その人を除いては。そして暴風雨に立ち向かった一、二時間かのその間だけ、一郎は彼の言葉とその言葉の構築する世界の呪縛から自分を、自らにとって最も望ましい形態で解き放すことが出来たのではないだろうか。だから彼は「痛快だ」（同）と、一郎としては非常に珍しい感想をＨさんに語る。一郎は鎌倉で香厳という僧侶の悟りの在り方を語り、「何うかして香厳になりたい」（同五十）と語った。もちろん日常的に「一切を放下し尽し」（同）た生を獲得することの出来た香厳に比べれば、この箱根での暴風雨はあまりに非日常的であり、一時的なものである。だがＨさんの手紙の中で、「一切を放下し尽し」た香厳の生に最も近寄った一郎の状況を求めるのなら、この時をおいて他には無い。もしそれが日常的に獲得できたなら、一郎にふさわしい、「竹薮に中つて戞然と鳴」る「石」（同）だって見出されないだろうか。

さてもう一つの在り方は、「敵意がない」「自然」（同四十三）に対するのではなく、生身の人間に対するものである。Hさんの手紙において一郎が二人の人間に「手を加へた」（同三十七）ことが記される――一人は直、一人はHさん。「手を加へ」るということは、言葉によって関係を結ぶことの一瞬の断念に他ならない。問題はその一瞬が後に何をもたらすかだ。

直は「手を加へた」一郎に対して、「落付い」たまま「一言でも云ひ争つて呉れなかつた」（同）。すなわち言葉による関係を一旦放棄した時、一郎はそこに相手と関係を結ぶ手立てが、今まで言葉によって結んでいた関係なぞ全て無に帰すほどに、完璧に何も無いことを知らされた。この時一郎は直に、ではなく直と自分との関係そのものに、直の言葉を借りれば「愛想を尽かし」たのではないか。何者かと「現在自分の眼前に居て、最も親しかるべき」（「兄」二十）関係を結ぼうとしていた自分に、「愛想を尽かし」たのではないだろうか。

Hさんの場合はどうか。Hさんとは一郎にとって最後の他者だ。一郎がHさんに「手を加へた」のは、「神といふものを知らない癖に、神といふ言葉を口にし」（「塵労」四十一）たHさんの矛盾を、つまりはHさんの言葉を否定する為であった。もちろんそれは一郎の言葉にとっては挫折以外の何ものでもない。だがそれでいて直の場合と決定的に違うのは、その後でなお、一郎とHさんの関係が変質して行かないことだ。直は言った。「兄さんは妾に愛想を尽かしてゐるのよ」。だがHさんは言うだろう。「ある時は頭さへ打たれました。それでも私は貴方と貴方の家庭の凡ての人の前に立つて、私はまだ兄さんから愛想を尽かされてゐないといふ事を明言出来ると思ひます。」（同四十六）。それは何故だろうか。

一郎は修善寺でHさんに、「君の心と僕の心とは一体何処迄通じてゐて、何処から離れてゐるのだらう」（同三十六）と問いをかけた。一郎はなぜこのような問いをかけたのか。一郎は、「僕の心」に確信がない。だから、一郎という個人の主体は揺らぎ、自分の行動が「自分の目的《エンド》」（同三十一）であるか分からなかったし、「君の心」を持つ他人との交流にも確信が持てなかった。従って、あらゆる「君」を他人として対象化できず、また、彼らからの対象化も受け入れられず、その苦しさの果てに、他人という「対象」を捨象して、「神は自己だ」「僕は絶対だ」（同四十四）と言うしかなかった。しかも「実行的な僕」（同四十五）になれなければ「絶対は僕と離れて仕舞ふ」（同）。そうなれば、未来は「死ぬか、気が違ふか、夫《それ》でなければ宗教に入るか」（同三十九）しかなくなるだろう。しかし、Hさんとの場合は、先の問いを掛けてなお、その関係が破壊されない。Hさんは「凡ての事を忘れ」て「兄さんを何うにかして此不安の裡から救つて上げたいと念じ」るし、一郎はそういうHさんの顔を、「たゞ天然の儘の心を天然の儘顔に出してゐる」（以上同三十三）状態だと認識することが出来る。また一郎はHさんと、先に引用したように、暴風雨の中で言葉による交流を超えた経験を共有した。すなわち一郎にとってHさんとは、言葉による関係を超えた地平でなお、関係を存続させる手立ての在る、それが可能な存在なのである。

一郎はお貞さんについてHさんに、彼女が長野家中で「一番慾の寡ない善良な人間」（同四十九）であると語った。だがそれだけでは一郎の注意を引くのに充分ではない。一郎がお貞さんに注目するのは、彼女が長野家にあって「家の厄介ものといふ名がある丈」（「友達」七）、すなわち最低に近い対象化を他の家族構成員からされていてなお、「幸福」（「塵労」四十九）な生き様を示しているからだ。すなわち〈長野家〉の家族構成員であって家族構成員でない、という困難な生の形態を生きざるを得ない一郎であって初めて、「厄介もの」であることによって、〈長野家〉の一員であって一員でないお貞さんの「幸福に生れて来た」（同）在り様を「羨まし」く思い、「自分もあゝなりたい」（同）

と焦望する存在になり得るのである。そして一郎はHさんに言う。「お貞さんは君を女にした様なものだ」（同）。だがお貞さんが女であるが故に、一郎は「僕がお貞さんのために幸福になれるとは」（同五十一）考えられなかったのではないか。「何んな人の所へ行かうと、嫁に行けば、女は夫のために邪になるのだ」（同）から。それならば、女であるが故にお貞さんと「幸福」な関係を結べないのならば、〈お貞さんを男にしたようなもの〉であるHさんと結ぶ関係が、一郎が他者と結び得る関係の中で最も良きもの、これしか在り得ないぎりぎりの関係なのではないだろうか。「君の知慧は遙に僕に優つてゐる」（同四十五）と一郎に言うHさんに、一郎の思惟の総体を知ることは不可能だ。だがHさんは、一郎から彼の内的世界を語る言葉を引き出すほどには知的であるし、「兄さんの様な聡明な人に、一種の思はくから黙つて見せるという技巧を弄したら、すぐ観破されるに極つてゐ」（同）ると言えるだけの見識は備えている存在なのである。

　こうして一郎はHさんと共に、「しきりに其処へ落ち付きたがつてゐた」（同四十六）、そして今の一郎には「最も適してゐ」（同四十七）る紅が谷の別荘に落ち着く。一郎はもはや彼の言葉を「御喋舌《おしやべり》」（同四十五）に自己を語る為に費やそうとはしない。むしろ寡黙でさえあるようだ。散歩する夜の海辺に光る静かな燈火。ピアノの音。そして聞に浮かぶ一郎の吸う煙草の先のわずかな赤。ここでの静けさは、夥しく記されて来た「行人」の様々な情景の中で類が無い。そして一郎は言うだろう。「僕の云つた事は云つた事で、云はない事は云はない事なんだから」（同五十一）。この一見単純極まりなく、実は底知れない事実。一郎はようやっと、彼の言葉が何であるか、彼の言葉が誰に向かってどう機能するかの手がかりに手を触れかけていないだろうか。この言葉は彼の言葉の旅の終結であり、そして始まりだ。もちろん一部の未来を宙に吊ったまま、「行人」はここで終わる。始まりを担うのは同じ海辺で始まる別の小説、「云つた事」が「云つた事」として最後まで責任を取られることになる、別の小説だ。

注

（1）飯田祐子は「〈長野家〉の中心としての《母》―『行人』論のために―」（『名古屋近代文学研究』第七号　一九八九年一二月）において、本論で指摘しているような〈長野家〉の在り方は、家父長制度を基盤とした〈長野家〉の表層に対して、《母》がそれと全く異質の世界を深層に生み出していることによるものであるという興味深い指摘をしている。

（2）現在在る形の『行人』には書かれていないが、和歌山行きに関して、もし、一郎が直に何らかの指示を与えていて、直がそれについて一郎に何らかの報告をしていたとすれば、〈二郎の報告〉は〈直の報告〉と比較される形でその質を問われることになる。二郎は兄への報告後、「兄の頭に一種の旋風が起る徴候」を感じているが、「其徴候は嫂が行つて十分か十五分話してゐるうちに」「穏か」になる。二郎は「針鼠の様に尖つてるあの兄を、僅かの間に丸め込んだ嫂の手腕」に「敬服」（以上「帰つてから」二）するが、一郎をこの時点で仮に「穏か」にさせたものが、和歌山行きについての〈直の報告〉であったという推測も可能である。

『行人』は「帰つてから」終了の時点から次の「塵労」が開始されるまで、五ヶ月余の中断があった。そのために当初の構想が変わったのではないかという論は、伊豆利彦「『行人』論の前提」（『日本文学』一九六九年三月　後『日本文学研究資料叢書夏目漱石』（有精堂　一九七〇年）等に所収）以来多くあり、佐藤泉「『行人』の構成―二つの〈今〉二つの見取り図―」（『国文学研究』第百三集　一九九一年三月）、山尾仁子「夏目漱石『行人』論―構想の変化について―」（『叙説』一九九三年一二月）は、二郎の記述に見られる、書いている現時点を思わせる部分に注目している。中断される前の段階では、和歌山行きについての〈一郎の直への指示〉と〈直の報告〉を何らかの形で反映させ、それと二郎の書いている現時点を関連させる構想があった可能性もあるのではないだろうか。

（3）三沢が長男であり、二郎が次男であることによって、彼らの問題解決の質が違うことに関しては、多くの指摘がある。

第二部　『三四郎』から『心』『道草』『明暗』へ

第一章　『心』「両親と私」論——父を〈知り尽くす〉個人

1.『三四郎』と『心』——「田舎者」の概念

この章では、『心』の「両親と私」について論じるが、その前段階として『三四郎』と『心』を比較する。『三四郎』は明治四十一年に、『心』は大正三年に書かれた作品であり、その間に『それから』『門』『彼岸過迄』『行人』が書かれている。この四作品、特に『彼岸過迄』『行人』については、第一部で考察したが、この1では『三四郎』と『心』を関連づけて論じる。『三四郎』と『心』に共通するものは何か。それは、第一部第一章でくわしく分析したように、『三四郎』において重要な役割を担っていた「田舎者」という語とその概念が、『心』において再び、重要な役割を持つことである。しかも『心』には、『三四郎』では書かれなかった現実の空間としての「田舎」が登場する。言い換えれば、漱石が『三四郎』で試みたことが、『心』において、全く装いを変えて再び試みられているということである。本章では、なぜ『三四郎』から六年後に書かれた『心』で、この言葉が再び重要な意味を帯びることになったのか、『心』ではどのような使われ方をされ、それは『心』という小説に何をもたらしているのかを考察する。「先生と私」「先生と遺書」については第二章でくわしく論じることになるが、本章では特に、第二章では論じない『心』の「両親と私」の部分について、まさにその「田舎」が小説の舞台となる部分について、論じる。

第一部第一章で考察したように、『三四郎』において、主人公三四郎の「単純」化がなされるとき、必ず「田舎者」という言葉が使われていた。読者に三四郎が「田舎者」であるという印象を殊更与え、それによって三四郎がある程度複雑な意識によって行った行動を、「田舎者」故に相手にうまく対応出来なかったための行動だと印象付けるためである。そして、それによってその行動を起こす彼の意識の在り様を隠蔽した。それなら、『三四郎』においてこのように使われた「田舎者」という語はその後の漱石の小説において、どのような使われ方をしているだろうか。「田舎者」（「田舎もの」）という語は『三四郎』においては八回使われるが、『それから』『門』においては一例もない。その後は、『彼岸過迄』で四回、『心』で六回、『道草』『明暗』でそれぞれ一回使われている。

『彼岸過迄』における使われ方は、『三四郎』とは違って明解である。田口を訪問した敬太郎は「さも田舎者らしく玄関を騒がせる」（「停留所」八、傍点筆者、以下同様）ので田口にうるさがられる。また、須永は往来から家の中の自分に呼びかけるような敬太郎の訪問の仕方を、「平生から斯ういふ呼び出し方を田舎者らしいといつて厭がつてゐた」（同十）と記される。このように、『彼岸過迄』においては、「田舎者」という語は、東京在住者である田口や須永が、地方出身者である敬太郎の振る舞いに違和感を感じる時に使われる。また、「須永の話」二で、「江戸っ子は贅沢なものだね。細君を貰ふときにも左う贅沢を云ふかね」（中略）／「云へれば誰だつて云ふさ。何も江戸っ子に限りあしない。君見た様な田舎ものだつて云ふだらう」と、「江戸っ子」と対照的な存在を示す語として使われ、また、同じ「須永の話」二十二では、船遊びに行くために漁師の家を訪ねた際の、「田舎者は気楽だなと笑つてゐた」という田口の感想でも使われる。いずれの場合も、「田舎者」という語は都会的価値観と対照的な言動に対して使われていて、他の目的は持たず、『三四郎』の場合のように、主人公を「単純」化するために巧妙に使われてはいない。

それに対して、『心』における使われ方は、『三四郎』とも、『彼岸過迄』とも違う。『心』の「先生」は、「私」に

「田舎者」について次のように語る。この引用部の重要性については、別の観点から、次の第二章で再び論じることになるが、ここでは「田舎者」についての「先生」の言論の「私」への影響について論じる。


「みんな善い人ですか」

「別に悪い人間といふ程のものもゐないやうです。大抵田舎者ですから」

「田舎者は何故悪くないんですか」

私は此追窮に苦しんだ。然し先生は私に返事を考へさせる余裕さへ与へなかつた。

「田舎者は都会のものより、却つて悪い位なものです。……」

（上二十八、傍線筆者、以下同様）


〈田舎者に悪人はいない〉という「私」の思い込みを「先生」はみごとに引っ繰り返してみせる。「田舎者は何故悪くないんですか」と問い、「田舎者は都会のものより、却つて悪い位なものです」と断言する。「先生」がそう断言する根拠は、「田舎者」である叔父が財産をごまかした、という事件である。ところが、『三四郎』の場合と決定的に違うのは、『三四郎』においては、一で最初乗り合わせた「爺さん」を「田舎者」と評していた三四郎が、「汽車の女」と広田先生の言動によって自身の意識と自己認識を変えたのに対して、『心』の場合は、この「先生」の問いと断言が「私」に何の影響も及ぼさないという点である。すなわち、「私」は三四郎のような自己認識の変更を一切行わない。この部分がその後「平生はみんな善人なんです、少なくともみんな普通の人間なんです。それが、いざといふ間際に、急に悪人に変るんだから恐ろしいのです」（同）と続き、最終的に、「私は他に欺むかれたのです。しかも血のつゞいた親戚のものから欺むかれたのです。私は決してそれを忘れないのです」（同三十）という「先生」の告白に続くので、それらの方が「私」により強い印象を与えて、この「先生」の問いと断言を忘れさせたと一応考えられるが、いずれにせよ、これ以後の部分で、「私」が何らかの〈田舎〉にまつわる意識を持つ時、この「先生」の言葉は一切想起されない。

また、三四郎と違って、『心』の「私」は自分について「田舎者」であるとは全く意識していない。「私」は、『三四郎』冒頭に示された「爺さん」を「田舎者」と見る意識を何等変更しなかった人間、変更する契機を与えられなかった人間として描かれている。もちろん、三四郎は〈田舎〉から東京へ出たばかりであり、『心』の「私」は上京してから何年か経過しているから、と説明することもできるだろう。しかし、『心』においては、「まだ若々しい書生」（上二）であった頃の「私」でさえも自分を「田舎者」と感じたとは書かれていない。「私」ばかりではない。他ならぬ「先生」も、〈田舎〉から出たての時期であっても、自分を「田舎者」と捉えようとはしていなかった。

Kの養子先も可なりな財産家でした。Kは其所から学資を貰つて東京へ出て来たのです。出て来たのは私と一所でなかつたけれども、東京へ着いてからは、すぐ同じ下宿に入りました。其時分は一つ室によく二人も三人も机を並べて寐起したものです。Kも私も二人で同じ間にゐました。山で生捕られた動物が、檻の中で抱き合ひながら、外を睨めるやうなものでしたらう。二人は東京と東京の人を畏れました。それでゐて六畳の間の中では、天下を睥睨するやうな事を云つてゐたのです。

然し我々は真面目でした。我々は実際偉くなる積でゐたのです。（下十九）

東京へ出て来たばかりのKと「先生」は、「東京と東京の人を畏れ」はするが、自分達を「田舎者」とは認識していない。むしろ、「真面目」に「偉くなる積」で「天下を睥睨するやうな事」を語り合っていたのである。

つまり、『心』の登場人物たちは誰一人、小説内で、三四郎の場合のような劇的な転換を、すなわち、他人を「田舎者」と批判的に断定する意識から、自分の方を「田舎者」と自覚する意識へという自己認定の変更を行うようには仕組まれていない。三四郎のような、構築された相対化に曝されていない。「先生」もKも「私」も、「爺さん」を「田舎者」と判断した三四郎の意識と自己認定のままで東京に出て、それ以後そこに何の変更も行う必要のなかった存在として描かれている。すなわち、「私」も「先生」も恐らくKも、三四郎にとっての「汽車の女」と広田先生に当たる存在、一人の人間の自己認定を根底から揺るがせ、変更させるような存在には出会わなかったということである。三四郎は「汽車の女」と広田先生によって、「爺さん」と同じく自分も「田舎者」なのかも知れない、と意識を逆転させられ、東京で「驚ろいた」ことによって、それは決定的になった。従って、「田舎者」をめぐる意識だけに限って言えば、『三四郎』はその意識を変更せざるを得なかった人間の物語であり、『心』は変更する必要のなかった人間たちの物語であると言える。すなわち、『三四郎』と違って『心』には、〈田舎〉と「田舎者」を固定的な価値観で捉えるという小説的必然があったということである。

だとすれば、『心』においては『三四郎』とは違う目的で「田舎者」という語が使用されているということになる。「先生」と「私」が「田舎者」という言葉とそれに付随する概念を変更することは、『心』という小説には必要なかったとも言える。それは『三四郎』と『心』における「田舎者」という語の使用法を比較すると明らかである。『三四郎』においては「田舎者」という語は次のように使われていた。

田舎者だから、此色彩がどういふ風に奇麗なのだか、口にも云へず、筆にも書けない。（第一章1―1、引用A）

……――この田舎出の青年には、凡て解らなかつた。たゞ何だか矛盾であつた。（同1―2、引用B）

田舎者の三四郎にはてつきり其所と気取る事は出来なかつたが、たゞ読んだあとで、自分の心を探つて見て何所かに不満足がある様に覚えた。（第一章2―2、引用E）

試みに『心』の「先生」の問いに倣って、問いと答を立ててみる。

〈問い〉

「田舎者はなぜ女性の着物の色彩を描写できないんですか」（引用A）

「田舎者はなぜ『矛盾だ』と感じていることの内容を認定できない存在なんですか」（引用B）

「田舎者はなぜ論文の本質を示す箇所を指摘できないんですか」（引用E）

〈答え〉

「田舎者は都会のものより、却つて色彩描写にすぐれている位なものです」

「田舎者は都会のものより、却つて自分の意識に敏感な位なものです」

「田舎者は都会のものより、却つて読解力がある位なものです」

『三四郎』においては、「田舎者」という語は〈田舎者は色彩も描写できず、自分の意識にも鈍感で、読解力もない〉という思い込みのもとに使われていた。そしてその思い込みは、『心』の「先生」のやり方に倣って一応引っ繰り返してみることが出来る。しかし、その引っ繰り返しは、「田舎者は何故悪くないんですか」「田舎者は都会のものより、却つて悪い位なものです」という引っ繰り返しにほどに明解な引っ繰り返しとはならない。『心』における「田舎者」という概念の引っ繰り返しは、「善い／悪い」という単純明快で、了解可能な二項対立する概念を基盤にしているし、その根拠となっている叔父の〈悪〉も、財産横領という万人にとって明白な〈悪〉である。つまり、『心』における「先生」の「田舎者」という概念の引っ繰り返しは、引っ繰り返しそのものも、その根拠となった出来事も、全て明解であり、従って言語化可能であり、伝達可能でもある。そういう意味で、誰にでも分かりやすい。一方、『三四郎』においては、単純明快な二項対立には出来にくい事柄に対して「田舎者」についての思い込みが利用されている。それは、〈善い／悪い〉という善悪に対してではなく、意識、感覚の領域において〈敏感であるか／鈍感であるか〉である。『心』の場合の〈善い／悪い〉と違って判断基準が明確ではなく曖昧であり、判断にも個人差があり、従って言語化も伝達も困難な事柄の領域に属する。

『三四郎』は、予告で「田舎の高等学校を卒業して東京の大学に這入つた三四郎が新しい空気に触れる、さうして同輩だの先輩だの若い女だのに接触して色々に動いて来る、手間は此空気のうちに是等の人間を放す丈である、あとは人間が勝手に泳いで、自ら波瀾が出来るだらうと思ふ……」と漱石が述べているように、登場人物が「勝手に泳いで」筋を作っていく、と作家が語る小説であった。つまり、その小説がどういう結末に至るかという作家の強い意志は示されない小説である。それに対して『心』は、書き出されてすぐ、「先生と私」の四で早くも、「それが先生の亡くなつた今日になつて……」と、「先生」が既に死んだ人間であることが明らかにされ、十二で「先生は奥さんの幸福を破壊する前に、先づ自分の生命を破壊して仕舞つた」と、その死が自殺であることが明かされる。つまり、『心』は小説のほぼ最初から「先生」が自殺によって死ぬという結末が宣告されていて、それに向けて収斂していく小説、結末が明確に示された小説である。そして、『三四郎』では「田舎者」をめぐる意識を主人公が変更するように小説が仕組まれ、『心』では田舎においても都会においても揺らぐことなく一定の概念のもとでその語を使用する人間が語り手となった。従って、「先生」の自殺という決定された結末を実現するために、「田舎者」という語は理解可能な領域で扱われる必要があり、また、登場人物もその概念に対して揺らぎを持たないことが必要だったと考えられる。それは何のためにだろうか。

『三四郎』においては、現実の空間としての田舎は小説内に登場しなかった。『三四郎』における田舎は、主に三四郎が田舎の母から受け取る手紙の内容として示される田舎であり、想像の領域に属する田舎だった。三四郎が帰省したことは書かれても、現実に田舎に帰省した三四郎については何も書かれず、東京に出て自らを「田舎者」とした三四郎の自己認定が、現実の田舎でどうなるのか、については何も書かれなかった。それに対して『心』では、「両親と私」において、現実の田舎が小説の舞台になり、「私」の両親が登場する。すなわち、三四郎とは違って、自らを「田舎者」とは認定していない「私」は、紛れもない空間としての〈田舎〉で「田舎者」である両親と対峙することになる。それはこの小説にとってどういう役割を果たしているのだろうか。

漱石は『心　先生の遺書』として朝日新聞に連載していた小説を単行本化する時、それを三部構成にした。(1)「先生と私」「両親と私」ともに「私」が語り手であるのだから、両者をまとめて二部構成にするという選択肢も当然存在する。(2)しかし、漱石は敢えて同じ「私」を語り手にしながら、「先生と私」と「両親と私」を分けた。もし、「両親と私」が書かれず、現在の形の『心』において、「先生と私」のすぐ次に「先生と遺書」が書かれていたら、「先生と遺書」の内容の受け取られ方は当然変質しただろう。「両親と私」が書かれ、その最後で「先生」の手紙を受け取った「私」が瀕死の父の元を離れて汽車に乗ってそこで「先生」の手紙を読む、という小説的状況は、「両親と私」が書かれたからこそ、可能になったのである。「先生」の「過去」を知るということだけが小説的必然であったとすれば、

「先生と私」のすぐ後に、「先生」が遺書を書くための時間を作る何らかの設定を行って「先生と遺書」が書かれてもよかったし、「先生と私」「両親と私」を合体させて二部構成にするという選択肢もあったはずである。しかし、漱石は「両親と私」を十八まで書ききって、かつ、単行本化する時に『心』を三部構成にした。

『三四郎』では、第一部第一章において詳細に分析したように、三四郎を「単純」化して読者に示す時、（1）→（2）→（3）と三段階を踏んで、もし、（1）→（3）の順番で書かれていたら、三四郎の意識の複雑さを書き込まなければならなくなる場合に、間に（2）を挟み込み、そこで三四郎の「田舎者」性を強調することによって、三四郎が意識を殆ど動かすことなく何となく（3）の行動を取ったかのような印象を読者に与えていた。すなわち、三四郎の「田舎者」性が強調される（2）は重要な意味を持っていたのである。『三四郎』の場合は、殆どの場合、それは一ページ前後の記述において行われたが、もし、それが小説全体において行われたとしたらどうだろうか。『心』を三部構成の小説として再構成した時、漱石はその事を意識しなかっただろうか。すなわち、「先生と私」を直接「先生と遺書」に続けず、或は「先生と私」と「両親と私」を合体して一続きにして、「先生と遺書」に続けず、間に「両親と私」を挟み込む、という構想である。『三四郎』を分析した第一部第一章に倣えば、（1）が「先生と私」であり、（2）が「両親と私」、（3）が「先生と遺書」ということになる。しかも、その（2）の「両親と私」の舞台はまさに田舎という空間である。そして、そのことは、（3）である「先生と遺書」の読み方を何らかの形で規定する。それは〈田舎〉という空間を利用しなければ出来なかったことなのではないだろうか。そしてその時、〈田舎〉とそこに住む人々「田舎者」たちは、揺るぎない安定の中に居る必要があり、その〈田舎〉から「東京の大学」に来た「私」は、同じく揺るぎない価値観のもとで、彼らを「田舎者」とする視線を持っている必要があったのではないだろうか。漱石は「先生と私」で先に引用した「田舎者」についての「先生」と「私」の対話を書き、「先生」に何を言われても「田舎」と「田舎者」に対する価値観を変更しなかった「私」を描いた。そして、『三四郎』で言えば、（2）の部分に当たる「両親と私」で、「私」を〈田舎〉に行かせた。その〈田舎〉で「私」は何をし、何を知ることになると設定されているのだろうか。

2.「田舎」という空間――「両親と私」における父の位置

「先生」と「田舎者」についての会話を交わした約一ヶ月後、大学を卒業した「私」は帰郷する際に次のように無反省に「田舎者」という語を使用する。

2―1　「田舎者」をめぐる不思議

私は其翌日も暑さを冒して、頼まれものを買ひ集めて歩いた。手紙で注文を受けた時は何でもないやうに考へてゐたのだが、いざとなると大変億劫に感ぜられた。私は電車の中で汗を拭きながら、他《ひと》の時間と手数に気の毒といふ観念を丸で有つてゐない田舎者を憎らしく思つた。（中略）

私は鞄を買つた。無論和製の下等な品に過ぎなかつたが、それでも金具などがぴか〳〵してゐるので、田舎ものを威嚇《おど》かすには充分であつた。此鞄を買ふといふ事は、私の母の注文であつた。卒業したら新しい鞄を買つて、そのなかに一切の土産ものを入れて帰るやうにと、わざ〳〵手紙の中に書いてあつた。私は其文句を読んだ時に笑ひ出した。私には母の料簡が解らないといふよりも、其言葉が一種の滑稽として訴へたのである（上三十六）

どちらの引用でも、「田舎者」は、他人の時間や手数に対する想像力のない、安っぽくても見かけがきらびやかなものに騙される、そういう存在として意識されている。「鞄」について、「此鞄を買ふといふ事は、私の母の注文であつた」とわざわざ「母」と断っていることから推測すると、この時の「私」の「頼まれもの」は母と恐らくは父からの注文であったと考えられる。「私」の故郷の実家は父と母の二人暮らしであり、他に「私」に注文を出すべき人物も示されていないからである。つまり、ここで非難のニュアンスとともに使われている「田舎者」とは、「私」の両親を指し示している。「私」にとって非難すべき「田舎者」はまず両親であり、そしてその周囲の人々であったわけである。

不思議なことに、ひと月前の「先生」の言葉はここに何の影も落としていない。もちろん、ここでは〈「田舎者」は悪いか悪くないか〉は問題にされていないが、「私」は一ヶ月前の「先生」との「田舎者」についての会話すら全く想起していない。むしろ、この時点まで「私」が持っていた「田舎者」についてのイメージのままで、「田舎者」への非難を展開する。この部分以降も、「私」が「先生」の言論を思い出して、「田舎者」に対する思い込みを訂正したり、「先生」の言う通り「田舎者」は「悪い」、悪人であると考える部分は一カ所もない。しかしそれでいて、「私」は「先生」について次のように考えている。在学中に「私」が一時帰郷した時、先の引用（明治天皇崩御の時期から、明治四十五年七月と考えられる）より約七ヶ月前（前年の冬休み少し前）の記述である。

私は東京の事を考へた。さうして漲る心臓の血潮の奥に、活動々々と打ちつゞける鼓動を聞いた。不思議にも其鼓動の音が、ある微妙な意識状態から、先生の力で強められてゐるやうに感じた。
私は心のうちで、父と先生とを比較して見た。両方とも世間から見れば、生きてゐるか死んでゐるか分からない程大人しい男であつた。他に認められるといふ点からいへば何方も零であつた。それでゐて、此将棋を差したがる父は、単なる娯楽の相手としても私には物足りなかつた。かつて遊興のために往来をした覚のない先生は、歓楽の交際から出る親しみ以上に、何時か私の頭に影響を与へてゐた。たゞ頭といふのはあまりに冷か過ぎるから、私は胸と云ひ直したい。肉のなかに先生の力が喰ひ込んでゐると云つても、血のなかに先生の命が流れてゐると云つても、其時の私には少しの誇張でないやうに思はれた。私は父が本当の父であり、先生は又いふ迄もなく、あかの他人であるといふ明白な事実を、ことさら眼の前に並べて見て、始めて大きな真理でも発見したかの如くに驚ろいた。（上二十三）

「私」は「頭」と「胸」、「肉のなか」「血のなか」に「先生」の「影響」を感じている。それを感じると「微妙な意識状態」となって、「物足りな」い「本当の父」を見捨てて東京へ帰りたくなる、とまで言う。しかし、そう言う「私」が、そこからさほど遠くない時期に、「先生」の「田舎者」に関する言論には何の「影響」も受けていない。この不思議はなぜ生じたのだろうか。「何時か私の頭に影響を与へてゐた」と言うのなら、「私」はどういう「頭」の領域に「先生」の「影響」を受けたのだろうか。また、「田舎者」についての「先生」の言論はなぜ、「私」に「影響」を与えなかったのだろうか。

2―2　「先生」が「私」に与えた「影響」

1で指摘したように、『三四郎』においては、「汽車の女」の行動と別れ際の一言、広田先生の言動が、三四郎の自己認定を揺るがせ、自分は「田舎者」であるという新しい認定を与えた。一方、『心』においては、「私」は自身を「田舎者」とは認定せず、両親と彼らに連なる「田舎者」たちをある程度の軽蔑を持って捉える存在として記述されていた。つまり、『心』においては、『三四郎』の場合とは違って「先生」は、「汽車の女」や広田先生のように、その言動によって「私」の自己認定を揺るがしてはいない。それなら、「私」は「先生」から、どのような点において「影響」を受けているのだろうか。

前節でも述べたように、1―1で引用した「田舎者は何故悪くないんですか」と「先生」が問いを発する場面は、その後の「先生」の強い言葉に回収され、「田舎者」についての「先生」の問いは読者に忘れられるように仕組まれていた。そして、この場面で「先生」から言われたことで強く「私」の心に刻まれたのは、〈田舎者は悪い〉ということより、「私は他に欺かれたのです」に始まる「先生」の言葉とともに、その直前になされた次のような忠告だった。

「君のうちに財産があるなら、今のうちに能く始末をつけて貰つて置かないと不可ないと思ふがね、余計なお世話だけれども。君の御父さんが達者なうちに、貰うものはちやんと貰つて置くやうにしたら何うですか。万一の事があつたあとで、一番面倒の起るのは財産の問題だから」

「えゝ」

私は先生の言葉に大した注意を払はなかつた。私の家庭でそんな心配をしてゐるものは、私に限らず、父にしろ母にしろ、一人もないと私は信じてゐた。其上先生のいふ事の、先生として、余りに実際的なのに私は少し驚ろかされた。

（上二十八）

この「先生」の「実際的」な忠告は、「私」の卒業を祝う晩餐の席でも繰り返される。

「少し先生にかぶれたんでせう」

「碌なかぶれ方をして下さらないのね」

先生は苦笑した。

「かぶれても構はないから、其代り此間云つた通り、御父さんの生きてるうちに、相当の財産を分けて貰つて御置きなさい。それでないと決して油断はならない」

私は先生と一所に、郊外の植木屋の広い庭の奥で話した、あの躑躅の咲いてゐる五月の初めを思ひ出した。あの時帰り途に、先生が興奮した語気で、私に物語つた強い言葉を、再び耳の底で繰り返した。それは強いばかりではなく、寧ろ凄い言葉であつた。けれども事実を知らない私には同時に徹底しない言葉でもあつた。

（上三十三）


「私」の「耳の底」には、「先生」の「強い言葉」「凄い言葉」が残っていて、「私」はそれを繰り返す。確かに、一見「先生」の言葉の強さは、「私」の「頭」と「胸」、「肉のなか」「血のなか」に、つまり身体的な部分にまで「影響」を残しているかのように見える。しかし、その「先生」の言葉の根源となる「事実を知らない」「私」にとって、それは一方で「徹底しない言葉」でしかない。「先生」は「私」に、「私は他に欺かれたのです。しかも血のつゞいた親戚のものから欺かれたのです」「私は死ぬ迄それを忘れる事が出来ないんだから」と言う。しかし、どのように「欺かれた」のか、そしてなぜそれを「死ぬ迄それを忘れる事が出来ない」のかについては、ひと言も語らない。従って、それがいかに「強い言葉」で「凄い」意味内容を持っていても、その言葉を発する根源が示されないと、「私」は表面的な意味内容だけを受け取るだけで、その言葉を発する「先生」の心まで感じ、受け取ることが出来ない。

「先生」の「言葉」は、「先生の過去」（同三十一）と切り離され、「魂の吹き込まれてゐない人形」（同）と同じになる。だから、結局「私」は強く「凄い」意味内容を持った「先生」の「言葉」を中途半端にしか理解できず、そこから何の意識変化も行動も起こせない。そういう意味でそれは「徹底しない言葉」となる。あるいは、意識変化や行動を起こさせることを影響とするのなら、「私」に「影響」を与えない言葉となる。

それは、その「強い言葉」「凄い言葉」の直前に発せられた「田舎者」についての「先生」の言論が、「私」の「田舎者」に対する意識を全く変更させなかったのと同様である。ここでも「先生」は〈田舎者は悪い〉という言論の根源となる「事実」を「私」に明かさなかった。つまり、これらの「先生」の言論は、「私」がいくら「肉のなかに先生の力が喰ひ込んでゐると云つても、血のなかに先生の命が流れてゐると云つても、其時の私には少しの誇張でないやうに思はれた」と語っても、実は「私」に「影響」を与えていない。『心』には時折、書いている「私」の現時点を示す記述が見られるが、ここでも、「其時の私には少しの誇張でないやうに思はれた」とあることから、『心』を書いている時点の「私」はこのことに気付いていると考えられる。

以上検討したように、「私」が「先生」の「強い言葉」「凄い言葉」に、どんなにそれらの言論が「私」に強い印象を与えていても、その言論を支える「事実」が隠されている故に、実は「影響」を受けていないとすると、「先生」のどういうタイプの言論が「私」に何らかの「影響」を与えているだろうか。つまり、「私」に何らかの意識変化や行動を喚起しているだろうか。「私」が「両親と私」において、「先生」と離れた田舎で想起し、また、それから発する行動を取ろうとするのは、「先生」の「実際的」な言論の方である。

私は急に父が居なくなつて母一人が取り残された時の、古い広い田舎家を想像して見た。（中略）私は母を目の前に置いて、先生の注意——父の丈夫でゐるうちに、分けて貰うものは、分けて貰つて置けといふ注意を、偶然思ひ出した。（中二）

母は斯うより外に先生を解釈する事が出来なかつた。其先生は私に国へ帰つたら父の生きてゐるうちに早く財産を分けて貰へと勧める人であつた。卒業したから、地位の周旋をして遣らうといふ人ではなかつた。（同六）

私は時々父の病気を忘れた。いつそ早く東京へ出てしまはうかと思つたりした。其父自身もおのれの病気を忘れる事があつた。未来を心配しながら、未来に対する所置は一向取らなかつた。私はついに先生の忠告通り財産分配の事を父に云ひ出す機会を得ずに過ぎた。（同七）

「御前是から何うする」と兄は聞いた。私は又全く見当の違つた質問を兄に掛けた。

「一体家の財産は何うなつてるんだらう」

「おれは知らない。御父さんはまだ何とも云はないから。然し財産つて云つたところで金としては高の知れたものだらう」（同十四）

「御父さんの生きてるうちに、相当の財産を分けて貰つて御置きなさい」という「先生の言葉」は、「強い言葉」「凄い言葉」ではない代わりに、「徹底しない言葉」ではない。もちろん、「先生」がそれを言った背景は「私」には不明なままで、それは先の「欺かれた」ことを語る「先生」の言葉と同じである。しかし、それは「財産を分けて貰つて御置きなさい」という「実際的」具体的な行動を促す言葉である。つまり、その言葉を発語する意識が不明であっても、その言葉が指示する行動の意味は明解であり、理に適っていて実行可能である。そういう点で「徹底しない言葉」ではない。だから、「私」は両親の家でそれを度々想起し、父の死が近づくと、兄との間の話題にも上せる。

つまり「私」が「影響」を受けているのは、「私」の「肉のなか」に食い込み、「血のなか」に「流れてゐる」のは、実は「先生として、余りに実際的」だと「私」が感じていた方の「先生」の言葉なのである。なぜなら、それは「私」にとって「徹底しない言葉」とならず、「私」の意識に影響を与え、行動を起こさせる力を持っているからである。

2―3　父が「私」に与えるもの

「私」は「父と先生を比較」して、「父が本当の父」であり、「先生」は「あかの他人」であるということを改めて自覚して、「始めて大きな真理でも発見したかの如くに驚ろいた」と記す。そして父は「単なる娯楽の相手としても私には物足りなかつた」とも言う。しかし、前項で見たとおり、「物足りな」い父に比べて、どんなに「先生」の言論が強烈であっても、それが「徹底しない言葉」である以上、その言葉によって「私」の意識は動かず、行動も起こせなかった。むしろ、「実際的」な「先生の言葉」の方が「私」に行動を起こさせた。それなら、血縁上の「本当の父」である、「私」の父は「私」にどんな「影響」を与えるのだろうか。「両親と私」一で非常に印象的かつ重要な場面が描かれる。

「卒業が出来てまあ結構だ」
父は此言葉を何遍も繰り返した。私は心のうちで此父の喜びと、卒業式のあつた晩先生の家の食卓で、「お目出たう」と云はれた時の先生の顔付とを比較した。私には口で祝つてくれながら、腹の底でけなしてゐる先生の方が、それ程にもないものを珍らしさうに嬉しがる父よりも、却つて高尚に見えた。私は仕舞に父の無知から出る田舎臭い所に不快を感じ出した。

（中一）

卒業を「結構」と喜ぶ父を「無知」によって「田舎臭い」と見て「不快を感じ」る「私」に対して、父は「結構」の意味を次のように説明する。

「つまり、おれが結構といふ事になるのさ。おれは御前も知つてる通りの病気だらう。去年の冬御前に会つた時、ことによるともう三月か四月位なものだらうと思つてゐたのさ。それが何ういふ仕合せか、今日迄斯うしてゐる。起居に不自由なく斯うしてゐる。そこへ御前が卒業して呉れた。だから嬉しいのさ。折角丹精した息子が、自分の居なくなつた後で卒業してくれるよりも、丈夫なうちに学校を出てくれる方が親の身になれば嬉しいだらうぢやないか。大きな考を有つてゐる御前から見たら、高が大学を卒業した位で、結構だ〳〵と云はれるのは余り面白くもないだらう。然しおれの方から見て御覧、立場が少し違つてゐるよ。つまり卒業は御前に取つてより、此おれに取つて結構なんだ。解つたかい」

私は一言もなかつた。詫まる以上に恐縮して俯向いてゐた。父は平気なうちに自分の死を覚悟してゐたものと見える。しかも私の卒業する前に死ぬだらうと思ひ定めてゐたと見える。其卒業が父の心に何の位響くかも考へずにゐた私は全く愚ものであつた。（中略）

父はしばらくそれを眺めた後、起つて床の間の所へ行つて、誰の目にもすぐ這入るやうな正面へ証書を置いた。何時もの私ならすぐ何とかいふ筈であつたが、其時の私は丸で平生と違つてゐた。父や母に対して少しも逆らふ気が起らなかつた。私はだまつて、父の為すが儘に任せて置いた。

（中一）

父の言葉は「私」の意識と行動を変質させる。「私」は父が死を覚悟していて、その前に「私」が卒業したことを喜んで、「結構」だと言っているのだということを知る。それに気付かず、父を「無知」で「田舎臭い」と「不快を感じ」ていた自分を「全く愚もの」であると強く反省する。「私」は父を「田舎臭い」とだけしか見られなかった自分の判断が全く誤っていたことを思い知らされる。だから「私」は、父に「早く」「持つて行つて見せて遣らう」とも思いながら、一方では卒業直後には「机の上に放り出し」、自分にとって「意味のあるやうな、又意味のないやうな変な紙」（以上、上三十二）と思っていた卒業証書を、「大事さうに父と母に見せ」、彼等がそれを「床の間」の「正面」に置くことも黙認する。「何時もの私ならすぐ何とかいふ筈であつたが、其時の私は丸で平生と違つてゐた。父や母に対して少しも逆らふ気が起らなかつた。私はだまつて、父の為すが儘に任せて置いた」と「私」は記す。

この時、「私」の父は、「先生」がけしてなし得なかったことを「私」に対してした。「私」の行動だけでなく、自分に対する「私」の意識まで変質させたのである。東京へ出て「父にも母にも解らない変な所」（上二十三）を身につけ、「理屈つぽくなつて」（中三）いた「私」を「一言もなかつた」と言わせるまでに納得させたのである。それは、三四郎の場合のように、他者を「田舎者」と認識していた人間が自分の方も「田舎者」だと自己認定するという劇的な逆転ではない。無反省に父を「無知」から来る「田舎臭い」人間であると認識していた「私」に、「田舎臭い」のではなく、自分の死を覚悟していたからこそ生きているうちに卒業してくれたことが嬉しいと言っているのだと理解させた。つまり、「私」が「田舎臭い」と認定していた行動に、理に適った別の理由が有ることを「私」に教え、納得させたのである。だから「私」は、卒業証書に対する「田舎臭い」振る舞いを容認する。特に「父の為すが儘」に任せる。そしてこれ以後、「私」は二度と父のことを「田舎臭い」とは評さない。「私」とこの父のような会話を交わすことはなかった母についてでは、「私を理解しない母」（同五）と記すのとは対照的である。

「私」の父はなぜ「私」を納得させられたのか。父はまず、「大きな考を有つてゐる御前から見たら、高が大学を卒業した位で、結構だ〳〵と云はれるのは余り面白くもないだらう」と言う。そして次に、「然しおれの方から見て御覧、立場が少し違つてゐるよ」と言う。「私」に「おれの方」、すなわち父の立場に立って考えて見ろ、と言う。父の方はその前に、「大きな考を有つてゐる御前から見たら」と、確かに〈「私」の方から見て〉みることをやってみせる。だから、「おれの方から見て御覧」という彼の要求は説得力を持つ。つまり、この時の父の言葉は、「先生」の場合のように「事実」を知らせないままで発語する「徹底しない言葉」とはならず、死病にかかって死を覚悟しているという「事実」にまず裏打ちされている。そして、「おれの方から見て御覧」という自分の相手への要求を、先ず自分の方から相手に対して行ったことにより、手本を示すとともに自分の要求に説得力も与えている。だから「私」は納得する。

この父の言葉に対する「私」の反応は、「私は一言もなかつた。詫まる以上に恐縮して俯向いてゐた。父は平気なうちに自分の死を覚悟してゐたものと見える。しかも私の卒業する前に死ぬだらうと思ひ定めてゐたと見える。其卒業が父の心に何の位響くかも考へずにゐた私は全く愚ものであつた」と書かれる。「先生と私」にも、この父との場面と同じように「私」が「先生」の「強い言葉」の前に「一言も」発せなくなる場面が二回記述されていた。

「かつては其人の膝の前に跪いたといふ記憶が、今度は其人の頭の上に足を載せさせやうとするのです。私は未来の侮辱を受けないために、今の尊敬を斥ぞけたいと思ふのです。私は今より一層淋しい未来の私を我慢する代りに、淋しい今の私を我慢したいのです。自由と独立と己れとに充ちた現代に生れた我々は、其犠牲としてみんな此淋しみを味はわなくてはならないでせう」

私はかういふ覚悟を有つてゐる先生に対して、云ふべき言葉を知らなかつた。（上十四）

「私は他に欺むかれたのです。しかも血のつゞいた親戚のものから欺むかれたのです。私の父の前には善人であつたらしい彼等は、父の死ぬや否や許しがたい不徳義漢に変つたのです。私は彼等から受けた屈辱と損害を小供の時から今日迄脊負はされてゐる。恐らく死ぬ迄脊負はされ通しでせう。私は死ぬ迄それを忘れる事が出来ないんだから。然し私はまだ復讐をしずにゐる。考へると私は個人に対する復讐以上の事を現に遣つてゐるんだ。私は彼等を憎む許ぢやない、彼等が代表してゐる人間といふものを、一般に憎む事を覚えたのだ。私はそれで沢山だと思ふ」

私は慰藉の言葉さへ口へ出せなかつた。（同三十）

父の場合との違いは明らかだろう。両方とも「私は一言もなかつた」「云ふべき言葉を知らなかつた」「慰藉の言葉さへ口へ出せなかつた」と、「私」が相手にどんな言葉も発せなかったことを記述している。しかし、父の場合は、その後に、「父は平気なうちに自分の死を覚悟してゐたものと見える」。しかも私の卒業する前に死ぬだらうと思ひ定めてゐたと見える」と父の内面を想像する「私」の意識が記述され、次に「其卒業が父の心に何の位響くかも考へずにゐた私は全く愚ものであつた」と自分自身の「愚」かさに対する反省の思いが綴られる。しかし、「先生と私」の引用の方では、どんな言葉も発せなかったと書かれるだけで、「私」は「先生」のいかなる内面も想像しようとしない。〈「先生」の方から見る〉ことは、もちろん行わない。なぜなら、「私」は「先生」の「強い言葉」の根拠となる「事実を知らない」からである。そういう意味で、「先生」の言葉はここでも「徹底しない言葉」だからである。

「先生と私」二十三で「私」は「父が本当の父であり、先生は又いふ迄もなく、あかの他人である」ことに驚き、

「物足りな」い父より「先生」の方を自分にとって重要な存在と考えているが、このように見てくると、「先生」はやはり「私」にとって「あかの他人」であり、父の方が「本当の父」なのではないか。もちろん、ここで「おれの方から見て御覧」と言った父は、「私」や「先生」よりすぐれた存在として書かれてはいない。東京を知らず、田舎でその生涯を終えようとしている父には、そういう生涯がもたらした「無知」もあるし、東京の大学を卒業した「私」との隔絶もある。「私」は「父が平生から私に対して有つてゐる不平」（中三）を感じることもあるし、「何うせ死ぬんだから、旨いものでも食つて死ななくつちや」という父に対して「父は旨いものを口に入れられる都には住んでゐな」いと「滑稽」と「悲酸」（以上、同九）を感じたりもする。また、父の就職に対する「過分な希望」に自分との「距離の懸隔の甚し」（以上、同六）さを感じたりもする。しかし、そういう「懸隔」があるにも拘わらず、「先生」が「事実」を明かさないまま言葉だけで「私」に「田舎者」について言明したのとは違って、父はいったん「私」の側に立ち、それから「おれの方から見て」みることを教えた。そして、それによって、「私」の自分に対する「田舎臭い」という認識を変更させ、「私」の行動を変えさせた。そういう意味で、この時の父は「私」にとって「本当の父」であったのである。

以上、「田舎者」という概念と評価をめぐって、「私」に「先生」と父が与える「影響」を比較してきたが、この比較が可能であったのは、「私」の郷里という「田舎」が小説に登場したからである。「田舎」という場で、そこで長年生きてきて今死病にかかっている「私」の父が、「おれの方から見て御覧」「つまり卒業は御前に取つてより、此おれに取つて結構なんだ。解つたかい」と言ったからこそ、「私」は父を「田舎臭い」とする意識を変更出来たのである。この展開は、小説の舞台が東京だけであったら、不可能であった。父を「田舎臭い」と評した時、「私」は父と比較する存在として「先生」のことを想起していた。先に引用したように、「私には口で祝つてくれながら、腹の底でけなしてゐる先生の方が、それ程にもないものを珍らしさうに嬉しがる父よりも、却つて高尚に見えた。私は仕舞に父の無知から出る田舎臭い所に不快を感じ出した」と「私」は記す。それなら、父を「無知から出る田舎臭い」とする意識が変更された時、その父より「却つて高尚に見えた」「先生」はどう修正されるのだろうか。それは一切書かれていない。例えば「**其卒業が父の心に何の位響くかも考へずに、先生の方ばかり高尚だと思っていた私は全く愚かものであった**」と書かれてもよかったはずである。しかし、この部分では、父と「先生」との比較は避けられた。それは何を実現するためだったのだろうか。

「両親と私」は、そういう読み方をするなら、「私」の父と「先生」とを比較する要素をかなりの程度含んでいる。それらの要素にのみ注目するのなら、それらは「先生と遺書」の内容を相対化する。なぜなら、「両親と私」における死に行く父は、「先生と遺書」の「先生」とは全く異なる死への道筋を取っているからである(3)。自殺する「先生」に対して、「私」の父は自然な肉体の衰えによって死ぬ。「先生」は「妻の知らない間に、こつそり此世から居なくなるやうにします」(下五十六)と、たった一人の家族である妻にさえ隠して一人で死のうとするが、「私」の父は、家族に囲まれて死を迎えようとしている。「先生」は突然明治天皇と乃木将軍の死を自殺のきっかけとするが、「私」の父は「勿体ない話だが、天子さまのご病気も、お父さんのとまあ似たものだらうな」(中四)「あゝ、あゝ、天子さまもとう〳〵御かくれになる。己も……」(同五)と、明治天皇の病気と死を自分の病気の進行と関連づけて我が事として捉えている。「先生」は「同郷の縁故」(下十九)のあるKを自殺に至らしめてしまうが、「私」の父は、「子供の時分から仲の好かつた作さん」に「己はもう駄目だ」と打ち明け、「少し位病気になつたつて、申し分はないんだ」(中十三)と慰められる。彼等の友情は死の直前まで継続している。「先生」は「妻の記憶に暗黒な一点を印するに忍びなかつたから」（下五十二）自分の秘密を妻に打ち明けず、「暗黒」を抱えたまま妻と生きるが、「私」の父は「私」の母に対して若い頃は「随分酷かつたんだよ」（中十六）と回想されるような振る舞いをしながら、死を眼前に控えると、「御光御前にも色々世話になつたね」（同）と感謝の言葉を口にする。父は母に自分の良い面悪い面全てをさらけ出し、彼女の前で死のうとしている。そして最後に、「先生」は「実際的」な面でしか「私」に「影響」は与えられなかったが、「私」の父は、「懸隔」を感じている「私」にしっかり自分の気持ちを伝え、「私」の意識と行動を変える力を持っている。

以上のように、「両親と私」の内容は、「先生と遺書」の内容、特に「先生」の死へ向かう態度を相対化する要素を多く含んでいるが、それは目立ちにくい。なぜなら、漱石はそのような要素を散りばめながら、相対化が読者に気付かれない書き方を採用したからである。小説の場を「田舎」という空間に設定し、「先生」のいる、そしてついこの間まで「私」がいた東京からは隔絶した場で、これらの事柄は起きている。だから、空間的にまず、「先生」と結びつけにくい。次に、「両親と私」の一で先に引用した父と「私」の会話を書き、「私」の意識と行動を父が変えたことが書かれて以後、漱石は注意深く、父を適度に「田舎者」として示し、一の印象を緩和する。先に挙げた「私」との「懸隔」を示すいくつかの事柄もそうであるが、何よりも「私」の父は次第に衰え、「時々譫言を云ふ様に」（中十六）なる、死に向かう病人としての記述されるので、それによって一で「私」にあのような質の会話が出来た人間であった印象が薄くされ、読者から忘れられる。

こうして、先に列挙した「両親と私」の「先生と遺書」を相対化する要素は、たとえ「先生と遺書」の内容を知って読んだ読者であっても、その関連を気付きにくいものとなった。しかも「両親と私」の最後には、「先生」からの長い手紙を受け取った「私」を、その父のもとから、東京行きの汽車に乗り込ませる。一見「私」は瀕死の「本当の父」を見捨て、「あかの他人」である「先生」のもとに走ったかのように見える。だから、「両親と私」が書かれた意味さえ、見えにくくなる。そしてそれによって、「先生と遺書」で記述されることになる「先生」の遺書を書くに至った事情、「先生」の死が深く印象付けられる。「先生と遺書」を読み進めていくうちに、「私」の父が瀕死であったことすら忘却されるかもしれない。しかし、漱石は田舎という空間とそこで死に向かう「私」の父を書いた。「先生」の死を相対化するかもしれない要素を鏤めながら、しかもそれを見えにくくした。恐らく「先生と遺書」には、その操作が必要であった何事かが内包されていることが予測される。

2―4　「田舎」から出発する「私」

「先生」からの手紙を受け取った「私」は、なぜ、一見、瀕死の父を見捨てる振る舞いをして東京へ向かったのだろうか。いや、向かうことが出来たのだろうか。「私は愈父の上に最後の瞬間が来たのだと覚悟した」（中十七）と記さなくてはならない状況で、「此手紙があなたの手に落ちる頃には、私はもう此世に居ないでせう。とくに死んでゐるでせう」（同十八）という一節を「先生」の手紙に読んだ「私」は、東京行きの汽車に飛び乗る。一見するとこの部分は、いつ「最後の瞬間」が来てもおかしくない血縁上の「本当の父」を見捨てて、「私」が「あかの他人」である「先生」のもとへ走ったかのように読める。つまり、小宮豊隆の「然し子である私は、父の病床に侍しながら、その対照として、絶えず先生のことを思ひ浮かべ、事事に肉体上の父を批評しつつ、精神上の父としての、先生に対する思慕の情を深くするのである」(4)（傍点ママ）という指摘以来、この部分は「私」が父より「先生」を選び取った行為として捉えられてきた。

しかし前項で検討してきたように、「肉体上の父」は「批評」だけされていた存在ではない。実は「精神上の父」

と小宮が定義する「先生」より、「私」の意識と行動を変えることが出来た父であった。その父の元から、既に死んでいるであろう「先生」の居る（居た）東京に向かうということはどういうことなのだろうか。

私は帰省中に一度上京しようと試みるが、その際、次のように父と「先生」を比較する。


先生と父とは、丸で反対の印象を私に与へる点に於て、比較の上にも、連想の上にも、一所に私の頭に上り易かつた。

私は殆んど父の凡ても知り尽してゐた。もし父を離れるとすれば、情合の上に親子の心残りがある丈であつた。先生の多くはまだ私に解つてゐなかつた。話すと約束された其人の過去もまだ聴く機会を得ずにゐた。要するに先生は私にとつて薄暗かつた。私は是非とも其所を通り越して、明るい所迄行かなければ気が済まなかつた。先生と関係の絶えるのは私にとつて大いな苦痛であつた。私は母に日を見て貰つて、東京へ立つ日取を極めた。（中八）

「父の凡ても知り尽してゐた」と「私」は書く。しかし、この文が書かれた時点から後、「私」はもっと身体的に父を〈知り尽くす〉ことになる。医者から安静を命じられた父は、排泄も人の手を借りる。「両親と私」十八で、浣腸に対して「まご〳〵」する兄を「慣れない兄」と記述していることから、「私」はこの父の排泄の世話に慣れていたことが推測される。つまり、「私」は身体的にも、これまでの人生でけして知らなかった父の「凡て」を知ってしまうことになったのである。それによって「父を離れる」ことによる「親子の心残り」は増したのだろうか。

「私」が出発前に最後に父と会話を交わす時、「何うです、浣腸して少しは心持が好くなりましたか」と問う「私」

に対して、父は「はつきり『有難う』」と言う。そして「私」は、「父の精神は存外朦朧としてゐなかった」（以上、同十八）という感想を持つ。つまり、「私」は、「浣腸」の世話をすることによって父に身体的に充分関わり、そして「朦朧」としていない父にそれに対してきっちり「有難う」と礼を言われた後で、「父を離れる」。もともと「父の凡て」を「知り尽して」いるという感触を父に対して持てていた「私」は、「両親と私」の最初で、その父によって父への意識と行動を変質させてもらい、今、自分がしたことに対して「有難う」と礼を言われた。この時、子としての「私」は父なる存在に充分にこの世で関わり、それを完成したという感触を得られたと考えられる。もちろん、何が十分な関わりであり、何が「親子の心残り」を払拭するかは定義できない。しかし、「私」とその父に関して言えば、二人の間に意見の相違はもちろんあるものの、肝心な点で父は子に自分への見方を教え、そして最後に息子がしてくれた事、しかも最も身体的な関わりとも言える行為への礼を言う。それを一つの父と子の関係の完成と見る見方は可能である。「私」の中に、このまま父が死に、臨終に立ち会えなかったとしても後悔しないほどに充分に、生きている父と関わり尽くしたという感触があってこそ、それが力となって「私」は出発できたのではないだろうか。

この会話を交わした後、「私」は「汽車の発着表」を調べて、誰にも告げずに家を出る。しかし、停車場へ行く前に、医者の家に行き、「父がもう二三日保つだらうか」と聞こうとする。そして、「注射でも何でもして、保たせて呉れと頼まうとした」（以上、同十八）。結局医者が留守でこの願いは果たされないのだが、「私」が「二三日保つ」か気にかけ、何とかして「保たせて呉れと頼まうとした」ということは、「私」が「先生」の安否を気遣っての東京行きの期間を「二三日」と考えていたからに他ならない。そして、もし父がその間「保つ」のなら、その父の元へ「私」は少なくともこの時点では帰ろうとしていたのである。なぜなら、父は「先生」以上に「私」の意識を変える存在だったからである。もちろん、汽車の中で「先生」の手紙を読んだ「私」が、東京へ到着後、どのような時間を生きたかは小説内では不明である。しかし、『心』という小説に最後に登場する「私」は、父を見捨てて上京する「私」ではなく、いったん父の元を離れて東京へ行くが、「二三日」で帰ろうとしていた「私」なのである。

それならなぜ「私」は東京へ行くのか。「私は殆んど父の凡ても知り尽してゐた」と記す「私」は、同時に「先生の多くはまだ私に解つてゐなかつた」「要するに先生は私にとつて薄暗かつた。私は是非とも其所を通り越して、明るい所迄行かなければ気が済まなかつた」と記す。「私」は「浣腸」の世話までして「父の凡て」と向き合った。そこに飛び込んできた「先生」の手紙を読むことは、「私」が「薄暗」い「先生」に対して「明るい所迄行か」うとする動きに他ならない。もちろん「先生」の手紙がその死を予告しているのだから、「私」が知らされる内容は「明るい」ものではないだろう。しかし、「私」を駆り立てた情熱のうちに、「薄暗」い「先生」について、父のように「凡ても知り尽くし」た、そういう状況に自分を置きたいという衝動があったことは否定できない。

時とすると又非常に淋しがつた。

「おれが死んだら、どうか御母さんを大事にして遣つてくれ」

私は此「おれが死んだら」といふ言葉に一種の記憶を有つてゐた。東京を立つ時、先生が奥さんに向つて何遍もそれを繰り返したのは、私が卒業した日の晩の事であるた。私は笑を帯びた先生の顔と、縁喜でもないと耳を塞いだ奥さんの様子とを憶ひ出した。あの時の「おれが死んだら」は単純な仮定であつた。今私が聞くのは何時起るか分らない事実であつた。（中十）

言うまでもなく、この文章を記していると想像される時点での「私」は、「先生」の「おれが死んだら」が「単純な仮定」でなかったことを知り抜いている。読者もこの「先生」が既に死んでいることは知らされている。だから、「『おれが死んだら』は、あの時の私には単純な仮定に思えた」と書くことも「私」にはできたはずである。しかし、それでも「私」は「あの時の『おれが死んだら』は単純な仮定であつた」と記し、父の「おれが死んだら」を「何時起るか分らない事実」と記す。「仮定」と「事実」。もし蓋然性で優劣を付けるとすれば、当然「事実」は「仮定」に優る。「先生」の遺書を読み、その死を知り、そして父の死も既に起きたであろう時点で、それでもなおこういう表現を用いるとすれば、そこに「私」の父に対する、あるいは父の死に方に対するかすかな尊敬を見ることも不可能でないのではないだろうか。

注

(1) 大正三年に出版された単行本『心』の序文に漱石は、「然し此『先生の遺書』も自から独立したやうな又関係の深いやうな三個の姉妹篇から組み立てられてゐる以上、私はそれを『先生と私』、『両親と私』、『先生と遺書』とに区別して、全体に『心』といふ見出しを付けても差支ないやうに思つたので、題は元の儘にして置いた」と書いている。

(2) 松澤和宏は「〈自由な死〉をめぐって―『こゝろ』の生成論的読解の試み」（『漱石研究』4　翰林書房　一九九五年五月　後『生成論の探求』（名古屋大学出版会　二〇〇三年）に「『こゝろ』論（2）―〈自由な死〉をめぐって―」として所収）において、「……漱石は『自から独立したやうな又関係の深いやうな三個の姉妹篇から組み立てられてゐる』（初版の自序）ことから三部仕立てに再構成したが、『上』三十六節、『下』五十六節に対して、『中』は十八節に過ぎず、著しく均衡を欠いている。仮に『上』『中』併せて五十四節からなる『私』の手記と、五十六節からなる先生の遺書による二部構成とすれば、各部は二人の書き手にそれぞれ対応し量的にもほぼ均衡がとれるだけに、漱石をして三部構成に踏み切らせたものは、関係の断絶である死に究極の共同性を見る観点の獲得であったと考えられよう」と述べている。筆者と結論は異なるが、漱石が量的バランスを無視して、三部構成を取ろうとしたと見る観点は一致している。すなわち、漱石は『心』を三部構成にする必然性を強く自覚していたと言える。

(3) 佐々木雅発は「『こゝろ』―父親の死」(竹盛天雄編『夏目漱石必携』(『別冊國文学』№5) 学燈社　一九八〇年二月)において、「……もしこう言うことが言えるなら、先生の死に対比され、重い意味を荷わされているのは、『私』の父親の死であるといわなければならない」として、「私」の父の方が、「……『私は淋しい人間です』と大声で叫びたかったに違いないのだ」と論じている。また、松澤和宏は注(2)前掲論文において、「……『私』よりも世間的成功からは見放され無名の死を前にした父親の方が遙かに近代のもたらした癒し難い孤独に直面していると言わなければならない」と指摘し、また「……静の前で『容易に自分の死といふ遠い問題を離れなかつた』(上三十五)先生と、自分の死後の妻や子のことを考えて心配する父親との鮮やかな対照を、手記は無言の裡に浮かび上がらせている」(傍点ママ)と指摘している。「私」の父の死が「先生」の死と対比され、「先生」とは異質の寂しさの中で父が死のうとしていることは確かであるが、本論は父がこれまでの彼の人生の集大成としての人間関係の中で死のうとしていること、そしてそれが「先生」の死に対する批評となり得ていることが、目立ちにくくされていることに注目したい。

(4) 小宮豊隆『漱石の芸術』(岩波書店　一九四二年)

第二章　『心』論――「何うして……、何うして……」から始まる関係

『心』という小説は簡単に言えば、「私」という若い学生が「先生」と呼ぶ人間に近付き、その人間から秘密を遺書の形で打ち明けられる、という物語である。「先生と私」「両親と私」「先生と遺書」のうち、「先生と私」「両親と私」の語り手は「私」である。従って、「先生」は〈「私」にとっての「先生」〉という存在として記述される。だから〈「先生」にとっての「私」〉という逆の側面は見えにくい。しかし、『心』で重要なのは、〈「私」にとっての「先生」〉とともに、〈「先生」にとっての「私」〉なのではないだろうか。それも遺書の受取手としての〈「先生」にとっての「私」〉ではなく、もっと違う関係性の「私」なのではないだろうか。本論はこの前提のもとに、〈「先生」にとっての「私」〉とはどういう存在だったのか、「私」は「先生」にとって何を引き出す存在であったのかを論究しようとするものである。この時、引き出すものはもちろん遺書とその内容ではない。遺書以外の、「先生」という人間にとってもっと衝撃的なものを実は「私」は「先生」から引き出していたのではないか。そして、「先生と遺書」を除く小説の約半分を「私」の一人称という記述形式を採用して記述したことによって、漱石はそれを読者に見えにくくした。本論はこの仮定のもとに論を進める。

1. 海で始まることの意味——隠された「先生」の言葉

「私が先生と知り合になつたのは鎌倉である」（上一）と「私」は「先生」との関係の始まりを記す。「先生」と「私」の関係が、「私は月に二度若くは三度づゝ必ず先生の宅へ行くやうになつた」（上七）という安定した状態になるのは、両者が東京に戻ってからであるが、彼らはなぜ最初「避暑地」（上四）で出会う必要があったのだろうか。また、その「避暑地」はなぜ、高原の地でもなく温泉地でもない、海辺の「鎌倉」でなくてはならなかったのだろうか。もちろん、漱石自身が明治四十四、四十五年に鎌倉に滞在し、その時の経験が『彼岸過迄』『行人』に取り入れられているから、『心』も同様である、という安易な解釈もできるだろう。しかし、小説的必然性において、海辺の「鎌倉」であることは、どのような意味を持っているのだろうか。

「私が先生と知り合になつたのは鎌倉である」という文に続いて、「私」を「鎌倉」へ呼んだ友人が「母が病気」であるという故郷からの電報で帰郷してしまったため、「折角来た」のに「一人取り残された」（以上、上一）という状態にある「私」が「先生」に注目するいきさつが読者に示される。「私は実に先生を此雑踏の間に見付出したのである」（上二）と記した「私」は、その理由を「先生が一人の西洋人を伴れてゐたからである」（上二）と説明する。そして「私」はこの「西洋人」と日本人の二人連れに注目する。

其時の私は屈託がないといふよりも寧ろ無聊に苦しんでゐた。それで翌日も亦先生に会つた時刻を見計らつて、わざ〳〵掛茶屋迄出かけて見た。すると西洋人は来ないで先生一人麦藁帽を被つて遣つて来た。先生は眼鏡をとつて台の上に置いて、すぐ手拭で頭を包んで、すた〳〵浜を下りて行つた。先生が昨日の様に騒がしい浴客の中を通り抜けて、一人で泳ぎ出した時、私は急に其後が追ひ掛けたくなつた。私は浅い水を頭の上迄跳かして相当の深さの所迄来て、其所から先生を目標《めじるし》に抜手を切つた。すると先生は昨日と違つて、一種の弧線を描いて、妙な方向から岸の方へ帰り始めた。それで、私の目的はついに達せられなかつた。私が陸へ上つて雫の垂れる手を振りながら掛茶屋に入ると、先生はもうちゃんと着物を着て入違に外へ出て行つた。（上二）（傍点筆者、以下同様）

「無聊に苦しんで」いる状態で、すなわち〈することがなくて退屈だから前の日に日本人の連れと来ていた外国人でも見に行こうか〉という気分で「私」は出掛ける。そして、外国人が来ないで日本人の方だけが来て、その日本人が泳ぎだした時、「私」は「急に其後が追ひ掛けたくな」る。この時、もし「私」が「無聊に苦しんで」いなかったら、つまり、友人とともに滞在していて、〈することがある〉状態であったなら、「私」はこの日本人の後を追いかけようという気は起こさなかっただろう。そして、「追ひ掛け」てみると、彼が奇妙なコースで岸に帰ったために、「私の目的」は果たされない。この不足の気分が彼に「次の日も同じ時刻に浜へ行つて先生の顔を見」（上三）る行動を起こさせる。つまり、「私」と「先生」の関係は、最初から「私」の側が不足を抱え込み、それを原動力として「先生」に近づくように設定されているのである。

「私」は「次の日も」「其次の日にも」海岸へ行って「先生の顔を見た」という行為を繰り返す。しかし、「先生の態度は寧ろ非社交的であつた」ために、「私」はこの人間と口をきく機会に恵まれない。「私」の不足は募る。そしてある日、彼が落とした眼鏡を拾った事によって、ようやく「私」は「有難う」（以上、上三）という言葉をこの人間から引き出す事に成功する。それが翌日、「私」に次のような行動を取らせる。

> 次の日私は先生の後につゞいて海へ飛び込んだ。さうして先生と一所の方角に泳いで行つた。二丁程沖へ出ると、先生は後を振り返つて私に話し掛けた。広い蒼い海の表面に浮いてゐるものは、其近所に私等二人より外になかつた。さうして強い太陽の光が、眼の届く限り水と山とを照らしてゐた。私は自由と歓喜に充ちた筋肉を動かして海の中で躍り狂つた。先生は又ぱたりと手足の運動を已めて仰向になつた儘波の上に寐た。私も其真似をした。青空の色がぎら〳〵と眼を射るやうに痛烈な色を私の顔に投げ付けた。「愉快ですね」と私は大きな声を出した。
> （上三）

「先生」と呼ばれる人間と「私」との交際の始原の場面だが、ここには奇妙な点が見られる。「私」は退屈に苦しんだあげく、たまたま海岸で「西洋人」を連れていた日本人を見かけ、興味を持った。「私」は、この日本人を「無聊」の中での興味の対象として数日同じ時刻に海岸に通い詰めた。そして、この時初めて、その対象であった人間から話しかけられたのである。確かに、「先生は後を振り返つて私に話し掛けた」と記されている。それなのに、記念すべきその最初の話しかけの具体的内容は全く記されていない。先の「ありがとう」は、眼鏡を拾ったことに対するお礼の言葉である。その状況なら誰でも発する感謝の言葉である。しかし、ここでの話かけは違う。「先生」は後を付いて泳いでいた「私」だけに向かって、彼の方から言葉を掛けたのである。そこまでの「私」の「先生」に対する注目度からすれば、この「先生」からの最初の話しかけは、ぜひとも具体的な言葉として記述されるべきだろう。しかし、「私」はこの記念すべき「先生」からの「話し掛け」の言葉を記さない。記されているのは、「愉快ですね」という「私」の側の方の反応だけである。「先生」の「私」に対する次の「話し掛け」の言葉が、「もう帰りませんか」

〈同〉と「先生」自身の発した具体的な言葉として記述されているのと比較しても奇妙である。

もし、「私」が自分にとって記念すべき「先生」からの最初の話しかけの言葉を自分一人の思い出だけにしておきたい、公開したくないというのであれば、わざわざ「先生は後を振り返つて私に話し掛けた」と書かなくても良かったはずである。しかし、「私」はわざわざ「先生」に「話し掛け」られたことは記しておきながら、その具体的内容を記述せず、自分の側の反応の言葉（〈愉快ですね〉）だけを記述する。これはどういうことなのだろうか。

もちろん、遠い記憶なので、「私」がこの時の「先生」の最初の「話し掛け」の言葉を忘れた、という解釈も可能ではあるが、「先生と私」「両親と私」の「私」の「先生」に関する記述を読む限り、その可能性は限りなく低い。だとすれば、「私」はこの「先生と私」を記述する際に、この「先生」からの最初の「話し掛け」の言葉を故意に省いた、記述しなかった、と考えられる。それは何のためだろうか。「先生」からの「話し掛け」の言葉は、〈いい天気ですね〉だったかもしれないし、〈気持ちいいですね〉、あるいは〈（泳ぎが）早いですね〉だったかもしれない。いずれにせよ、それほど複雑ではない、単純な「話し掛け」だったはずであり、ここで敢えて記述せず、読者の目から隠す必要などない言葉だったはずである。しかし、「私」は隠した。何故か[1]。

この言葉は海の上で発せられた。「先生」と「私」の両者は「広い蒼い海の表面に浮いてゐるものは、其近所に私等二人より外になかつた」という状況に居る。「私」は「自由と歓喜に充ちた筋肉を動かして海の中で躍り狂」い、「先生」は「ぱたりと手足の運動を已めて仰向になつた儘波の上に寐」ている。この時、両者の間にどのような質の会話が可能だろうか。動いていようが、静かに浮いていようが、二人は地に足を付けてはいない、水の中に居る。だから、ここでは単純な会話しか交わされないだろう。「先生」は単純な言葉で「私」に「話し掛け」、「私」は同じく単純な言葉である「愉快ですね」でそれに応じた。何しろ、彼らは海の上にいるのだから。そして、普通に考えれば、単純な「話し掛け」だったら、何もそれを隠す必要はなかったはずである。

しかし、ここで逆に考えてみる。それが単純な「話し掛け」だったからこそ、「私」は隠したのではないか。漱石は、確かに「私」に隠させた。つまり、小説的要請として、「先生」と「私」の関係の始原の言葉は、このシチュエーションで想像されるような単純な話しかけであってはならない、もっと何かを象徴する、重要な言葉でなくてはならなかったのではないか。しかし、一方で、出会ったばかりの、それまで見ず知らずであった二人の人間が、最初からそんなに重要な象徴的な言葉で会話することはあり得ないだろう。だから、まず単純な会話しか交わせないような状況、即ち海の上という状況で、二人に最初の会話を交わさせる。そして、「先生」の「私」への最初の「話し掛け」の言葉は記さない。隠す。海の上での会話なら隠しやすい。なぜなら、読者はその状況では二人は単純な会話しか交わしていないだろう、とにかくこの両者は知り合いになったのだ、と了解して先を読むからである。だから、「先生」と「私」の関係の始原となる場は、高原でも温泉地でもない、海の近くの場所、「鎌倉」でなくてはならなかった。それに、「避暑地」での関係は基本的に臨時の関係である。だから「私」は、「私が先生々々と呼び掛けるので、先生は苦笑ひをした。私はそれが年長者に対する私の口癖だと云つて弁解した」（上三）と、「先生」という呼び方はこの時から始まったことは記すが、この「先生」との本当の関係は、東京において始まると予告するかのように、「先生」との会話はおおまかな内容しか記されない。

先に「私」の側の〈不足の気分〉が「私」を「先生」に向かわせるように設定されていると述べたが、漱石は鎌倉において、「先生」が「私」の顔に見覚えがない、と断言したことと、「是から折々御宅へ伺つても宜ござんすか」（上四）という私の問いにもそっけない返事しかしなかったとすることによって、「私」の側に〈不足の気分〉を設定し続ける（このことの意味については、4で分析する）。東京へ帰った「私」は、しばらくは「先生」を訪問せず、ある程度の時間が経過して、「何だか不足な顔をして往来を歩き始めた」（同）という状態になってようやく「先生」を訪ねる。そして、一回訪ねて留守であり、二度目にも出掛けたことを告げられた「私」は、「先生」の出先へ行こうという気になる。

以上のような周到な準備がなされた後で、次の場面、「私」が東京で初めて「先生」と顔を合わせる場面が書かれる。これまで考察してきたように、鎌倉における「先生」の「私」への最初の「話し掛け」が具体的に書かれなかったことによって、この場面が「先生」と「私」との関係の始原の場面として強く印象付けられる。後に「先生と遺書」での重要人物となるKの墓のある場所なのであるから、なおさらである。この場面のために、鎌倉の海での「先生」の最初の「話し掛け」の言葉は隠された。それを隠さなければならない程の重要性がこの場面にあるとしたら、それは何だろうか。

私は墓地の手前にある苗畠の左側から這入つて、両方に楓を植ゑ付けた広い道を奥の方へ進んで行つた。すると其端れに見える茶店の中から先生らしい人がふいと出て来た。私は其人の眼鏡の縁が日に光る迄近く寄つて行つた。さうして出抜けに「先生」と大きな声を掛けた。先生は突然立ち留まつて私の顔を見た。

「何うして……、何うして……」

先生は同じ言葉を二遍繰り返した。其言葉は森閑とした昼の中に異様な調子をもつて繰り返された。私は急に何とも応へられなくなつた。

「私の後を跟けて来たのですか。何うして……」

先生の態度は寧ろ落付いてゐた。声は寧ろ沈んでゐた。けれども其表情の中には判然云へない様な一種の曇があつた。

私は私が何うして此所へ来たかを先生に話した。（上五）

ここで「先生」は「私」に対して、「何うして……、何うして……」「私の後を跟けて来たのですか。何うして……」と、非常に印象的に「何うして……」という問いを三回繰り返す。この時の「先生」の独特の反応については、「其言葉は森閑とした昼の中に異様な調子をもつて繰り返された」とまず書かれ、「態度」も「落付いて」いて、「声」も「沈んでゐた」にも関わらず、「先生」の「表情」には、「判然云へない様な一種の曇」が見られたと記述される。つまり、「私」はこの時の「先生」の「何うして……」に言語化できない、「異様な」深い何かの意識を嗅ぎ付けている。この場面は後に、「私は其異様の瞬間に今まで快よく流れてゐた心臓の潮流を一寸鈍らせた」（上六）とも回想される。

もちろん「先生と遺書」を読めば、そこがKの墓のある場所であることが分かり、この時の「先生」の不可解な反応は理解され、納得される。『心』という小説は表向きそう仕掛けられている。しかしそれは、「先生」の「私」への最初の話しかけを隠してまで、ここを「私」と「先生」の関係の始原とする必要がなぜあったのだろうか、という問いの答えにはならない。ここには、Kとの関連だけでは解き明かせない、「先生」という人間にとっての何事かが隠されているのではないか。何故「先生」は、「何うして……」と「異様な調子」で三回も繰り返すのだろう。「何うして……」という問いは、「先生」にとってどういう意味を持った問いなのだろうか。また、それが他ならぬ「私」に向けて発せられたということは、何を意味するのだろうか。あるいは、ここで何故他の疑問詞、例えば「何故」ではなく、「何うして」が選ばれたのだろうか。「何うして……」の後の「……」はどういう言葉で満たされるはずだったのだろうか。

想定される数々の疑問について考察するために、まず、漱石が「何うして」という問いをどういう質の問いと捉えていたかを明らかにしておきたい。漱石は『文学論』『文学評論』において、この問いの形式について論じている。

2.「如何にして」（How）と「何故」（Why）

2―1　『文学評論』「序言」について

漱石は、『文学論』第三編第一章「文学的Ｆと科学的Ｆとの比較一汎」の冒頭において、「凡そ科学の目的とするところは叙述にして説明にあらずとは科学者の自白により明なり。語を換えて云へば科学は“How”の疑問を解けども“Why”に応ずる能はず、否これに応ずる権利なしと自認するものなり」と述べている。この主張は、明治四十二年に春陽堂から出版された『文学評論』（明治三八年九月から四〇年三月まで東京帝国大学文科大学で行った「十八世紀英文学」の講義をその内容とする）の「序言」において次のように詳述されている。

普通の習慣として吾人は文学と科学を対立相反の言語（opposite terms）として用ひる。そして之を吾人の心的活動力の二大潮流の如く考へて居る。（中略）其途の人は科学を斯う解釈する。科学は如何にしてといふこと即ち How いふことを研究する者で、何故といふこと即ち Why といふことの質問には応じ兼ねるといふのである。仮令《たとえ》ば茲《ここ》に花が落ちて実を結ぶといふ現象があるとすると、科学は此問題に対して、如何なる過程《プロセス》で花が落ちて又如何なる過程《プロセス》で実を結ぶかといふ手続を一々に記述して行く。然し何故（Why）に花が落ちて実を結ぶかといふ、（然かならざるべからずといふ）問題は棄て丶顧みないのである。一度び何故にといふ問題に接すると神の御思召であるとか、樹木が左様したかつたのだとか、人間がしかせしめたのだとか所謂 Will 即ちある一種の意志といふ者を持て来なければ説明がつかぬ。科学者の見た自然の法則は只其儘の法則である。之を支配するに神があつ

て此神の御思召通りに天地が進行するとか何とかいふ何故問題は科学者の関係せぬ所である。（傍点漱石、傍線筆者）

漱石はまず、文学の「対立相反の言語（opposite terms）」、つまり対極であると考えられている科学の本質を、「科学は如何にしてといふこと即ち How いふことを研究する者」であると定義する。そして、科学は「如何にして」、すなわちどのようにして「花が落ちて実を結ぶか」を究明するものであって、「何故」「花が落ちて実を結ぶ」という問題は研究対象としない、と説明する。要するに、科学は自然を「其儘の法則」として捉え、「花が落ちて」「実を結ぶ」「過程《プロセス》」を客観的に述べるが、そのような「法則」が存在し得るのかについての「何故」（Why）という問いは、「神」「一種の意志」（Will）といった領域、すなわち客観的には語りきれない領域に属するので、科学の対象とはされないと述べている。(2) それなら、「科学」ではない、「文学」の方はどうなるのだろうか。「文学」は「科学」に用いられる「如何にして」（How）によって論じきれる対象なのだろうか。

漱石は『文学評論』では基本的に、科学的態度とも通じる「如何にして」（How）によって、文学を論じようと試みている。彼は、文学を鑑賞的態度だけではなく、批評的態度で捉える時には「如何にして」が必ず必要であるとして、シェークスピアの『ハムレット』を例に次のように述べる。

今余が人からシエクスピヤーの『ハムレット』は如何ですと聞かれた時、面白いですと答へたら夫れは余の『ハムレット』に対する鑑賞的態度を示した者である。然し聞いた人が夫れで満足するだらうか。多くの人の中には夫で成程と云つて帰る人もあらうが大多数の人は決して夫れ丈けの答では満足しない。必ず「どうして」といふ問題を提出するに極まつて居る。どうして面白いですかと聞くに極まつて居る。其時余は面白いから面白いですと答へたらばどうだらう。（中略）鑑賞的には相違ないが「如何にして」と云ふ問題に逢着すると一言もない。「如何にして」と云ふ問題に逢着しなければ夫れ迄であるが「如何にして」と云ふ問題は何処にも起つて来る。少くとも思索的な人には必ず起る。智識慾を持つた人には屹度起る。人間は如何なる人でも或点に於て思索的である、知識慾を持て居る。だから科学が斯くの如く進歩したのである。『ハムレット』が面白かつたといふ一事実に対して「如何にして」といふ問題は起らずには居られない。（傍線漱石、傍点筆者）

漱石はここで「如何にして」（「どうして」）という問いは、科学だけではなく文学の領域でも当然起こり得る「何処にも起つて来」る問いであり、「思索的な人」「智識欲を持つた人」には「起らずには居られない」「問題」であると指摘する。〈如何にして花が落ちて実を結ぶか〉という「科学」における問いだけではなく、文学である『ハムレット』を個人に「面白い」と感じさせる要因を問う時にも、「如何にして」という問いが成立するというのである。これは至極順当な主張であるが、注目されるのは、この時漱石が「如何にして」を、「必ず『どうして』といふ問題を提出するに極まつて居る。どうして面白いですかと聞くに極まつて居る」と、「どうして」と言い換えていることである。確かに固い言い方である「如何にして」を会話にふさわしい形に変換すれば「どうして」にはなるが、それは何のために必要だったのだろうか。

漱石は、この引用部の次の部分で、「無形無臭」である「面白かつたと云ふ感情」を「如何にしてといふ問題に引きつけて説明し様とする以上は」「無形の者を有形に引き直さなければならぬ」として、『ハムレット』における「面白い」という感情を引き起こす要因（悽愴、幽憤、悲哀等）と、「一々之に当嵌る有形的な事実」（幽霊、ハムレットの地位、ハムレットとオフェリアの恋等）を挙げ、それらの「順序、排列、強弱、緩急、発展、消長の具合」が「……纏つて一塊となつて、吾人に面白いと云ふ感を与へるのである」と指摘した後、次のように述べる。

偖《さて》此手続き（『ハムレット』の分析、筆者注）を考へて見ると最初は面白かつたから面白かつたと云ふ感情から出立する。此の点に於いては鑑賞的な態度である。然し一旦出立した後は分解をやるのみである。所が此分解は批評的な態度で始めて出来る者である。して見ると此手続きは丸で感情的許りではない。又丸で理窟的許りではない。即ち双方の混じたものである。吾人の物に対する態度の第一を鑑賞的と名づけ、第二を批評的と名づけたが、此三は中間にあつて双方を含むものだから批評的鑑賞（critico-appreciative）とでも名づけてよからうと思ふ。

「面白い」という「鑑賞的態度」を「如何にして面白がつて居るのであるか」という批評的態度で分析した「批評的鑑賞」（critico-appreciative）が文学を論じる態度として成立すると漱石は主張する。そしてその時、漱石は「如何にして」を「どうして」と言い換えた。「どのように」でも「どんな風に」でもなく、「どうして」である。「どうして」は漢字を当てれば「如何して」となるから当然とも言えるが、この疑問詞は「如何にして」以外の意味も内包している。「どうして」には「如何にして」と「何故」の二通りの意味があることが注目される。すなわち、「どうして」は、「どうして生きようか」「どうしてよいか分からない」という使い方においては「如何にして」（How）と同義であるが、「どうして遅れたのか」「どうしてそんなことをするのか」という使い方をすれば、「何故」（Why）と同義にもなる、そういう疑問詞である。「如何にして」（How）を「どうして」と言い換えた以上、漱石がこの日本語の「どうして」の二通りの意味を意識していなかったはずはない。

なぜ漱石は『ハムレット』を論じるに当たって、「如何にして」（How）を言い換える時にこの二通りの意味を持つ

「どうして」を採用したのだろうか。「如何にして」の対象が、「科学」が対象とする「有形」の「花が落ちて実を結ぶといふ現象」ではなく、文学作品である『ハムレット』が「面白い」という「無形の」感情であったからである。なぜなら、科学者が「花が落ちて実を結ぶか」という自然の現象に興味を持った場合、その興味は「有形」であるが故に、「如何にして」「花が落ちて実を結ぶか」が解明されれば満たされ、「何故花が落ちて実を結ぶか」という問いは必要とされないが、文学に対する「面白い」なら「面白い」という批評はそれとは違って、「面白い」という「無形」の現象に対してなされるものであり、そうである以上、それは「如何にして」（How）「面白い」かと同時に「何故」面白いかという問いを当然内包するからである。だから、漱石は二通りの意味を持つ「どうして」を「如何にして」（How）の言い換えに選んだ。従って、漱石の言う「批評的鑑賞」（critico-appreciative）とは、「何故」（Why）を内包しつつ、「如何にして」（How）について語る、そういう態度のことであると考えられる。漱石は、「科学」ではなく、「文学」を論じる時には、「如何にして」（How）は「何故」（Why）を内包していなくては、「文学」は論じられないと考えていたのではないだろうか。それなら、「何故」（Why）を内包する「如何にして」（How）、すなわち「どうして」が、小説内で用いられる場合は、どうなるのだろうか。

2―2　『彼岸過迄』『行人』における「どうして」と「何故」

『文学評論』「序言」が書かれた時点で、漱石は「どうして」「如何にして」（How）という問いと、「何故」（Why）という問いをある程度分けて考えていた。また、文学についてこの問いを発するときは、「どうして」に「何故」が内包され得ることを直感していた。それなら、彼の小説にその反映はどのように見られるだろうか。本節の目的は、『心』において漱石がなぜ最初の話し掛けの言葉を隠すという操作を行ってまで、「何うして……、何うして……」を

「先生」と「私」の関係の始原の場面における言葉としなければならなかったのかを究明することであるが、そのためにも、ここで『心』以前の小説における「どうして」と「何故」の使われ方を検討する。例えば、『文学評論』「序言」が出版された三年後に書かれた『彼岸過迄』においては、両者は次のように使い分けられている。

まず、「どうして」であるが、「須永の話」において、母と共に行った鎌倉から先に東京へ帰った須永が、千代子が母を送ってきたのを見て驚く場面では次のように使われている。

> 僕は日に焼けて心持色の黒くなつたと思はれる母と顔を見合はして挨拶を取り替す前に、先づ千代子に向つて何うして来たのだと聞きたかつた。実際僕は其通りの言葉を第一に用ひたのである。
> 「叔母さんを送つて来たのよ。何故。驚ろいて」
> 「そりや難有う」と僕は答へた。（中略）彼女は年を取つた母を吾一に託するのが不安心だつたから、自分で随いて来たのだと云つて、作が足を洗つてゐる間に、母の単衣を簞笥から出したり、夫を旅行着と着換へさせたり杯して、元の千代子の通り豆やかに振舞つた。
> （「須永の話」二九、傍点筆者、以下同様）

ここでは須永は、「如何なる過程《プロセス》」を経て千代子が母を送ってきたかを「何うして」という疑問詞を使って尋ね、千代子から「年を取つた母を吾一に託するのが不安心だつたから、自分で随いて来たのだ」という答えを与えられる。このように、「何うして」は、ある疑問を喚起する現象（どうして吾一ではなく千代子が母を送ってきたのか）に対して、その理由を、一連の経過（年を取った伯母を吾一に託するのが不安だつたから、自分が送ってくることにした）として聞きたい場合に用いられている。つまり、「如何なる過程《プロセス》」をたどって千代子が母を送ることになったか、を問う場合である。この場合、千代子が母を送ってきたことは須永にとって確かに驚きではあり、従って「何うして来たのだ」という問いは、〈何故来たのだ〉という問いを内包してはいるが、千代子が母を送ってきたこと自体は、理解不能な不可解な事態ではない。吾一が母を送ってくる方が可能性が高く、千代子が送ってくることは可能性として非常に低かったから須永は驚いたのである。だから、須永は千代子の説明によって、そういう事態が起こった理由を速やかに理解し、納得している。

一方、「何故」は次のように用いられる。先の引用の少し後の部分である。

「貴方は卑怯だ」と彼女が次に云つた。此突然な形容詞にも僕は全く驚かされた。僕は御前こそ卑怯だ、呼ばないでもの所へわざ〳〵人を呼び付けて、と云つて遣りたかつた。けれども、年弱な女に対して、向ふと同じ程度の激語を使ふのはまだ早過ぎると思つて我慢した。千代子もそれなり黙つた。僕は漸くにして、「何故」といふ僅か二字の問を掛けた。（中略）

「何故つて、貴方自分で能く解つてるぢやありませんか」

「解らないいから、聞かして御呉れ」と僕が云つた。

（「須永の話」三四）

須永は千代子から「卑怯だ」と非難される理由が全く「解らない」から、千代子に向かって「何故」という問いを投げかける。つまり、ここでは「貴方は卑怯だ」という千代子の非難の内容は、須永にとって全く理解不能、不可解であり「解らない」、だからこそ、彼は「何故」とその理由を問うのである。（先の引用（「須永の話」二九）の場合では、千代子の方は須永に自分が須永の母を送ってきた理由を聞かれることが、彼女にとっては理解不能、不可解であるから、「叔母さんを送ってきたのよ。何故。驚いて」と問い返す。）もう一例、「松本の話」における使われ方を引用する。

市蔵はしばらくして自分は何故斯う人に嫌はれるんだらうと突然意外な述解をした。僕は其時ならないのと平生の市蔵に似合しからないのとで驚ろかされた。何故そんな愚痴を零すのかと窘なめる様な調子で反問を加へた。（「松本の話」三）

「僕は貴方に云はれない先から考へてゐたのです。仰しやる迄もなく自分の事だから考てへてゐたのです。誰も教へて呉れ手がないから独りで考へてゐたのです。僕は毎日毎夜考へました。余り考へ過ぎて頭も身体も続かなくなる迄考へたのです。夫でも分らないから貴方に聞いたのです。……」（「松本の話」四）

須永は自分が「何故」「人に嫌はれる」か、「誰も教へて呉れ手がないから独りで考へ」続け、「夫でも分らないから」松本に尋ねた。一方松本はその問いが「平生の市蔵」と余りにかけ離れていたので、理由が分からず、逆に須永に「何故そんな愚痴を零すのか」と尋ねる。つまり、ここでは「何故」は、考え続けても自分一人ではその理由がどうしても分からない事態（須永）、相手が「平生」からは全く予想が付かない発言をした不可解な事態（松本）に対して用いられている。いずれにせよ、先の「何うして」の場合と違って、理由がどう考えても「分らない」、そういう場合に用いられている。これは、自分の内面で自問自答する場合でも同様である。

千代子は斯くの如く明けつ放しであつた。けれども、夜が更けて、母がもう寐やうと云ひ出す迄、彼女は高木の事をとう〳〵一口も話題に上せなかつた。其所に僕は甚だしい故意を認めた。白い紙の上へ一点の暗い印気が落ちた様な気がした。鎌倉へ行く迄千代子を天下の女性のうちで、最も純粋な一人と信じてゐた僕は、鎌倉で暮した僅か二日の間に始めて彼女の技巧《アート》を疑ひ出したのである。其疑が今漸く僕の胸に根を卸さうとした。

「何故高木の話をしないのだらう」

僕は寐ながら斯う考へて苦しんだ。

（「須永の話」三二）

ここでも須永は、千代子が高木の話をしない理由が「考へて」も分からないからこそ、「何故」と問い、苦しむのである。いずれにせよ、「何故」が用いられる場合は、自分の思考によってではその理由が全く「分らない」ことがその根源になっている。

この「どうして」と「何故」の使い分けは、次の作品である『行人』においても変わらず、行われる。その使い分けが明確に見られる場面を引用する。大阪から和歌の浦へ向かう汽車の中で、二郎が兄一郎に、三沢と精神病の娘さんの話をする場面である。一郎はその話を知っていて、しかも三沢が娘さんが死んだとき額に接吻したことも知っていた。

自分は喫驚《びつくり》した。

「そんな事があるんですか。三沢は接吻の事については一口も云ひませんでしたがね。皆な居る前でですか、三沢が接吻したつて云ふのは」

「夫は知らない。みんなの前で遣たのか。又は外に人の居ない時に遣たのか」

「だつて三沢が只た一人で其娘さんの死骸の傍にゐる筈がないと思ひますがね。もし誰もそばに居ない時接吻したとすると」

「だから知らんと断つてるぢやないか」

自分は黙つて考へ込んだ。

「一体兄さんは何うして、其んな話を知つてるんです」

「Hから聞いた」

Hとは兄の同僚で、三沢を教へた男であつた。其Hは三沢の保証人だつたから、少しは関係の深い間柄なんだらうけれども、何うして斯んな際どい話を聞き込んで、兄に伝へたものだらうか、夫は彼も知らなかつた。

「兄さんは何故又今日迄其話を為ずに黙つてゐたんです」と自分は最後に兄に聞いた。兄は苦い顔をして、「する必要がないからさ」と答へた。自分は様子によつたらもつと肉薄して見ようかと思つてゐるうちに汽車が着いた。

（「兄」十）


友人三沢がどのようにして（「如何にして」）「娘さん」に「接吻」する機会があったかと疑問を持った二郎は、その疑問の流れの中で、兄一郎に「何うして」その話を知っているのかを問う。この時二郎は、三沢が「如何にして」「接吻」したかと同じように、兄が「如何にして」、どういう「過程《プロセス》」を経てその話を知り得たのかを問うている。そして、三沢に近しいHから聞いたという一郎の答えによって、一郎が「如何にして」知り得たのかが分かり、彼は納得する。一郎はそれだけの話を聞いていながら、「今日迄其話を為ずに」いた。これは二郎には信じがたい事だった。恐らく、彼ならもっと早い時点で家族に話していただろう。従って二郎には一郎の行動が理解不能であり、〈分からない〉。だから彼は「何故」という問いを一郎に投げかける。

一郎も、他人の行動が自分の理解を超えたときに、「何故」という問いを発する。「塵労」のHさんの手紙において、彼が妻直に「手を加へた」ことを語る部分である。

「一度打つても落付いてゐる。二度打つても落付いてゐる。三度目には抵抗するだらうと思つたが、矢っ張り逆らはない。僕が打てば打つほど向はレデーらしくなる。そのために僕は益無頼漢《ごろつき》扱ひにされなくては済まなくなる。僕は自分の人格の堕落を証明するために、怒を子羊の上に洩らすと同じ事だ。夫の怒を利用して、自分の優越に誇らうとする相手は残酷ぢやないか。君、女は腕力に訴へる男より遥に残酷なものだよ。僕は何故女が僕に打たれた時、起つて抵抗して呉れなかつたと思ふ。抵抗しないでも好いから、何故一言でも云ひ争つて呉れなかつたと思ふ」
（「塵労」三十七）

ここでの一郎の「何故」は、Hさんに語っているという形態は取っているが、先の『彼岸過迄』の須永の、千代子は「何故高木の話をしないのだらう」という問いと同じく、妻直が自分の暴力に対して全く抵抗しなかった理由を自身の内部で考え抜いても〈分からない〉からこそ、直の自分への対応が理解不能であったからこそ、「何うして」ではなく「何故」を使って発せられた問いである。

以上のように、『彼岸過迄』『行人』においては、「どうして」はある事態がどのような理由からどのような「過程《プロセス》」を経て起こったかを聞く場合、すなわち「如何にして」（How）という問いとして用いられ、「何故」は、ちょうど「何故」「花が落ちて実を結ぶといふ現象」が起きるかが人間の知、理解力を超えているように、自分一人の力では「分らない」理解不能、不可解な事態に対して、「何故」（Why）と問う場合に用いられる。それでは、『彼岸過迄』『行人』において明確に使い分けられていたこの二つの問いの形式は、『心』においてはどう展開しているのだろうか。

3．「先生と遺書」における「先生」

3―1　「先生と遺書」における「何故」と「何うして」――その奇妙さと特異性

1で、「先生と私」における「先生」と「私」の関係の始原が、「先生」の「何うして……、何うして……」から始まるように、いかに仕組まれていたかを検討した。2では、『文学評論』「序言」において漱石が「何うして」と「何故」をどのように捉えていたかを考察し、その小説における現れを『彼岸過迄』と『行人』によって検討した。それを踏まえてこの3では、「先生と遺書」における「何故」と「何うして」について考察する。なぜなら、「先生と遺書」における「先生」（遺書中では「私」だが、混乱を避けるために「先生」という呼称をそのまま用いる）の「何故」と「何うして」は、『彼岸過迄』の須永、『行人』の一郎、二郎の「何故」と「何うして」の使い方とは全く異なった特異性を示すからである。それを検討することによって、「先生」が、「私」との最初の出会いで発した「何うして……、何うして……」にはどのような背景と意味があるのかを明らかにしたい。

もちろん、「先生と遺書」で記述される「先生」は、「先生と私」において記述される「先生」に対して、小説内時間に従えば、過去の時間における「先生」であるが、一方で、「先生と遺書」は「先生と私」を経過した後の「先生」によって過去を回想される形で書かれたものである。この問題は、『心』という小説の構造の本質に関わる非常に困難な問題であるので、本論では小説内時間に従って、まず、「先生と遺書」における「何故」「何うして」の使われ方の特質を指摘し、次に「先生と私」におけるその変化を検討する。すなわち小説内の「先生」の人生に「私」が登場し、「私」に向けて「何うして……、何うして……」という問いを発したことによって何がどう変化したのか、それはどういう結果を生んだかを考察してから、この問題への考察も示す事にする。

まず、「先生と遺書」における「何故」と「何うして」の使用例のうち、「先生」が自身の内面で発した「何故」と「何うして」について考察する。内面で発する「何故」の使用例は三例であるが、特徴的なのは、そのいづれもが必ず激しい悔恨や後悔を伴って使われていること、そして他者の言動に対してではなく、自分自身の言動に対して使われていることである。

（1）

「一口でいふと、叔父は私の財産を胡魔化したのです。事は私が東京へ出てゐる三年の間に容易く行はれたのです。凡てを叔父任せにして平気でゐた私は、世間的に云へば本当の馬鹿でした。世間的以上の見地から評すれば、或は純な尊い男とでも云へませうか。私は其時の己れを顧みて、何故もつと人が悪く生れて来なかつたかと思ふと、正直過ぎた自分が口惜しくつて堪りません。」（下九）

（2）

Kと私はそれぎり寐てしまひました。さうして翌る日から又普通の行商の態度に返つて、うん〳〵汗を流しながら歩き出したのです。然し私は路々其晩の事をひよい〳〵と思ひ出しました。私には此上もない好い機会が与へられたのに、知らない振をして何故それを遣り過ごしたのだらうといふ悔恨の念が燃えたのです。私は人間らしいといふ抽象的な言葉を用ひる代りに、もつと直截で簡単な話をKに打ち明けてしまへば好かつたと思ひ出し

たのです。（下三十一）

（3）

私は当然自分の心をKに打ち明けるべき筈だと思ひました。然しそれにはもう時機が後れてしまつたといふ気も起りました。何故先刻Kの言葉を遮ぎつて、此方から逆襲しなかつたのか、其所が非常な手落《てぬか》りのやうに見えて来ました。責めてKの後に続いて、自分は自分の思ふ通りを其場で話して仕舞つたら、まだ好かつたらうにとも考へました。Kの自白に一段落が付いた今となつて、此方から又同じ事を切り出すのは、何う思案しても変でした。私の頭は悔恨に揺られてぐら〳〵しました。（下三十七）

（1）は「先生」が深い憤りを示す叔父の財産横領について、（2）はKと「先生」との房州旅行の途上、「精神的に向上心がないものは馬鹿だ」と言うKに対して「人間らしいといふ言葉」を使って反論したが、「御嬢さん」への思いは打ち明けられなかったことに対して、（3）はKから「御嬢さんに対する切ない恋を打ち明けられた」後、自室に戻った直後の「先生」の述懐である。いずれの場合も「何故」は、須永や一郎のように理解不能、不可解な他者の言動（この場合、（1）は叔父の財産横領、（3）はKの告白）に対しては向けられず、激しい悔恨とともに自分がある振る舞いをできなかったことに対して向けられる。

次に「先生と遺書」における「先生」の内面で発せられた「何うして」は次の三例である。

（4）

所が帰つて見ると叔父の態度が違つてゐます。元のやうに好い顔をして私を自分の懐に抱かうとしません。それでも鷹揚に育つた私は、帰つて四五日の間は気が付かずにゐました。たゞ何かの機会に不図変に思ひ出したのです。すると妙なのは、叔父ばかりではないのです。叔母も妙なのです。中学校を出て、是から東京の高等商業へ這入る積だといつて、手紙で其様子を聞き合せたりした叔父の男の子迄妙なのです。

私の性分として考へずにはゐられなくなりました。何うして私の心持が斯う変つたのだらう。いや何うして向ふが斯う変つたのだらう。私は突然死んだ父や母が、鈍い私の眼を洗つて、急に世の中が判然見えるやうにして呉れたのではないかと疑ひました。

（下七）

（5）

貴方は定めて変に思ふでせう。其私が其所のお嬢さんを何うして好く余裕を有つてゐるか。其お嬢さんの下手な活花を、何うして嬉しがつて眺める余裕があるか。同じく下手な其人の琴を何うして喜こんで聞く余裕があるか。さう質問された時、私はたゞ両方とも事実であつたのだから、事実として貴方に教へて上げるといふより外に仕方がないのです。解釈は頭のある貴方に任せるとして、私はたゞ一言付け足して置きませう。私は金に対して人類を疑つたけれども、愛に対しては、まだ人類を疑はなかつたのです。だから他から見ると変なものでも、また自分で考へて見て、矛盾したものでも、私の胸のなかでは平気で両立してゐたのです。

（下十二）

（6）

私には第一に彼が解しがたい男のやうに見えました。何うしてあんな事を突然私に打ち明けたのか。又何うして打ち明けなければゐられない程に、彼の恋が募つて来たのか、さうして平生の彼は何処に吹き飛ばされてしまつたのか、凡て私には解しにくい問題でした。（下三十七）

（4）は、「先生」が叔父の財産横領に気付く部分、（5）は「先生」が「お嬢さん」への恋を語る部分、（6）は「先生」がKからお嬢さんへの恋を打ち明けられた後の部分である（（6）は（3）と同じ「下三十七」の（3）の少し後の部分である）。この三つの引用部が「先生」の人生にとって非常に重要な事柄を語った部分であることは言うまでもない。「先生と遺書」における「先生」は人生の重要な岐路に立った時、いつも「何うして」という問いを発する人間として自分自身を記述している。

しかし、（4）～（6）の「先生」の問いは、その内容を考え、2で検討した漱石の『文学評論』「序言」における定義を適用すれば、「如何にして」（How）よりも、「何故」（Why）の方がふさわしい問いである。なぜなら、（4）（6）では、他者の理解不能、不可解な行動に対して、（5）では、自身の他者に対する理解不能、不可解な感情について、「何うして」という問いを発しているからである。従って、（4）は〈何故向ふが斯う変つたのだらう〉と問われるべきだし、（5）は〈其所のお嬢さんを何故好く余裕を有つてゐるか〉〈其御嬢さんの下手な活花を、何故嬉しがつて眺める余裕があるか〉〈下手な其人の琴を何故喜こんで聞く余裕があるか〉と、（6）は〈何故あんな事を突然私に打ち明けたのか〉〈何故打ち明けなければならない程に、彼の恋が募つて来たのか〉と問われるべきだっただろう。『彼岸過迄』において須永は千代子の言動が理解不能、不可解だったから、「何故高木の話をしないのだらう」と自身の内部で問いを発したが、『心』の「先生」ならそれを、〈何うして高木の話をしないのだらう〉と問いを発したであろうことになる。逆に須永、あるいは一郎が「先生」だったら、〈何故叔父たちの対応が今年は妙なのか〉〈何故Kは突然御嬢さんへの思いを自分に打ち明けたのか〉という問いを発しただろう。

2で指摘したように、『彼岸過迄』『行人』において、須永や松本、一郎、二郎が発する問いとして、「如何にして」（How）と「何故」（Why）を正しく書き分けた漱石は、『心』においては、その使用が彼等とは全く異なる登場人物を登場させた。すなわち、「何うして」を「何故」の意味で用い、一方「何故」は他者の理解不能、不可解な言動に対してではなく、自身の言動に対して強い悔恨の念とともに用いる、そういう登場人物である。『文学評論』「序言」において、漱石は「如何にして」（How）を「何うして」に置き換えたが、確かに「何うして」は「如何にして」（How）とともに、「何故」（Why）の意味も内包する疑問詞である。しかし、『彼岸過迄』『行人』においては、漱石は須永、二郎に「何故」（Why）の意味を帯びた「何うして」は使用させず、「何うして」はあくまで「如何にして」（How）の意味で使用させた。それなら、『心』においてなぜ、須永や松本、一郎、二郎とは違った、「何故」と「何うして」の使用が狂っている登場人物が創出されなくてはならなかったのだろうか。

『心』の『彼岸過迄』『行人』に対する特異性は、主人公である「先生」が自殺すると設定されていることである。このことと、「先生」の内面における「何故」と「何うして」の使用の狂いの設定は、どのような関係があるのだろうか。この問いは、小説『心』における全体的な問い、〈「先生」はなぜ自殺したのか〉という問いに連繫する。この問いに対しては、この3で「先生と遺書」における「先生」の「何故」と「何うして」を考察し、4で「先生と私」における「先生」の「何故」と「何うして」を検討した上で5で答を導き出したい。ここでは、次の3―2で「先生と遺書」における「先生」の「何うして」について、次の3―3で「何故」について考察する。

3―2　「先生と遺書」における「何うして」――「何故」としての「何うして」

3―2―1　他人に向ける「何うして」

3―1で、「先生と遺書」における「先生」の「何故」と「何うして」の使い方が、須永や松本、一郎、二郎とは異なり、彼等の使い方を正しいとするなら、狂っている、あるいは歪んでいるとも言えることを指摘した。3―1では、「先生」が自身の内面で発した「何故」と「何うして」について考察した。3―2では「先生」の「何うして」の使用全般について考察するが、まず、「先生」が自身の内部においてではなく、他人に向けて発する「何うして」について検討する。

他人に向かって「先生」が「何うして」と問う場面は「先生と遺書」には二カ所ある。始めは、房総旅行から帰った「十月の中頃」、Kより先に自分が帰る日だったのに、帰ってみるとKの部屋から「Kの声」と「御嬢さんの笑ひ声」（以上、下三十二）を「先生」が聞く場面である。

私は例の通り机の前に坐つてゐるKを見ました。然し御嬢さんはもう其所にはゐなかつたのです。私は恰もKの室から逃れ出るやうに去る其後姿をちらりと認めた丈でした。私はKに何うして早く帰つたのかと問ひました。Kは心持が悪いから休んだのだと答へました。（下三十二）

この時の「何うして早く帰つたのか」という問いは、「何うして」を「如何にして」（How）の方に使った問いである。すなわち、「如何なる過程《プロセス》」によってKが「早く帰つたのか」を「先生」は問い、Kから「心持が悪いから休んだ」という答を与えられる。すなわち、順当な問いと答えの問答がここでは行われている。須永が千代子が母を送ってきた理由を聞く問答や、二郎が三沢の話を一郎が知っている理由を聞く問答と同質である。後述する「何故」の場合とは対照的である。

もう一ヶ所は、Kの死後「御嬢さん」と結婚した「先生」がKの墓参りをする場面である。

> 結婚した時御嬢さんが、——もう御嬢さんではありませんから、妻と云ひます。——妻が、何を思ひ出したのか、二人でKの墓参《はかまゐり》をしやうと云ひ出しました。私は意味もなく唯ぎよつとしました。何うしてそんな事を急に思ひ立つたのかと聞きました。妻は二人揃つて御墓参りをしたら、Kが嘸喜こぶだらうと云ふのです。（下五十一）

ここでも、「先生」は「御嬢さん」（妻）が墓参りを「如何にして」、どういう「過程《プロセス》」を経て思いついたのかを尋ね、妻から答えを与えられている。次項で検討するように、「先生」が自身の内部で発する「何うして」は多くの問題を孕んでいるが、「先生」が他人に向けて発する「何うして」は、須永や二郎の場合と同質の「何うして」すなわち、相手が「如何なる過程《プロセス》」によってある行動をしたか（思い付いたか）を問い、相手から正しく答を与えられるという「何うして」である。

このことは、「何うして」と「何故」の中間的な疑問詞と考えられる「何で」の使用においても、同様である。

> 私がKに向つて、此際何んで私の批評が必要なのかと尋ねた時、彼は何時もに似ない悄然とした口調で、自分の弱い人間であるのが実際恥づかしいと云ひました。さうして迷つてゐるから自分で自分が分らなくなつてしまつたので、私に公平な批評を求めるより外に仕方がないと云ひました。（下四十）

ここでも、「先生」はKに向かって順当な問いを発し、Kから正しく答を与えられている。つまり、「何うして」(「何で」)の使用において、「先生」はそれまでの漱石の主人公達(須永、二郎)と同じように、それを他人に向ける時には、正しい「何うして」の使い方ができる登場人物として設定されていると言える。問題となるのは、それが内部で発せられる時である。『彼岸過迄』『行人』においては、須永も二郎も、自身の内部で発せられる時も、外部の他者に向かって発せられる時も、正しく「何うして」と「何故」を使い分けられる登場人物だった。しかし、『心』の「先生」の場合は違う。

3—2—2　自身に向ける「何うして」——「何故」(Why) としての「何うして」

3—1で、「先生」が自身の内部で「何うして」と問いを発する例として、引用(4)(5)(6)を挙げた。「先生」が叔父の財産横領に気付く部分、自身の「御嬢さん」への思いを語る部分、Kから「御嬢さん」への恋心を打ち明けられた事への疑問を語る部分である。ここでは、各部分における「何うして」の特殊性について検討する。前項3—2—1で考察したように、「先生と遺書」における「先生」は、「何うして」(「何で」)を他人に向けて発する時は、「如何にして」(How) の意味で用い、相手から正しい答を与えられていた。それなら、「何うして」を「何故」(Why) で用いる自身の内部での問いの場合はどうだろうか。「先生」は自分でその問いに対する答えを見つけ出せているだろうか。

(4)の場合は、その後で「先生」が「今迄叔父任せにして置いた家の財産に就いて、詳しい知識を得なければ、死んだ父母に対して済まないといふ気を起し」、「叔父と談判を開」(下八)くという行動を起こしているので、一見

「先生」が「何うして」という問いに答えを見つけられたかのように見える。しかし、問題なのは、「先生」が叔父たちの態度を見て「考へずにはゐられなく」なって発した「何うして」という問いであるにも関わらず、答えの方には、それについて思考した結果得られた答えだとは記述されていないことである。（4）の直後には、「私は突然死んだ父や母が、鈍い私の眼を洗つて、急に世の中が判然見えるやうにして呉れたのではないかと疑ひました」と書かれ、それによって「私の世界は掌を翻へすやうに変りました」（以上、下七）と回想される。つまり、思考の結果ではなく、半ば「迷信」（同）的とも言える、「死んだ父や母」の誘導で「急に」答えが見えた、とするのであり、通俗的に言えば、父と母の霊が教えてくれたということになる。「先生」自身の論理的思考によって答えに辿り着いたとは記述されていない。

そして次に「先生」はその変化を、「十六七」の時に「世の中に美くしいものがあるといふ事実を発見し」、「美くしいもの、代表者として、始めて女を見る事が出来」て、「それ以来私の天地は全く新らしいものとなりました」（同）という経験と同じであるとする。「私が叔父の態度に心づいたのも、全く是（女性の美しさに目覚めた経験、筆者注）と同じなんでせう。俄然として心づいたのです」「何の予感も準備もなく、不意に来たのです」（同）と「先生」は説明する。しかし、異性の美しさに目覚めるのと、叔父の裏切りに気付くのは、同質の出来事だろうか。異性の美しさに目覚めるのは、確かに何の予感予想もなく「不意に」来る現象かも知れないが、叔父の裏切りに気付くのはそれとは本質的に違うのではないか。なぜなら、異性の美しさに突然気付く場合と違って、「先生」は「叔父の態度が違つて」いて「叔母も妙」「叔父の男の子迄妙」という状態にまず気付き、「何うして私の心持が斯う変つたのだらう」「いや何うして向ふが斯う変つたのだらう」と、「何うして」という問いを発したからである。「先生」は、（4）で「私の性分として考へずにはゐられなくなりました」と記す。つまり、（4）の「先生」の「何うして」という問いは思考に基づいた問いであり、それなら答えは当然思考によって発見されるのが順当であって、超自然的な力が「急に世の中が判然見えるやうにして呉れた」り、異性の美しさに気付くように「不意に」「俄然として心づいた」りして答えが発見されるものではないだろう。

『文学評論』「序言」によれば、「如何にして」（How）という問いは、「思索的」であり、「智識慾」を持った人は当然発する問いであるという。だとすればその問いに対する答えも、「思索」「智識慾」の次元で求められるべきであり、それは「どうして」が「何故」と等しい意味を持った場合も同じはずである。しかし、「先生」は問いをたてた段階では、「私の性分」にふさわしく「考へずにはゐられなく」て思考によって問いをたてたはずであるのに、答えを求める段階では、「思索」を行わず、「迷信」的な気付き方をし、恋のように「不意に」来る、そういう現象として「何うして」の答えを得たと記述する。百歩譲って、叔父の裏切りへの気付きは思考しないうちに「俄然として心づいた」という形で訪れたものだったとしても、それは先に彼らの態度に対する疑問があって気付いたのであるから、予感も何もなく突然異性の美しさに気付く経験とは区別されるものなのではないか。記述の順番も、（4）に明らかなように、まず「考へずにはゐられなく」て「何うして」という問いを発したことが書かれ、次に「死んだ父や母が」「突然」「世の中が判然見えるやうにして呉れた」のかもしれないと記されている。いずれにせよ、いくら若い時代の思考と言っても奇妙であるし、また、遺書を執筆した時点でそれを訂正したり、補足することも可能だったはずであるが、「先生」は遺書執筆の時点でも、叔父の財産横領への気付きは、異性の美しさに目覚めた時と同質であったという認識を覆してはいない。積み重ねられた思考によるものだという記述は一切行っていない[3]。

（6）の場合は逆に、引用部の直前の部分において、「先生」の思考が強調される。まず、Kの告白を聞いた後、「先生」は部屋で「凝と考へ込んでゐました」（下三十七）と記す。そして、3―1の（3）で引用したように、「何故先刻Kの言葉を遮ぎつて、此方から逆襲しなかつたのか」という思いで、「私の頭は悔恨に揺られてぐら〳〵しました」という激しい「悔恨」とともに「何故」という問いを発する。その後で「先生」はKが再び「仕切の襖を開けて向ふから」話に来てくれることを願うがKは来ず、「襖の向」のKが静かなのに耐えきれなくなった「先生」は「正月の町を、無暗に歩き廻つた」（以上、下三十七）、その時に（6）の「何うして」以下の問いを発するのである。つまり（6）の場合は、「凝と考へ込」む最初の思考によって、自分の行動についての激しい悔恨を伴った「何故」という問いが引き出され、次にその思考が持続不可能になり、「凝として居られなく」なった「先生」が「私の頭はいくら歩いてもKのことでいっぱいになつてゐました」（同）という状態で「無暗に歩き廻つた」時に、「何うして」という問いが生まれている。自分自身の行動に対する悔恨を伴った「何故」という問いが最初に起こり、「何うして」による理解不能で不可解な他者の行動に対する問いはその後で生まれた訳である。しかもいくら頭が「Kのことでいつぱい」といっても、「無暗に」歩き廻っている最中という、純粋に思考してはいない身体的行動を伴った状態で「先生」は問いを発する。そして、家に戻り、夕食後寝た後で、「先生」はこの問いについて再び思考するが、答えを見出すことはできない。「私は遅くなる迄暗い中で考へてゐました。無論一つの問題をぐる〳〵廻転させる丈で、外に何の効力もなかつたのです」（同三十八）とその無益であった事が記述される。

（5）には、（4）（6）とは異なった特徴がある。それは、「其私が其所のお嬢さんを何うして好く余裕を有つてゐるか。其お嬢さんの下手な活花を、何うして嬉しがつて眺める余裕があるか。同じく下手な其人の琴を何うして喜こんで聞く余裕があるか」という「何うして」による問いに対して、（4）（6）とは違って、「先生」が「私は金に対して人類を疑つたけれども、愛に対しては、まだ人類を疑はなかつたのです」と答を導き出している点である。しかし、この「先生」の答の導き出し方には奇妙な点が存在する。

まず、「貴方は定めて変に思ふでせう」「さう（「何うして」以下の内容・筆者注）質問された時」と、「何うして」以下の三つの問いは、遺書を読む「私」（引用部では「貴方」）が発する問いとして想定されている。すなわち、ここでは「先生と遺書」が、「先生と私」における小説的時間を経過した後で「私」に向けて書かれたものであることが殊更強調され、「何うして」という問いの発信者が「先生」であるのか、遺書の読者として想定される「私」であるのかが曖昧にされている。しかし、「他から見ると変なものでも、また自分で考へて見て、矛盾したものでも、私の胸のなかでは平気で両立してゐたのです」とある以上、「何うして」以下の問いは、「先生」が「御嬢さん」を好きになり、「下手な活花」を「嬉しがつて眺め」、「下手な琴」を「喜こんで聞」いていた、まさにその時期に「自分で考へて見て」発した問いである可能性が高いと考えられる。それなら何故ここで「私」が招来されなくてはならないのだろうか。最初に言えることは、「私」を登場させたことによって問いを発した時期が曖昧化されることである。そして、それよりもっと時期が曖昧にされているのが、その問いに対する答えの方である。

「先生」は、「両方とも事実であつたのだから、事実として貴方に教へて上げるといふより外に仕方がないのです」とその問いへの答えをいったん回避する。そして、「解釈は頭のある貴方に任せる」と「解釈」、すなわち問いの答えを「私」に預ける。しかし、「先生と私」に記述された「先生」の「私」に対する言動を読む限り、「先生」が「私」を「頭のある」人間であると評価していたとは考えられない。また、「先生と私」の十二で、「私」の新婚の男女についてのコメントに対して「先生」が「あの冷評《ひやかし》のうちには君が恋を求めながら相手を得られないといふ不快の声が交つてゐませう」（上十二）と言っている以上、「私」が「相手」のある「恋」をまだ経験していないことも「先生」は充分知っていたはずである。だとすれば、「私」がこの問いに適切な「解釈」を与えられないことは、「先生」は最初から分かっていたのではないか。そう考えると、この「解釈は頭のある貴方に任せるとして」という言辞には、他の目的があったのではないかと考えられる。

「先生」は「私」に「解釈」を「任せる」とした後、「たゞ一言付け足して置きませう」として、一応、「私は金に対して人類を疑つたけれども、愛に対しては、まだ人類を疑はなかつたのです」という答えを用意する。しかし、この答えはいつ考え出されたのか、（5）に書かれた出来事が起こった時点でなのか、後年であるのか不明である。また、それは思考によって導き出した答えなのか、（4）の場合のように「突然来た」答えであるのかも不明である。「解釈は頭のある貴方に任せるとして」といったん答えを「私」に丸投げする姿勢を見せながら、「一言付け足して」という形で、「何うして」以下の問いに対する答えを示す「先生」のやり方は、これらの点を意図的に曖昧化しようとしているとしか考えられない。つまり、（5）においては、遺書を読む「私」を招来することによって、「先生」の「御嬢さん」に関して自身の内部に向けた「何うして」という問いを発した時期も、その答を得た時期も過程も、すべて曖昧化するという記述方法が採られていることになる。

このことは、「何で」という問いに関しても同様である。使用例は少ないが、「何で」という問いの場合も、「先生」は「何うして」の場合と同じく、3―2―1で検討したように、外部の他者に向かって問う場合には、正当な答えを与えられるが、次の引用例のように、内部で問う場合は論理的思考によって答えを見付けることはできない。

私は奥さんの態度を何方かに片付て貰ひたかつたのです。頭の働きから云へば、それが明らかな矛盾に違ひなかつたからです。然し叔父に欺むかれた記憶のまだ新しい私は、もう一歩踏み込んだ疑ひを挟《さしは》さまずには居られませんでした。私は奥さんの此態度の何方かが本当で、何方かゞ偽だらうと推定しました。さうして判断に迷ひました。たゞ判断に迷ふばかりでなく、何でそんな妙な事をするか其意味が私には呑み込めなかつたのです。理、由を考へ出さうとしても、考へ出せない私は、罪を女といふ一字に塗《なす》り付けて我慢した事もありました。必竟女だからあゝなのだ、女といふものは何うせ愚なものだ。私の考は行き詰れば何時でも此所へ落ちて来ました。（中略）そのうち私はあるひよつとした機会から、今迄奥さんを誤解してゐたのではなからうかといふ気になりました。奥さんの私に対する矛盾した態度が、どつちも偽りではないのだらうと考へ直して来たのです。其上、それが互違《たがひちがひ》に奥さんの心を支配するのではなくつて、何時でも両方が同時に奥さんの胸に存在してゐるのだと思ふやうになつたのです。　（下十四）

「自分の娘と私とを接近させたがつてゐるらしくも見える」（同）が、それでいて、「或場合には、私に対して暗に警戒する所もあるやう」（同）に見える「奥さん」の態度に対して「先生」は「何でそんな妙な事をするか」と問う。しかし、「何うして」の場合同じく「先生」はこの「何で」と発した問いに対して、自分の思考によって答えを見つける事が出来なかった。「理由を考へ出さうとしても、考へ出せない」「先生」は結局「必竟女だから」という非論理的な理由しか見つけられず、「あるひよつとした機会」によって解決を見出す。この「あるひよつとした機会」は具体的には示されていないが、いずれにせよ、「先生」は自分の思考力によってでは、「何でそんな妙な事をするのか」という問いに対して、論理的整合性もあり、彼自身も納得できるような答えを思考することによって導き出す事が出来なかった。

「先生と遺書」において、「先生」は「何うして」を外部の他人に対しては正しく使え、順当な答えも得られているが、それに対して自身の内部で「何故」（Why）の意味として用いる時には、その答えを得る方法が奇妙である。「先生」の記述によれば、その答は直感的なものによって得られるか、思考を「ぐる〳〵廻転させる丈」で答が得られないか、または順当な答が得られているのにその答が得られた時期が奇妙に曖昧化され、「先生」がいつ、いかなる思考によってその答を発見されたかが隠されているか、いづれかである。従って、（4）（5）（6）全てにおいて、「先生」が「何うして」という問いを発した後、順当に思考して順当な答えに辿り着いたとは、一度も記述されていないのである。なぜ、「何うして」（「何で」）を「何故」（Why）の意味で用いると、「先生」の思考は正しく動き出さないのだろうか。

3―2―3　「先生」の思考形態――「ぐる〳〵廻転させる」思考

3―2―2で考察したことから何が露呈してくるだろうか。もし〈論理的に思考して「どうして」という問いを発し、同じく論理的思考によって答えを導き出す〉というのが、「何故」という意味で使用される「どうして」の正しいあり方だとすれば、ここまで考察してきたように「先生」は思考によって「どうして」という問いを発する方はある程度できているが、その問いに対する答えの方に関しては、論理的思考による答えを一度も導き出せていない。（4）では論理的思考によっては答えを出さず、（5）では答えを示しながら、その答えが導き出された過程を曖昧化して記し、（6）の場合は思考しても「一つの問題をぐる〳〵廻転させる丈」で何の答えも出せなかったことが記される。この「先生」の状態は、どういう思考形態から生じたものだろうか。

遺書の最初の部分で「先生」は両親の死を記し、母が死ぬ間際に「此子をどうぞ何分」「東京へ」と叔父に向かって言い、叔父がそれをあたかも「母の遺言」（以上、下三）であったかのように受け取ったことを記した後で、次のように記す。

然しこれが果して母の遺言であつたのか何うだか、今考へると分らないのです。母は無論父の罹つた病気の恐るべき名前を知つてゐたのです。さうして、自分がそれに伝染してゐた事も承知してゐたのです。けれども自分は屹度此病気で命を取られると迄信じてゐたかどうか、其所になると疑ふ余地はまだ幾何でもあるだらうと思はれるのです。其上熱の高い時に出る母の言葉は、いかにそれが筋道の通つた明かなものにせよ、一向記憶となつて母の頭に影さへ残してゐない事がしば〳〵あつたのです。だから……然しそんな事は問題ではありません。たゞ斯ういふ風に物を解きほどいて見たり、又ぐる〳〵廻して眺めたりする癖は、もう其時分から、私にはちやんと備はつてゐたのです。それは貴方にも始めから御断りして置かなければならないと思ひますが、其実例としては当面の問題に関係のない斯んな記述が、却つて役に立ちはしないかと考へます。

（下三）

漱石は「先生」に「先生と遺書」の始めの部分で「始めから御断りして置かなければならないと思ひます」と、彼が物事を「解きほどいて見たり、又ぐる〳〵廻して眺めたりする癖」があることを宣言させる。この「ぐる〳〵廻して眺めたりする癖」の「ぐる〳〵」の語は（6）でも「一つの問題をぐる〳〵廻転させる」と繰り返されている。それは「先生」が（6）でKに関する「何うして」という問いの答えを見つけられなかった時であった。母の〈遺言〉の部分では、それは否定的なニュアンスでは使われていないが、（6）では、「一つの問題をぐる〳〵廻転させる丈」と、それしかできないから「何うして」に対する答えがみつけられないという否定的なニュアンスで使われている。つまり、（6）を記述した時点での「先生」は、自分の陥りやすい思考形態が、「何うして」という問いの答えを出すには無力であることに気付いているのではないだろうか。「物を解きほどいて見たり、又ぐる〳〵廻して眺めたりする」という思考形態は、「何うして」という問いを「何故」の意味で発するところまでは有効であるが、その問いに対する答えを論理的思考によって導き出すにはけして有効ではない。

そういう視点から見れば、この母の死ぬ間際の言葉についても、「先生」は確かに「解きほどいて見たり、又ぐる〳〵廻して眺めたり」はしているが、結論には至っていない。「これが果して母の遺言であつたのか何うだか、今考へると分らないのです」と「先生」は記すが、「今」ではない過去の時間においても「先生」が母の死ぬ前の言葉について最終判断を下したとは書かれていない。(4)

「先生と遺書」における「先生」は、3―1で検討してきたように、自身の内部で問いを発する時、「何故」という問いを須永や一郎のように使うことができていなかったが、その代わりに「何うして」を「何故」と問うべき場合に使用していた。しかし、「先生」の「何うして」の使用には、特に答えの導き出し方に問題があった。「先生」は「何うして」を「何故」の意味で使い、問うところまでは問題はないが、問いを発した後、答えを導き出す段階に問題を抱えている存在として記述されている。「先生と遺書」に記述されている「先生」は、自分を取り巻く現象に対して、自身の内部で問いをたてる思考力はあるが、その思考力を問いに対する答えを導き出すためには使えていない。「先生」は物事を「解きほどいて見たり、又ぐる〳〵廻して眺めたりする癖」はあるが、この「癖」は、「何うして」という問いの答えを導き出そうとする時、「先生」の思考を「一つの問題をぐる〳〵廻転させる丈」という状態にさせてしまって、答えを導き出す論理的思考にまで「先生」は達することができない。

どうしてそのような事態が起こったのか。「何うして」という問いは「如何にして」（How）が起源であるから、ある事象が起こった「過程《プロセス》」を問うものであると考えられる。従って、そこで問題になるのは「過程《プロセス》」であって、その「過程《プロセス》」の主体である他者を、問う主体（この場合は「先生」）がどう意識しているかは問われない。このことは、「何うして」を「何故」として使う場合も基本的に同じなのではないだろうか。そう考えると、（4）（6）の引用における「先生」の「何うして」と問いを発した後の奇妙さが説明できる。

（4）の「叔父の態度が違つて」いて「叔母も妙」「叔父の男の子迄妙」という状態は、当然叔父による「先生」の財産横領からもたらされた結果としての状態である。従って、ここでその状態が生じた「過程《プロセス》」を問題にし、かつ「何うして」を「何故」の意味で使用してその事態がなぜ起ったかを問うのなら、当然その事態の根源を作った叔父、その「過程《プロセス》」の主体である叔父そのものを問いの対象としなければならないだろう。そしてその時そこで使用される疑問詞は、「何故」の意味で使われる「何うして」ではなく、理解不能、不可解な他者の言動を問う「何故」（Why）そのものでなくてはならなかったはずである。（6）も同様である。Kを、須永にとっての千代子、一郎にとっての直のように、理解不能、不可解な言動をする他者として捉えることができて初めて、彼に対して「何故」と問うことができる。しかし、「先生」は叔父、Kをそこまで明確に他者として対象化できていなかった。だから、「先生」は「何うして」を「何故」の意味で使って「何うして」と問う。「何うして」を「何故」の意味で使っていても、そこで主に問われるのはその状態をもたらした「過程《プロセス》」である。「過程《プロセス》」だけを問うている限り、その「過程《プロセス》」の主体である他者に思考を向けない限り、正しい思考はそこでは生まれない。だから、「先生」の思考は「一つの問題をぐる〳〵廻転させる丈」の思考になる。

須永も一郎も、前述したように、他者の理解不能、不可解な言動を自分がいくら考えても〈分からない〉時に、「何故」という問いを、自身の内部でその当の他者に向けて発していた。すなわち、彼らは他者を他者として明確に意識し、意識を向け、その言動についてまず考え、それでも〈分からない〉から、「何故」という問いを発した。もちろん、「先生」が他者に全く意識を向けていなかった訳ではない。しかし、他者に向けた「先生」の意識は、それよりもっと多く、その他者の言動によって引き起こされた自分の感情の方に向けられていた。だから、「先生」は「何故」という問いを当の他者に向けて適切に発する事が出来ず、自身に何とか使いこなせる方の問い、「何うして」

を「何故」の代用として使って、自身の内面に向けて問いを発した。

「先生と遺書」において「先生」の思考形態をこのように記述させた漱石の意図は何だろうか。恐らくこの問題は、「先生」のもう一つの問い、すなわち「何故」という問いの発し方と関連していると考えられる。なぜなら、「先生」は「何うして」を「何故」の意味で用いているからである。須永や一郎だったら「何故」と問いを発したであろう事態に対して、「先生」は「何うして」と問うわけであるが、その問いが奇妙な思考形態を生むとすれば、そもそも「何故」と問うべき事態の捉え方に何らかの問題があるのではないだろうか。だから、「先生」は「何故」（Why）と当の他者に向けて問う代わりに、「何故」の意味の「何うして」という問いを自身の内面に向けて発した。この問題に対する考察は次の3―3で行うが、ここでは最後に、これまで見てきた「先生」の思考形態がどういう事態を引き起こすかを指摘しておく。

「先生」は、「何だか自分の娘と私とを接近させたがつてゐるらしくも見える」が、「それでゐて、或場合には、私に対して暗に警戒する所もあるやう」な「奥さん」の態度について、3―2―2で指摘したように、「何でそんな妙な事をするか」と問いを発するが、結局論理的思考によって結論を導き出す事はできず、「あるひよつとした機会から、今迄奥さんを誤解してゐたのではなからうかといふ気になりました」という解決を見る。「先生」はそこでいったん落ちつくが、故郷の事情を「奥さん」に打ち明けた後、またもや「所がそのうちに私の猜疑心が又起つて来ました」という状態になる。「一般の経済状態は大して豊だと云ふ程では」ない「奥さん」にとって「私と特殊の関係をつけるのは、先方に取つて決して損ではなかつたのです」（以上、下十五）と「先生」は考える。ここまでは、思考は論理的に行われている。問題はその後である。

私は又警戒を加へました。けれども娘に対して前云つた位の強い愛をもつてゐる私が、其母に対していくら警戒を加へたつて何になるでせう。私は一人で自分を嘲笑しました。馬鹿だなといつて、自分を罵つた事もあります。然しそれだけの矛盾ならいくら馬鹿でも私は大した苦痛も感ぜずに済んだのです。私の煩悶は、奥さんと同じやうに御嬢さんも策略家ではなからうかといふ疑問に会つて始めて起るのです。二人が私の背後で打ち合せをした上、万事を遣つてゐるのだらうと思ふと、私は急に苦しくつて堪らなくなるのです。不愉快なのではありません。絶体絶命のやうな行き詰つた心持になるのです。それでゐて私は、一方御嬢さんを固く信じて疑はなかつたのです。だから私は信念と迷ひの途中に立つて、少しも動く事が出来なくなつて仕舞ひました。私には何方も想像であり、又何方も真実であつたのです。（下十五）

ここでは「ぐる〳〵」という言葉こそ使われていないが、「御嬢さん」を愛しつつ、その母親を警戒し、もし「御嬢さん」も母親と一緒に策略を巡らしているのではないかと「煩悶」して結局「絶体絶命のやうな行き詰つた心持」になり、「少しも動く事が出来なくなつて」しまうというのは、結局「一つの問題をぐる〳〵廻転させる丈」で何の答えにも結論にも達することができないということに他ならない。もし、この時「先生」がこの問題について、「ぐる〳〵廻して眺めたりする癖」による以外の思考法を使えていたら、この部分以後の「先生と遺書」の展開もずいぶん違ったものになっていたのではないだろうか。しかし、漱石は「先生」にそういう思考法はけして与えなかった。

3―3　「先生と遺書」における「何故」――たった一度の答え

3―3では、「先生と遺書」における「先生」の「何故」を使用した問いについて検討する。3―1で指摘したように、「先生と遺書」における「先生」の「何故」は、それが自身の内面に向けられる時は、自身がしてしまった行動について激しい悔恨と共に向けられる「何故」であった。その時、「先生」に悔恨を起こさせた当の叔父やKは、「先生」の「何故」という問いの中に含まれていなかった。本項では、そういう「何故」の使用を自身の内部で行っていた「先生」が、同じ「何故」を外部の他者に向けて発したときにどういう事態が起こるかについて考察する。

その前に、ここで本論文で用いる「他者」という語を定義しておきたい。「他者」は、哲学、精神分析学等で様々な使われ方をしているが、本論文では、『彼岸過迄』の須永にとっての千代子、『行人』の一郎にとっての直、二郎にとっての一郎のような存在を「他者」と呼ぶ。すなわち、その人間に意識を向け、その人間の言動が自分自身の思考によっては理解不能、不可解であった時に正しく「何故」という問いを発することのできる、そういう対象である。このように他者を定義すると、『こころ』の「先生」には、この定義に適う他者が存在しているかどうかが問題になる。3—3では、その点も考慮に入れつつ、「先生」の「何故」について検討する。

3—3—1　「何故」を他人に向けることの困難

「先生」は自身の言動に対して、激しい悔恨とともに「何故」という問いを向ける。須永や一郎、二郎の場合は、彼らに「何故」と問わせるものは、理解不能で不可解な他者の言動だったが、「先生」の場合、それは自分自身の言動である。「先生」は「先生と遺書」の最後で、「私は私の出来る限り、此不可思議な私といふものを、貴方に解らせるやうに、今迄の叙述で己れを尽した積です」（下五十六）と記すが、まさしく、「先生」が自己の内面で発する「何故」は、言うべきことが言うべき時に言えなかった「不可思議な私」を、その私自身が激しい悔恨とともに問う「何故」である。

このように「何故」を使う者が、自身の内部ではなく、外部の他人（「先生」にとって「何故」の対象である存在が他者たり得ているかについては検討を要するので、とりあえずこの語を使用する）に向けて「何故」を発したらどうなるだろうか。「先生と遺書」には、自己の内部で自己の行動に対して発せられる「何故」とともに、外部の他人に向けて発せられた四例の「何故」が記されるが、それを検討する前に、不発の「何故」、すなわち発しようとして発せられなかった「何故」の例をまず挙げる。

「先生と遺書」には、「御嬢さん」に対して、「何故」と問えなかったという記述が二例ある。いづれも、Kと「御嬢さん」が二人で話していたことに対する「先生」の嫉妬を記す場面である。

一週間ばかりして私は又Kと御嬢さんが一所に話してゐる室を通り抜けました。其時御嬢さんは私の顔を見るや否や笑ひ出しました。私はすぐ何が可笑しいのかと聞けば可かつたのでせう。それをつい黙つて自分の居間迄来て仕舞つたのです。だからKも何時ものやうに、今帰つたかと声を掛ける事が出来なくなりました。御嬢さんはすぐ障子を開けて茶の間へ入つたやうでした。

夕飯の時、御嬢さんは私を変な人だと云ひました。私は其時も何故変なのか聞かずにしまひました。たゞ奥さんが睨めるやうな眼を御嬢さんに向けるのに気が付いた丈でした。（下二十七）

「先生」は「笑ひ出し」た「御嬢さん」に「何が可笑しいのと聞けば可かつた」と思いながら聞けず、「御嬢さん」から「変な人」だといわれても、「何故変なのか」という問いを発することが出来ない。ただし、この場合は、3—1に挙げた（1）（2）（3）のように、〈何故、「何故変なのか」という問いを発することができなかったのか〉と自身の内面で激しい悔恨とともに問うことはしていない。「何故」という問いを発することができなかったという事態は、その場限りの事態として終わる。

次の例も同様である。3―2―1で一部を引用した部分である。

其日は時間割からいふと、Kより私の方が先へ帰る筈になつてゐました。私は帰つて来ると、其積で玄関の格子をがらりと開けたのです。すると居ないと思つてゐたKの声がひよいと聞こえました。同時に御嬢さんの笑ひ声が私の耳に響きました。私は何時ものやうに手数のかゝる靴を穿いてゐないから、すぐ玄関に上がつて仕切の襖を開けました。私は例の通り机の前に坐つてゐるKを見ました。然し御嬢さんはもう其所にはゐなかつたのです。私は恰もKの室から逃れ出るやうに去る其後姿をちらりと認めた丈でした。私はKに何うして早く帰つたのかと問ひました。Kは心持がわるいから休んだのだと答へました。私が自分の室に這入つて其儘坐つてゐると、間もなく御嬢さんが茶を持つて来て呉れました。其時御嬢さんは始めて御帰りといつて私に挨拶をしました。私は笑ひながらさつきは何故逃げたんですと聞けるやうな捌けた男ではありません。それでゐて腹の中では何だか其事が気にかゝるやうな人間だつたのです。（下三十二）

ここでも「先生」は、Kと話していながら「先生」の姿を見ると「逃れ出るやうに」Kの部屋を出た「御嬢さん」に対して、「さつきは何故逃げたんです」と気軽に問いを発することが出来ない。そして、そのことが「先生」を苦しめるが、先の例と同様に、自身の内面では、後悔を伴う「何故」という問いは発しない。そして、「先生」は、「笑ひながらさつきは何故逃げたんですと聞けるやうな捌けた男ではありません」「それでゐて腹の中では何だか其事が気にかゝるやうな人間だつたのです」と、自分はそういうタイプの人間であると記す。すなわち自分は、他人に「何故」と問いたい時に気楽に問うことのできる人間ではないと自覚しているという趣旨の記述を行う。

以上のことから、そもそも「先生」にとって外部の他人に「何故」という問いを発すること自体が、ある程度困難であったことが推測される。須永や一郎は、この困難の感覚を持っているようには記されていなかった。彼らは他者の言動が自分自身にとって理解不能、不可解であった時、即座に「何故」という問いを発することができた。彼らは、「何故」という問いを発することができる程度には、他者を他者として対象化出来ていた。しかし、「先生と遺書」の「先生」は違う。「先生」にとって、外部の他人に対して「何故」という問いを発すること自体が困難を伴う。もちろん、ここで挙げた引用部は、その相手が「先生」が恋心を感じている「御嬢さん」であるからだ、という理由付けもできるが、「先生」自身が「笑ひながらさつきは何故逃げたんですと聞けるやうな捌けた男ではありません」と記していること、次の3―3―2の他人に向ける「何故」の質から考えて、「先生」に「何故」という問いを他人に向けること自体がそもそも困難であったと考えられる。

もし、須永や一郎の「何故」の問い方を正常な「何故」の問い方とするのなら――そして、それは『文学評論』序言における漱石の「何うして」と「何故」の区別とも一致するのだが――、「先生と遺書」における「先生」の「何故」は、いびつな、歪んだ「何故」のあり方、あるいは未成熟な「何故」のあり方を示していると言えるだろう。漱石は「先生と遺書」の「先生」をそういう「何故」しか使えない人間として設定した。もし、須永や一郎のように、他者の理解不能、不可解な言動について自分自身で論理的に思考し、その結果発せられる「何故」、自己の他者との関係性の中で発せられる「何故」が成人した人間にふさわしい「何故」であるとするのなら、「先生」の「何故」は、まだその段階に達していない、他者との関係性の中で自己を認識できない段階での、自己自身にのみ向けられた未成熟な「何故」と言えるだろう。「先生と遺書」における「先生」は、他者に意識を向け、その関係性の中で「何故」と発するのではなく、「不可思議な私」にのみ意識を向け、そこで「悔恨」という感情とともに「何故」としか問いを発する事の出来ない、そして基本的に他人に「何故」という問いを向けることは困難である、そういう存在である。

3―3―2　他人に向ける不適切な「何故」

それでは、その「先生」がこの彼独特の「何故」という問いを他者に向けたら、どういう事態が起こるだろうか。漱石は、自己の内部で「何故」という問いがいびつな歪みを示している人間、あるいは自己にしか根本的に「何故」という問いを向けられない人間が、他人に「何故」を向けたとき、それがどうなってしまうかを残酷なまでに描き出す。

「先生と遺書」において、「先生」は四回「何故」という問いを他人に向ける。三回はKに対して、一回は「奥さん」に対してである。そして、四回のうち三回、「先生」は当の相手から得たい答えを与えられず、はぐらかされる。須永が千代子と松本から、二郎が一郎から、それぞれ正当な答えを与えられていたのとは対照的である。というより、漱石は意図的に不適切な問い、つまり相手が正しく答えを与えることが困難な問いしか発することのできない存在として、「先生」を描いている。

最初の例は、「先生」がKを下宿に連れてくることに反対する「奥さん」に対して発する「何故」である。

前にも話したとおり、奥さんは私の此所置に対して始めは不賛成だつたのです。（中略）すると奥さんは又理窟の方向を変へます。そんな人を連れて来るのは、私の為に悪いから止せと云ひます。何故私のために悪いかと聞くと、今度は向ふで苦笑するのです。

（下二十三）

「先生と遺書」において、「奥さん」が娘である「御嬢さん」と「先生」をいづれ結婚させたがっているらしいことは、「先生」の記述からでも推測出来るように書かれているが、この時点での「先生」はそのことを充分には理解していない。どうしてもKを連れて来るという「先生」に対して、「奥さん」は遂に「私の為に悪いから止せ」と、核心に迫る理由を仕方なく口にする。それに対して「何故」と問われれば、その先は口に出せない。「奥さん」としては「苦笑」して黙るしかない。「先生」はそれに気付かず、すなわち相手の心情を全く想像できず「何故私の為に悪いか」と問い、その問いは答えを与えられないまま、宙に浮く。

次の二例はKへの問いである。

私は夏休みに何処かへ行かうかとKに相談しました。Kは行きたくないやうな口振を見せました。無論彼は自分の自由意志で何処へも行ける身体ではありませんが、私が誘ひさへすれば、また何処へ行つても差支へない身体だつたのです。私は何故行きたくないのかと彼に尋ねて見ました。彼は理由は何もないと云ふのです。宅で書物を読んだ方が自分の勝手だと云ふのです。

（下二十七）

Kは経済的に「先生」の支配下にある。だから、一人で旅行に行くことはできないが、「先生」が費用を持てば旅行もできる、そういう状態にある。「無論彼は自分の自由意志で何処へも行ける身体ではありませんが、私が誘ひさへすれば、また何処へ行つても差支へない身体だつたのです」という「先生」の認識は正しいが、これはKの側からすれば、当然屈辱的であったのではないだろうか。(5) だからKは「行きたくないやうな口振」をする。そういう彼に対して「何故行きたくないのか」と問うことは、ある意味残酷である。だからKは「理由は何もない」と答えるしかない。「宅で書物を読んだ方が自分の勝手だ」というのは、Kの本音でもあるとともに、苦しい説明であったとも言えるだろう。ここでも、相手の状況を充分に想像できない「先生」の問いは宙に浮く。そして、ここでも「先生」は正しい答を与えられたという感触を得られない。

次の例は、「御嬢さん」への恋心を打ち明け、相談してきたKを、「先生」がかつてKから言われた「精神的に向上心のないものは馬鹿だ」という言葉で攻撃し、「御嬢さん」への恋を彼にあきらめさせるように仕向けた日の深夜、Kが「先生」との部屋の仕切の襖を開けて言葉をかけた翌朝の記述である。

然し翌朝になつて、昨夕の事を考へて見ると、何だか不思議でした。私はことによると、凡てが夢ではないかと思ひました。それで飯を食ふ時、Kに聞きました。Kはたしかに襖を開けて私の名を呼んだと云ひます。何故そんな事をしたのかと尋ねると、別に判然とした返事もしません。調子の抜けた頃になつて、近頃は熟睡が出来るのかと却つて向ふから私に問ふのです。私は何だか変に感じました。（下四十三）

このKが深夜に襖を開けた場面の重要性については数多くの指摘がある。(6) この時、もしKが「先生」に最後の交流を求めていたのだと考えると、「先生」が翌朝発した「何故そんな事をしたのか」という問いは、Kの気持ちを全く受け取っていなかったことを露呈していることになる。Kとしてはしばらく「判然とした返事」が出来ないのは当然である。「調子の抜けた頃」に発した、Ｋの「近頃は熟睡が出来るのか」という問いは、彼の必死のその場を取り繕う返答だったに違いない。そして、またもや他人への想像力を欠いていたために正しい答を得られなかった「先生」は、その理由も理解できずに、「何だか変に」感じるしかない。自分がＫに何を伝えてしまったかについてはもちろん気付いていない。

3―3―1で指摘したように、「先生と遺書」における「先生」は、基本的に他人に対して「何故」と問うことが困難な人間であり、本人もそれは朧気に自覚している。しかし、どうしても問わなくてはならない場合は問う。それが、ここで挙げた三例である。Ｋをどうしても自分の下宿に連れてきたいから、「先生」は反対する「奥さん」に「何故」と問い、Ｋを一人下宿に残さず、旅行に誘い出したいから、渋るＫに「何故」と問い、「御嬢さん」をめぐってＫの意向を知りたいから、夜中に襖を開けて呼ぶという今までに無い振る舞いをした彼に「何故」と問うた。しかし、「先生」のすべての「何故」に正しい答は帰って来なかった。なぜなら、「先生」は相手の状況を想像できず、相手が答えることが困難な「何故」しか発することができなかったからである。

3―3―3　たった一度の正しい「何故」

「先生と遺書」において「先生」が他者に向かって発した「何故」は三回とも宙に浮いたままになって、適切な答えを与えられなかった。相手が適切な答えを与えられない「何故」しか「先生」は発することができなかったし、それが不適切な「何故」であることも理解できていなかった。

しかし、たった一回、「先生」が他人に向けて正しく「何故」を発し、それに対して適切な答えが与えられた場面があった。その時、相手は「先生」にとって理解不能、不可解な言動をした。すなわち「先生」にとって理解不能、不可解な他者となった。だから、「先生」は正しい「何故」という問いを相手に向かって発することができた。しかし、漱石は、それを「先生」にとって最も残酷な、最悪の答えが与えられた場面として描いた。それさえなければ、「先生」の運命も狂わなかったのに、その答えがあったばかりに、「先生」の全てが狂うことになる、そういう残酷な場面として描いた。言うまでもなく、Kから「御嬢さん」への恋心を打ち明けられる場面である。

> Kは中々奥さんと御嬢さんの話を已めませんでした。仕舞には私も答へられないやうな立ち入つた事迄聞くのです。私は面倒よりも不思議の感に打たれました。以前私の方から二人を問題にして話しかけた時の彼を思ひ出すと、私は何うしても彼の調子の変つてゐる所に気が付かずにはゐられないのです。私はとう〳〵何故今日に限つてそんな事ばかり云ふのかと彼に尋ねました。其時彼は突然黙りました。然し私は彼の結んだ口元の肉が顫へるやうに動いてゐるのを注視しました。（中略）
>
> 彼の口元を一寸眺めた時、私はまた何か出て来るなとすぐ疳付いたのですが、それが果して何の準備なのか、私の予覚は丸でなかつたのです。だから驚ろいたのです。彼の重々しい口から、彼の御嬢さんに対する切ない恋を打ち明けられた時の私を想像して見て下さい。私は彼の魔法棒のために一度に化石されたやうなものです。口をもぐ〳〵させる働さへ、私にはなくなつて仕舞つたのです。（下三十六）

この時だけ、「先生」は「何故」を正しく発し、正当な答えを与えられている。いつもと違って「御嬢さん」と「奥さん」のことばかり言うKに、「先生」は「不思議の感に打たれ」る。先の3—3—2で挙げた例と違って、ここではKがあまりに不思議な振る舞いをするので、Kの「調子の変つてゐる所に気が付かずにはゐられない」、すなわち

Kに通常以上の関心を向けずにはいられない。Kはこの一瞬、「先生」にとって理解不能、不可解な言動をする他者となった。

もちろん、Kを下宿に連れてこない方がいいという「奥さん」も、夏休みに旅行に行きたがらないKも、もし、「先生」が須永や一郎だったら理解不能、不可解な言動をする他者と捉えただろう。しかし、「先生」は違った。「先生」にとって重要なのは、Kを下宿に連れて来ること、Kを旅行に連れ出すことであって、その時それに反対するかのような「奥さん」やKの言動は、そういう「先生」にとっては理解不能、不可解な他者の言動ではなく、自分の意図を妨げる他人の言動でしかなかった。そこに相手に対する想像力を働かせることは、「先生」にはできなかった。

しかし、この時のKの言動は違った。彼はそれまで「先生」の目には、「彼は二人の女に関して（Kが「奥さん」「御嬢さん」に関して、筆者注）よりも、専攻の学科に多くの注意を払つてゐる様に見えました」（下二十七）「Kは元来さういふ点（恋に関する方面、筆者注）にかけると鈍い人なのです」（下二十八）という人間、「道のため」（下十九）「修養」（下三十一）と口にする「宗教家らしい様子」（同）をした人間として見えていた。そういう人間が「奥さん」と「御嬢さん」について「立ち入つた事迄」聞いてくる。「調子の変つてゐる所」を見せる。この時、「先生」は恐らく生涯で初めて、それまで「先生」なりに理解していると思っていたKが分からなくなった。だから、「先生」は他人に向けることの困難な「何故」を「とう〱」発する。

「何故今日に限つてそんな事ばかり云ふのか」。「先生」は初めて正しい「何故」、理解不能、不可解な他者の言動に対して発する、須永や一郎のような「何故」を発する。そして、それに対してKから「御嬢さんに対する切ない恋を打ち明けられ」るという、正当な答えを与えられる。「先生」の他人に向けた「何故」という問いは、たった一回適切な答えを与えられた。しかし、それが「先生」にとってどれほど残酷な答えだったことか。

漱石は『心』の「先生と遺書」を「何故」という問いを内面では自己自身の悔恨を伴う事態にしか向けられず、他者に対しては適切に使えない、つまり「何故」という問いを他者に正しく向けるほどに成熟していない人間が、たった一度正しく向け、正しく答えを与えられた時に、その答えによって一生を狂わせられた物語として描いた。もちろん違う総括の仕方もあるが、「何故」という疑問詞を中心に捉えた場合には、そういう物語であるとも総括できる。それなら、一瞬Kを他者として対象化できたことは「先生」にどういう事態をもたらすだろうか。次項ではそれを考察する。

3―4　「何故」と問えないとはどういうことか

3―4―1　「先生」にとってのK

3―3―3で検討したように、「御嬢さんへの切ない恋心」を告白したKに対して、「先生」は正しく「何故」を使った問いを発し、相手から答えも与えられた。しかし、その後の「先生」はまた、元の「先生」に戻る。すなわち、「先生」は「当然自分の心をKに打ち明けるべき筈だ」と考えるが、「もう時機が後れてしまつた」とも思え、そして、「何故先刻Kの言葉を遮ぎつて、此方から逆襲しなかつたのか、其所が非常な手落りのやうに見えて来ました」「私の頭は悔恨に揺られてぐら〳〵しました」と、「先生」特有の激しい悔恨を伴う「何故」に逃げ込む。そして、「私には第一に彼が解しがたい男のやうに見えました。何うしてあんな事を突然私に打ち明けたのか。又何うして打ち明けなければならない程に、彼の恋が募つて来たのか、さうして平生の彼は何処に吹き飛ばされてしまつたのか、凡て私には解しにくい問題でした」と、「先生」特有の「何故」の意味で使う「何うして」による問いで、「先生」には「解しがたい」Kの告白について考えようとする。それが「一つの問題をぐる〳〵廻転させる丈で、外に何の効力もなかったのです」という状態にしか「先生」を導かなかったことは、3—2—3で指摘した通りである。

3—3—3の引用部で、須永や一郎のように正しい「何故」を使った問いを発せられる程に、「先生」は一瞬Kを、須永にとっての千代子、一郎にとっての直、二郎にとっての一郎のような他者として対象化できた。しかしその後、また元の状態に戻って、「不可思議な私」に向ける後悔を伴う「何故」と、「何故」の意味の「何うして」を使う。しかし、一方で「先生」はKが「解しがたい男」に見え、「是からさき彼を相手にするのが変に気味が悪」いと感じ、Kが「一種の魔物」（以上、下三十七）のように思えてもいる。つまり、「先生」はKの告白以前の状態と、一瞬Kを対象化出来て正しい「何故」を彼に向けて発することのできた状態を二つながら抱え持つ、そういう状態に陥ったと言えるだろう。

第一部第三章2の『彼岸過迄』論において、「風呂の後」「停留所」「報告」を経て、敬太郎が森本と彼の「洋杖」を正しく対象化するまでにどんな過程を踏まなくてはならなかったかを詳しく考察した。その考察をここに応用すれば、この時の「先生」は、敬太郎のように、Kを初めて対象化できるかもしれないその端緒にようやく就いたところだとも言えるだろう。「先生と遺書」において、「先生」はKを理解不能、不可解な他者と意識してはいなかった。むしろ、Kは「先生」にとって〈分かりきった他人〉であり、「解しがたい男」でも「気味が悪」い存在でもなく、まして「一種の魔物」でもなかった。

「先生と遺書」の十九で「私は其友達の名を此所にKと呼んで置きます」と書き始めてから、「先生」はKについて多くの記述を行うが、Kが「御嬢さん」への「切ない恋」を告白するまでの部分においては、Kは「先生」にとって理解不能、不可解な他者ではなかった。「Kは強かつたのです」「頑固な彼（K、筆者注、以下同様）」「大胆な彼」「一図な彼」（以上、下十九）「剛気な彼」（下二十一）「剛情なK」（下二十二）と、「先生」の記述はKを一定のイメージで語り、「先生」の記述するKはそれを裏切らない。と言うより、「先生と遺書」が「先生」の一人称である以上、Kは〈「先生」の記述するK〉としてしか小説内に存在せず、Kが恋心を告白する迄は、「先生」はKを「先生」の考える一定のイメージの中で語ることしかしていない。すなわち、「先生と遺書」三十五までの〈「先生」の記述するK〉は、理解不能、不可解な他者になる可能性はない。(7) なぜなら、「先生」はKが理解不能、不可解な他者になる可能性を、その記述から排除しているからである。

第一部再三章3の『行人』論で指摘したように、一人称の記述においては、その記述はしばしば記述対象の人物や出来事の本質を捉えられず、記述者の主観に偏った記述が行われることがある。この『心』の「先生と遺書」におけるKについての記述も、そういう質の記述だと考えられる。

もっとも、「先生」の記述は時に綻びを見せる。もし、疑い深い読者なら、一見Kをよく捉えていると語っているかのような「先生」の記述が、実は「先生」がKを充分には理解してもいないし、本当に「先生」とKは「仲好」（下十九）「親友」（下二十四）であるかを疑わせるような部分があることに気付くだろう。漱石は、「先生」が「先生と遺書」をそのように書くように仕組んだ。ちょうど『行人』の二郎の記述から、時に二郎の記述内容を超えた事実が垣間見られるように。

例えば、Kが養子になったことを「先生」は、「教場で先生が名簿を呼ぶ時に、Kの姓が急に変つてゐたので驚ろいたのを今でも記憶してゐます」（下十九）と記す。もし、彼等が本当に「仲好」「親友」であるのなら、養子に行くという一身上の重大事を「先生が名簿を呼ぶ時」に初めて知ったということが起こり得るだろうか。もちろん、当時の慣例では不自然ではないという反論も成立し得るかもしれないが、Kが「先生」を本当に「仲好」「親友」と意識していたのなら、養子に行く話が始まった時点で相談するという可能性の方が大いにあり得たのではないだろうか。

また、「先生」は「私が孤独の感に堪へなかつた自分の境遇を顧みると、親友の彼を、同じ孤独の境遇に置くのは、私に取つて忍びない事でした」（下二十四）と記すが、そう記しておきながら、「先生」はＫが養家先に自分の裏切りを告白し、養家からも実家からも関係を絶たれた孤独な時期に、「騒々しい下宿を出て、新らしく一戸を構へて見やうかといふ気」（下十）になって、Ｋを置き去りにする形でＫとともに居た下宿を出て、「奥さん」と「御嬢さん」の家へ下宿する。すなわち、彼を「孤独の境遇」に置き去りにする。

房総旅行の部分では、「先生」は、「Ｋと私は何でも話し合へる中でした」（下二十九）と記しながら、そのすぐ後の部分で「御嬢さんの事をＫに打ち明けやうと」（同）思って打ち明けられなかったことを記す。つまり、「何でも話し合へる中」ではないことを明らかにしてしまう。(8)

また、「先生」は「不思議にも彼は（Ｋは、筆者注）私の御嬢さんを愛してゐる素振に全く気が付いてゐないやうに見えました」（下二十八）と記すが、「先生」も〈Ｋが御嬢さんを愛している素振り〉には全く気が付いていなかった。3―3―1で引用した、大学に行っているはずのＫが「御嬢さん」と二人でいたことに驚いて「何うして早く帰つたのか」と問いかけ、Ｋから「心持が悪いから休んだのだ」という答を得る場面は、Ｋが「御嬢さん」と二人になりたいために、故意に学校を休んだとも考えられる。少なくとも、「先生」の記述からでもその可能性を全面的には否定はできない。同様に、「十一月の寒い雨の降る日」（下三十三）にいったん帰宅した「先生」がＫが帰宅後出かけたことを知って自分も出かけ、「御嬢さん」と連れだって帰ってくるＫに出会う場面も、Ｋが「御嬢さん」が帰宅する時間を見計らって出かけたのだ、と考えられないこともない。(9)

すなわち、「先生」が記述するＫは、「道のため」（下十九）「修養」（下二十九）のためにすべてを捨てて精進する「宗教家らしい様子」（下三十一）をした、恋には「鈍い」人間であるが、その記述の中から、Ｋが「御嬢さん」に対しては例外的に行動していたかもしれない可能性を推測することも可能である。もちろん、〈「先生」の記述するK〉からは、そのような行動は憶測しにくい。しかし、「先生」の記述する事態を客観的に見れば、そのような事態が成立するための要因の一つとして、上述したKの行動を推測することも可能である。「先生」はKの「御嬢さん」への「切ない恋」の告白をこれ以上無い驚きをもって聞くが、それ以前のKの振る舞いからそれを察することもできたかも知れない、漱石は読者がそう想像し得る可能性のある記述を「先生」にさせている。

「御嬢さん」への恋を告白するまでのKは「先生」にとって、理解不能、不可解な行動をする他者ではなかった。そして、Kが御嬢さんへの恋を告白したその一瞬、Kは「先生」にとって理解不能、不可解な他者となった。その結果、「先生」にとってのKは、分裂した状態で対象化しなくてはならない存在となった。すなわち、一方では須永にとっての千代子、一郎にとっての直のような他者になりかけているがまだ完全にはそう捉えられない存在、もう一方でその性格も行動もよく分かっていてそこから予測される範囲の行動をとり、理解不能、不可解な行動は取らない存在である。後者がこの時点までの「先生」にとってのKであった。その対象化が崩壊し、しかも理解不能、不可解な他者としての新しい対象化はまだ始められたばかりで不完全である。そういう段階に「先生」にとってのKがあったからこそ、下四十一以降の「先生」のKに対する対応は可能だったのではないだろうか。すなわち、「Kが理想と現実の間に彷徨してふら〳〵してゐるのを発見した私は、たゞ一打《ひとうち》で彼を倒す事が出来るだらうといふ点にばかり目を着けました。さうしてすぐ彼の虚に付け込んだのです」（下四十一）という対応、そして「精神的に向上心のないものは馬鹿だ」と「云ひ放ちました」（同）という「先生」の行動は、Kをどう捉えていいか分からなくなったからこそ、Kそのものが「先生」にとって「虚」になったからこそ、できたのではないだろうか。

『彼岸過迄』『行人』においても、漱石の登場人物は、相手の対象化が揺らいだ時、その対象化困難になった相手について、それまでとは打って変わった対応、残酷な対応を取ることがある。

『彼岸過迄』の「風呂の後」で、「遺伝的に平凡を忌む浪漫趣味の青年」(四)である敬太郎は、同じ下宿の森本を「非凡の経験に富んだ平凡人」(五)と評価していて、経験談を聞くのを楽しみにしていた。しかし、下宿の主人からその彼が下宿代を踏み倒す形で姿を消し、敬太郎までそれに加担しているかのように迫られると、彼を「森本のやうな浮浪の徒」と呼び、彼と「一所に見られちや、少し対面に係はる」(以上十一)と言って、下宿の主人を退散させる。すなわち、これまで面白い体験談を聞ける人物としてだけ対象化していた森本が下宿代を踏み倒したと知って彼の対象化が揺らぎ、自分にまで彼の行為の影響が及びそうになった時、敬太郎は「冷たい青大将でも握らせられた様な不気味さ」(同)、つまり森本のそれまでの対象化が揺らいだことによる「不安」(同)を与えられるが、その不安が却って森本に対して「浮浪の徒」「一所に見られちや、少し対面に係はる」というかなり蔑視した発言を敬太郎にさせる事になったわけである。しかも、漱石は敬太郎がこの発言を下宿の主人に対してする際に、〈下宿の主人を納得させるため〉ではなく、彼が鳴らす烟管を烟草入れに出し入れする「ぽん〳〵といふ音」を「何うしても此音を退治て遣りたいやうな気がし出し」(同)て発語したと記す。すなわち、この時、敬太郎が森本に対する対象化が揺らいだことによる混乱から、今対峙している下宿の主人に対する対応まで狂わせているとと記すのである。

また、『行人』においては、一郎は妻直を、「霊も魂も所謂スピリツトも攫まない女」(「兄」二十)と捉えていて、彼女をどう対象化していいか分からない状態にあるが、その状態が極まって直が特に「偽の器」に見えて仕方が無くなり、彼女の「頭にこの間手を加へた」事を語る。「一度打つても落付いてゐる。二度打つても落付いてゐる。三度目には抵抗するだらうと思つたが、矢つ張り逆らはない」(以上「塵労」三十七)と一郎はHさんに語る。すなわち、『行人』の場合は、もともと対象化困難であった存在との関係が臨界点に達した時、一郎は「手を加へ」るという

「不快な動作」（同）で相手に対応するしかなくなる。先の敬太郎の場合とはその深刻度は全く違うが、これも、相手が対象化困難であったことが引き起こした残酷な対応と考えられる。

『心』の「先生」のKに対する対応も、漱石の過去の作品、『彼岸過迄』『行人』の例と並べて考えれば、これまで一定のイメージで対象化して来たKの対象化が揺らいだことによる混乱が引き金になっていると言えるだろう。もちろん、『心』の場合は、そこに「御嬢さん」に対する恋が絡むため、事は複雑になるが、下四十一以降の「精神的に向上心のないものは馬鹿だ」とKに言ってからの「先生」の一連のKに対する行動の根元にあるのは、敬太郎、一郎と同じ混乱であると考えられる。

「先生」は、「奥さん」に「御嬢さん」との結婚を申し込んだ後、かなり長い時間、Kの事を全く失念している。下四十六で「先生」は「私は猿楽町から神保町の通りへ出て、小川町の方へ曲りました」と長い散歩をするが、「私は此長い散歩の間殆どKの事を考へなかつたのです。今其時の私を回顧して、何故だと自分に聞いて見ても一向分りません。たゞ不思議に思ふ丈です」と「先生」は記す。すなわち、「先生」の結婚申し込みの動機を作ったのはKであったにも関わらず、この時Kは「先生」にとって〈いない存在〉となっている。それはKが小説に登場してからそこまでの記述においては、全く無かった現象であり、「先生」にとってのKの対象化が揺らいだことが引き起こした現象であるとも言えるし、Kの対象化の揺らぎは、当の相手を一時〈いない存在〉にしてしまう程、激しいものだったとも言える。

（ここで「先生」が発する、「今其時の私を回顧して、何故だと自分聞いて見ても一向分りません」という、これまで検討してきた「何故」とは異質の「何故」については、「今其時の私を回顧して」と、遺書を記している「先生」の「今」が殊更強調されていることから、「先生と私」における「私」との交流によって変質した「先生」の「何故」であると考えられるので、その点については次の4、5で考察する。)

3―4―2 「何故」と問えなかった「先生」

3―2―3で考察したように、「何うして」を「何故」の意味で使う「先生」の問い方は、ある状態が起こった「過程《プロセス》」を不完全に問うものであって、その「過程《プロセス》」の主体である他者の意識を問う段階には達していなかった。だから、その状態をめぐっていくら思考しようとしても、その思考は、「一つの問題をぐる〳〵廻転させる丈」の思考にしかならなかった。また、そういう問いのたてかたをする「先生」は、他人に向けて適切に「何故」という問いを発することができず、たった一回適切に問い、適切に答を与えられた「何故」は、一瞬その相手であるKを「先生」にとっての他者にしたが、「先生」はそこから、『彼岸過迄』の敬太郎のように、いくつかの過程を経て、Kを他者として正しく対象化する段階にまでは至らなかった。むしろ、Kの対象化が揺らいでいる状態にある、そのことが「先生」にKに対して残酷な行動を取らせた。

以上のように、「何故」という問いを正しく他者に向けられないという状態は、どういう事態を生むだろうか。「先生と遺書」において、当然「何故」と問いを発するべき時に、「先生」はその問いを発することができなかった。ここではそのことが「先生」に何をもたらしてしまったかを考察する。「何故」と問うべき時に「何故」と問わなかったために、「先生」は持たなくても良かった感情を持たなくてはならなくなった。それが「先生」の奇妙な復讐心である。

Kが養家先に嘘をついていたことを打ち明け、その結果、養家からも実家からも絶縁された時、「先生」は手紙を書くが、それが無視されると次のような反応を示す。

同時に彼（K、筆者注）と養家との関係は、段々こん絡がつて来ました。時間に余裕のなくなつた彼は、前のやうに私と話す機会を奪はれたので、私はついに其顚末を聞かずに仕舞ひましたが、解決の益困難になつて行く事丈は承知してゐました。（中略）彼は養家の感情を害すると共に、実家の怒も買ふやうになりました。私が心配して双方を融和するために手紙を書いた時は、もう何の効果《きゝめ》もありませんでした。私の手紙は一言の返事さへ受けずに葬られてしまつたのです。私も腹が立ちました。今迄も行掛り上、Kに同情してゐた私は、それ以後は理非を度外に置いてもKの味方をする気になりました。

（下二十一）

私はKと同じやうな返事を彼の義兄宛で出しました。其中に、万一の場合には私が何うでもするから、安心するやうにといふ意味を強い言葉で書き現はしました。是は固より私の一存でした。Kの行先を心配する此姉に安心を与へやうといふ好意は無論含まれてゐましたが、私を軽蔑したとより外に取りやうのない彼の実家や養家に対する意地もあつたのです。

（下二十二）

「先生」はまず、自分が折角書いた手紙が「一言の返事さへ受けずに葬られてしまつた」事に腹を立てる。そして、そのために「理非を度外に置いてもKの味方をする気に」なる。そして、Kが復籍したが実家からも絶縁に等しい状態になった後、彼の姉の夫からの手紙の返事に、「万一の場合には私が何うでもするから、安心するやうにといふ意味を強い言葉で書き現は」す。そして、「私を軽蔑したとより外に取りやうのない彼の実家や養家に対する意地」をその理由とする。

二つの引用部の記述を見る限り、「先生」は自分の手紙に対してＫの実家、養家から当然返事が来るものと思っていたと考えられる。だからこそ、返事が来ないで無視されたことに怒りを持つのである。つまり、この時、Ｋの実家、養家の対応は、「先生」にとって理解不能、不可解な対応だったはずである。それなら、「先生」は〈何故彼らは自分の手紙を無視したのか〉という問いを発するべきだったのではないか。もし、その問いを発することができていたら、「先生」はこんな風には思わなかったに違いない。

「先生」はこの時、Ｋと同じ学生の身分である。いくら帝国大学の学生であっても、若輩者であることには変わりはない。しかも、養家や実家の人々に、Ｋの裏切りに加担していたと思われていた可能性は高い。少なくとも、「先生」はＫの近くにいて、Ｋが養家の指定した学部には属していなかった事を知っていたはずであるが、それを実家や養家には知らせなかった。「先生」にしてみれば当然の事であっても、実家や養家にしてみれば、多少「先生」を恨む気持ちがあっても無理はない。要するに、この状況の中では、Ｋの実家にしろ、養家にしろ、けして「先生」に好意を抱いてはいなかった。だとすれば、いくら心のこもった手紙であったとしても、彼らがそれを無視する事は当然あり得るし、無視しなくても、返事を書く気にはとてもなれなかったに違いない。「先生」は彼らの対応を「私を軽蔑したとより外に取りやうのない」と解釈するが、それは、現実とはかなりかけ離れているのではないだろうか。

もし、「先生」が〈何故彼らは自分の手紙を無視したのか〉という問いを発して論理的に思考することが出来ていれば、答えはすぐ見つかったはずだし、引用部にあるように「理非を度外に置いてもＫの味方をする気」になったり、「私を軽蔑したとより外に取りやうのない彼の実家や養家に対する意地」を持つことはなかっただろう。そうすれば、自分の下宿にＫを住まわせるという事が起こらなかった可能性もあったかもしれない。しかし、「先生」は理解不能で不可解な他者の言動を問う問い、〈何故彼らは自分の手紙を無視したのか〉という問いを発する事が出来なかった。「先生」は、彼らに無視されて「腹が立ちました」という自分の感情の方を大切にした。ちょうど「何故」という問いを発する時は、いつも「悔恨」という自分の感情を大切にしたように。

また、「先生」は叔父の財産横領の件について、「先生と遺書」でも「先生と私」でも、「憎悪」（下十八）とともに激しい調子で語る。

「私は他に欺むかれたのです。しかも血のつゞいた親戚のものから欺むかれたのです。私は決してそれを忘れないのです。私の父の前には善人であつたらしい彼等は、父の死ぬや否や許しがたい不徳義漢に変つたのです。私は彼らから受けた屈辱と損害を小供の時から今日迄脊負はされてゐる。恐らく死ぬ迄脊負はされ通しでせう。私は死ぬ迄それを忘れる事が出来ないんだから。然し私はまだ復讐をしずにゐる。考へると私は個人に対する復讐以上の事を現に遣つてゐるんだ。私は彼等を憎む許ぢやない。彼等が代表してゐる人間といふものを、一般に憎む事を覚えたのだ。私はそれで沢山だと思ふ」（上三〇）

この「先生」の言論と相似形をなす言論が『心』の約一年後に書かれた『道草』にある。『道草』では、親族への「不愉快な昔」の記憶が次のように語られる。主人公健三の死んだ二番目の兄が、「是を今に御前に遣らう」と言っていた「両蓋の銀側時計」（以上百）を、兄の死後、質屋から姉の夫の比田が請け出し、健三と死んだ兄の約束を無視して、健三の三番目の兄に渡した場面である。

健三は黙つて三人（比田、姉、三番目の兄、筆者注）の様子を見てゐた。三人は殆んど彼の其所にゐる事さへ眼中に置いてゐなかつた。仕舞迄一言も発しなかつた彼は、腹の中で甚だしい侮辱を受けたやうな心持がした。然し彼等は平気であつた。彼等の仕打ちを仇敵の如く憎んだ健三も、何故彼等がそんな面中《つらあて》がましい事をしたのか、何うしても考へ出せなかつた。

　彼は自分の権利も主張しなかつた。又説明も求めなかつた。たゞ無言のうちに愛想を尽かした。さうして親身の兄や姉に対して愛想を尽かす事が、彼等に取つて一番非道い刑罰に違なからうと判断した。（百）

　この『心』と『道草』の二つの引用には、もちろん多くの相違点ある。問題になっているのは、『心』の場合は財産横領であり、『道草』の場合は形見分配であるし、『心』の場合は相手が叔父であり、『道草』の場合は相手は兄、姉である。また、「先生」と健三は、小説内の存在条件がかなり違う主人公である。しかし、親族とのトラブルという点が共通するが、ここでは特に親族に対する怒りの処理の方向性に注目したい。すなわち、『心』の「先生」は、叔父たちに対して「彼等が代表してゐる人間といふものを、一般に憎む」ことが「復讐以上の事」をしていることになると言い、健三は、兄や姉に「愛想を尽かす事」が「一番非道い刑罰」になると判断している。つまり、「先生」と健三、両者とも当の相手に怒りをぶつけることを断念し、しかし収まらない怒りを別の方法で代替しているが、それは当の相手が絶対知ることのない方法である。従って、「先生」と健三はそれぞれ意識操作によって、それが「復讐以上の事」や「刑罰」になると考えているに過ぎない。ただし、健三の場合は、明確に当の相手である兄や姉に対して「愛想を尽かし」ているが、「先生」の場合には、「彼等が代表してゐる人間といふもの」という曖昧な相手に対する「復讐以上の事」である。この差はどうして生じたのだろうか。

　「先生」にしろ、健三にしろ、叔父や兄、姉の行為は彼らに取って、理解不能であり、不可解な腹立たしい行為だった。健三は、兄、姉、比田の行為に対して、「何故彼等がそんな面中がましい事をしたのか、何うしても考へ出せなかつた」と、「何故」という問いを発して、それについて思考している。すなわち、健三は一度兄、姉たちの行為を理解不能、不可解な他者の行為として対象化して、「何故」という問いを発し、思考した。だから、彼の「親身の兄や姉に対して愛想を尽かす事が、彼等に取つて一番非道い刑罰」になるという意識操作の対象は、当然、当の兄、姉になった。それに対して、「先生」の方は、叔父の行為に対して一度も「何故」という問いを発していない。すなわち、叔父を理解不能、不可解な他者として一度も対象化していない。すると、「先生」の場合は、「彼らが代表してゐる人間といふものを、一般に憎む」という形態になり、意識操作の対象は当の叔父ではなく、「人間」「一般」という広範囲で曖昧な対象になってしまい、その一方で奇妙な復讐心が肥大する。「先生」は「人から受けた屈辱や損害は、十年立つても二十年立つても忘れやしないんだから」（上三十）「私は死ぬ迄それを忘れる事が出来ない」と言って「復讐」と口にするが、もちろん「先生」は叔父に対する具体的な復讐のイメージを持っているわけではない。「先生」の持っているのは復讐心であり、それは「人間」「一般」を「憎む」ことが「復讐以上」の行為になるという、奇妙な論理に帰結する。いずれにせよ、「先生」は叔父を対象化できていない。

もし、「先生」が〈何故叔父は自分を欺いたのか〉という問いを自己の内部で発していたら、それは叔父を対象化することになっていただろう。「母の云ひ付け通り、此叔父を頼るより外に途はなかつた」（下四）という「先生」にとって、健三が兄や姉に対してしたように叔父を対象化することは困難だったことは言うまでもないが、少なくとも、少しでも「何故」という意識を持てていたら、叔父と自分との対照くらいは理解できたのではないだろうか。すなわち、父の死後莫大な財産を疑問もなく全部相続した若年の自分と、ある程度の財産分与は受けたかもしれないが、次男であるが故に基本的に自分の生家の財産を相続できなかった叔父との対照である。それでも叔父への怒りは持続しただろうが、少なくとも、「人間といふものを、一般に憎む」ことが叔父への「復讐以上の事」をすることになるという、奇妙な意識操作は行われなかっただろう。先のKの実家、養家との例のように、ここでも「先生」は、「何故」と問う代わりに、自分の感情の方を大事にした。いや、「何故」と問わなかったことによって、相手を他者として対象化出来なかった、そのことが「先生」に自身の感情を重要視させた。なぜなら、他者を対象化できていれば、相手の行為に対する最初の激しい感情の幾分かを、論理的思考に変換できるからである。

「先生と遺書」に記述された「先生」の小説内人生において、重要な局面で「先生」は、自身の振る舞いの起源をこの叔父への感情に置く。もし、「先生」が〈何故叔父は自分を欺いたのか〉と問うことができていたら、「先生」の次のような振る舞いも変わっていたのではないだろうか。

> 私は思ひ切つて奥さんに御嬢さんを貰ひ受ける話をして見やうかといふ決心をした事がそれ迄に何度となくありました。けれども其度毎に私は躊躇して、口へはとう〳〵出さずに仕舞つたのです。断られるのが恐ろしいからではありません。もし断られたら、私の運命が何う変化するか分りませんけれども、其代り今迄とは方角の違つた場所に立つて、新らしい世の中を見渡す便宜も生じて来るのですから、其位の勇気は出せば出せたのです。然し私は誘《おび》き寄せられるのが厭でした。他の手に乗るのは何よりも業腹でした。叔父に欺《だ》まされた私は、是から先何んな事があつても、人には欺まされまいと決心したのです。　（下十六）

然し私の動かなくなつた原因の主なものは、全く其所にはなかつたのです。叔父に欺むかれた当時の私は、他の頼みにならない事をつくづくと感じたには相違ありませんが、他を悪く取る丈あつて、自分はまだ確な気がしてゐました。世間は何うあらうとも此己は立派な人間だといふ信念が何処かにあつたのです。それがKのために美事に破壊されてしまつて、自分もあの叔父と同じ人間だと意識した時、私は急にふら〳〵しました。他に愛想を尽かした私は、自分にも愛想を尽かして動けなくなつたのです。（下五二）

自分を「叔父に欺まされた私」と規定し、「自分もあの叔父と同じ人間だと意識」することが、「先生」の行動を制限していく。この制限がなかったら、「先生」の小説内人生が大きく変わったであろうことは言うまでもないし、「先生」が遺書を書く必要もなかったかもしれない。

以上、「先生と遺書」における「何故」と「何うして」の独特な使用について論じてきたが、この「先生」の疑問詞の使用が、「先生と私」で「私」が「先生」の人生に登場したことによって変化する。次節4ではその変化について考察する。

4．「先生と私」における「先生」と「私」

4—1　「何うして……、何うして……」から始まることの意味

3—1、2、3、4でくわしく考察してきたように、『心』の「先生と遺書」における「先生」は、漱石のそれまでの主人公たち、『彼岸過迄』の須永や『行人』の長野一郎、二郎たちとは異なる「何故」と「何うして」の使い方を与えられていた。「何故」は自己の内部では激しい悔恨とともに使われ、他人に対しては一回の例外を除いて不適切な問いとしかならなかった。「何うして」は他人に対して使用する場合には須永や一郎、二郎と同様の使われ方をしていたが、自己の内部での問いの場合には、彼らとは違って「何故」の意味で使われた。そして、「先生」は論理的思考によってその問いに対する答えを導き出すことはできなかった。また、「何故」と問いを発するべき状況において、正しく相手を対象化した「何故」を発することができず、それによって奇妙な復讐心が形成されていた。つまり、遺書において回想形式の中で記述される青年時代の「先生」は、「何故」は全面的に、「何うして」は部分的に、これらの疑問詞を正しく使えない存在であったと言える。『文学評論』「序言」の漱石の定義を敷衍すれば、知的論理的関心と思考によって科学にも応用できる「如何にして」（How）という問いを発することはできるが、それに答えを与え、その先にある「何故」（Why）という問いを正しく立てるところまでは達していない、そういう存在であった。

ところが、「先生と私」における「私」によって記述される「先生」は、「何うして」と「何故」の使用において変化する。もちろん、小説内時間においては、「先生と私」における「先生」は、「先生と遺書」における「先生」から

かなり長い時間を経過した後の「先生」なのであるから、その時間の間に彼が変化した、と考えるのが単純かつ順当な解釈かも知れない。しかし、前にも述べたように、「先生と遺書」は「先生と私」に記述された時間を経過した後の「先生」によって書かれたものであり、そう考えると、ことは一筋縄では行かない。とりあえず、本節では「私」が記述する「先生」について考察する。

1で、漱石が様々な仕掛けを施して「先生」の「私」への最初の話しかけの言葉を隠蔽してまで、「何うして……、何うして……」を、「先生」と「私」の関係の始原としたことを指摘した。「何うして……、何うして……」はなぜ、「先生」と「私」の始原の言葉でなくてはならなかったのだろうか。3―3で、「先生と遺書」の「先生」にとって、「何うして」がどういう質の問いであったかを詳しく考察したが、その考察を踏まえて、まずこの「先生」の「何うして……」がどういう質の「何うして……」であったかを考察する。

「何うして……、何うして……」

先生は同じ言葉を二遍繰り返した。其言葉は森閑とした昼の中に異様な調子をもつて繰り返された。私は急に何とも応へられなくなつた。

「私の後を跟けて来たのですか。何うして……」

先生の態度は寧ろ落付いてゐた。声は寧ろ沈んでゐた。けれども其表情の中には判然云へない様な一種の曇があつた。

私は私が何うして此所へ来たかを先生に話した。　（上五）

「何うして……」という「先生」の問いに対して、「私は私が何うして此所へ来たかを先生に話した」、つまり自分がその場所に来るに至った「過程《プロセス》」を「私」が説明しているのであるから、ここでの「先生」の「何うして……」は、「如何にして」（How）であるとひとまず考えられる。須永が「何うして」千代子が鎌倉から母についてきたのかを問い、二郎が「何うして」一郎が三沢の接吻の話を知っていたのかを問いかけた、そういう使われ方の「何うして」である。それは「先生と遺書」において、「先生」自身がKに「何うして早く帰つたのか」と発した問いと同質とも言えるだろう。しかし、本当にそうだろうか。この時の「先生」の「何うして……、何うして……」が「異様な調子」を持っていたことは引用部でも述べられているし、その後の部分で、「私は其異様の瞬間に今まで快よく流れてゐた心臓の潮流を一寸鈍らせた」とも回想される。この時の「先生」の「何うして……」は何が「異様」であり、「私」の「心臓」に影響を与えるようなものだったのだろうか。

この「何うして……」が須永や二郎の「何うして」とも、「先生」自身が「先生と遺書」でKに向かって発した「何うして早く帰つたのか」とも根本的に違うのは、問われた「私」が最初の「何うして……、何うして……」に対して、「私は急に何とも応へられなくなつた」と、一瞬回答不能に陥る点である。そして、二回目に「私の後を跟けて来たのですか。何うして……」と問われてようやく、「私」は「私が何うして此所へ来たか」、すなわち、「先生」の家を訪ねて「奥さん」に行き先を教わり、そこへ行ってみる気になって来たのだということを「先生」に語る。つまり、「先生」の一回目の「何うして……、何うして……」は「急に」は「応へられない」、「私」の返事を一瞬止めるような「異様な」力がある「何うして……」だったのである。一回目の「何うして……、何うして……」と二回目の「何うして……」は違うのだろうか。違うとしたら何が違うのだろうか。

まず二回目の方の「私の後を跟けて来たのですか。何うして……」であるが、この問い方は「先生」が「私」の何に驚き、何を聞きたいかが明確である。「先生」は突然眼の前に現れた「私」に驚き、自分の後を付けて来たのではないかと疑い、「何うして」すなわち「如何にして」そういうことをしたのかを「私」に尋ねたのである。それに対して、「私」は「私が何うして此所へ来たか」の「過程《プロセス》」を答える。これは円滑な「何うして」による問答である。3―2―1（他人に向ける「何うして」）の引用例で言うなら、「先生」がKに「何うして早く帰ったのか」と尋ねたり、妻となった「御嬢さん」に「何うして急にそんな事を急に思ひ立ったのか」と尋ねて、それぞれ順当な返事を与えられたのと同質である。つまりこの二回目の方の「何うして……」は、3―2―1で挙げた、外部の他者に対して用いられた「何うして」、「如何にして」（How）を問う方の「何うして」である。

それに対して一回目の「何うして……、何うして……」は、その先に「……」だけあって言葉がない。「私」が「急に何とも応へられなくなつた」直接的な原因はそれである。二回目の方の「何うして……」もその先に「……」しかないが、こちらは語順を入れ替えれば、〈何うして私の後を跟けて来たのですか〉となり、「……」は充たされる。しかし、一回目の方の「何うして……、何うして……」の「……」を充たすどんな言葉も書かれていない。そしてそれが私の言葉を一瞬凍り付かせる。だとすれば、この「何うして……」は、二回目の「私の後を跟けて来たのですか。何うして……」とは質の違う「何うして……」なのではないだろうか。3―2―1で考察したように、「先生」は「如何にして」の方の「何うして」は他者との間でごく普通に遣り取りできていた。つまり、使いこなせていた。「先生」が使いこなせていないのは、自身の内部で「何故」と問う使い方をする方の「何うして」だった。この一回目の「何うして……、何うして……」は、「何故」の方の「何うして」なのではないだろうか。

3―2―2（自身に向ける「何うして」――「何故」（Why）としての「何うして」）で考察してきたように、「先生と遺書」で「先生」が「何故」の意味で「何うして」を使う時、それはあくまで「先生」が自己の内面で問う場合であった。

その問い方は外部の他人に向けられることはなかった。しかし、「先生と私」のこの場面で、「先生」は「何故」の方の「何うして」を「私」に向かって発せざるを得なくなったのではないか。「先生」は鎌倉で自分の後を追いかけてくる変な大学生と知り合いになった。[10]彼は東京でも尋ねてくると言っていたが、一月以上尋ねてこなかった。ところがその大学生は数日前、自分の留守中に突然尋ねてきた。「先生」は彼の再訪を予感してはいただろうが、まさか彼が他ならぬＫの墓のある場所で自分の前に姿を現すとは予期していなかったに違いない。しかし、彼は現れた。「先生」は驚きとともに〈何うしてこの男がここに来たのか〉と強い疑問を持ち、その理由を知りたくなった。この時の「何うして」はもちろん「何故」の意味の「何うして」である。そして、驚きがあまりに強かったため、この問いは「先生」の内面に留まっていなかった。だから「先生」は、恐らくは生涯で初めて、今まで内面での問いだけで使ってきた「何故」の方の「何うして」を他者に向かって発した。いや、発せざるを得なくなった。しかし、初めての経験とその場の驚きによって、「先生」は「何うして」の先の言葉を発することまではできなかった。だから、問いは「何うして……、何うして……」となった。そして、そもそもの驚きと、これまで内部で問われてきた問いが初めて声になって外部に出た時の「先生」の心の震えを反映して、「其言葉」は「異様な調子」を帯びた。

「私」が聞いたのは、この二重の揺らぎを帯びた「何うして……、何うして……」だった。漱石はこの一回目の「何うして……、何うして……」が「異様な調子」によって発声された、と「私」に記述させ、次の二回目の「私の後を跟けて来たのですか。何うして……」は、「其表情の中には判然云へない様な一種の曇があつた」と、「表情」に「曇」があっと記述させることによって、この一回目と二回目の「何うして……」を区別している。そして更に念入りに、「私」にはこの二つの「何うして」を混同させ、「私」はそこに区別を感じ取れなかったように印象付ける。「私」は自分の登場によって得体の知れない大きな驚きが「先生」を見舞ったことだけは感じ取った。しかし、二つの「何うして」の微妙かつ重大な差異までは気付かなかった。だから、「私」は二回目の方の「私の後を跟けて来たのですか。何うして……」の後で、すなわち「如何にして」の意味の方の「何うして」の後で感じた「先生」の「表情の中には判然云へない様な一種の曇があつた」というその「曇」と、一回目の方の「異様な調子」を同質なものと受け取る。引用部の後で、「時々先生を訪問するやうになつた」「私」は、「けれども時として変な曇りが其顔を横切る事があつた」と記し、「私が始めて其曇りを先生の眉間に認めたのは、雑司ヶ谷の墓地で、不意に先生を呼び掛けた時であつた。私は其異様の瞬間に、今迄快よく流れてゐた心臓の潮流を一寸鈍らせた」（以上上六）と、両者を同質のものとして記述する。そして、約一月後、「私」が墓参りを提案した時の「先生」の反応についても、「すると先生の眉がちよつと曇つた。眼のうちにも異様の光が出た。それは迷惑とも嫌悪とも畏怖とも片付けられないかすかな不安らしいものであつた。私は忽ち雑司ヶ谷で『先生』と呼び掛けた時の記憶を強く思ひ起した。二つの表情は全く同じだつたのである」（同）と記述される。

こうして、最初書き分けられていた「異様」と「曇」（五では「曇」、六では「曇り」と表記も変えられている）が、「私」によって区別なく用いられた結果、一回目の「何うして……、何うして……」は、二回目の「私の後を跟けて来たのですか。何うして……」に回収され、「異様な調子」は「判然云へない様な一種の曇」と同じものであることにされてしまう。そして「私」と読者は、後に「先生と遺書」を読んでその理由を納得する。『心』という小説はそのように仕組まれている。しかし、そこにあったもう一つのドラマ、最初の「何うして……、何うして……」が「先生」にとってどんな切実さを秘めていたかは、小説の裏面に隠される。しかし、このことは、その後の「先生」にある変化をもたらす。この変化とは、「先生と遺書」に記述された「先生」に対しての変化である。先述したように、小説内時間に沿って考えれば、「先生と遺書」における「先生」の方が年齢的に若いのであるから、順当であるとも言えるが、執筆順序を考えれば、逆になる。この4では、このことはいったん度外視して、「先生と私」における「先生」を小説内時間に沿った「先生」として扱う。

4―2　「先生と私」における「私」の設定

4では「先生と私」における「何故」と「何うして」について考察するが、4―2ではその前提として、「私」を漱石がどのように設定したかを検討する。すなわち、「私」が「何故」と「何うして」をどのように使う人間として設定されているか、また、「私」が「先生」に対してどのような近付き方をし、それにはどんな独自性があるのか、そしてそれらは「先生」からどのような質の「何故」を引き出すためであったのかについて考察する。

4―2―1　「私」の「何故」と「何うして」の使用

3でくわしく考察したように、「先生と遺書」における「先生」は、「何故」と「何うして」両方に関して、独特な使用の仕方をしていた。「私」はどうだろうか。

「先生と私」における「私」は、「何うして」と「何故」を正しく使い分けられる人間として設定されている。すなわち、「何うして」は、問う対象の物事は「如何にして」起こったかという「過程《プロセス》」を問う目的で使い、「何故」は、他人に問いを向ける時は、理解不能、不可解な他者の言動を問う時に使う、そういう人間として設定されている。また、自身について「何故」と問いを発する時も、激しい悔恨などには見舞われず、当の疑問に対してだけ問いを投げかけている。

もちろん、このことは「私」が「先生と遺書」の「先生」より「何うして」と「何故」の使用において優位に立っていることを意味するわけではない。「先生」が「あなたは疑るには余りに単純すぎる様だ」（上三十一）と言うように、「私」は「先生」より「単純」なレベルにおいて「何うして」と「何故」を正しく使えているということである。


「奥さん、私が此前何故先生が世間的にもつと活動なさらないのだらうと云つて、あなたに聞いた時に、あなたは仰やつた事がありますね。元はあゝぢやなかつたんだつて」

「えゝ云ひました。実際彼んなぢやなかつたんですもの」

「何んなだつたんですか」

「あなたの希望なさるやうな、又私の希望するやうな頼もしい人だつたんです」

「それが何うして急に変化なさつたんですか」

「急にぢやありません、段々あゝなつて来たのよ」

（上十八）


「先生」の留守中に「私」が「奥さん」と話す場面である。ここでは、ちょうど『行人』で二郎が一郎に三沢と「娘さん」のエピソードについての問いを発した時のように、「何うして」と「何故」が的確に使い分けられている。「学校の講義よりも先生の談話の方が有益」（上十四）と思っている「先生」が、「世間的」に「活動」していないことは、「私」にとって理解不能、不可解である。だから「私」は「何故」を用いて問う。これは、「先生は何故あゝやつて、宅で考へたり勉強なさる丈で、世の中へ出て仕事をなさらないんでせう」（上十一）「それで何故活動が出来ないんでせう」（同）と「奥さん」に尋ねる別の場面でも同様である。また、自身の内部で「先生」について問う場合も、「先生は何故幸福な人間と云ひ切らないで、あるべき筈であると断わつたのか。私にはそれ丈が不審であつた」（上十）、

「先生自身既にさうだと告白してゐた。たゞ其告白が雲の峰のやうであつた。私の頭の上に正体の知れない恐ろしいものを蔽ひ被せた。さうして何故それが恐ろしいのか私にも解らなかつた」（上十五）というように、「先生」の言動が理解不能、不可解である時に、「私」は的確に「何故」という問いを発している。また、自分自身について問う場合でも、「私は何故先生に対して丈斯んな心持が起るのか解らなかつた」（上四）と、自分でも〈解らない〉自身の気持ちに対して疑問を発していて、「先生と遺書」の「先生」のように激しい悔恨とともに使ったりはしていない。悔恨とともに使われた例は一例だけであるが、それも、「頼まれもの」である「女の半襟」を買う際に選択に迷い、「心のうちで、何故先生の奥さんを煩はさなかつたかを悔いた」（上三十六）という、軽い悔恨である。

一方、「何うして」の方は、「それが何うして急に変化なさつたんですか」という問い方に明らかなように、どういう「過程《プロセス》」があって「先生」が「変化」したのかを知りたい時に使われる。これは、「然し先生の何もしないで遊んでゐるといふ事は、東京へ帰つて少し経つてから始めて分つた。私は其時何うして遊んでゐられるのかと思つた」（上十一）「先生と知合になつた始め、私は先生が何うして遊んでゐられるかを疑ぐつた」（上二十七）と、「先生」が「如何にして」働かなくても生活できるようになったのかを問う場合も同様である。また、「先生」の両親の死が殆ど同時であったことを聞かされた時にも、「何うしてさう一度に死なれたんですか」（上三十五）と、「何うして」を使って殆ど同時の死に至った「過程《プロセス》」を聞いている。いづれの場合も、「先生」が変化したこと、働かなくても生活できること、「先生」の両親が殆ど同時に死んだこと自体は理解不能、不可解ではなく、「如何にして」そういうことが起こり得たかが、「私」にとって問題になっている。

「私」が「何うして」と「何故」を正しく使い分けられている、という設定は、『心』全体を通じて一貫している。「両親と私」の最後の部分で、「先生」からの長い手紙を受け取った「私」は、次のように反応する。

> 私が其所迄読んで、始めて此長いものが何のために書かれたのか、其理由を明らかに知る事が出来た。私の衣食の口、そんなものに就いて先生が手紙を寄こす気遣はないと、私は初手から信じてゐた。然し筆を執ることの嫌な先生が、何うしてあの事件を斯う長く書いて、私に見せる気になつたのだらう。先生は何故私の上京する迄待つてゐられないだらう。（中十七）

ここでも、「私」にとって、「先生」が「私の過去」（上三十一）を自分にいつか知らせてくれること自体は分からないことではないが、それを手紙という形で自分に「見せる気」になった「過程《プロセス》」は分からない、だから「何うして」と問う。一方、「先生」が自分が上京するまで待たないで、この時点でそれを知らせてきたことは理解不能、不可解である。だから「私」は「何故」と問う。

漱石は、以上のように「私」を正しい「どうして」と「何故」の使い手として「先生」の前に登場させる。そして、4―1で考察したように、「先生」にこれまで自身の内部において「何故」の意味で使っていた「どうして」を、「何うして……、何うして……」とその「私」に向けて声に出して発語させた。問題は、この「私」に向かって、「先生」は「何故」を発することができるか、また、発するとしたらどのような「何故」かということである。

4―2―2　「私」の「先生」への近付き方――その独自性

「先生」に「私」に向かって「何故」を使った問いを発せさせるために、漱石は「何うして……、何うして……」の場合と同じく、周到に仕掛けを施した。「何故」を通常は適切には使えず、たった一度適切に正しく使えた「何故」には恐ろしい答えが返ってきた人間にとって、どういう条件が整ったら、再び「何故」を口にすることが出来るのだろうか。小説内の時系列に従えば、「先生と私」は「先生と遺書」に書かれている時間（下三から下五十五の「すると夏の暑い盛りに明治天皇が崩御になりました」の前まで）から後の時間の物語である。そして、小説内時間の中では、「先生」はKに向かって発したあの問い、「何故今日に限つてそんな事ばかり云ふのか」と問いを発して以後、一度も「何故」を使った問いを発していない。「先生と私」で再び「何故」を使った問いが復活するとすれば、それはどのようにしてだろうか。漱石は「私」が「先生」に近付いていく過程を注意深く構築する。

「私」が最初に鎌倉の海で「先生」に接近していく過程で、「私」の側に「無聊」という言葉に象徴される不足感が基本的にあったことは、1で指摘した。この不足感は「私」が東京へ帰った後も持続され、「私」が「先生」に接近していく動機となる。漱石は「先生と私」の一から四までで「私」に「先生」との関係の始原を語らせながら、注意深く、それが不足感を動機としていることを語らせていく。

私は月の末に東京へ帰つた。先生の避暑地を引き上げたのはそれよりずつと前であつた。私は先生と別れる時に、「是から折々御宅へ伺つても宜ござんすか」と聞いた。先生は単簡にたゞ「えゝ入らつしやい」と云つた丈であつた。其時分の私は先生と余程懇意になつた積でゐたので、先生からもう少し濃かな言葉を予期して掛つたのである。それで此物足りない返事が少し私の自信を傷めた。

私は斯ういふ事でよく先生から失望させられた。先生はそれに気が付いてゐる様でもあり、又全く気が付かない様でもあつた。私は又軽微な失望を繰り返しながら、それがために先生から離れて行く気にはなれなかつた。寧ろそれとは反対で、不安に揺かされる度に、もつと前へ進みたくなつた。もつと前へ進めば、私の予期するあ

るものが、何時か眼の前に満足に現はれて来るだらうと思つた。（上四）

「先生」から与えられる「失望」、それも「軽微な失望」が推進力となって、「私」が「先生」に近付こうとする過程が語られている。[11]「物足りない」感じ、「軽微な失望」によって「不安に揺かされる」と、「もつと前は進みたくな」る衝動である。相手から一定の満足、或は利益が与えられ、もっと程度の高い満足、利益が与えられるのではないかと思って相手に近づく近付き方をプラスの動機による近付き方とするなら、これは明らかにマイナスの動機による近付き方である。

東京へ帰った「私」はしばらくは「先生」を訪ねない。この時「私」は、「往来で学生の顔を見るたびに新らしい学年に対する希望と緊張とを感じた」（上四）という状態にある。すなわち、「無聊」ではない状態である。「私」が「先生」を訪ねる気になるのは、一ヶ月後、この状態が変わって、「私の心に、又一種の弛《たる》み」が出て来て、「何だか不足な顔をして往来を歩」（同）くような状態になった時である。しかも、訪ねてみると「先生」は二回とも不在である。

始めて先生の宅を訪ねた時先生は留守であつた。二度目に行つたのは次の日曜だと覚えてゐる。晴れた空が身に沁み込むやうに感ぜられる好い日和であつた。其日も先生は留守であつた。鎌倉にゐた時、私は先生自身の口から、何時でも大抵宅にゐるといふ事を聞いた。寧ろ外出嫌いだといふ事も聞いた。二度来て二度とも会へなかつた私は、其言葉を思ひだして、理由《わけ》のない不満を何処かに感じた。（上四）

「不足」を動機として訪ねたのに、当の相手は不在である、しかもその相手は鎌倉で「何時でも大抵宅にゐる」と言明していた。「私」が「不足」の上に「不満」を感じるのも無理はない。漱石は敢えて「私」の最初と二回目の「先生」宅訪問において「先生」を留守にする。「不足」を動機として「先生」に近付いた「私」は、一回目の訪問で「先生」が留守であった、まさにそのことのために再度「先生」を訪れ、またもや留守だと告げられて「理由のない不満」を感じたからこそ、「奥さん」に教えられた「先生」の「出先」に「散歩がてら」「行つて見る気」（同）になった。こうして「私」がKの墓のある墓地に導かれ、「先生」のあの「何うして……、何うして……」が発せられることになったのである。

「私」と「先生」の関係の真の始原となるこの墓地での邂逅の場面を経過すると、次の引用部の冒頭に明らかなように、漱石は「先生」を「行くたびに」「在宅」という状態にして「私」が「先生」の家を度々訪問できる状態を作り、「私」の側に「不足」を設定しなくなる。そして今度は、「私」が「先生」にある謎、不思議をかぎつけ、それが「私」が「先生」の家へ通う原動力となるように設定する。

私はそれから時々先生を訪問するやうになつた。行くたびに先生は在宅であつた。先生に会ふ度数が重なるに伴れて、私は益繁く先生の玄関に足を運んだ。

けれども先生の私に対する態度は初めて挨拶をした時も、懇意になつた其後も、あまり変りはなかつた。先生は何時も静であつた。ある時は静過ぎて淋しい位であつた。私は最初から先生には近づき難い不思議があるやうに思つてゐた。それでゐて、何うしても近づかなければ居られないといふ感じが、何処かに強く働らいた。斯ういふ感じを先生に対して有つてゐたものは、多くの人のうちで或は私だけかも知れない。然し其私丈には此直感が後になつて事実の上に証拠立てられたのだから、私は若々しいと云はれても、馬鹿気てゐると笑はれても、そ

れを見越した自分の直覚をとにかく頼もしく又嬉しく思つてゐる。（「先生と私」六）

「私」が「先生」に「何うしても近づかなければ居られないといふ感じ」を与えるのは、明らかに「先生」に「私」が感じる「近づき難い不思議」のせいである。「不足」から「不思議」へと、「私」が「先生」に近づく動機は変化する。「不足」ほどではないが、「不思議」を動機として人に近付くのも、プラスというよりはマイナスの動機と言える。なぜなら、その「不思議」が解明されること以外に、そこに様々な利益を受けるような積極的なプラスはないからである。

以上述べてきた過程は、これまでの『心』論で様々な形で指摘されてきたことであるが、本論では、「不足」から「不思議」へという、マイナスの動機で「先生」に近づいた「私」の近付き方こそが、「先生」に「何故」を使った問いを発せさせたのだという事を指摘したい。プラスの動機（例えばその人間に近付けば、金銭や地位が手に入るという動機）で他者が近付いてくる時、相手はその人間が何故自分に近付くかについての問いは持たない。なぜなら、自分が与えているプラスの要因がその答えであることは分かりきっているからである。

しかし、マイナスを動機として近付いてくる人間に対して、近付かれた側は〈この人間はいったい何故自分に近付くのか〉という問いを発せざるを得ないだろう。「先生」は近付く相手に与えられる積極的なプラスが自分の側にないことを自覚している。もちろん、「学校の講義よりも先生の談話の方が有益」（上十四）と考える「私」の側にはプラスの動機も一部存在する。しかし、それは「先生」にはプラスの動機として意識されていない。

「……私は男として何うしてもあなたに満足を与へられない人間なのです。それから、ある特別な事情があつ

て、猶更あなたに満足を与へられないでゐるのです。……」（上十三）

自分は相手に「満足を与へられない人間」であると自覚しているのに、「私」は「先生」に近付いてくる。それも、これまでの「先生」の人生で出会ったどの人とも違ったやり方で。

「先生と遺書」に登場し、「先生」が「何うして」や「何故」の問いを向けた人間たち、すなわち、叔父、「奥さん」、「御嬢さん」、Kと「私」が決定的に違うのは、最初から「私」が「先生」だけを目標にして「先生」に近付いてきたことである。「不足」「不思議」がその動機であったとしても、「私」は「先生」に会うために海で近付き、鎌倉の仮寓を訪ね、東京の家を訪ねて来る。これは「先生」にとっては初めての経験であったはずである。

しかも、漱石はこの「私」の独特の近付き方にもう一つ要因を与えた。「私」は「両親と私」において、「先生の多くはまだ私に解つてゐなかつた」「要するに先生は私にとつて薄暗かつた。私は是非とも其所を通り越して、明るい所迄行かなければ気が済まなかつた」（中八）と記す。〈不思議〉が示されれば、その解明、すなわち「明るい所」まで達したいと思うのは、人間の本能であると言えるが、注意したいのは、「私」の場合、その情熱に独特の強度を加えられていることである。

「今度御墓参りに入らつしやる時に御伴をしても宜ござんすか。私は先生と一所に彼所いらが散歩して見たい」
「私は墓参りに行くんで、散歩に行くんぢやないですよ」
「然し序でに散歩をなすつたら丁度好いぢやありませんか」
先生は何とも答へなかつた。しばらくしてから、「私のは本当の墓参り丈なんだから」と云つて、何処迄も墓参と散歩を切り離さうとする風に見えた。私と行きたくない口実だか何だか、私は其時の先生が、如何にも子供らしくて変に思はれた。私はなほと先へ出る気になつた。

「ぢや御墓参りでも好いから一所に伴れて行つて下さい。私も御墓参りをしますから」（上六）

「先生」は、「先生と私」五で、墓地の銀杏について、「もう少しすると、綺麗ですよ。此木がすつかり黄葉して、こゝいらの地面は金色の落葉で埋まるやうになります」と、あたかも「私」を銀杏が「黄葉」する時期に散歩に誘うような事を言っておきながら、「私」の「先生と一所に彼所いらが散歩して見たい」という誘いを迷惑がる。「私」にはここで相手の意志を汲んで引き下がるという選択肢もあった訳だが、注目されるのは、「先生」の「私と行きたくない口実だか何だか」分からない言論を、「私」が「如何にも子供らしくて変」だと受け取っている事である。そしてそれが「私」を「先へ出る気」にさせる。この引用部の少し後に「私」は、「先生の学問や思想」に「敬意を払ふ」（同十二）と記し、「私には学校の講義よりも先生の談話の方が有益なのであつた」（同十四）と記しているが、そう記す事になるような相手に「子供らしさ」を見、それを「変」だと捉えるのは、相手をどう捉えている事になるのだろうか。

「私は心のうちで、父と先生を比較して見た」（同二十三）、「先生と父とは、丸で反対の印象を私に与へる点に於て、比較の上にも、連想の上にも、一所に私の頭に上り易かつた」（中八）とあるように、「私」はしばしば父と「先生」を比較する。そして、「私」はその父の中に、「矛盾」（同七）を見たり、死へ向かう「悲酸」とその裏返しとしての「滑稽」（同九）を見たりしていた。前章でくわしく考察したように、「私」の父は、「私」の自分への意識を変えさせることのできる、「私」が意識の深所から父として認めるような振る舞いをする父である。そして同時に、東京の大学を卒業した「私」の批評に曝されるような「田舎者」としての振る舞いもする、そういう父である。父に向ける「私」の視線は年長の敬愛する家族という視線と、所詮田舎の価値観で生きている存在という視線に分裂している。すなわち、年長の敬愛すべき存在に、その裏返しの要素を見るという視線を、「私」は父によって身に付けていた。この視線が、同じ尊敬すべき存在であり、父と「一所に私の頭に上り易かつた」「先生」に対して移行することは不自然ではない。「私」の「先生」へ向ける視線は基本的には「先生の学問や思想」に「敬意を払ふ」（上十一）視線であるが、非常にまれにではあるが、この父に由来する視線がそこに混在することがある。だから、「私」は「先生」に「敬意」を払いつつ、そこに「子供らし」さを見ようとする。

同じ視線は、次の場面にも見られる。

　実際其時の私は、自分のなすべき凡ての仕事が既に結了して、是から先は威張つて遊んで居ても構はないやうな晴やかな心持でゐた。私は書き上げた自分の論文に対して充分の自身と満足を有つてゐた。私は先生の前で、しきりに其内容を喋々した。先生は何時もの調子で、「成程」とか「左右ですか」とか云つてくれたが、それ以上の批評は少しも加へなかつた。私は物足りないといふよりも、聊か拍子抜けの気味であつた。それでも其日の私の気力は、因循らしく見える先生の態度に逆襲を試みる程に生々してゐた。私は青く蘇生《よみがへ》らうとする大きな自然の中に、先生を誘ひ出さうとした。

「先生何処かへ散歩しませう。外へ出ると大変好い心持です」

「何処へ」

私は何処でも構はなかつた。たゞ先生を伴れて郊外へ出たかつた。

（「先生と私」二十六）

ここでも「私」は、自分の卒論について積極的な評価をしてくれない「先生」に対して「物足りないといふよりも、聊か拍子抜けの気味」であったと〈不足〉を感じ、次にその「因循らしく見える」「先生の態度」に「逆襲を試み」ようと郊外への散歩に誘う。卒論を評価して欲しいと思うくらいに尊敬し、信頼している人間の中に「因循」さを見てそこに「逆襲」を試みようという、この「私」の態度は、父の中に基本的に田舎者性から来る愚かさを見つつ、父の卒業に対する気持ちを知って自分の愚かさを覚り、父に敬愛の念を持つという態度の、ちょうど裏返しではないだろうか。すなわち、基本的には「敬意」を持っていながら、時に相手に子供らしさや因循さを見て、それに積極的に対抗しようとする視線である。「私」はこの引用部でも「逆襲」を試みる。この「逆襲」には、先の引用で墓参りの「御伴」を断られたことの「逆襲」すら込められているかのような勢いである。

「私」は父について、「私は殆ど父の凡ても知り尽してゐた」（中八）と記す。「両親と私」で、死を目前にした父の「凡て」を「私」がどのようにして「知り尽くし」たかについては、第一章で考察した。「私」の「先生」に対する対応に、そのような父に由来する対応があるとすれば、「私」の中に、父と同じく、「先生」の「凡て」を「知り尽し」たいという欲求が、常人より強くあったとしても不自然ではない。つまり、「私」は「先生」から〈不思議〉を示されると、「凡てを知り尽してゐた」父と同じように、「先生」の「凡てを知り尽し」たいという情熱を強く掻き立てられ、その情熱が起こると、時として、「父」の中に見たのと同じように、「先生」の中に「子供らし」さや「因循」さを見ようとする。そして、この時、「先生」を見る「私」の視線は、「父」を見る「私」の視線と相似形を取る。

小説内での呼称から見ても、「私」の父と「先生」は同等である。『心』という小説においては、「私」の「父」は「父」という呼称でしか呼ばれていないが、それは一般形としての〈父〉ではなく、「私」という固有名詞を持つ個人の、同じく固有名詞を持つ特定の個人としての「父」を示している。それと同じように、「先生」という呼称は、学校等で教えることを職業とする一般形の〈先生〉ではなく、「本名は打ち明けない」（上一）が、特定の固有名詞を持った個人としての「先生」を意味しているからである。この意味で、『心』という小説において「父」と「先生」は、「私」にとって、呼称の次元でも同等の対象となっている。

「父」と「先生」は両者とも、固有名詞を明らかにされていないが、一方で、「奥さん」は「静」という固有名詞が明らかにされているし、「私」の母も「御光」という固有名詞が明らかにされている。つまり、彼女たちは「奥さん」「母」と呼ばれていても、その呼ばれ方は、「父」と「先生」とは違う。小説『心』において「父」と「先生」は、その固有名詞が明らかにされないことによって、「父」「先生」という一般名詞で呼ばれながら、それでいて特定の一個人が名指されるという特権的な存在であると言える。

漱石は、「私」が「先生」に対して「先生」と呼びかける場面は何回も描くが、「私」が父を〈御父さん〉を意味する呼称で呼ぶ場面は注意深く取り除いた。「私」は「先生」に「先生」と呼びかける一方で、「父」には〈御父さん〉等の別の呼称で呼びかけるのが自然であったはずである。しかし、そのような場面は一度も記されない。それによって、「私」にとって「先生」の方が重要な存在であるという印象が形成される。しかし、以上検討してきたように、前章で考察した父との揺るぎない関係性を基盤に「私」は「先生」に近づき、その父に向けた「私」の意識が「先生」へ向ける意識に時として混入し、「凡てを知り尽してゐた」父と同じように「先生」の「凡てを知り尽くし」たいという欲求を通常より強く生じさせる。

この近付き方、父との関係性を基盤とし、自分だけに向かって近付き、自分を〈父〉と構造的に等しい呼称である〈先生〉という呼称で呼び、自分の「全てを知り尽く」そうとする年下の人間、「先生」はそれまでの人生で経験した事のない人間関係に直面せざるを得なかった。漱石は「先生と私」における「私」をそのような存在として設定した。そして、そういう人間である「私」に対して、「先生」が最初にあの「何うして……、何うして……」を発するように仕組み、それを両者の関係の始原とした。それなら、その後、「先生」はどのように「何故」と「何うして」を、そういう人間に対し発していくだろうか。或は発していかないだろうか。次の4—3ではそれを検討する。

4—3　「先生」と「私」における「何故」の往復

4—3—1　「先生」から「私」への最初の「何故」

「先生」は、鎌倉で終わる可能性もあった「私」との交流が、新しく、しかも事もあろうにKの墓のある場所から再び始まり、しかもその相手が「時々」訪問してくるようになり、「会ふ度数が重なるに伴れて」「益繁く先生の玄関へ足を運んだ」（以上、上六）という状態から「私は月に二度若くは三度づゝ必ず先生の宅へ行くやうになつた」（同七）という状態にまでなったことをどう受け止めていたのだろうか。自分が相手に何の「満足」も与えていないと思えるのに、何故、この人間はそう度々自分の所にやってくるのか。「先生」は理解不能、不可解な他者の行動に直面した。

もちろん、「御嬢さん」に対する恋心を打ち明けた時のKも、「先生」にとっては理解不能、不可解な存在だった。しかし、その時Kの関心は明らかに「先生」より「御嬢さん」に向いていた。三年目の夏休みに帰省した時、急に態度が変わった叔父とその家族も「先生」にとっては理解不能、不可解であったかもしれない。しかし、彼等の関心が「先生」に向けられていたわけではない。特に叔父の関心は、「先生」より「先生」の財産に向いていただろう。「私」に出会って、「先生」は初めて、自分だけを関心の対象にして関係を結ぼうとする理解不能、不可解な人間に出会ったのではないだろうか。

3で考察したように、「先生」は「何故」という問いを正しく向けられるようには、他人を対象化できていなかった。だから、当の相手に対する想像力も働かせられなかった。しかし、「先生」だけを目標に近付いてくる「私」は、そういう「先生」にとって想像力を働かせざるを得ない相手だったのではないだろうか。「私」は叔父のように「先生」に隠れて「財産を胡魔化」（下九）そうとするわけでもなく、Kのように突然恋心を告白するわけでもなく、「先生と遺書」の「奥さん」のように「ぐる〳〵廻転させる」思考に陥らざるを得ないような態度も取らない。ただ単純に自分に近付き、しばしば訪ねて自分の話を聞くだけ、そういう存在である。しかも、それは反復されて持続する。そのような人間に「先生」は出会ったことはなかっただろう。

　もしかしたら「先生」は最初、「先生と遺書」で行なったように、〈何うしてこの男は私に近付いてくるのだろう〉〈何うしてこの男は私を「先生」と呼ぶのだろう〉〈何うしてこの男は度々自分の家にやって来るのだろう〉と、「何故」の意味の「何うして」で問いを立てたかも知れない。しかし、この問いは「先生と遺書」における問いと根本的に違う。なぜなら、「先生と遺書」の問いは、「何うして私の心持が斯う変つたのだらう。いや何うして向ふが斯う変つたのだらう」「何うしてあんな事を突然私に打ち明けたのか。又何うして打ち明けなければゐられない程に、彼の恋が募つて来たのか」という問い、「変つた」「打ち明けた」という起きてしまった事に対して「何うして」と問う問いであった。しかし、〈何うしてこの男は度々自分の家にやって来るのか〉という問いは起きてしまった事に対する問いではない。現在まさに起こっている、そしてこれからも反復されるに違いない、他者の理解不能、不可解な、しかも反復される行動に対する問いである。これからも反復される可能性が高い以上、自身の内面でだけ問いを発していても埒が明かない。

「先生と遺書」の「先生」も、叔父一家の態度が変わった理由、Kが御嬢さんの事を告白した理由を知りたかったには違いない。しかし、それらはすでに起きてしまった事で、そのことは動かしようがない、だとすれば、当の相手に聞く必要度はそれほど高くない、むしろ、自己の内面でそのことについて思考する方がふさわしい。しかし、「先生」と「私」の場合は違う。理由は「私」本人に尋ねなくては分からない。

しかも、「先生」はすでにその人間を相手に、「何うして……、何うして……」と、声に出して問いを発している。先に論じたように、この時「先生」は、「私」の突然の出現に驚いたあまり、自身の内部では「何故」の意味で用いていた「何うして」を思わず口にした。そして、それが「先生」と「私」の関係の始原となるように小説は仕組まれていた。その相手に今度は彼が自分の家を度々訪れる理由を聞こうとする。その時、それは〈あなたは何うしてさう度々私のやうなものの宅へ遣つて来るのですか〉という問い方でよいのだろうか。「何うして」では、理解不能、不可解である「私」の行動、自分だけに向かって近付こうとする「私」の行動に対して疑問の程度が弱いのではないか。

斯くして「先生」は「何うして」以外の問い方を選ぶ。そしてその時、「先生」の問いは段階を踏んで正しい「何故」に到達する。

私は月に二度若くは三度づゝ必ず先生の宅へ行くやうになつた。私の足が段々繁くなつた時のある日、先生は突然私に向つて聞いた。

「あなたは何でさう度々私のやうなものの宅へ遣つて来るのですか」

「何でと云つて、そんな特別の意味はありません。――然し御邪魔なんですか」

「邪魔だとは云ひません」（中略）

「私は淋しい人間です」と先生が云つた。「だからあなたの来て下さる事を喜こんでゐます。だから何故さう度々来るのかと云つて聞いたのです」

「そりや又何故です」

私が斯う聞き返した時、先生は何とも答へなかつた。たゞ私の顔を見て「あなたは幾歳《いくつ》ですか」と云つた。

（上七）

まず、「先生」は、「何うして」でも「何故」でもない「何で」を使って、「あなたは何でさう度々私のやうなものの宅へ遣つて来るのですか」と問いをかけてみる。すると、「私」は、「先生」がこれまでどんな人間からも与えられなかった反応を「先生」に与えた。「私」は、「何でと云つて、そんな特別な意味はありません」と、「先生」の「何で」に答えられない事を素直に表明する。そして、「何でと云つて」と「先生」の「何で」を繰り返して、何も理由がないと言う。「先生」はもう一段階進む必要に迫られる。

「先生」は問いを繰り返すが、「何で」と繰り返せば、「私」の答はもう見えている。「先生」は遂に、Kに「何故今日に限つてそんな事ばかり云ふのか」と訪ねて以来の「何故」を使って、「あなたは何でさう度々私のやうなものの宅へ遣つて来るのですか」を「何故さう度々来るのかと云つて聞いたのです」と言い換える。この言い換えは、「……と云つて聞いたのです」と結ばれることから分かるように、〈何故〜なのか〉という完全な文型の「何故」を使った問いではなく、あくまで「何で」の問いの言い換えである。すると、「私」はまたもや「そりや又何故です」と、逆に聞き返してくる。これは、Kにも「先生と遺書」の「奥さん」にもなかった反応である。「先生」の「何故」の問いを「奥さん」のように苦笑して遣り過ごすこともせず、Kのようにずらした答や「先生」の運命を変える恐ろしい答を与えたりせずに、「先生」の問いに答えられないことを素直に表明し、「そりや又何故です」と、まるで子供のように「先生」の「何故」をそっくりそのまま繰り返す。この子供っぽい素直さを前に「先生」は思わず、「あなたは幾歳ですか」と聞き返さずにはいられない。この「私」の対応、自分がなぜある人間に近付きたいのかを自覚しようともせず、相手の問いを子供のように素直に繰り返してまた問い返す姿勢が、「先生」を安心させた。この人間から、Kのような恐ろしい答が「何故」という問いに対して返ってくることはない。その安心が「先生」から「私」という他人に対する想像力を引き出し、「先生」に自分の発した「何で」「何故」の答えを考えさせた。

此問答は私に取つて頗る不得要領のものであつたが、私は其時底迄押さずに帰つて仕舞つた。しかも夫から四日と経たないうちに又先生を訪問した。先生は座敷へ出るや否や笑ひ出した。

「又来ましたね」

「え、来ました」と云つて自分も笑つた。

私は外の人から斯う云はれたら訖度癪に触つたらうと思ふ。然し先生に斯う云はれた時は、丸で反対であつた。癪に蝕らない許でなく却つて愉快だつた。

「私は淋しい人間です」と先生は其晩又此間の言葉を繰り返した。「私は淋しい人間ですが、ことによると貴方も淋しい人間ぢやないですか。私は淋しくつても年を取つてゐるから、動かずにゐられるが、若いあなたは左右は行かないのでせう。動ける丈動きたいのでせう。動いて何かに打つかりたいのでせう。……」

「私はちつとも淋しくはありません」

「若いうち程淋しいものはありません。そんなら何故あなたはさう度々私の宅へ来るのですか」

此所でも此間の言葉が又先生の口から繰り返された。

「あなたは私に会つても恐らくまだ淋しい気が何処かでしてゐるでせう。私にはあなたの為に其寂しさを根元から引き抜いて上げる丈の力がないんだから。貴方は外の方を向いて今に手を広げなければならなくなります。今に私の宅の方へは足が向かなくなります」

先生は斯う云つて淋しい笑ひ方をした。（上七）

「先生」は自ら発した「何故」という問いの答えを、相手の意識を想像しながら論理的思考によって考える、という初めての（『心』に記述される範囲の「先生」にとっては初めての）事を行った。「先生」は、「私は淋しい人間ですが」以下、雄弁に〈「私」が何故自分の所に度々来るのか〉という「何故」の問いに自分自身で与えた答えを「私」に語る。「先生」は、〈私は淋しい人間である→相手も淋しい人間ではないか→相手は若いが、若いうちは非常に淋しい→相手は二重に淋しいのではないか→だから相手は自分の家に度々来る〉と思考した。言うまでもなくこれは論理的思考である。つまり「先生」は、自ら立てた「何故」という問いに論理的思考によって答えを与え、それを当の「私」に告げたのである。3で行った考察を考えれば、これが「先生」の生涯にとってどんなに画期的な経験だったかは言うまでもないだろう。「先生」は自己の内部で、激しい悔恨も伴わず、「何うして」で代用されたのでもない、真正の正しい「何故」を使って疑問を発し、それを当の相手に尋ね、相手が答えられないと、自分の内面での論理的思考によって答えを出し、それを当の相手に語っているのである。

「先生」は「四日と経たないうちに」（上七）再びやって来た「私」に向かってその思考を伝える。[12]そして、「私はちつとも淋しくはありません」と答えた「私」に対して、「先生」は初めて、正しい「何故」を使った問いを発する。

「若いうち程淋しいものはありません。そんなら何故あなたはさう度々私の宅へ来るのですか」と。すなわち、「先生」の想像力と論理的思考の結果を「私はちつとも淋しくはありません」と否定した「私」に対する反論の根拠として、「そんなら何故あなたはさう度々私の宅へ来るのですか」と問う。この時、「私」が「先生」を訪れる衝動を自覚しておらず、この問いに答えられないことを四日前の問答で「先生」は分かっている。そして、それに対して思考した自分の答えが真実であるとこの時の「先生」は確信している。「それなら」ではなく、「そんなら」というよりくだけた語の使用が、「先生」の自信を物語る。その自信が「先生」に〈何故～なのか〉という真正の「何故」の問いを発せさせた。

一方、問われた「私」は、「此所でも此間の言葉が又先生の口から繰り返された」と記すが、実は「繰り返された」のではない。「先生」の問いは、「あなたは何でさう度々私のやうなものの宅へ遣つて来るのですか」から「何故さう度々来るのかと云つて聞いたのです」へ、そして、論理的思考を経て「そんなら何故あなたはさう度々私の宅へ来るのですか」へと進化したのである。

しかし、「私」は答えられない。「先生と遺書」では「先生」は「奥さん」（「先生と遺書」の「奥さん」）やKに彼らが答えられない「何故」という問いを発し、「苦笑」されたり、「理由は何もない」と言われたり、「判然した返事もしません」という対応しか得られなかった。また、たった一度正しく答を与えられた時は、その答によって「先生」の全てが狂ってしまった。だから「先生と私」で「先生」が尋ねる問いに答えられない「私」に「先生」は安心しただろう。しかも、「私」の対応は「奥さん」やKとは全く違った。「私」は「何でと云つて、そんな特別の意味はありません」「そりや又何故です」と、答えられない事を告げると共に、「先生」の「何で」「何故」という問いを、まるで「先生」が使った疑問詞をそれぞれ確かめるかように繰り返す。つまり、「奥さん」やKと違って、「私」は素直に

「先生」の問いに答えられないことを表明し、「何でと云つて、そんな特別の意味はありません」「そりや又何故です」という形で「先生」の自分に対する疑問を丸ごと受け取るのである。「先生と遺書」では、これらの疑問詞を順当に使用できない存在であった「先生」にとって、いったん自分の発語した「何で」「何故」を繰り返し、それによって止めてくれる「私」の応対は、かえって望ましいものだったのではないか。なぜなら、そこで初めて相手に向けて発することの出来た「何で」「何故」を自分の中で落ちつかせてから、次の段階に進むことができるからである。

こうして、「先生」は「何故」について進化する。「私」は自分ではけして気が付かない領域で、期せずして「先生」をいわば育てたのである。

4―3―2　「私」から「先生」への「何故」と「何うして」

「先生」が「何で」から「何で」の言い換えとしての「何故」へ、真正の「何故」へと進化する過程を示す先の引用部は「先生と私」の七であるが、次の八と九で、今度は「私」が「先生」に「何故」と「何うして」を使った問いをそれぞれ向ける。まず八で、時折「先生の食卓で飯を食ふ」ことがあるようになった「私」は、ある時、次のような会話を先生夫妻と交わす。

先生の宅は夫婦と下女だけであつた。行くたびに大抵はひそりとしてゐた。高い笑ひ声などの聞こえる試は丸でなかつた。或時は宅の中にゐるものは先生と私だけのやうな気がした。

「子供でもあると好いんですがね」と奥さんは私の方を向いて云つた。私は「左右ですな」と答へた。然し私の心には何の同情も起らなかつた。子供を持つた事のない其時の私は、子供をたゞ蒼蠅いもの丶の様に考へてゐた。

「一人貰つて遣らうか」と先生が云つた。

「貰ッ子ぢや、ねえあなた」と奥さんは又私の方に向いた。

「子供は何時迄経つたつて出来つこないよ」と先生が云つた。

奥さんは黙つてゐた。「何故です」と私が代りに聞いた時先生は「天罰だからさ」と云つて高く笑つた。

（上八）

「先生」と「奥さん」が子供を話題にする、かなりデリケートな夫婦の会話が「私」の前で繰り広げられる場面である。「子供は何時迄経つたつて出来つこないよ」と言う「先生」に対して、黙り込んだ「奥さん」の「代りに」という意識で、「私」は無邪気に「何故です」と問うが、これはこの場には不適切な問いであるし、「私」の年齢にしてはかなり子供っぽい質問であると言える。それに対して、「先生」は「『天罰だからさ』と云つて高く笑」う。この「先生」の答は先の展開を予想させるものではあるが、それがなぜ「高く笑」う行為を伴ったのだろうか。「先生と遺書」の内容を考えれば、これは笑って言えることではないはずである。にもかかわらず、「先生」が「高く笑」って発言したということは、そこに「先生と遺書」の後半にあるような深刻な罪悪感が伴っていないということである。だとすれば、この「私」の「何故です」を「先生」は、ちょうど子供が無邪気に〈何故？〉と聞き、それに対して半ば冗談めかして〈天罰だからだよ〉と笑いながら大人が答える、そういう問答として位置づけたということではないだろうか。この部分が七の先の引用部、「私」が「先生」の「だから何故さう度々来るのかと云つて聞いたのです」という問いに対して「そりや又何故です」と子供のように「聞き返し」、それに対して「先生」が「あなたは幾歳ですか」

と言った部分の次の八で語られていることも、その類縁性を推測させる。「何故です」と子供のように無邪気に聞いてしまった「私」に対して、この時の「先生」はまた、「あなたは幾歳ですか」と言いたくなったかもしれない。「先生」は叔父に欺されたことに気付く前の自分について、「子供らしい私」(下五)と記しているが、この時の「私」を見て、かつての自分を思い出していたかもしれない。

いずれにせよ、ここで「先生」が行ったのは、かつて「先生と遺書」の「奥さん」やKが「先生」に対して行った、相手の不適切な「何故」の問いをはぐらかすという行為である。もちろん、ある意味「先生」は正しく「私」の「何故」の問いに答えてはいる。しかし、この問答の後、「私」が更に質問を重ねたことは記されていないので、「先生」のこの高笑いを伴う「天罰だからさ」は、「私」の「何故です」という問いをそこで終わりにさせる答えであったと言えるだろう。そういう意味ではぐらかしである。つまり、ここで「私」は子供っぽく無邪気に「何故です」というこの場には不適切な問いをかけたことによって、「先生」にかつて「先生と遺書」の「奥さん」やKにやられたことを、今度は別の相手に自分がするという経験を与えたのである。

八の次の九で、「私」は「先生」と「奥さん」の間の「言逆《いさか》ひ」を語る。そして、そこで「私」は「先生」に対して、『心』全体を通じてたった一回の「何うして」を発する。

> 私の腹の中に始終先刻の事が引つ懸つてゐた。肴の骨が咽喉に刺さつた時の様に、私は苦しんだ。打ち明けて見やうかと考へたり、止した方が好からうと思ひ直したりする動揺が、妙に私の様子をそは〳〵させた。
> 「君、今夜は何うかしてゐますね」と先生の方から云ひ出した。「じつは私も少し変なのですよ。君に分かりますか」

私は何の答えもし得なかつた。

「実は先刻妻と少し喧嘩をしてね。それで下らない神経を昂奮させて仕舞つたんです」と先生が又云つた。

「何うして、、、

「何うして……」

私には喧嘩といふ言葉が口へ出て来なかつた。

「妻が私を誤解するのです。それが誤解だと云つて聞かせても承知しないのです。つい腹を立てたのです」


（上九）

散歩に誘いに来た「先生」に対して、「私」は「先生」と「奥さん」の間の「言逆ひ」を聞いてしまったことを言い出せないでいた。すると「先生」の方から妻との「喧嘩」を打ち明けられる。その一端を実は聞いてしまったと言えないことが、「何うして」の問いの後に「喧嘩」という言葉を続けることを困難にする。「私」の問いは「何うして……」となる。この時、「先生」はかつて自分が「私」とKの墓のある墓地で会った時に思わず口にした「何うして……、何うして……」の木霊を聞いたのではないだろうか。木霊という言い方が不正確なら、「私」が自分の言葉を模倣し、繰り返すのを聞いたのではないだろうか。「あなたは何でさう度々私のやうなものの宅へ遣つて来るのですか」と言えば、「何でと云つて、……」と繰り返す、「何故さう度々来るのかと云つて聞いたのです」と言えば「そりや又何故です」と繰り返す。そして今度は「何うして……」と繰り返す。「先生」の「何うして」も「何で」も「何故」も、「私」は素直に繰り返す。けしてはぐらかさないし、恐ろしい答えもしない。七、八、九のこの「私」の三回の繰り返しは、「先生」に「貴方は幾歳ですか」と問わせる程に「私」の子供性を認識させたと同時に、おそらく深い安心感を与えた。

かつて、「先生」は、Kの「精神的に向上心のないものは馬鹿だ」（下四十二）という言葉を、Kの前で繰り返した。(13)この時の「先生」は「たゞ一打で彼（K、筆者注）を倒す事が出来る」「彼の虚に付け込んだ」「復讐以上に残酷な意味を有つてゐた」（以上下四十二）という意味と目的を持ってKの言葉を繰り返した。その結果は「先生」にとって残酷な結果となった。しかし、ここでの「私」によって繰り返される「何うして」「何で」「何故」は、全く違う。それはかつてKの言葉を繰り返した「先生」の言葉のように、相手に向ける刃にはけしてならない。「先生」と「私」、二人の人間の、彼らの資質に基づいた彼らなりの穏やかな交流のために、それは繰り返される。だから「先生」は、伸びやかに自分の「何故」を発展させられるのである。

4―3―3　往復する「何故」

4―3―1、2で考察したように、「先生と私」における「先生」と「私」の「何故」をめぐる交流は、「先生」が独自の近付き方をした「私」に対して、「何故」を発せざるを得なくなることから始まった。そして、それに対する「私」の対応によって「先生」は「何故」の答を論理的思考によって考え、一方、「私」の側は「先生」の「何で」「何故」、また「何うして……」を子供のように繰り返し、それによって「先生」に深い安心を与えた。この両者はそれ以後、「何故」をめぐってどのような交流をして行くだろうか。

「先生と遺書」において、「先生」はK、「奥さん」、「御嬢さん」からそれぞれ「何故」という問いを向けられたことを記述している。Kからの「何故」は、あの恐ろしい答えを聞く直前の部分、いつもと違って「御嬢さん」と「奥さん」がどこへ行ったかを話題にしたKから、「女の年始は大抵十五日過だのに、何故そんなに早く出掛けたのだらう」（以上、下三十五）と問われた時である。「先生」はKに「何故だか知らない」と答える。「奥さん」からの「何故」

は、「御嬢さん」との結婚を申し込もうとする時に、「何か特別な用事があるのか」と聞く「先生」に対して、「奥さん」が「何故です」と問い、「先生」が「実は少し話したい事がある」（以上下四十四）と答える場面と、Kに「御嬢さん」との結婚を話したかと聞かれ、「まだ話さない」という「先生」に対して「何故話さないのか」と「奥さん」が言って、Kに既に話してしまったことを告げる場面である。「御嬢さん」（妻）からの「何故」は、Kの墓参りをしようと提案した時の「何故そんな顔をするのか」（下五十一）という問い、結婚後の「先生」に対する「何故そんなに考えてゐるのか」（下五十二）という問い、母親が死んだ時の「先生」の「不幸な女だ」という言葉に対する「何故だ」（以上、下五十四）という問いである。(14)

いづれも「先生」の記述する文章の中に現れる問いなので、本当に彼らが「何故」と発したかは不明であるが、「先生」は彼らの問いを「何故」の問いとして記す。そして、「御嬢さん」との結婚を申し込むという明確な動機で行動した時の「奥さん」からの「何故」以外の「何故」には、「先生」は答えられていない。これが小説内過去の「先生」の姿だとすれば、「先生と私」の時点での「先生」は、「私」からの「何故」にどう答え、自分からはどのように「何故」の問いを発しているだろうか。

「先生」は4―3―1で考察したように、「先生と私」の七で「私」に向かって、「何で」に始まり正しい「何故」に至る問いを発することができた。次に「先生」と「私」が「何故」をめぐる往復を行うのは、十三である。十二で花見の場にいた新婚の男女を「冷評し」た「私」に対して「先生」は「君、恋は罪悪ですよ。解つてゐますか」（以上、上十二）と言う。

「恋は罪悪ですか」と私が其時突然聞いた。

「罪悪です。たしかに」と答へた時の先生の語気は前と同じやうに強かつた。

「何故ですか」

「何故だか今に解ります。今にぢやない、もう解つてゐる筈です。貴方の心はとつくの昔から既に恋で動いてゐるぢやありませんか」　（上十三）

「私」の「何故ですか」という問いに対して、「先生」は「何故だか今に解ります」と答える。この問答は、「先生と遺書」の「先生」とKの、「女の年始は大抵十五日過ぎだのに、何故そんなに早く出掛けたのだらう」／「何故だか知らない」という問答のちょうど逆の構造を持っている。Kに対しては、かつて「先生」は「何故だか知らない」と答え、「私」に対しては「何故だか今に解ります」と答えている。Kから「何故」と問われた時は、「先生」はその問いに答えられなかった。そして、その直後、「先生」は「何故今日に限つてそんな事ばかり云ふのか」と問い、Kから「御嬢さんに対する切ない恋」を打ち明けられてしまうことになった。

ここでの状況は、それとは全く違う。「先生」自身は〈何故恋は罪悪であるのか〉という問いの答えは、「先生」なりに持っている。ただ、今は言えないだけである。そして、「何故ですか」と問いをかけた「私」に対して、「先生」はすでに「何故あなたはさう度々私の宅へ来るのですか」と、正しい「何故」を発していた。自身の内部で問う激しい悔恨を伴った「何故」でもなく、相手が答えにくい不適切な「何故」でもない、正しい「何故」である。また、自分を「先生」という独自の呼称で読んで近付いてくるこの「私」という人間が、「何で」「何故」と問いかけられた時、子供のように素直な反応をする人間であることも知っている。つまり、ある程度信頼し、安心できる相手である。だから、「先生」は「私」の「何故」の問いに対して「今に解ります」と安心して答えられる。相手の「何故ですか」に答えられないことを安心して相手に告げられる。そしてまた、ここで「先生」は今度は自分の方から、相手が答えられないことが解りきっている「何故」の問いを仕掛ける。つまり、答えられない「何故ですか」という問いをかけた「私」に、今度は「先生」の方から、答えられない「何故」を発するのである。つまり、ここで「私」と「先生」は〈答えられない「何故」〉を発し合うという往復を行う。

「然し気を付けないと不可ない。恋は罪悪なんだから。私の所では満足が得られない代りに危険もないが、――君、長い黒い髪で縛られた時の心持を知つてゐますか」

私は想像で知つてゐた。然し事実としては知らなかつた。いづれにしても先生のいふ罪悪といふ意味は朦朧としてよく解らなかつた。（中略）

先生と私とは博物館の裏から鶯渓の方角に静かな歩調で歩いて行つた。垣の隙間から広い庭の一部に茂る熊笹が幽邃《ゆうすい》に見えた。

「君は私が何故毎月雑司ヶ谷の墓地に埋まつてゐる友人の墓へ参るのか知つてゐますか」

先生の此問は全く突然であつた。しかも先生は私が此問に対して答へられないといふ事も能く承知してゐた。

私はしばらく返事をしなかつた。すると先生は始めて気が付いたやうに斯う云つた。

「又悪い事を云つた。焦慮《じら》せるのが悪いと思つて、説明しやうとすると、其説明が又貴方を焦慮せるやうな結果になる。何うも仕方がない。此問題はこれで止めませう。とにかく恋は罪悪ですよ、よござんすか。さうして神聖なものですよ」　（上十三）

私には先生の話が益解らなくなつた。然し先生はそれぎり恋を口にしなかつた。

「先生」は、「君は私が何故毎月雑司ヶ谷の墓地に埋まつてゐる友人の墓へ参るのか知つてゐますか」と「私」に問うが、この時「先生」は、「私が此問に対して答へられないといふ事も能く承知してゐ」る、と「私」は記述する。「先生と遺書」で「奥さん」とKから正当な返事を与えられなかった時と違って、「先生」は「私」がこの問いに答えられないことを承知の上で問いを発している。4―3―1でくわしく考察したように、「私」が「先生」からの「何で」「何故」を独特の受け止め方をしたことによって、「先生」はこれまでと全く違う「何故」の使い方をするようになる。「何故ですか」／「何故だか今に解ります」のように、「先生」も「私」の「何故」を繰り返しつつ会話を進めるという「何故」の使い方、あるいは先の引用のように、相手が答えられないことを分かっていても「何故」と発する使い方である。つまり、「私」と「先生」との間には、独特の「何故」をめぐる往復が築かれた。それを基盤に、遂に、「先生」は「私」とごく普通の「何故」の問答、小説内時間の中で、それまで「先生」が行ったことのない正しい「何故」の問答を行う。


先生は一時非常の読書家であつたが、其後何ういふ訳か、前程此方面に興味が働らかなくなつたやうだと、かつて奥さんから聞いた事があるのを、私は其時不図思ひ出した。私は論文を余所にして、そゞろに口を開いた。

「先生は何故元のやうに書物に興味を有ち得ないんですか」

「何故といふ訳もありませんが。……つまり幾何本を読んでもそれ程えらくならないと思ふ所為でせう。それから……」

「それから、未だあるんですか」

「まだあるといふ程の理由ではないが、以前はね、人の前へ出たり、人に聞かれたりして知らないと恥のやうに極が悪かつたものだが、近頃は知らないといふ事が、それ程の恥でないやうに見え出したものだから、つい無理にも本を読んで見やうといふ元気が出なくなつたのでせう。まあ早く云へば老い込んだのです」

先生の言葉は寧ろ平静であつた。世間に脊中を向けた人の苦味を帯びてゐなかつた丈に、私にはそれ程の手応へもなかつた。私は先生を老い込んだとも思はない代りに、偉いとも感心せずに帰つた。（上二十五）

「先生」はこれまでの「私」との「何故」の往復に則って、「私」の「先生は何故元のやうに書物に興味を有ち得ないんですか」という問いに対して、「何故といふ訳もありませんが」と、まず「私」からの「何故」を繰り返し、それから「……つまり」以下の説明に入る。「それから……」と言って口ごもる「先生」に対して、「私」は再び「それから、未だあるんですか」と「先生」の「それから」を繰り返すことによって、「先生」からその先の言葉を引き出す。「先生」も私の「未だあるんですか」を「まだあるといふ程の理由ではないが」と「まだある」を繰り返して受け取り、言葉を饒舌に続ける。このような応対の仕方に支えられて、自身について語ったことは「先生」には恐らく初めての経験だっただろう。先にも述べたように、むしろ子供っぽいとさえ言える「私」の応対は、結果的に「先生」の「何故」を進化させ、育てたことになったのである。

もちろん、ここで「私」は「先生」の言論の意味内容を充分に理解してはいない。しかし、「何故」と尋ねられた「先生」は饒舌に自分を語った。「先生」はこの後、「先生と遺書」の場合のように、〈何故あんな事を言ってしまったのか〉などと、激しい悔恨と共に自身の内部で問いを発することもないだろう。つまり、「私」を相手にした時、「先生」はごく普通に落ちついて自分に向かって発せられた「何故」に答えることが出来ている。こうして「先生」は

「何故」の究極の段階に達しようとしていた。

最後に一言付け加えるが、ここで行った「先生」と「私」の「何故」をめぐる往復の考察は、「何故」にのみ注目して行った。従って、特に十三の引用に関しては、その場で語られた事柄に対する考察は行っていない。ここでの「先生」の発する言葉の意味内容には様々な解釈が可能であるが、「私」との「何故」の往復の在り方にのみ注目すると、以上のような考察が成立する。

4―3―4　究極の「何故」

『彼岸過迄』の須永、『行人』の一郎は、理解不能、不可解な他者の行動に対して「何故」という問いを発していた。しかし、厳密に言えば、この「何故」の使い方は、漱石が『文学評論』「序言」で定義した「何故」（why）の使い方から少しずれた使い方である。再度引用する。

> 仮令ば茲に花が落ちて実を結ぶといふ現象があるとすると、科学は此問題に対して、如何なる過程《プロセス》で花が落ちて又如何なる過程《プロセス》で実を結ぶかといふ手続を一々に記述して行く。然し何故（Why）に花が落ちて実を結ぶかといふ、（然かならざるべからずといふ）問題は棄て丶顧みないのである。一度び何故にといふ問題に接すると神の御思召であるとか、樹木が左様したかつたのだとか、人間がしかせしめたのだとか所謂Will即ちある一種の意志といふ者を持て来なければ説明がつかぬ。科学者の見た自然の法則は只其儘の法則である。之を支配するに神があつて此神の御思召通りに天地が進行するとか何とかいふ何故問題は科学者の関係せぬ所である。

ここで漱石が「科学」が「棄て、顧みない」としている「何故」、「何故（Why）に花が落ちて実を結ぶか」という問いは、誰もが当たり前の事として受け止めている「花が落ちて実を結ぶ」という現象、それに対して敢えて「何故」と問う、そういう「何故」である。「花が落ちて実を結ぶ」のは植物が繁殖するためであるという、誰もが理解不能とも不可解とも全く思わない現象に対して、では、「何故」繁殖するために花というものを咲かせ、実を結ぶという形態を植物はとるのかと問うと、それが実は理解不能、不可解であった事が分かり、人間の知力を超えた「神の御思召」を持ち出してこないと答えが得られないというのである。人間が当然と思い、疑ってもみない現象が実は理解不能、不可解であることを暴く究極の「何故」と言える。須永や一郎の用いる「何故」は、この究極の「何故」から、理解不能、不可解である対象に「何故」という問いを向ける、そのことを特化しての問いであったと言える。つまり、彼等の「何故」は一般的な「何故」であって、究極の「何故」ではなかった。しかし、「先生と私」の「先生が「私」に向ける最後の「何故」は、この究極の段階に達した「何故」、当然のこととして理解不能でも不可解でもなかった事柄の成立の根拠を問うと、それが理解不能、不可解である事柄に転化する、そういう究極の「何故」である。


　先生は其上に私の家族の人数を聞いたり、親類の有無を尋ねたり、叔父や叔母の様子を問ひなどした。さうして最後に斯う云つた。

「みんな善い人ですか」

「別に悪い人間という程のものもゐないやうです。大抵田舎者ですから」

「田舎者は何故悪くないんですか」

私は此追窮に苦しんだ。然し先生は私に返事を考へさせる余裕さへ与へなかつた。

「田舎者は都会のものより、却つて悪い位なものです。それから、君は今、君の親戚なぞの中に、是といつて、悪い人間はゐないやうだと云ひましたね。然し悪い人間といふ一種の人間が世の中にあると君は思つてゐるんですか。そんな鋳型に入れたやうな悪人は世の中にある筈がありませんよ。平生はみんな善人なんです。少なくともみんな普通の人間なんです。それが、いざといふ間際に、急に悪人に変るんだから恐ろしいのです。だから油断が出来ないんです」

（上二十八）


前章では、この部分の「私」に与えた影響について論じたが、本章では、この「田舎者は何故悪くないんですか」という問いの意味について論じる。親族は「みんな善い人ですか」という「先生」の問いに対して、「私」は、自分の親族の中に「別に悪い人間」はいない、なぜなら「大抵田舎者」だから、と答える。この「私」の答えの根拠は〈田舎者は素朴で悪いことなどしない〉という思い込みである。「私」は、ちょうど人々が「花が落ちて実を結ぶといふ現象」を当たり前のことだと思っているように、〈田舎者は素朴で悪いことなどしない〉という「田舎者」観を、疑問を差し挟む余地もない当たり前の事だと思っていた。「先生」の「田舎者は何故悪くないんですか」という問いはまさにそこを突く。そして、「田舎者は都会のものより、却つて悪い位なものです」と断言し、そもそも「悪い人間」という「一種の人間」がいるわけではなく、「平生」は善人である人間が「いざといふ間際」に「急に悪人に変る」と告げる。

つまり、この時の「先生」の「何故」は、「私」の〈田舎者は素朴で悪いことなどしない〉という、「私」がそれまで自分の人生の中で作り上げてきた「田舎者」に対する概念そのものに疑問を提出する「何故」である。そういう意味で、「花が落ちて実を結ぶ」ことを当たり前の事実と受け止めている人々に発する「何故」と同質の「何故」である。すなわち、『心』におけるあらゆる「何故」の中で、漱石が『文学評論』「序言」で提出している「何故」(Why)に最も近い「何故」である。「私」との交流によって「何故あなたはさう度々私の宅へ来るのですか」と、須永や一郎のような使い方の「何故」を使うことのできた「先生」は、ここでさらに深い「何故」の使用に至った。3で考察した「先生と遺書」の「先生」の「何故」の使い方と比較すると驚かされるが、この動き、「先生」の「何故」の進化が、「先生」が「私」に向かって「何うして……、何うして……」と、内部での問いを外部の他人に向かって発してしまったあの瞬間から始まったことは言うまでもない。この「先生」の発語が「先生」から「私」への最初の言葉となるように仕掛けを施した漱石は、そこから始まった「私」との交流が、「先生」の問いの形式をこの「何うして……、何うして……」から「何で」「何故」へ、そして究極の「何故」へと進化させたことを記した。そして、それは「先生」の自殺の決意へと「先生」を運ぶ。

次の5では、「先生と遺書」における「先生」と「私」を検討することによって、このことを明らかにしていくが、ここで第一章で考察した「両親と私」の『心』における存在意義について述べておきたい。本章でくわしく検討したように、「先生」の問いの形式は「私」との出会いと交流によって、「何うして」から「何で」「何故」へ、そして究極の「何故」へという進化を遂げた。従って、もし、「両親と私」を挟まずに「先生と私」のすぐ後に「先生と遺書」が続いていたら、「先生と遺書」における「先生」の「何うして」と「何故」の使用の奇妙さはもっと顕著に感じられるものになっていたに違いない。ちょうど『三四郎』において、「田舎者」という語とそれにまつわる言及によって三四郎が「単純」化されたように、「両親と私」が存在することによって、「先生と遺書」における「先生」の問いの形式の奇妙さは叙述の水面下に沈んで目立たなくなり、その事がもたらした現象、事態の方が前面に押し出され、焦点化されることになった。そして、それによって「先生と遺書」で記述される過去の「先生」が、須永や松本、一郎、二郎と比べて、「何うして」と「何故」の使用において未成熟な人間であるという印象が払拭されたのである。

5．「先生と遺書」における「先生」と「私」

5―1　「先生と遺書」における、〈「先生」にとっての「私」〉

「先生と遺書」には、「先生」の両親の死、叔父の財産横領、「御嬢さん」とその母との関わり、Kとの関係、Kの自殺が記され、そして、そこから「先生と私」における「先生」に至るまでのいきさつが記されている。「私」は直接的には登場しないが、「先生」の記述には読み手としての「私」を念頭において書かれた部分が多く見られる。「先生と遺書」における「何故」については3で考察したが、ここでは、4で考察した「先生と私」における「私」との「何故」をめぐる往復があったからこそ記すことの出来た、「先生と遺書」における「何故」について考察する。

3でくわしく考察したように、「先生と遺書」において「先生」は、自身の内部で「何故」と問う時は、自身の振る舞いに対する激しい悔恨と共にしか「何故」という問いを発することが出来ず、外部の他者に向かっても、一回の例外を除いて、相手から正当な答えを引き出せるような「何故」という問いを発せていなかった。しかし、4で考察したように、「先生と私」における「先生」は、「私」と独特の「何故」の往復を行い、それによって「先生」の「何故」は、究極の「何故」に、既成の思い込みを覆し、事の本質を問う究極の「何故」にまで進化した。この「先生」の「何故」の進化を反映した「何故」、「先生と私」を経た小説内現在の「先生」だからこそ発することのできた「何故」が記される部分が「先生と遺書」には三カ所ある。

そのうち御嬢さんの態度がだん〳〵平気になつて来ました。Kと私が一所に宅にゐる時でも、よくKの室の縁側

> へ来て彼の名を呼びました。さうして其所に入つて、ゆつくりしてゐました。無論郵便を持つて来る事もあるし、洗濯物を置いて行く事もあるのですから、其位の交通は同じ宅にゐる二人の関係上、当然と見なければならないのでせうが、是非御嬢さんを専有したいといふ強烈な一念に動かされてゐる私には、何うしてもそれが当然以上に見えたのです。ある時は御嬢さんがわざ〳〵私の室へ来るのを回避して、Kの方ばかりへ行くやうに思われる事さへあつた位です。それなら何故Kに宅を出て貰はないのかと貴方は聞くでせう。然しさうすれば私がKを無理に引張つて来た主意が立たなくなる丈です。私にはそれが出来ないのです。
>
> （下三十二）

ここで「先生」は「貴方は聞くでせう」と、「私」の「何故」という問いを想定して記述を行っている。そして、「何故Kに宅を出て貰はないのか」という、「私」が発すると想定される問いに対して、「さうすれば私がKを無理に引張つて来た主意が立たなくなる丈です。私にはそれが出来ないのです」と明確な答えを与えている。「先生と遺書」の小説内過去の「先生」は、「何故」にも、「何故」の意味で使われた「何うして」にも答えを与えられなかったが、ここで「私」が発すると想定して記された「何故」には答えられている。つまり、「先生と私」における、「私」との間の「何故」の往復を背景にして、「私」が自分に向けるであろう「何故」を想定して問うと、小説内現在の「先生」は明解にその問いに答えを与えられるのである。

また、次の例は、「先生と私」を経過し、遺書を記している小説内現在の「先生」が、自分が「何故」と問えなかったことを告白する部分である。

> 私はとう〳〵万世橋を渡つて、明神の坂を上つて、本郷台へ来て、夫から又菊坂を下りて、仕舞に小石川の谷

へ下りたのです。私の歩いた距離は此三区に跨がつて、いびつな円を描いたとも云はれるでせうが私は此長い散歩の間殆んどKの事を考へなかつたのです。今其時の私を回顧して、何故だと自分に聞いてみても一向分りません。たゞ不思議に思ふ丈です。私の心がKを忘れ得る位、一方に緊張してゐたと見ればそれ迄ですが、私の良心が又其れを許すべき筈はなかつたのですから。（下四十六）

「先生」は、Kの「覚悟、――覚悟ならない事もない」（下四十二）という発言が動機となって「奥さん」に「御嬢さん」との結婚を申し込んだが、その直後の散歩において「私は此長い散歩の間殆んどKの事を考へなかつたのです」と、全くKの事を想起しなかった。この部分については、3―4―1の「『先生』にとってのK」でも考察したが、ここでは「何故」についての分析という側面から検討する。「先生」はこの「長い散歩の間殆どKの事を考へなかつた」自分に対して、その時は「何故」という問いを発さなかった。3―4―2「『何故』と問えなかった『先生』」で、「先生と遺書」における「先生」は、「何故」という疑問詞を充分に使えていなかったために、「何故」と問いを発してもよかった状況で「何故」と問えなかったことを指摘したが、ここも「何故」と問うべきだったのに、「何故」と問おうとしなかった場面である。しかし、「今其時の私を回顧して」と「先生と私」を経過した「先生と遺書」のこの部分を書いている「先生」は、「其時」を「回顧」して、「何故だと自分に聞いて」みた、と記述する。つまり、この時、「先生」は過去の自分を理解不能、不可解な存在として対象化して、「何故」という問いを発したのである。そして、その問いに対して、「今」であっても、「一向分りません。たゞ不思議に思ふ丈」と答えを与えられない、と記す。

「先生と私」で、「何故」という問いに関して進化を遂げた「先生」は、過去の自分を省み、対象化して「何故」という問いを発し、その結果、「何故」と問うべき状況で問えなかったこと、問いを発しても過去の「其時」も「今」も、その問いには自分は答えられないことをここで認識する。これは「先生と遺書」の「先生」には不可能で、「先生と私」における「私」との交流があって初めて可能になった認識である。

「先生と遺書」は、「先生と私」を経過した後の「先生」によって書かれた手記である。ここまでの本論は、「先生と遺書」の「先生」と、「先生と私」の「先生」についてそれぞれ分析し、両者の関係性についての言及を敢えて行わなかったが、この二つの引用を踏まえて考察すると、次のように考えられる。すなわち、「先生と遺書」における「何うして」と「何故」の殆どは、「先生と私」の「先生」が反映されていない、小説内過去の「先生」の「何うして」と「何故」の使用を記している。しかし、読者としての「私」を明確に反映させて記された部分においては、その「私」と「何故」の往復を行ってきた、特に4―3―3「往復する『何故』」で考察した、繰り返し往復する「何故」を反映した、「先生」の「何故」の使用が見られるということである。『心』においては、こと「何故」の使用に関する限り、「先生と私」を反映させた「今」と、「先生と遺書」に記された時間である「其時」とは、以上のように明確に書き分けられていると言える。

さて、次に三番目の「何故」の使用例について検討する。これは、遺書を書く過程で「先生」が「私」をどう想起したかを示す、重要な「何故」である。

私がこの牢屋の中に凝としてゐる事が何うしても出来なくなつた時、又その牢屋を何うしても突き破る事が出来なくなつた時、必竟私にとつて一番楽な努力で遂行出来るものは自殺より外にないと私は感ずるやうになつたのです。貴方は何故と云つて眼を睁《みは》るかも知れませんが、何時も私の心を握り締めに来るその不可思議な恐ろしい力は、私の活動をあらゆる方面で食ひ留めながら、死の道丈を自由に私のために開けて置くのです。動かずにゐれば兎も角も、少しでも動く以上は、其道を歩いて進まなければ私には進みやうがなくなつたのです。（下五十五）

「貴方は何故と云つて眼を睜《みは》るかも知れませんが」と記した時、「先生」は「先生と私」において「私」が「そりや又何故です」（上七）「何故です」（同八）「何故ですか」（同十三）「先生は何故元のやうに書物に興味を有ち得ないんですか」（同二十五）と聞いてきた時の「私」の表情、「私」の「眼」のみはり方を鮮やかに脳裏に浮かべていただろう。「先生」がもし「私」に「先生と遺書」の内容を直接語っていたら、「私」はここで、「先生」のよく知っている「私」独特の表情と眼のみはり方をして、「何故」という問いを発し、「先生」と往復しながら、「先生」の話を聞いたに違いない。「先生」はそう想像してこの部分、「貴方は何故と云つて眼を睜るかも知れませんが」という、「私」の表情と声を生々しく想起させる部分を書いたのではないだろうか。

　そう考えると、「先生と遺書」の冒頭に記される、「私」を電報で呼び出し、「私」が来られないと知った時の「先生」の失望がかなり深いものであったことが推測される。

其後私はあなたに電報を打ちました。有体に云へば、あの時私は一寸貴方に会ひたかつたのです。それから貴方の希望通り私の過去を貴方のために物語りたかつたのです。あなたは返電を掛けて、今東京へは出られないと断つて来ましたが、私は失望して永らくあの電報を眺めてゐました。あなたも電報丈では気が済まなかつたと見えて、又後から長い手紙を寄こして呉れたので、あなたの出京出来ない事情が能く解りました。私はあなたを失礼な男だとも何とも思ふ訳がありません。貴方の大事な御父さんの病気を其方退けにして、何であなたが宅を空

> けられるものですか。その御父さんの生死を忘れてゐるやうな私の態度こそ不都合です。――私は実際あの電報を打つ時に、あなたの御父さんの事を忘れてゐたのです。其癖あなたが東京にゐる頃には、難症だからよく注意しなくつては不可いと、あれ程忠告したのは私ですのに。私は斯う云ふ矛盾な人間なのです。或は私の脳髄よりも、私の過去が私を圧迫する結果斯んな矛盾な人間に私を変化させるのかも知れません。私は此点に於ても充分私の我を認めてゐます。あなたに許して貰はなくてはなりません。
>
> 　あなたの手紙――あなたから来た最後の手紙――を読んだ時、私は悪い事をしたと思ひました。それで其意味の返事を出さうかと考へて、筆を執りかけましたが、一行も書かずに已めました。何うせ書くなら、此手紙を書いて上げたかつたから、さうして此手紙を書くにはまだ時機が少し早過ぎたから、已めにしたのです。私がたゞ来るに及ばないといふ簡単な電報を再び打つたのは、それが為です。

もし、「先生」がこの時本当に「貴方の希望通り私の過去を貴方のために物語りたかつた」と望んでいたとしたら、「先生」は当然、その「先生」の「物語り」の逐一に対する「私」の反応をある程度想定していただろう。すなわち、「先生と私」にあったような質の会話を、である。そしてその時、「先生」の「物語り」に対して「私」が4―3―3で考察したように「先生」の言葉をくり返し、また、「何故」を使って問いを発し、自分がそれに答えることも想定していただろう。その時、「先生」の過去は、生き生きした往復感のある会話の中に甦るはずだった。だから、「私」が父の病気のために来られないという「返電」を受け取って、「私は失望して永らくあの電報を眺めてゐました」という一行は、「先生」が生身の「私」に「私の過去」を「物語り」、生身の「私」の声と表情、眼のみはり方で「何故」と聞かれる可能性が潰された「失望」をも物語っている。

もし「先生」が上京できた「私」に自身の過去を「物語り」、「私」がそれに対して質問したり、聞きただしていたら、「何故」と問いを発していたら、可能性は低いかも知れないが、「先生」の自殺が起こり得なかった場合もあったかもしれない。もちろん、「私」は上京できず、瀕死の父を看取っている「私」に「先生」の手紙が届けられ、「私」が父の傍を離れて汽車に乗る、というのが小説として決定されていた事柄の順番であるのだから、これはあくまでも小説内記述からの想像である。しかし、漱石がいったん「先生」が「私」に直接物語る可能性を示し、それを潰してから「先生」に遺書を書かせたということは重要である。(15)

「実際こゝに貴方といふ一人の男が存在してゐないならば、私の過去はついに私の過去で、間接にも他人の知識にはならないで済んだでせう。私は何千万とゐる日本人のうちで、たゞ貴方丈に、私の過去を物語りたいのです」（下二）と「先生」は記している。「たゞ貴方丈に」という、これから物語られる「先生」の「過去」のたった一人の受け取り手としての「私」の重要性が示される部分であるが、ここで強調したいのは、4でくわしく考察したように、「先生」が「私」と言葉を交わしてきた、その中で「先生」に起こった変化、特に「何故」の進化のためにこそ、「先生」にとって「私」が重要であったという点である。だから、漱石は「先生」に最初直接「私」に物語ろうとさせたのではないだろうか。

5—2　〈何故自分は生きているのか〉という問い

4でくわしく考察したように、「先生」と「私」の交流は、「先生」の二回の「何うして」で始まった。或は、始まるように仕組まれていた。「何故」の意味で問いかけた「何うして……、何うして……」と、「何うして」の意味で問いかけた「私の後を跟けて来たのですか。何うして……」である。そして、「私」との交流の中で、「先生」の「何故」は進化を遂げ、事の本質を問う究極の「何故」にまで達した。それなら、その後で「先生」は「何故」という問いを何に向けたのだろうか。大学卒業後「私」が帰郷し、「先生と私」に次いで「両親と私」が書かれるため、その後の「先生」については記されず、「私」が帰郷後の「先生」が生きた時間は、「私」が受け取った遺書の中で語られる。

「……私は此夏あなたから二三度手紙を受け取りました。東京で相当の地位を得たいから宜しく頼むと書いてあつたのは、たしか二度目に手に入つたものと記憶してゐます。私はそれを読んだ時何とかしたいと思つたのです。少なくとも返事を上げなければ済まんとは考へたのです。然し自白すると、私は貴方の依頼に対して、丸で努力をしなかつたのです。ご承知の通り、交際区域の狭いといふよりも、世の中にたつた一人で暮らしてゐるといつた方が適切な位の私には、さういふ努力を敢てする余地が全くないのです。然しそれは問題ではありません。実をいふと、私はこの自分を何うすれば好いのかと思ひ煩つてゐた所なのです。此儘人間の中に取り残されたミイラの様に存在して行かうか、それとも……其時分の私は「それとも」といふ言葉を心の内で繰り返すたびにぞつとしました。（下一）

「私」の「二度目」の手紙を受け取った時点で、「この自分を何うすれば好いのかと思ひ煩」っていたと「先生」は記す。読者にとってはこの記述はさほど唐突には響かないかもしれない。なぜなら、「先生」が既に死んでいることは「先生と私」でも語られているし、「両親と私」で「私」が受け取った手紙の結末近くに、「此手紙があなたの手に落ちる頃には、私はもう此世に居ないでせう。とくに死んでゐるでせう」（中十八）と書かれているからである。しかし、「私」が帰郷する前には、「『また九月に』と先生がいつた」（上三十五）と、「先生」の方から再会を約束する形で「先生」と「私」は別れている。その文脈で考えれば、「私」の帰郷後の時間の中で、「先生」が「この自分を何うすれば好いのか」という悩みに陥ったというのはむしろ唐突であるとも言える。「先生」はいつからこの悩みに陥ったのだろうか。

「私」の「二度目」の手紙は、明治天皇崩御後の八月半ば過ぎである。遺書の最後半部に「すると夏の暑い盛りに明治天皇が崩御になりました。其時私は明治の精神が天皇に始まつて天皇に終つたやうな気がしました。最も強く明治の影響を受けた私どもが、其後に行き残つてゐるのは必竟時勢遅れだといふ感じが激しく私の胸を打ちました」（下五十五）とあり、妻と殉死をめぐる問答をして、「先生」が「もし自分が殉死するならば、明治の精神に殉死する積だと答へました。私の答も無論笑談に過ぎなかつたのですが、私は其時何だか古い不要な言葉に新らしい意義を盛り得たやうな心持がしたのです」（下五十六）とあるので、明治天皇の死がきっかけになって、「先生」が「自分を何うすれば好いのかと思ひ煩ら」い出したように一応読める。明治天皇の崩御は明治四十五年七月三十日であるから、その後から、ということになる。つまり、「私」が帰郷してから約一月後ということになる（「両親と私」に「私が帰つたのは七月の五六日で」（中五）とあるが、歴史的にはこの年の東京帝国大学の卒業式は七月十日である。小説内でもその日に卒業式が行われたという設定であるとすれば、「私」の帰郷は七月十日過ぎということになる。いずれにせよ、「私」が帰郷してからある程度の月日が経ってからと了解できる）。その間「先生」は何を考えて生きていたのだろうか。

「先生と私」の最後の「私」の卒業を祝う会食の場面で、「先生」は先に述べたように確かに「また九月に」と「私」に言った。しかし、一方で「先生」は「奥さん」に向かって「おれが死んだら」（上三十五）とも口にしている。「また九月に」に関しては、遺書の最後半部に、「貴方が卒業して国へ帰る時も同じ事でした。九月になつたらまた貴方に会はうと約束した私は、嘘を吐いたのではありません。全く会ふ気でゐたのです。秋が去つて、冬が来て、其冬が尽きても、屹度会ふ積でゐたのです」（下五十五）と記されているので、確かに「先生」はそれを「嘘を吐いた」言葉として言ったつもりはなかったと言える。遺書ではこの部分に続いて、「すると夏の暑い盛りに明治天皇が崩御になりました」と、明治天皇の崩御が記され、その後「先生」が「この自分を何うすれば好いのか」と思い煩い出したと読めるように書かれている。しかし、一方で「また九月に」という直前に、「先生」は「おれが死んだら」とも口にしていた。しかも、「おれが死んだら、おれが死んだらつて、まあ何遍仰つしやるの。後生だからもう好い加減にして、おれが死んだらは止して頂戴」（上三十五）と「奥さん」に言われるほどの執拗さで「おれが死んだら」と繰り返していた。だとすれば、この時既に「此儘人間の中に取り残されたミイラの様に存在して行かうか、それとも……」という思考が自己の内部に生まれており、「おれが死んだら」という発言の繰り返しはその反映だという解釈も可能なのではないか。

「田舎者は何故悪くないんですか」という問い、すなわち、「花が落ちて実を結ぶ」というような、当然と了解されている現象、概念の根拠を問う究極の「何故」を使う問いを「先生」が発したのは、「私」が卒論を提出した後の「初夏の季節」（上二十六）である。そこまで進化した「先生」の「何故」を、「先生」はその後自身の内部でどう扱ったのだろうか。「何故」を何かに向けて発したのだろうか。そのまま何に向けても発しなかったのだろうか。「私」の卒業を祝う会食はその約二ヶ月後であるが、この二ヶ月間のどこかの時点で「先生」は「私」に自分の過去を話すことを約束した。「先生と遺書」にはこの時のことについて、「其時私はまだ生きてゐた。死ぬのが厭であつた。それで他日を約して、あなたの要求を斥ぞけてしまつた」（下二）とあるので、「先生」はその時、「私」に自分の過去を話したら、それと引き替えに命を絶とうと考えたと推測できる。従ってこの時当然、〈自分はいつ自分の過去を話すのか、そしていつ死ぬのか〉と「先生」は考えただろう。いや、「私」に自分の過去を話すと約束してしまい、しかし「死ぬのが厭」という自分を認識した時点で、そういう自分について、何故という問いを「先生」が発した可能性は高いのではないか。なぜなら、自分は「死ぬのが厭」なのだという発見は、「死んだ気で生きて行かうと決心」(下五十四)していた「先生」にとってある程度意外だったはずであり、そういう自分は理解不能、不可解な自分であるからである。〈何故自分は死ぬのが厭なのか〉。そう問いを発したら、その問いは当然次の問いを生むはずである。すなわち、それなら〈何故自分は生きているのか〉という問いである。

「この自分を何うすれば好いのかと思ひ煩」い、「此儘人間の中に取り残されたミイラの様に存在して行かうか、それとも……」と考えるということは、当然このまま生きて行こうか、それとも死を選ぼうか、と考えるということである。この思考はどういう問いのもとに成立する思考だろうかと考えれば、それは当然、自分が生きているということに対する問い、生きているという自明の事実を疑う問い、すなわち〈何故自分は生きているのか〉という問いに他ならない。「私」との交流によって究極の「何故」に到達した「先生」が、「私」に自分の過去を語る約束をした後で、「其時私はまだ生きてゐた。死ぬのが厭であつた」と自覚した時、「先生」は究極の「何故」を使うこの問い、〈何故自分は生きているのか〉という問いに達したのではないだろうか。

このように考えると、「私」の卒業祝いの会食での「先生」の態度、「また九月に」と私に再会を約束する一方で、「おれが死んだら」という仮定の下で執拗に話を続けようとした態度が説明できる。この時すでに「先生」は〈何故自分は生きているのか〉という問いを自らに向けて発し、「私」と「また九月に」会う、すなわち生きる可能性と、「おれが死んだら」が現実となる可能性双方の間で揺れている状態にあったのではないだろうか。Kが何故自殺したかを考えた「先生」は、「私は仕舞にKが私のやうにたつた一人で淋しくつて仕方がなくなつた結果、急に所決したのではなからうかと疑がひ出しました。さうして又慄としたのです。私もKの歩いた路を、Kと、同じやうに辿つてゐるのだといふ予覚が、折々風のやうに私の胸を横過《よこぎ》り始めたからです」（下五十三）と、自分もKと同じようにいつかは自殺するのではないかと感じてはいた。しかし、いつかは自殺するかもしれないと感じているということと、それまで正しい「何故」を使うことができなかった人間が、正しく「何故」を使って〈何故自分は生きているのか〉と問い、答えを求めようとすることとは別である。現に、「私」に過去を話すことを約束した時点では、「先生」は「まだ生きて」いて「死ぬのが厭」という状態であった。しかし、その後、「先生」が〈何故自分は生きているのか〉と正しく問いを発してその答えを見つけた時、或いは見つけられなかった時、「先生」は「おれが死んだら」という可能性について考え出したのではないだろうか。

それでは「先生」にとって〈何故自分は生きているのか〉という問いに対する答えはどういう答えになったのだろうか。「先生と遺書」において、「先生」が生きる理由は次のように書かれている。

私は今日に至る迄既に二三度運命の導いて行く最も楽な方向へ進まうとした事があります。然し私は何時でも妻に心を惹かされました。（中略）

同時に私が居なくなつた後の妻を想像して見ると如何にも不憫でした。母の死んだ時、是から世の中で頼りにするものは私より外になくなつたと云つた彼女の述懐を、私は腸に沁み込むやうに記憶させられてゐたのです。私はいつも躊躇しました。妻の顔を見て、止して可かつたと思ふ事もありました。さうして又凝と竦んで仕舞ひます。さうして妻から時々物足りなさうな眼で眺められるのです。

記憶して下さい。私は斯んな風に生きてきたのです。始めて貴方に鎌倉で会つた時も、貴方と一所に郊外を散歩した時も、私の気分に大した変りはなかつたのです。私の後には何時でも黒い影が括ツ付いてゐました。私は妻のために、命を引きずつて世の中を歩いてゐたやうなものです。（下五十五）

ここで「先生」は「妻」が自殺を食い止める動機となっていたことを語る。彼女の母の死の直後、「是から世の中で頼りにするものは私より外になくなつたと云つた彼女の述懐を、私は腸に沁み込むやうに記憶させられてゐたのです」と「先生」は記す。妻のため、すなわち他者のために生きるという理由は、〈何故自分は生きているのか〉の答えになり得るだろうか。「先生」は「記憶して下さい。私は斯んな風に生きてきたのです」「私は妻のために、命を引きずつて世の中を歩いてゐたやうなものです」と記している。「生きてきた」「世の中を歩いてゐた」とすべて過去形として記される。現在形では記されない。つまりそれは、〈何故自分はこれまで生きてきたのか〉の答えであって、〈何故自分は生きているのか〉〈何故自分はこれからも生きるのか〉の答えではないことを意味している。〈何故自分は生きているのか〉と問いを発した「先生」は、自分にとって妻は「生きてきた」ことの理由にはなるが、〈生きている〉〈これからも生きる〉ことの理由にはならないことを発見したのではないだろうか。そうでなければ、それは「私は妻を残して行きます。私がゐなくなつても妻に衣食住の心配がないのは仕合せです」（下五十六）という記述と矛盾する。「私が居なくなつた後の妻を想像して見ると如何にも不憫でした」「私は妻のために、命を引きずつて世の中を歩いてゐたやうなものです」という生き方が「私は妻を残して行きます」という決定に変化するためには、妻が「妻のために」生きてきた存在として再認識され、そしてそれがもう生きる理由にはならないことが発見されることが必要十分条件である。そしてその発見を与えるのは、〈何故自分は生きているのか〉という問いに他ならない。

「先生」は遺書の最後に、「私は私の過去を善悪ともに他の参考にする積です。然し妻だけはたつた一人の例外だと承知して下さい」「……私が死んだ後でも、妻が生きてゐる以上は、あなた限りに打ち明けられた私の秘密として、凡てを腹の中に仕舞つて置いて下さい」（下五十六）と記す。すなわち、「妻」が生きている間は、この遺書は公開しないで欲しいと「私」に依頼する。この部分には様々な解釈が可能であるが、本論では、「妻」が「生きてきた」ことの理由にはなっても、〈生きる〉理由にはならない存在であると発見した「先生」が、一方で「世の中で頼りにするものは私より外になくなつた」という「妻」のために書いたと解釈する。すなわち、「妻が生きてゐる以上は」遺書を公開しないでくれと依頼された「私」は、当然「妻」の安否を気にかけなければならなくなる。少なくとも、「先生」の「妻」が生きているか、だけには注意を払うだろう。そうすれば、もし「妻」が先々健康を損なったりする場合にも何かしてくれるだろう。そういう意味で「妻」にとって「頼りにするもの」になってくれる可能性が高い。もちろん、「先生」とのこれまでの関係から考えて、「私」は「先生」の「妻」（「私」にとっては「奥さん」）を何くれとなく気に掛けるではあろうが、「私」の将来の人生は未知数であるから、その後何が起こるか分からない。「先生」の「妻」と全く関係が絶えてしまう可能性もあるかもしれない。しかし、「先生」から大部の遺書を渡された「私」は、これまでの関係から考えてそれを捨てることはまずないだろう。そして持っている以上、それが「先生」の「妻」が生きている間は公開出来ないことは常に意識しているはずであり、従って「妻」の状態を「私」は常に意識することになるだろう。「私」は「先生」の「妻」をこれまでとは違う見方で捉え、気に掛けることになる。そういう意味で、この最後の部分は「私」に対する禁止というよりは、むしろ依頼なのではないだろうか。また、もし「私」が「妻」の生存中に遺書を公開したくなったとしても、「私は妻には何にも知らせたくないのです」とここで書く「先生」が、「妻」に本当は何を知らせたくなかったのかを「私」は考え、どういう公開の仕方をすれば「妻」に与える衝撃が「先生」の望む形に少しでも近くなるかを考えて公開するだろう。

漱石は『心』の単行本の序文で、「当時の予告には数種の短編を合してそれに『心』といふ表題を冠らせる積だと読者に断わつたのであるが、其短編の第一に当る『先生の遺書』を書き込んで行くうちに、予想通り早く片が付かない事を発見したので、とう〱その一篇丈を単行本に纏めて公けにする方針に模様がへをした」と述べている。「数種の短編」の「第一」が現在ある『心』だとするなら、一つの推測ではあるが、それに続く短編には、「私」が遺書の公開に至るまでの「私」の人生、「先生」の「妻」との関係も含めた「私」のその後の人生が書かれる予定があった可能性もあるのではないか。もちろん、推測の域であるから、これ以上の検討はしないが、最初に構想された段階で、『心』は今現在ある形で終わる小説だとは捉えられていなかったことだけは確かである。

5―3 「何うして自殺したのだらう」という問い

「先生と遺書」で「先生」はKの遺書について次のように記述する。

手紙の内容は簡単でした。さうして寧ろ抽象的でした。自分は薄志弱行で到底行先の望みがないから自殺するという丈なのです。それから今迄私に世話になつた礼が、極あつさりした文句で其後に付け加へてありました。世話序に死後の片付方も頼みたいといふ言葉もありました。奥さんに迷惑を掛けて済まんから宜しく詫をして呉れといふ句もありました。国元へは私から知らせて貰ひたいといふ依頼もありました。必要なことはみんな一口づゝ書いてある中に御嬢さんの名前丈は何処にも見えませんでした。私は仕舞迄読んで、すぐKがわざと回避したのだと気が付きました。然し私の尤も痛切に感じたのは、最後に墨の余りで書き添へたらしく見える、もつと早く死ぬべきだのに何故今迄生きてゐたのだらうといふ意味の文句でした。

（下四十八）

「先生」はKも「何故今迄生きてゐたのだらう」と、「何故」という問いを発したと記す。しかし、「先生」はKが遺書に「何故今迄生きてゐたのだらう」と書いた、とは記さず、「……といふ意味の文句」が書いてあったと記す。従って、Kが「何故」という疑問詞を使ってこの「文句」を書いたかどうかは不明である。Kは〈何故〉と記したかもしれないし、〈どうして〉と記したかもしれないし、また、別の書き方をしたのかもしれない。しかし、自分の遺書を、今書いている「先生」は、Kの遺書の最後に書かれたKの問いを「何故」で始め、「何故今迄生きてゐたのだらう」という問いとして記した。

「先生」はKの遺書を間接的に引用した際に、Kが自殺する前に発した最も切実な問いを「何故」という疑問詞を選んで記した。自殺を決意したKはその時、死なずに今まで生きてきた自己自身を理解不能、不可解な存在と考えたからこそ、〈どうして今迄生きてきたのだろう〉ではなくて、「何故今迄生きてゐたのだらう」という問いを発したのだ、そう「先生」は解釈したことになる。引用のこの部分までのKの遺書の内容は、「自分は薄志弱行で到底行先の望みがないから自殺する」という部分を除けば、自分の死後の実務についての依頼である。「先生」への死後の処理の依頼、「奥さん」への謝罪の依頼、連絡の依頼といった自分の死後に実務的に「必要なこと」をKは洩らすことなく書き付けている。彼の意識の深所からの声は、「もつと早く死ぬべきだのに何故今迄生きてゐたのだらう」という部分のみである。Kが実際に「何故」という疑問詞を使ってこの部分を記したかどうかは不明だが、今、Kとは全く違った質の遺書を書いている「先生」は、Kの最も切実な問いを「何故」を使って記した。それは、「先生」にとって、生きている意味について正しく「何故」を使って〈何故自分は生きているのか〉問いを発したことこそが、自殺を決意させることになったからではないだろうか。

Kは同じ遺書で、「薄志弱行で到底行先の望みがないから自殺する」ということを自殺の理由に挙げた。もちろん、このKの言葉の裏に何があるかは、その時点での「先生」はいやというほど分かっていた。しかし、「先生」はそれを隠し、「薄志弱行で到底行先の望みがないから自殺する」をKの自殺の理由として他者に伝えるしかなかった。

「Kの葬式の帰り路に、私はその友人の一人から、Kが何うして自殺したのだらうといふ質問を受けました。事件があつて以来私はもう何度となく此質問で苦しめられてゐたのです。奥さんも御嬢さんも、国から出て来たKの父兄も、通知を出した知り合ひも、彼とは何の縁故もない新聞記者迄も、必ず同様の質問を私に掛けない事はなかつたのです。私の良心は其度にちく／＼刺されるやうに傷みました。さうして私は此質問の裏に、早く御前が殺したと白状してしまへといふ声を聞いたのです。

私の答えは誰に対しても同じでした。私は唯彼の私宛で書き残した手紙を繰り返す丈で、外に一口も附加へる事はしませんでした。葬式の帰りに同じ問を掛けて、同じ答を得たKの友人は、懐から一枚の新聞を出して私に見せました。それにはKが父兄から勘当された結果厭世的な考を起して自殺したと書いてあるのです。私は何も云はずに、其新聞を畳んで友人の手に帰しました。友人は此外にもKが気が狂つて自殺したと書いた新聞があると云つて教へて呉れました。

（下五十一）

Kの遺書の内容として、「何故今迄生きてゐたのだらう」と彼の問いを記した「先生」は、Kの自殺の理由についての質問の方は、「何うして自殺したのだらう」と、今度は「何うして」を使った問いとして受けたと記す。Kの友人、奥さん、御嬢さん、Kの父兄、知り合い、新聞記者から「同様の質問」「同じ問」を受けたとも記す。これだけの人々から問いを受けたのなら、彼らが全員、異口同音に「何うして自殺したのだらう」と「何うして」に始まる問いを発したとは考えにくい。しかし、「先生」は彼らの問いを、〈何故自殺したのだろう〉という問いではなく、「何うして自殺したのだらう」という問いとして記した。

4で考察したように、「先生と私」において「私」によって記述される「先生」が、「何うして」という問いをどう発していたか、「何故」という問いは「先生」の中でどのように変質し、進化したかを考えると、「先生と遺書」のこの部分に関して、「先生」が無自覚に記していたとは到底思われない。3でくわしく考察したように、「先生と遺書」の大半の部分に関しては、「先生」は自身の「何うして」と「何故」の使用を、過去の自分の使用そのままに記述した。しかし、5―1で考察したように、「先生と私」における「私」との交流を反映させた「何故」を三回使用した。そして、K自身が自殺前に発した問いは〈何故〉を使った問いとして記し、他者が自殺の理由を訊ねる言葉は〈何うして〉を使った問いとして記して、疑問詞を使い分けた。何のためだろうか。なぜ、Kの自殺の理由は「何うして」と問われなければならなかったのだろうか。

「何うして」と訊ねたとされる人々は、Kの友人、奥さん、御嬢さん、父と兄、知り合い、新聞記者たちである。「先生」以外にKと様々な関係を結んでいた人々であり、また新聞記者はKの死を社会に伝える存在である。つまり、これらの人々はKを中心とした彼と社会とを繋ぐ同心円のどこかに位置する人々であり、彼らによってKの死は社会化する。そういう人々が「何うして」という問いを発したと記すということは、彼らが「如何なる過程《プロセス》」によってKが自殺に至ったかを知りたがっていたと記すということであり、それによってKの自殺の理由が社会化されるということである。Kの自殺の理由は、〈何故〉という問いによってではなく、〈どうして〉という問いによって社会化される。「先生」はKの自分宛の手紙の内容を友人、御嬢さん、奥さん、Kの父兄、知り合い、新聞記者といった人々に伝えた。「何故今迄生きてゐたのだらう」という部分も伝えたかどうかは記されていないが、伝えられた彼らは、Kが「薄志弱行で到底行先の望みがないから」という思いのもとに自殺したと受け取った。それが彼らから流布していくKの自殺の社会的な理由となる。つまりKの個人的な問いによってではなく、「簡単」で「寧ろ抽象的」な文言によって、その自殺に至る「過程《プロセス》」は人々に解釈され、流布する。おそらく、「先生」が「何故今迄生きてゐたのだらう」というKの問いを伝えたとしても、「薄志弱行で到底行先の望みがないから自殺する」の方が、「自殺する」と結ばれている以上、より自殺の理由になり得るだろう。まして、「先生」の心が「ちく〳〵刺されるやうに傷みました」という状態にあることは誰も知らない。新聞はそれをもとに、「父兄から勘当された結果厭世的な考を起して自殺した」「気が狂つて自殺した」と書き、世間の人々には、それがKの自殺の理由として受容される。もちろんそれは、その時の「先生」が痛切に感じているKの自殺した理由とは違うが、「先生」はこの時、自殺の理由というものが社会的にどのように受容され、流布していくかを知ったはずである。

このことが意味していることは、重要である。Kの自殺の後処理を行うことになった「先生」は、自殺した後、人々は自殺した理由を聞きたがること、そして一番真実に近い理由よりも、「薄志弱行で到底行先の望みがないから自殺する」という「簡単」で「抽象的」な言論が、自殺の理由として人々に流通し、自殺の理由として成立してしまうことを痛切に知った。そしてそこで問われるのは、正当な「何故」で問われる自殺の真の理由ではなく、「何うして」で問われる自殺に至る過程、「如何なる過程《プロセス》」を経てその人間は自殺したのかという過程である。そしてそこから人々は自殺の理由を類推する。「薄志弱行で到底行先の望みがないから自殺する」は、新聞というメディアによって「父兄から勘当された結果厭世的な考を起して自殺した」「気が狂つて自殺した」に置き換えられる。このことをKの自殺を通じて身を以て体験した「先生」は、それなら自分の自殺はどういう捉えられ方をするのか、と考えなかっただろうか。「先生」がKの自殺の真の理由（もちろんその時の「先生」にそう思われた理由）と、友人、奥さん、御嬢さん、父兄、知り合い、新聞記者といった人々に伝えられ、受容された理由との落差に思いを致した時、自分の遺書を受け取った「私」が、自分の自殺に何を見るか、或は、自分の妻から質問された時、どう答えるか、考えなかっただろうか。「私」は〈何故「先生」は自殺したのだろうか〉と問うかもしれない、しかし、「先生」の「妻」に聞かれた時に答えられるように、〈どうして「先生」は自殺したのだろうか〉という問いへの答えも用意しなくてはならない、「先生」はそうは考えなかっただろうか。

自分の自殺が「何うして」という問いに曝され、「如何なる過程《プロセス》」で自殺したかと問われたらどうなるか、Kの自殺後の人々の反応を経験した「先生」がそう考えたとしても不自然ではない。とくに「妻」と「私」が自分の自殺をどう受け止めるか、「私」は「妻」に自分の自殺をどのように語るかについて、「先生」は当然考えたはずである。明治天皇崩御と乃木大将殉死はそのために利用された。(16) もちろん、明治天皇が崩御した時に、「先生」が「其時私は明治の精神が天皇に始まつて天皇に終つたやうな気がしました。最も強く明治の影響を受けた私どもが、其後に行き残つてゐるのは必竟時勢遅れだといふ感じが激しく私の胸を打ちました」と感じたと記したことに嘘はないだろうし、乃木将軍が殉死した時、「乃木さんが死ぬ覚悟をしながら生きながらへて来た年月を勘定」し、「乃木さんは此三十五年の間死なう〳〵と思つて、死ぬ機会を待つてゐたらしいのです」（以上、下五十六）と、乃木将軍の生きる意識に自分の生きる意識を重ねたことも真実だろう。それは、Kが「薄志弱行で到底行先の望みがない」と自身について感じたのと同じ程度に真実だろう。利用した、と言っても、そこにある程度の真実がなければ、自殺の理由として利用はできない。両親を早くに亡くし、叔父の裏切りをきっかけに親戚、故郷からも切り離された状態にある「先生」にとって、自分の拠り所となる所属先は、国家と時代でしかないと考えることも可能だろう。もちろん、それは平常時には意識されにくいが、それが失われた時、「最も強く明治の影響を受けた私ども」という形で自覚されることもあるのではないだろうか。

これまで考察してきたように、「先生」が〈何故自分は生きているのか〉という問いを自分に向けて発したのは、もっと前、少なくとも「私」に自分の過去を語ると約束した時点から少し後の時点であったはずである。しかし、「先生」はこの時期を意図的に操作した。自分の自殺が「何うして自殺したのだらうか」という問いに曝された時、それに答えを与えるために、である。「明治天皇のご病気の報知」（中三）から明治天皇崩御、乃木将軍殉死に至る時期は、日本全体が死を意識の焦点として生きた特殊な時期であった。その特殊さは、「両親と私」の「私」の父の反応としてよく書き込まれている。だから、そういう時期に「私」の故郷からの二度目の手紙を読んだ時点の自分の状態として「先生」が、「実をいふと、私はこの自分を何うすれば好いのかと思ひ煩つてゐた所なのです」と書けば、それはその時期だからこそ、の思考として受け取られやすい。そして、遺書の最後半部で明治天皇崩御と乃木将軍殉死に対する「先生」の思いが語られ、「それから二三日して、私はとう〱自殺する決心をしたのです」（下五十六）と記されれば、「先生」の自殺が明治天皇崩御と乃木将軍殉死をきっかけとしたものだと受け取られる。

卒業の日の晩餐の時の、「先生」の「おれが死んだら」という発言を覚えている「私」はそこに多少の不審を感じるかもしれない。しかし、今「私」は故郷の瀕死の父のもとに居る。その状況で、明治天皇崩御と乃木大将殉死後の時期に「先生」が自殺したことを知れば、「私」はそれに対する対応の方に意識を向けて、不審を起こさない可能性が高い。そして、もし「奥さん」を始めとする他人に問われれば、明治天皇崩御と乃木大将殉死に対する「先生」の思いを伝えるだろう。なぜなら、ちょうど「先生」が人々に伝えた「薄志弱行で到底行先の望みがないから自殺する」というKの文言のように、それは、言語化可能、伝達可能な理由だからである。そして、それが「先生」の自殺の理由として社会化される。ちょうどKの「もつと早く死ぬべきだのに何故今迄生きてゐたのだらう」という問いとその答えに関心が向けられなかったように、「先生」がいつから〈何故自分は生きているのだろうか〉という問いを発していたかは問題にされない。

漱石は「先生と私」の最初の部分で、「私」に対する「先生」の最初の話し掛けを隠蔽し、「何うして……、何うして……」を二人の関係の始原の言葉とした。その漱石は、「先生と遺書」でも同様の操作を行っている。これまで考察してきた「先生」が〈何故自分は生きているのだろうか〉という問いをいつ発したのかについての操作は、「先生と遺書」の最後半部における操作であるが、同じ「先生と遺書」の最初の部分で、漱石はもう一つの操作を行っている。「先生」が「私」に電報を打った時期について、「私」の受け取り方と「先生」の記憶をずらしたという操作である。(17)

「先生と遺書」の冒頭の「先生」の記述によれば、「先生」は「ちょっと貴方に会ひたかつた」（下一）ので、まず「私」に「一寸会ひたいがこられるかといふ意味」（中十二）の電報を打ち、「私」の断りの「返電」と「長い手紙」を読んでから後に、「来るには及ばないといふ簡単な電報」（以上、下一）を打ったと述べている。ところが、電報を受け取った「私」の方は、同じ事柄を次のように記述している。

私の書いた手紙は可なり長いものであつた。母も私も今度こそ先生から何とか云つて来るだらうと考えへてゐた。すると手紙を出して二日目にまた電報が私宛で届いた。それには来ないでもよろしいといふ文句だけしかなかつた。私はそれを母に見せた。（中略）

「兎に角私の手紙はまだ向へ着いてゐない筈だから、此電報は其前に出したものに違ひないですね」
私は母に向つて斯んな分り切つた事を云つた。母は又尤もらしく思案しながら「左右だね」と答へた。私の手紙を読まない前に、先生が此電報を打つたといふ事が、先生を解釈する上に於て、何の役にも立たないのは知れてゐるのに。
（中十二）

小説内事実として考えれば、恐らく「私」の解釈、電報は自分の手紙が着く前に出された、という解釈が正しいだろう。しかし、「先生」は「あなたの手紙――あなたから来た最後の手紙――を読んだ時、私は悪い事をしたと思ひました」と記した後に、「返事を出そうかと考へて、筆を執りかけ」たが、「何うせ書くなら、此手紙を書いて上げたかつたから」「一行も書かずに已め」、「たゞ来るに及ばないといふ簡単な電報を再び打つた」（以上、下一）と記している。これが「先生」の意識における主観的な真実であり、「先生」は手記を書く時に起こった事実の順番を自身の意識にとっての主観的真実に合わせて再構成したというのが、この矛盾を解決する順当な解釈だが、それが故意に行われたものだとしたらどうだろうか。「私」の「私の手紙を読まない前に、先生が此電報を打つたといふ事が、先生を解釈する上に於て、何の役にも立たないのは知れてゐるのに」という意味深長な述懐が、「先生」の方が電報を打った時期を故意にずらして記述する部分の約十八ページ前（『漱石全集』第九巻（岩波書店 一九九四年）による）という近さに書かれているということも、「先生」の方の記述が故意の変更であることを傍証している。

漱石は意図的に、「先生と遺書」の最初の一で、「先生」に電報を打った時期を「私」の解釈と違うように記憶して記させ、そして遺書の最後に、自分が生きようか死のうかと迷い始めた時期を、同じく意図的にずらして、明治天皇崩御の後だと受け取られるように記させた。「先生と遺書」の最初と最後の部分であるが、ともに、「先生」の過去の事柄について記述する部分ではなく、「先生」が遺書を書いている現在を記述する部分である点は共通する。つまり、「先生」は二回、遺書の最初と最後で、意図的に遺書を記述している現在において時期をずらす記述を行った。なぜ、そんな事をする必要があったのだろうか。一回目の最初の部分のずらしは、二回目の最後の部分のずらしを気付かれにくくするために行われたのではないだろうか。唯一のずらしは目に付きやすいが、それが唯二であれば、唯一である場合よりは目立たない。あるいは、それ程重要ではない第一のずらしの方に注目がいって、より重要である第二のずらしは注目されにくくなる。そして、その操作によって、「先生」の自殺が社会的に「何うして自殺したのだらうか」と問われた時の答えが与えられる。「先生」が「如何なる過程《プロセス》」によって自殺の決意をし、実行したのかという問いに対しての答えが与えられる。Kの遺書の「薄志弱行で到底行先の望みがないから自殺する」が、「父兄から勘当された結果厭世的な考を起して自殺した」に置換されたように、もし、「先生」の死がメディアによって取り上げられる場合があれば、それは「明治の精神に殉死」（下五十六）した死であるとされるだろう。

「記憶して下さい。私は斯んな風にして生きて来たのです」（下五十五）と「先生」は記した。ちょうど、「すると夏の暑い盛りに明治天皇が崩御になりました」と記される六行前という部分においてである。これまで書き続けてきた「先生と遺書」の内容を「私は斯んな風にして生きて来たのです」と総括し、それを「記憶して下さい」と「私」に語りかける「先生」は、そこから、「すると夏の暑い盛りに明治天皇が崩御になりました」と、〈記憶して下さい。私は斯んな風に死んだのです〉の内容を具体的に満たす記述を始める。[18]「私」がこの「先生」の意図をどう受け取るかは分からない。「私に乃木さんの死んだ理由が能く解らないやうに、貴方にも私の自殺する訳が明らかに呑み込めないかも知れませんが、もし左右だとすると、それは時勢の推移から来る人間の相違だから仕方がありません」（下五十六）と「先生」は記すが、「私」が自分の「自殺する訳」が分からなくても、もしそれを「奥さん」を始めとする他人から聞かれたら、「私」が答えられるようにして「先生」は死んだ。もしかしたら、この時「先生」は、自分に人から尋ねられた時に話せる自殺の理由を与えておいてくれたことを、Kの友情と改めて感じたかもしれない。しかし、もはやそれは書かずに「先生」は妻に関する「私」への〈依頼〉だけを残して遺書を閉じた。

注

（1）『心』に記述者「私」の〈編集〉を指摘する論は幾つかある。田中実は「『こゝろ』という掛け橋」（『日本文学』一九八六年一二月）において、「先生と遺書」は「先生の書簡」が「『私』によって編集されていたものであった」（傍点ママ）と、「先生と遺書」に対する「私」の編集を指摘した。松澤和宏は「『心』における公表問題のアポリア―虚構化する手記―」（『日本近代文学』61　一九九九年一〇月　後『生成論の探求』（名古屋大学出版会　二〇〇三年）に「『こゝろ』論（3）―虚構化する手記―」として所収）において、「私」の手記は、「『私』による自己検閲＝編集操作の結果として姿を顕してくる」としている。本論も、漱石が「私」にどのような〈編集〉をさせたか、という見地からこの部分を考察している。

（2）神経科学者であるクリストフ・コッホは、『意識をめぐる冒険』（原題“CONSCIOUSNESS: Confession of a Romantic Reductionist”土谷尚嗣・小畑史哉訳　岩波書店　二〇一四年　六二―六三頁）において、「科学は、『なぜ』という疑問に答えるより、ものごとの仕組みを問う『どのように』という疑問に答える方が得意だ。なぜ意識があるのか、意識にはどんな機能があるかといった問題に必要以上にこだわるのはあまり得策ではない。具体的に、脳のどの部分が意識のどの内容に重要な役割を果たしているのかを研究するほうが、意識のメカニズムについての科学的な理解が進むだろう」と述べている。「如何にして」（How）を科学の研究態度の根源とする考え方は、現代でも一般的である。

（3）叔父の財産横領が、「先生」の主観的思い込みによる部分があることについては、土井健郎『漱石の心的世界―漱石文学における「甘え」の研究』（角川書店　一九八二年）、山崎正和「淋しい人間」（『ユリイカ』一九七七年一一月　後『淋しい人間』（河出書房新社　一九七八年）所収）に指摘がある。高田千波は、「『こゝろ』の話法」（『日本の文学』第八集有精

堂　一九九〇年二月　後『〈名作〉の壁を越えて―『舞姫』から『人間失格』まで』（翰林書房　二〇〇四年）に「他者の言葉―夏目漱石『こゝろ』」として所収）において、「『叔父は私の財産を胡麻化した』という語り手の認識判断がそのまま『事実』化され、叔父自身の声による相対化の道が閉ざされている」と述べている

（4）この部分について、石原千秋は、「眼差しとしての他者」（『東横国文学』第17号　一九八五年三月　後『反転する漱石』（青土社　一九九七年）所収）において、叔父の裏切りによって、「先生」はこの母の死ぬ間際の言葉を「ぐる〳〵廻して」考えるようになったと指摘している。また、柴市郎は「『こゝろ』論―『独立』と『関係』―」（季刊『文学』一九九二年秋号）において、母の言葉は「叔父によって『遺言』として解釈されてしまう」と述べている。

（5）松澤和宏は、「沈黙するK―『こゝろ』の生成論的読解の試み」（季刊『文学』一九九三年夏号　後『生成論の探求』（名古屋大学出版会　二〇〇三年）に「『こゝろ』論（1）―沈黙するK―」として所収）において、Kは、「事実上一家の主である「先生」の「食客」の立場にあり、その「食客的地位を甘受して生活することが如何なる意味をもつのか、金に不自由しない『私』（「先生」のこと、筆者注）はそこまで思い至らないのである」と述べている。

（6）越智治雄が、『こゝろ』（『国文学』一九六八年四、五、七月号　一九六九年六月号　後『漱石私論』（角川書店　一九七一年）所収）において、「最初とくに意味があるものとはほとんど思えない」「Kと先生の間にある仕切の襖」が、Kの告白以後、「ほとんど象徴の域に近づいて」「先生とKとを隔てる厚い壁」となったと論じて以来、「襖」の重要性については多くの言及が見られる。

（7）高田千波は、注（3）の引用部分に続いて、「相対化の道が閉ざされている」のは、「遺書の中心的人物であるKについても基本的に同じである」と述べ、「……四十一章以前のKの発話はすべて『先生』の語りの言葉の中に溶解され、あるいは内容要約のかたちでしか叙述されない」（高田、前掲論文）と述べている。同様の指摘は多くの論に見られる。

（8）この「先生」の下宿の時期については既に多くの指摘があり、また、時代の制約で「先生」とKが話し合える事柄が限られていたことについても多くの論考があるが、本論はKは〈「先生」の記述するK〉としてしか、「先生と遺書」に登場していないことを強調するためにこの部分を指摘した。

（9）本論と論点は異なるが、この部分のKの言動については、秋山公男「『こゝろ』の死と倫理―我執との相関―」（『国語と

国文学』一九八二年二月　後『漱石文学論考』（桜楓社　一九八七年）に所収）に指摘がある。
（10）小森陽一は、「『私』という〈他者〉性―『こゝろ』をめぐるオートクリティック―」（季刊『文学』一九九二年秋号　後『漱石論―21世紀を生き抜くために』（岩波書店　二〇一〇年）に所収）において、「私」の鎌倉における近付き方は、「先生」に「恐怖と畏怖」を体験させ、「私」は「先生」にとって「脅かしつづける他者」「まなざしつづける他者」となったと指摘している。
（11）小森陽一は、（10）前掲論文において、「『懇意になつた』という『自信を傷める』ような『失望』と『不安』、そしてその繰り返しこそが、『私』をして『先生』とのかかわりを『前へ進』ませる決定的な動因となったのだ」と述べている。
（12）「先生と私」において、「私」が「先生」の家を訪れる間隔が具体的な数字で明記されているのは、ここだけである。「先生」が、「私」が「何故」自分のもとを訪れるかについて思考し、答を出した期間は「四日」でなくてはならないと、漱石が想定していたと考えられる。
（13）出原隆俊は、「Kの代理としての私―「心」における言葉の連鎖について―」（『国語国文』二〇〇七年一〇月）において、「テクスト内の様々な言葉の〈連鎖〉」に注目している。本論では、その会話が交わされる現場での言葉の繰り返しによる往復に注目した。
（14）「先生と私」と「先生と遺書」において、「奥さん」（「先生と遺書」では「妻」）は一貫して、「何うして」「何で」は一度も使わず、「何故」による問いを「先生」に向け続ける存在として記述されている。すなわち、「奥さん」は「何故」を向けられる程度に、「先生」を他者として対象化できている妻として記述されているということになる。本論と方向性は違うが、押野武志は「『静』に声はあるのか―「こゝろ」における抑圧の構造―」（季刊『文学』一九九二年秋号　後『文学の権能―漱石・賢治・安吾の系譜』（翰林書房　二〇〇九年）所収）において、「奥さん」（静）は声を奪われてはいるが、彼女の他者性は『心』の男性達にとっての「ノイズ」となると指摘している。
（15）本論と論点は異なるが、小森陽一は「『こゝろ』と個人の自由の問い直し」（『世紀末の予言者・夏目漱石』（講談社　一九九九年））において、「先生」が「私」に直接過去を語る可能性が示されていることの意味について考察している。
（16）本論と観点は違うが、松元寛は、「『こゝろ』論―〈自分の世界〉と〈他人の世界〉のはざまで―」（『文学界』一九八二

年一二月 後『漱石作品論集成【第十巻】こゝろ』（桜楓社 一九九一年）において、「私」は「無意識のうちに「先生」の自殺を促した重要な作用者」であったと指摘し、「明治天皇崩御―乃木大将殉死という事件から受けたショックを実際以上に強調することによって『私』の接近が『先生』の自殺の直接の契機となっていることを匿そうとしたのは極めて自然であり、それは、Kがその遺書に、相手を慮って『先生』を責める言葉を一言も書き残さなかったのと同じなのである」と述べている。

(17) この「先生」が電報を打った時期をめぐっての、「両親と私」における「私」の記述と、「先生と遺書」における「先生」の記述のずれについては、松澤和宏「〈自由な死〉をめぐって―『こゝろ』の生成論的読解の試み―」（『漱石研究』4 翰林書房 一九九五年五月 後『生成論の探求』（名古屋大学出版会 二〇〇三年）に「『こゝろ』論（2）―自由な死をめぐって―」として所収）、小山千登世「『こゝろ』の仕掛け―手記と遺書の齟齬から見えるもの―」（『日本文学』二〇〇六年八月）等において論じられている。

(18) 大江健三郎はかつて、「〝記憶して下さい。私はこんな風にして生きて来たのです〟」（『持続する志』文芸春秋社 一九六八年）というタイトルのエッセイを書き、「明治という時代と作家たちの《一種強烈な使命感》」に注目したが、それから約四十年後に発表された小説『水死』（講談社 二〇〇九年）において、小説中の劇の登場人物に、『心』の「先生」の「遺書」は「生命をかけた『教育』」であり、「記憶して下さい。私はこんな風にして生きて来たのです」に続いて『先生』が口にするはずの、やはり『教育』としての言葉は、未来形となるでしょう。私は斯んな風にして死ぬのです」（傍点ママ）と言わせている。

第三章　『道草』論――向ける問い、向けられる問い

本論は『心』を「何うして」と「何故」という疑問詞に注目して考察した。すなわち、「先生と遺書」で語られる過去の「先生」の「何うして」と「何故」がどのように正しい使い方からずれていたか、そしてそれは「先生」にいかなる事態をもたらしたかをまず指摘し、それが「先生と私」における「私」の登場によって、どのような変化を遂げたかを分析した。「私」と「先生」との交流が、「先生」の「何うして……、何うして……」という発語から始まるように仕組まれ、それが「先生」にとってどういう意味を持ったか、そこから始まった「先生」と「私」の交流の中で、「先生」の「何うして」と「何故」がどのように進化し、ついに究極の「何故」という問いを発するまでに至ったか、そして、その「何故」を「先生」が自身に向けて、「何故自分は生きているのか」という問いとして発した時、「先生」の自殺が決定付けられた事を、小説内の記述に沿って考察してきた。

それなら、その考察の視線を、『心』の次に書かれた『道草』に向けたら、どうなるだろうか。すなわち、主人公健三にとっての「何うして」と「何故」はどのように構築されているかに注目した時、『道草』はどのような小説として立ち現れて来るのだろうか。もちろん、その考察の方法は『道草』という小説の全貌を考察するためのものではないが、『道草』という小説の属性の何事かをそこに示すかもしれない。本章はこの方針のもとに、主人公にとっての「何うして」と「何故」の使用に注目した場合の『道草』という小説について論じるものである。

『道草』において健三の発する「何うして」と「何故」の問題は、『心』の「先生」の場合とは異なる。『心』の場合は、「先生と遺書」で語られる過去の「先生」が「何うして」と「何故」の使用において病んだ状態にあり、それが「先生と私」における「私」との交流によって本来の正しい「何うして」と「何故」の使用に是正されていった。従って『心』では、小説の現時点で「先生」が「何うして」と「何故」を向ける相手は「私」だけに限定されていた。それに対して『道草』に特徴的なのは、健三が小説内で関わる相手によって、それぞれ違った質の「何うして」と「何故」が喚起される点である。『道草』においては健三は島田、御常、御住にそれぞれ異なった意識を向け、従って異なった質の「何うして」と「何故」を使用する存在として記述されている。従ってこの章では、健三と関わる島田、御常、御住がそれぞれ、どのような質の「何うして」と「何故」を健三に喚起し、それは何を顕在化し、どのような事態を招来するかを考察する。具体的には、島田と御常によって喚起された「何うして」と「何故」が、健三が御住に向ける「何うして」と「何故」をどう変質させるか、それはまた御住の「何うして」と「何故」をどう変質させるか、そして、その彼等の変質は小説の終わりでどういう局面を迎えるかを考察することになる。

1．変化できないということ

1―1　島田が喚起する「何故」と「何うして」

この節では、養父島田が健三に喚起した「何故」と「何うして」について考察する。『道草』の主人公健三は、これから検討する引用にも明らかなように、自身の内部で発する問いに関しては、「何故」と「何うして」を適切に正しく使い分けられている主人公として設定されている。すなわち、理解不能、不可解な事態に対しては「何故」を使用し、「如何なる過程《プロセス》」でその事態が起こったかを問う場合には「何うして」を用いている。この点にのみ注目すれば、健三は、『心』における「先生」とは異なる主人公であり、次元は違うにせよ、むしろ「私」と同じ、「何故」と「何うして」の正しい使い手である主人公と言える。しかし、以下に検討するように、健三の発する「何故」と「何うして」は、『心』の場合とは全く違う質の問題を孕んでいる。また、島田、御常に関しては、健三は自身の内部では彼らについて「何故」「何うして」を用いた問いを発するが、外部では、即ち彼らに面と向かっては、一度も「何故」と「何うして」を使用した問いを発しない人間として設定されている。

まず、小説の冒頭で健三が出会う島田であるが、島田は出会うとすぐに、健三に「何故」に始まる問いを喚起する。

> 彼（健三、筆者注）は此男に何年会はなかつたらう。彼が此男と縁を切つたのは、彼がまだ廿歳になるかならない昔の事であつた。それから今日迄に十五六年の月日が経つてゐるが、其間彼等はついぞ一度も顔を合せた事がなかつたのである。
>
> 彼の位地も境遇もその時分から見ると丸で変つてゐた。黒い髭を生して山高帽を被つた今の姿と坊主頭の昔の面影とを比べて見ると、自分でさへ隔世の感が起らないとも限らなかつた。然しそれにしては相手の方があまりに変らな過ぎた。彼は何う勘定しても六十五六であるべき筈の其人の髪の毛が、何故今でも元の通り黒いのだらうと思つて、心のうちで怪しんだ。帽子なしで外出する昔ながらの癖を今でも押通してゐる其人の特色も、彼に異な気分を与へる媒介《なかだち》となつた。
>
> （一、傍点筆者、以下同様）

六十五、六歳であるにも関わらず島田の頭髪が「元の通り黒い」ことは、確かに理解不能、不可解な現象である。だから、健三は正しく疑問詞を使って、「何故」と問う。しかし、この問いは、こと頭髪に関してだけの理解不能、不可解な問いとしては終わっていない。自分の「位地」「境遇」が激しく変化し、「十五六年の月日」が経過しているにも関わらず、一方で昔と「あまりに変らな過ぎ」る島田の姿が、健三に「異な気分」、すなわち言語化困難な意識の混乱を与える。健三が経過してきた「十五六年」の時間とそれが与えた変化を無化するかのような、健三の時間感覚を根底から揺すぶる混乱を与える。ここでの「何故」という問いは、島田の「今でも元の通り黒い」頭髪だけに対するものではなく、島田が健三の意識に与える時間感覚の混乱そのものに向けられた問いであると言える。すなわち、ここで健三が島田に喚起されて発する「何故」は重層的である。

この最初の出会い以後、島田は健三の時間感覚とそれによって形成されている健三の存在感覚を揺すぶり続ける。島田からの使者である吉田に会った後、健三は次のような感想を持つ。

吉田と会見した後の健三の胸には、不図斯うした幼時の記憶が続々湧いて来る事があつた。凡てそれらの記憶は、断片的な割に鮮明《あざやか》に彼の心に映るもの許であつた。さうして断片的ではあるが、どれもこれも決して其人と引き離す事は出来なかつた。零砕の事実を手繰り寄せれば寄せる程、種が無尽蔵にあるやうに見えた時、又無尽蔵にある種の各自のうちには必ず帽子を被らない男の姿が織り込まれてゐるといふ事を発見した時、彼は苦しんだ。

「斯んな光景をよく覚えてゐる癖に、何故自分の有つてゐた其頃の心が思ひ出せないのだらう」

これが健三にとつて大きな疑問になつた。実際かれは幼少の時分是程世話になつた人に対する当時のわが心持

といふものを丸で忘れてしまつた。（十五）

引用部は健三が島田との過去を回想する部分に続く部分である。健三は島田が洋服を作ってくれたこと、金魚やおもちゃを買ってくれたこと、船に乗せてくれたことなどを思い出す。これらの「幼時の記憶」は「続々湧いて来」て「無尽蔵」であり、「鮮明に彼の心に映るもの許」である。そしてその記憶には常に島田が関わっている。しかし、健三はここで、事柄は思い出せても、「自分の有つてゐた其頃の心が思ひ出せない」ことを発見する。この状態が現在の健三にとって理解不能、不可解であることはもちろんであり、従って健三は正しく「何故」と問う。健三はいったんは「然しそんな事を忘れる筈がないんだから、ことによると始めから其人に対して丈は、恩義相応の情合いが欠けてゐたのかも知れない」（同）と「自分を解釈」（同）することで納得しようとするが、ここで発した「何故」という問いはそれだけで片付くものではない。

なぜ健三は「其頃の心」が思い出せないのか。十五の引用部の後、健三は何十年ぶりに生身の島田と面会して言葉を交わし、その件で兄や比田とも交渉を持ち、父の残した書類の束を見せられる。[1]その結果、「健三は自分の背後にこんな世界の控えてゐる事を遂に忘れることが出来なくなつた。此世界は平生の彼にとつて遠い過去のものであつた。然しいざといふ場合には、突然現在に変化しなければならない性質を帯びてゐた」（二十九）と記されるように、健三は「過去」に遡行せざるを得なくなる。島田の次の来訪までの時間に、健三は「已れの追憶を辿るべく余儀なくされ」（三十八）る。

三十八から四十四までに健三の幼時の追憶が展開されるが、それは空間の記憶で始まる。「自分は其時分誰と共に住んでゐたのだらう」（三十八）と健三は自問する。彼の「理解力の索引」（同）に照らせばそれは島田夫婦であるが、

「さうして其時代の彼の記憶には、殆んど人といふものの影が働らいてゐなかつた」（三十九）とあるように、その空間の記憶には空間を共にした人間の記憶が伴わない。彼の記憶は鯉を釣ろうとした時の恐怖の記憶だけであり、「共に住んで」いる人間と共有する記憶がなく、従って「其頃の心」も見出されない。三十九の後半で「然し島田夫婦が彼の父母として明瞭に彼の意識に上つたのは、それから間もない後の事であつた」と記されて、健三の追憶に、西洋人を気味悪がる御常、「扱所の頭」（四十一）である島田、夫婦の吝嗇ぶり、その吝嗇な島田夫婦が健三にだけは「異数の取扱ひ」（同）をしたことが記されるが、この段階でもまだ健三の明確な「其頃の心」は記述されない。[2]

島田夫婦が健三に向けた言葉が記述され始めるのは四十一以降である。そしてそこで初めて、健三の「其頃の心」が記され始める。すなわち、「御前の御父ッさんは誰だい」「ぢや御前の御母さんは」「ぢや御前の本当の御父ッさんと御母さんは」と尋ねる島田夫婦に対して、「彼は苦しめられるやうな心持がした。時には苦しいより腹が立つた。向ふの聞きたがる返事を与へずに、わざと黙つてゐたくなつた」（以上四十一）と健三の「其頃の心」が記述される。ここで注意しておきたいのは、これらの島田夫婦が健三に向けた話しかけの言葉のうち、純粋に島田だけが健三に向けた言葉とされるものが一つも記述されていないことである。「御前の御父ッさんは誰だい」「ぢや御前の御母さんは」「ぢや御前の本当の御父ッさんと御母さんは」という問いは、「健三に対する一種の不安が常に潜んでゐた」「彼等」（同）島田夫婦が健三に向ける問いとして記述されている。そして、島田ではなく御常に関しては、「御前は何処で生れたの」以降、健三に対する話しかけの言葉が数々記述され、それによって健三が「彼の胸の底には彼女を忌み嫌ふ心が我知らず常に何処かに働らいてゐた」（四十二）「何の答もしなかつた健三の心には、たゞ不愉快の念のみ募つた」（四十三）といった「心」を形成したことが記述される。

つまり、『道草』における健三の幼時の記憶に関して、漱石はそこから島田が健三に向けた話しかけの言葉を注意深く取り除いた。[3] 小説内現実を考えれば、そもそも健三は島田と御常から言葉を教わったのであり、幼時の追憶の中でも島田が無言であったはずはないのだが、漱石は健三を養母の言葉は回想できても、養父の言葉は回想できず、従って、養父に纏わる「其頃の心」を「思ひだせない」存在として記述し、そしてその事に対して「何故」と問わせた。過去において、島田が健三に向けた言葉として記されるのは、健三が実家に戻って以後の、島田の「もう此方へ引き取つて、給仕でも何でもさせるから左右思ふが可い」（九十一）という言葉だけである。そして、小説内現在における島田は、「然し島田は思つたよりも丁寧であつた。普通初見の人が挨拶に用ひる『ですか』とか、『ません』とかいふテニハで、言葉の語尾を切る注意をわざと怠らないやうに見えた」（十六、傍点漱石）とあるように、かつて「健坊」（四十一）と読んでいた健三に対して、現在の健三が「然しこの調子なら好いだらう」（十六）と感じるような言葉遣いをしているので、健三の幼時に「健坊」という呼称とともに島田が彼に向けた言葉はついに甦らない。[4]

二度目の来訪の時、島田の「言葉遣が崩れて」、健三の姉を「御夏」と呼び捨てにして話し始める場面があるが、それに対して健三が沈黙すると、島田は「健三の腹を読ん」で、「一旦横風の昔に返つた彼の言葉遣が又何時の間にか現在の丁寧さに戻つて来た。健三に対して過去の己れに返らう〳〵とする試みを遂に断念してしまつた」（以上四十六）とされる。また、訪問が重なり、金銭を要求し始めると、島田は「彼は自分の言葉遣の横着さ加減にさへ気が付いてゐなかつた」と記述されるような言葉遣いに陥ることもあるが、それは常に健三の「様子を眺める事を忘れなかつた」（以上五十六）という態度で発せられるので、健三の幼時に発せられたであろう「言葉遣」に達することはない。島田は『道草』において、「過去の己れ」が健三に向けていた「言葉遣」を封じられている。そして、それによって健三は島田に関する言葉による交流の記憶の殆どを失っている故に「其頃の心」を「思ひだせない」存在として記述された。

三十八から四十四までの過去の回想の記述が終わった後、四十六で島田の二回目の来訪があるが、その島田は次のように記述される。

健三の心を不愉快な過去に捲き込む端緒《いとぐち》になつた島田は、それから五六日程して、ついに又彼の座敷にあらはれた。

其時健三の眼に映じた此老人は正しく過去の幽霊であつた。また現在の人間でもあつた。それから薄暗い未来の影にも相違なかつた。

この部分は小説『道草』における島田の役割をよく語っている。まず、島田について「健三の心を不愉快な過去に捲き込む端緒」という形容がなされ、島田が健三を過去の回想へと向かわせる、それも「捲き込む」という語が使われていることから明らかなように、半ば強制的に彼に過去を回想させる「端緒《いとぐち》」としての役割を担っていることが明らかにされる。『道草』は健三の「不愉快」な気分を中心に展開される小説であり、従って回想される過去は「不愉快な過去」として回想され、過去の〈それ程不愉快ではない記憶〉は回想されない。つまり、過去は、「不愉快」な記憶と〈愉快〉な記憶を備えた完全な形で想起されることがない。そして、島田はまさにその「不愉快な過去」を健三に想起させる。

次に島田は「過去の幽霊」であり、「現在の人間」であり、かつ「薄暗い未来の影」でもあると記される。つまり、島田は健三に過去の時間を切実に回想させるとともに、彼の現在未来、つまり健三の人生の全ての時間に影響を及ぼし、また、全ての時間的流れの中に存在して、健三に彼が過去、現在、未来の流れの中に居ることを気付かせる役割を与えられている。もちろん、過去はともかく、健三の現在、未来には島田の与り知らぬ部分が多く存在する。しかし、その現在も未来も、島田が養父であった過去を基盤としている以上、島田の影が健三の現在、未来にも及ぶのは避けがたい。そして、その島田の影が漂う時間の中では、島田の言葉は封じられ、健三の「心」も封じられる。

従って、次の1―2で考察する御常の場合と違って、島田に喚起される健三の疑問形は、これまでの二つの「何故」がそうであったように、時間の流れに関わる問いを形成する。それはその問いが「何故」から「何うして」に変わっても同様である。

　健三はたゞ金銭上の慾を満たさうとして、其慾に伴なはない程度の幼稚な頭脳を精一杯に働らかせてゐる老人を寧ろ憐れに思つた。さうして凹んだ眼を今擦り硝子の蓋の傍へ寄せて、研究でもする時のやうに、暗い灯を見詰めてゐる彼を気の毒な人として眺めた。

「彼は斯うして老いた」

島田の一生を煎じ詰めたやうな一句を眼の前に味はつた健三は、自分は果して何うして老ゆるのだらうかと考へた。彼は神といふ言葉が嫌であつた。然し其時の彼の心にはたしかに神といふ言葉が出た。さうして、若し其神が神の眼で自分の一生を通して見たならば、此強慾な老人の一生と大した変りはないかも知れないといふ気が強くした。

（四十八、傍点筆者、以下同様）

昔のように、調子の悪いランプを自分で何とかしようとする島田は、それを見守る健三に「彼は斯うして老いた」という感慨を与える。そして、「斯うして」老いた島田を見る健三の意識はすぐに、自分は「何うして老ゆるのだらうか」という問いに転化する。つまり、健三にいづれ「老ゆる」であろう彼の未来への視線を与える。そういう意味で、正しく島田は健三にとって「薄暗い未来の影」である。ここで健三が自身の内部で発する「何うして」は、正しく「如何にして」の意味を持ち、けして「何故」には置き換えられない「何うして」である。島田は健三が「斯うして」と認識する過程を辿って「老いた」、それなら自分は「如何にして」「如何なる過程《プロセス》」を辿って老いるのか、健三のこの問いは彼を次の段階に進ませる。すなわち、「神」という人間を超越した視点から見れば、「自分の一生」は「此強慾な老人の一生と大した変りはないかも知れない」という認識の獲得である。この認識の獲得はこの島田の二回目の訪問の現場では何の役にも立っていない。しかし、本章2―3で論じる、姉と自分が「教育の皮を剥けば「大した変りはない」（六十七）という健三の気付き、姉や御常に比べて自分の方が「不人情なのかも知れない」（八十七）という気付きは、この島田に対する認識があったことが前提となる。

そういう意味で、島田が健三の意識に新しい局面を開いたことは確かである。しかし、それは健三が島田によって「其頃の心」を喚起されて起こった事態ではなく、現在の島田の言動、言語と非言語による交流によってもたらされたものであり、従って、健三の「其頃の心」から派生したものではない。つまり、島田に対する健三の小説内現在の認識は偏頗であることから免れられない。

御常には与えられていた幼時の健三に向けた言葉が、島田に与えられていなかったのは何故か。言葉が与えられていた御常に対しては、健三は「其頃の心」を思い出すことが出来た。それに対して、言葉を与えられていない島田に対しては、健三は彼の養子であった「其頃の心」を想起することができない。次の引用例に明らかなように、島田の言葉が与えられれば、健三は「其頃の心」を想起できる。次の引用例は、島田が幼時の健三に向けた言葉が記される唯一の例であるが、健三が既に実家に戻ってから後の時期の回想であり、従って、健三が島田と日常生活を共にしていた時期の島田の言葉は封じられたままである。

実父から見ても養父から見ても、彼は人間ではなかつた。寧ろ物品であつた。たゞ実父が我楽多として彼を取り扱つたのに対して、養父には今に何かの役に立てゝ遣らうといふ目算がある丈であつた。

「もう此方へ引き取つて、給仕でも何でもさせるから左右思ふが可い」

健三が或日養家を訪問した時に、島田は何かの序に斯んな事を云つた。健三は驚ろいて逃げ帰つた。酷薄といふ感じが子供心に淡い恐ろしさを与へた。其時の彼は幾歳だつた能く覚えてゐないけれども、何でも長い間の修業をして立派な人間になつて世間に出なければならないといふ慾が、もう充分萌してゐる頃であつた。

「給仕なんぞされては大変だ」

彼は心のうちで何遍も同じ言葉を繰り返した。幸にして其言葉は徒労《むだ》に繰り返されなかつた。かれは何うか斯うか給仕にならずに済んだ。

「然し今の時分は何うして出来上がつたのだらう」

彼は斯う考へると不思議でならなかつた。其不思議のうちには、時分の周囲と能く闘ひ終せたものだといふ誇りも大分交つてゐた。さうしてまだ出来上らないものを、既に出来上つたやうに見る得意も無論含まれてゐた。

彼は過去と現在の対照を見た。過去が何うして此現在に発展して来たかを疑がつた。しかも其現在のために苦しんでゐる自分には丸で気が付かなかつた。
（九十一）

「もう此方へ引き取つて、給仕でも何でもさせるから左右思ふが可い」という島田の言葉は、健三に「酷薄」という印象を与え、それが彼に「淡い恐ろしさ」を感じさせ、健三は「『給仕なんぞされては大変だ』／彼は心のうちで何遍も同じ言葉を繰り返した」という「其頃の心」を形成する。この引用部によって、島田の言葉こそが健三の「其頃の心」を形成したことが証明されているが、それは同時に逆の言い方をすれば、島田の健三に向けた言葉が記述されないことこそが、健三が島田と起居を共にしていた時期の「其頃の心」を想起できないことの原因であることをも証明するものである。

以上のように、養父島田の健三に向けた言葉が記述されず、それによって健三が言葉に基づく「其頃の心」を想起できないことは、健三に何をもたらすだろうか。小説内現在における島田は健三に「『ですか』とか、『ません』とかいふテニハで、言葉の語尾を切る注意をわざと怠らない」「丁寧」な「言葉遣」をしているので、健三は「健坊」と呼ばれていた当時の島田から自分に向けられた言葉を想起するきっかけを持たないし、現在の島田がそのような言葉遣いになりかければ彼は嫌悪を起こす。こうして「健坊」という呼び掛けから派生していた言葉遣いは、『道草』において二重に封じ込められ、それを基盤とする健三の「其頃の心」は想起されない。

『道草』において健三が島田を正しく対象化出来ないのはそのためである。なぜなら、養父であった人間を正しく対象化するためには、養子であった時点からの関係性を基盤として対象化を行う必要があるが、その時点での言葉が失われ、それによって「其頃の心」が失われている以上、対象化の基盤を健三が構築することが不可能だからである。だから、健三は島田の来訪の目的を正しく判断できないし、「交際《つきあひ》を拒絶する丈の根拠がない」（十四）「義理が悪い」（十九）という一般的な理由に即いて島田の来訪を受け入れてしまう。御住は、最初から島田を〈金をせびるであろう人間〉として対象化しているが、その彼女から見て優柔不断な態度をとり続けることになる。

漱石は、健三が養父島田によって、彼がどういう質の時間の流れの中に存在しているかを気付かせ、認識させるように小説を仕組んだ。しかし、過去の健三に向けた島田の言葉を奪うことによって、健三がいくら過去を回想しても

「其頃の心」は思い出せず、従って過去の島田を正しく対象化できず、それによって現在の島田をも正しく対象化することが困難である、そういう事態を構築した。『道草』では、最後に健三が手切れ金を渡すという形で島田との縁を切ろうとしたことが描かれるが、健三がそういう行動が取れるだけの島田の対象化を行うためには、島田以外の他者との関わりが必要だった。次節では、養母である御常が健三にどういう質の「何うして」と「何故」を喚起したかを考察する。

1―2　御常が喚起する「何故」と「何うして」

御常が健三の前に現れるのは、『道草』の六十二であるが、彼女は島田とは全く正反対の印象を健三に与えて現れる。漱石は、島田と御常が十数年ぶりの再会によって健三に与える印象を書き分けている。健三自身は「要するに彼の御常に対する態度は、彼の島田に対する態度と同じ事であった。さうして島田に対するよりも一層嫌悪の念が劇しかつた」（四十五）と、その差を「嫌悪の念」の度合いの差として自覚していたが、御常との再会の場面ではもっと本質的な差として書き分けられている。

座敷へ出た時、彼は粗末な衣服を身に纏つて、丸まつちく坐つてゐる独りの婆さんを見た。彼の心で想像してゐた御常とは全く変つてゐる其質朴な風采が、島田よりも遙かに強く彼を驚ろかした。

彼女の態度も島田に比べると寧ろ反対であつた。彼女は丸で身分の懸隔のある人の前へ出たやうな様子で、鄭寧に頭を下げた。言葉遣も慇懃を極めたものであつた。（中略）

健三は自分を出来る丈富有に、上品に、そして善良に、見せたがつた其女と、今彼の前に畏まつて坐つてゐる

白髪頭の御婆さんとを比較して、時間の齎した対照に不思議さうな目を注いだ。（中略）

「あゝ、変つた」　（六十二）

顔を見合せた刹那に双方は同じ事を一度に感じ合つた。けれどもわざ〳〵訪ねて来た御常の方には、此変化に対する予期と準備が充分にあつた。所が健三にはそれが殆んど欠けてゐた。従つて不意に打たれたものは客よりも寧ろ主人であつた。　（六十三）

過去と「あまりに変らな過ぎた」という、時間の経過を無化するような外見で健三の眼の前に現れた島田とは正反対に、御常は「時間の齎した対照」を体現した存在として健三の眼の前に現れる。彼女は健三が「心で想像してゐた御常とは全く変つてゐる」外見を持って現れ、彼に「あゝ、変つた」という感慨を起こさせる。従って、健三はここで、島田の時のように彼の頭髪が「何故今でも元の通り黒いのだらう」という問いを発する必要がない。健三の「何故」は島田とはまったく違う意識の領域の問いとして発せられる。御常から「今迄の経歴をあらまし聞き取つた」（六十三）健三は次のような形で「何故」という問いを喚起される。

御常の物語りは健三の予期に反して寧ろ平静であつた。誇張した身振だの、仰山な言葉遣だの、当込の台詞だのは、それ程多く出て来なかつた。それにも拘はらず彼は自分と此御婆さんの間に、少しの気脈も通じてゐない事に気が付いた。

「あゝ、左右ですか、それは何うも」

健三の挨拶は簡単であつた。普通の受答へとしても短過ぎる此一句を彼女に与へたぎりで、彼は別段物足りなさを感じ得なかつた。

「昔の因果が今でも矢つ張り祟つてゐるんだ」

斯う思つたかれは流石に好い心持がしなかつた。何方かといふと泣きたがらない質に生れながら、時々は何故本当に泣ける人や、泣ける場合が、自分の前に出て来て呉れないかと考へるのが彼の持前であつた。

「己の眼は何時でも涙が湧いて出るやうに出来ているのに」

彼は丸まつちくなつて座布団の上に坐つてゐる御婆さんの姿を熟視した。さうして自分の目に涙を宿す事を許さない彼女の性格を悲しく観じた。（六十三）

「御前の御父ッさんは誰だい」「ぢや御前の御母さんは」という問いに始まる、四十一から四十四までに記される御常の幼時の健三に対する言動は、健三にとって「不快な意味に於て思ひ浮かべなければ」（四十四）ならない記憶として回想される。この時健三は、幼時の自分にとってそれがいかに「不愉快の念」（四十三）を起こし、「不愉快の影」（四十四）となったかを、鮮やかに想起していた。なぜなら、島田の場合と違って、過去の御常の言葉の数々、それに対応する「其頃の心」を健三は現在でもまざまざと想起できるからである。それは、「不快」「不愉快」とともに在る。だから、現在の御常がいかに外見の上で「あゝ変つた」という感想を彼に抱かせ、過去と違って彼女の「言葉遣」が「慇懃を極めたもの」であり、かつてのような「誇張した身振だの、仰山な言葉遣だの、当込の台詞だの」がなく、「平静」であっても、健三は彼の中の御常のイメージを変更しようとしない。いや、できない。「昔の因果」、すなわち過去の彼女との関係性をその理由として健三は考えるが、それが健三の意識にどれほど深く食い込んでいて、今現在まさに眼の前に存在している対象の在り方より遙かに強力に自身の意識を規定していることに健三は気付かされる。それが彼に、島田の場合とは全く違った質の「何故」という問い、しかも奇妙な「何故」という問いを喚起する。

引用部の「『昔の因果が今でも矢つ張り祟つてゐるんだ』／斯う思つたかれは流石に好い心持がしなかつた」、ここまでの記述は順当である。しかし、次の「何故」を引き出す文にはかなり無理な飛躍が見られる。「何方かといふと泣きたがらない質に生れながら」と、ここで突然〈泣く〉という対応が提出される。しかし、いくら御常が「あ、変つた」と思わせる姿で健三の眼の前に現れたからといって、それに対して〈泣く〉という対応はかなり極端ではないだろうか。しかも、それに続いて「時々は何故本当に泣ける人や、泣ける場合が、自分の前に出て来て呉れないか」と、眼の前に見た御常ではなく、まだ見ぬ「本当に泣ける人」が「何故」「自分の前に出て来て呉れないか」という問いとして、「何故」という問いが発せられる。そしてその問いは、「……と考へるのが彼の持前であつた」と、健三の一般的性格がもたらしたものであると結ばれる。しかし、この後、「己の眼は何時でも涙が湧いて出るやうに出来ているのに」「自分の目に涙を宿す事を許さない彼女の性格を悲しく観じた」という記述が続くので、ここで健三が「何故」と問うているのは、変わり果てた御常に対して、何故自分は泣けなかったのか、という問いであると考えられる。だとしたら、唐突ではあるが、〈何故変わり果てたこの年寄りに対して泣けないのだろうか〉という直接的な問いをこの時の問いとしてもよかったのではないか。しかし、漱石はそれを避けた。

そもそも、引用部の「『昔の因果が今でも矢つ張り祟つてゐるんだ』／斯う思つたかれは流石に好い心持がしなかつた」に続く文としては、御常の二回目の来訪の時の方の健三の問い、「何故此年寄にたいして同情を起し得ないのだらうか」（八十七）の方がはるかに適切である。しかし、漱石はこの問いを選ばなかった。漱石は一回目の御常の来訪時の健三の問いとして、〈何故変わり果てたこの年寄りに対して泣けないのだろうか〉を健三が問う問いとして選択し、しかもそれは文章上無理な飛躍となるために、文章に圧力を掛けて、「何方かといふと泣きたがらない質に生れながら、時々は何故本当に泣ける人や、泣ける場合が、自分の前に出て来て呉れないかと考へるのが彼の持前であつた」と、御常に対する直接的な問いを回避し、健三の一般的性格を反映させた問いとしてそれを記述した。しかし、その後に続く文章を見れば、ここに本来あるべきだったのは、**〈何故変わり果てたこの年寄りに対して泣けないのだろうか〉**という問いだったはずである。

漱石はなぜこの操作を行ったのか。指摘したように文章上の無理を通してまで行ったのは、健三にとっての〈泣く〉ことの在り方の特殊性を示すためだったのではないだろうか。過去の回想の中で、健三が泣く場面は三回記される。一回目は、三十九で疱瘡にかかった健三が「惣身の肉を所嫌はず掻き挘つて泣き叫んだ」場面、二回目は、四十で越後屋に買い物に行った際、夕暮れ時に雨戸が一度に閉められたのが怖くて泣く場面、そして三回目は四十三の次の場面である。

> 其中変な現象が島田と御常との間に起つた。
> ある晩健三が不図眼を覚まして見ると、夫婦は彼の傍ではげしく罵り合つてゐた。出来事は彼にとつて突然であつた。彼は泣き出した。
> 其翌晩も彼は同じ争ひの声で熟睡を破られた。彼はまた泣いた。
> 斯うした騒がしい夜が幾つとなく重なつて行くに連れて、二人の罵る声は次第に高まつて来た。仕舞には双方共手を出し始めた。打つ音、踏む音、叫ぶ音が、小さな彼の心を恐ろしがらせた。最初彼が泣き出すと已んだ二人の喧嘩が、今では寐やうが覚めやうが、彼に用捨なく進行するやうになつた。

健三は島田夫婦の深夜の「争ひ」に繰り返し泣くが、「最初彼が泣き出すと已んだ二人の喧嘩」は時間の経過とともに「彼に用捨なく進行するやう」になる。つまり、この時、健三の不安と恐怖の訴えである〈泣く〉行為は、島田と御常から最初受け入れられ、次に無視された。「熟睡を破られ」、「泣き出した」「また泣いた」と、言語化できない恐怖を〈泣く〉ことによって養父母に訴えた健三の行為は、無効にされた訳である。しかも、「大抵は宅にゐない事が多かつた」島田は、「険悪な眼と怒にへる唇」を見せるだけで彼に何の言葉による説明も与えないが、御常は健三に「事実を話して聞かせ」る。それは彼女の主観的思い込みに満ちた「事実」であり、「健三の心持を悪くする丈」「健三は早く彼女の傍を離れたくなつた」という心しか健三に育てず、御常は「十にも足りないわが養ない子から、愛想を尽かされて毫も気が付かずにゐた」（以上四十三）という結果を迎える。以上の経過に明らかなように、健三の〈泣く〉ことによる訴えが無効である経験を彼に与えたのは島田夫婦であり、それを彼に向けた言葉の数々によって、固定化したのは御常である。「何方かといふと泣きたがらない質に生れながら」とあるが、健三が「泣きたがらない質」になった原点は、引用部の経験である。御常の行為はそれを増幅させて健三の〈泣くこと〉を凍結させた。しかも、御常はそれを自分に同情を向けることを強制する状況で行った。だから、小説における現時点で、健三の前に御常が同情をひく外見を持って現れたとき、彼はそれをすぐ〈泣く〉ことと結び付け、しかもそれを**〈何故変わり果てたこの年寄りに対して泣けないのだろうか〉**という素直な問いとして自身に問うことが出来なかった[5]。彼は、泣けない自分を抱え込んだまま、そしてそれをどうにもできないまま、御常に対応するしかない。

　すなわち、この時健三が発した、御常によって喚起された「何故」は、健三が過去において何を失い、御常がそれをどう固定化し、それが現在まで感情の欠損となって彼に残っていることを自覚させる「何故」である。しかも健三はそれを〈何故変わり果てたこの年寄りに対して泣けないのだろうか〉という素直な問いとして問うことも出来ない。なぜなら、通常この状況では必要でない、〈泣く〉という対応を、それがかつて御常によって失われたものであるが故に、健三が想起してしまうからである。そして、彼は御常が帰った後、次のようにさえ考える。

「もしあの憐れな御婆さんが善人であつたなら、私は泣く事が出来たらう。泣けない迄も、相手の心をもつと満足させる事が出来たらう。零落した昔しの養ひ親を引き取つて死水を取つて遣る事も出来たらう」

黙つて斯う考へた健三の腹の中は誰も知る者がなかつた。（六十三）

御常はかつて健三の〈泣くこと〉を封じ込めた。従って健三が〈泣くこと〉を回復するためには、それはまず、御常に対してから始められなければならない。「何故本当に泣ける人や、泣ける場合が、自分の前に出て来て呉れないかと考へる」ことを健三の「持前」にする根源を作ってしまった、当の本人しか、健三の封印を解くことはできないだろう。しかし、健三の〈泣くこと〉は御常が「善人」ではなかったためにこそ、封じ込められ、凍結された。それをこの時の健三は、自身の力で解くことができなかった。それでいて、かつて泣いた彼の心は、御常に対して〈泣くこと〉をどこかで欲している。だから、彼は引用部のように考え、そしてそれは彼と御常以外のどんな他者に対しても無関係であるから、彼の「腹の中は誰も知る者がな」い。

つまり、島田の場合と同じく、健三は現在の御常を正しく対象化することが出来ない。健三は御常と面会する際、「彼女の名前を聞いた刹那の健三は、すぐその弁口に思ひ到つた位、御常は能く喋舌る女であつた」と、まず彼女の「弁口」を想起し、「幼少の時分恩になつた記憶」を「二時間でも三時間でも」「復讐させられ」たり、「頭の中に残つてゐる此古い主観を、活動写真のやうに誇張して、又彼の前に露け出すに極つて」いると予測する。しかし、「彼の予期」（以上六十四）は外れる。この構造は島田の場合と逆である。すなわち、過去の「其頃の心」が喚起されなかった故に、現在の島田から判断した対象化しか健三が出来なかったのに対して、御常の場合は、御常に対する過去の「其頃の心」が喚起され過ぎたために、健三は現在の御常を正しく対象化することが出来なかった。いずれにせよ、この二人の養父と養母を正しく対象化するのは、健三にとって困難だったのである。

健三は「牢として崩すべからざる判明した一種の型」となって「頭の何処かに入つて」いる御常の像を変更しようとしない。つまり、彼の記憶にあるかつての御常から自由になれない。御常が、かつて手紙で書いてきた彼の幼時の寝小便について何も言わなかったことについても、健三は、「御常が何故それを云はなかつたのかの疑問が既に横たはつてゐた」（以上六十四）と疑問を持たずにはいられない。しかし、健三は「何故」と疑問を発しながら、その答えを探そうとしていない。現在の御常は、健三にとっては過去の彼女に纏わる様々な「不愉快」で「辟易」させられる記憶を導き出す糸口としかならない。現在の御常を過去の御常と矛盾しない形で対象化することは、この、御常の第一回の来訪時の健三には遂に出来なかった。

その点を健三は妻の御住から攻撃される。御住は、御常に対する過去の思い込みを変更しようとしない健三に対して、「だつて現に貴夫《あなた》の考へてゐた女とは丸で違つた人になつて貴夫の前へ出て来た以上は、貴夫の方で昔の考へを取り消すのが当然ぢやありませんか」（六十五）と言うが、彼が御常を彼なりに対象化し、〈泣くこと〉にまつわる彼の混乱を反映した「何故」ではなく、「何故此年寄にたいして同情を起し得ないのだらうか」という順当な「何故」を発するためには、六十五以降、妻御住との関わりが必要だった。次節では、健三と妻御住との間における「何故」と「何うして」の在り方について検討する。

2. 変化するということ

2―1　健三の御住への「何故」と「何うして」

1―1、2において、島田と御常が健三に喚起した「何故」と「何うして」について考察した。島田と御常はそれぞれ、違った質の問題を含む「何故」と「何うして」を健三に喚起したが、それは彼等が健三に喚起する過去の在り方が、それぞれ異なることによるものであった。それなら、現在健三が暮らしを共にしている御住は健三にどのような「何故」と「何うして」を喚起するだろうか。また、島田と御常によって喚起された「何故」と「何うして」は、そこにどのような影響を与えるだろうか。

この問いは、島田と御常の場合とは異なる条件の下に考えなければならない。なぜなら、突然健三の前に現れた島田や御常と違って、御住は言うまでもなく、毎日健三と同じ空間で暮らしている存在だからである。そこには当然相互作用があり得る。すなわち、島田と御常の場合は、彼等の方が健三に喚起した「何故」と「何うして」だけを対象にすればよかったが、御住の場合は、御住と健三が何年か暮らしを共にして、言葉を交わしている間に、それぞれどのように「何故」と「何うして」を使って問いを発するようになっていたかをまず検討し、もし、『道草』の記述内で一方が他方に喚起した「何故」と「何うして」があるとすれば、それはどのように喚起され、どのように健三と御住、それぞれの「何故」と「何うして」を変質させたかを考察しなければならないからである。

そして、それに対する島田と御常によって喚起された「何故」と「何うして」の影響であるが、漱石は直接的、具体的に与えた影響については、殆ど書き記していない。しかし、島田と御常の来訪は、以下に検討するように、健三と御住の間の会話の質を大きく変える。そして、それは彼等の間に、それまでになかった「何故」と「何うして」を生じさせる。その様態についても以後の考察の中で明らかにしていきたい。

この2―1では、健三の御住に向けた「何故」と「何うして」を考察するが、その前にそれと比較するために、健三が御住の父に向けた「何故」と「何うして」について簡単に考察する。健三は以下の引用例に示すように、御住の父に対しては、「何故」は理解不能、不可解な事態に対して、「何うして」は「如何なる過程《プロセス》」によってその事態が現出したかに対してと、正確に使い分けて用いている。

貨殖の道に心得の足りない健三は其時不思議の感に打たれた。

「何うして一年の内に千円が二千円になり得るだらう」

彼の頭では此疑問の解決が迚も付かなかつた。利慾を離れる事の出来ない彼は、驚愕の念を以て、細君の父にのみあつて、自分には全く欠乏してゐる、一種の怪力を眺めた。（七十二）

健三は自分自身を慥なものと認めるには躊躇しなかつた。然し自分自身の財力に乏しい事も、職業の性質上他に知れてゐなければならない筈だと考へた。其上細君の父は交際範囲の極めて広い人であつた。平生彼の口にする知合のうちには、健三より何の位世間から信用されて好いか分らない程有名な人がいくらでもゐた。

「何故私の判が必要なんでせう」

「貴方なら貸さうと云ふのです」

健三は考へた。　（七十三）

然し何十株か何百株かの持主として、予じめ資格を作つて置かなければならない父は、何うして金の工面をするだらう。事状に通じない健三には此疑問さへ解けなかつた。　（七十六）

三つの引用例に明らかなように、健三は、「千円が二千円に」なる事態、父が「金の工面」をしなくてはならない事態に対しては、それが「如何なる過程《プロセス》」によって実現するかを問う「何うして」を用い、自分が保証人になれば金を貸そうと言われる事態に対しては、それが理解不能、不可解なので「何故」と問いを発している。すなわち、御住の父に関わる時、健三は正しい「何故」と「何うして」の使い手である。

しかし、御住に問いを向ける場合は、違う。健三は御住に対しては、『道草』の八十七までにおいては、「何故」しか使用していない、そういう主人公として記述されている。それも、心中で向けた問いは一回だけで、後は全て直に当人に向けた問いを発している。健三が御住の父に対して、正しく「何故」と「何うして」を使い分けている事を考えると、これはかなり特徴的なことであると言える。すなわち、健三が御住に直接問いを発する時、それはいつも理解不能、不可解な他者の行動についての問いとして発しているということである。逆に言えば、御住は、理解不能、不可解な他者としてしか、健三によって捉えられていないと言うことでもあるし、また、御住は「何故」という問いしか健三に喚起しない存在であるとも言える。御住の行動について、その行動が「如何なる過程《プロセス》」を経て成立した行動であるかという問い、彼女の行動を理解不能、不可解な行動として捉えず、その行動を成立させる「過程《プロセス》」を問いたいという関心に基づいた問いを健三は発していない。それはとりもなおさず、御住の行動を成立させている「過程《プロセス》」

に健三が全く意識を向けず、その結果としての彼女の行動のみに意識を向けている、御住についてそういう対象化をしていることを意味している。

以下、それぞれについて考察する。


「御縫さんて人はよつぽど容色《きりやう》が好いんですか」

「何故」

「だつて貴夫の御嫁にするつて話があつたんださうぢやありませんか」（二十二）

「だけど、もし其御縫さんて人と一所になつてゐらしつたら、何うでせう、今頃は」

「何うなつてゐるか判らないぢやないか、なつて見なければ」

「でも殊によると、幸福かも知れませんわね。其方が」

「左右かも知れない」

健三は少し忌々しくなつた。細君はそれぎり口を噤んだ。

「何故そんな事を訊くのだい。詰らない」

細君は窘なめられるやうな気がした。彼女にはそれを乗り越す丈の勇気がなかつた。

「どうせ私は始めつから御気に入らないんだから……」

健三は箸を放り出して、手を頭の中に突込んだ。さうして其所に溜つてゐる雲脂をごし〳〵落し始めた。（二十三）

「御縫さん」の「容色」を気にし、彼女と健三が結婚した場合を想定する御住は、健三にとって理解不能、不可解である。なぜなら、彼は自分と御縫との結婚を「丸で問題にやならない」（二十三）と捉えていたからである。だから、彼は「何故」「何故そんな事を訊くのだい」と問いを発する。しかし、この二例は、「何故」を使用すること事が適切な問いだろうか。後の方の例は、「何うして」に言い換えることも可能である。もし健三が、〈何うしてそんな事を訊くのだい〉と問いを発したとしたら、それは、御住がどういう思考の「過程《プロセス》」を経て、「だけど、もし其御縫さんて人と一所になつてゐらしつたら、何うでせう、今頃は」と聞いたかについて問うていることになる。そうすると、「何故そんな事を訊くのだい」に続く「詰らない」は発せられないだろう。なぜなら、御住の発言を成立させた「過程《プロセス》」に関心を持ち、訊ねるということは、それが「詰らない」と思ったら出来ないからである。従って、もしこの時健三が〈何うしてそんな事を訊くのだい〉と問いを発していたら、御住も「窘なめられるやうな気」がすることはなく、会話はもっと円滑だっただろう。しかし、健三は会話を円滑にしない、「何故」と発する問いを選んだ。

次の例は、「何故」による問いでなくてもよかった場合に、殊更「何故」によって問いを発する場合である。

細君はよく寐る女であつた。朝もことによると健三より遅く起きた。健三を送り出してから横になる日も少なくはなかつた。斯うして飽く迄眠りを貪ぼらないと、頭が痺れたやうになつて、其日一日何事をしても判然しないといふのが、常に彼女の弁解であつた。健三は或は左右かも知れないと思つたり、又はそんな事があるものかと考へたりした。ことに小言を云つたあとで、寐られるときは、後の方の感じが強く起つた。

「不貞寐をするんだ」

彼は自分の小言が、歇私的里《ヒステリー》性の細君に対して、何う反応するかを、よく観察してやる代りに、単なる面当のために、斯うした不自然の態度を彼女が彼に示すものと解釈して、苦々しい囁きを口の内で洩らす事がよくあつた。

「何故夜早く寐ないんだ」

彼女は宵つ張であつた。健三に斯う云はれる度に、夜は眼が冴えて寐られないから起きてゐるのだといふ答弁を屹度した。さうして自分の起きてゐたい時迄は必ず起きて縫物の手を已めなかつた。

健三は斯うした細君の態度を悪んだ。同時に彼女の歇私的里を恐れた。それからもしや自分の解釈が間違つてゐはしまいかといふ不安にも制せられた。　（三十）

この場合は、突然御住が御縫さんのことを話題にした先の二例と違って、御住の日常的振る舞いが問題にされている。自分がなぜ「よく寐る」かについて、御住は「飽く迄眠りを貪ぼらないと、頭が痺れたやうになつて、其日一日何事をしても判然しない」という理由を説明しているし、健三は「左右かも知れない」とそれに納得したり、あるいは「小言を云つたあとで、寐られるとき」は「不貞寐」であると「解釈」したりしている。従って、「よく寐る」という御住の日常的振る舞いについてそれが「如何なる過程《プロセス》」によるものであるかに対して、健三はある程度関心を向けている。にも関わらず、彼は「何故夜早く寐ないんだ」と御住に問う。それに対する御住の「夜は眼が冴えて寐られないから起きてゐるのだといふ答弁」は、「健三に斯う云はれる度」になされる「答弁」であるので、この会話は健三と御住の間では、日常的にくり返される「何故」から発する会話であると言える。だとすれば、健三はわざわざ「何故夜早く寐ないんだ」とくり返す代わりに、〈夜早く寝ればいいじゃないか〉〈夜遅く寝れば眠いのは当然だ〉〈一度早く寝てみたらどうだ〉等、他の言い方もできたはずである。夫婦の間である種の会話が固定化されることは起こり得るし、それを描いているとも考えられるが、ここでの「何故」の使用は、明らかに必然性が低いし、健三が「もしや自分の解釈が間違つてゐはしまいかといふ不安」を持っているのならなおさら、他の言い方で御住が「早く寐ない」ことについて会話を展開してもよかったはずである。それでも敢えて「何故」を使って問いを発するということは、御住を「何故」という問いの対象、すなわち理解不能、不可解な他者として対象化し、それを変更しようとしない、というのが健三の御住に対する根本姿勢であることを示しているのではないだろうか。

この御住に「何故」を向け続けようとする健三の態度は、御住の「歇私的里」の発作と島田から初めて金を要求されて渡したこととの後で変質する。

翌日例刻に帰つた健三は、机の前に坐つて、大事らしく何時もの所に置かれた昨日の紙入に眼を付けた。（中略）細君が何故叮嚀にそれを元の場所へ置いて呉れたのだらうかとさへ疑つた彼は、皮肉な一瞥を空つぽうの入物に与へたぎり、手も触れずに幾日かを過ごした。（中略）

健三は馬鹿々々しいと云ふ風をして、それを細君に渡した。細君は中を検ためた。中からは四五枚の紙幣が出た。

「そら矢つ張り入つてるぢやありませんか」

彼女は手垢の付いた皺だらけの紙幣を、指の間に挟んで、一寸胸のあたり迄上げて見せた。彼女の挙動は自分の勝利に誇るもの丶如く微かな笑に伴なつた。

「何時入れたのか」

「あの人の帰つた後でです」

健三は細君の心遣を嬉しく思ふよりも寧ろ珍しく眺めた。彼の理解してゐる細君は斯んな気の利いた事を滅多にする女ではなかつたのである。

「己が内所で島田に金を奪られたのを気の毒とでも思つたものかしら」

彼は斯う考へた。然し口へ出して其理由を彼女に訊き糺して見る事はしなかつた。夫と同じ態度をついに失はずにゐた彼女も、自ら進んで己れを説明する面倒を敢てしなかつた。彼女の塡補した金は斯くして黙つて受取られ、又黙つて消費されてしまつた。（五十二）

健三が直接御住に向けてではなく、心中で彼女について「何故」と問いを発する唯一の場面である。健三は、「何うして」という問いは、御住に対しては心中で一回も発していない。ここでの「何故」は、島田に金をせびられて空になった財布を「客間へ放り出した儘」にしておいた健三が、その財布が書斎の机の上に置かれているのを見て、何故御住が元の場所に戻したのかを問う場面である。この時彼は、財布を戻しておいた御住の行為を、何か意図があるのではないかと疑うが、ここも「何故」ではなくて「何うして」によって問いを発してもいい場面である。すなわち、「何故」と問えば、財布を戻した御住の行動を理解不能、不可解な他者の行動と捉えた事になるが、「何うして」と問えば、彼女が「如何なる過程《プロセス》」を経て、つまりどういう思考過程を経てそれを戻したかを問うことになり、それは御住へのより深い関心となるからである。しかし、健三は「何故」と問う。すると、この場合はこれまでと違って、健三の心中の「何故」は、御住が健三の予測を遙かに超える振る舞いをしたことによって、全く別方向からの答えを与えられることになる。御住は空になった健三の財布に紙幣を入れた上で、元の場所に置いたのである。健三が彼女の行動を「嬉しく思ふよりも寧ろ珍しく眺めた」のは、それが健三の予測に全くない行動だったからである。「彼の理解してゐる細君は斯んな気の利いた事を滅多にする女ではなかつたのである」と記されるが、それならこの時御住はなぜ、健三の「理解してゐる細君」を超えた行動を取れたのだろうか。

引用部の直前の五十、五十一で御住の「歇私的里」の発作が記述される。「魂と直接に繋がつてゐないやうな眼」をした御住に向かって、健三は「何うぞ口を利いて呉れ。後生だから己の顔を見て呉れ」と「心のうちで」頼みながら、口に出しては「おい、己だよ。分るかい」と声を掛け、御住は「貴夫?」（以上五十）と答える。この時、健三と御住の間には、平常の日常生活ではけしてない、言語化領域を超えた領域での往復がなされた。すなわち、この時に限って健三は、御住を理解不能、不可解な他者としてではなく、自分を認識してくれるかどうか危機感をもって対応する相手として対象化していた。その健三の変化は、言語を超えた領域で御住にも伝わったはずであり、それは正気に戻った彼女の「本当に大丈夫かい」／「えゝ。貴夫ももう御休みなさい」（同）という健三への対応にも現れている。

次に、1でも論じたように最初から御住は、島田は健三に金をせびるに違いないと予測していた。それは、島田の代理できた吉田が帰った後の御住の「何うせ御金か何か呉れつて云ふんでせう」（十三）という発言、金をやることは断ったという健三に対する「だつて是から先何を云ひ出さないとも限らないわ」（十九）という発言、李鴻章の書をあげようかという島田についての「御止しなさいよ。そんな物を貰ってまた後から何んな無心を持ち懸けられるかも知れないわ」（四十七）という発言等によく現れている。つまり、御住は最初から島田を〈金をせびりに来る存在〉として対象化できていたのであり、その意味での島田の対象化に限って言えば、島田を対象化出来ず苦しんでいる健三に対して優位に立っていた。「何うせ貴夫の眼から見たら、妾なんぞは馬鹿でせうよ」（五十六）という意識を健三に対して持ち、健三からも「馬鹿な女だな」（九十七）と言われることもある御住にしてみれば、本人は意識していないにしろ、これは滅多にない経験だったのではないだろうか。そして、彼女の予測通り、健三が島田に金を取られた時、彼女は自分の島田の対象化が正しかったことを目の当たりにした。健三が「細君には金を遣つた事を一口も云はなかつた」（五十二）にしても、御住が「何事も夫から聴かうとしなかつた」（五十三）にしても、御住は健三の書斎で起こったことをこれまでのように聞いていたに違いなく、当然、健三の財布が空になったことも知っていたはずである。御住は自分の島田の対象化と予想が正しかったことが証明されたことを知った。このゆとりが彼女に健三から見て「気の利いた事」をさせたのではないだろうか。もちろん、それは「黙つて受取られ、又黙つて消費され」ることになるが、一度このようなことがあったことは、何かを変える。

　次の引用例は先の引用例の直後に続く場面である。


其内細君の御腹が段々大きくなつて来た。起居に重苦しさうな呼息をし始めた。気分も能く変化した。

「妾今度はことによると助からないかも知れませんよ」

彼女は時々何に感じてか斯う云つて涙を流した。大抵は取り合はずにゐる健三も、時として相手にさせられなければ済まなかつた。

「何故だい」

「何故だかさう思はれて仕方がないんですもの」

質問も説明も是以上には上る事の出来なかつた言葉のうちに、ぼんやりした或ものが常に潜んでゐた。其或ものは単純な言葉を伝はつて、言葉の届かない遠い所へ消えて行つた。鈴《りん》の音が鼓膜の及ばない幽かな世界に潜り込むやうに。
（五十三）

この部分は非常に重要な点を二つ含んでいる。一つは、健三と御住が「何故だい」／「何故だか……」という会話を交わしたという点、もう一つはその時、二人の交わした言葉の中に「ぼんやりした或もの」が「潜んでゐた」という記述がなされた点である。

　第二章の『心』論で、「先生」が「私」に対して発した「何故」に対する「私」の独特の対応について考察した。すなわち、「先生」の「何でさう度々私のやうなものの宅へ遣つて来るのですか」に対して「私」が「何でと云つて、そんな特別の意味はありません」と応答し、「先生」の「何故さう度々来るのかと云つて聞いたのです」に対して「私」が「そりや又何故です」と応答するといった具合に、「私」が「先生」の発する「何で」「何故」を繰り返す部分に注目した。そして、この、自分の発語した「何で」「何故」を繰り返し、それによって一旦止めてくれる「私」の応対が、「先生」の偏った使い方をされていた「何故」を、正しい使い方の「何故」に進化させた事を指摘した。『道草』この部分もそれと相似した構造を持っている。すなわち、出産によって死ぬかもしれないと予感している御住は、健三にとっては理解不能、不可解な他者に違いないが、それに対して発せられた彼の「何故だい」という問いに対して、御住はこれまでの引用例のような対応をせず、「何故だかさう思はれて仕方がないんですもの」と、彼の発した「何故」を繰り返す。この御住の対応は、今度のお産で「ことによると助からない」という彼女の予感が、本人にとっても「さう思はれて仕方がない」という理解不能、不可解な予感であることによって、発語されている。

　この時、健三と御住は、当事者であるかないかの差はあるが、お産という理解不能、不可解な事柄に向ける共通の関心から「何故だい」「何故だか」を発している。だから漱石は、「質問も説明も是以上には上る事の出来なかつた言葉のうちに、ぼんやりした或ものが常に潜んでゐた」と記す。つまり、発せられた「言葉」が「言葉のうち」に言葉以上のものを含んでいた、と記すのである。「ぼんやりした或もの」、言語化されない、意識の中に漂っている何か、それは相互に「単純な言葉」を発し合う時、「言葉のうち」に発現する。恐らく、この部分の前に、健三が「歇私的里」を起こした御住に向かって、「おい、己だよ。分るかい」と言葉をかけた時も、そこにはこの「ぼんやりした或もの」が存在していたはずである。漱石はそれを「何うぞ口を利いて呉れ。後生だから己の顔を見て呉れ」という健三の願いとして言語化した。ここでは、漱石はそれを言語化していない。だから、それは「鈴の音が鼓膜の及ばない幽かな世界に潜り込むやうに」、「言葉の届かない遠い所」、言語化されない意識の闇の中へと消えて行く[(6)]。しかし、「ぼんやりした或もの」が含まれる「言葉」を交わし合えたということは残る。それは、健三を変化させる。健三は御住に対する「何うして」という問いに辿り着けるだろうか。

健三の変化については、2―3で考察するが、ここで『道草』の方法について言及しておきたい。健三の「不愉快」「不快」な気分を主調とする『道草』においては、漱石は意図的に、健三にとって〈それほど不愉快、不快ではないもの〉を除外し、記述していない。例えば、御住に対する健三の不満とそれがもたらす両者の不和は随所に記述されるが、健三は御住が作った（或は下女に作らせた）食事を食べ、「細君に扶けられながら洋服を和服に改めた」（二十二）とあるように、御住の非言語的な世話は拒否していない。本当に不和であったなら、食事、世話等の生活における非言語的領域においてこそ、相手を拒む事もあり得るだろう。その他、日常生活の細かい点について健三は御住に殊更不満を持っていた事は書かれない。彼の不満は御住の言葉と態度に集中している。しかし、『道草』の記述は、それを御住との生活全体に対する不満とすることで成立している。また、健三と御住がある程度いい状態の関係になった事を記述した後には、必ず逆の側面が記述される。先の引用部で健三と御住は「ぼんやりした或もの」を通い合わせるが、その直後に「健三の気分にも上り下りがあつた」（五十四）と記され、その後に御住の「歇私的里」と夫婦別居が記されるので、先の引用部での印象は悉く払拭される。この、読み方を先導するとも言える漱石の手法については、『三四郎』において詳しく考察したが、『道草』においても、健三が一貫して「不愉快」「不快」の中に居ることを読み手に印象付ける方法が採られていると考えられる。

冒頭で述べたように、夫婦として同一空間で時間を共有している以上、健三の変化は御住の変化と深く関わっていると言えるだろう。次の2—2では、本項で健三を考察したように、御住の「何故」と「何うして」はどのような状態にあるのかを考察し、その後、2—3で両者に起こった変化について論じる。

2—2　御住の健三への「何故」と「何うして」

「何故」と「何うして」に着目して『道草』を考察すると、御住の「何故」と「何うして」の使用は、島田の来訪を境に変化することが分かる。まず、島田の来訪以前の彼女の「何故」は、次のように心中語として現れる。

> 彼はまた平生の我に帰つた。活力の大部分を挙げて自分の職業に使ふ事が出来た。彼の時間は静かに流れた。然し其静かなうちには始終いら／＼するものがあつて、絶えず彼を苦しめた。遠くから彼を眺めてゐなければならなかつた細君は、別に手の出しやうもないので、澄ましてゐた。それが健三には妻にあるまじき冷淡としか思へなかつた。細君はまた心の中で彼と同じ非難を夫の上に投げ掛けた。夫の書斎で暮らす時間が多くなればなる程、夫婦間の交渉は、用事以外に少なくならなければならない筈だと云ふのが細君の方の理窟であつた。（中略）健三も何も云はなかつたが、腹の中では斯うした同情に乏しい細君に対する厭な心持を意識しつゝ、箸を取つた。細君の方ではまた夫が何故自分に何もかも隔意なく話して、能働的に細君らしく振舞はせないのかと、その方を

（九）

却つて不愉快に思つた。

健三は斯う云つたなり又立つて書斎へ行かうとした。彼は独断家であつた。これ以上細君に説明する必要は始めからないものと信じてゐた。細君もさうした点に於て夫の権利を認める女であつた。けれども表向夫の権利を認める丈に、腹の中には何時も不平があつた。事々について出てくる権柄づくな夫の態度は、彼女に取つて決して心持の好いものではなかつた。何故もう少し打ち解けて呉れないのかといふ気が、絶えず彼女の胸の奥に働らいた。其癖夫を打ち解けさせる天分も技倆も自分に充分具へてゐないといふ事実には全く無頓着であつた。（十四）

健三にとって御住は「妻にあるまじき冷淡」を示す「同情に乏しい細君」であるが、御住にとっても健三は「同じ非難」をしたくなる相手である。そのため彼女は「心の中」で「何故自分に何もかも隔意なく話して、能動的に細君らしく振舞はせないのか」という問いを発する。また、「夫を打ち解けさせる天分も技倆」を持っていなくても、「権柄づく」な夫の態度に対しては、「胸の奥」で「何故もう少し打ち解けて呉れないのか」と問う。この彼女の二つの「何故」は、理解不能、不可解である夫である健三の態度に向けられた問いであり、「何故」の使用に限れば正しい問いであるように、一見見える。しかし、子細に検討すると、なぜ自分を「細君らしく振舞はせないのか」「打ち解けて呉れないのか」という問い方は、相手が自分の希望に添った形での働きかけをなぜしてくれないのか、という問いである。すなわち、自己中心的であって、その意味で相手を完全に他者として対象化している問いではないと言える。だから、彼女がこの問いを形成する「心の中」の夫への「非難」、「腹の中」の「不平」を直接健三に向ける時、彼女の問い方は奇妙な「何うして」を使った問いとなる。

「御兄さんに島田の来た事を話したら驚ろいて居らつしやいましたよ。今更来られた義理ぢやないんだつて。健三もあんなものを相手にしなければ好いのにつて」

細君の顔には多少諷諫の意が現はれてゐた。

「それを聞きに、御前わざ〳〵薬王寺前へ廻つたのかい」

「またそんな皮肉を仰しやる。あなたは何うしてさう他のする事を悪くばかり御取りになるんでせう。妾あんまり御無沙汰をして済まないと思つたから、たゞ帰りに一寸伺つた丈ですわ」　（十九）

「己は決して御前の考へてゐるやうな冷刻な人間ぢやない。たゞ自分の有つてゐる温かい情愛を堰き止めて、外へ出られないやうに仕向けるから、仕方なしに左右するのだ」

「誰もそんな意地の悪い事をする人は居ないぢやありませんか」

「御前は始終してゐるぢやないか」

細君は恨めしさうに健三を見た。健三の論理《ロジック》は丸で細君に通じなかつた。

「貴夫の神経は近頃余つ程変ね。何うしてもつと順当に私を観察して下さらないのでせう」　（二十一）

「あなたは何うしてさう他のする事を悪くばかり御取りになるんでせう」「何うしてもつと順当に私を観察して下さらないのでせう」という、御住の二つの問いの「何うして」は、「如何なる過程《プロセス》」によって健三が自分を「悪くばかり御取りになる」のか、「順当に」「観察」してくれないのかを訊ねる問いというより、「何故」健三が自分に対してそういう見方をするのかを問う問いである。すなわち、『こころ』の「先生と遺書」における「先生」と同じく、「何うして」を「何故」の意味で使う「何うして」である。しかし、この問いは、問いを向けられた側である健三には答えにくい問いである。なぜなら、問いの意味内容も回答困難なものであるが、問いの文型そのものも回答を困難にしているからである。御住は「御取りになるんでせう」「下さらないのでせう」と〈〜でしょう〉という文末で問いを結ぶ。この二つの御住の問いは、もし本当に健三に回答を迫りたいのなら、〈あなたは何うしてさう他のする事を悪くばかり御取りになるの（ですか）〉〈何うしてもつと順当に私を観察して下さらないの（ですか）〉という問いになるべきである。この問い方は、直接健三に向けた、彼に回答を迫る問い方である。しかし、御住はそれを回避して、〈〜でしょう〉という文末の、健三に向けたとも、一般的に慨嘆したとも、どちらにも取れる曖昧な文末で「何うして」という問いを発する。先の引用に明らかなように、御住は、心中では健三を「何故」と問うべき他者として完全には対象化出来ず、自己中心的な「何故」でしか問いを発する事が出来ていない、従って、直接健三に向ける問いも正しい問いとしての形を取る事が出来なかった、と考えられる。

　御住は『道草』の前半部、中間部においては一貫して、健三に「何うして」という問いを向ける。2—1で考察したように御住に「何故」を向け続ける健三の場合とちょうど逆である。しかし、彼女の「何うして」は正しく健三の行動の「過程《プロセス》」を問う「何うして」ではない。従って、彼女にとっての課題は、まず、健三に正しい「何うして」を使って問いを発し、次に健三を彼女なりに他者として対象化して、そういう他者に向ける「何故」を使う問いを発することであると言える。

　御住が「何うして」を使って正しい問い方を始めるのは、島田の来訪後の「御縫さん」についての問いからである。島田の最初の来訪の後、健三の留守中に島田が来るが、その時健三と御住の間で、島田の二度目の妻の連れ子である御縫さんが話題になる。漱石は、この部分で御住に「何うして」を使った正しい問い方をさせるとともに、一方で、健三が御住に向ける「何故」を使った問いもこの部分から記述を開始した。すなわち、島田の登場を夫婦の「何故」と「何うして」が変質していくきっかけとしたのである。


「御縫さんて人はよつぽど容色が好いんですか」

「何故」

「だつて貴夫の御嫁にするつて話があつたんださうぢやありませんか」（二十二）（中略）

「貴夫何うして其御縫さんて人を御貰いにならなかつたの」

健三は膳の上から急に眼を上げた。追憶の夢を愕ろかされた人のやうに。

「丸で問題にやならない。そんな料簡は島田にあつた丈なんだから。それに己はまだ子供だつたしね」（二十三）

まず、先の引用部と違って、この引用部における御住の「何うして」は、〈何うして……でせう〉の文型で発せられたのではない、「貴夫何うして其御縫さんて人を御貰いにならなかつたの」と健三に正しく向ける問いとして発せられた「何うして」である。従って、「丸で問題にや……」以下の健三の答えも正しく引き出していて、会話上の問いとしての機能も満たしている（その後、御住がこだわり過ぎたため、2―1で考察した健三の「何故」を引き出す結果になるが）。次に、ここでの「何うして」は「如何にして」としての「何うして」か、「何故」としての「何うして」かであるが、両様の意味を持っていると考えられる。なぜなら、健三が「如何なる過程《プロセス》」によって御縫さんと結婚することにはならなかったかと問うているとともに、健三が〈何故〉彼女と結婚しなかったのかという問い（もちろん、この問いはその裏に〈何故自分と結婚したのか〉という問いを内包している〉にもなっているからである。[7] この場合の「何故」の意味を含む「何うして」は、理解不能、不可解な他者の言動について発せられたものではなく、自分の与り知らない事柄の理由を聞きたい「何故」としての「何うして」である。すなわち、この時御住は〈……でせう〉で終わる先の引用例の二例とは全く違って、当の健三に向けた「何うして」を、二重の意味を含ませて用いていることになる。

次の「何うして」は〈……でせう〉で終わりながら、問いとしての機能をきちんと果たしている「何うして」である。

「一体あの人は何うして其御藤さんて人と―」
細君は少し躊躇した。健三には意味が解らなかつた。細君は云ひ直した。
「何うして其御藤さんて人と懇意になつたんでせう」（六十二）

ここは先に指摘した十九、二十一の「何うして」で始まる問いと同じく、「……なつたんでせう」が結びになっているが、「あなたは何うしてさう他のする事を悪くばかり御取りになるんでせう」のように、健三を詰問する内容を持ちながらそれを回避するように発せられた問いではなく、健三に向けて明確に答を求めている疑問文である。ここでの「何うして」は「何故」の意味を含まず、「如何なる過程《プロセス》」によって御藤さんが島田と懇意になったかを問う、「如何にして」の意味の「何うして」である。だから、御住の問いに対して、健三は彼女に御藤と島田の関係の始まりについて説明する。健三の回答を得ているという点で、この御住の「何うして」は先の引用例と同じく、会話の中で正しく機能する。

また、御常の最初の来訪の後、1―2でくわしく考察したように、健三が御常の過去の印象からのみ、彼女を判断しようとすると、御住は次のように訊ねる。

「だつて現に貴夫の考へてゐた女とは丸で違つた人になつて貴夫の前へ出て来た以上は、貴夫の方で昔の考を取り消すのが当然ぢやありませんか」

「本当に違つた人になつたのなら何時でも取り消すが、左右ぢやないんだ。違つたのはうわべ丈で腹の中は故の通りなんだ」

「それが何うして分るの。新らしい材料は何もないのに」

「御前に分らないでも己にはちやんと分つてるよ」

「随分独断的ね、貴夫も」 （六十五）

ここでの御住の「何うして」は、昔と「丸で違つた人」になっているにも関わらず、健三が御常に対しての認識を変えようとしない理由を問う「何うして」である。この「何うして」は、御縫さんについての問いの場合と同じく、「如何にして」と「何故」の両方の意味を持つ。そしてここでも、彼女はその問いを正しく健三に向けて発している。健三の回答は御住にとっては「独断的」なものではあるが、まぎれもなく御住の問いに対する回答であり、従って御住の問いは会話としての機能を果たしたことは間違いない。

つまり、こういうことである。御住は、「何うして」という問いを正しく健三に向けることが出来ない。だから〈何うして……でせう〉という文型を使って、直接的な問いを回避する。しかし、そこに「御縫さん」のような第三者が加わると、その第三者を含ませた問いなら、健三に直接向けることが出来る。それなら、その第三者にはどういう資格が必要か。『道草』において彼女が健三に直接問いを向ける時に選ばれる第三者は、御縫、御藤、御常である。彼女たちに共通しているのは、健三と血のつながりはないが、家族または家族親族的関係を形成したことがあることである。そしてその特徴は、他ならぬ御住にも該当する。彼女もまた、健三と血のつながりはないが、家族を形成する妻である。もちろん、御住の方が健三との間に子供が居るという点で、彼女たちより健三との関係性ははるかに深いが、共通項があることは事実である。つまり、健三を他者として対象化出来ず、従って彼に正しい「何故」と「何うして」を使った問いを向けられない御住は、島田の来訪によって御縫のような家族的親族的第三者が話題に上せやすくなった時、彼女たちを利用して健三に直に「何うして」という問いを向けた、ということである。

そして、御住の「何うして」は進化する。六十五の例は、御常という、家族的親族的第三者についての話題の中で発せられた「何うして」ではあるが、注目されるのは、前の二例と違って、「それが何うして分るの」という、より直接的に健三に向けた問いになっていることである。すなわち、先の二例で御縫、御藤を使った「何うして」という問いを発することのできた御住は、今度は健三に「それが何うして分るの」と、より健三本人に向ける度合いの高い問いを掛ける事が出来た。以上を踏まえて、御住は御縫、御藤、御常という家族的親族的第三者を使わずに、健三に、健三についての問いを掛ける。

> 「是からあの人（御常、筆者注）が来ると、何時でも五円遣らなければならないやうな気がする。つまり姉が要らざる義理立てをするのと同じ事なのかしら」
>
> 自分の関係した事ぢやないと云つた風に熨斗を動かしてゐた細君は、手を休めずに斯ういつた。――
>
> 「無いときは遣らないでも好いぢやありませんか。何もさう見栄を張る必要はないんだから」

「無い時に遣らうたつて、遣れないのは分つてゐるさ」

二人の問答はすぐ途切れてしまつた。消えか、つた炭を熨斗から火鉢へ移す音が其間に聞こえた。

「何うして又今日は五円入つてゐたんです。貴夫の紙入に」　（八十八）

この引用例における御住の「何うして」という問いは、健三の財布に「五円」が「如何なる過程《プロセス》」を経て入っていたか、を問う問いである。御常がきっかけではあるが、健三だけに向けた「何うして」である。つまり、健三には「自分の関係した事ぢやないと云つた風」であるかのように見えた御住が、健三に関心を向けたことから発せられた問いである。すると、それは「途切れてしまつた」健三と御住の「問答」を復活させる力を持つ。引用部の後、健三は「友達から受取つた原稿料」がどう使われて「五円」残ったかを御住に説明し、「実はまだ買ひたいものがあるんだがな」と言い、御住は「何を御買ひになる積だつたの」と問い、二人の会話は継続する。つまり、彼等の「途切れてしまつた」会話を復活させる。そして、次の2―3で指摘するように、同じ八十八で健三の御住に対する、『道草』の記述内では初めての「何うして」を誘い出す。

以上、検討してきたように、『道草』において御住の「何うして」は明らかに変化し、進化しているように記述されている。もちろん、御住の「何うして」は、たまたまその時その場で言われたに過ぎないし、そこに変化を見ようとするのは妥当ではないという考え方も当然成立するだろう。しかし、漱石は御住が発する「何うして」を使った問いをこの順番で記述した。だとすれば、そこに何らかの意味を見出すことは無意味ではないと筆者は考える。御住は心中でこそ「何故」という問いを健三について発していても、直接健三に対しては、ここまで「何故」という問いを一度も発していない。彼女は「何故」の意味が含まれた問いもすべて、「何うして」を使って問いかけている。ということは、健三とは逆に、御住は健三を理解不能、不可解な他者として対象化できていないということである。また、「何うして」を使っているからと言って、御住は、健三が「如何なる過程《プロセス》」を経て自分にある態度を示すのかに関心があるとは言えない。彼女の「何うして」を使う問いは、〈何うして……なのでせう〉から、島田の来訪によって、家族的親族的第三者を話題に上せられる状況が生じたことによって変質していった。そして、八十八でようやく、健三に対して「如何なる過程《プロセス》」での財布に金が入っていたかについての関心から発する問いを健三に向ける所まで進化した。次は、彼女がいつ、どのような質の「何故」を健三に向けるかである。

2―3　「何うして好いか」分からない事態――健三の「何うして」、御住の「何故」

2―1で考察したように、『道草』において健三は御住に対して、「何故」による問いしか向けていないが、後述するように、八十八で御住に対して「何うして」という問いを初めて向けたことが記される。ここでは、何故その時点で健三が御住に「何うして」という問いを発することが出来たのかについて検討する。

島田からの金の請求が常態化して、彼の要求がエスカレートし、「健三の心は紙屑を丸めた様にくしや〳〵した」（五十七）という状態になった時、彼は次のように考える。

彼は時々金の事を考へた。何故物質的の富を目標《めやす》として今日迄働いて来なかつたのだらうと疑ふ日もあつた。

「己だつて、専門に其方ばかり遣りや」

彼の心には斯んな己惚もあつた。（中略）

「みんな金が欲しいのだ。さうして金より外には何にも欲しくないのだ」

> 斯う考へて見ると、自分が今迄何をして来たのか解らなくなつた。（中略）
>
> 彼は金持になるか、偉くなるか、二つのうち何方かに中途半端な自分を片付けたくなつた。然し今から金持になるのは迂闊な彼に取つてもう遅かつた。偉くならうとすれば又色々な塵労《わづらひ》が邪魔をした。其塵労の種をよく〳〵調べて見ると、矢つ張り金のないのが大源因になつてゐた。何うして好いか解らない彼はしきりに焦れた。金の力で支配出来ない真に偉大なものが彼の目に這入つて来るにはまだ大分間があつた。（五十七）

自分の心を「くしや〳〵」させる原因が金の不足にあると健三は考え、「何故物質的の富を目標として今日迄働いて来なかつたのだらう」という「何故」による問いを発するが、その問いは、「自分が今迄何をして来たのか解らなくなつた」という状態に彼を導く。「中途半端な自分」を自覚させられた彼は、「何うして好いか解らな」くなる。これまで健三は、「何故」と「何うして」によって様々な問いを自分自身に、或は他者に向けて発してきたが、彼自身が「何うして好いか解らな」くなる事態が記述されるのは初めてである。

この直後の五十九で、漱石はもう一度、近過去に金銭に関して健三が「何うして好いか解らなくな」った事態を提出する。すなわち、帰国後、新しい生活を始めるために退職して「一時賜金」（五十八）を手に入れたものの、それが無くなり、「さうして外国にゐる時、衣服を作る必要に逼られて、同宿の男から借りた金は何うして返して好いか分らなくなつて仕舞つた様に思ひ出した」（五十九）という事態である。そして、引用部の場合と違って、この事態は、「同宿の男」から「催促状」が来て、健三が「一人の旧い友達」（同）から金を借りて返すことによって解決する。すなわち、こちらの場合は、健三は一旦は「何うして好いか」分からなくなるのだが、〈どうするべきか〉を自力で見出し、解決した。もちろん、先の引用部と比較すれば、軽い困難の事例だが、五十七と五十九という近接した部分に健三が「何うして好いか解らな」くなる状態が二度続けて記述されることは注目される。

この二カ所の記述を踏まえて、漱石は健三に金について「何うして好いか解らな」くさせた島田に対する健三の姿勢を次のように記す。

> それと共に彼の胸には一種の利害心が働いた。何時起るかもしれない御縫さんの死は、狡猾な島田にまた彼を強請《せび》る口実を与へるに違ひなかつた。明らかにそれを予想した彼は、出来る限りそれを避けたいと思つた。然し彼は此場合何うして避けるかの策略を講ずる男ではなかつた。
>
> 「衝突して破裂する迄行くより外に仕方がない」
>
> 彼は斯う観念した。彼は手を拱いて島田の来るのを待ち受けた。
>
> （六十二）

「何うして避けるかの策略を講ずる」ことをせず、「衝突して破裂する迄行くより外に仕方がない」と「観念」し、「手を拱いて島田の来るのを待ち受け」ているということは、島田に対して「何うして好いか解らない」ということに他ならない。五十七、五十九、六十二と漱石は近接した部分に「何うして好いか解らない」健三を描出する。それが共通して金銭をめぐってである[8]。そして、漱石は五十七で「金の力で支配出来ない真に偉大なもの」に彼が気付いていないことを記述する。だとすれば、この「金の力で支配出来ない真に偉大なもの」の一端に彼が触れることが、金で「何うして好いか解らない」彼の事態を変質させるかもしれない。漱石は「金の力で支配出来ない真に偉大なものが彼の目に這入つて来るにはまだ大分間があつた」と記している。「まだ大分間があつた」と記すと言うことは、ここからある程度の「間」を経過した後で、健三に眼にそれが「這入つて来る」ということなのではないだろうか。

八十で描かれる御住のお産がそれであることは言うまでもないだろう。しかし、それまでの間に、漱石は健三に、御常の来訪、兄の病気、姉の病気、姉を見舞った健三の「姉はたゞ露骨な丈なんだ。教育の皮を剥けば己だつた大した変りはないんだ」（六十七）という発見、そして「是が己の姉なんだからなあ」（四）と批判的な視線で見ていた姉に対して、「字が書けなくつても、裁縫《しごと》が出来なくつても、矢つ張り姉のやうな亭主孝行な女の方が己は好きだ」（七十）という評価を与えたこと、そして御住の父との関わりを経験させ、彼の意識に揺さぶりをかけて彼を微妙に変化させる。そして、以上の準備段階を経た後で、お産の場面における健三の反応を次のように記す。

産婆は容易に来なかつた。細君の唸る声が絶間なく静かな夜の室を不安に攪き乱した。五分経つか経たないうちに、彼女は「もう生れます」と夫に宣告した。さうして今迄我慢に我慢を重ねて怺へて来たやうな叫び声を一度に揚げると共に胎児を分娩した。

「確かりしろ」

すぐ立つてふとんの裾の方に廻つた健三は、何うして好いか分らなかつた。その時例の洋燈は細長い火蓋の中で、死のやうに静かな光を薄暗く室内に投げた。健三の眼を落してゐる辺は、夜具の縞柄さへ判明しないぼんやりした影で一面に裹《つゝ》まれてゐた。（八十）

御住が「胎児を分娩」した瞬間、健三は「何うして好いか分らな」くなる。これはもちろん、金銭にまつわる「何うして好いか分らな」い経験ではない。そういう意味でこの時の「何うして好いか分らな」い経験は、「金の力で支配出来ない」事柄に対する経験である。それは「真に偉大なもの」ではないかもしれない。しかし、「金の力で支配出来ない真に偉大なもの」が健三の「目に這入つて来る」、そういう段階に健三が向かっているのだとすれば、これは彼がそこに向かうための段階の一つなのではないだろうか。漱石はここに到るまで、健三に「何うして好いか分からな」い事態を与えてきた。まず島田に健三に金をせびらせ、それによって健三に自分が金銭について「何うして好いか分からな」い状態にあることを自覚させた。次に「何うして好いか解らな」かったが、何とか解決できた経験（留学中の借金とその返済）を与え、次に御常の来訪によって健三が幼時から凍結していた意識の部分（泣くこと）を示し、これらの経験が姉に対する評価を変えたことを記した。そして、その後で御住のお産に立ち会わせ、彼に「今迄経験した事の無い或物」（八十）に触れさせ、最初「何うして好いか分らなかつた」彼が御住の言葉を思い出して脱脂綿で胎児を蔽って無事に胎児を産婆に引き渡すという形で、その場を無事に切り抜けたことを記した。

この場面の意味については、多くの『道草』論に様々な指摘があるが、(9)本論ではこの場面の意味をこの後、健三と御住の「何故」と「何うして」がどう変化したかに注目することによって考えたい。

健三は御常から二度目の訪問を受ける。一度目の御常の訪問の時に、健三が御常に対して正しく「何故」を使った問いを発せなかったこととその理由についてはⅡ—1で考察した。しかし、健三はこの八十七における二度目の訪問で初めて御常を対象化することに成功する。これまで指摘してきた過程、特に八十の御住のお産において「何うして好いか分らなかつた」事態を何とか切り抜けたことによって、ここでの健三は六十二、六十三の御常の最初の訪問の時に比べて、彼女に客観的な視線を向けることができている。御常の衣服から彼女の「生活状態」を正しく把握し、彼女が健三を「自分より金持」だと思い、「年が若くつて起居に不自由さへなけではば丈夫だと」思うような人間であることも正しく判断できている。そして、御常の娘婿に対する評価から、彼女が「月々入る金」でその人間の「手腕」を計り、「其金より外に人間の価値を定めるものは、彼女に取つて、広い世界に一つも見当らないらし」いことが健三によく見える。つまりここで健三は最終的に、現在の御常を〈収入（金）で人間の価値を測る人〉として正しく対象化した。そしてそれは、過去の御常とも矛盾しない。

　この一連の御常の対象化の過程の中で、健三は「何故此年寄に対して同情を起し得ないのだらうか」と、心中で御常に正しい「何故」の問いを向ける。八十七の直前の八十六で健三は姉の義理堅さに対して、「ことによると己の方が不人情に出来てゐるのかも知れない」という思いを持つが、この時その対象を御常にずらし、ここでも「ことによると己の方が不人情なのかも知れない」と繰り返す。つまり、御常を対象化する過程で健三は、御常を対象化する自分自身にその目を向ける。そして、御常の一回目の訪問の時とは違って、彼女に同情を起こさない自分について「何故」という問いを今度は正しく発する。

　そして、以上の過程を経た後で、御常が帰った後の御住との対話の中で、彼は御住に今まで発したことない問いかけを向ける。

「あの御婆さんの方がまだ彼の人より好いでせう」
「何うして」
「五円貰ふと黙つて帰つて行くから」　（八十八）

健三は遂に、御住に対して初めて「何うして」と問う。御住が「如何なる過程《プロセス》」によって「あの御婆さんの方がまだ彼の人より好いでせう」と判断したかを彼女に問うのである。御住との「何故」の往復、「何うして好いか解らな」くなる三様の事態、特に出産という三番目の事態による「金の力を超えたもの」に向き合った経験、以上を経過して初めて、健三は御住に「何うして」と問う。すなわち、初めて彼女が「あの御婆さんの方がまだ彼の人より好いでせう」という発言に至るまでの思考の「過程《プロセス》」に目を向ける。それは御住を新しく対象化し直すことでもある。もちろん、一方で健三は産褥の御住に涙を流させるような発言もしているし、子供とともに固まろうとする彼女の態度に不満も持っている。しかし、ここで健三が今まで一度も向けたことのない問いを御住に向けたことも事実である。

一方御住の変化は健三とちょうど逆である。御住は健三に初めて正しい「何故」を向ける。すなわち、彼女は健三を理解不能、不可解な存在として対象化する。今まで、自分の思い通りにならない存在としてしか対象化してこなかった彼を、自分にとって理解不能、不可解な他者として捉え直すのである。

日が重なつても彼は赤ん坊を抱いて見る気にならなかつた。それでゐて一つ室に塊つてゐる子供と細君とを見ると、時々別な心持を起した。

「女は子供を専領してしまふものだね」

細君は驚ろいた顔をして夫を見返した。其所には自分が今迄無自覚で実行して来た事を、夫の言葉で突然悟らされたやうな趣もあつた。

「何で藪から棒にそんな事を仰るの」（中略）

次に顔を合せた時、細君は突然夫の弱点を刺した。

「貴夫何故其子を抱いて御遣りにならないの」

「何だか抱くと険呑だからさ。頸でも折ると大変だからね」

「嘘を仰しやい。貴夫には女房や子供に対する情愛が欠けてゐるんですよ」

「だつて御覧な、ぐた〳〵して抱き慣けない男に手なんか出せやしないぢやないか」（八十三）

四五日前少し強い地震のあつた時、臆病な彼はすぐ縁から庭へ飛び下りた。彼が再び座敷へ上つて来た時、細君は思ひも掛けない非難を彼の顔に投げ付けた。

「貴夫は不人情ね。自分一人好ければ構はない気なんだから」

何故子供の安危を自分より先に考へなかつたかといふのが細君の不平であつた。咄嗟の衝動から起つた自分の行為に対して、斯んな批評を加へられやうとは夢にも思つてゐなかつた健三は驚ろいた。

「女はあゝいふ時でも子供の事が考へられるものかね」

「当り前ですわ」

健三は自分が如何にも不人情のやうな気がした。（九十三）

御住は「女は子供を専領してしまふものだね」と言う健三に対して、「何で」と問いを発する。そして次に、「貴夫何故其子を抱いて御遣りにならないの」と問う。健三は確かに「赤ん坊を抱いて見る気にならなかつた」のだが、そういう健三は母として「新らしく生れた子が可愛くなるばかり」（八十五）である御住には理解不能、不可解である。赤ん坊を「自分から出たものは何うしても自分の物だといふ気が理窟なしに起」（同）こる彼女にしてみれば、彼女のような感覚を赤ん坊に対して持たない健三は、理解不能、不可解な他者である。産婆が間に合わなかったために、御住は健三が立ち会うかたちで、お産をした。しかし、その経験は共有していても、母親ではない健三は御住と同じ感覚を赤ん坊に対しては持ち得ない。それを認識して初めて、御住にとって健三が理解不能、不可解な他者となったのである。そして、彼女はその健三に初めて、「何故」という問いを向ける。そして、その彼女の問いは、健三にも正当な問いとして受け入れられる。地震の時に「何故子供の安危を自分より先に考へなかつたか」と彼女は健三に問いを向け、健三を「不人情」だとなじるが、そう言われて、健三の方も「自分が如何にも不人情のやうな気がした」と記述される。つまり、この時健三は御住の「何故」という問いに込められた非難を受け入れる。

　こうして、健三は今まで御住に向けてこなかった「何うして」という問いを御住に向け、御住は今まで健三に向けてこなかった「何故」という問いを健三に向けた。本論ではここまで、「何故」と「何うして」に注目して『道草』を考察してきたので、これが一つの到達点と結論付ける事も出来るが、小説『道草』全体にとっては、二人のこの成果は目立つものではない。これまで引用してきた健三と御住の「何故」と「何うして」は、多くの叙述の中に埋もれてもいる。しかし、『道草』には、おそらくこのことも影響したであろう事態が二つ描かれる。

　一つは健三が島田の金の請求をきっぱり断れた事である。八十八の御常の二回目の来訪の時、彼女を対象化できた健三は、続く八十九で島田がやってくると、「すぐ御常の事を聯想」し、島田と御常の過去を回想する。健三は「もう少しでお常の話を島田にする所であつた」と書かれるように、かつての養父母を一対のものとして意識したことによる対応を島田に行いそうになる。しかし、そうなって初めて、健三は島田の顔が「過去に無感覚な表情しか有たない」顔であることを発見する。次に、島田が赤ん坊のことを話題にしたことをきっかけに、健三は「赤ん坊が何処かで一人生れゝば、年寄が一人何処かで死ぬものだ」と考え、「赤ん坊」の「身代り」に死ぬのにふさわしい存在だという視線を島田に注ぐ。すなわち、「何の為に生きてゐるか殆んど意義の認めやうのない此年寄は、身代りとしてもっとも適当な人間に違なかつた」（以上八十九）と島田を見る視線である。〈新しく生まれた赤ん坊の身代わりとして死ぬべき人間〉、これが島田の正しい対象化であるかどうかはともかく、一つの対象化であることは間違いないだろう。健三はようやく島田を対象化した。そして、そのことが、彼に島田の金の要求を断らせる。御縫の死を語り、「是非一つ聞いて貰はないと困る事があるんですが」という島田に対して、「又金でせう」と返し、「さう他にのし懸つて来たつて仕方がありません。今の私にはそれ丈の事をしなければならない因縁も何もないんだから」「八百円だらうが千円だらうが、私の収入は私の収入です。貴方の関係した事ぢやありません」「えゝ、もう一文も上ません」と言って、島田に「もう参上《あが》りませんから」（以上九十）と健三は言わせる。彼はこの時点まで出来なかった、島田からの金銭の請求をきっぱり断ることが出来た。今まで健三の優柔不断を責めていた御住も、ここで「微笑しながら、そつと夫を眺めるやうな態度」（同）を見せる。

そしてもう一つ、その事が健三に、ようやく島田の具体的な言葉を想起させる。幼時に実家に戻ってから、父に「邪魔物」として扱われ、「健三は海にも住めなかつた。山にも居られなかつた」状態の中で島田が放った一言、「もう此方へ引き取つて、給仕でも何でもさせるから左右思ふがよい」が想起され、その時健三が「子供心」に「酷薄といふ感じ」を持ち、「給仕になんぞされては大変だ」（以上九十一）と「心のうち」で繰り返したことが想起される。こうして、健三はようやく幼時の島田の言葉と、それに伴う「其頃の心」を思い出せた。（この部分については1でも考察したが、ここでは健三がどういう過程を辿ってここに至ったかについて考察した。）

もう一つは、百で健三が御住と共に「我を忘れたやうに笑つた」ことである。『道草』において、健三は苦笑したりする事はあっても、笑わない主人公であるし、御住も同様である。しかし、この場面は二人が声をあげて笑う、『道草』で唯一の笑いの場面である。退職した比田が「金貸し」を始め、金を借りてくれないかと健三や兄に頼んだ事を聞いた健三は、そこに滑稽を感じる。

利子の安い高いは別問題として、比田から融通して貰ふといふ事が、健三には迚も真面目に考へられなかつた。彼は毎月若干か宛の小遣を姉に送る身分であつた。其姉の亭主から今度は此方で金を借りるとなると、矛盾は誰の目にも映る位明白であつた。

「辻褄の合はない事は世の中に幾何でもあるにはあるが」

斯う云ひ掛けた彼は突然笑ひたくなつた。

「何だか変だな。考へると可笑しくなる丈だ。まあ好いや己が借りて遣らなくつても何うにかなるんだらうから」

「えゝ、そりや借手はいくらでもあるんでせう。現にもう一口ばかり貸したんですつて。彼所いらの待合か何かへ」

待合といふ言葉が健三の耳に猶更滑稽に響いた。彼は我を忘れたやうに笑つた。細君にも夫の姉の亭主が待合へ小金を貸したといふ事実が不調和に見えた。けれども彼女はそれを夫の名前に関はると思ふやうな性質ではなかつた。たゞ夫と一緒になつて面白さうに笑つてゐた。　（百）

健三は「我を忘れたやうに」笑う。御住も健三とともに「面白さうに」笑う。『道草』のここまでの記述から、この夫婦が揃って大笑いする場面が来るなどと予想できるだろうか。もちろん漱石は『道草』の手法に従って、「滑稽の感じが去った後で反動が来た」として、この後で健三に、次兄の形見の「両蓋の銀側時計」を比田たちのおかげで貰えなかった「不愉快な昔」（以上百）を思い出させて、この印象を払拭する。しかし、小説『道草』において健三と御住が、二人で揃って声を揚げて笑った事は紛れもなく残る。本論では、二人のそれぞれの「何故」と「何うして」の変質と進化を考察してきた。もちろん、それは一部の要因に過ぎないかも知れないが、それが到達点に達した時点

で、この二つの事態が起こっていることは象徴的である。(10)

そして、『道草』の最終場面に至る。ここでは、御住に注目したい。彼女はここでもう一歩、彼女の「何うして」を進化させる。


「安心するかね」

「えゝ安心よ。すつかり片付いちやつたんですもの」

「まだ中々片付きやしないよ」

「何うして」

「片付いたのは上部丈ぢやないか。だから御前は形式張つた女だといふんだ」

細君の顔には不審と反抗の色が見えた。

「ぢや何うすれば本当に片付くんです」

「世の中に片付くなんてものは殆んどありやしない。一遍起つた事は何時迄も続くのさ。たゞ色々な形に変るから他にも自分にも解らなくなる丈の事さ」

健三の口調は吐き出す様に苦々しかつた。細君は黙つて赤ん坊を抱き上げた。

「おゝ好い子だ〳〵。御父さまの仰やる事は何だかちつとも分りやしないわね」

細君は斯う云ひ云ひ、幾度か赤い頬に接吻した。　（百二）

御住は「何故」ではなく、「何うして」と健三に問いかける。健三を理解不能、不可解な他者として問いかけるのではなく、彼がなぜ「中々片付きやしないよ」と言うのか、その思考の「過程《プロセス》」を問う。すなわち、彼女はここで健三の思考の「過程《プロセス》」に関心を向けている。「片付いたのは上部丈」という健三に対して、「不審と反抗の色」を見せながら、彼女はさらにこう聞く。「ぢや何うすれば本当に片付くんです」。「何うすれば」という問い。この問い方が『道草』に出て来るのはここ一カ所だけである。「何うして」と問いを発して、相手の答えに満足できないとき、さらに「ぢや何うすれば」と畳み掛ける。それは、相手の思考の「過程《プロセス》」に関心を持って初めて問える問い方である。御住は、「理智に富んだ性質ではな」(六十五)い、「筋道の通つた頭を有つてゐない」「考へな」(以上七十一)いと記述されていた。確かに彼女は、『道草』前半部では、「何うして」という問いも正しく使えず、家族的親族的第三者を引き合いに出せるときだけに限って、「何うして」という問いを正しく使えていた。その御住が、健三に対して第三者を引き合いに出さず、直接健三に向けた「何うして」という問いを発することができ、健三に対して「何故」という問いも発することができた。そして、『道草』の最後の部分で「ぢや何うすれば」と「何うして」から一段階進んだ問いを健三に投げ掛ける。すなわち、この時、御住は「何うして」という問いの次の段階を想定できていた。そういう意味で、議論の「筋道」を彼女は彼女なりに辿ろうとしている。

一方、健三にとっては、ことは御住より困難である。彼は、御常は正しく対象化できたが、島田については、暫定的な対象化しかできなかったからである。彼が想起することが出来たのは、島田のたった一言、それも島田の元を離れ、実家に帰ってからの一言とそれがもたらした「其頃の心」に過ぎない。それ以前の、健三が島田の元で起居を共にしていた時期の島田の言葉も「其頃の心」もまだ想起できていない。従って、それが想起された上での島田の対象化を彼はまだ行えていない。だから、「世の中に片付くなんてものは殆んどありやしない。一遍起つた事は何時迄も続くのさ。たゞ色々な形に変るから他にも自分にも解らなくなる丈の事さ」と発言する「健三の口調は吐き出す様に苦々し」い。しかし、彼は御住との関係性においては、これまで考察してきたように変質しつつある。御住は、健三のように島田や御常の対象化は困難ではなかった。なぜなら、彼女は島田、御常の養子でも何でもなく、彼等は他人だからである。彼女にとっての困難は、夫である健三との交流の問題である。それがここまでの進展を遂げた。だから、島田に関しても「安心」できた今、健三に「不審と反抗の色」を見せようと、彼女は基本的に明るい。健三の課題を未決のままにして『道草』はここで終わる。健三の課題は、『明暗』において、別の形で再び展開されることになる。

注

（1）この健三の父の残した書き付けの束とそれが御住の声によって読み上げられたことが、健三の記憶の想起にどう作用したかについては、野網摩利子「『道草』という文字の再認—生の過程をつなぎなおすために」（『夏目漱石の時間の創出』東京大学出版会　二〇一二年）にすぐれた分析がある。

（2）島田が喚起する健三の過去の記憶については、すべての『道草』論がその点に触れていると言っても過言ではないほど、これまでの『道草』論に多くの指摘がある。本論では、漱石が当時の島田の健三に向けた言葉を健三の記憶からすべて排除し、健三に「其頃の心」を喚起させないように仕組んでいるとの観点から分析を行った。

（3）四十八で、健三は島田の「なにそんなものは宅で出来る。金を出して頼むがものはない。損だ」という島田の言葉を想起しているが、それは健三に向けた言葉ではないので、健三の「其頃の心」はやはり喚起されない。しかし、過去に健三が聞いた「宅の人はあんまり正直過ぎるんで」という御藤さんの言葉に、四十八の健三は「必竟大きな損に気の付かない所が正直なんだらう」と現在のもたらした解釈を与え、島田を「気の毒な人」と考え、「神の眼」から見たら島田の一生も自分の一生も「変りはないかも知れないといふ気が強く」する。すなわち、この時の健三は、島田の言葉の想起をきっかけに、現在における島田の見方においては進化しつつあるが、それでも子供時代の「其頃の心」だけは失われたままであるように、記述されている。

（4）本論と論点は異なるが、健三の島田に対する記憶に欠落があり、それによって健三が御住、兄、姉たちのように島田を対象化出来ない状態にあったことについては、山本欣司「健三と島田―『道草』試論―」（鳥井正晴他編『「道草」論集　健三のいた風景』和泉書院　二〇一三年）に指摘がある。

（5）清水孝純は、「方法としての迂言法《ペリフラーズ》―『道草』序説―」（『文学論輯』一九八五年八月　後に『漱石作品論集成【第十一巻】道草』（桜楓社　一九九一年）所収）において、『道草』における様々な「迂言法《ペリフラーズ》」を指摘し、それが「健三の、人生におけるその迂回的なありようの端的な表現」であると分析している。この部分も一種の「迂言法《ペリフラーズ》」であると言えるが、健三の幼時の切実さから生成された表現方法である点で、他の「迂言法《ペリフラーズ》」的表現とは一線を画す部分であると、考えられる。

（6）この部分の「遠い所」は、『道草』の書き出しの「健三が遠い所から帰つて来て」とどう呼応するのだろうか。この書き出しの方の「遠い所」については、多くの論考がある。書き出しの「遠い所」は、地理的にはロンドンであり、熊本であるわけだが、かつて越智治雄は、「漱石が修善寺の三十分の死を通じて遠い時空のあわいからまさに帰って来たことをこそ想起するほうがよい」（『漱石私論』角川書店　一九七一年）と考察した。人間のあらゆる能力の及ばない「遠い所」、である。『道草』の素材が漱石の実人生にあること、それが小説的に現実をかなり変更して構成されていることはこれまでに多く指摘されてきた。また、漱石の実人生に小説中の表現の根拠を求めることの危険や問題点についても、多くの指摘がなされてきた。

しかし、この五十三の方の「遠い所」が、健三と御住が現に言葉を交わしていながら、その言葉に潜む「ぼんやりした或もの」が「単純な言葉を伝つて、言葉の届かない遠い所へ消えて行つた」と書かれていることから、漱石が人間のあらゆる言葉が「届かない」次元のイメージ、すなわちあらゆる知的思惟を超えた「遠い所」というイメージを持っていることは推測できる。この部分に続く「鈴の音が鼓膜の及ばない幽かな世界に潜り込むやうに」という部分からもそれは窺われる。「言葉の届かない」、その言葉を聴く聴力の「及ばない」「遠い所」「幽かな世界」というイメージである。漱石は、『道草』の書き出しに「遠い所」と記し、この部分で再び「遠い所」と書き記した。この二カ所の部分を記したとき、漱石が人間の言葉も聴力も思惟も「届かない遠い所」「幽かな世界」を全く想起していなかったとは言えないのではないだろうか。

（7）松下浩幸は、「『道草』再考―〈家庭〉嫌悪者の憂鬱―」（『漱石研究』第4号　一九九五年五月）において、この部分の御住の御縫さんに対する言論が、「夫に対する明らかな〈愛情〉のアイロニカルな希求表現でもある」と指摘している。

（8）あまりに膨大であるので、いちいち挙げないが、『道草』における金銭の扱われ方の重要性については、多くの論に指摘がある。また、それを漱石の作品全体、あるいは漱石の生涯について指摘する論考も数多くある。

（9）この出産場面についても、多くの『道草』論が何らかの考察を行っているが、本論では、この場面を経過した後の、健三と御住の「何うして」と「何故」の在り方の変化に注目した。

（10）この部分について樋野憲子は「『道草』論―『自然の論理』について―」（『文学』41巻7号　一九七二年七月　後『漱石作品論集成【第十一巻】　道草』（桜楓社　一九九一年）所収）において、「すべての他者に対し自己を相対化してしまった後」の「健三の中に生まれた余裕を示してはいないだろうか。健三の中には、微かながらある変化が確実に起りつつあるのだ」と指摘している。本論は、この部分は健三だけでなく、御住の変化をも包括した、二人の変化を示す場面だと考える。

第四章　『明暗』論——「何うして」が外部化するまで

1．『明暗』の始動——四つの「何うして」

本論では、『心』と『道草』を登場人物の「何故」と「何うして」の使用に注目して考察し、それによって登場人物の存在性、関係性の在り方を分析した。『心』においては、この二つの疑問詞は、「私」と「先生」の関係性の在り方に深く関わっていた。二人の関係の始原は、「先生」の「何うして……、何うして……」という問いから開始されるように仕組まれ、「先生」が「私」と交わし合った「何うして」と「何故」によって、「先生」は変化し、自殺するに至った。続く『道草』では、「私」と「先生」という一対一の関係ではなく、主人公健三に複数の人間が様々な質の「何故」と「何うして」を喚起した。島田、御常はそれぞれ、現在の健三が失っている部分が顕在化する「何故」、すなわち彼が意識していなかった部分を刺激する「何故」を喚起した。また、健三と御住は、互いに相手に対して偏った「何故」と「何うして」を使用していたが、島田、御常に対する対応、出産の共有等を経過することによって、それぞれが相手に向ける「何故」と「何うして」をある程度修正することができた。

『心』『道草』を経過して書かれた『明暗』では、「何故」と「何うして」はどのような扱われ方をするだろうか。本論は、『明暗』において「何故」と「何うして」はどのような立ち現れ方をするかに着目して、『明暗』を考察する。

1―1 「何うして」と問うための条件

『明暗』は主人公津田の「何うして」という問いで始まり、その問いの内容が小説全体を牽引する小説である。『明暗』の一と二において、すなわち小説が始動するまさにその時、漱石は津田にそれぞれが深い意味を持つ「何うして」を四回発せさせる。これは『心』にも『道草』にもなかったことである。しかも、この四つの「何うして」は、次の1―2で検討するように、人が「何うして」と問うための最も根源的な条件、まさにそれを揺るがせられた事態に対して発せられた「何うして」である。

「何うして」と問うためには、どのような条件が必要だろうか。ここで問題にするのは、最も根源的、原初的な条件である。まず、第一の条件として、問う主体は肉体を持っていなくてはならない。当然のことであるが、『明暗』を考察するためにまずこの条件を挙げる。なぜなら、『明暗』冒頭で津田によって発せられる四つの「何うして」のうち、第一、第二の「何うして」は、まさに彼の肉体認識が揺るがせられた事態に対して発せられた「何うして」だからである。

肉体を備えた問う主体は、自身の心情、行動、或は他人の行動に対して「何うして」と問う。その時、どのような条件が必要か。その対象が自分自身であれ、他人であれ、「何うして」という問いを発するためには、発する当の本人が問いを発したいという意志を持っていなくてはならない。すなわち、「何うして」と問う主体は、問いたいという意志を持ち、かつその意志を確信している。従って、「何うして」と問うための第二の条件は、問う主体自身の問いを発する意志、自己意志に対する確信である。

さらに、その問う主体が他人の行動に対して「何うして」と問う場合には、「何うして」という問いを相手に向けられる程度にはその対象を対象化できていなくてはならない。もちろん、その対象化は、他人を理解不能、不可解な他者として対象化し、「何故」という問いを発することのできる程度にまで達している必要はなく、自身の理解力の範囲内で捉えられた、謂わば基礎的対象化である。従って、「何うして」と問うための第三の条件は、問う主体の基礎的対象化能力である。

『明暗』二で発せられる津田の第三、第四の「何うして」はまさにこの第二、第三の条件が揺るがせられた事態に向けて発せられた「何うして」である。清子の突然の結婚によって、清子を自分なりに対象化できていると思い込んでいた自身の対象化能力の根幹を揺るがせられたことに対して発せられたのが第三の「何うして」であり、お延との結婚が自身の意志によるものであるかを疑う問い、すなわち自己意志が自分で掴めなくなっている事態に対する問いが第四の「何うして」である。

『明暗』の始動において、漱石が主人公津田に発せさせる四つの「何うして」は、この問うための根源的な条件、問う主体の肉体、自己意志、基礎的対象化能力、この三つを揺るがせられた事態に対して発せられた「何うして」である。すなわち問いを発する個人の根源が問いを発するだけの安定を失いかけている、まさにその事態を問う「何うして」であり、その意味で『心』にも『道草』にもなかった強烈な深度を備えた「何うして」である。

1―2　四つの「何うして」

『明暗』の一と二で、漱石は津田に自身の肉体に関する「何うして」を発せさせる。「何うして」と問うための根本的な条件である肉体が不安定の中に落とし込まれている、そのことに対する「何うして」である。医者の診察を受け、完治するためには「根本的の手術」が必要だと言われた津田は、自身の病が「結核性」のものではないかという「不安」（以上一）から医者に次のように質問する。

津田は思はず眉を寄せた。

「私のは結核性ぢやないんですか」

「いえ、結核性ぢやありません」

津田は相手の言葉にどれ程の真実さがあるか確かめやうとして、一寸目を医者の上に据ゑた。医者は動かなかつた。

「何うしてそれが分るんですか。たゞの診断で分るんですか」

「えゝ。診察《み》た様子で分ります」

（一、傍点筆者、以下同様）


津田は自分の痔疾が「結核性のもの」ではないと断言する医者に、「何うして」それが分かるかと尋ねる。すなわち、「如何なる過程《プロセス》」によって、他人である医者に自分の肉体がどういう状態かが「分る」か、を尋ねるのが第一の「何うして」である。医者は「診察《み》た様子で分ります」と応える。自身が〈見る〉ことの出来ない肉体の部分を他人である医者が〈診察《み》て〉重要な判断を下す事に対する「何うして」という疑問から、小説『明暗』は始動する。もちろん、この第一の「何うして」は「何故」の問いも内包する。津田にとって、「診察《み》た」だけで彼が与り知らない彼の「肉体」（二）に対して判断を下す医者は、理解不能、不可解な存在に他ならないからである。ただし、ここで津田が使用する疑問詞は「何うして」である。この構造は、以下の第二、第三、第四の「何うして」においても同様である。

他人である医者に向けられたこの第一の「何うして」に対して、次の第二の「何うして」は津田が自身の内部で発した問いである。病院からの帰途、津田は電車の中で次のように考える。

電車に乗つた時の彼の気分は沈んでゐた。身動きのならない程客の込み合ふ中で、彼は釣革にぶら下がりながら只自分の事ばかり考へた。去年の疼痛があり〳〵と記憶の舞台に上つた。（中略）

彼は不愉快になつた。急に気を換へて自分の周囲を眺めた。周囲のものは彼の存在にすら気が付かずにみんな澄ましてゐた。彼は又考へつゞけた。

「何うしてあんな苦しい目に会つたんだらう」

荒川堤へ花見に行つた帰り途から何等の予告なしに突発した当時の疼痛に就いて、彼は全くの盲目漢《めくら》であつた。其原因はあらゆる想像の外にあつた。不思議といふよりも寧ろ恐ろしかつた。

「此肉体はいつ何時どんな変に会はないとも限らない。それどころか、今現に何んな変が此肉体のうちに起りつゝあるかも知れない。さうして自分は全く知らずにゐる。恐ろしい事だ」　（二）

「何等の予告なしに突発した」自分の「肉体」の変調に対して、津田は「何うしてあんな苦しい目に会つたんだらう」と、「如何なる過程《プロセス》」によってそんなことが起こったのかと問いを立てる。自分の「あらゆる想像の外」、すなわち、自分の知力想像力すべてを駆使しても予測できなかった事態が自分の、まさに「此肉体」に起きたことの「恐ろし」さについての問いが、第二の「何うして」である。第一の「何うして」と同様に、この第二の「何うして」も、「何故」の問いを内包する。自分の「此肉体」が「何等の予告なしに」「疼痛」を起こしたことは、自身の「肉体」であっても理解不能、不可解であるからである。

こうして、問う主体である津田が、彼の「此肉体」をそれまでのように掴めなくなっている、その事態に対して発せられた二つの「何うして」がまず提示される。個人が肉体を持って存在している、それは安定した、当たり前のことである。しかし、その安定は「いつ何時」崩壊するか分からないし、その崩壊が「起りつゝある」ことも個人には不可知である。そして、小説内現在でまさにその安定をが揺るがせられた主人公が、その事態に対して発する「何うして」によって小説は開始される。そして、この肉体について問う第一、第二の「何うして」は、自己意志、対象化能力を問う第三、第四の「何うして」を津田の裡に喚起する。

二の引用の最後の「恐ろしかつた」という津田の思いは「此肉体はいつ何時どんな変に会はないとも限らない」という認識に彼を導き、自分の「肉体」に起こっているかも知れない「変」について、「自分は全く知らずにゐる」、そのことが「恐ろしい事だ」という気付きに彼を到達させる。そして、問いはここで終わらない。「肉体」の「変」を「知らずにゐる」ことが「恐ろしい」という気付きは、さらに津田を前に進める。

此所迄働らいて来た彼の頭はそこで留まる事が出来なかつた。どつと後から突き落すやうな勢で、彼を前の方に押し遣つた。突然彼は心の中で叫んだ。

「精神界も同じ事だ。精神界も全く同じ事だ。何時どう変るか分らない。さうして其変る所を己は見たのだ」（二）

津田の気付きは、彼を「前の方に押し遣」る。「どつと後から突き落すやうな勢で」という部分によって、彼の思考が彼の統御を超えて進むことが示されている。「肉体」から出発した彼の思考は、「精神界も同じ事だ」「何時どう変るか分らない」と「精神」の領域へ移行し、そして、「其変る所を己は見たのだ」という、津田の切実な個人的体験に至り、そこで第三、第四の「何うして」が発せられる。

「何うして彼の女は彼所へ嫁に行つたのだらう。それは自分で行かうと思つたから行つたに違ない。然し何うしても彼所へ嫁に行く筈ではなかつたのに。さうして此己は又何うして彼の女と結婚したのだらう。それも己が貰はうと思つたからこそ結婚が成立したに違ない。然し己は未だ嘗て彼の女を貰はうとは思つてゐなかつたのに。偶然？ポアンカレーの所謂複雑の極致？何だか解らない」（二）

「何うして彼の女は彼所へ嫁に行つたのだらう」、すなわち「如何なる過程《プロセス》」を経て清子は関と結婚したかを問う第三の「何うして」と、「何うして彼の女と結婚したのだらう」、すなわち「如何なる過程《プロセス》」を経て自分はお延と結婚したのかを問う第四の「何うして」である。津田にとって突然自分以外の男性と結婚した清子の行動は、彼がそれまで清子に対して彼なりに行っていた対象化を全否定し、彼を混乱に陥れるものだった。そういう意味で、第三の「何うして」は「何故」も内包した「何うして」である。また、第四の「何うして」においては、未だに自分がなぜお延と結婚したか明確に掴めていない自分自身は、津田にとって理解不能、不可解であるはずであるが、彼はまだその段階までは達していない。しかし、このように問いを発した以上、津田が自身の意志のあり方に対する混乱を経験していることは明らかであり、この第四の「何うして」も「何故」を内包していると考えられる[1]。

まず、第三の「何うして」であるが、かつて津田は清子を「愛してゐた」（百三十四）。その時の清子を津田は次のように回想する。

> 其時分の清子は津田と名のつく一人の男を信じてゐた。だから凡ての知識を彼から仰いだ。あらゆる疑問の解決を彼に求めた。自分に解らない未来を挙げて、彼の上に投げ掛けるやうに見えた。従つて彼女の眼は動いても静であつた。何か訊かうとするうちに、信と平和の輝きがあつた。彼は其輝きを一人で専有する特権を有つて生れて来たやうな気がした。自分があればこそ此眼も存在するのだとさへ思つた。（百八十八）

津田には清子が自分を「信じてゐ」て、「凡ての知識を彼から仰」ごうとしていたかのように見えていた。しかし、その津田の清子の対象化は正しかったのか。「自分に解らない未来を挙げて、彼の上に投げ掛けるやうに見えた」「何か訊かうとするうちに、信と平和の輝きがあつた。彼は其輝きを一人で専有する特権を有つて生れて来たやうな気がした」と書かれているように、それは津田にそう「見えた」、そういう「気がした」に過ぎなかったのかもしれない。なぜなら、津田にそう「見えた」清子、「何うしても彼所へ嫁に行く筈ではなかつた」と津田が判断していた清子は、突然「彼所へ嫁に行」ったからである。すなわち、対象化していた、出来ていたと思い込んでいた相手が、全く想定外の行動を突然したという、自分の対象化能力の基盤を揺るがせられる事態が起こされてしまったのである。第三の「何うして」は、清子の突然の結婚という、自身の基礎的対象化能力に対する確信が強く揺るがせられ、深い傷を負った事態に対して発せられた「何うして」である。

清子は津田の自身の基礎的対象化能力への信頼を崩壊させた。だとすれば、その清子をもし津田が再び対象化しなくてはならないとしたら、それは非常に困難であろうことは想像に難くない。自身の対象化能力の基盤そのものを疑わなくてはならない事態を突きつけた相手を再び正しく対象化する、それは清子によって与えられた傷を治癒させることに他ならない。肉体は「根本的の手術」（一）によって回復するかもしれないが、精神の領域でそれは可能だろうか。この困難な試みは『明暗』の最後半部（百七十一以降）において展開される。本論では、3でそれをくわしく考察する。

次に、第四の「何うして」であるが、津田がお延と結婚した以上、津田が「貰はうと思つたからこそ結婚が成立した」はずであるのに、彼は現在でも「未だ嘗て彼の女を貰はうとは思つてゐなかつた」という思いから逃れられていない。津田が結婚しようという意志を持ったからこそお延との結婚は成立したはずである。しかし、津田は一方で、結婚しようとは思わなかったという思い、自身がお延と結婚しようという意志を持っていなかったという思いを抱えている。清子の突然の結婚の後での、津田のお延との結婚において、津田の自己意志は分裂したままである。なぜそういう事態が起こったのだろうか。

津田と清子との関係は、吉川夫人の統御のもとにあった。津田が清子を「愛させるやうに仕向けたもの」は「世話好」な吉川夫人であり、彼女は「最後に来るべき二人の運命を断言して憚からなかつた」。しかし、清子の突然の結婚によってそれは実現せず、津田に対して「責任を感じた」吉川夫人は、ちょうど起こった「お延の結婚問題」に対して、「再び第二の恋愛事件に関係すべく立ち上」がり、「夫と共に、表向の媒酌人」となった。その夫人の動きを「細かに観察した」津田は、それを夫人の自分に対する「賠償の心持」と考え、「お延と仲善く暮す事は、夫人に対する義務の一端だと思ひ込」み、お延と「喧嘩さへしなければ、自分の未来に間違はあるまいといふ鑑定さへ下し」（以上百三十四）て、お延と結婚した。つまり津田は、上役の夫人である吉川夫人が推薦するお延との結婚は自身の社会的出世に有利だと考えて結婚した。だから、津田は「己が貰はうと思つたからこそ結婚が成立したに違ない」と思わなくてはならない。しかし、清子の結婚によって「五里霧中に彷徨」（同）する気分を抱えさせられた津田にとって、本来結婚しようという意志を持っていた相手は清子であり、「自分の未来」に対する計算のもとにお延と結婚した彼に「己は未だ嘗て彼の女を貰はうとは思つてゐなかつたのに」という思いがあるのは当然である。こうして津田の自己意志は分裂した。自分が意志を持ち、主体となって確かに起こした行動に対して、自分がどうしてそういう行動をしたのか、分かっていて分からないという二律背反、自己意志について分裂した状態に津田はまさに陥っている。

この第三第四の「何うして」は、これだけの深度を持っている。第三の「何うして」は自身の基礎的対象化能力そのものを疑わなくてはならなくなった事態に向ける「何うして」であり、第四の「何うして」は、自己意志の分裂をもたらした事態に向ける「何うして」である。自分が抱え込まざるを得なくなり、その問いに答えが与えられない限り、自分という存在を形成している意識のある部分が動かなくなり、壊死してしまうかもしれない、そういう危機を孕んだ「何うして」である。

2.『明暗』における四つの「何うして」の展開

1で考察した、個人が「何うして」と問うことの根源的条件に向けられた「何うして」は、小説『明暗』においてその後どのような展開を見るだろうか。

第一、第二の「何うして」は、『明暗』の基調低音となる。それは一、二で提示された津田の肉体の問題が、彼の入院と手術は描かれながら、小説の主調とはならないからである。津田の肉体は確かに病んでいて、その処置としての手術を受けるが、津田の肉体の問題より、津田の手術をめぐる人事の方が小説の主調となり、津田の意識は自身の肉体より、お延、お秀、吉川夫人との対応に多く向けられる。その時、津田の肉体が病んでいることは、全く忘却されているわけではない。意識と会話のすさまじい往復が書かれる中で、その主な場が病院であることもあって、その往復の一方の主体の肉体が病んでいることは意識されてはいる。そういう意味での基調低音である。第一、第二の問いはその後の展開を見ないが、現在在る『明暗』の記述には、第一、第二の「何うして」のその後の展開を僅かに予想できる部分がある。

『明暗』の最後半部に至って津田が温泉場に行き、鏡に映った自分を「自分の幽霊」と感じる部分がある。すなわち、それまで「眼鼻立の整つた好男子」として自己を認識し、「何時でも其所に自信を有つてゐ」て、「鏡に対する結果としては此自信を確かめる場合ばかり」であった津田が、それと正反対の「不満足な印象」を与える自分の像を鏡の中に発見し、それを「自分の幽霊だといふ気」に襲われる場面である。ここでは津田は髪を整えることによって「故《もと》の我」（以上百七十五）に立ち返るが、一瞬であれ、津田がそれまでの自分の外見に対する自己認識と違った自分を発見したことの意味は大きいはずである。可視化できる自身の肉体に対する認識が一瞬の揺らぎを経験させられる。それは、第一、第二の「何うして」で問われた自身の肉体の「変」とはまた別の、自己の肉体認識の揺らぎであるが、それを第一、第二の「何うして」と関連させ、津田の肉体とそれに対する彼自身と他者によるそれぞれの認識の問題が焦点化される構想が或はあったかもしれない。しかし、未完に終わった『明暗』ではそれは遂に書かれなかった。

また、第一の「何うして」が提示される場面において、漱石が、通常なら「見た」「診察した」あるいは「診《み》た」と記すべき部分を「診察《み》た」とかなり強引なルビを付していることは注目される。次の3で考察するように、津田の「何うして」「何故」という問いは、『明暗』の最後半部において、まさに彼が〈見た〉〈見ている〉対象、可視化された対象に対する問いへと収斂するからである。自身が〈見る〉ことの出来ない「肉体」の部分を他人である医者が「診察《み》て」重要な判断を下す事に対する「何うして」という疑問から小説『明暗』は始動し、そして、津田自身が〈見た〉〈見ている〉対象についての「何うして」「何故」という問いを発する段階に至ったところで、漱石の死によって不意に終結している。しかし、津田が〈見た〉〈見ている〉対象についての「何うして」「何故」が問題になるのなら、肉体を〈診察《み》る〉医者から展開し、津田が他者から見られる自分について、或は他者を見る自分について、何らかの意識の変更を行わざるを得ない事態がその先に書かれたかもしれないことも推測される。

それなら、第三、第四の「何うして」はどうだろうか。『明暗』の一から百六十七までの部分においては、この二つの「何うして」はさしたる展開を与えられていない。しかし、『明暗』の最後半部、すなわち百六十八において、津田が温泉場に旅立ち、百七十一で「おれは今この夢見たやうなもの丶続きを辿らうとしてゐる」以下の述懐を抱いてから以後、第三の「何うして」は、津田の内部において展開を開始する。すなわち、清子の確かに存在している温泉場に赴いた時から、第三の清子を巡る「何うして」、津田の基礎的対象化能力への信頼を揺るがせた事態に対する問いである第三の「何うして」は、津田の意識の中で運動を開始し、その運動が外部化され始める。第三の「何うして」が展開を開始すれば、それによって生じたと言える第四の「何うして」、お延との結婚に関する「何うして」がそれに見合った展開を持つであろうことは容易に想像される。清子をめぐる第三の「何うして」が津田の内部でどのように展開されるか、その結果、それがどのような形で外部化されるかによって、お延をめぐる第四の「何うして」の展開の質が決定されると考えられるが、『明暗』が漱石の死によって未完に終わったために、充分に展開されることはなかった。

以上、検討したように、『明暗』冒頭で津田によって発せられた四つの「何うして」のうち、第三の「何うして」だけが現在在る『明暗』において、独自の展開を与えられている。従って、本論では、第三の「何うして」が展開される部分、百七十一以降を考察の対象とする。それなら、そういう観点から考察しようとする場合、『明暗』の一から百七十までの部分はどう位置付けられるだろうか。

まず、百六十八から百七十までは、それまでの部分と第三の「何うして」が展開を開始する百七十一以降の繋ぎの部分、いわば緩衝地帯である。百六十七までに登場していた人物たち、お延、お秀、小林、吉川夫人、藤井夫妻、岡本夫妻等は百六十八以降には登場しないので、ここを小説の転換点と見る。『明暗』を四つの「何うして」で始動させた漱石は、それを発した津田という主人公と彼を取り巻く人々、環境を、この百六十七までの膨大な部分を使って書き込んできた。そして、その結果、ようやく百七十一以降、津田の第三の「何うして」が展開されることを可能にする小説的状況を作り上げた。すなわち、津田の肉体には「根本的の手術」が施され、それをめぐって特にお延とお秀、或は小林が彼の意識にそれぞれ深い刺激を与え、3で考察するように、吉川夫人が津田の第三の「何うして」が展開する方向性を示し、そしてそれらによって意識に深い刺激を受けた津田が清子に会いに行くことを決心する、そういう小説的状況である。

それに呼応して、この温泉場へ行くまでの百六十七までの部分においては、津田は正しく「何故」と「何うして」を使える人物として記述されている。例えば、三十三において、新しい背広と靴を身に付けている小林が、津田に古い外套をねだると「何故其脊広と一所に外套も拵へなかつたんだ」と尋ね、小林が「君と同なじやうに僕を考へちや困るよ」と答えると、「ぢや何うしてその脊広だの靴だのが出来たんだ」と再び尋ねている。すなわち、背広と靴が新調できたのに外套が新調できないのは、津田にとって理解不能、不可解であるので津田は「何故」と尋ねるが、自分と事情が違うと言われれば、今度は「如何なる過程《プロセス》」によって背広と靴が新調されたかが疑問の対象となる。それを津田は、正しく「何故」と「何うして」を使い分けて質問している。

また、二十四で岡本のうちに最近遊びに行かなくなったという甥の真事に対して、「ぢや何故行かないんだ」と尋ねているが、真事が岡本の家に遊びに行かないのは、津田にとって理解不能、不可解であるから、津田は「何故」を使って質問する。一方、九十二において、病院に訪れたお秀に対して、「何うして己の此所に居る事が知れたんだい」と尋ねて、お延が電話で知らせたという返事を得ているが、こちらは、お秀が「如何なる過程《プロセス》」によって津田の入院と病院の場所を知ったかを問う「何うして」の使い方である。

このように温泉場に行くまでの部分においては正しく「何故」と「何うして」を使えている津田が、これまで考察してきたような四つの「何うして」を一、二で発しているのは、それらが津田にとって、小林や真事、お秀に対するのとはまったく異なる深い次元から発せられた「何うして」、「何うして」と問うための根源的条件に向けられた「何うして」であるからに他ならない。

3．第三の「何うして」の展開——変化から正しさへ

3—1　第三の「何うして」、展開の具体的方向

「何うして彼の女は彼所へ嫁に行つたのだらう」という津田の第三の「何うして」は、どう展開されるのが正しいだろうか。津田は自分を「信じてゐた」存在として清子を対象化していた。「信と平和の輝き」があった「彼女の眼」の「其輝きを一人で専有する特権を有つて生れて来たやうな気がし」て、「自分があればこそ此眼も存在するのだとさへ思つ」ていた。このような津田が行っていた清子の対象化が、彼女の突然の結婚によって全て崩壊し、津田は「一棒に撲殺」（百三十四）された。第三の「何うして」はそういう事態に対して発せられた問いである。1で考察したように、津田の基礎的対象化能力に対する確信を崩壊させた清子を再び対象化することは、津田にとって非常に困難であるが、彼がまさに行わなくてはならないのはそれであり、『明暗』の百七十一以降記されるのは、津田がそこへ向かっていく動きに他ならない。

「何うして彼の女は彼所へ嫁に行つたのだらう」という問いが、「何うして」とともに「何故」の意味も内包する「何うして」であることは、1で指摘した。もし、この問いを〈何故彼の女は彼所へ嫁に行ったのだろう〉と言い換えたとしたら、それは清子を正しく対象化したことになるだろうか。当然ならない。なぜなら、「何うして彼の女は彼所へ嫁に行つたのだらう」が津田が自身の内部で発した問いであるのと同様に、〈何故彼の女は彼所へ嫁に行ったのだろう〉という問いも、津田の内部でしか発せられていない問いだからである。しかし、一方でそれが「何故」を内包した「何うして」の問いではなく、純然たる「何故」を使用した問いであるという点で、「何うして彼の女は彼

所へ嫁に行つたのだらう」より、少しの程度であっても進化した状態にある問いだと言える。なぜなら、自身の内部に向けた問いであっても、ここで「彼の女は彼所へ嫁に行つた」ことが理解不能、不可解な行動として、一応対象化されているからである。問題は、津田が自身の基礎的対象化能力の根源を傷つけられたことは、それでは治癒しないことである。

自身の内部で〈何故彼の女は彼所へ嫁に行ったのだろう〉と問いを発して、その問いをもう一段階進めるためには、それまでの対象化を全て捨てて、「彼の女」清子そのものを理解不能、不可解な他者として新たに対象化した上で、「何故」という問いを発しなくてはならない。そして、もしそれが達成されたら、その問いは当然当の清子本人に向ける問い、外部化された問いにならなくてはならない。なぜなら、「何うして彼の女は彼所へ嫁に行つたのだらう」という問いは、最終的には「彼の女」本人に理由を聞かなくては解決されない問いであるからである。すなわち、『明暗』の百七十一以降で津田が向かう先は、彼がどんなに困難であっても清子を正しく対象化し、その上で当の本人に向かって〈何故あなたは彼所へ嫁に行ったのですか〉という問いを発する、その瞬間である。残念ながら、その瞬間は現在在る『明暗』には書かれていない。しかし、そこに向かう動きは、百七十一以降に確かに開始されている。次の3―2、3―3において、本論ではこの動きを追うが、漱石は百七十一以前にすでに、第三の「何うして」の展開の具体的方向を示している。

入院中の津田を吉川夫人が訪ね、温泉行きを提案する場面で、津田は吉川夫人から次のような質問を受ける。

「貴方は何故清子さんと結婚なさらなかつたんです」
問は不意に来た。津田は俄に息塞つた。黙つてゐる彼を見た上で夫人は言葉を改めた。

「ぢや質問を易へませう。――清子さんは何故貴方と結婚なさらなかつたんです」

今度は津田が響の声に応ずるが如くに答へた。

「何故だか些とも解らないんです。たゞ不思議なんです。いくら考へても何にも出て来ないんです」（百三十九）

津田が「何うして彼の女は彼所へ嫁に行つたのだらう」と自身の内部で発していた問いと同じ内容の問いを、吉川夫人は津田に向けて「何故」の問いに置き換えて発する。しかも、津田の問いが清子の行動に向ける一方向の問いであったのに対して、「貴方は何故清子さんと結婚なさらなかつたんです」「清子さんは何故貴方と結婚なさらなかつたんです」と、双方向の問いとして発する。吉川夫人は津田に清子を「愛させるやうに仕向け」、「時機の熟した所を見計つて、二人を永久に握手させようと企て」（百三十四）ていた。しかし、清子は津田ではない男性と突然結婚した。この清子の行動は、夫人にとって理解不能、不可解な他者の行動に他ならない。しかし一方で、他の男性と結婚するという行動を清子にさせてしまった津田も夫人にとっては理解不能、不可解である。だから、夫人はまず、「貴方は何故清子さんと結婚なさらなかつたんです」と問いを発し、「俄に息塞つ」て何も言えない津田を見た上で、今度は「清子さんは何故貴方と結婚なさらなかつたんです」と問いを言い替える。それに対して、津田は「何故だか些とも解らないんです」「いくら考へても何にも出て来ないんです」と答えるが、ここで津田が「何故だか些とも解らないんです」と〈何うしてだか〉ではなく、「何故だか」と「何故」を使っていることは注目される。

清子の結婚によって、津田はそれまで自分が行っていた清子の対象化が全く無益だったことを思い知らされた。二で津田はそれを「何うして彼の女は彼所へ嫁に行つたのだらう」と、「何うして」を使用して問いを発していた。しかし、ここで、ちょうど『心』における「先生」の問いを「私」が素直に繰り返したように、津田は吉川夫人の「何故」の問いを繰り返して「何故だか些とも解らないんです」と発語した。それは、「響の声に応ずるが如くに」とあるように、心中に「何うして彼の女は彼所へ嫁に行つたのだらう」という問いを強く抱えていた津田が思わず、吉川夫人の「何故」に誘われるように発してしまった「何故だか」だった。しかし、吉川夫人の「何故」に誘導されたということは、この問題に対する正しい問い方は、「何故」を使用した問いを発することだということを意識下で感じていたからではないだろうか。この時、津田の第三の「何うして」の展開は秘かに始まったのである。

この吉川夫人の見舞いの場面で津田は夫人に対して「何うして」を連発する。まず最初の「何うして」であるが、お延を「禍の根」としてその「療治」をしようとする夫人に対して、津田は心中で「では其根を何うして療治しようといふのか」（以上百三十四）と考え、それを夫人に向けて「要するに何うしたら可いんです」と問いを発する。この津田の「何うしたら可いんです」という質問に対する吉川夫人の反応を漱石は、「夫人は此子供らしい質問の前に母らしい得意の色を見せた」（以上百三十五）と記述する。津田の「子供らしい」質問と、それと対を取る吉川夫人の「母らしい」気分による対応。ここから吉川夫人と津田の関係が、擬似的に母と子の関係とその対話に似るのを漱石は予告していると考えられる。

「貴方は表向延子さんを大事にする様風をなさるのね、内側は夫程ではなくつても。左右でせう」という夫人に津田は「何うして？何うして左右見えるんですか」（以上百三十六）と尋ねる。漱石は先の「要するに何うしたら可いんです」という津田の問いを「子供らしい」としたが、この問いは更に「子供らしい」。津田はまず、「何うして？」と後にいかなる内容も述べない「何うして」を発する。この「何うして？」が、子供が母に無邪気に向ける〈どうして？〉と近似していることは言うまでもない。その意味であらゆる「何うして」の基盤とも言える。津田はこの「何うして？」に続けて、もう一度「何うして」をくり返して「何うして左右見えるんですか」と夫人に尋ねる。次に、

「貴方は清子さんにまだ未練がおありでせう」と言われて、「ぢや何うしてさう鑑定なさるんです」と問う。

非常に「子供らしい」「何うして?」を含む以上の「何うして」の連発の後で、漱石は津田に最も「子供らしい」「何うして」を再び発せさせ、それに対して、「母らしい得意の色」を見せて、〈仮の母〉となっている吉川夫人に決定的な一言を言わせる。


「男らしくするとは?――何うすれば男らしくなれるんですか」

「貴方の未練を晴す丈でさあね。分り切つてるぢやありませんか」

「何うして」

「全体何うしたら晴されると思つてるんです、貴方は」

「そりや私には解りません」

夫人は急に勢ひ込んだ。

「貴方は馬鹿ね。その位の事が解らないで何うするんです。会つて訊く丈ぢやありませんか」

津田は返事が出来なかつた。（百四十）

それまでの「何うして」「何うしたら」の連発を背景に津田は吉川夫人に「何うすれば男らしくなれるんですか」と尋ねるが、夫人に「分り切つてゐるぢやありませんか」と言われて、津田は「何うして」と、後にどんな言葉も続かない「何うして」、最も「子供らしい」「何うして」を再び発する。これは、『心』の「先生」の「何うして……、何うして……」とは全く質を異にする「何うして」であるが、「先生」がそれまで自身の内部でしか発したことのなかった「何故」の意味の方の「何うして」を、突然現れた「私」に向かって外部化したのがこの時初めてであったように（第二章　4―1参照）、津田がこれだけ無防備な「何うして」を他人に向かって発したのも初めてであると言ってよいだろう。なぜなら、この時、津田の意識は吉川夫人を仮の「母」と見て、その「母」に対して無邪気に質問する「子供」の部分を確かに持っていたと考えられるからである。

津田がそのような「何うして」をこの時発したのは、それまでの吉川夫人の言論の内容が津田にとって思いがけないと同時に自身の本質を突くものであり、それに対して「子供らしい」「何うして」を連発した津田に、夫人が「母らしい」「色を見せた」ことによるものである。しかも、この時の会話は津田自身の第三の「何うして」を引き起こした清子に対する「未練を晴らす」ことをめぐるものでもあった。以上の要因から最も原初的な「何うして」を発した津田に吉川夫人は決定的な一言を与える。「会つて訊く丈ぢやありませんか」。

清子に「会つて訊く」こと、それは「……丈ぢやありませんか」と言われるように、一見簡単な行動のように見えるが、一方でそれが自身の対象化能力の根底を揺るがせた相手に対してである時、最も困難な行動であるとも言える、そういう行動である。津田が夫人に問い、それに対して夫人がこの答を与えるために、漱石は津田に夫人に向けて「子供らしい」「何うして」を発せさせて、津田にとって夫人を擬似的な〈仮の母〉にした上で、この決定的な一言を発せさせた。それは、この一言が『明暗』のこの段階で発せられるためには念入りな仕掛けが必要であった程に、この一言が重要であり、実現困難であり、かつ実現が必要な内容を持つ一言であったことを意味している。

「会って訊く丈」、その時、選ばれる疑問詞は「何うして」だろうか、「何故」だろうか。当然「何故」である。なぜなら、「会つて訊く」、すなわち当の清子に向かって彼女の結婚した理由を「訊く」ためには、彼女の結婚そのものが津田にとって理解不能、不可解であった以上、その彼女を理解不能、不可解な行動をした他者として対象化しなければ「訊く」ことは出来ないからである。理解不能、不可解な他者に「訊く」ための疑問詞は「何故」である。だから、津田は、〈何故あなたは彼所へ嫁に行ったのですか〉又は〈何故あなたは関さんと結婚したのですか〉と清子に訊かなくてはならない。そしてそれによって、自身の対象化能力が崩壊したことに対して、「根本的の手術」を行い、傷を治癒させ、自身の対象化能力に対する確信を回復させなくてはならない。

吉川夫人の一言、「会つて訊く丈ぢやありませんか」によって、津田の第三の「何うして」の展開の着地点は確かに示された。しかし、この着地点は津田にとって困難で遠い。百七十一以降、漱石はその困難な試みを開始する。

3―2　変化する「何うして」――温泉場における津田の「何故」

汽車と軽便鉄道を乗り継いで、目指す旅館の馬車に乗った津田は、周囲の風景を見て次のような述懐を持つ。

　一方には空を凌ぐほどの高い樹が聳えてゐた。星月夜の光に映る物凄い影から判断すると古松らしい其木と、突然一方に聞こえ出した奔湍《ほんたん》の音とが、久しく都会の中を出なかつた津田の心に不時の一転化を与へた。彼は忘れた記憶を思ひ出した時のやうな気分になつた。

　「あ、世の中には、斯んなものが存在してゐたのだつけ、何うして今までそれを忘れてゐたのだらう」

　不幸にして此述懐は孤立の儘消滅する事を許されなかつた。津田の頭にはすぐ是から会ひに行く清子の姿が描き出された。彼は別れて以来一年近く経つ今日迄、いまだ此女の記憶を失くした覚がなかつた。斯うして夜路を馬車に揺られて行くのも、有体に云へば、其人の影を一途に追懸てゐる所作に違ひなかつた。

（百七十二）

津田の「何うして」を誘発したのは、直接的には「空を凌ぐほどの高い樹」「奔湍の音」など「都会」に暮らす津田に珍しい風景によって「不時の一転化」を生じた津田の「心」である。だから津田は、「何うして今までそれを忘れてゐたのだらう」と問う。すなわち、可視化されている対象が津田の問いを誘発する。しかし、津田の問いはそこに留まらない。漱石は、この津田の「何うして」が「孤立の儘消滅する事を許されなかつた」「津田の頭にはすぐ是から会ひに行く清子の姿が描き出された」と記す。すなわち、「今までそれを忘れてゐた」事に対する「何うして」は、それと対照的な「全く忘れてゐない彼女」(同)、清子を想起させる。

二で第三の「何うして」が示された時、それはお延と結婚した彼の主体性を問う第四の「何うして」を喚起した。すなわち、清子の突然の結婚が、それに対応した吉川夫人の行動を起こし、それによって津田はお延と結婚したが、その結婚は津田に自己意志への確信を揺るがせた。その過程をなぞるかのように、ここでの「何うして」もその直後に自身の行動の主体性への懐疑に彼を導く。時間を気にして「痩馬」に鞭を加える御者を見た津田は、自分自身について、「失はれた女の影を追ふ彼の心、其心を無遠慮に翻訳すれば、取りも直さず、此痩馬ではないか」と考えて、次のように思考する。

> では、彼の眼前に鼻から息を吹いてゐる憐れな動物が、彼自身で、それに手荒な鞭を加へるものは誰なのだらう。吉川夫人?いや、さう一概に断言する訳には行かなかつた。では矢つ張り彼自身?此点で精確な解決を付ける事を好まなかつた津田は、問題を其所で投げながら、依然としてそれより先を考へずにはゐられなかつた。
> （百七十二）

言うまでもなく、二の第四の「何うして」の場合と同じく、確かに温泉場に来たのは津田であり、そういう意味でその行動の主体は紛れもなく津田であるのにも関わらず、ここで津田は「痩馬」である彼をこの温泉場へと駆り立てたものが誰であるのかについて混乱させられている。漱石は、津田に第四の「何うして」を発せさせたお延との結婚に関与した吉川夫人が、津田の温泉行きにも関与し、津田を混乱させるように小説を運んだ。その結果ここでも、清子をめぐる「何うして」は、津田が明確な自己意志を持てないでいること、自身の行動の主体として自分を明確に掴めていないことを炙り出す。そして、それは次のような地点まで津田を引っ張る。

「彼女に会ふのは何の為だらう。永く彼女を記憶するため？会はなくても今の自分は忘れずにゐるではないか。では彼女を忘れるため？或はさうかも知れない。けれども会へば忘れられるだらうか。或はさうかも知れない。或はさうでないかも知れない」
（百七十二）

津田は確かに清子の滞在する旅館に向かいつつある。しかし、主体性への懐疑を抱えてしまった津田は何のためにそこへ行くのかについて確信できていない。清子を「永く記憶する」ためなのか、あるいは「忘れるため」なのか分からないし、会えば忘れられるかと問えば、「或はさうかも知れない。或はさうでないかも知れない」という混乱の中に津田は落とし込まれる。お延との結婚における自己意志の分裂に向けられたのが第四の「何うして」であったが、ここでの津田は、清子に会いに行くことについて自己意志が分裂している、というよりは自己を自己の行動の主体として捉えることの困難がもたらす混乱に落とし込まれている。

『明暗』のここまでの部分において、津田はこのような混乱に陥ったことはなかった。確かに、津田は医者の指示によって入院し、その津田のもとをお延、お秀、小林、吉川夫人が訪れ、それぞれ重い内容の会話を交わすという動きを生きる主人公であり、そういう意味で受身的な部分の多い主人公であって、強い主体性を備えた主人公ではない。しかし、津田は、例えば藤井の叔父を訪問するとき、或は朝鮮に行く小林に送別の金を渡しに行くとき、このような迷いの中には居なかった。従って、この温泉場の場面で津田が「何うして」の問いに喚起されて陥る混乱は、『明暗』において特殊なものだと言える。この混乱を抱えたまま、津田は清子と一瞬の邂逅を経験する。

温泉場の旅館に到着した津田は、夜温泉に入りに行き、帰りに迷路のような空間で迷った末に、清子に出会う。この時清子は何の言葉も発せず、部屋に逃げ帰るが、その後で津田は次のように考える。


それはそれとして、何故あの時清子の存在を忘れてゐたのだらうといふ疑問に推し移ると、津田は我ながら不思議の感に打たれざるを得なかつた。

「それ程自分は彼女に対して冷淡なのだらうか」

彼は無論左右でないと信じてゐた。彼は食事の時、既に清子のゐる方角を、下女から教へて貰つた位であつた。

「然しお前はそれを念頭に置かなかつたらう」

彼は実際廊下を烏鷺々々歩行《ある》いてゐるうちに、清子を何処かへ振り落した。けれども自分の何処を歩いてゐるか知らないものが、他が何処にゐるか知らう筈はなかつた。

「此見当だと心得てさへゐたならば、あゝ不意打を食ふんぢやなかつたのに」

（百七十七）

ここで津田は、清子をめぐって初めて「何故」を用いて問いを発する。もちろんそれは自己の内部における自分自身に向けた問いではある。清子について下女にそれとなく質問したりしていたにも関わらず、自分の部屋がどこか分からなくなって「夢中歩行者《ソムナンビユリスト》」（同）のように彷徨しているうちに、清子の存在を忘れていた自分自身が理解不能、不可解であり、「我ながら不思議の感に打たれざるを得なかつた」からこそ、津田は「何故」と問う。これは自然で正しい「何故」の使用であるが、注目すべきなのは、それが自己の内部における自分自身についての問いであったとしても、清子がらみで津田が初めて「何故」を使用したということである。[2] すなわち、『明暗』冒頭で清子について「何うして」を使って問いを発していた津田が、当の本人が確かに存在しているこの温泉場に来て、清子との一瞬の邂逅を体験して初めて、清子をめぐって「何うして」ではなく、「何故」を使用したのである。漱石は津田がここで「何故」を発するために、慎重に津田の行動を設定した。

　1において、『明暗』冒頭で自身の「此肉体」についての第一、第二の「何うして」が、第三の清子についての「何うして」を引き出したことを指摘したが、漱石はここでその過程を再び繰り返す。ただし、重要なポイントを変えて、である。清子との突然の邂逅の直前、津田は鏡に映った自身の「影像《イメージ》」を見て、「自分の幽霊だといふ気」（百七十五）を起こし、自己認識に対する揺らぎを経験する。しかし、第一、第二の「何うして」が、津田の肉体そのものの不具合、病から発せられた「何うして」であるのに対して、ここで津田が経験する肉体認識に対する揺らぎは、肉体の医学的変調に対してのものではなく、肉体を備えた自身の存在そのものに対する自己認識の揺らぎである。この津田の肉体的自己認識の揺らぎは、第一、第二の「何うして」が、『明暗』において、いずれ展開される構想があったことを予測させるが、同時にここで書かれた揺らぎはもっと直近の目標を持った揺らぎである。

自身が「眼鼻立が整つた好男子」であり、「顔の肌理」が「濃か」であることに「自信を有つてゐ」て、「鏡に対する結果としては此自信を確かめる場合ばかり」であった津田が、その同じ「鏡」の中に「自分の幽霊」と言いたくなるような「不満足な印象」（以上百七十五）を持たなくてはならなくなった。すなわち、津田はここで自身の身体が自分に、それまでの自己認定を裏切る理解不能、不可解な見え方をする一瞬を経験した。津田は髪を整えることによってこの一瞬の自己認識の揺らぎから一応回復するが、例え一瞬であっても、肉体を備えた自身の存在が自身にとって、理解不能、不可解な存在となるという経験をしたことによって、彼の意識には「何故」という問いが発せられやすい状態が作られていた、と想像される。だから、部屋に戻って蒲団の中でたった今の出来事を回想する津田は、初めて「何故」を使用する。「何故」という問いを発することが出来たということは、津田はこの時、清子に対する自分自身の意識の在り方について、理解不能、不可解であるという意識を持ち始めているということになる。そして、それは具体的には、「鏡」に移った自分を「自分の幽霊だといふ気が先づ彼の心を襲つた」（百七十五）一瞬によって、あれだけ彼の意識を占めていた「清子を何処かへ振り落した」自分に対してであった。

以上の過程と清子との一瞬の邂逅を経験させた上で、漱石は百八十三で津田に清子の部屋を訪ねさせる。この時、清子が姿を現す前に、津田は自分を迎える部屋のしつらいが「物々しい」ことについて次のように考える。

> 間の襖は開け放たれた儘であつた。津田は正面に当る床の間に活立らしい寒菊の花を見た。前には坐蒲団が二つ向ひ合せに敷いてあつた。濃茶に染めた縮緬のなかに、牡丹か何かの模様をたつた一つ丸く白に残した其敷物は、品柄から云つても、また来客を待ち受ける準備としても、物々しいものであつた。津田は席に就かない先にまづ直感した。
> 「凡てが改まつてゐる。是が今日会ふ二人の間に横はる運命の距離なのだらう」

突然としてこゝに気付いた彼は、今此室へ入り込んで来た自分を咄嗟に悔いようとした。然し此距離は何処から起つたのだらう？考へれば起るのが当り前であつた。津田はたゞそれを忘れてゐた丈であつた。では、何故それを忘れてゐたのだらう？考へれば、是も忘れてゐるのが当り前かも知れなかつた。津田が斯んな感想に囚へられて、控の間に立つたまゝ、室を出るでもなし、席に就くでもなし、うつかり眼前の座布団を眺めてゐる時に、主人側の清子は始めてその姿を縁側の隅から現はした。（百八十三）

先の引用部における「何故あの時清子の存在を忘れてゐたのだらう」という問いに続いて、津田はここでも「何故それを忘れてゐたのだらう？」と問う。漱石によって付けられた疑問符「？」がそれを強調する。清子の部屋の「来客を待ち受ける準備」が「物々し」く、「凡てが改まつてゐる」ことに、津田は「二人の間に横はる運命の距離」を感じ、「起るのが当り前」であったその「距離」を忘れていた自分について、「何故それを忘れてゐたのだらう？」と問う。津田が清子そのもの、或は清子にまつわる何事かを「忘れてゐた」ことに向けられる「何故」。それはどういう質の問いだろうか。

この津田の「何故」は、彼を迎える部屋のしつらい、生けられた花、敷かれた座布団という目に見える対象、可視化された対象によって喚起された「何故」である。そのように考えれば、百七十七の「何故あの時清子の存在を忘れてゐたのだらう」という問いも、階段の上で「津田に取つて一種の絵」（百七十六）のように立ち竦んだ清子という可視化された対象によって喚起された問いであった。そして、双方とも、清子について、彼女の「存在」、彼女との「距離」を「忘れてゐた」ことについての問いである。清子に関係付けられた可視化された対象が、津田の清子についての「忘れてゐた」意識を呼び覚まし、次にそれを「忘れてゐた」自分自身が、津田にとって理解不能、不可解となる。そこで発せられた「何故」である。漱石は津田に清子に向けた「何故」を発せさせる時に、まず、清子に関わる可視化された対象が津田の内部に喚起する「何故」からそれを開始した。この二つの「何故」は津田に何をもたらすか。百七十七の「何故」は、それが「此見当だと心得てさへゐたならば、あ、不意打を食ふんぢやなかつたのに」と、「先生と遺書」における「先生」の「何故」のように、津田に後悔をもたらす。一方、百八十三の「何故」は、問いを発した後で、現在の清子と自分との「運命の距離」を「忘れてゐた」自身について、「考へれば、是も忘れてゐるのが当り前かも知れなかつた」と一応自分自身で津田は答を与えている。すなわちこの時津田はこの問いによって、軽い意識の分裂を自覚させられている。つまり、自分が「忘れてゐた」ことは理解不能、不可解であり得ないことであるが、同時にこれまでの事情を考えれば、「忘れてゐるのが当り前」でもあり得るという、二律背反した「感想」に「囚へられ」なくてはならない、そういう分裂である。

この津田の意識の分裂は、1で指摘したお延との結婚についての、「此己は又何うして彼の女と結婚したのだらう」という、第四の「何うして」の問いがもたらした、自己意志についての二律背反した意識の分裂ほどの深度はない。しかし、この「忘れてゐた」ことに対する軽度の意識の分裂は、もし、『明暗』の百八十八から先が書かれていたとしたら、津田は清子に関しても、すさまじい深度の二律背反した意識の分裂の中に陥れられるかもしれないことを予測させる。なぜなら、この津田の軽い意識の分裂は、可視化された対象の刺激によって清子についての「何故」を発したことによって起こったのであり、それならその「何故」が可視化されない対象に対して向けられたなら、それが津田をより深刻な二律背反した意識の分裂に陥れることが予想されるからである。可視化されない対象とは、津田にとって謎であった突然結婚するに至った清子の意識、自身の対象化能力の基盤を揺るがせた清子の意識に他ならない。ただし、現在在る『明暗』では、それは遂に書かれることがなかった。

さて、この二つの「何故」は、姿を現した現実の存在としての清子に喚起された第三の「何故」、不思議な「何故」を生む。

津田の知つてゐる清子は決してせゝこましい女ではなかつた。彼女は何時でも優悠《おつとり》としてゐた。何方と云へば寧ろ緩慢といふのが、彼女の気質、または其気質から出る彼女の動作に就いて下し得る特色かも知れなかつた。彼は常に其特色に信を置いてゐた。さうして其特色に信を置き過ぎたため、却つて裏切られた。少くとも彼はさう解釈した。さう解釈しつゝも当時に出来上つた信はまだ不自覚の間に残つてゐた。突如として彼女が関と結婚したのは、身を翻がへす燕のやうに早かつたかも知れないが、それはそれ、是は是であつた。二つのものを結び付けて矛盾なく考へようとする時、悩乱は始めて起るので、離して眺めれば、甲が事実であつた如く、乙も矢ツ張り本当でなければならなかつた。

「あの緩《のろ》い人は何故飛行機へ乗つた。彼は何故宙返りを打つた」

疑ひは正しく其所に宿るべき筈であつた。けれども疑はうが疑ふまいが、事実は遂に事実だから、決してそれ自身消滅するものではなかつた。（百八十三）

ここで津田が問うべきは、「せゝこましい女ではなかつた」と対象化し、そこに「信を置いてゐた」清子がなぜ「燕のやうに」「身を翻がへ」して関と結婚したかである。しかし、彼はそれを微妙に回避する。「あの緩い人は何故飛行機へ乗つた。彼は何故宙返りを打つた」と、まず、主語である清子を清子と固有名詞で名指さず、「あの緩い人」―「彼」と一般形の主語にし、関と結婚したという行動を「飛行機へ乗つた」「宙返りを打つた」とずらした言い換えで表現する。すなわち、この時津田は自己の内面における問いにおいてすら、直接的に〈何故清子は自分ではなく関と結婚したのか〉という問いを立てることがまだできていない。なぜなら、それは津田の基礎的対象化能力そのものを問う問いになるからである。自身の基礎的対象化能力そのものを問われることへの恐怖が、このずらした「何故」に始まる問いを津田に発せさせた。しかし、ずらした形式であっても、津田は、清子に対して、〈何故あなたは関さんと結婚したのですか〉と直接問うことに着実に向かっていると言えるだろう。

このずらした問いの後で、「疑ひは正しく其所に宿るべき筈であつた」と漱石は記すが、津田はまだその「疑ひ」を自身の内面でも完全には言語化できていない。しかし、三つの引用例に明らかなように、彼の「何故」は進化しつつある。もちろん現段階では彼の内面においてであるが、それが内面を超え、清子に直に向けられる時を、『明暗』が中絶する百八十八の先であったであろうけれど、漱石は当然射程距離に置いていたはずである。

3―3　正しい「何故」へ――清子に向ける「何うして」

津田は温泉場に到着してから、清子の部屋を訪ねて清子が姿を現す時点まで、清子に関して「何故」を使った問いを三回発した。もちろん、直接清子に向けた問いではなく、自分自身に向けた清子についての問いであった。百七十七では、清子の存在を忘れていた自分について、百八十三では、結婚した清子との距離を忘れていた自分について、それぞれ「何故」と問いを発した。次に、清子とは名指さないで、「あの緩い人は何故飛行機へ乗つた。彼は何故宙返りを打つた」という問いを発した。「あの緩い人」「彼」が清子を、「飛行機へ乗」る、「宙返りを打つ」が、清子の突然の結婚を暗に指示していることは明らかである。こうして津田の問いは、清子についての津田の究極の問い、〈何故あなたは関さんと結婚したのですか〉という問いに向かいかけるかに見えた。

しかし、ここで津田はいったん「何故」から「何うして」に後退する。ここまでの津田の「何故」の問いは、津田の内部で発せられて、外部には現れ出ない問いであった。清子との過去から紡ぎ出され、可視化された現実の清子に一瞬邂逅した上で発せられた問いであっても、彼女とまだ言葉を交わす前の状態における問いであった。だから、吉川夫人からの果物籠を持って現れた清子に対して、「滑稽だな、如何にも貴女らしい滑稽だ。さうして貴女はちつとも其滑稽な所に気が付いてゐないんだ」と「云ひたくなつた」（百八十三）その瞬間、すなわち、今そこに居る生身の清子、可視化できる清子を津田の意識が捉え、彼女に向けて言葉を発したくなったその瞬間に、彼の問いの形式は「何うして」に戻る。現実の清子を眼の前にし、これから言葉を交わす存在として彼女を意識し、「滑稽だな」と彼女についての感情を動かし始めると、津田の内部から「何故」の問いは消え、「何うして」が清子に向ける問いの形式となる。ただし、それは、津田の内部で「何故」の問いが飽和点のかなり近くまで進化したことを背景にし、かつ目前に確かに居る清子にいづれ声に出して発することを前提とした上での「何うして」である。

津田は果物籠を下女に渡す清子を見ながら、次のように考える。

此単純な所作が双方（清子と下女、筆者注）の間に行はれるあひだ、津田は依然として立つてゐなければならなかつた。然し普通の場合に起る手持無沙汰の感じの代りに、却つて一種の気楽さを味はつた彼には何の苦痛も来ずに済んだ。彼はたゞ間の延びた挙動の引続きとして、平生の清子と矛盾しない意味からそれを眺めた。だから昨夜の記憶からくる不審も一倍に強かつた。此逼らない人が、何うしてあんなに蒼くなつたのだらう。何うしてああ硬く見えたのだらう。あの驚ろき具合と此落付方、それ丈は何う考へても調和しなかつた。彼は夜と昼の区別に生れて始めて気が付いた人のやうな心持がした。

（百八十四）

ここで津田は昨夜の清子から現在の清子への変化の突然さに対する「不審」を、「何故」を内包する「何うして」を用いて問いにする。目前にいる「緩慢」で「逼らない」人と見える清子がなぜ、昨晩は「蒼く」なり、「硬く」見えたのか。清子の急激な変化、それは「緩慢」と思い込んでいて「目覚ましい早技で取つて投げられ」（百八十三）た津田にとって、強い「不審」を起こす現象であり、自身の内部においてそれを問うということは、いずれその問いを外部化し、当の清子に向かって〈何故あなたは関さんと結婚したのですか〉と問うことに収斂するだろう。(3) まず「何うして」を使って、〈何うして「逼らない」あなたが昨夜はあんなに「蒼く」なり、「硬く」なったのですか〉という問いを外部化することは、そのための第一段階だと言える。そして、その問いは、『明暗』の冒頭で、清子について内部で強く「何うして」という問いを発してきた津田が、初めて当の清子に面と向かって向ける「何うして」であり、彼方に〈何故あなたは関さんと結婚したのですか〉を想定した「何うして」の問いになるはずである。

下女が去り、清子と二人きりで対座した津田は、相手がお延であったら絶対にしたであろう「用意を取り忘れて」（百八十五）、すなわち清子を「緩慢」と対象化して対応する姿勢から、「無雑作」（同）に清子の夫を話頭に上せる。そしてそれは、津田に次のような感情を起こさせる。

昔の儘の女主人公に再び会ふ事が出来たといふ満足は、彼女が其昔しの儘の鷹揚な態度で、関の話を平気で津田の前にし得るといふ不満足と一所に来なければならなかつた。

「何うしてそれが不満足なのか」

津田は面と向つて此質問に対する丈の勇気がなかつた。関が現に彼女の夫である以上、彼は敬意をもつて彼女の此態度を認めなければならなかつた。けれどもそれは表通りの沙汰であつた。偶然往来を通る他人のする批評に過ぎなかつた。裏には別な見方があつた。其所には無関心な通り掛りの人と違つた自分といふものが頑張つてゐた。さうして其自分に「私」といふ名を命《つ》ける事の出来なかつた津田は、飽く迄もそれを「特殊な人」と呼ばうとしてゐた。彼の所謂特殊な人とは即ち素人に対する黒人であつた。無知者に対する有識者であつた。もしくは俗人に対する専門家であつた。だから通り一遍のものより余計に口を利く権利を有つてゐるとしか、彼には思へなかつた。

表で認めて裏で首肯《うけが》はなかつた津田の清子に対する心持は、何かの形式で外部へ発現するのが当然であつた。

（百八十五）

ここでの津田について漱石は過剰と言ってもいいほど、細かく書き込み、引用部の最後の文を必然化する。「津田の清子に対する心持は、何かの形式で外部へ発現するのが当然であつた」、すなわち、津田の清子に対する「不満足」が「何かの形式で外部へ発現するのが当然」な状態にまで津田が達した、津田がついに当の清子に向かって「何うして」の問いを発する状況が整ったことを読者に告げるのである。清子が「昔しの儘の鷹揚な態度で、関の話を平気で津田の前にし得る」ことが「不満足」であることを、自身の内部で「何うしてそれが不満足なのか」と問う津田について、まず、「津田は面と向つて此質問に対する丈の勇気がなかつた」と、彼がその質問を当の清子に向けて発することはもちろん、彼の内部でも正しく扱えないことを指摘する。次に、「関が現に彼女の夫である以上」「敬意をもつて彼女の此態度を認めなければならな」い津田の表面的な対応、すなわち「表通りの沙汰」と、「裏」にある「別の見方」は違うと指摘する。「裏」にある「見方」とは、そこに「無関心な通り掛りの人と違つた自分」というもの、すなわち自己が「頑張つて」いるが、津田はそれをまだ「私」とは認められず、自分が清子に対して「特殊な人」であると認定しようとしていると分析する。漱石はこの「表通りの沙汰」と「裏」の「自分」との対比を、「素人に対する黒人」「無知者に対する有識者」「俗人に対する専門家」と三通りもの対比の例を持ち出して説明する。

「裏」で「頑張つて」いる「自分」に「『私』といふ名を命ける」ことが出来なかったと書くとは、どういうことなのだろうか。ここで記述されているのは、清子が夫である関の話を津田の前で平気ですることに対する津田の不満である。それだけを記述することが目的なら、〈津田は表では平気を装って清子と関の話をしていながら、裏では自分は清子に対して「特殊な人」であると思っていたので、彼女の平気さが不満だった〉と書いてもよかったはずである。しかし、漱石はわざわざ、「裏」に「頑張つて」いる「自分」を津田は「私」とは命名できず「特殊な人」と呼ぼうとしていた、と記す。ということは、ここで問題にされているのは、津田の清子に対する自己認定である。すなわち、清子に対して自分が「特殊な人」であることが何よりも優先されなくてはならず、それをごく普通に「私」の心情として一般化し、それを清子に対する自己として自分が認定することは拒否したい、という津田の姿勢である。「其自分に『私』といふ名を命ける事の出来なかつた津田」という一行は、津田が、清子に対しては自分が「特殊な人」であるという自己認定に強く拘っていることを示している。

一般的には、「私」と記されれば、それは自己意識、或は自我への拘り、エゴイズムと考えられるが、漱石のここでの書き方は違う。漱石は、清子に対して自分を「特殊な人」の位置に置きたい津田の自己認定の有り様は、それを普通の自己意識である「私」という「名」さえ「命ける事の出来なかつた」ほど、強いものであったと記すのである。この自己認定のもとでは、清子に対して、円満に「何うして」の問いを発することは不可能であるかに見える。しかし、一方で津田の「清子に対する心持」は「外部」に向かって「発現」することを求めている。というより、この過剰な自意識は、津田の内部ではもはや臨界点に達していて、外部に向ける以外にない。

津田は「それが何んな風に相手を動かすだらうか」という「覘ひ所」（以上百八十六）を持って、昨晩の清子を驚かせた出来事を話題に上せる。そして、「故意を昨夕の津田に認めてゐるらしい清子の口吻」（同）に驚かせられた津田は、臨界点に達した過剰な意識を反映させて、清子を「執濃く」（同）「問ひ詰め」（百八十七）て、「貴方はさういふ事をなさる方なのよ」（百八十六）という一言を清子から引き出す。「貴方」は「さういふ事」、すなわち「待伏せ」を「なさる方」であるというのは、清子が津田に与えた認定、すなわち清子による津田の対象化である。先の引用部分で、自分が清子に対して「特殊な人」であるとする津田のいささか自意識過剰な自己認定に対して、清子からの別の認定、津田の自己認定に比べれば客観的な対象化による認定が与えられたのである。このことは、臨界点に達していた、清子に対して自分は「特殊な人」であるという津田の自己認定を修正する。すなわち、「特殊な人」であるかどうかは保留されるが、自分は清子から「待伏せ」をするような人だと思われている存在であると、修正される。それは津田にとって最初は「馬鹿にしちや不可ません」（同）と言いたくなる認定であったかもしれないが、清子から「でも私の見た貴方はさういふ方なんだから仕方がないわ。嘘でも偽りでもないんですもの」（同）と言われれば、「成程」と納得するしかない認定である。「私の見た貴方はさういふ方」という清子による津田の対象化を津田は受け入れる。だから、津田の「特殊な人」がここで修正される。そしてその修正は、他ならぬ清子によってなされた。

　このことを力に、すなわち自身の基礎的対象化能力への自信を揺るがせた当の本人が、自分を逆に対象化してくれたということを力に、津田は「ぢや問答序に、もう一つ答へて呉れませんか」（百八十七）と、遂に清子の変化を、すなわち昨晩から今朝に至る清子の変化を話題に上せる。この時、林檎を剥く清子を見て、「あの時この人は、丁度斯ういふ姿勢で、斯ういふ林檎を剥いて呉れたんだつけ」（同）と、津田は過去の出来事を喚起される。すなわち、臨界点に達していた自己認定を清子が修正してくれて、そして可視化された清子によって過去の出来事が想起されて初めて、津田は次のように、「何うして」を清子に向ける。

津田は思ひ切つて、一旦捨てやうとした言葉を又取り上げた。

「それで僕の訊きたいのはですね――」

清子は顔を上げなかつた。津田はそれでも構はずに後を続けた。

「昨夕そんなに驚ろいた貴女が、今朝は又何うしてそんなに平気でゐられるんでせう」

（百八十七）

津田の内部での「何うして」は遂に清子に向けて発語された。『明暗』の冒頭で発せられたあの四つの「何うして」、その中でも津田の内部でのみ発せられていて、けして外部の他者に向けられることのなかった清子に向ける第三の「何うして」が、その問いの内容はまだ違っていても、遂にその当の対象である清子に向ける声に出しての問いとなった。そして、津田は清子から「昨夕はあゝで、今朝は斯うなの。それ丈よ」（同）という答を得る。この津田の問い、昨晩と今日と、あまりにかけ離れた存在としてそこに居る清子への「不審」から問われた「昨夕そんなに驚ろいた貴女が、今朝は又何うしてそんなに平気でゐられるんでせう」という問いの先には、当然、「何うして彼の女は彼所へ嫁に行つたのだらう」を外部化した問い、〈何故あなたは関さんと結婚したのですか〉という問いがある。そして、清子の答は、「昨夕はあゝで、今朝は斯うなの」の延長上にある答かも知れない。そしてその答は、津田をすさまじい二律背反の中に落とし込むかもしれない。しかし、その問いと答えは今ある『明暗』では発せられることがなかった。

もし、〈何故あなたは関さんと結婚したのですか〉という津田の問いが発せられ、清子から答えが引き出され、その答えがもたらす清子との関係性と時間とを、津田が小説内で十分に生き切ったら、その先には当然、『明暗』冒頭の第四の「何うして」、「此己は又何うして彼の女と結婚したのだらう」という問い、すなわちお延との結婚の根底、ひいては自己意志を問い直す問いがあり、その問いがもたらす事態があったはずである。もちろんそれも書かれない。しかし、『明暗』は、冒頭の清子に付いての第三の「何うして」、「何うして彼の女は彼所へ嫁に行ったのだらう」という問いにまず何らかの決着が付けられ、次に第四の「何うして」、「此己は又何うして彼の女と結婚したのだらう」という問いがえぐり出す事態が描かれ、最後に第一、第二の「何うして」、自分の肉体と内面を自分と他人がどう知り得るのかという問い、が最終的に小説の中心になるべき何らかの内容が書かれるはずだったのではないだろうか。『心』『道草』以来の「何故」と「何うして」の考察を『明暗』に適用すると、辿り着く結論はそれである。

それなら、この百八十八で津田がたどり着いた地点は、漱石にとって、或は漱石の小説にとってどのような地点だったのだろうか。この地点で『明暗』が終わっているということは、漱石と彼の小説にとってどのような意味を持つのだろうか。次節では、それを考察する。

4．「何うして」が外部化するということ

前節では『明暗』を、「何うして」と問うための根源的条件が揺るがせられた事態に向けられた四つの「何うして」が冒頭で提示される小説として捉え、現在在る中絶した『明暗』において、唯一その展開が見られる第三の「何うして」を中心に据えて考察を行った。第三の「何うして」は「何うして彼の女は彼所へ嫁に行つたのだらう」という、主人公津田がかつて恋人と思い込んでいた清子をめぐる「何うして」であり、それは津田の基礎的対象化能力への確信を揺るがせられた事態に向けられた「何うして」だった。その清子が現在居る場所である温泉場に、津田は小説後半になってやっと物理的にも精神的にも辿り着く。従って、3ではその温泉場における津田を主に考察の対象とした。

この章では、その温泉場で百八十八の最後の一行、「津田は其微笑の意味を一人で説明しようと試みながら自分の室に帰つた」という一行は、その一行を記して小説家としての経歴を終えた漱石の小説にとってどういう意味を持つ一行だったのか、という点を考察する。筆者はかつて、「出会いと沈黙―『明暗』最後半部をめぐって―」（『国語と国文学』第五十七巻第九号　一九八〇年九月）において、『明暗』の最後半部と漱石の初期の小説、すなわち『草枕』及び『漾虚集』の諸作品との深い関連を指摘して、この最後の一行の意味を明らかにしようとした。現在でも、筆者の根本的な考えは当時と変わっていない。従ってこの章では、まずその論文の全文を引用し、その結論に、前章で考察した津田の清子に向ける「何うして」の在り方についての考察を加えると、『明暗』の最後の一行はどういう一行と考えられるかについて考察する。

（なお、引用する論文は、そのままでは分かりにくいと考えられる部分に最低限度手を入れた。また、タイトルを本論のタイトルに倣って変更した。）

出会いと沈黙――『明暗』最後半部をめぐって――

4―1　『明暗』最後半部の構成要素

まずこの論の目的と考察対象とをはっきりと定めておきたい。本論は、その最終的な目的は『明暗』の最後の一行とは何であったかを明らめることに在るが、そのための重要な準備段階として、百七十六において津田が清子の前に立ち竦んだ瞬間とは何かを論究することをその主なる目的とする。その為に本論では『明暗』の一より百六十七までを、以上の目的を遂行するために必要なものではないという判断のもとに、その考察対象から省くこととする。

本論において考察を試みようとするものは、津田の温泉行き、具体的に言うならば百七十一から百八十八までである。なぜなら百六十七において旅立ち、百六十八～百七十のいわば緩衝地帯を通過した後、百七十一からの津田は確実にある変容を、「彼所へ嫁に行つた」（二）女に会いに温泉場へ出掛ける主人公にふさわしい、かつ百六十七までの津田と切り離した形で論じるに足るだけの変容を遂げ始めているからである。本論はこの変容の内容について具体的に明らかにしようと考察を行なった後、その変容がなぜ必要であったかについて、清子との再会のなされ方及び漱石の過去の作品についてとを絡めた形で論じることになる。なぜなら、これらのすべての要因が、それぞれすべて関わり合った果てに、百八十八の最後の一行が記されるまでのドラマについて論じ至りたいからである。

4―1―1　風　景

ここで言う津田の変容とは、百六十七までの段階において彼が身に附けていた諸々の日常的な感覚、例えば視覚、時間感覚、空間感覚等がいったん解体され、それらのあるものは変質し、あるものはやがて来たるべき新たな感覚の到来に身を委ねるべく空白な状態になっていることを、主に指し示している。当然のことながら、先に津田の温泉行きの始まりと定めた百七十一の冒頭に既に、これらの事態は明確に始動しているのであるが、それはまず、津田について次のような描写で書くことにより開始される。

靄とも夜の色とも片付かないもの丶中にぼんやり描き出された町の様は丸で寂寞たる夢であつた。自分の四辺にちら〳〵する弱い電燈の光と、その光の届かない先に横はる大きな闇の姿を見較べた時の津田には慥かに夢といふ感じが起つた。（百七十一）

この二つのセンテンスは、「町の様」というひとつの風景とそれを目前にしている津田を描出しているわけであるが、この「靄とも夜の色とも片付かないもの丶中にぼんやり描き出された町の様」と語り出されたものは、その具体的な描写を何ら与えられることなしに、「丸で寂寞たる夢であつた」と結ばれてしまう。「町の様」という純然たる風景が、風景とそれを視ている人間という、二元的関係を踏み込えて、〈丸で寂寞たる夢のようであった〉ではなく、「丸で寂寞たる夢であつた」という、視ている側の人間の感覚そのものに深く関わり合う言葉に突然に結ばれてしまうのである。この唐突さを柔らげているのは、「町の様」を修飾する「ぼんやり描き出された」という言葉であって、この言い方は「町の様」を眺めている人間の目にうつる、「町の様」のうつり方を指し示す。

　つまり、ここで必要とされているのは、「町の様」や「電燈の光」といった風景の風景そのものとしての描写ではなくて、それらが「ぼんやり描き出された」り「ちら〳〵」したりする仕方であり、もっと重要なことは、それら風景が津田の裡に「寂寞たる夢」「夢といふ感じ」といった、彼の存在感覚に深く関わる感覚を掘り起こしてしまうということなのである。「靄とも夜の色とも片付かないもの」「寂寞たる夢」「光の届かない先に横はる大きな闇」と、単に風景を指し示す言葉としてだけではなく、津田がこれまで辿ってきた諸々の事態、或は彼の存在及び存在感覚を指し示しても矛盾しない言葉が、次々と畳み掛けるように用いられて、津田と、彼の視る風景とは、互いに深く侵蝕し合わずにはおかない。この時津田の視る風景は、彼の否応なしに目にする単なる風景ではなくて、彼の意識の有無にかかわらず、彼の存在感覚に密着した視線によって、見られ、選び取られた風景に他ならない。

「眼に入る低い軒、近頃砂利を敷いたらしい狭い道路、貧しい電燈の影、傾むきか丶つた藁屋根、黄色い幌を下した一頭立の馬車」（同）と津田は次々に「夢のやうにぼんやりした寒村」（同）の風景を選び取るのであるが、それらは言葉の詐術によって、風景であることを超えて、津田の自らの存在に対する感覚それ自体を侵すのである。すなわち「新とも旧とも片の付けられない此一塊の配合」（同）と言い換えられ、かつ次に津田の感覚により緊密にとり結ばれた「肌寒と夜寒と闇暗《くらやみ》」（同）という言葉を加えられた後、「すべて朦朧たる事実」（同）と言い換えられた時には、この最終的な言い換えの語はもはや、風景のみを示すというにはあまりに重い。それはすぐさま「自分が此所迄運んで来た宿命の象徴ぢやないだらうか」（同）という津田の「感想」（同）を呼び起こさずにはおかないのである。

　このように風景といった代物に手もなく、と言っていいほどに侵蝕されてしまうということは、逆に言えば、ここで津田の存在そのものが、風景を風景として視るに耐えないほどに稀薄なものとなってしまっているということに他ならない。人事が何物にも増して優先する百六十七までの『明暗』は、極端に風景描写の少ない小説であるが、その稀に見られる風景描写は次のような性格のものであった。

　津田は返事をする前に、まづ小林の様子を窺つた。彼等の右手には高い土手があつて、其土手の上には蓊鬱《こんもり》した竹藪が一面に生ひ被さつてゐた。風がないので竹は鳴らなかつたけれども、眠つたやうに見える其笹の葉の梢は、季節相応な粛索の感じを津田に与へるに充分であつた。
「此所は厭に陰気な所だね。何処かの大名華族の裏に当るんで、何時迄も斯うして放つてあるんだらう。早く切り開いちまへば可いのに」
　津田は斯ういつて当面の挨拶を胡麻化さうとした。　（三十三）

ここでは風景は明らかに「様子を窺つた」り、「胡麻化さうとした」りする人事と関わっていて、津田はたまたま目にした風景をむしろそれに利用しようとさえしているのである。すなわち津田の側に風景に侵されないだけの契機が満ちているからこそ、風景は風景であることに止まっている。

　百七十一は、このような百六十七までに津田の側に在った様々の人事的契機が、未解決のままにいったん切り捨てられた段階で開始されるのであるが、この時点において津田が抱え込んでいることは唯一つ、すなわち清子と会うことである。百六十七までにおいては、様々な人事が津田にこのことへの専念を許さなかったのであるが、吉川夫人の思惑がどうであれ、百七十一において「夢のやうにぼんやりした寒村の中に立つ」た時、津田は初めて清子のこと、清子とこれから再会することへの全存在的な集中を開始するのである。風景に侵蝕されつつある津田が、それに喚起された形で思い起こし、こだわり続けるのは、まさに清子、というよりは清子とこれから出会うことなのである。

「……松の色と水の音、それは今全く忘れてゐた山と渓の存在を憶ひ出させた。全く忘れてゐない彼女、想像の限先にちら〳〵する彼女、わざ〳〵東京から後を跟けて来た彼女、は何んな影響を彼の上に起すのだらう」（百七十二）

ここで津田は早くも、清子が「彼の上に起す」べき「影響」、すなわち彼女との再会が彼にもたらし、彼がそれを生きることになるであろう変貌への予兆を確実に持ってしまっている。すなわち、たとえ「今迄も夢、今も夢、是から先も夢、その夢を抱いてまた東京へ帰つて行く」（百七十一）ことになろうとも、その「帰つて行く」津田はもはや元の津田ではなくて、「其人の影を一図に追懸」（百七十二）けた結果、その「影響」を受けてしまった津田であろうことを、この時津田は暗黙の裡に知らされてしまっているのである。百七十一以降において、風景を単なる風景として視ることができず、それにたやすく侵蝕されてしまうほどに、津田が稀薄な存在と化していたのは、まさにこのことのせいなのである。つまり、これから自身が何物かの強い「影響」に晒されるということは、現在の自分はやがてその「影響」に満たされるべく、出来得る限り稀薄な、無色透明な状態に在り続けることがぜひとも必要なのである。そして彼方の何者かが投げ掛けて来る指示を待つ。津田は今、まさにこの状態に居る。

冷たい山間の空気と、其山を神秘的に黒くぼかす夜の色と、其夜の色の中に自分の存在を呑み尽された津田とが一度に重なり合つた時、彼は思はず恐れた。ぞつとした。
御者は馬の轡を取つたなり、白い泡を岩角に吹き散して鳴りながら流れる早瀬の上に架け渡した橋の上をそろ〳〵通つた。すると幾点かの電燈がすぐ津田の眸に映つたので、彼は忽ちもう来たなと思つた。或は其光の一つが、今清子の姿を照らしてゐるのかも知れないとさへ考へた。

「運命の宿火だ。それを目標に辿りつくより外に途はない」

詩に乏しい彼は固より斯んな言葉を口にする事を知らなかつた。けれども斯う形容して然るべき気分はあつた。（百七十二）

「自分の存在を呑み尽くされ」る恐怖。或は「呑み尽くされ」るほどに稀薄な、自身の裸形の存在の形態に向き合わせられてしまっている恐怖。それから免れるためには、「清子の姿を照らしてゐるのかも知れない」「運命の宿火」を、すなわち清子と彼との宿命を「目標」にするより「外に途はない」ことまで、この時既に津田は知らされてしまっている。津田に「斯う形容して然るべき気分」があっただけで、明確な自覚がまだ訪れていなかったとしても、である。

4―1―2　時間

一より百六十七に至るまで、『明暗』における小説内の時間の縦の推進軸となっていたものは、津田の病気と手術であった。百六十八以降においても小説内の時間の進行は、一見津田の行動と共にあるかのようである。だが津田の内部における時間感覚が果たしてそれに一致しているであろうか。先の風景の場合と同じく、その変容の始原は百七十一の冒頭、津田が次のような「一度に来た」「感想」に襲われた時である。

「おれは今この夢見たやうなもの、続きを辿らうとしてゐる。東京を立つ前から、もつと几帳面に云へば、吉川夫人に此温泉行を勧められない前から、いやもつと深く突き込んで云へば、お延と結婚する前から、――それでもまだ云ひ足りない、実は突然清子に脊中を向けられた其刹那から、自分はもう既にこの夢のやうなものに祟られてゐるのだ。さうして今丁度その夢を追懸やうとしてゐる途中なのだ。顧みると過去から持ち越した此一条《ひとすぢ》の夢が、是から目的地へ着くと同時に、からりと覚めるのかしら。」

（百七十一）

最初のセンテンスが喚起するイメージは、表面的には過去のある時間に「夢見たやうなもの」があって、それが断ち切られた、或は表面からは消え失せた時間があって後、今この瞬間に過去のある断ち切られた時間の「続き」としての時間が再び開始された、というものでなくてはならない。なぜなら、「夢見たやうなものの続き」という言葉は〈辿って来た〉ではなくて、「辿らうとしてゐる」という、その語が発せられた瞬間より開始されるべき時間の持続を指し示す言葉に結ばれているからである。しかしながら、このセンテンスの言葉は曖昧きわまりないものであって、百六十七までの津田であったなら、この今述べた解釈を確信できたかもしれないが、この時の津田はすぐさま「夢見たやうなものの続き」と漠然と言い切ったものの起点を問い出してしまうのである。「東京を立つ前から、もつと几帳面に云へば、吾川夫人に此温泉行を勧められない前から、いやもつと深く突き込んで云へば、お延と結婚する前から」と時間を遡って行っても、「それでもまだ云ひ足りない」不満の念にかられるばかりだ。つまるところ、「実は突然清子に脊中を向けられた其刹那から」という起点を津田は見出してしまわざるを得ないのであるが、このことこそが彼のこれまでの時間を腐蝕させるのである。なぜなら清子とのことを「過去から持ち越し」つつも、津田はお延との結婚によって、彼自身の生の時間を生きているはずであった。しかし、今この時点で、「実は突然清子に脊中を向けられた其刹那から、自分はもう既にこの夢のやうなものに祟られてゐ」て、その生の時間は「夢見たやうなものの続き」でしかなかったと認識してしまったら、津田は清子と「別れて以来一年近く経つ今日迄」(百七十二)の彼自身の生の時間を、まるで砂のように指の間からすべり落としてしまうのである。「今迄も夢、今も夢、是から先も夢」(百七十二)であるとするなら、津田は自身が能動者となるべき生を遂に生きることはできない。この時彼の時間は腐蝕され、溶解されて、全き空白と化すのである。

この直後に、すなわち先の引用部に続く部分においてであるが、「然しそれから後の彼はもう自分の主人公ではなかつた」(百七十一)というセンテンスが記され、「何処から来たとも知れない若い男が突然現はれて」(同)「一分の猶予なく」津田に問を発し、彼の所定の行動を「忙がしい短時間の間に操縦して退けた」(同)ことが記されるのは、このことと無関係ではない。津田は自らの空白な時間を抱えたまま、他者の「操縦」する時間に巻き込まれ始めるのである。

そして最終的に津田の空白を侵し、満たしてしまうのは、「別れて以来一年近く経つ今日迄」「記憶を失くした覚がな」(百七十二)い女による時間、彼が気に掛け続け、受動者となり続けねばならないであろう時間なのだ。


受持が違ふので下女は名前を知らなかつた。

「若い人かね」

「えゝ、若いお美くしい方です」

「さうか、一寸見せて貰ひたいな」

「お湯に入らつしやる時、此室の横をお通りになりますから、御覧になりたければ、何時でも――」

「拝見出来るか、そいつは有難い」

津田は女のゐる方角丈教はつて、膳を下させた。（百七十二）

清子の湯に入る時間を待つこと、茫漠として掴み所のない、他者の行動によって区切られ、規定される時間を生きること、津田は今、この不確実極まりない生へと身を投げてしまったのである。この津田の時間の変容の内部的な始原が、百七十一の冒頭に在ることは先に述べた。然るに外部的に測り得る始原、すなわち津田の空白を満たすべき時間が、出来事によって決定されるのは次のような瞬間においてである。

同じ作用が、それ以上強烈に清子を其場に抑へ付けたらしかった。階上の板の間迄来て其所でぴたりと留まつた時の彼女は、津田に取つて一種の絵であつた。彼は忘れる事の出来ない印象の一つとして、それを後々迄自分の心に伝へた。（百七十六）

清子を一枚の「絵」として忘れる事無く「心に伝へ」続ける時間、「後々迄」持続すべき新たなる時間が、この瞬間に始まる。それは滅亡のための時間なのか、転生のための時間なのか、いずれにせよそれこそが「運命の宿火」によって用意された時間なのである。

4―1―3　空　間

以上のような風景と時間をめぐる津田の変容と呼応して、津田が到着したその夜に限ってのみ、温泉場の旅館は彼にとって「迷児にでもなりさう」（百七十二）な迷宮である。「意外な廊下」（百七十三）「思ひも寄らない階子段」（同）

の連なりは津田にとって迷路そのものであり、事実彼は「迷児」になって、「夢中歩行者《ソムナンビユリスト》」（百七十七）のように「無闇に広い」（百七十八）空間をさまよう。このことが、百七十一以後の世界が百六十七までの世界に対して、時間的にも空間的にも異次元の空間であるかのような印象をもたらす仕掛けとして有効なのは勿論であるが、4―1―2において述べた如く、時間感覚を解体されて「運命の宿火だ。それを目標に辿りつくより外に途はない」という「気分」（同）に陥った津田の状況をより完成する為にこそ津田は「迷児」にならねばならなかったのである。この時点において彼は未だ自らの「運命の宿火」を正確に見据えてはいない。手さぐりの中で彼が具体的に求めようとする指標は、次のようなものである。


「何だかお客は何処にもゐないやうぢやないか」

下女は新館とか別館とか本館とかいふ名前を挙げて、津田の不審を説明した。

「そんなに広いのか。案内を知らないものは迷児にでもなりさうだね」

彼は清子のゐる見当を確かめなければならなかつた。　（百七十二）

「清子のゐる見当」、彼女の「ゐる方角」（同）、それが津田の空間的指標になる。時間的指標は当面清子の湯に入る時間である。時間空間についての日常的感覚をとり落とした津田が自らの指標として見出してしまうのはこれらでしかない。従って、「夢中歩行者《ソムナンビユリスト》」の如くさまよっていた彼が、「漸く入間の存在に気が付いた」（百七十六）時、そこで出会うのはまさに清子その人である。すなわちここに至って、津田にとって「気が付いた」り、「確かめなければならなかった」りするに足る、人間的な対象は清子ただ一人であり、その為にこそこれまで述べてきたような仕掛けが必要であったわけである。

4―1―4　行　動

既に百七十一において、津田は宿の手代に早くも「清子の事を訊く目的で話し始め」るのであるが、この時には彼はまだ「彼女の名前を口にするに堪へ」（百七十一）ず、「急に痞へ」（同）てしまった。次に津田は「卒直な尋ね方は出来なかつた」（百七十二）ものの、下女から「女のゐる方角丈教は」（同）ることはできた。続いて風呂へ入った津田は、背中を流してくれる勝さんという男と話を交しながら、その話の中で勝さんが「触れないものが、たつた一つしかないやうに思はれ」（百七十四）てならない。すなわち彼の必要とする清子に関する情報のみが、故意にもたらされていないという感覚を抱くわけであるが、それは彼が勝さんから清子に関する情報を暗に得たがっていたからに他ならない。つまる所津田はこうして百七十一以来、温泉場で出会う人間たちに片っ端から、何とか清子の動静を窺おうとして、話を仕掛けているのである。清子と出会った翌朝も、津田は女と番頭との会話から、後に彼が清子に向かって「然し貴女は今朝何時もの時間に起きなかつたぢやありませんか」（百八十七）と尋ねる根拠となる情報を聞き取るし、下女と話をする際にも、清子に関する「問題を取り逃がさないやうに」（百八十）注意を払わずにはおかない。

清子がこの温泉場において、津田にとっての唯一の人間的対象であることは先に述べた。しかし彼女は当面そこから逃げ出してしまうわけではないのであるし、結局会うことになるのは明らかなのであるから、津田は何もせずに清子との再会を待つ、という対応をすることもできたはずである。然るに津田はひたすら清子に関する情報収集に努める。すなわち接近についてある種の困難さを覚える相手に対して、その相手についての情報を少しでも多く手にすることによって、その困難さを軽減しようというわけである。言い換えれば、情報さえ手にしていない裸形のままで相手に対応することに対して、癒し難い不安があり、自らにでき得る範囲で少しでもそれを回避しようとするものである。

4―1―5　出会い

清子との再会。だがそれは果たして再会なのだろうか。なるほど津田は確かに、回想するに足るだけの清子に関する記憶を持っているし、彼にとっては再会であるには違いない。しかしながら、小説内で肉体をもって清子の姿が記され、定着されるのはこの時が全くの初めてなのであって、ということは書きつつある作家その人にとっても、津田と清子が出会う場面を描くのは、設定がいかに再会であったにせよ、この百七十六においてが第一回目なのである。すなわち小説内における事柄の順序に従えば、百七十六において津田の前に清子が「容赦なく現はれ」て、「強烈な驚きに囚はれた津田の足は忽ち立ち竦んだ」時、彼らは再会したというよりはまさに出会ったのである。なぜこのような言い方を用いることが許されるのかと言えば、今本論で問題にしているのは、この清子の前に津田が「立ち竦んだ」瞬間が、小説にとって何であったか、であるからである。それが出会う当事者たちにとって、一回目であるか二回目であるかは、この場合問題ではないのだ。

ある対象と出会うこと。このことを中心に据えて今まで論究してきたことを整理すれば次のようになる。

一、出会う者は、旅等によって日常的鎖事から一旦切り離されていて、かつ根本的に一人である状態に在ること。

一、自らの目に入ってくる諸々の物どもに対して、それらに已れの存在感覚を刺激され、揺さぶられるほどに自らが稀薄な状態に在り、かつそのような状況のもとで、やがて唯一無二の対象となるであろうものへの意識だけを持続し、あらゆる自身の行動、思惟がそのことにだけ向かっていること。

（この稀薄な状態とは、かつて日常的感覚のもとで培われていた自身の時間感覚、空間感覚等が一旦解体されて空白な状態となり、やがて出会いとともにもたらされるであろう新たな感覚の到来を、それらに身を委ねるべく待ち設けている状態のことである）

一、以上のような状態のもとで、出会いがもたらすであろう危険を回避するために、それが有効であるか否かは別として、出会うべき対象についての情報を収集することを自らの当面の行動としていること。

4―2　漱石初期作品における〈出会い〉

4―1で挙げた出会いについての要件が想像させ、予想させるものは、『明暗』にとって、ひいては漱石という作家の小説にとっての出会うことの重さと危険さである。出会うことが重いからこそこのような操作が施されねばならないのだし、このような操作が施され、かつ出会いへの予期に基づいて危険回避の試みがなされていてもなお、漱石の主人公は不意を打たれ、立ち竦み、そして「忘れる事の出来ない印象の一つとして、それを後々迄自分の心に伝へた」（百七十六）という形で出会いのもたらす「影響」（百七十二）を生きてしまうのである。

このことは『明暗』だけにとどまってはいない。津田と清子との再会―出会いがその最後の小説において記されることになった作家にふさわしく、彼のある時期までの作品は、殆んどと言っていいくらいに、主人公がある対象と出会うこととその為に施されるべき操作の施され方、そして出会ってしまったことによる主人公の変貌を、各々の小説が成り立つための重大な契機としているからである。ここでそれらの小説について論究を加えようというわけであるが、その論究の限度は、『明暗』における津田と清子との出会いが、漱石固有の出会いと定義されるべきものであるか否かを確証し得る範囲に、すなわち先に挙げた条件を確かめることを中心とした範囲に、限定することになるであろう。

まず、それが温泉場であるという点で『明暗』の場合と舞台を同じくする『草枕』。主人公である画工がこれから那美さんなる女と出会うことへの予兆を自らの裡に持つのは、茶店の婆さんから那美さんの話を聞き、彼女の花嫁姿に「オフエリヤの面影」（二）を重ね、「オフエリヤの合掌して水の上を流れて行く姿」（同）を「朦朧と胸の底に残」（同）した時である。この場合の出会いとは、勿論、温泉場に行けばそこに居る那美さんと出会うのは当然、といった類のものではなくて、これまで述べてきたような主人公の存在全体を揺すぶる出会い、言うならば漱石的出会いである。「根が詩的に出来た旅」（一）を旅する画工は、むしろ意識的に自らの日常的感覚から切り離されようとしているわけであって、例えば茶店の婆さんが「幾年の昔からぢやらん、ぢやらんを数へ尽くして、今日の白頭に至つた」（二）ような時間の流れ方に、彼は半ば好んで身を委ねかけている。そして『明暗』の場合と同じく、到着した夜の画工にとって、「廻廊の様な所をしきりに引き廻されて、」（三）「廊下の様な、梯子段の様な所をぐる〳〵廻はらされ」（同）と、まさに迷路である温泉場を那美さんの気配が影のように漂うのである。しかしながら、画工に充分に出会いへの予感と知識があったにもかかわらず、彼は最初から不意を打たれ、「驚かされ」（三）てしまう。そしてこれは彼と那美さんとの関係の以後の・パターンとなって、茶店の婆さんを皮切りに宿の小女、床屋、大徹といった人々が、次々に画工に那美さんに関する知識をもたらし、彼はその情報をもって彼女に向かおうとするのであるが、那美さんは常に彼を驚かし続ける。「しばらくでも塵界を離れ」（一）て「夢の様な詩の様な春の里」（八）において、非人情を「標傍」(三)する画工は、那美さんとの出会いをも彼の非人情の側に引き付けてしまっていて、津田が清子との出会いに賭けたようなものは、彼は初手から賭けようとはしない。言い方を換えれば、画工は那美さんとの出会いが自らにもたらすであろう危険を、非人情を安全弁として、小説中に無期延期しているとも言えるであろう。

『草枕』においては、出会いは種々の夾雑物のために、多少なりとも散漫なものと化していたが、逆に最も原初的な、危機感をはらんだ出会いに満ち満ちているのが、『漾虚集』の世界である。予期も、出会う対象への知識も何もない、突然の最も危険な出会いは、「薤露行」のシャロットの女とランスロットとの出会いである。「爛々たる騎士の眼と、針を束ねたる如き女の鋭どき眼とは鏡の裡にてはたと出合つた」時、シャロットの女とランスロットとはそれぞれに破滅への道を辿るのである。また、「趣味の遺伝」の言い方を用いれば、「エレーンがランスロットに始めて逢ふ此男だぞと思ひ詰める」という出会いがもたらした変貌を完璧に生ききって、死によって出会いを完成させるのは、同じ「薤露行」のエレーンである。

かくの如き危険きわまり無い出会いのみを描いていては、小説の世界はいきおい単一にならざるを得ないし、また一方で、「幻影の盾」のウィリアムとクララの場合のように、完成された至福の時が記述されてしまっても、小説はもうその先に行けない。ここに破滅と至福の豊富なる中間に、様々な出会いのヴァリエーションが仕掛けられることが必要になるわけであって、その危険回避の試みがほぼ成功を収めるのが、『漾虚集』中の最後の作品「趣味の遺伝」である。

この作品には二つの出会いが記述される。すなわち主人公である余と化銀杏の下で出会った女との出会いと、その女と余の友人浩さんとの出会いである。浩さんと女との出会いは、「ロメオがジユリエツトを一目見る、さうして此女に相違ないと先祖の経験を数十年の後に認識する」といった性格の、「一寸見てすぐ惚れ」てしまわざるを得ない、宿命的『漾虚集』的な出会いであり、余は終始傍観者の位置を保ちながら、この二人の出会いを「探究」し、明らかにしようとする。余がこのような行動をとり得るのは、浩さんは既に死者であり、浩さんと女との出会いは完成されていて最早変化しないものであるからであるが、以上のことこそが、余と化銀杏の女との出会いをカムフラージュし、そこに一かけらの危険も無いかのような印象を与えるのである。しかし、余と女との出会いをつぶさに見れば、まず余は新橋の停車場といった二十世紀の現実的な場所から切り離された、「浮世を歩む年齢が逆行して父母来生以前に遡つたと思ふ位、古い、物寂びた」情緒を与える寂光院で女と出会う。しかも出会うのは、「無限に遐かに、無限に静かな空を会釈もなく裂いて」立ち、「(亡者が、筆者注)一度び化銀杏の下を通り越すや否や急に古る仏となつて仕舞ふ」という化銀杏の下だ。そこで余は、「此年になる迄に見た」「夥しい」数の女の中で、「此時程美しいと思つた事はない」と「無礙の一種の感動」を与えられた女に出会い、その女の「身元」を(すなわち女についての情報であるが)「只今の場合是非共聞き糺さなくてはならん」と思い込んで、浩さんと女との関係を調べることに熱中するのである。この場合、出会う対象についての情報収集が出会いの後になされるというヴァリエーションがあるにせよ、こう見てくれればこの余と女との出会いが、先に挙げた出会いの要件を満たしていることは明らかであろう。

出会うべき対象は何も女性でなければならないとは限らない。「倫敦塔」においては、塔そのものが主人公である余が出会う対象となる。まず余は「どの路を通つて『塔』に着したか又如何なる町を横ぎつて吾家に帰つたか未だに判然しない」と記す。すなわち迷路を辿って余は塔へ至るのであるし、「只前を忘れ後を失したる中間が会釈もなく明るい」という塔そのものが、「冷然と二十世紀を軽蔑する様に立つて居る」、つまり塔の外の世界の現実的時間とは異質の「英国の歴史を煎じ詰めた」塔独自の時間を持っている。余はこのような塔を「今の人か将た古への人かと思ふ迄我を忘れて余念もなく眺め入つ」ているうちに、「二十世紀の倫敦がわが心の裏から次第に消え去」って、「向ふ岸」からの「長い手」に、すなわち擬人化された塔に「ぐい〳〵牽」かれて塔に入るのである。このように余が塔へ至り、引きつけられる過程は、これまで検討してきたような〈出会う〉主人公たちに特有の時間・空間のもとにとり行なわれているわけであって、余の倫敦塔体験が生々しい痛切さを持つのは、まさに余が塔とこうして出会ったからなのである。余が最後に「夫からは人と倫敦塔の話しをしない事に極めた。又再び見物に行かない事に極めた」と記すのも、塔との一回きりの出会いを自らの裡に確実に封じ込めておきたいからに他ならない。

一方で余は塔の内部において、「空想の舞台」を「あり〳〵と見」て、これが余の倫敦塔体験の内容を成すわけであるが、それを支えているのは、余の塔に関する歴史的知識、すなわち出会う対象についてのいわば情報である。このように出会う主人公たちが何らかの形で必らず行なう、出会う対象についての情報収集が、何の知識も持たないままに相手に向かうことへの不安に端を発するものであると先に述べたが、一歩進んで言えば、このことは出会いに対する、出会う側の予期の問題にからんでいると言えよう。すなわち殆んどの場合小説の開始される時点から（津田の場合は百七十一から）、ある特異性を備えた時間と空間、言うならば出会うべき状況の中に在る主人公たちは、何らかの形で出会いへの予期を持つ。同時にその出会いの危険さ、困難さを暗黙の裡に感じ取る。そして出会うまでの猶予された時間で、何とかそれを回避すべく、相手についての情報を得ようと、つまりは相手が自分にとって何者であるかを知ろうと努めるのである。しかしながら、このような予期と準備にもかかわらず、出会う主人公たちは結局いつも不意を打たれ、うろたえ、たじろいでしまうのだ。この予期と不意打ちという相反する要素は漱石の出会いに共通する。

ところで以上指摘してきたような、出会いに対する特異な仕掛けは、例として挙げた作品からも明らかなように、漱石の初期の作品に集中する。それ以後の作品、例えば「三四郎」において三四郎が美禰子と、「それから」において代助が三千代と出会うことは、小説全体に大きな意味を持つものではあるが、これらの出会いはこれまで述べてきたような仕掛けを必要とするほどにぎすぎすした、生々しいものでは最早無く、小説は出会いを包んでなめらかに進行するのである。ただ、一例を挙げれば、「門」における宗助と御米の出会い方には、今述べてきた予期と不意打ちの関係が、次のような形でその残滓を残してはいる。

此予期の下に、宗助は突然御米に紹介されたのである。（中略）其上御米は若い女に有勝の嬌羞といふものを、初対面の宗助に向つて、あまり多く表はさなかつた。たゞ普通の人間を静にして言葉寡なに切り詰めた丈に見えた。（中略）
宗助は極めて短かい其時の談話を、一々思ひ浮べるたびに、其一々が、殆んど無着色と云つていい程に、平淡であつた事を認めた。さうして、斯く透明な声が、二人の未来を、何うしてあゝ真赤に、塗り付けたかを不思議に思つた。（十四）

4―3　『明暗』における〈出会い〉

第一章で論究してきたような仕掛けを周到に施された上で行なわれる、津田と清子との再会は、漱石的出会いの法則に乗っ取って、予期と不意打ちの儀式のもとに行なわれる。

其時彼の心を卒然として襲つて来たものがあつた。
「是は女だ。然し下女ではない。ことによると……」

不意に斯う感付いた彼の前に、若しやと思つた其本人が容赦なく現はれた時、今しがた受けたより何十倍か強烈な驚ろきに囚はれた津田の足は忽ち立ち竦んだ。眼は動かなかつた。（百七十六）

このような出会い、「不意の裡に予期があり」（百七十七）、予期の裡に不意がある出会いが成立するためには、津田は漱石的出会いの所定の仕掛けの上になお、「常軌を逸した心理作用の支配を受け」（同）なければならなかった。すなわち「迷児」（百七十八）となり、「夢中歩行者《ソムナンビユリスト》」（百七十七）となって彷徨し、その上に「妙に彼を刺戟」（百七十五）する「不定な渦」（同）に眺め入ったり、「凄くなつ」（同）て「自分の幽霊」（同）に「行き当つた」（同）りしたわけである。これらの事柄は、津田の裡にあった出会いへの強い予期と身構えを瞬時の間払拭したのである。

……何故あの時清子の存在を忘れてゐたのだらうといふ疑問に推し移ると、津田は我ながら不思議の感に打たれざるを得なかった。（中略）

彼は実際廊下を烏鷺々々歩行いてゐるうちに、清子を何処かへ振り落した。けれども、自分の何処を歩いてゐるか知らないものが、他が何処にゐるか知らう筈はなかつた。

「此見当だと心得てさへゐたならば、あ、不意打を食ふんぢやなかつたのに」（百七十七）

こうして津田に出会いの後の生が、清子の姿を「後々迄自分の心に伝へ」（百七十六）るべき時間が始まる。具体的にはそれは、来たるべき清子との会見までの猶予された時間に、清子の気配、清子の動静を求め続けることである。翌朝の津田はむしろ滑稽とも言えるくらいに、風呂場を一つ一つ「一種の予期」（百七十九）のもとに探索し、「スリツパー」（同）を「戸の前に脱ぎ捨て」（同）るべきであったかどうかを悩み、宿泊客の話にも素知らぬ振りをして耳を傾ける。清子のものらしい「うつくしい模様の翻がへる」（同）硝子戸の上部といった形での「不可知な世界」（同）は、彼の好奇心をそそって止まないし、自分自身「昨夕と今朝の間に自分の経過した変化」（同）に「苦笑」（同）しながらも、清子に対する「一種の待ち設けのために緊張を感じ」（同）ざるを得ないのである。勿論、百六十七までの段階に彼が居た世界は、例えば「褞袍」（百七十七）をめぐっての「お延と清子」（同）という比較や、百六十七までの登場人物殆んど全員に津田が書き送る絵葉書、という形でその姿を現わしかけるかに見える。しかしながら、津田はお延と清子との比較を思いつくや、「すぐ夜具を頭から被つ」（同）てそれを放棄してしまうし、小林をめぐって妄想を見ようとも、「夢のやうな罪人に宣告を下した後の彼は、すぐ心の調子を入れ代へて」（百八十一）といった具合に、津田は清子との会見をとり行なおうという側に確実に身を置いているのである。

津田は遂に清子と相対する。最初津田は、いったんは「今日会ふ二人の間に横はる運命の距離」（百八十三）を自覚しつつも、結局「元から彼の頭に描き出されてゐる清子」（同）と「懸け離れ」（同）ず、「平生の清子と矛盾しない」（百八十四）彼女を見出してしまう。お延に対しては「受身の働きを余儀なくされ」ていた津田が、清子に「積極的に作用」することから生ずる「伸び〳〵した心持」、蘇生した「昔の女に対する過去の記憶」のままに、「昔の通りな気分で動ける」ことに感じる「思ひ掛けない満足」（以上百八十五）。津田に一瞬の至福が訪れるのである。

しかしながら、「昔の女」が昔のままであるという保障など、どこにも無いのであって、この一時の至福はすぐさま翳り始める。「何の気も付か」ず、「平生の細心にも似ず、一顧の掛念さへなく、たゞ無雑作に」清子の夫を話題にしてしまった時に、「微笑して答へ」、「二人の間に関を話題にする丈の余裕がちやんと具つて」いる清子に対する津田の不満。津田は、「昔の儘の女主人公に再び会ふ事が出来たといふ満足」が、「（清子が、筆者注）其昔しの儘の鷹揚な態度で、関の話を平気で津田の前にし得るといふ不満足」（以上百八十五）と並存するものでしかなかったことを、痛烈に知らされてしまうのである。しかも清子との出会いに種々の準備をし、清子との会見を前に「一種の待ち設けのために緊張」（百七十九）したりしていた津田にとって、このことは、「暗に予期して掛つた所のもの」（百八十五）であるはずであったのである。つまり、彼の理性が当然承認しているはずのものでなければならなかったのである。ところが一方で、「無雑作に」（同）清子の夫の話を始めてしまった津田は、これが「彼の曾て予想し得なかつた所のもの」（同）であることを認めざるを得ない。理性に基づく予期の裡に当然あるべきであって、しかも同時に無かったものの存在、これこそが津田の理性とそれによって構築されていた世界を決定的に裏切るものなのである。そしてこの裏切りが始まったのは、清子と出会ったあの瞬間からであった。なぜなら清子との出会い方そのものが、津田にとって「暗に予期して掛つた所のもの」で、同時に「彼の曾て予想し得なかつた所のもの」であったからだ。なぜなら、津田は清子と出会うことを予期して温泉場へ出掛けていたにもかかわらず、あの晩、ああいうシチュエーションのもとで彼女に出会おうとは、まさに「予想し得なかつた」のである。だから、夫の話を平気でする清子に対する津田の「不満足」（百八十五）が「何かの形式で外部へ発現」（同）しなければならなかった時に、津田がこの昨晩の出会いを話題にしてしまうのは、むしろ当然であったのである。

津田がこの危険きわまりない試みを敢えて行なおうとしたのは、「此遁らない人が、何うしてあんなに蒼くなつたのだらう。何うしてああ硬く見えたのだらう」（百八十四）という問い、すなわち彼の知っている「優悠《おつとり》してゐた」（百八十三）「緩漫」（同）な清子と、彼の初めて見た「蒼く」「硬く」なった清子が果たして両方とも矛盾なく並存しているのか、という疑問のせいであった。「蒼く」「硬く」なった清子は、津田の知らない清子であるという点において、どこかで「身を翻がへす燕のやうに早」（百八十三）く、津田を「眼覚しい早技で取つて投げ」（同）た清子とつながっているかもしれない。しかしながら、出会いに不意打ちされるための、津田の「常軌を逸した心理作用の支配を受けてゐた」（百七十七）時間の意味などは、もともと他者へは伝達不可能なものであるはずであった。だから、「愚図々してゐた」（百八十六）自分をうまく説明できない津田に対して、清子が「故意を昨夕の津田に認めてゐるらしい」（同）のは当然の結果なのである（だからこそ出会う主人公たちは、出会いについて他人に、まして出会った当の相手になど、けっして語ったりはしなかったのだ）。

しかも津田はここで新しい、今まで知らなかった清子を発見しなければならない。「貴方はさういふ事（待伏せ、筆者注）をなさる方なのよ」（百八十六）と津田を認識し、津田に「腕を拱いて下を向」（同）かせる清子。しかもそう言いつつ「微笑のうちに、例の通りの余裕」（百八十七）さえ認められる清子。「別れて以来一年近く経つ今日迄、いまだ此女（清子、筆者注）の記憶を失くした覚がなかつた」（百七十二）津田の記憶していた清子は、「津田と名のつく一人の男を信じてゐ」（百八十八）て、「凡ての知識を彼から仰い」（同）でいた清子であったはずなのである。津田が「我慢しきれなくなつ」（百八十七）て、「昨夕そんなに驚いた貴女が、今朝は又何うしてそんなに平気でゐられるんでせう」（同）と再び問いを掛けても、「昨夕はあゝで、今朝は斯うなの。それ丈よ」（同）という答が返ってくるばかりだ。

しかしこの清子こそが、津田が新たに出会った清子なのだ。百六十七までの段階の津田の世界、清子と出会う前の津田の世界は、〈昨夕はあゝなら今朝もあゝ〉な世界だった。一見意外に見える事柄もこのことの裡にあった。一見矛盾する事柄も、「甲が事実であつた如く、乙も矢ツ張り本当」（百八十三）であると「離して眺め」（同）ていれば、津田は安全だった。「二つのものを結び付けて矛盾なく考へようとする時、悩乱は始めて起る」（同）のだから。だが「昨夕はあゝで、今朝は斯う」という答を突き付けられた津田は、「悩乱」を起こそうとも、「二つのものを結び付けて矛盾なく考へ」ることを強要されてしまったのである。しかも津田は既に、「暗に予期して掛つた所のもの」が同時に「彼の曽て予想し得なかつた所のもの」であることを知ってしまっている。そして津田にそのことを暗に知らせた者こそ清子であった。矛盾もなしに「昨夕はあゝで、今朝は斯う」で在り得る女、「逼らない」（百八十四）、「余裕」（百八十七）のある微笑を浮かべ、かつ「反逆者」（百八十三）でもあり、「蒼く」も「硬く」もなる女、そしてその両者を自由に行き来できる女。過去において津田の知っていたのは、その半分の「逼らない」清子でしかなかった。今初めて津田は彼にとっての新しい清子に、「昨夕はあゝで、今朝は斯う」な清子に出会い、かつそのような清子を承認することを余儀なくされてしまったのである。

こうして「腕を拱いて下を向い」てしまった津田に何が出来るであろうか。「あの時この人は、丁度斯ういふ姿勢で、斯ういふ林檎を剥いて呉れたんだつけ」（百八十七）、「あゝ此眼だつけ」（百八十八）と彼の意識は、失なわれた過去へと遡行したがる。しかし、清子の指輪の輝きが彼に「燦然たる警戒の閃めきを認め」（百八十七）させ、「昔の儘の眼」（百八十八）も、「昔と違つた意味」（同）で存在している以上、そして何よりも〈出会つた清子〉を眼前にしている以上、そこに津田の為すべきこと、為し得ることはもはや無い。「覘ひ所」（百八十六）をもって問いを掛けようとも、結局は「貴方はさういふ事をなさる方なのよ」、「昨夕はあゝで、今朝は斯うなの。それ丈よ」と言われて、「腕を拱いて下を向」き、「退避《たぢろ》い」（百八十七）でしまうしかないのである。恐らくは、清子が関と結婚した理由を尋ねようとも、清子の答に津田は結局同じ姿勢をとることになるのではないであろうか。それならば津田は何を為すべきなのか。

こうして『明暗』の最終行へ至る。

清子は斯う云つて微笑した。津田は其微笑の意味を一人で説明しようと試みながら自分の室に帰つた。（百八十八）

清子と正面切って向かい続けることを断念して、自分に向けられた彼女のひとひらの表情の「意味」を、「一人で」「自分の室に帰つ」て、すなわち自分だけの空間で自分だけの言葉で「説明しようと試み」ること、説明しおおせるかどうか「不可知な世界」へ自らを賭けようとする試み。津田は今、それを、彼には最早それしか出来ない、それをしようとしているのである。

　だが、津田のしようとしていることは、これまで何人もの漱石の主人公たちが、何らかの形でしてきたことではないだろうか。主人公たちは様々な、しかしその基本的な要素は等しい状況のもとで何物かと出会い、或は出会わないまでも出会いに等しい何物かを抱え込まされ、そして、それらの何物かに対する自らの身の処し方を様々に定めようと「試み」てきたのである。何物かの浮かべた「微笑の意味を一人で説明しようと試み」続けてきたのである。そして津田も今、これらの主人公たちの群れに加わった。

　『明暗』における津田と清子との出会いは、数々の漱石の出会いの中でも最も典型的に漱石的であった。最後の作品でありながら、初期の作品群よりもなお漱石的であった。津田が清子と再会したように、漱石もここで何ものかと、敢えて言うなら彼に十年間小説を書かせ続けてきた何ものかと再会したに違いない。そしてその再会の果てに在ったのは、行なってきた十年間の営みを再びくり返すこと、またもやその何ものかの「微笑の意味を一人で説明しようと試み」て言葉を連ね、小説を書くことだった。そして漱石は最早それをくり返そうとはしなかったのである。

4―4　「何うして」が外部化する時

以上がかつての論文「出会いと沈黙―『明暗』最後半部をめぐって―」である。この論文は、まず4―1で、『明暗』最後半部を分析するために〈風景、時間、空間、行動、出会い〉の五つの要素を挙げ、それらが『明暗』最後半部のおいてどのような特質を持っているかを考察し、三項目に整理した。そして、4―2でこれらの要素が『草枕』及び『漾虚集』の諸短編における同要素とどのように共通性を持っているかを検討し、『明暗』最後半部における〈風景、時間、空間、行動、出会い〉が、『草枕』及び『漾虚集』の諸短編との共通性が非常に高いこと、『明暗』最後半部における津田と清子の温泉場における出会いが、それらの作品に顕著に見られる特質を最も多く備えた、非常に漱石的な出会いであることを指摘した。4―3において、そのような条件のもとに清子と出会った津田が『明暗』の最後で到り着いたのは、清子の「微笑の意味を一人で説明しようと試みながら自分の室に帰つた」であり、それは、これまで漱石の主人公達が行ってきたことであると結論した。

結論について、1、2、3を踏まえた上で補足したい。

引用論文のように『明暗』の最後半部を捉え、考察すると、『明暗』の最後半部で漱石が津田に与えた意識の在り方とその変容、それを反映した振る舞いは、構造的に漱石の作家的出発と成熟をなぞっているかのように見える。津田は『漾虚集』『草枕』の主人公達のように出会うべき対象と出会い、『三四郎』『彼岸過迄』『行人』[4]の主人公達のように意識の焦点である女性の振る舞いの「意味」を「説明しようと試み」た。すなわち、まず引用論文で指摘した漱石的出会いの条件を満たす出会い方で清子と出会う。もちろんこの出会いは再会であるが、津田が再会するのは、彼には不可解なやり方で結婚した後の清子であるから、津田は未知の清子に出会うのであり、そういう意味で『漾虚集』

『草枕』における出会いの条件を満たしている。そして次に出会った対象からの反応を自身の空間で考えようとする。『草枕』の場合は、「非人情」という安全弁によって主人公の画工は那美さんの振る舞いについて思考することを回避したが、『草枕』以後の漱石の主人公達は三四郎も、須永も、一郎も、二郎も、『明暗』の最後の場面の津田のように、それぞれの対象の「微笑の意味」に当たるものについて思考を繰り返してきた。以上の意味でのなぞりである。

引用論文でも指摘したように、『草枕』以降、漱石的出会いは漱石の小説から影を潜めた。出会いは予備知識もなく突然であるか（『三四郎』）、全く描かれず、主人公達が対象である千代子（『彼岸過迄』）や直（『行人』）の振る舞いの意味について思考する、そのことが小説の中心となっていた。それならなぜ、『明暗』最後半部において、漱石はその作家的出発の初期に行った試みを主人公の上に復活させ、かつその後で主人公にそれ以後の漱石の主人公達のような振る舞いをさせようとしたのだろうか。(5)

漱石は『吾輩は猫である』第一章を書いたことによって、作家として出発した。それは取りも直さず、『文学論』を書かなくてはならないほどに、漱石の内部に堆積していた文学なるものに対する意識を外部化する行為だった。いったん外部化されると、それは迸るような強度を持って、『吾輩は猫である』全篇となり、『漾虚集』の諸短編となり、『坊つちゃん』『草枕』となった。『坊つちゃん』『草枕』を漱石が異様なスピードで書き上げたことはよく知られている。(6)

内部に堆積していた、意識の多くの部分を占めていたものが外部化される、その構造は、実は『明暗』で津田に漱石が与えた構造と同質ではないだろうか。1、2、3でくわしく考察したように、『明暗』は津田が医者に向けて発した第一の「何うして」がまず示され、次に彼の内部で発せられた第二、第三、第四の「何うして」—「何うして」と問う根源的条件が揺るがせられた事態に対して発せられた強力な深度を持った「何うして」から始動した。そして、そのうちの第三の「何うして」、「何うして彼の女は彼所へ嫁に行ったのだらう」という、津田の内部において発せられた清子についての「何うして」だけが、様々の過程を経た末に、最後半部において外部化され始めていた、そういう小説であった。自身の内部に、すなわち意識の領域に重く深く滞留していた、自身の存在に深く関わり、自身の基礎的対象化能力を問う「何うして」という問いを外部化した、その構造に限定すれば、津田という主人公は、自身の意識の深所にあったものを小説という形で外部化した漱石と相似形を取る。だからこそ、『明暗』最後半部における津田は、漱石の作家としての出発と成熟の過程をなぞるように設定されていたのではないだろうか。

漱石は最後の小説において、ある対象（清子）に向ける「何うして」を長い時間をかけて遂に外部化しかけつつある主人公を描いた。そして、その外部化が行われる現場での主人公の状況は、『吾輩は猫である』一によって自身の意識の膨大な内部を外部化した漱石の初期作品群（『漾虚集』『草枕』）で設定された状況をなぞった。作家となった漱石は、その作家としての最後の作品において、自身の内部の「何うして」という問いを外部化しようとする主人公を描き、そして、その問いが外部化した百八十八で、『草枕』以降の小説家としての営みを、今度は小説の主人公のこととして書く、その段階まで達した。そしてそこで、漱石はその作家としての生涯を終えた。

注

（1）鳥井正晴は、『漱石作品論集成【第十二巻】明暗』（桜楓社　一九九一年）の巻末における鼎談において、『明暗』は最初の「何うして彼の女は彼所へ嫁に行ったのだらう」「此己は又何うして彼の女と結婚したのだらう」という問いと最後の部分が呼応していることを述べた後で、「『明暗』という小説は、初めからどうしてと問い、理由を考え続けている津田が書かれている」と発言している。

（2）北山正迪は、「漱石『私の個人主義』について—『明暗』の結末の方向—」（『文学』45巻12号　一九七七年一二月　後『漱石作品論集成【第十二巻】明暗』（桜楓社　一九九一年）所収）において、清子の行為は津田にとって「『何故』の届かない行為」であり、それに対して津田はその内面で「清子に届かない『何故』」を発しているとする。すなわち、津田は「常に『何故』と問うている男」であり、清子は「常に『何故なし』に動ける女」であるとして、その二者の対話が『明暗』の終わり近くの数章で際立つと指摘している。

（3）清水孝純は、清子と津田の再会場面に設定された〈突然〉性に注目し、「この突然の出会は、出会と別離という形の相違はあるにしても、その本質においてかつての津田と清子の突然の別離の再現なのだ」と指摘している（『文学論輯』30号　一九八四年八月　後に注(2)前掲書所収）。

（4）ここでは、その傾向が特に顕著である作品を挙げた。

（5）もちろん温泉場に行くまでの段階における津田も、お延やお秀、吉川夫人の振る舞いに意識を向けてはいるが、百六十八以降のような意識の在り方においてではない。百六十八以降の津田の意識の在り方は、それ以前の津田とは区別される。

（6）夏目鏡子述松岡譲筆録の『漱石の思い出』（文春文庫　一九九四年）に、「『坊っちゃん』『草枕』などという比較的長いものでも、書き始めてから五日か一週間とはでなかったように思います」「この三十八、九年（明治、筆者注）の両年が、夏目にとっていちばん創作熱の旺んな年だったと思います」という記述がある。

主要参考文献

小宮豊隆『漱石の芸術』（岩波書店　一九四二年）
夏目鏡子述、松岡譲筆録『漱石の思い出』（初出一九二八年　文春文庫　一九九四年）
江藤淳『夏目漱石』（勁草書房　一九六五年）
『漱石とその時代』第一部・第二部（新潮社　一九七〇年）
『漱石とその時代』第三部・第四部・第五部（新潮社　一九九三年　一九九六年　一九九九年）
三好行雄『作品論の試み』（至文堂　一九六七年）
『三好行雄著作集　第二巻　森鷗外・夏目漱石』（筑摩書房　一九九三年）
越智治雄『漱石私論』（角川書店　一九七一年）
桶谷秀昭『夏目漱石』（河出書房新社　一九七二年）
平岡敏夫『漱石序説』（塙書房　一九七六年）
山崎正和『不機嫌の時代』（新潮社　一九七六年）
相原和邦『漱石文学―その表現と思想』（塙書房　一九八〇年）
土井健郎『漱石の心的世界―漱石文学における「甘え」の研究』（角川書店　一九八二年）
蓮見重彦『夏目漱石論』（福武書店　一九八八年）
小森陽一『構造としての語り』（新曜社　一九八八年）

石原千秋『漱石を読み直す』（筑摩書房　一九九五年）
『世紀末の予言者・夏目漱石』（講談社　一九九九年）
『反転する漱石』（青土社　一九九七年）
『漱石の記号学』（講談社　一九九九年）
『漱石と三人の読者』（講談社　二〇〇四年）
『『こころ』おとなになれなかった先生』（みすず書房　二〇〇五年）
柄谷行人『漱石論集成』（第三文明社　一九九二年）
青柳達雄『満鉄総裁　中村是公と漱石』（勉誠社　一九九六年）
佐伯順子『「色」と「愛」の比較文化史』（岩波書店　一九九八年）
佐藤泉『漱石　片付かない〈近代〉』（日本放送出版協会　二〇〇二年）
松澤和宏『生成論の探究―テクスト・草稿・エクリチュール』（名古屋大学出版会　二〇〇三年）
高田千波『〈名作〉の壁を超えて―『舞姫』から『人間失格』まで』（翰林書房　二〇〇四年）
水村美苗『日本語で書くということ』（筑摩書房　二〇〇九年）
野網摩利子『夏目漱石の時間の創出』（東京大学出版会　二〇一二年）
清水孝純『漱石『夢十夜』―闇に浮かぶ道標』（翰林書房　二〇一五年）
『夏目漱石Ⅰ』『夏目漱石Ⅱ』『夏目漱石Ⅲ』（日本文学研究資料叢書　有精堂　一九七〇年　一九八二年　一九八五年）
『漱石作品論集成【第五巻】三四郎』（玉井敬之、村田好哉編　桜楓社　一九九一年）

『漱石作品論集成【第八巻】彼岸過迄』（玉井敬之、坪内稔典編　桜楓社　一九九一年）
『漱石作品論集成【第九巻】行人』（浅田隆、戸田民子編　桜楓社　一九九一年）
『漱石作品論集成【第十巻】こゝろ』（玉井敬之、藤井淑禎編　桜楓社　一九九一年）
『漱石作品論集成【第十一巻】道草』（小森陽一、芹沢光興編　桜楓社　一九九一年）
『漱石作品論集成【第十二巻】明暗』（鳥井正晴、藤井淑禎編　桜楓社　一九九一年）

『漱石研究』No.1～No.18（小森陽一、石原千秋編　翰林書房　一九九三～二〇〇五年）
『総力討論　漱石の『こゝろ』』（小森陽一、中村三春、宮川健郎編　翰林書房　一九九四年）
『夏目漱石『こころ』作品論集』（クレス出版　二〇〇一年）
『夏目漱石における東と西』（松村昌家編　思文閣出版　二〇〇七年）
『道草論集―健三のいた風景』（鳥井正晴、宮薗美佳、新井真理亜編　和泉書院　二〇一三年）
『漱石における〈文学の力〉とは』（佐藤泰正編　笠間書院　二〇一六年）

初出一覧

第一部　第二章　2原題「『三四郎』論―「是は椎」から始まるもの」（『国語と国文学』二〇〇四年九月）
第一部　第三章　2「『彼岸過迄』論―対象化する領域・された領域」（『国語と国文学』二〇一〇年七月）
第一部　第三章　3「『行人』論・言葉の変容」（『国語と国文学』一九八二年一〇月）
第二部　第四章　4「出会いと沈黙―『明暗』最後半部をめぐって」（『国語と国文学』一九八〇年九月）
その他の部分はすべて書き下ろし。
漱石の小説、評論等の引用はすべて『漱石全集』（岩波書店　一九九三年〜一九九九年）に拠った。ルビは適宜施した。

あとがき

漱石を論じるとは、何をすることなのか。漱石は文学と人間の意識の領域について深く思考し、小説を書いた作家である。漱石がある順番に並べた言葉の集合から立ち現れるなにものか、一見蜃気楼のようであるそれを捉え、思考対象とすることは簡単な作業ではない。しかし、だからこそ、思考の限界への挑戦となる。漱石を論じるとは、自身が漱石の言葉の集合に対してどこまで思考ができるかという試みであり、言い換えれば、言語化困難な対象をどこまで言語化できるかという課題を遂行することである。

大学一年の時、盲腸炎手術後の療養中に、たまたま手近にあった漱石全集を手に取り、面白くなって読み尽くした。回復後履修した越智治雄先生の講義内容が『虞美人草』『三四郎』であり、専修過程に進学すると、三好行雄先生の演習内容がやはり夏目漱石だった。漱石についてもっと思考してみたいという思いがこの巡り合わせによって加速された。卒論を漱石で書き、大学院の研究テーマを夏目漱石とし、修論もまた漱石を取り上げた。今回本書に収録した『明暗』論、『行人』論は大学院博士課程在学中に執筆したものである（『行人』論発表は単位取得退学後）。

その後、文学研究から遠ざかった約二十年があった。母親となり、それが人生の最優先の主題であったからだが、子どもが成長して大学の非常勤講師となってからも、文学研究に再び足を踏み入れることはなかなか出来なかった。かつての論文執筆時の苦しさを思い出すと、特に漱石研究はこれきりにしようと思っていた。しかし、何度やめようと思っても、気が付くと、漱石について何かを考えてしまっている自分がいた。大学院時代に三好先生に「漱石にはいつか決着を付けます」と言って果たさずにいることも気になっていた。

一九九〇年代の終わりに山田有策先生に声を掛けていただき、樋口一葉研究会に参加して、研究への意欲がかすかに蠢き出した。二〇〇二年から東京大学で非常勤講師を勤め、その縁で大学院の近代文学演習メンバーの後輩たちとの勉強会に参加し、彼らから様々な刺激を受け、もう一度漱石に取り組んでみたいと思うようになった。漱石の死んだ年齢も超えていて、今なら漱石について論じられるのではないかとも思った。しかし、ブランクの期間があまりに長かったため時間がかかり、本書の書き下ろし部分を書き出したのは二〇一〇年代に入ってからである。

以上のようないきさつで、初めての出版にしては高年齢であるが、ブランクがあるため、研究者としてはまだ若輩者であると自分では捉えている。書き進むにつれて、大学院時代に芽生えた問題意識の続きを長い時間を飛び越えて思考していることが自覚されたからである。大学院時代の二つの論文を最低限の修正を施して収録したのも、この理由による。

今回の書き下ろし部分の出発点は『三四郎』である。『三四郎』の主人公は、本当に「単純」であるのか、という問いからすべてが始まった。しかし、この問いに客観的裏付けを持った答を与えるのは困難である。例えば理系の論文における実験データ、社会学系の論文におけるフィールドワークの結果というような、いわば〈動かぬ証拠〉として機能するものを提出できれば、と思ってもそれは不可能であるが、本書はその不可能へのささやかな挑戦である。

『三四郎』における「田舎者」という語の使用による叙述の仕組まれ方、『心』における「先生」の「何うして」と「何故」の使用の特徴と変化、それに対する「私」の役割、『道草』において健三と御住が向け合う「何故」と「何うして」の特質と変化、『明暗』における四つの「何うして」のうちたった一つ外部化されようとする第三の「何うして」、これらを出来る限り解き明かし、それを漱石文学を論じる〈動かぬ証拠〉とすることができるか、本書の試みはそこに尽きる。また、漱石は他の語を選び、他の書き方を行うことも可能だったのに、なぜ、小説を書く現場でそれらの書き方を選んだのか。それは、作家が自身の小説に対していかなる主体であるのか、という問いに他ならない。先の試みを極めていけば、問いはそこに行き着く。

どこまで達成できたかは、本書を読んで下さった諸賢にご判断いただけたら、と切に願っているが、最後にこの本の出版に至るまでにお世話になった方々に感謝を述べさせていただきたい。東京大学の安藤宏氏には、本を出したいという聊か無謀な試みに理解を示して出版社をご紹介いただき、励ましていただいた。また、先述した勉強会メンバーの梶尾文武、中村ともえ、出口智之、戸塚学、清末浩平、倉繁佑平、平林慶尚の諸氏には会での発表に対して適確なご批評をいただき、非常に参考になった。今は亡き三好行雄先生、越智治雄先生からいただいたご指導と学恩にも深く感謝申し上げたい。最後に、こちらの執筆ペースを理解して下さって適切に見守って下さり、着実に出版に至るまでの作業をして下さった青簡舎の大貫祥子氏に心からの御礼を申し上げたい。

二〇一七年十一月

藤澤るり

な行

は行

ま行

や行

ら行

わ行

た行

索　　引

藤澤るり（ふじさわ・るり）

一九五〇年埼玉県生まれ。東京大学文学部卒業。同大学院人文科学研究科修士課程修了、同博士課程単位取得退学。東京大学、武蔵大学等で非常勤講師を勤め、現在は、明治大学、桜美林大学非常勤講師。

漱石以外の主要論文

樋口一葉における「奇蹟の期間」の構築―〈男女入れ替え〉から〈合体〉へ（樋口一葉研究会編『論集　樋口一葉Ⅳ』おうふう　二〇〇六年）

田辺聖子における親愛感の構築―ものを書く女を書くということ（『国文学解釈と鑑賞』別冊『田辺聖子』二〇〇六年）

漱石と一葉―漱石が一葉に見たもの（樋口一葉研究会編『論集　樋口一葉Ⅴ』おうふう　二〇一七年）

夏目漱石の文学的現場

二〇一七年一二月二五日　初版第一刷発行

著　者　藤澤るり
発行者　大貫祥子
発行所　株式会社青簡舎
〒一〇一-〇〇五一
東京都千代田区神田神保町二-一四
電　話　〇三-五二一三-四八八一
振　替　〇〇一七〇-九-四六五四五二
装　幀　水橋真奈美
印刷・製本　モリモト印刷株式会社

ISBN978-4-909181-04-6 C3093